Vacances avec les enfants en France

On a tous besoin d'évasion, alors quoi de mieux que de programmer des vacances en famille où les souvenirs se feront collections ! Séjour en bord de mer sur les hauteurs de Cassis, vacances avec papy et mamie dans les gorges du Verdon, week-end prolongé à Chamonix pour une famille de randonneurs ou encore découverte du slow tourisme au fin fond des Cévennes pour un couple de jeunes parents, toutes vos envies de balades trouveront ici un écho favorable ! Le Petit Futé a pensé à tout pour que vos vacances en famille soient remplies d'instants mémorables. Pour préparer votre séjour dans les meilleures conditions, plongez dans notre guide et vous partirez l'esprit tranquille. Nos conseils de voyage vous aiguilleront dans l'organisation de vos trajets, et le dossier « S'informer » vous donnera un éventail de la presse spécialisée famille/enfant. Notre pays est si riche en destinations, alors avec l'édition 2022-2023 de notre guide *Vacances avec les enfants*, prenez la poudre d'escampette pour découvrir les trésors et les beautés de nos départements de métropole. Notre guide a été conçu pour répondre à toutes vos attentes, à toutes vos envies [illegible] d'évasion. Vous trouverez [illegible] région une [illegible] pertinente d'adresses [illegible] ant des [illegible] musées, [illegible] bonheur [illegible] Parcs d'attractions, zoos, [illegible] sportives e[illegible] vacances tout comme les multiples festivals et sp[illegible] historiques qui égaieront vos sorties. Avec ce guide, Le Petit Futé vous souhaite des souvenirs à n'en plus finir et des vacances tout simplement merveilleuses !

W0400532

SOMMAIRE

© YULKAPOPKOVA - ISTOCKPHOTO.COM

© IMGORTHAND - ISTOCKPHOTO.COM

PASSPORT

CARNET

Partir en vacances avec ses enfants est une chance, mais au-delà du bonheur que cela procure, il est obligatoire de respecter certaines règles sans quoi le voyage pourrait vite tourner au drame ! Quels sont les services adaptés aux familles dans les transports ? Qu'il s'agisse de prendre le train, le bateau, l'avion, les compagnies proposent des aménagements spécifiques pour que le voyage avec vos enfants se passe pour le mieux. Et en voiture, des règles sont aussi à connaître pour que votre périple soit agréable. Se déplacer à pied ou à vélo, c'est aussi le charme des vacances en famille : on prend le temps de souffler, et l'on sillonne les chemins de campagne ou les sous-bois pour créer des souvenirs. Mais là aussi, des précautions sont à prendre pour éviter tout désagrément. Le Petit Futé a fait le point, et vous donnent des conseils de voyage qui ne sauraient être exhaustifs. Des adresses futées pour s'informer complètent ce guide !

CONSEILS DE VOYAGE

Qui dit voyage dit forcément trajet (s) et donc transport (s). Si le bonheur de partir en vacances en famille fait l'unanimité parmi la fratrie, la question du trajet et de son déroulement est bien souvent une étape dont on se passerait volontiers tant les contraintes peuvent être pesantes ! En dehors du fameux « c'est quand qu'on arrive? », vous devrez faire face, vous parents, à des embouteillages, à des files d'attente, à des cris d'agacement, à des pauses pipi tous les kilomètres, à des timings à respecter entre deux trains, à des bagages à faire peser. Bref vous l'aurez compris, même si ces à-côté font partie du voyage, vous faciliter le trajet par des services adaptés aux transports choisis n'est pas de refus. Petit tour des offres disponibles dans les différents transports. Et aussi une randonnée à pied ou à vélo, toutes les bonnes pratiques pour évoluer en famille sur les sentiers pédestres et les pistes cyclables !

Les documents pour voyager

Un enfant doit avoir sa propre carte d'identité pour voyager en Europe. Elle est valable 10 ans. Pour partir dans les autres pays (hors Europe), pensez à faire faire un passeport à son nom (attention à la longueur des délais). Il est valable 5 ans. Par ailleurs, pour être sûr d'être remboursé d'éventuels frais médicaux, pensez à demander une carte européenne d'assurance maladie avant votre départ. Si vous partez dans un pays qui ne fait pas partie de l'Espace économique européen (EEE), renseignez-vous afin de savoir si ce pays d'accueil a signé un accord de sécurité sociale avec la France. Par ailleurs, l'autorisation de sortie de territoire pour les mineurs a de nouveau été réinstaurée : « Depuis le 15 janvier 2017, un enfant mineur qui vit en France et voyage à l'étranger seul ou sans être accompagné par l'un de ses parents doit être muni d'une autorisation de sortie du territoire (AST) » (cf : www.service-public.fr). D'autre part, assurez-vous que votre enfant soit à jour dans ses vaccins, et que son état de santé lui permet de voyager, mais renseignez-vous aussi des éventuelles vaccinations à faire selon la destination choisie pour votre séjour sur le site de l'Assurance Maladie. (www.ameli-sante.fr rubrique Vaccination)

Les transports, les offres pour les familles

Train

Le site de la SNCF, www.oui.sncf.com, dispose de services conçus pour les familles. Différentes formules de cartes et de réductions pour voyager intelligemment avec vos enfants sont disponibles en ligne.

Carte Avantage Adulte : Pour les 27-59 ans, c'est la nouvelle carte qui permet de bénéficier d'avantages sur tous vos voyages Intercités, TER et TGV Inouï, en France et en Europe. Accessible pour 49 €, cette carte est valable un an et vous donne les droits suivants : des réductions jusqu'à -30 % en France et en Europe, -60 % jusqu'à 3 enfants accompagnants, des réductions en aller simple en voyageant un samedi, un dimanche ou avec un enfant tous les jours de la semaine, des offres exclusives.

Carte Avantage Jeune : Réservée aux jeunes âgés de 12 à 27 ans, voyageant occasionnellement en France ou en Europe. Cette carte vous permet de bénéficier de réductions allant jusqu'à 30 %. Valeur 49 €, valable 1 an.

Avec Junior & Cie, la SNCF accompagne votre enfant sur les lignes de TGV INOUI, ce service prend en charge les enfants de 4 à 14 ans de la gare de départ jusqu'à la gare d'arrivée. Disponible pour plus de 130 destinations pendant les vacances scolaires et plus de 20 destinations pendant les week-ends, le service est disponible à partir de 35 € en plus du prix du billet de train. Tout au long du voyage, des animateurs titulaires du BAFA prennent en charge les enfants et leurs proposent des jeux et animations. A l'arrivée, la personne que vous avez désignée pour venir chercher votre enfant devra être disponible pour se présenter 15 minutes avant l'arrivée du train au point de rendez-vous Junior & Cie, munie du e-billet et d'une pièce d'identité officielle avec photo. L'appli Junior & Cie permet de suivre le dossier de voyage de votre enfant et d'être informé en temps réel de sont trajet.

Avion

Les compagnies aériennes ont généralement des services adaptés aux familles, pour que le voyage avec vos enfants se passe pour le mieux : bien-être et confort sont bien souvent les maîtres mots de ces services. A noter qu'il est judicieux de signaler dès la réservation que vous voyagez avec de jeunes enfants. De même, vérifiez les formalités d'entrée et de séjour pour les mineurs, auprès de l'ambassade ou du consulat du/des pays de destination ou de correspondance, et dans le cas où votre enfant voyage seul ou en votre compagnie.

Nous citerons ici l'exemple d'une compagnie, et il est bien entendu que nous vous conseillons vivement de prendre contact avec la compagnie qui prendra en charge vos déplacements afin de vous assurer des services mis à votre disposition avant votre départ. A noter également que les familles voyageant avec un bébé bénéficient d'un embarquement prioritaire.

Voyager avec bébé chez Air France :

Votre bébé, âgé de moins de 2 ans, voyage gratuitement sur vos genoux en France métropolitaine et bénéficie d'une réduction sur les vols internationaux. Pour son confort et le vôtre, la compagnie met à votre disposition un berceau - sur demande et sur réserve de disponibilité - mais vous pouvez aussi choisir de lui réserver un siège, auquel cas votre bébé bénéficiera alors du tarif enfant. Attention : lors du voyage, un bébé doit toujours être accompagné par un passager autonome majeur. Par ailleurs, un passager ne peut accompagner qu'un seul bébé. La présence d'un second accompagnant majeur est donc nécessaire pour voyager avec deux bébés, (l'accompagnateur peut être âgé de moins de 18 ans s'il s'agit du père, de la mère ou du tuteur légal).

Les repas à bord : sur les vols de plus de 2h30, votre bébé peut profiter d'un repas spécial, composé de petits pots et de biscuits. Pensez à commander ce repas lors de la réservation ou de l'achat du billet, au plus tard 24h avant le départ.

Voyager avec des enfants chez Air France :

Quand ils sont accompagnés d'un adulte, les enfants à partir de 2 ans bénéficient, dans certains cas, de réductions pouvant aller jusqu'à 15 % sur les vols intérieurs, et jusqu'à 33 % sur les vols de moyen et long courriers.

Les repas à bord : sur tous les vols de plus de 2h30, un repas adapté aux goûts et aux besoins de votre enfant pourra lui être proposé ; ce repas est servi aux enfants de 3 à 8 ans inclus. Pour les enfants de 9 à 11 ans, pensez à en faire la demande lors de la réservation ou de l'achat du billet, au plus tard 24h avant le départ.

Sachez enfin que, toute l'année, Air France propose un service d'accompagnement pour les enfants voyageant seuls, *Kids Solo* :

Pour les enfants âgés de 4 à 17 ans voyageant seuls (non accompagnés par une personne majeure), le personnel de bord accompagne votre enfant et veille à sa sécurité tout au long de son voyage. Au moment de l'achat du billet de votre enfant, veuillez indiquer que celui-ci voyagera seul. Vous compléterez alors un formulaire d'informations en ligne : le dossier de voyage « mineur non accompagné ». Suivez en temps réel le vol de votre enfant grâce à l'application Air France. À l'arrivée, votre enfant débarque en dernier : c'est un membre du personnel qui l'accompagne dans la zone d'arrivée, jusqu'à la personne désignée pour l'accueillir. Celle-ci est prévenue par SMS de l'heure estimée d'arrivée de l'avion.

Air France prend en charge les enfants handicapés ou à mobilité réduite, sous certaines conditions. Saphir, leur service d'assistance pour les passagers à mobilité réduite, est là pour vous renseigner.

Autocar

Pour bon nombre d'autocaristes, les mineurs de moins de 16 ans non accompagnés d'un adulte ne sont pas acceptés à bord des cars, et si l'accompagnateur n'est pas le parent (ou le représentant légal), une autorisation de

© ALENA OZEROVA - STOCK.ADOBE.COM

© ALEKSANDARNAKIC - ISTOCKPHOTO.COM

voyage doit obligatoirement être signée par les parents. Notez aussi que les passagers mineurs doivent impérativement être en possession des documents d'identité et de voyage requis par leur pays de nationalité et en conformité avec les formalités requises par les pays traversés. Voici les obligations des compagnies les plus connues sur le territoire français :

BlablaBus : Les mineurs doivent impérativement être porteurs d'une pièce d'identité. Pour les trajets en France, les enfants de moins de 12 ans doivent être accompagnés d'une personne majeure. Les enfants âgés de 12 à 16 ans peuvent voyager seuls s'ils sont munis d'une autorisation de voyager seuls dûment complétée et signée par leur représentant légal ou leur tuteur (document à télécharger sur le site Internet).

FlixBus : Les enfants de moins de 16 ans non accompagnés ne peuvent pas voyager seuls à bord des autocars FlixBus, et doivent impérativement être accompagnés d'un majeur disposant de l'autorité parentale. Entre 16 et 18 ans, les mineurs peuvent voyager seuls à bord des bus FlixBus et cela sur toutes les lignes. Attention toutefois pour les lignes internationales, ils doivent être en possession d'une autorisation de sortie du territoire.

- Bateau

Sachez que dans la plupart des compagnies, les enfants âgés de moins de 4 ans bénéficient de la gratuité du transport, et pour les enfants de 4 à 12 ans, une réduction de 50 % s'applique en général sur le tarif d'un billet adulte. Par contre, si pour le train et l'avion il est possible de faire voyager les enfants seuls, sachez que pour les compagnies maritimes ce n'est pas aussi simple : certaines d'entre elles autorisent qu'un mineur âgé entre 12 et 17 ans voyage seul sous réserve d'un accord écrit de ses parents, et d'autres compagnies l'interdisent pour un enfant de moins de 16 ans. Il est donc impératif de vous renseigner à ce sujet auprès de votre compagnie.

La sécurité en voiture

La voiture est le principal moyen de transport des familles partant en vacances, et il est bon de respecter des règles de sécurité pour que petits et grands voyagent dans de bonnes conditions.

- La sécurité :

En voiture, la réglementation française exige l'utilisation d'un dispositif adapté et obligatoire jusqu'à l'âge de 10 ans ou jusqu'à ce que la taille de l'enfant lui permette d'utiliser la ceinture de sécurité, soit entre 1,35 et 1,50 m. L'utilisation d'un siège-auto adapté au poids, à l'âge et à la morphologie des enfants est fondamentale. Le siège doit être homologué pour garantir sa conformité aux normes en vigueur : pour cela, assurez-vous qu'il porte sur l'étiquette la lettre E suivie d'un chiffre dans un cercle prouvant que le siège est conforme aux normes de sécurité routière européennes. Les enfants de moins de 10 ans doivent être installés à l'arrière du véhicule. S'il peut être attaché avec la ceinture de sécurité, l'enfant doit occuper une seule place, vous ne pouvez attacher 2 enfants de moins de 10 ans avec une seule ceinture. Le non-respect de ces obligations est passible d'une amende pouvant aller jusqu'à 750 €.

▶ Comment bien installer le siège-auto ? :
Que dit le code de la route ? « Tous les enfants de moins de 10 ans doivent être attachés dans un dispositif de retenue adapté à leur morphologie. L'homologation, certifiant que ces dispositifs répondent aux normes de l'Union européenne, est obligatoire. Une étiquette atteste que le fabricant a bien obtenu cette homologation et comporte plusieurs indications :
selon la norme, le poids (R44) ou la taille (R129) indique le dispositif approprié.

La lettre E, entourée d'un cercle, signifie que le matériel est conforme à la norme européenne. Le nombre qui suit ce marquage correspond au pays qui a délivré l'homologation (2 pour la France).

L'installation d'un enfant à l'avant est tolérée, lorsque le véhicule ne dispose pas de banquette arrière ou si celle-ci est déjà occupée par des enfants de moins de dix ans, ou encore si le siège arrière n'est pas équipé de ceinture de sécurité. Toutefois, ce type d'installation est fortement déconseillé et doit rester exceptionnel. »

Notez aussi le nouveau standard européen pour une meilleure sécurité de vos enfants en voiture : « La nouvelle norme R129 (ou i-Size) lancée en juillet 2013 renforce la sécurité des enfants en voiture en imposant le système de fixation Isofix, en classant les sièges selon la taille de l'enfant et non plus son poids et en allongeant la période obligatoire d'installation dos à la route (15 mois et 80 cm minimum). Cette norme remplacera progressivement le standard R44. »

Groupe 0 : De la naissance à 10 kg. Tranche d'âge : de la naissance à environ 15 mois. Équivalent i-Size : de 40/45 à 70/78 cm. En règle générale, une nacelle se fixe de façon transversale sur la banquette arrière (la tête du bébé vers le centre de la banquette et non côté portière).

Groupe 0+ : de la naissance à 13 kg / **jusqu'à 80 cm. De la naissance à environ 2 ans et demi. Version surdimensionnée du précédent, ce siège permet de transporter l'enfant dos à la route, dans une position semi-allongée. Il doit être installé dans les mêmes conditions que le siège du groupe 0. **Groupe 1 :** de 9 à 18 kg / **jusqu'à 1 mètre. Environ de 10 mois à 1 an. L'enfant se tient bien assis et peut résister aux forces qui le propulsent vers l'avant lors d'un freinage. Il peut être installé dans un siège doté d'un harnais (siège-baquet) ou dans un siège avec tablette de protection (siège à réceptacle) susceptible de se fixer aux deux points d'ancrage de la ceinture médiane. **Groupe 2 (15 à 25 kg) et groupe 3 (22 à 36 kg) / **jusqu'à 1 m 50 :** À partir de 3 ans et demi. La taille et la corpulence de l'enfant imposent de l'installer dans un siège ou sur un coussin rehausseur. Il y restera jusqu'à ses 10 ans.

Randonner avec les enfants

Randonner apprend pêle-mêle aux enfants à assimiler la discipline - on a fixé des règles avant de partir, on doit s'y tenir ! -, le respect de l'environnement - non, on ne jette pas son papier de céréales n'importe où ! -, le goût de l'effort - on arrive bientôt, pas question de flancher ! Et c'est surtout un excellent moyen pour développer la volonté de l'enfant et d'affermir son caractère tout en lui laissant de nombreux bons souvenirs qu'il aimera raconter à ses copains au retour des vacances. Toutefois, si l'on souhaite que la randonnée profite aux enfants, il faut veiller à bien connaître les capacités de chacun, et à ne pas le lancer trop tôt ou trop loin. Dans bien des cas, l'avis du médecin de famille et du pédiatre sera fort judicieux car l'organisme d'une jeune pousse mérite d'être ménagé.

▶ Si à vélo on peut commencer à se balader avec son enfant dès l'âge de 9-10 mois, que ce soit avec un porte-bébé, une remorque ou un vélo cargo, il semble préférable, pour la randonnée pédestre, d'attendre que l'enfant ait atteint son cinquième ou sixième printemps pour faire de lui un randonneur en herbe. Avant cet âge, vous pouvez bien évidemment choisir de randonner en portant votre bébé : dès l'âge de 6 mois, utilisez un porte-bébé physiologique préformé, et dès que l'enfant se tient assis, passez au porte-bébé de randonnée classique, en privilégiant ceux qui possèdent des cale-pieds. Dans tous les cas, veillez à ce que la balade, à pied ou à vélo, n'ait pas lieu à plus de 2 000 m d'altitude, qu'elle ne dépasse pas les 120 minutes d'affilée, et surtout que l'enfant soit parfaitement protégé du froid ou de la chaleur, deux ennemis qui peuvent occasionner des drames, surtout quand le petit passager n'a pas encore l'âge d'émettre des avis personnels !

▶ D'une manière générale, les enfants développent leurs capacités de randonneurs avec les années. Ainsi, il est convenu d'observer que les 4-8 ans peuvent porter jusqu'à 3 kg de matériel et parcourir 3 à 12 km à une vitesse de croisière pouvant atteindre les 3 km/h. De 8 à 12 ans, les marcheurs peuvent supporter jusqu'à 5 kg de matériel et couvrir 15 km dans la journée. Passé 12 ans, surtout s'il a été bien préparé, le jeune marcheur peut avoir les mêmes capacités qu'un adulte de force moyenne. Dès lors, bien motivé, il peut suivre les adultes partout. Surtout s'il est en possession d'un équipement digne d'un randonneur chevronné : sac bien rembourré au dos et aux bretelles avec ceinture ventrale, gourde et canne de randonnée.

A vélo, choisissez de préférence des itinéraires sur les pistes cyclables ou les voies vertes : ce sont en effet des itinéraires faciles et sécurisés, et de nombreuses destinations sont aujourd'hui adaptées au voyage à vélo en famille. Que vous soyez équipés de remorque pour les enfants en bas âge, d'un vélo suiveur ou de vélos adaptés à l'âge de vos enfants, choisissez des parcours adaptés à vos cyclistes en herbe ! En file indienne, avec un parent à l'avant, un parent à l'arrière et les bambins au centre, certaines précautions sont à prendre pour que la balade se passe dans les meilleures conditions. Ainsi, depuis le 22 mars 2017, le port d'un casque homologué à vélo est obligatoire pour les enfants de moins de 12 ans qu'ils soient conducteurs ou passagers (dans un siège-bébé adapté à l'enfant). Il s'agit de minimiser les risques de blessures potentiellement importantes lors de chutes. Les adultes et les enfants de plus de 12 ans n'ont pas cette obligation, mais le port d'un casque semble néanmoins indispensable et conseillé. Pour information, sachez aussi qu'en cas de non-respect de cette obligation, un adulte, qui transporte à vélo un enfant passager non casqué ou qui accompagne un groupe d'enfants non protégés, risque une amende forfaitaire de 4e classe de 135 € (cf www.service-public.fr).

Mais pouvoir suivre les adultes partout ne veut pas dire que l'enfant pourra effectuer tous les parcours pour autant ni même avoir les capacités d'un adulte. Résultat : même s'il donne l'impression d'être aussi bon que son voisin plus âgé, le petit d'homme reste un petit d'homme et la petite gazelle une petite gazelle ! Ce qui signifie qu'il est indispensable de souvent ralentir la cadence. De vérifier aussi que l'enfant n'est pas déshydraté et, s'il n'a pas bu depuis longtemps et que le soleil tape encore, de l'obliger à utiliser sa gourde. Pas question non plus de faire l'impasse sur le goûter ! Ni sur une pause de 15 minutes toutes les heures - oui, cela ralentit votre randonnée, c'est vrai, mais un enfant (rappelons-le) reste un enfant ! Pendant les pauses - surtout celle du pique-nique, plus longue que les autres -, profitez de ce temps d'arrêt pour lui raconter des histoires, chanter des chansons entraînantes, jouer à tel jeu qui l'intéresse, ou tout simplement observer ce qui l'entoure... Le jeune randonneur, qu'il soit à pied ou à vélo, doit rester mo-ti-vé. Pour cela, il est sage de fixer un objectif à la randonnée en famille : un lac de montagne où prendre un bain, un panorama exceptionnel, la découverte de la faune et de la flore, l'observation de la trace des animaux... Soyez à l'écoute et veillez à tout signe de fatigue ou comportement inhabituel qui témoignerait d'un épuisement physique. Surtout : ne le forcez pas ! Pensez à la protection solaire, à l'hydratation et à un équipement adapté à votre pratique physique, comme pour vous et même avec plus de précautions que pour vous. Pour protéger votre enfant des rayonnements nocifs du soleil, pensez à l'enduire de crème solaire écran total, à l'habiller avec des vêtements recouvrant le corps (tee-shirt et pantalon ou short), un chapeau (pour la randonnée pédestre) et des lunettes de soleil. Pour bien marcher et pédaler, votre enfant doit être chaussé convenablement. Des chaussures conçues pour la randonnée sont recommandées, et de bonnes baskets pour pédaler (pas de tongs !) : légères, solides, elles doivent surtout être à la taille des pieds de votre enfant, cela semble évident mais certains l'oublient !

© YULKAPOPKOVA - ISTOCKPHOTO.COM

S'INFORMER

Magazine papier, web magazine, radio et TV du Net, mais aussi sites web spécialisés, pour les parents, les grands-parents et les enfants, le Petit Futé a fait le tour de la question et vous laisse dans ce guide l'essentiel des adresses à connaître et à consulter pour rester à la pointe de l'information concernant les enfants. Qu'il s'agisse d'éducation, d'idées de loisirs en famille, d'informations sur la nutrition de bébé ou encore des agendas culturels, des conseils en puériculture et la vie de famille, ces domaines seront abordés dans la presse sélectionnée par nos soins. Les enfants auront aussi leur lot d'histoires, de documentaires, d'astuces et de jeux au travers d'une presse qui leur est totalement dédiée. La grande toile du web offre aussi pléthore de sites plus attractifs les uns que les autres pour écouter des histoires ou des comptines ou encore s'informer sur les dernières destinations famille en vogue !

RÉCRÉ MAG

www.recreazur.fr

Bimestriel gratuit pour les enfants de 6 à 12 ans diffusé gratuitement sur toute la France, dans les écoles, les réseaux culturels (théâtres, musées, bibliothèques), institutionnels (mairies, offices de tourisme) et commerciaux, et dans le monde de la petite enfance (crèches, maternités). Ludique et pédagogique, *Récré Mag* aborde tous les sujets (actualité, histoire, géographie, culture, etc.) pour mieux comprendre le monde.

MAGIC MAMAN

✆ 01 41 46 88 88

www.famili.fr

Bimédia qui s'adresse aux futures et jeunes mamans de bébés et enfants de moins de 6 ans, actives et urbaines. Tous les 2 mois, on y retrouve, entre autres, des leçons de puériculture, des infos sur la nutrition de bébé, des tests, des idées de séjours en famille, la mode et la beauté pour enfant, etc.

GRANDS-PARENTS MAGAZINE

www.grandsparentsofficiel.com

Car les grands-parents ont aussi droit à leur magazine dédié, *Grands-Parents Magazine* recense les meilleurs articles pour vous tenir informé des idées de loisirs et d'évasion à faire avec vos petits-enfants. Vous trouverez aussi des recettes de cuisine pour gâter vos chères petites têtes blondes, mais également des informations sur la vie quotidienne. La radio des grands-parents, quant à elle, vous délivre de nombreux témoignages et conseils de grands-parents heureux !

FAMILLE MAG

✆ 01 41 53 19 11

2,90 € le magazine.

Bimestriel dédié à l'éducation des enfants avec des astuces claires pour les parents soucieux du bien-être de leur progéniture – première rentrée, soutien scolaire, loisirs, sorties, etc. Bons plans, agenda culturel, alimentation, cinéma, environnement, expositions, jeux, livres, loisirs, maison, mode, nutrition, psychologie, santé, tourisme et vie pratique sont donc au nombre des différentes rubriques proposées par « Famille Mag ». Achat possible en ligne des anciens numéros. Un QR Code permet d'accéder directement au profil Facebook de *pourtoutelafamille.com.*

PAROLE DE MAMANS

✆ 01 55 65 05 50
www.paroledemamans.com
Trimestriel, réalisé pour et par des mères avec de nombreux conseils pour les enfants de 0 à 6 ans, témoignages et tests qui côtoient des articles de fond réalisés par des professionnels. Ce magazine, disponible en kiosque, l'est également gratuitement dans les crèches, les PMI, les maternités, chez les gynécologues et les pédiatres.

PARENTS

✆ 01 43 23 45 72
www.parents.fr
Ce mensuel grand public est une institution. Il est consacré à l'éducation des bébés et des jeunes enfants avec de nombreux conseils et témoignages pour accompagner les parents dans tous les gestes du quotidien et âge par âge. Ce magazine aborde ainsi des sujets allant de la grossesse à l'éducation, en donnant de nombreux conseils pratiques et d'autres distillés par des professionnels. Notez également que *Parents* se décline également sur Internet avec un site très riche et de nombreux forums. Vous pouvez ainsi vous abonner aux newsletters dédiées.

PARENTS & ENFANTS

Hebdomadaire numérique consacré à la famille née d'une collaboration entre La Croix et Bayard Jeunesse qui s'articule autour de 3 grandes parties : l'une est dédiée aux parents, avec un dossier sur la vie de famille ; le coin des enfants propose des histoires numériques ; et la partie commune comprend des sorties, jeux et recettes. Disponible par abonnement payant via le site dédié et sur l'AppStore.

PSYCHO ENFANTS

✆ 01 78 09 72 33
www.psychoenfants.fr
Bimestriel sur la psychologie de l'enfant et de l'adolescent, avec de nombreux conseils pour les parents, être bien dans leur tête et dans leur corps et pour aider leurs enfants à bien grandir.

L'ÉCOLE DES PARENTS

✆ 01 47 53 62 70
www.ecoledesparents.org
Trimestriel. 12 € le numéro.
Revue trimestrielle de la Fédération Nationale des Écoles des parents et des éducateurs (FNEPE) qui se fait le reflet de l'approche particulière et complémentaire de celles des acteurs du champ éducatif de l'EPE tout en apportant des repères et les éclairages nécessaires à la compréhension des transformations sociales et familiales. La revue, sous le regard de professionnels, traite de l'actualité de la recherche pédagogique et sociétale, de dossiers pratiques de la vie quotidienne, et des actions menées sur le terrain par les EPE.

LE JOURNAL DE MICKEY

www.disneymagazines.fr
Avec *Le Journal de Mickey*, les enfants découvriront chaque semaine des BD inédites avec plus de 30 pages, des rendez-vous avec la nature, les animaux, les jeux, le cinéma… Ils s'informeront sur les sujets qui les intéressent : les sports à sensations ou les métiers à risques et plein d'explications sur tout !

ÉCOUTER PLUS LOIN QUE LE BOUT DE SON NEZ
CONCEPTION/CRÉATION
FM
MOBILE
INTERNET
PODCAST
rcf.fr
RCF RADIO
LA JOIE SE PARTAGE

MICKEY JUNIOR MAGAZINE

www.mickeyjunior.fr/le-magazine

Le complice de vos enfants ! Mickey et tous ses amis se mettent en scène dans ce magazine qui fait rêver les enfants tout en les faisant grandir ! Plein d'histoires, des jeux-découverte, la rubrique Késakoi pour faire connaissance avec un bébé animal....Vos chérubins vont adorer !

GULLI LE MAG

www.gulli.fr

Mensuel ludo-éducatif, rattaché à la chaîne pour enfants Gulli. Divertissement, actualités culturelles, écologie, infos du monde, BD, jeux sont au programme sans oublier les héros des dessins animés. Dans chaque numéro, on y retrouve également des posters, des fiches à collectionner et un mini mag 100 % documentation pour faire le plein de découvertes, ainsi qu'un super cadeau !

GRAINE DE VIKING

✆ 09 54 23 78 47

www.grainedeviking.fr

Bimestriel gratuit, au format de poche, *Graine de Viking* est l'agenda des loisirs pour les enfants de 0 à 14 ans et leur famille en Normandie. Vous y trouverez les ateliers artistiques, les événements jeune public, parmi lesquels les spectacles, les séances de cinéma, les expos, et tout ce qui concerne la vie pratique. *Graine de Viking* est disponible dans les centres culturels, les maisons de quartier, les mairies, les magasins d'articles pour enfants, les offices de tourisme et certaines crèches, ainsi que dans les maisons de la presse du territoire.

PARIS MÔMES

✆ 01 49 29 01 21

www.parismomes.fr

Abonnement : 15 € / an.

Comme son nom l'indique, voici un magazine destiné aux enfants. Au menu : un guide des sorties (exemple : après-midi des enfants au Forum des Images) – un inventaire des sorties de livres et de musique, un programme d'événements Paris-Mômes et des « bons plans » à ne pas rater. Des jeux-concours sont mis en place, renforçant les interactions entre l'équipe rédactionnelle et son lectorat. C'est très vivant, pensé, bien fait, et recensant de manière exhaustive tout ce qu'il y aura à faire. Les parents y trouvent une mine d'idées !

ABRICOT

✆ 01 56 79 36 61

www.fleuruspresse.fr

Bi média mensuel éducatif qui accompagne les premiers pas vers la lecture. *Abricot* cible donc les 3-5 ans avec des jeux d'imitation, des jeux d'observation et de comparaison pour développer son vocabulaire, mais aussi des histoires pour développer l'imagination ; des coloriages ; des histoires avec autocollants et des chansons. Et dans le même esprit, mais juste pour les fillettes, *Les Petites Princesses*.

TOUPIE

✆ 05 61 76 64 64

www.milanpresse.com

Mensuel ludo-éducatif pour les enfants de 3 à 6 ans avec, dans chaque numéro, une comptine, un petit récit, une grande histoire illustrée et des jeux pour découvrir en s'amusant les livres, les images et les mots.

WAPITI

www.wapiti-magazine.com

Mensuel. 64 € pour un an ou 5,40 € par mois.

Wapiti est LE magazine des 7-12 ans qui pose un regard scientifique sur la nature au travers de reportages photo et de dossiers afin de les sensibiliser à la protection de la faune et la flore. Avec le magazine *Wapiti*, l'actualité de la science et de la nature est passée aux rayons X, la créativité et l'incroyable beauté du monde animal et végétal sont révélées, la beauté (et la fragilité) de la planète est démontrée, les lecteurs passionnés deviennent des écocitoyens avertis ! Une belle plongée à la découverte de la vie terrestre.

OKOO

www.france.tv/okoo

Chaîne de France Télévision, *Okoo* est né de la fusion entre *Monludo* et *Les Zouzous*. Dessins animés et programmes pour enfants, émissions de jeunesse en streaming, s'amuser en apprenant et partager de bons moments en famille. Des films et des reportages qui invitent les parents à donner des explications simples afin de construire le raisonnement de l'enfant.

RADIO BARBOUILLOTS

www.radiobarbouillots.com

La radio des enfants mais aussi des parents ! Au programme, des chansons, des comptines, des berceuses, mais aussi des jeux et de belles histoires pour éveiller les petits loups. du petit déjeuner à l'heure du dodo, toutes les heures sont ponctuées d'instants musicaux. Un vrai régal pour vos chères têtes blondes ! Téléchargez gratuitement l'application pour écouter votre radio préférée quelque soit l'endroit !

DECATHLON OUTDOOR

www.decathlon-outdoor.com/fr-fr

Application gratuite à télécharger.

L'application Decathlon Outdoor est le partenaire idéal pour toutes vos balades nature en famille ! Cette application mobile permet de trouver des idées de balades à pied ou à vélo, quel que soit l'endroit où vous vous trouvez en France. Que vous soyez en ville, en bord de mer, à la campagne ou encore au cœur d'un massif montagneux, l'application propose des randonnées pour répondre à tous les niveaux. De la petite balade de 30 min à l'escapade de plusieurs heures, l'application s'adapte à vos envies du moment. Facile à utiliser, elle fonctionne aussi hors ligne.

RADIO POMME D'API

www.radiopommedapi.com

Toute la journée, *Radio Pomme d'Api* ce sont des comptines, des poèmes, des chansons pour s'initier à la littérature orale, et tous les soirs à 20h15 une grande histoire pour aider à s'endormir ! Appréciée des petits comme des plus grands pour un éveil grandeur nature à tous les styles musicaux.

CITIZENKID

7, quai Saint-Vincent
LYON (1er)
✆ 04 72 00 20 81
www.citizenkid.com

Grâce au site CitizenKid, accédez à toutes les activités pour les enfants que vous soyez à Paris, Lyon, Bordeaux, Marseille, Nantes, Nice ou autre grande ville de France. Spectacles pour enfants, centres de loisirs, soutiens scolaires, bricolage, sorties culturelles, etc. Des vidéos avec le CitizenKid.

AUVERGNE-RHÔNE-ALPES

Vaste région regroupant 12 départements, Auvergne-Rhône-Alpes offre de fait une très grande variété de paysages et fait de ces départements une destination touristique familiale idéale où chacun trouvera l'activité qui correspond à ses envies. Des accents provençaux de la Drôme au massif des Ecrins, du Parc Naturel Régional de la Vanoise aux stations de ski de Val Thorens, vos chérubins et vous aurez suffisamment d'espace pour arpenter, crapahuter, randonner dans cette nature généreuse. Ne manquez pas le musée des Confluences à Lyon et celui consacré à la Préhistoire au grand site de France de l'aven d'Orgnac, sans oublier de visiter la reconstitution de la grotte Chauvet aux peintures rupestres. Et pour compléter votre périple, faites un tour dans les alpages pour rendre visite aux fermiers et producteurs d'abondance. Dégustez une fondue typiquement savoyarde, c'est aussi ça les vacances en famille !

ESPACE COMTE D'ARANC

Place du Lavoir - **ARANC**
✆ 04 37 61 18 84
www.lafruitieredaranc.fr

Ouvert du mardi au samedi 9h30-12h30 et 14h30-19h, dimanche de 9h30 à 19h. Groupes, visite guidée sur rendez-vous.

L'Espace Comte d'Aranc nous rappelle que le plateau de Hauteville compta jusqu'à 33 fruitières, lieux où le lait de paysans associés était récolté pour être transformé en fromage ou en beurre. La fruitière d'Aranc est la dernière ayant conservé son aspect depuis sa création. On y découvre d'anciens ustensiles de collecte, de fabrication et de transformation du comté ou du beurre. Autre bonheur, Joël Pelletier nous propose ses produits à base de lait de montagne, dont le fameux comté, mais encore de la viande ou de la charcuterie régionale. Une visite gourmande.

CENTRE NAUTIQUE

282, avenue des Alpes
DIVONNE-LES-BAINS
✆ 04 50 20 37 85

Ouvert de juin à mi-septembre.

Tous les plaisirs de l'eau à Divonne-les-Bains. Avec sa piscine olympique, sa fosse avec plongeoirs, un bassin d'apprentissage, une pataugeoire pour les tout-petits, le Centre nautique vous promet de bons moments de plaisir, de loisirs et de sport avec de l'aquabiking et de l'aquagym. Le toboggan de 60 m de longueur assure de bonnes frayeurs ! En attendant, certains pourront profiter de la plage située tout à côté, au bord du lac de Divonne qui offre lui-même la pratique de nombreuses activités nautiques. En face, un restaurant-bar pour se détendre.

FESTIVAL BR'AIN DE CIRQUE

rue Lamartine
BOURG-EN-BRESSE
✆ 06 12 86 05 55
https://etac01.com/brain-de-cirque

10 jours en mai.

Le cirque est un lieu magique par excellence, tant pour les petits que pour les grands. Prêt à avoir des étoiles dans les yeux ? Pendant 10 jours, ce festival vous fera vibrer aux ondes magiques des chapiteaux et des salles, et retenir votre souffle à la vue de prestations insensées pour vous émouvoir de leur poésie. Le village-chapiteau s'installe tous les ans à l'arrière du Monastère de Brou et propose une dizaine de spectacles tous plus féeriques les uns que les autres. On adore !

CHÂTEAU DE FLÉCHÈRES ★

Allée de Fléchères
FAREINS
✆ 04 74 67 86 59
www.chateaudeflecheres.com

Ouvert d'avril à novembre. Château visite guidée. Parc libre. Adulte 10 €, enfant 5 € (8 à 17 ans).

Niché dans un parc de 40 ha, ce château édifié au début du XVIIe siècle par Jean de Sève conserve un aspect monumental, presque médiéval, mais déjà considérablement adouci par le style architectural alors en vogue à l'aube du classicisme. Vous y trouverez des cheminées sculptées, des salons Louis XV meublés, des superbes fresques italiennes de 1632. Un grand parc aux arbres séculaires s'offre à vous pour y flâner : admirez les jardins à l'anglaise avec ses topiaires. Sachez enfin que le château est un lieu très prisé par les réalisateurs du 7e art !

MUSÉE DU TRAIN MINIATURE

96, place des Halles
CHÂTILLON-SUR-CHALARONNE ✆ 04 74 55 03 54
www.museedutrainminiature.com

Haute saison du mardi au dimanche et jours fériés 10h à 12h et 14h30 à 18h. Gratuit -4 ans. Adulte 6 €. Pas de CB.

L'aventure d'un passionné du modélisme ferroviaire qui a réalisé son rêve et nous le fait partager. Situé en plein centre de Châtillon, ce sont 200 m^{2} de réseau ferré, pas moins de 30 rames et des reconstitutions archi-fidèles des sites et monuments de la région lyonnaise – avec une splendide reconstitution de la gare des Brotteaux –, des Alpes ou de Provence. Atmosphère changeante, bruitages, tout est orchestré pour recréer une réalité aussi conforme à l'originale... la fantaisie en plus. Une boutique en forme de gare vient compléter la visite d'une heure.

BASE DE LOISIRS CHAMBOD

2907, route du Port - **HAUTECOURT-ROMANÈCHE**
✆ 04 74 37 24 35
www.ile-chambod.com

Entrée payante et surveillée de fin juin à fin août, de 10h30 à 19h. Adulte 4 €, enfant 2 €.

Une île entre deux rives, voici comment l'on pourrait définir cette base de loisir à échelle humaine à l'environnement préservé. 20 ha de nature avec espaces promenade boisés, mais aussi aires de pique-nique aménagées et un espace baignade surveillé, doté d'une plage et de jeux aquatiques (boudins et toboggans) à la pointe de l'île. Vous pourrez profiter du « bateau promenade » et de son circuit « Autour de l'île » d'une durée de 1h15 ainsi que du circuit « Les Gorges » d'une durée de 2h15 qui vous emmènera au viaduc de Cize Bolozon entre falaises et forêts.

CHÈVRERIE LA RAMAZ

La Bertinière
HAUTEVILLE-LOMPNES
✆ 06 37 09 10 20
www.chevrerielaramaz.fr
Ouvert tous les jours à partir de 16h. Entrée : 2 €.

Cette exploitation familiale est située à 900 mètres d'altitude. Annie et Olivier élèvent une centaine de chèvres de race alpine, quelques saanen et cols noirs du Valais qui profitent d'une quarantaine d'hectares de prairies. La totalité du lait récolté est transformé en fromages dont la grande majorité est écoulée en vente directe. Venez à 16h pendant la saison pour participer à la traite des chèvres, puis dégustez et faites provision de fromages frais, chèvre au poivre, fromage miel cannelle ou une tome ; sans oublier les yaourts ou le lait cru de chèvre.

FESTIVAL NATURE AIN

HAUTEVILLE-LOMPNES
✆ 06 41 09 91 45
https://festival-nature-ain.fr
20, 21 et 22 mai 2022.

Le Festival Nature Ain vous invite à découvrir, en images, aussi bien des photographies que des films documentaires, la biodiversité du plateau et d'autres régions ou coins plus reculés de notre belle planète. Un festival destiné à réveiller les consciences, à se souvenir combien notre planète est belle et qu'il est primordial de la préserver. Au programme, des expositions, des ateliers, des conférences mais aussi des sorties nature et des films. Le festival fête ses 10 ans en 2022. À l'heure où nous éditons le guide, le programme ne nous est pas encore connu.

PARCOURS AVENTURE DU BUGEY

Chemin du Col-de-Valorse
HAUTEVILLE-LOMPNES
✆ 06 83 39 10 47
www.aventuredubugey.com
Ouvert d'avril à octobre.
Accrobranche de 6 € à 21 €.

Bienvenue sur le Parcours Aventure du Bugey. L'un des plus beaux et des plus sensationnels Parcours Aventure dans les arbres de la région. Sa plus grande particularité, c'est que les parcours sont établis autour d'un étang que trois tyroliennes franchissent. Adultes et enfants s'en donnent à cœur joie sur ces parcours aux difficultés adaptées à tous les publics. Près de 150 jeux et activités à faire en toute sécurité dans un environnement grandiose.

MAISON D'IZIEU - MÉMORIAL DES ENFANTS JUIFS EXTERMINÉS ★★★

70, route de Lambraz - **IZIEU** ✆ 04 79 87 21 05
www.memorializieu.eu
Hors vacances : 15h30-17h.
Vacances : 9h-17h. Samedi : 14h-18h.
Dimanche : 10h-18h. Gratuit -10 ans. Adulte 7 €.

La Maison d'Izieu, où 44 enfants et 7 adultes ont été raflés le 6 avril 1944, est l'un des trois lieux de mémoire nationale des victimes des persécutions racistes et antisémites. Ce site unique, au panorama incroyable, accueille plus de 30 000 visiteurs par an, près de la moitié étant des scolaires. Deux bâtiments : la maison et l'exposition permanente dans la grange et son extension. La Maison d'Izieu est un lieu de mémoire bien vivant pour lutter contre l'intolérance et le racisme.

LE MUSÉE DU PEIGNE ET DE LA PLASTURGIE ★

88, cours de Verdun - **OYONNAX**
✆ 04 74 81 96 82 - www.oyonnax.fr
Ouvert de mardi à samedi et chaque premier dimanche du mois. Gratuit jusqu'à 16 ans. Adulte : 3,60 €.

Dès le XVIIIe siècle, la fabrication artisanale de peignes en bois, puis en corne, fit la réputation d'Oyonnax. A la fin du XIXe siècle, l'arrivée du celluloïd (le plastique) change la donne. Dans les années 1920, les fabricants de peigne élargissent leur production d'autres objets de plastique. Ce « Musée de France » retrace l'histoire industrielle de la ville et présente des pièces dignes de l'orfèvrerie, des machines-outils incroyables et des expositions d'œuvres d'art en plastique.

CANOË L'ESQUIMAUDE

Avenue de l'Oiselon - **PONT-D'AIN**
✆ 06 08 78 98 78
www.canoe01.fr
Du 1er mai au 30 septembre, tous les jours, départ de 9h à 15h. Canoë-kayak à partir de 18 € adulte, 6 € enfant les 2h.

Il n'y a pas que l'Ardèche pour les sensations fortes ! En Rhône-Alpes, vous pouvez descendre la rivière l'Ain en canoë ou en kayak. Moins sportif peut-être, mais plus paisible, avec des paysages sauvages et une riche biodiversité à la clé et des spots sauvages pour pique-niquer. Vous avez le choix entre 6 itinéraires de 5 à 35 km. Osez le 35 km avec bivouac sous les étoiles. Vous pouvez même pratiquer le canoë en dehors de l'été, l'Esquimaude vous propose à la location des *longjohn*, combinaisons qui vous garderont au chaud sur et parfois... sous l'eau.

LA MAISON DE L'EAU ET DE LA NATURE

Place de Dorhnan - **PONT-DE-VAUX**
✆ 03 85 33 03 34
www.maison-eau-nature.com
Horaires complets sur le site. Adulte : 3 €. Gratuit pour les moins de 16 ans.

Parmi les nombreux enjeux environnementaux : la préservation des zones humides. A la Maison de l'eau et de la nature, chacun visite à son rythme une exposition interactive. Découverte de la prairie inondable du Val de Saône, de ses oiseaux, des castors ou des dunes de sable des Charmes. Les enfants suivent un jeu de piste adapté pour mieux comprendre cette nature mystérieuse. Jeux de piste à faire en famille autour du port de plaisance et du plan d'eau de Pont-de-Vaux.

LE VILLAGE DES ÉTOILES

95, route de Valorse - **RUFFIEU**
✆ 06 65 01 82 36
www.randonnees-astronomie.com
15 € pour les + de 12 ans. 10 € pour les enfants de 6 à 12 ans. Gratuit pour les enfants de moins de 6 ans.

Quand dynamisme et efficacité riment avec astronomie, cela donne le Village des Etoiles, fusion intelligente de diverses activités liées à l'astronomie. Les activités en question couvrent un large panel de publics, scolaires, entreprises et particuliers à travers des animations spécifiques, des voyages organisés, des soirées d'observation, des séances de planétarium, etc. Entre le planétarium, le théâtre céleste (planétarium à ciel ouvert), le télescope de 600 mm et l'observatoire solaire, vous découvrirez le ciel sous tous ses coutures. Inscription obligatoire.

FOIRAIL DE LA CHAMBIÈRE

200, rue de la Montbeliarde
SAINT-DENIS-LES-BOURG
✆ 04 74 45 21 96
Ouvert le mardi de 6h à 19h. Gratuit. Restauration.

Le foirail de la Chambière est le premier marché bovin de France. Chaque mardi, environ 2 500 bêtes s'échangent. Un marché de gré à gré où les négociations sont très ritualisées. Les arrivées se font le matin. Les ventes, elles, ne se font que l'après-midi. Elles débutent à 13h45 avec les veaux. Suivent les broutards, les animaux destinés à la boucherie, puis les génisses pour la reproduction. Les premiers négociants sont sur place dès 5 ou 6 h du matin, les derniers s'en vont vers 19h. Une belle et grande journée au cœur de la ruralité où le public est bienvenu.

FERME DECOUVERTE DES 2 COCOTTES

1433, route de Saint-Genis
SAINT-DIDIER-D'AUSSIAT ✆ 06 26 07 97 44
www.les2cocottes.fr
Fermé de novembre à mars. Haute saison du mercredi au dimanche de 10h à 18h sur réservation. Adulte : 2 €. Enfant : 5 €.

Cette ferme accueille aussi bien les familles que les groupes. Venez profiter d'une belle journée pour découvrir les poneys et chevaux, les ânes Shrek et Julo, les chèvres et leurs boucs, les cochons, les moutons, et la basse-cour poules, oies, canards, et les adorables lapins, sous la surveillance de Jules, le paon. Ateliers pédagogiques, nourriture, reproduction. En fonction des heures, ils pourront les nourrir et récolter des œufs. Minigolf. Pédalos. Aires de jeux et de pique-nique.

PARC DES JARDINS AQUATIQUES ET JARDIN DES BAMBOUS

Route de Châtillon sur Chalaronne - **SAINT-DIDIER-SUR-CHALARONNE** ✆ 04 74 04 03 09
http://parc.lesjardinsaquatiques.fr
Mi-avril à octobre.
Adulte 6 €, Pack enfant 6,50 € (entrée + livret jeux + crayons), enfant de 3 à 11 ans 4 €.

La Dombes est le mariage réussi de la terre et de l'eau. Les Jardins aquatiques et le musée vivant de la Plante aquatique offrent une approche paysagère d'un milieu qui recouvre de grandes parties de la planète. Sur un vaste espace de 15 000 m², de nombreux bassins permettent de découvrir le patrimoine végétal régional, mais encore des plantes exotiques, comme les célèbres lotus ou les bambous. Les carpes koï peuplent des bassins que l'on peut installer chez soi (matériel sur place).

POTAGER, VERGER CONSERVATOIRE - MUSÉE DU REVERMONT

40, rue Principale - **VAL-REVERMONT**
✆ 04 74 51 32 42
De début avril à fin octobre du jeudi au lundi de 10h à 12h30 et de 13h30 à 18h.

Ce jardin a été créé en 1986, au cœur du village de Cuisiat, par le musée départemental du Revermont, musée installé dans l'ancienne école-mairie réhabilitée, pour témoigner des variétés et des pratiques culturales anciennes. Près de 650 variétés locales de plantes, curieuses ou odorantes sont cultivées dans le verger-potager conservatoire dans le respect des normes de l'agriculture biologique : légumes anciens ou insolites, plantes à odeur, pommiers divers et variés, roseraie...

LA FERME DES GRANGERS

12, Les Grangers - **BESSON**
✆ 04 70 42 81 39

Bienvenue à la Ferme. Ouvert tous les jours de 10h à 19h. Boutique. Entrée pour tous : 4 €. Sur réservation.

Pour une heure ou plus, venez découvrir les animaux de Marie-Janique. Chèvres, brebis, vaches, lapins, volailles, et Skippy et Clarisse, les lamas. En famille, elle vous commente la visite et vous reçoit même en cas de mauvais temps (aménagements prévus). Elle accueille les classes vertes et de découverte, les personnes handicapées, maisons de retraite, visite de la ferme et fabrication de fromages ou autres. Livres, plans, photos, jeux de piste... Goûter et casse-croûte, avec gâteau de carotte, fromages, lait de poule. Possibilité d'organiser des anniversaires.

PRÉHISTORAMA ★

La Gare - **CHÂTELPERRON**
✆ 04 70 34 84 51
www.prehistoramachatelperrron.sitew.fr

Fermé d'octobre à mars. Ouvert lundi, du mercredi au samedi 10h à 12h et 14h à 18h, dimanche de 14h à 18h. Adulte : 4 €.

Préhistorama dévoile la vie quotidienne de nos très lointains ancêtres par le biais d'un parcours mêlant reconstitutions scénographiques, séquences vidéo expliquant les différentes tailles d'outils en silex et l'exposition de nombreux objets répliques de silex taillés et d'ossements. À disposition audio-guide, salle de documentation, salle d'expositions, outils informatiques pour les plus jeunes. Il faut aller à Gannat visiter le parc à thème, Paléopolis la colline aux dinosaures, qui complète idéalement cette découverte des sciences de la Vie et de la Terre.

AQUA CANOË

39, rue de la Guillotière - **ÉBREUIL**
✆ 07 60 84 78 90
www.canoe-sioule.com

Ouvert tous les jours en juillet et août. Adulte demi-journée : 20 €. Rafting : 20 € par personne. Pédalo : 10 €.

Balades en canoë une ou deux places dans les gorges de la Sioule, seul ou en groupe, à la demi-journée ou à la journée, sur 10 à 20 km environ. Descente de la rivière en rafting, dans le respect de l'environnement et des berges propriétés privées. Vous serez totalement pris en charge. Équipements de sécurité, bidons étanches qui protègent vos affaires. La navette vous récupère à l'arrivée. Également possibilités de balade en pédalo sur le plan d'eau d'Ebreuil, en paddle géant avec 10 personnes sur la Sioule. Journée accrobranche + canoë. Journée vélorail + canoë.

PARC ACCRO-SIOULE

La Croix Lambin - **ÉCHASSIÈRES** ✆ 04 70 90 78 12
accro-sioule.fr

Haute saison ouvert tous les jours de 10h à 19h. Septembre et octobre week-end de 13h30 à 18h. Journée : 30 et 35 €.

En forêt des Colettes, des parcours ont été conçus dans le respect de la nature et en mémoire des anciennes activités de la région. Les Petits Renards, les Sabotiers, les Charbonniers et les Mineurs avec ateliers culminant à près de 25 m de haut. Ponts de singe, tyroliennes, lianes, ponts népalais, tonneaux suspendus, passerelle rondins, passerelle planches, pont filet, poutre équilibre, poutre suspendue. Une tyrolienne de 240 m de long prenant son départ sur les anciens pontons des mines et la tyro-aquatique survolant l'étang assurent de belles sensations.

PALÉOPOLIS ★

Route de Bègues - **GANNAT**
✆ 04 70 90 16 00
www.paleopolis-parc.com

Fermé de novembre à mars. Haute saison ouvert tous les jours de 10h à 19h. Adulte : 13,80 €, enfant : 11,80 € et 4,20 €.

Embarquez pour un grand voyage de 4 milliards d'années en arrière à la découverte de dinosaures grandeur nature en extérieur et à l'intérieur. Situé dans un environnement naturel préservé, Paléopolis est un parc à thème dédié à la paléontologie, proposant des expositions permanentes, des expositions en réalité virtuelle, des animaux en 3D. De nombreux ateliers pédagogiques à thème, fouilles, minéralogie, moulage et art pariétal. Dans l'espace Rhinopolis, l'exposition permanente de 600 m² retrace en 15 séquences l'histoire commune des habitants disparus et actuels de notre planète. C'est toute l'évolution de la vie avec plus de 300 fossiles ayant peuplé la Terre avec en vedette le célèbre T-Rex. Dans la galerie des découvertes, admirez les trésors des mines de France, dévoilant l'une des plus belles collections françaises de minéraux aux formes et couleurs stupéfiantes. C'est là aussi que vous allez vivre la Dino Expérience, une véritable plongée immersive à la rencontre de quelques spécimens particulièrement représentatifs dont le fameux rhinocéros de Gannat. Partez à la découverte du Monde perdu de Gannat, avec un casque de réalité virtuelle, vous serez emporté dans un tourbillon temporel. Entrez dans le Paléo-nautilus, pour découvrir la faune subaquatique disparue depuis des centaines de millions d'années. Ne manquez pas le film en 4D, projeté sur un écran géant de 20 m². Les espaces ludiques Playmobil et Jurassic Park. Les petits deviendront paléo-explorateurs ou biologistes au Paléo Labo. Aires de jeux et de pique-nique.

LABYRINTHE ESCAPE GAME DE LA SIOULE

Les Grands Champs - **LE MAYET-D'ÉCOLE**
✆ 06 58 05 32 71

Ouvert de 10h à 18h week-ends, jours fériés et vacances. Adulte : 8 €. Enfant 5 à 11 ans : 5 €. Forfait famille : 25 €.

Pour sortir du labyrinthe, deux options possibles. Soit trouver son chemin au hasard comme dans un labyrinthe classique, soit découvrir la clé permettant de gagner la sortie plus rapidement. Le parcours est ponctué de six énigmes à résoudre. Chacune d'elles donne un indice permettant de comprendre la structure secrète du labyrinthe, et donc sa solution. C'est aussi l'occasion de s'évader en famille sur le circuit en pleine nature des vélorails électriques, situés tout à côté.

STREET ART CITY

Les Bruyères de Béguin
LURCY-LÉVIS
✆ 06 21 08 80 48
www.street-art-city.com

Visite libre des extérieurs à partir du 26 mai 2022.

Si vous avez envie de flâner en famille par une belle journée d'été, rendez-vous à Béguin, et prévoyez au moins trois heures pour une visite des 90 fresques murales réalisées par des artistes du monde entier sur treize bâtiments, en visite libre. En intérieur, expositions interactives au contact des artistes, ateliers d'artistes en résidence, espace Artshop Gallery et surtout l'hôtel et ses 128 chambres entièrement graffées étant la micro-galerie de chaque artiste. Un espace restauration permet de faire une pause avant de poursuivre la visite de ce site unique.

ALOHA PARC PARAY-SOUS-BRIAILLES

Route de la Tour-de-Villemouze
PARAY-SOUS-BRIAILLES ✆ 06 95 06 13 26
www.alohaparc.fr

Ouvert juillet et août de 11h à 19h.
En septembre lundi, mardi, mercredi de 15h à 19h, samedi et dimanche de 13h à 19h.

Parc aquatique de modules gonflables installé au Natural Wake Park. Sur et dans l'eau, sauter, grimper, escalader, voler, glisser en toute sécurité de manière ludique et sportive. Tout est conçu pour empêcher de rester coincé en dessous. Chaque élément a une fiche imprimée, rappelant son utilisation optimale (nombre d'utilisateur, interdiction de plonger, de passer sous les modules...). A partir de 7 ans à condition de savoir nager, port obligatoire du gilet d'aide à la flottabilité.

FERME PEDAGOGIQUE DE LA GANNE

Route d'Issac - **PRÉMILHAT**
✆ 06 76 92 25 02
www.domainedelaganne.fr

Ouvert tous les jours de 14h à 19h. Visite libre : 7 €, enfant : 5 €. Visite guidée : 10 €, enfant : 8 €.

Sur 100 hectares d'une nature préservée composée de prairies conduites en agriculture biologique, le Domaine de la Ganne est à la fois une ferme pédagogique et un parc animalier, où gambadent des bovins highlands cattles, mais également tout un panel d'animaux, volailles d'ornement, cochons du Vietnam, paons, ânes, moutons d'Ouessant, kangourous et wallabies qui raviront toute la famille. Donnez le biberon aux veaux, célébrez anniversaire, mariage, cousinade. Aire de pique-nique.

CHÂTEAU DE SAINT-GÉRAN

RD659
SAINT-GÉRAND-DE-VAUX
✆ 04 70 45 11 42

Fermé d'octobre à mars.
Ouvert du mardi au dimanche. Visite : 8 €, enfant : 5 €. Visite aux chandelles : 15 €.

D'époque d'Henri IV, édifié sur des caves du XIVe siècle et entouré d'un parc arboré de 4 hectares, créé par Claude Vacher et Alphonse de Lamartine (1810-1811), vestiges du jardin à l'anglaise attribué à l'architecte Jean-Marie Morel. Le domaine comprend un pigeonnier, un corps de ferme et une grande pelouse agrémentée d'arbres exotiques centenaires. Saint-Géran a été le théâtre de la grande Histoire du Bourbonnais, et la petite Histoire de France, avec de grands noms, Jacques Cœur, Jean-François de La Guiche, Rohan, Philibert Orry de Vignory ministre de Louis XV, intendant des finances, directeur général des Ponts et Chaussés, directeur des manufactures royales, achète le château en 1732, c'est son demi-frère qui baptisera un des navires de commerce, le Saint-Géran dans le port de Lorient. Angélique de Scorailles (marquise des Anges), Paul et Virginie, Lamartine... Chaque été, Marc-Eric redonne vit au château au travers des spectacles ludiques et interactifs relatant certains faits marquants de ces personnalités. Visites guidées des salons, des visites lugubres aux chandelles, spectacles en costume avec Maître Petitpied le fantôme vous plongeant au cœur d'intrigues historiques. Visites interactives pour les enfants. Ateliers découverte, héraldique, empreintes, chasses aux trésors avec Quêtes Fantastiques dans les jardins ou recherche du Jeu de quilles en or caché dans les appartements de la comtesse. Escape game avec deux univers. Dans la chambre de la comtesse de Saint-Géran ou dans les caves médiévales.

BELVÉDÈRE DES COULÉES BASALTIQUES

FABRAS

Accès libre toute l'année.

Sur la commune de Fabras, dominant l'Ardèche, on s'arrêtera au belvédère des Coulées basaltiques pour profiter d'une vue panoramique les coulées qui semblent plonger dans les eaux vives. Un escalier permet de rejoindre le pont et la rivière, tandis qu'une table d'interprétation donne des explications sur les volcans et le basalte. Les lieux bénéficient d'illuminations nocturnes de mai à septembre jusqu'à 1 heure du matin. Le paysage devient alors vraiment féerique.

SAFARI DE PEAUGRES ★★

RN82 - **PEAUGRES**

✆ 04 75 33 00 32

www.safari-peaugres.com

Haute saison tous les jours de 9h30 à 19h. Billet liberté web sans réservation : 24 €. Enfant de 3 à 12 ans : 20 €.

Les 900 animaux du Safari Parc sont nés à Peaugres ou viennent de parcs zoologiques français ou étrangers.C'est un parc qui sensibilise le public aux enjeux écologiques, milite pour l'environnement et dénonce les menaces qui pèsent sur la biodiversité. Sur près de 80 ha, Peaugres offre aux visiteurs deux circuits : un en voiture, l'autre à pied. Dans son véhicule, on approche les animaux dans leur milieu. A pied, le spectacle est aussi fascinant avec des animaux de tous les continents, l'espace aquatique, le vivarium et le tunnel vitré dans l'enclos des félins.

CENTRE AQUATIQUE LA PERLE D'EAU

Quartier La Raze - **LABLACHÈRE** ✆ 04 75 36 38 80

www.piscine-laperledeau.com

Ouvert toute l'année. Tous les jours. Entrée : 6 €. Enfant : 4,80 €. Accès spa : 10 €. Soins sur réservation.

Ce centre aquatique intercommunal est une aubaine tant pour les riverains que pour les touristes. La Perle d'eau est bien plus qu'une piscine, c'est aussi une structure écologiquement correcte : sans chlore (avec ozone), avec un chauffage mixte bois-solaire et une gestion de l'eau avec recyclage. La Perle d'eau intègre des jeux aquatiques mais aussi un espace forme et détente avec hammam, sauna, bain bouillonnant, massages. L'occasion d'une journée en famille réjouissante.

ARDECHE ALUNA FESTIVAL

RUOMS

www.aluna-festival.fr

En juin.

Des milliers de spectateurs, une vingtaine de concerts : Aluna a pris de l'ampleur ! En plus d'une décennie d'existence, sa notoriété est désormais assise. Il faut dire que le cadre, en pleine nature, est somptueux. Aluna ne choisit pas entre chanson, pop et rock, rap, reggae ou musique électronique. Sa seule ambition est de vous proposer toujours mieux : concerts géants sur la scène Étoile, découvertes et pépites sur la scène Météore. Toujours des bons crus et la fête au rendez-vous. Coup de chapeau à l'équipe des bénévoles !

LE PETIT ÂNE BLEU

Pont de Pigère

LES VANS

✆ 04 75 37 27 98

www.lepetitanebleu.fr

Réservation fortement recommandée. Balades de 45 € la demi-journée à 320 € la semaine.

L'aventure à dos d'âne, en famille pendant un ou plusieurs jours… Une façon ludique et originale de découvrir les Cévennes ou le plateau ardéchois, en charmante compagnie : les ânes sont courageux, conviviaux, et surtout, d'un contact particulièrement adapté aux enfants. De plus, ils passent vraiment partout ! C'est donc muni d'une carte et d'un guide pratique, que l'on peut découvrir les sentiers et les chemins, les lieux de baignade, et surtout les gîtes ou les campings adaptés à « l'équipage ». Il est aussi possible de loger sur place sous un tipi.

MUSÉE ALPHONSE DAUDET - MAISON DES TRADITIONS

710, chemin de la Vignasse - **SAINT-ALBAN-AURIOLLES** ✆ 04 75 39 65 07

http://musee.daudet.free.fr

Du 1er avril au 1er novembre. Adulte 6,50 €, enfant 4,50 €. Jeu de piste, espace détente jeux dans le parc.

Dans ce mas, propriété des Reynaud, aïeux maternels d'Alphonse Daudet, on visite la magnanerie et l'on découvre quelques documents rares – portraits, manuscrits, objets personnels de l'auteur –, mais aussi la vie rurale ardéchoise au XIXe siècle avant de se reposer à l'ombre des grands arbres. Un joli site à visiter en famille, car les enfants pourront s'amuser à élucider un mystère. *Qui a volé les lunettes d'Alphonse ?* Pour la visite guidée, pensez à vérifier les horaires.

PARK NORDIQUE

Mas des Fayolles - **SAINT-CIRGUES-EN-MONTAGNE**
✆ 04 75 38 91 41
www.vallee-amarok.com
Ouvert toute l'année.
Tarifs variables selon les activités.

Vous pourrez pratiquer la raquette ou vous initier à la conduite d'attelages à chiens sur les grandes étendues enneigées de la Montagne. Vous faites connaissance avec la meute des samoyèdes, huskys, malamutes et chiens du Groenland... mais pas que ! Également au programme : descentes de rivière en raft, canyoning, randonnées pédestres, canoë-kayak, spéléo… On peut aussi pratiquer la cani-rando ou le kart à roulettes. Des activités 100 % sport nature en été comme en hiver. Et dès l'âge de 3 ans, il est possible de profiter des joies d'un baptême avec le musher.

CHÂTEAU DE CRUSSOL ★★

Chemin de Beauregard
SAINT-PÉRAY
✆ 04 75 81 00 51
https://chateaudecrussol.com
Ouvert toute l'année. Visite libre. visite guidée 6 €.
Ateliers pour les enfants, 5 €/enfant.

Les ruines de ce château sont un des symboles forts de Saint-Péray. Elles offrent une vue magnifique sur la région. Les visites du site vous emmènent au cœur des ruines du château médiéval. Partez à la découverte des remparts, des maisons et du château de Crussol pour mieux appréhender le quotidien de cette époque. Plus qu'un site patrimonial, Crussol est aussi une zone à la riche biodiversité : classé Natura 2000, le site offre de multiples sentiers d'interprétation à parcourir à pied ou à vélo, tout en respectant les lieux.

LA MAISON DU CHÂTAIGNIER ★

Place Neuve - **SAINT-PIERREVILLE**
✆ 04 75 66 64 33 - www.maisonduchataignier.fr
Du 1er avril au 30 novembre. En été tous les jours, aux intersaisons ouvert mercredi et week-end.
Visite guidée : 6 €.

La Maison du Châtaignier, fait découvrir ce qui fait la spécialité de ce beau département qu'est l'Ardèche. La châtaigne fut un aliment de base et demeure un art de vivre. Au cœur du village de Saint-Pierreville, où l'on cultive la combale, l'une des variétés de châtaigne les plus goûteuses. La muséographie fait la part belle aux images d'archives et aux objets traditionnels, mais aussi à quelques documents sonores très intéressants. Des sorties sur le terrain, dans la châtaigneraie voisine, et des dégustations de douceurs à base de châtaigne sont proposées.

AVEN MARZAL ★★

Route des Gorges - **SAINT-REMÈZE**
✆ 04 75 04 12 45
www.aven-marzal.com
Fermé de novembre à mars. Musée gratuit.
Grotte : 10 €, enfant : 7 €. Zoo des dinos : 9 €, enfant : 7 €, 3-5 ans : 5 €.

Trois sites en un. Une vaste grotte abritant de magnifiques concrétions scintillantes valorisées par un son et lumière. Le musée de la spéléologie, avec expositions de fossiles et le zoo des dinosaures présentant sur deux hectares, le long d'un parcours naturel et ombragé, des reconstitutions scientifiques, grandeur nature, d'animaux préhistoriques (mammouth, tyrannosaure et autre stégosaure) ayant peuplé la région, avec certaines scènes animées et sonorisées. Chez les dinos on trouve aussi une aire de jeux pour enfants et des animations dont la course aux dinos.

MUSÉE DE LA LAVANDE ★

2200, route des Gorges (D490)
SAINT-REMÈZE
✆ 04 75 04 37 26
www.lamaisondelalavande.com
31/03-30/09 : 10h-19h. Vacances de la Toussaint 14h-17h30. Gratuit -10 ans. Adulte 6,90 €.

Le musée est installé dans l'ancienne bergerie de César Brun, l'arrière-grand-père des actuels propriétaires, tout autour pâturaient ses chèvres et ses moutons. C'était dans les années 1940, et déjà il cultivait à proximité des champs de lavande fine. Les bœufs l'aidaient alors dans la culture, et il récoltait à l'aide d'une faucille avant de vendre sa récolte à un distillateur. Les plantes rejoignaient alors la distillerie de Saint Marcel d'Ardèche pour donner de l'huile essentielle. La bergerie abandonnée fut rachetée pour devenir musée en 2002. En 2015, la descendance de César faisait l'acquisition de ce musée. La boucle est donc bouclée. Le musée abrite la plus importante collection d'alambics en cuivre rouge déclinée du XVIe siècle à nos jours. Vous découvrez tout de la lavande, de sa culture, de ses bienfaits en visionnant deux documentaires. Le site est sublime, entre les champs de lavande, les pierres qui affleurent, le maquis qui offre ses odeurs… À la boutique, vous pouvez faire le plein d'essence de lavande et dérivés mais aussi d'autres produits du terroir. Vous pourrez admirer les alambics et observer les procédés de distillation pour extraire les huiles essentielles de la plante. Un jardin botanique vous initiera aux différents types de lavande. Et si les enfants commencent à s'impatienter, quelques jeux les attendent en extérieur avec notamment une tyrolienne, des jeux en bois, ainsi qu'une aire de pétanque. Également un espace ludique et pédagogique sur les abeilles. De quoi passer une bonne journée !

FESTIVAL NATIONAL DES HUMORISTES

TOURNON-SUR-RHÔNE
www.festivaldeshumoristes.com
En août.

Vous voulez rire ? Ce festival est né en 1989, autour d'une bonne bouteille de saint-joseph. Animé et élaboré par une soixantaine de bénévoles, il se déploie sur une dizaine de jours et une dizaine de communes, et déplace chaque année près de 6 000 spectateurs. Il est jumelé avec le festival international du Rire de Rochefort en Belgique et le festival d'Humour de Morges en Suisse. Drômois, il déborde un peu sur l'Ardèche et résonne même jusqu'à Paris.

GROTTE DES HUGUENOTS ★

Route des Gorges
VALLON-PONT-D'ARC
✆ 04 28 91 24 10
www.pontdarc-ardeche.fr
Renseignements auprès de l'office de tourisme de Vallon-Pont-d'Arc.

Située dans les gorges de l'Ardèche, à un kilomètre du Pont d'Arc. Le nom de la grotte vient d'une légende selon laquelle des huguenots y auraient trouvé refuge pendant les guerres de Religion. Un porche ogival, de 30 mètres, abrite une exposition de vestiges archéologiques, de maquettes géologiques et des différentes techniques de spéléologie. La visite se complète par un livret-guide, disponible en cinq langues, et un montage audiovisuel d'une durée de 20 minutes. Des randonnées et des activités spéléologiques sont également possibles.

PARC ANIMALIER DES GORGES DE L'ARDÈCHE

1800, route de Brujas - **VAGNAS**
✆ 06 50 04 25 93
www.parcanimalier07.com
Haute saison ouvert tous les jours de 9h à 19h.
Adulte : 12 €. Enfant de 3 à 14 ans : 9 €.

Sur plus de 10 ha, le parc abrite une grande variété d'animaux dont certains issus de races anciennes et menacées. Vous verrez des vaches aubrac, plusieurs espèces de chèvres, moutons et canards, alpagas, cochons, âne, mule, poney, les perruches et le paon. Le sentier ombragé est ponctué de bancs et de transats. Il est possible d'approcher certains animaux dans le parc aux caresses, puis de rejoindre la clairière pour apercevoir les aurochs. Aquapark. Aires de jeux et de pique-nique.

PONT D'ARC

Route touristique des gorges
VALLON-PONT-D'ARC

C'est en vous rendant sur les berges de l'Ardèche, à environ 5 km au sud-est de Vallon-Pont-d'Arc, que vous pouvez admirer cette merveille de la nature. Cette arche de 54 m de hauteur et de 60 m de long a été creusée par la rivière il y a au moins 50 000 ans. Surnommé la « porte d'entrée naturelle » des gorges de l'Ardèche, c'est l'un des sites les plus visités du département. Deux plages (l'une avant et l'autre après le pont) permettent de profiter de toute la beauté de ce site exceptionnel, le temps d'une pause, d'une baignade ou d'un pique-nique.

ALPHA BATEAUX

Route des Gorges - **VALLON-PONT-D'ARC**
✆ 04 75 88 08 29
www.canoeardeche.com
Ouvert du 1er avril au 30 septembre.
De 10 € à 24 € (tarifs guichet).
De 10 € à 21 € (tarifs Internet).

Un coup de cœur particulier pour ce loueur de canoës très attentif à ses clients. L'accueil de ces dames est adorable - même quand c'est bondé ! -, les conseils sont toujours précieux, le matériel est fiable et robuste. Toutes les descentes sont possibles : mini-descente de 8 kilomètres, descente de 24 kilomètres en une journée, descente de 32 kilomètres sur un ou deux jours et maxi-descente de 60 kilomètres en trois jours avec des passages plus techniques de toboggan. Une adresse sûre pour des descentes dans les meilleures conditions.

LA FORÊT DES SENS

Route de Fournery
VILLENEUVE-DE-BERG
✆ 04 75 94 89 28
www.villeneuvedeberg.fr
Toute l'année en accès libre.

Implanté dans un cadre naturel, ce parcours d'interprétation est dédié aux familles. Sur 2,1 km, sans difficulté, il fait appel aux 5 sens. Pour vous aider : 6 pupitres, un xylophone et une table paysagère qui permettent de découvrir les richesses des patrimoines naturels, historiques, culturels et paysagers de la colline du Devois et de son environnement. Il s'agit de mieux comprendre le site et peut-être de résoudre une énigme... Vous pouvez partir du village, place des Combettes, à 1,8 km du circuit, ou d'une aire de stationnement sur site, route de Fournery.

FÊTE DE L'ESTIVE

ALLANCHE
www.allanche.fr/fete_estive.php
Fin mai.

C'est un rendez-vous festif, gourmand et incontournable qui célèbre la montée en estive des troupeaux de salers. Vaches, veaux, taureaux paradent dans les rues du village, sous le regard de milliers de spectateurs. Organisée par Allanche Animation en partenariat avec l'office de tourisme du Cézallier, cette fête est la deuxième manifestation du Cantal. Avec de nombreuses animations le samedi : bœuf à la broche, marché de pays, projection vidéo, fabrication de saint-nectaire, attelage de bœufs, pesée des bêtes... Dimanche, place à la randonnée de l'estive.

LA VALLÉE DES DAIMS

Cols - **JUNHAC**
✆ 04 71 49 29 68
www.daims.fr
Ouvert d'avril à novembre. Haute saison ouvert tous les jours de 10h30 à 18h. Adulte : 9,50 €. Enfant : 7,50 €.

Depuis, la Vallée des daims est devenu un important parc animalier consacré aux daims. Plus de 200 animaux vivent en liberté sur plus de 30 hectares d'une zone boisée. La rencontre avec ces animaux est un ravissement pour les petits comme pour les grands. La proximité des daims, qui se laissent parfois caresser, font des rêves d'enfants une réalité. Une visite peut se faire, au choix, à pied ou en petit train. Possibilité de pique-nique ou d'une pause gourmande au restaurant de la ferme-auberge. Des chambres d'hôtes complètent l'offre.

LA PLANTELIÈRE

La Pépinière - Route de Labrousse
ARPAJON-SUR-CÈRE ✆ 04 71 43 27 72
www.caba.fr/planteliere
Accès libre et gratuit toute l'année, de 9h à 21h. Animations estivales, inscriptions auprès de l'office de tourisme.

La Plantelière court sur 7 hectares pour offrir un condensé de campagne. Il est proposé un arborétum, un verger conservatoire, des jardins thématiques pour les odeurs, les couleurs, les vertus médicinales et même les plantes toxiques. Dans la nature tout le monde à sa place et donc ici aussi. C'est un havre aussi pour le monde des insectes et des oiseaux avec le refuge de la Ligue de Protection des Oiseaux ou encore les ruches installées ici ou là. Trois parcours d'orientation attendent les enfants (cartes téléchargeables sur le site Internet).

VEDETTES PANORAMIQUES

LANOBRE
✆ 05 55 46 21 67
www.vedettes-panoramiques.fr
Ouvert de Pâques à septembre (en avril et octobre sur réservation). Départs à l'embarcadère du château de Val.

Les Vedettes Panoramiques vous proposent deux magnifiques excursions commentées. Vous naviguerez dans un décor de carte postale pendant 1h15, avec sous vos yeux le château de Val. L'histoire de cette forteresse du XVe siècle vous sera contée par le capitaine du bateau. Ne manquez pas de visiter cet édifice qui est un des plus célèbres de la région. Une seconde croisière vous fera visiter le barrage de Bort-les-Orgues pendant 1h10. La détente sera de mise pour les parents, et pour les enfants, la joie devrait être au rendez-vous.

MARCHÉ AUX FROMAGES

Rue du Buis
AURILLAC
Ouvert du lundi au samedi de 8h à 12h et de 14h30 à 19h30. Gratuit.

Le marché aux fromages mérite une visite. Construit en 1890 et modifié depuis, il évoque l'importance de l'industrie fromagère dans le Cantal, seul département à totaliser cinq fromages d'Appellation d'Origine Contrôlée : cantal, salers, bleu d'Auvergne, saint-nectaire, fourme d'Ambert. C'est le dernier bâtiment édifié à cet usage qui subsiste en Europe. Cet élément du patrimoine industriel vous permettra de découvrir une exposition de vieux objets de la vie rurale dans le Cantal. Également très belle boutique de fromages. Proche parking du Gravier. A voir.

LIORAN AVENTURE

La Station - **LE LIORAN**
✆ 06 74 97 40 94
www.lioran-aventure.com
Ouvert juillet et août. Le matin sur réservation pour les groupes. Les après-midi à partir de 13h30, sur réservation.

Vous trouverez près de cent activités aménagées de 1,20 mètre à 25 mètres de hauteur dans la jungle verte du Lioran. Un parcours a été spécialement conçu pour les tout-petits – 1 m au minimum. Cet ensemble de jeux aériens : tyroliennes, ponts, lianes, se pratique en toute sécurité en famille, entre amis ou collègues. Il suffit juste d'adapter son parcours à son niveau physique et à son seuil d'appréhension. Si le cœur vous en dit ou si celui-ci est encore bien accroché, vous pouvez tenter le saut à l'élastique depuis un grand sapin.

GRAND SITE DU PUY MARY - VOLCAN DU CANTAL

MANDAILLES-SAINT-JULIEN
✆ +33 4 71 47 04 14
www.puymary.fr
Nombreuses activités de pleine nature.
Toute l'année.

Avec ses 2 700 m², il est le plus grand volcan d'Europe... Il est donc impossible de passer par le Cantal sans aller faire un tour sur ce strato-volcan qui, à sa belle époque, s'élevait à plus de 3 500 m d'altitude ! Remodelés par les eaux et les glaces, les époustouflants paysages nés de cette érosion sont protégés depuis 1985 : 10 000 ha classés en site naturel s'étendent en étoile le long des crêtes. Profitez d'une randonnée à pied, à cheval ou en VTT pour découvrir ce site.

VÉLORAIL - LES DRAISINES DU PAYS DE MAURIAC

Gare de Mauriac
MAURIAC
✆ 04 71 40 54 18
www.velorail.paysdemauriac.fr
Fermé oct-avril. Juil-août 7j/7.
Mai-juin et sept sur réservation. 22 €.

Au départ de la gare de Drugeac, partez pour une balade ludique et originale sur l'ancienne voie ferrée de la ligne des Auvergnats de Paris. Vous emprunterez un parcours de plus de 7 km aller-retour jusqu'au site de la cascade de Salins. Une balade spectaculaire, notamment avec le passage de trois tunnels et trois viaducs offrant une vue imprenable sur le Pays de Mauriac. Ouvrez l'œil, plusieurs châteaux et villages pittoresques sont visibles sous un angle inédit.

MAISON DE LA FAUNE ★

Place de l'Hôtel-de-Ville - **MURAT**
✆ 04 71 20 00 52
www.murat.fr
Horaires variables suivant période. Contacter l'office de tourisme au ✆ 04 71 20 09 47.

Située dans un ancien hôtel particulier du XVIe siècle, la maison de la faune abrite une belle collection d'oiseaux, de mammifères et d'insectes du monde entier. Sur quatre étages réaménagés en 2021, plusieurs centaines de papillons et d'insectes témoignent de la richesse de la biodiversité. Les mammifères de la région, mouflons, chamois, cerfs... sont naturalisés et présentés dans leur environnement. Le loup, de retour dans le Cantal depuis quelques années, fait son entrée avec un espace dédié à son histoire et aux légendes qui l'accompagnent. A faire en famille.

LE PÉDALORAIL DE NIEUDAN

La gare - **NIEUDAN** ✆ 04 71 62 10 00
pedalorail.com
Ouvert du 1er juillet au 13 septembre de 10h à 20h. Départ toutes les 2 heures (dernier à 18h). A partir de 30 €.

A la gare de Nieudan, un circuit unique permet de traverser de façon ludique les paysages du Cantal. En familles ou entre amis, convivialité et fun sont assurés ! Il faudra compter entre 1h30 et 2h pour finaliser le parcours sur cette ancienne ligne de chemin de fer. Vous pouvez opter pour l'électrique, silencieux, et pour moins d'effort.

Devant la gare et en attendant le départ, les jeunes enfants peuvent patienter en profitant des jeux mis à leur disposition. Un autre circuit de Pédalorail est disponible à Drignac près d'Ally.

ESPACE AVÈZE - MAISON DE LA GENTIANE ★

5, rue de la Gentiane - **RIOM-ES-MONTAGNES**
✆ 04 71 78 03 04
www.aveze.com
Gratuit. Toute l'année (sauf jours fériés) de 14h à 19h. Groupe sur rendez-vous. Fermé le lundi et le mardi matin.

L'Espace Avèze est toujours le site de fabrication de cette liqueur emblématique du Cantal débutée en 1929. Cet alcool est confectionné à base de racines de gentiane. Il est apprécié pour son amertume en apéritif ou en cocktail. Une exposition présente la plante, dont il faut attendre des dizaines d'années sur les montagnes environnantes avant de la récolter et lancer l'élaboration de l'Avèze. Passage obligé : la visite se conclut par une sympathique dégustation !

BERGES DE L'ANDER

Ville basse - **SAINT-FLOUR**
Ouvert toute l'année. En accès libre.

Pour une promenade au bord de l'eau, empruntez les berges de l'Ander, dans la partie basse de la ville. De la passerelle qui traverse la rivière, une belle vue s'offre sur l'église Sainte-Christine, surplombée par la cathédrale perchée sur son éperon rocheux. Le chemin passe sous le Pont-Vieux, unique moyen de franchir l'Ander au Moyen Age. Au niveau de la voirie, son pilier central comportait une maisonnette où étaient enfermées les recluses sensées protéger la ville. Elles, mais cela pouvait être un jeune homme, étaient choisies parmi les filles de la cité.

MUSÉE HISTORIQUE DE SALERS ★

Rue des Templiers - **SALERS**
✆ 04 71 40 75 97
www.salers.fr

Ouvert du 1er avril au 31 octobre. Juillet et août, fermé vendredi et samedi matin. Tarif adulte : 5 €.

Le musée se situe dans une bâtisse Renaissance ayant appartenu au XVIIIe siècle au commandeur Israël de Mossier, ancien chevalier de l'ordre de Malte. Ainsi la visite vous conduit sur les traces des templiers. Mais vous pourrez surtout découvrir l'histoire du pays de Salers : l'expansion de la ville liée au bailliage, les arts et traditions populaires d'Auvergne, la vache salers et son « créateur » l'agronome Tyssandier d'Escous et une apothicairerie classée aux monuments historiques.

ASV'OLT - BASE CANOE NATURE

VIEILLEVIE
✆ 04 71 49 95 81
www.asvolt.com

Ouverture d'avril à fin novembre. Activité à partir de 11 €, et pour les enfants dès 5 ans.

Entre Cantal et Aveyron, la rivière Lot est une véritable invitation à se jeter à l'eau. Pour vous aider à prendre le plus grand plaisir, l'équipe d'ASV'Olt vous propose des parcours balisés pour dévaler le cours d'eau et en découvrir les plus beaux paysages. Vous aurez le choix entre rafting, kayak (club affilié à la FFCK) ou paddle en fonction de vos envies et de votre expérience. Les moniteurs assurent l'évaluation et la formation des participants, notamment des enfants.

EXPOSITION DE PAPILLONS ET AUTRES INSECTES

Ydes-Bourg - **YDES**
✆ 04 71 40 59 81
www.ydes.fr

Fermé hors saison. Haute saison ouvert du lundi au vendredi de 14h30 à 18h30. Entrée : 4 €.

Cette collection a été confectionnée par Serge Avrard et l'Association des Amis d'Ydes. Plus de 3 500 spécimens sont présentés dans des vitrines classées par thèmes, offrant un tour du monde des papillons et insectes. Si les espèces locales sont mises en valeur, celles de l'ensemble des continents permettent d'aborder le monde des insectes hors normes pour les standards européens. Papillons géants aux couleurs étonnantes, mais aussi des phasmes et même quelques spécimens d'araignées.

VIADUC DE GARABIT ★★★

D13 - **VAL D'ARCOMIE**
www.pays-saint-flour.fr

Visites guidées en juillet et août. Se renseigner auprès de l'office de tourisme de Saint-Flour.

Le viaduc de Garabit et les gorges de la Truyère sont étroitement liés. En effet, l'imposant ouvrage métallique ancre sa structure de part et d'autre de la Truyère, rivière qui a creusé son lit dans une somptueuse vallée aux multiples facettes. Dans les années 1870, l'extension de la ligne de chemin de fer s'envisage vers le sud, pour relier Paris à Béziers. La construction d'un viaduc devint donc une nécessité ! Tout de rouge poinsettia vêtu, le viaduc de Garabit surplombe la rivière de 122 m et l'enjambe pendant 564,69 m. Dans cet environnement minéral, le viaduc de Garabit déploie sa dentelle de fer. Œuvre de Léon Boyer et Gustave Eiffel, sa réalisation demanda quatre années (1880-1884) avec l'emploi de techniques novatrices pour l'époque, lesquelles furent reprises pour la tour Eiffel.

Le pont en quelques chiffres : 3 169 tonnes de fer, 41 tonnes d'acier, 23 tonnes de fonte, 15 tonnes de plomb ainsi que 678 768 rivets et la réalisation de 20 370 m3 de maçonnerie, des quantités impressionnantes pour ce géant recordman du monde de hauteur en son temps. Il est classé Monument historique seulement depuis 2017, et fait également l'objet, avec le viaduc du Viaur, d'une procédure de candidature à l'Unesco. Garabit, outre son chantier d'exception, est encore aujourd'hui l'un des plus remarquables ouvrages d'art jamais construits. La nuit, il brille de mille feux !

- Les points de vue pour admirer le Viaduc de Garabit :

À Garabit, sur le pont routier enjambant la Truyère (D 909).

L'aire de repos sur l'autoroute A75 qui porte son nom, à 15 minutes de Saint-Flour.

Depuis la superbe salle du restaurant de l'hôtel Le Beau Site

- Les expositions relatives à l'ouvrage

Exposition permanente à la Maison du Cantal (ouverte toute l'année, tous les jours) sur l'aire de repos de Garabit sur l'autoroute A75 entre Saint-Flour et Ruynes-en-Margeride.

Exposition « Le Géant de la Truyère » (ouverte de juin à septembre) à la ferme de Pierre Allègre, site de l'écomusée de Margeride, à Loubaresse.

- Activités dans les enivrons

La Truyère transformée en retenues hydro-électriques, de nouvelles activités éclosent au fil du temps et des saisons. Destination touristique à part entière, la vallée de la Truyère a de quoi vous étonner ! Avides d'adrénaline ou d'émerveillement, vous aurez ici de quoi faire ! Pêche, activités nautiques, escalade, randonnées, accrobranche, équitation, sont autant d'activités à pratiquer aux abords du viaduc qui trône au centre de cet espace naturel.

Un site d'exception, dans un cadre non moins exceptionnel ! Une destination à vivre en famille.

AQUARIUM DES TROPIQUES ★

23, route de Crest - **ALLEX**

✆ 04 75 62 62 11

www.aquarium-des-tropiques.com

Haute saison ouvert tous les jours de 10h à 19h. Adulte : 9 €. Enfant de 3 à 15 ans : 6,50 €.

Ce sont plusieurs centaines d'espèces de poissons tropicaux d'eau douce réparties dans 34 aquariums jusqu'à 50 000 litres. Un voyage dévoilant différents biotopes aquatiques avec des hôtes originaires des cinq continents, aisément repérable par couleur. Sept aquariums présentent de nouvelles espèces de poissons et un espace est consacré aux tortues aquatiques. Vous verrez également différentes collections d'insectes, papillons naturalisés et coquillages. Un groupe d'une dizaine de piranhas carnivores viennent renforcer le banc de l'aquarium d'exposition.

RECREA 9

La Planète des enfants

CHÂTEAUNEUF-DU-RHÔNE ✆ 04 75 01 34 52

www.recrea9.fr

Ouvert mercredi 10h-19h ; samedi 10h-22h30 ; dimanche 10h-19h. En été et vacances scolaires de la zone A, 7j/7 10h-19h.

Cette planète dédiée aux enfants leur offre des jeux couverts, climatisés ou chauffés, avec toboggans, piste de luge ou de scooter, tunnels, trampoline, piscine à bulles, stade de foot et même une salle disco... Un parc aquatique extérieur aux beaux jours. Vraiment tout ce que les enfants aiment ! L'adresse abrite aussi un snack pour les petites faims et les grandes soifs. Pendant que les enfants jouent sous la responsabilité d'une équipe d'éducateurs, les parents peuvent souffler dans une grande salle juste pour eux. Un espace est dédié aux moins de trois ans.

ACRO'PARC DRÔME AVENTURES

Domaine du Martouret

DIE

✆ 06 79 37 18 38

www.drome-aventure.com/fr

A partir de 9 €. Sur réservation.

Situé à la sortie de Die, sur la route de Gap en venant de Valence, ce parc d'accrobranche se compose de 11 parcours dont certains accessibles à partir de 3 ans dans une forêt magnifique d'essences variées, avec vue sur les toits de Die. Ponts de singe, tyroliennes, passerelles, filets… tout y est pour développer, en toute sécurité, de fortes sensations. Petits plus : toilettes, boissons et aire de pique-nique. Une base de loisirs avec d'autres activités à découvrir sur place.

LA FERME AUX PAPILLONS ★

Route de Gap

DIE

✆ 04 75 22 17 90

www.jardin-decouvertes.com

Haute saison ouvert tous les jours de 10h à 18h. Adulte : 7 €. Enfant de 3 à 10 ans : 4 €.

Ce jardin est constitué d'une serre tropicale abritant une multitude de papillons exotiques. On peut également observer leurs chenilles en devenir posées sur la végétation de leur biotope naturel. Il fonctionne comme une ferme d'élevage où la majorité des papillons observés se sont métamorphosés sur place. En été, chaque semaine, 400 chrysalides provenant d'élevages situés au Costa Rica, Philippines, Malaisie, Thaïlande et Kenya, viennent enrichir les collections. La balade se fait parmi les fleurs et les papillons en liberté. Parfait pour faire de belles photos.

CHÂTEAU DE GRIGNAN ★★★

Rue Château - **GRIGNAN**

✆ 04 75 91 83 55

De novembre à mars : 7j/7 de 10h à 12h30 et de 14h à 18h, sauf le mardi. Haute saison : 7j/7, 10h-18h. 8 €.

Dominant le beau village escarpé de Grignan, le château est connu pour accueillir les *Fêtes nocturnes*, une création théâtrale donnée devant la façade du château, chaque été. Mais avant cela, l'austère forteresse médiévale a une longue histoire ! Elle devient un château d'agrément à la fin du XVe siècle avec Gaucher Adhémar qui double le corps de logis, construit la grande galerie et l'entrée principale sur la cour du puits. Son fils Louis Adhémar, gouverneur de Provence, réalise la collégiale Saint-Sauveur coiffée par de grandes terrasses et la façade Renaissance. Au XVIIe siècle, le comte François de Grignan, gendre de la marquise de Sévigné, l'aménage en prestigieux palais en créant le grand vestibule, l'entrée sur la cour d'honneur, et l'aile des Prélats. En partie détruit à la Révolution, le château est abandonné jusqu'au rachat en 1912 par Marie Fontaine qui entreprend de le sauver des ruines. Témoin de l'architecture Renaissance et du classicisme français, ce château est acquis par le Département de la Drôme en 1979. Il devient alors un monument historique et un musée de France ouvert au public. La visite permet de découvrir les appartements, les salles de réception, les décors, les œuvres d'art qui révèlent l'art de vivre des personnages illustres qui l'occupèrent.

Un grand chantier patrimonial a débuté au château avec la restauration des façades de la cour du Puits et la création d'une calade. Et si vous enchaînez les trois châteaux (Grignan, Suze-la-Rousse et Adhémar), des billets combinés sont à prix réduits.

LE VILLAGE PROVENÇAL MINIATURE ★

Quartier La Petite Tuilière
GRIGNAN
✆ 04 75 46 91 68
www.village-miniature.fr
Ouvert toute l'année.

Vous découvrez un village provençal rural de 80 maisons à l'échelle 1/6e, du début du siècle dernier. Un millier de santons (30 cm) et d'animaux, dont certains animés, donne vie au village et dévoilent les métiers du Tricastin d'autrefois. Les vignerons portent le costume de la confrérie, le bistrot a sa tonnelle, l'église son curé, le marché ses camelots, le maire ses mariés. Voici le bourrelier à l'œuvre et la lavandière au travail. Comptez environ 45 minutes pour faire le tour.

GROTTE DE LA DRAYE BLANCHE

Les Croix - **LA CHAPELLE-EN-VERCORS**
✆ 04 75 48 24 96
www.drayeblanche.com
Ouvert d'avril à novembre.
Adulte 9,50 €, enfant 5,50 €.

Voici un site plein de propositions qui ravira les familles et que l'on peut découvrir aux quatre saisons ou presque. Fantastique, ludique, sportif et instructif. Que demander de plus ? Découverte par hasard en 1918, cette immense grotte est un site paléontologique passionnant. En surface, on visite un parc d'animaux préhistoriques reconstitués grandeur nature. La maison développe aussi une importante activité autour des chiens de traîneau pour visiter le Vercors autrement.

VIA FERRATA DU PAS DE L'ÉCHELLE

LA MOTTE-CHALANÇON
✆ 04 75 27 24 67
www.diois-tourisme.com
Gratuit.

Cette belle via ferrata démarre en amont du Pas de l'Echelle. Deux parcours. Le premier emprunte le pont et une succession d'échelles. Le second utilise une tyrolienne de 40 m au-dessus du torrent. Prévoir 1h30 de via et un quart d'heure pour le sentier du retour. Cette voie aérienne est un bijou offrant panoramas et sensations. On peut télécharger sur le site de l'office de tourisme du Diois un document consacré aux 4 vias ferratas du Diois, dont celle du Pas de l'Echelle.

CHÂTEAU DE MONTÉLIMAR ★

Plateau de Narbonne
MONTÉLIMAR
✆ 04 75 00 62 30
www.chateaux-ladrome.fr
Ouvert toute l'année. Entrée 5 €. Visite guidée 6 €.

Le château originel aurait été bâti au Xe siècle par le comte Adhémar sur cette colline dominant le confluent du Jabron et du Roubion. Puis deux châteaux distincts furent construits à la fin du XIIe s. par la puissante mais divisée famille des Adhémar. De l'un ne subsiste que la massive tour de Narbonne, de l'autre demeurent le logis seigneurial et la chapelle. Classé monument historique en 1889, le château est la propriété du conseil général de la Drôme depuis 1965. Ainsi purent être effectuées plusieurs campagnes de rénovation et ce patrimoine put-il être sauvé.

FERME AUX CROCODILES ★

395, allée de Beauplan
PIERRELATTE
✆ 04 75 04 33 73
www.lafermeauxcrocodiles.com
Haute saison tous les jours de 9h30 à 18h.
Adulte : 22 €. Enfant de 5 à 12 ans : 14,50 €.

Avec plus de 300 000 visiteurs par an, c'est le site touristique le plus fréquenté de la Drôme. Unique en Europe, ce parc animalier conjugue une serre paysagée de 8 000 m², soit plus de 600 espèces et variétés de plantes exotiques constituant une collection hors du commun et un parcours à ciel ouvert de 4 000 m². Ici évoluent librement plus de 400 animaux dont 10 espèces de crocodiles, varans, tortues géantes des Seychelles et des Galápagos, mais aussi serpents, poissons et oiseaux exotiques. La flore se marie avec la faune pour former un site époustouflant.

MAISON DES VAUTOURS ★

Place du Champ-de-Mars
RÉMUZAT
Basse saison mercredi matin et week-end.
Haute saison ouvert du mardi au dimanche.

Sur la place publique une lunette en accès libre est braquée sur la falaise qui permet d'observer les oiseaux en direct. La passionnante Maison des Vautours, dans les mêmes locaux que l'office du tourisme, nous invite à découvrir le vautour, sa vie, son œuvre, sa réintroduction (exposition et film de 26 minutes). Les enfants seront ravis de comparer leur envergure avec celle de ce charognard présenté en statue grandeur nature, soit 2,70 m d'un bout à l'autre des ailes ! L'association Vautours en Baronnies propose des animations avec observation sur le terrain.

BATEAU À ROUE

2, place des Fontaines de Thaïs
SAINT-NAZAIRE-EN-ROYANS
✆ 04 76 64 43 42
www.bateau-a-roue.com
Ouvert à partir du 16 avril 2022.
Ticket aller ou aller-retour.

Avec son embarquement à Saint-Nazaire et son escale iséroise à La Sône, où l'on découvre le beau Jardin des Fontaines Pétrifiantes, cette croisière sauvage vous ramène aux temps des steamboats version Mississippi. La balade permet de découvrir la biodiversité naturelle du site. Un moment de découverte depuis le pont d'un bateau à vapeur et de détente au rythme lent des grandes roues qui brassent l'eau, alors que le capitaine et l'équipage sont aux petits soins. Sans oublier la belle vue sur l'aqueduc qui fait tout le charme de Saint-Nazaire !

ZOO D'UPIE ★

1795, route de Montoison - **UPIE**
✆ 04 75 84 18 71
www.jardin-aux-oiseaux.com
Haute saison ouvert tous les jours de 10h à 18h.
Adulte : 14,80 €. Enfant selon l'âge : 10,80 € et 12,80 €.

Au sein de collines à peine boisées, les puissants cris d'oiseaux exotiques ont de quoi surprendre ! Nous ne sommes pas en Asie mais bien dans la Drôme, fief des hérons. Ce site naturel a une triple vocation : éducative, conservatoire, ludique. Le parc ornithologique d'Upie est un grand centre de reproduction pour la faune avicole menacée. Les époux Liauzu ont ouvert ce jardin zoologique, fruit de leur passion pour les oiseaux, au milieu des années 1970. Aujourd'hui, ce sont leurs enfants qui sont à la barre d'un parc déployé sur 6 ha où évoluent un millier d'oiseaux de plus de 200 espèces. Vous admirez flamant rose, calao bicorne ou trompette, pélican, ara macao, grue couronnée, vautour palmiste, lori arc-en-ciel ou harfang des neiges. Chaque espèce est présentée dans un biotope adapté. On peut assister au goûter des pélicans et découvrir les secrets des comportements sophistiqués de certains oiseaux. Vous apprendrez, par exemple, que les aras et les cacatoès savent compter ! Le Jardin d'Upie présente aussi des chiens loups, des zébus et des wallabys. Mais la grande révolution en 2019, c'est l'installation de deux nouveaux et magnifiques espaces naturels : la zone malgache avec tortues géantes, suricates et porcs-épics, et la zone africaine avec l'arrivée de primates. D'autres projets d'extension sont déjà programmés avec d'autres espèces menacées. Et pour vous engager plus loin, vous pouvez devenir parrain d'un animal et ainsi contribuer à la conservation d'espèces rares, in situ ou au zoo. Pique-niques possibles et snack.

MAISON DU SAUMON ★

Place de la Résistance - **BRIOUDE**
✆ 04 71 74 91 43
www.aquarium-maison-du-saumon.com
Avril-fin septembre : lun au ven 10h-12h/14h-18h, week-end 14h-18h. Basse saison : lun au ven 14h-18h. Entrée 7,50 €.

Véritable musée vivant avec 800 poissons représentant plus de 35 espèces. Au fil de la visite, observez, jouez, découvrez les petites bêtes de la rivière, et plongez vos mains dans le bassin tactile pour caresser les poissons. L'aquarium est avant tout un outil pédagogique et ludique. Pour en profiter pleinement, il vous suffit de participer aux visites guidées par un biologiste adaptant son discours selon différentes thématiques. Pour les scolaires : activités ludo-éducatives sur les poissons, cycle de l'eau, dégradation des déchets, et sorties sur le terrain.

MUSÉE DE PALEONTOLOGIE DE CHILHAC ★

Place de l'Eglise - **CHILHAC** ✆ 04 71 77 47 26
www.museechilhac.com
Fermé : octobre à mai. Tous les jours 15h-18h. Sur réservation. Adulte : 5 € Enfant (6-18 ans) : 3 €. Visite guidée.

Le musée de Paléontologie de Chilhac vous permet, en une heure, de remonter deux millions d'années en arrière. Il comprend un rez-de-chaussée où vous attendent les mammouths méridionaux et les mastodontes d'Auvergne, tandis que le premier étage rassemble diverses informations sur les autres espèces découvertes sur le site : rhinocéros, zèbre, grand cerf, hyène.... Un livret pédagogique est disponible pour les enfants de 7 à 13 ans afin de visiter le musée d'une façon plus ludique.

TONIC AVENTURE

Avenue du Gévaudan
LANGEAC
✆ 04 71 77 25 64
www.tonic-aventure.fr
Haute saison : 7j/7. Sur réservation. Activité à partir de 15 €. Tarifs complets en ligne.

Cette équipe dynamique vous propose en été de randonner... en canoë ! Mais vous pourrez aussi goûter aux sensations de bien d'autres activités comme le saut pendulaire, l'escalade ou le tir à l'arc. A la demi-journée ou sur une journée complète, l'aventure est au rendez-vous ! Testez la journée eaux vives « back on rail » dans un cadre insolite. Le matin : descente rafting, l'après-midi : descente canoë et retour en train avec possibilité de pique-niquer. Tonic Aventure organise des week-ends et des semaines de pleine nature sur mesure.

ACCROVELAY

Chemin de Bonnassieu
LE PUY-EN-VELAY
✆ 06 71 26 99 77
www.accrovelay.com
Ouvert d'avril à octobre. Entrée de 11 € à 21 €.

Installé dans le bois d'Hintzy au Puy-en-Velay, Accrovelay est le second site de l'équipe du Parcours Aventure de l'Ecureuil du Chambon-sur-Lignon. L'équipe vous propose trois balades dans les arbres en toute sécurité grâce à un système d'attache dernier cri. La première balade est dédiée aux enfants âgés de 3 à 8 ans, la deuxième est accessible dès 8 ans, et est parfaite pour les familles. La troisième est nocturne et réservée aux groupes. Des circuits ludiques et pédagogiques pour les plus jeunes, et pour les amateurs de sensations fortes des parcours adaptés !

FÊTES RENAISSANCE DU ROI DE L'OISEAU

LE PUY-EN-VELAY
www.roideloiseau.com
En septembre.

Depuis 1986, les organisateurs des Fêtes du Roi de l'Oiseau s'attachent à redonner à la ville du Puy ses couleurs du XVIe siècle. Chaque année, durant quatre jours, la ville et ses habitants se métamorphosent, créant un véritable décor vivant : tandis que les derniers Ponots troquent leurs habits de tous les jours contre un costume d'époque, on s'attèle déjà, dans les multiples camps, à « festoyer » autour d'un banquet traditionnel. Spectacles et animations rythment les journées.

PUY DE LUMIÈRES

LE PUY-EN-VELAY
✆ 04 71 09 38 41
www.puydelumieres.fr
De juillet à mi septembre. Dès 21h. Gratuit.

Puy de Lumières débute tous les soirs à la tombée de la nuit. Afin de bénéficier d'une qualité optimale des couleurs et du show, l'heure du spectacle varie donc en fonction de la longueur du jour. Le parcours associe ville basse et ville haute, au travers de neufs monuments emblématiques, magnifiés par une histoire en lumières. La cathédrale, le rocher Saint-Michel d'Aiguilhe, l'hôtel de ville, le théâtre, la chapelle Saint-Alexis de la cour de l'hôtel du département de Haute-Loire, la mlace du Pot, le Vieux-Pont ainsi que la Médiathèque. Le parcours est féerique.

CATHÉDRALE NOTRE-DAME DU PUY ✞ ★★★★

2, rue Manécanterie
LE PUY-EN-VELAY
✆ 04 71 09 79 77
www.cathedraledupuy.org
Ouvert toute l'année. Ouverte tous les jours de 7h à 19h, jusqu'à 22h de mi-juillet à mi-août. Gratuit. Visite guidée.

Au cœur du Puy-en-Velay, c'est un lieu incontournable de paix et de recueillement, même pour celles et ceux qui ne sont pas croyants. Les origines de la cathédrale Notre-Dame du Puy remontent au Xe siècle. Mais l'afflux des pèlerins venus adorer la Vierge Marie nécessitera plusieurs agrandissements et aménagements au fil des siècles. Elle est construite dans une architecture romane, bien qu'elle date de l'époque gothique. La conjugaison des inspirations orientales, espagnoles et italiennes fait partie de sa singularité. Les influences byzantines se retrouvent dans les mosaïques des arcades ainsi que dans certaines fresques. Le chœur repose directement sur le rocher. Aux XIe et XIIe siècles, on bâtit quatre travées supplémentaires, audacieusement construites dans le vide, pour rattraper un dénivelé de 17 m, ce qui représente les deux tiers du bâtiment. Une véritable prouesse architecturale pour l'époque ! De nombreux travaux d'aménagement et de restauration auront lieu au fil des siècles. L'édifice est inscrit au Patrimoine mondial de l'Unesco depuis 1998. Mais avant de parvenir à l'édifice, il vous faudra gravir un escalier de 134 marches. Il débouche juste devant l'autel de l'église, on le nomme l'escalier du ventre car il fait entrer le visiteur par le nombril de la cathédrale, son centre. Pour ce qui est de l'intérieur, la Vierge noire date, en fait, du XVIIe siècle, l'original offert par Saint Louis ayant été brûlé par les révolutionnaires. Il s'agissait alors d'une sculpture faite dans du cèdre, vêtue dans un style oriental. Elle tenait l'enfant Jésus sur ses genoux, tous deux le visage noir mais les mains peintes en blanc. Il existe une gravure de cette Vierge datant de 1778. Ne pas manquer non plus de voir la Pierre des Fièvres. Cette table volcanique aurait été témoin d'apparitions de la Vierge à l'époque gallo-romaine. Elle aurait aussi un pouvoir de guérison, c'est pour cette pierre qu'a été bâti le premier sanctuaire sur le site au Ve siècle. Aujourd'hui, les pèlerins s'allongent sur cette pierre dans l'espoir de lui laisser leurs souffrances. Notez également que la cathédrale est historiquement un lieu étape de la via Podensis, l'une des quatre routes majeures pour rejoindre le sanctuaire espagnol de Saint-Jacques-de-Compostelle. Relancé depuis 1990, le tronçon (balisé en GR) menant du Puy-en-Velay au Domaine du Sauvage en Haute-Loire traverse notamment les monts du Velay et une partie de la Margeride.

FORTERESSE DE POLIGNAC ★

Place Princesse-de-Polignac
POLIGNAC
✆ 04 71 04 06 04
www.forteressedepolignac.fr
Ouvert de février à mi-novembre. Adulte 6 €, enfant 4 €, chasse au trésor familiale 5 €.

Berceau de l'une des plus anciennes et illustres maisons de France, qui plus est célèbre famille du Velay, les Polignac, ce château est mentionné pour la première fois au IXe siècle. L'actuelle famille le possède depuis le XIe siècle. La citadelle occupe le sommet d'une vaste plateforme volcanique, cernée de falaises, constituant à la base, un système de défense naturel très efficace. Au XVIe siècle, François Ier séjourna au château. En période estivale, de nombreuses animations y sont organisées et notamment le spectacle *Les rapaces du donjon*. À voir absolument !

LA FERME DE L'AUTRE MONDE

Les Gardes - **SAINT-JEURES**
✆ 06 12 49 99 95
www.lafermedelautremonde.fr
Fermé de janvier à mars. Ouvert tous les jours sur réservation. Adulte : 10 €. Enfant : 8 €.

Située sur le plateau du Lizieux, dans un cadre de nature préservée, venez voir le cochon nain, les moutons, chèvres, chevaux, poneys, ânes, et toute la bassecour sans oublier de câliner les lapins. Ils proposent des ateliers de land art, de fabrication de pain. Découverte de la forêt avec chasse au trésor. Des promenades à poney. Pour finir avec un goûter avec brioches et confitures maison. Petite restauration fermière le midi avec les produits de l'exploitation et du terroir local.

LES AUTRUCHES DE LA TORTUE

RD15 - **SAINT-JULIEN-CHAPTEUIL**
✆ 04 71 08 45 58
www.lesautruchesdelatortue.fr
Fermé de septembre à juin. Haute saison de 14h à 18h. Groupes sur rdv. Boutique. Gratuit jusqu'à 12 ans. Adulte : 4 €.

Le Suc de la Tortue est un mont vers Saint-Julien, pourtant l'animal peuplant cette colline n'est ni le cerf ni le sanglier, mais l'autruche ! Ici, ces curieux volatiles naissent et grandissent en plein air et sont destinés à la consommation. Mais ce ne sont pas les seules espèces insolites à rencontrer : paon, faisan doré, et bientôt 3 lamas et 2 vaches highland ! Terminez la journée en passant à la boutique pour découvrir les produits autour de l'autruche : viandes, œufs, plumes…

LE BRISE-GLACE

54 bis, rue des Marquisats
ANNECY
✆ 04 50 33 65 10
www.le-brise-glace.com
Ouvert du mardi au vendredi de 14h à 19h.
Ouvert le samedi après-midi si concert le soir.

Retrouver la scène et reprendre goût à la vie par la musique, à la fête au Brise-Glace d'Annecy. Au bord du lac, à 10 minutes à pied du centre-ville, cette scène de musiques actuelles se tient dans un superbe bâtiment contemporain de 1 500 m². C'est au Brise-Glace que l'on prend l'air du temps, le vent des musiques d'aujourd'hui avec une programmation de folie. Deux salles, des studios, pour un véritable lieu de vie ouvert à tous les publics, même les plus jeunes qui profitent d'une programmation adaptée. De belles soirées pour amplifier notre bonheur.

LA CLEF DES CHAMPS

6, avenue d'Aléry - **ANNECY**
✆ 04 50 51 14 75
www.laclefdeschampsannecy.com
Ouvert du mardi au dimanche 10h-20h. Vendredi et samedi ouverture jusqu'à 22h. Tarifs selon nombre de joueurs et jours.

5 salles, 5 énigmes, plein de bonnes raisons de former une équipe pour vous sauver ! Des décors hyperréalistes et des scénarios maison qui vous plongent entre fiction, histoire et actualité. Dans la salle Contamination, trouvez l'antidote contre un mystérieux virus qui a décimé l'humanité. Retrouvez le trésor de Mandrin, sortez de la sinistre crypte de Loverchy, dans la salle de l'avenue de Chevenne montez sur le bateau *France* et... surprise ! Enfin, jouez au cambrioleur au Palais de l'Isle avec les enfants. De la grande évasion pour tous les publics.

CROISIÈRES SUR LE LAC D'ANNECY

2, place au Bois - **ANNECY**
✆ 04 50 51 08 40
www.bateaux-annecy.com
Ouvert de février à décembre. Réservation recommandée en été. Croisières et circuits.

Annecy autrement ? Embarquez pour un tour de lac avec vue panoramique depuis le pont. Avec sa flotte composée de l'*Allobroge*, la *Belle Etoile*, le *Cygne*, le *Savoie* et le fameux et imposant *MS Libellule*, la Compagnie des Bateaux du Lac d'Annecy propose des croisières à la découverte de paysages de rêve et des richesses naturelles des rives sauvages. Escales possibles dans les charmants petits ports de Veyrier-du-Lac, Doussard, Duingt, Talloires... Les plus romantiques dîneront à bord.

FESTIVAL DU FILM D'ANIMATION D'ANNECY

18, avenue du Trésum
ANNECY
✆ 04 50 10 09 00
www.annecy.org
En juin.

Que la Force soit avec le plus grand Festival organisé à Annecy. C'est donc un retour en force que nous souhaitons à ce Festival du Film d'animation pour célébrer son 60e anniversaire. Que la fête soit belle avec une programmation riche en événements, de la soirée anniversaire et ses surprises à la remise des nombreux prix. Réservez vos places pour ne rien manquer. En parallèle se tient le Mifa pour les professionnels et les étudiants intéressés par ce secteur de l'animation.

GROTTE ET CASCADE DE SEYTHENEX

576, route des Grottes - **FAVERGES-SEYTHENEX**
✆ 04 50 44 55 97
www.grotte-cascade-seythenex.com
Juillet/août, tous les jours 9h30-17h30.
Reste de l'année, se renseigner. Grotte adulte 8 €.
Double tyrolienne 15 €.

Forgées par la nature, la grotte et la cascade de Seythenex ont été mises en valeur par Christophe qui a fait de ce site 100 % naturel, classé Géosite, un lieu féérique et spectaculaire. Seule galerie souterraine ouverte au public en Haute-Savoie, la grotte vous réserve des surprises avec son nouvel éclairage. Dehors, les eaux du Saint-Ruph chutent de près de 45 m en formant des marmites de géant. Deux tyroliennes pour survoler l'ensemble ! Un enchantement pour petits et grands.

AUTRUCHELAND

1046, chemin du Moulinet
HAUTEVILLE-SUR-FIER ✆ 04 50 60 59 22
www.autrucheland.com
Basse saison week-end de 14h à 18h.
Haute saison ouvert tous les jours de 14h à 18h.
Sur réservation. Adulte 2 €.

Après une présentation des autruches, émeus, nandous, de l'élevage et des produits de la ferme, on peut se promener librement dans cet espace protégé. Vente de terrines et de viande d'autruche : pavé, filet, fondue, rillettes, ainsi que les œufs d'une taille impressionnante que l'on achète vides ou pleins. Des plumes colorées et divers objets se rapportant aux autruches. Pour les amateurs de pêche à la truite, un plan d'eau a été aménagé pour faire des prises, sans permis, de fario ou d'arc-en-ciel. Au mois de mai venez admirer les iris. Aire de camping-cars.

VIEILLE VILLE D'ANNECY ★★★

ANNECY

C'est la signature de la ville, la visite incontournable. Des petites rues pavées et sinueuses, au maillage irrégulier hérité du Moyen Age, de vieilles maisons aux fenêtres à meneaux géminées, des arcades où se tenaient jadis les commerces ou des portes en bois surmontées d'un arc en accolade. Et des portes d'accès monumentales subsistent encore comme la porte Sainte-Claire. Au Moyen Age, la rue formait l'axe principal de la ville, alors très étroite et bordée d'échoppes diverses où les artisans étaient regroupés par métiers. Mais il ne faut pas s'y tromper : les acheteurs potentiels n'entraient pas toujours à l'intérieur des boutiques. Les marchands ouvraient leurs volets et y posaient une partie de leurs biens : les clients triaient alors les marchandises sur le volet, d'où l'expression « trier sur le volet » !

Plus globalement, il faut savoir que la décrépitude et les taudis menaçaient l'ensemble du site après la Seconde Guerre mondiale. Ce sont au moins trois décennies d'efforts conjoints des élus, des commerçants et d'une minorité active d'habitants qui ont réellement sauvé ce que l'on appelle aujourd'hui la Vieille Ville. On a alors dû traiter à la fois tous les canaux, l'ensemble du mobilier urbain et toujours davantage de façades. La voirie s'adaptait en même temps au « sans voiture » et un excellent fleurissement a mis la cerise sur le gâteau, au moins pendant toute la saison estivale qui se prolonge désormais par des animations en hiver. Le surnom de « petite Venise » n'est pas usurpé et des centaines de milliers de visiteurs l'ont peu à peu plébiscité. A tel point que votre guide n'a guère à chercher son conseil de base : si vous tenez à éviter les grandes foules, choisissez pour votre visite un jour hors saison ou une journée chaude et de grand beau temps, comme on dit ici. La forte concurrence des plages lacustres vous permettra alors de déambuler sans trop de bousculades dans les ruelles. Parmi les nombreuses boutiques présentes, il y en a pour toutes les envies. Si les boutiques de souvenirs ne sont pas toujours du meilleur goût, que les glaciers s'enchaînent pour le meilleur et pour le pire, reconnaissons que le niveau général s'améliore d'année en année devant des visiteurs exigeants et tous les restaurants ne sont pas des attrape-touristes, bien au contraire, surtout dans la partie des faubourgs au début et à la fin de la Vieille Ville. On peut y dîner sur nombre d'agréables terrasses et elle est le siège de marchés alimentaires pittoresques 3 fois par semaine, celui du mardi matin reste aujourd'hui le plus actif.

LES GORGES DU PONT DU DIABLE ★★

Le Jotty - **LA VERNAZ**

✆ 04 50 72 10 39

www.lepontdudiable.com

Ouvert d'avril à octobre, tous les jours en haute saison. Adulte : 18 €. Restauration. Chaussures randonnée conseillées.

Les Gorges du Pont du Diable sont aussi belles qu'impressionnantes. Après avoir traversé une forêt de hêtres, descendu des escaliers, découvrez un site exceptionnel. Mesurez les forces de la nature, admirez le travail réalisé par la Dranse de Morzine qui coule au fond de cette fissure dominée par une arche majestueuse. Osez franchir le Pas du Diable, une structure de verre qui vous donnera l'impression d'être suspendu à 50 m au-dessus du torrent. Spectacle grandiose.

LAC DE BAIGNADE DU PONTET ET PARC DE LOISIRS

Chemin du Praz - **LES CONTAMINES-MONTJOIE**

✆ 04 50 47 01 58

www.lescontamines.com

Fermé de novembre à mars. Entrée : journée enfant : 3 €, journée adulte : 4 €. Parc Aventure. Restauration.

le lac de baignade, au cœur du Parc de Loisirs du Pontet, permet de pratiquer de nombreuses activités : location d'ânes, parc du chien polaire, kayak, barques et bateaux à pédales, escalade, centre équestre, parcours aventure, tennis, golf, minigolf, tir à l'arc, quads, beach-volley, jeux d'enfants, petits chevaux à pédale, promenades et pique-niques... Au cœur du parc, le restaurant le Chalet du Lac vous accueille toute l'année pour vous régaler en famille.

DOMAINE ÉVASION MONT-BLANC

220, route du Téléphérique de Rochebrune

MEGÈVE ✆ 04 50 21 38 39

http://ski-megeve.megeve.com

Eté et hiver en fonction de l'enneigement. Forfait en ligne.

Composé des secteurs de Megève et de 6 autres stations – Saint-Gervais et Saint-Nicolas de Véroce, Les Contamines-Montjoie Hauteluce, Combloux et La Giettaz – le domaine Évasion Mont-Blanc permet au skieur d'accéder à plus de 400 km de pistes. Des reliefs où alternent alpages, forêts et grands espaces, reliés par des équipements performants. En été, les remontées vous propulsent sur les pentes le temps d'une randonnée de VTT, d'un vol en parapente ou d'une randonnée.

JARDIN DES CÎMES

447, route du docteur Davy - **PASSY**
✆ 04 50 53 44 75
www.jardindescimes.com
Mai, juin, sept, octobre : mercredi à dimanche 10h-18h. Juillet, août : 7j/7, 10h-19h30. Adulte : 5,50 € (6,50 € été).

Face au Mont-Blanc, mixant nature et culture, un jardin pour rêver, pour apprendre et s'émerveiller. Du potager idéal aux terrasses fleuries en passant par la zone pédagogique adaptée aux enfants, on se promène à travers ces jardins alpins. La quiétude du lieu est propice à l'initiation aux activités de détente et à la pratique artistique. Sur la terrasse, une exposition photographique en libre accès. Pour la pause-repas et tout au long de la journée, le Café des Cimes propose ses plats de produits frais et locaux et des délices aux couleurs du jardin.

LES MONGOLFIADES INTERNATIONALES DE PRAZ-SUR-ARLY

PRAZ-SUR-ARLY
www.prazsurarly.com
En janvier 2023.

Un meeting de montgolfières à Praz-sur-Arly depuis 1990 ! Une manifestation internationale d'aérostats, renouvelée chaque année depuis plus de 30 ans dans une commune à l'aérologie idéale. Une vingtaine de montgolfières s'envole et anime le ciel au pays du Mont-Blanc ! Au programme : vols (statiques ou non) et baptêmes, ateliers de construction d'aéronefs pour les enfants, démonstration de mini ballons radiocommandés... Le rendez-vous des meilleurs pilotes mondiaux !

LA FERME AGRICOOL

60, route des Grands-Prés
SAINT-PAUL-EN-CHABLAIS ✆ 04 50 75 22 26
www.lafermeagricool.com
Ouvert aux individuels pendant les vacances scolaires uniquement. Adulte : 6 €. Enfant : 5 €.

Cette mini-ferme de découvertes comprend un espace de loisirs pour les enfants, jeux gonflables, pêche aux canards et tracteurs à pédales. Une partie abritée avec une salle chauffée, et un parcours de découvertes proposant des ateliers de traite des vaches, de fabrication de farine, de composition d'un potager... Idéal pour passer une journée en famille autour du cheval miniature, cochons d'Inde, chèvres naines, colombes, faisans, paons, cochons, perdrix, dindons et pintades. Les enfants jusqu'à 10 ans peuvent fêter leur anniversaire en privatisant la ferme.

LES AIGLES DU LEMAN ★★

Route du Moulin-de-la-Glacière
SCIEZ
✆ 04 50 72 72 26
Fermé de septembre à avril. Ouvert tous les jours de 10h à 18h. Adulte : 17 €. Enfant : 14 €.

Un parc unique en Europe (plus de 600 animaux, dont 50 aigles répartis en 17 espèces), pour découvrir les grands prédateurs des Alpes ! Mais ce qui impressionne le plus, ce sont les spectacles - 6 par jour - commentés où l'on apprend, sans s'en rendre compte, les secrets de ces animaux. Ainsi aigles et chevaux étaient dressés à travailler ensemble : un apprentissage époustouflant. Les plus jeunes restent quant à eux les yeux ébahis devant ces tournois chevaleresques surgis du passé ! Restauration sur place, aire de pique-nique et de jeux.

ACRO'AVENTURES TALLOIRES

Route de Planfait - **TALLOIRES-MONTMIN**
✆ 06 07 56 90 58
www.talloires.acro-aventures.com
Ouvert de début avril à fin novembre. Réservation conseillée. Tarifs, informations et réservation sur site Internet.

La sortie préférée des familles ! Proche d'Annecy, sur les rives du lac, cette base nature a le bon goût d'être ouverte tous les jours et de proposer de nombreuses activités. Chaque année, les aventuriers découvrent de nouveaux parcours tracés dans les arbres, avec des difficultés différentes souvent renouvelées, toujours aussi bien sécurisés par une équipe de véritables professionnels. Ne manquez pas aussi la Forêt des Sens, la chasse aux trésors, ou le parcours d'orientation. Des sensations à vivre et à partager en famille ou en groupe.

TROPICALAND

50, chemin de Corteret - **VIRY**
✆ 06 09 70 13 16
www.tropicaland.com
Haute saison ouvert du mardi au dimanche et jours fériés de 14h à 18h. Adulte : 9,50 €. Enfant de 3 à 11 ans : 6,50 €.

Sur un peu moins de deux hectares, par le sentier long d'un kilomètre, on traverse une sorte de jungle reconstituée aux plantes exotiques. Statues au style précolombien et caquètements d'oiseaux exotiques nous interpellent lorsque, tout à coup, un bébé dinosaure surgit de la forêt et l'on se trouve propulsé hors du temps, à l'époque préhistorique. Celui-ci semble s'être échappé de la prairie familiale où habitent les adultes (35 créatures de toutes catégories). Kangourous, wallabies, chèvres naines, lamas, écureuils volants, soit une centaine d'animaux.

SARENNE SNOW BIKE

ALPE D'HUEZ
www.alpedhuez.com
En avril.

Même si la saison de ski dure plus longtemps à l'Alpe d'Huez, il faut bien fêter la fin de l'hiver en déchaussant les skis. Oui, mais pour les troquer par un autre moyen de glisse (afin que ça roule) avec une dernière descente en VTT... Et pas n'importe laquelle, puisque c'est la piste de la Sarenne qu'il faut dévaler. Départ du pic Blanc à 3 330 mètres, en haut de la station, et arrivée 1 800 m plus bas après 16 kilomètres de pure descente sur une piste noire. Certains serreront les freins, d'autres iront tout schuss, chacun son style, mais du fun pour tous !

LA FERME DE BRISKA

40 b, rue du Château - **CHAVANOZ**
✆ 06 52 15 52 63
www.lafermedebriska.fr
Ouvert à partir d'avril. Mercredi et samedi de 14h à 18h. Visite gratuite, seules les animations sont payantes.

Venez découvrir les animaux de la ferme pédagogique de Jessica. Elle organise de nombreux ateliers aux thèmes très diversifiés, adaptés à tout public. Découverte des animaux (mode de vie, races, reproduction, sevrage, alimentation...), abeilles, hôtel à insectes, pâte à sel, jardinage, cycle de l'eau, recyclage... Egalement des stages de nourrissage, biberonnage, câlins, devinettes : enfants et parents participant durant 2h30, avec diplôme remis à la fin du stage. Ce sont aussi des balades à poneys et à dos d'ânes, des expositions et animations privées.

CHATEAU DE MOIDIÈRE

525, chemin du Château - **BONNEFAMILLE**
✆ 04 74 96 44 63 - www.chateau-moidiere.com
Haute saison ouvert du mercredi au lundi et les jours fériés de 14h30 à 18h. Adulte : 10 €. Enfant de 4 à 12 ans : 8 €.

Baladez-vous en pleine nature parmi les prairies, les étangs et un arboretum de 2 000 arbres et arbustes d'Europe. Visitez la partie préhistorique présentant des silhouettes au sol grandeur nature d'espèces disparues comme les mammouths, et deux labyrinthes jeux de piste. La mission du parc valorise le patrimoine sauvage européen. Vous y observerez donc des animaux rarement visibles dans la nature ou pratiquement disparus de France comme les lynx ou les loups d'Europe, 150 animaux la plupart en semi-liberté, ratons laveurs, oiseaux aquatiques, renards, mouflons.

FORT DE LA BASTILLE ★★

GRENOBLE
✆ 04 76 54 90 85
www.bastille-grenoble.fr
Téléphérique, horaires complets sur Internet. A/R 8,80 €, AS 5,90 €. Musée des troupes. Tarifs 3 €, 1,50 €.

Si tu vas à Grenoble, n'oublie pas de monter là-haut ! Avec les fameuses « bulles », c'est facile. La Bastille, c'est le meilleur point de vue sur la ville, les vallées et les massifs autour, mais c'est aussi un site exceptionnel. Inscrit à l'inventaire supplémentaire des Monuments historiques, c'est une impressionnante construction militaire édifiée entre 1823 et 1848. Côté ville, la Bastille déroule ses remparts, ses casemates et ses escaliers sur près de 300 m de dénivelé. On adore cet endroit, à prendre d'assaut en famille !

MAISON RAMBERT - RAVIOLES ARTISANALES

670, ZA La Gloriette - **CHATTE**
✆ 04 76 64 10 92
www.raviole-maison-rambert.com
Ouvert du mardi au samedi de 9h à 12h et de 14h30 à 19h. Fermé jours fériés. Entrée libre. Accès facile, parking assuré.

Connaissez-vous la véritable raviole du Dauphiné fabriquée artisanalement selon une recette originale par les frères Rambert ? Patrice et Gilles Rambert perpétuent la fabrication des meilleures ravioles selon une recette originale de leur grand-mère. L'Escale découverte des frères Rambert propose de découvrir les secrets de fabrication de la raviole. A l'issue du film, un livret de recettes vous sera remis, et vous pourrez flâner dans la boutique.

MUSÉE DAUPHINOIS ★

30, rue Maurice-Gignoux - **GRENOBLE**
✆ 04 57 58 89 01 - www.musee-dauphinois.fr
Ouvert le lundi et du mercredi au vendredi de 10h à 18h, le week-end de 10h à 19h. Gratuit. Boutique.

Le Musée dauphinois, classé Monument historique, est somptueusement aménagé dans l'ancien couvent de Sainte-Marie-d'en-Haut, dominant les quais de Grenoble. Après avoir fêté dignement son centenaire, ce musée continue d'explorer de nouvelles voies tout en préservant la mémoire. Cet espace retrace à travers ses expositions, toute la richesse historique et socioculturelle du Dauphiné (sur les modes de vie traditionnels dans les Alpes, sur l'histoire du ski). Expositions temporaires avec « Un amour de vélo » (jusqu'en juillet 2022) et « Refuges alpins ».

TÉLÉPHÉRIQUE GRENOBLE-BASTILLE ★★

Quai Stéphane-Jay
GRENOBLE
✆ 04 76 44 33 65
www.bastille-grenoble.com
Ouvert tous les jours de mai à septembre. A/R : 9 €, enfant 4,80 €.

Qui n'est pas monté à la Bastille par le téléphérique n'a pas vu Grenoble ! Il faut dire que ce téléphérique moderne ne date pas d'hier, mais bien du siècle dernier et s'est inscrit naturellement dans le patrimoine de la ville. Ce sont seize cabines (cinq accessibles aux personnes à mobilité réduite), qui relient les deux gares. Avec une sécurité maximale, on se laisse transporter dans les airs, découvrant petit à petit l'étendue de la ville et les sommets des Alpes.

WALIBI RHÔNE-ALPES ★★

1380, route de la Corneille
LES AVENIÈRES VEYRINS-THUELLIN
✆ 08 20 42 64 36
www.walibi.fr
Réouverture en avril. Juillet et août tous les jours 10h-19h. Adulte 35 €. Enfant 30 €. Gratuit -1 m.

Hâte de retourner à Walibi ! Hâte de revivre des sensations fortes, de partager à nouveau des moments intenses sur les attractions d'un parc grandiose où chacun trouve sa place. Walibi, tout près de Lyon, Grenoble et Chambéry, ce sont plus d'une trentaine d'attractions et de spectacles pour tous les âges, toutes les envies de folie ! Le *Mystic* vous fait grimper au ciel avec sa montée verticale de 31 m, l'*Airboat* pourrait bien vous donner le mal de mer ou de l'air... Les enfants s'amuseront dans les *P'tits Chaudrons*. Evasion et fous rires garantis au parc Walibi.

LE FUNICULAIRE DE SAINT-HILAIRE ★★★

SAINT-HILAIRE
✆ 04 76 08 00 02
www.funiculaire.fr
Ouvert de fin mars à fin novembre. Adulte 17,20 €, enfant 9,70 € A/R.

Construit en 1924, répondant à toutes les normes actuelles de sécurité, le Funiculaire de Saint-Hilaire-du-Touvet part de 260 m d'altitude dans la vallée du Grésivaudan pour arriver au Plateau des Petites Roches à 1 000 m. Le long de la plus forte pente d'Europe, certains passages à 83 % d'inclinaison, découvrez un paysage fantastique. En haut, la beauté d'un site naturel exceptionnel et la visite du Laboratoire d'Icare. Pause gourmande et contemplative. Merveilleux voyage.

ACCROGROTTE®

Grotte les Cuves de Sassenage
SASSENAGE
✆ 06 11 60 80 20
www.kahotep.fr
Activités à partir de 8 ans. Tarifs complets en ligne. Réservation impérative.

Des sensations uniques et une première en France ! Subtil mélange de spéléologie, de parcours aventure et de via ferrata, l'AccroGrotte® vous propose différents ateliers encadrés par des moniteurs diplômés dans un cadre exceptionnel : ponts de singe, passerelles, pont népalais, passage sur via corda au-dessus de la rivière et traversée d'un petit lac souterrain en radeau pneumatique. Une tyrolienne de 43 m traverse la salle des Géants. Tout l'équipement nécessaire vous sera fournit. Une aventure unique pour petits et grands.

MAISON BERGÈS (MUSÉE DE LA HOUILLE BLANCHE) ★★

40, avenue des Papeteries, Lancey
VILLARD-BONNOT ✆ 04 38 92 19 60
musees.isere.fr
Du 1/04 au 31/10 mer à ven 13h-18h, week-end 10h-18h. Du 1/11 au 31/03 mer à ven 13h30-17h30, week-end 10h-17h30 Gratuit

Un musée fantastique retraçant l'histoire d'une énergie verte, puisque renouvelable, celle de la « houille blanche », nom donné à l'hydroélectricité. C'est en 1869 qu'Aristide Bergès développe au pied du massif de Belledonne une papeterie dont les machines sont alimentées par l'énergie d'une conduite forcée. Aventure humaine et technologique formidable racontée dans une maison-musée au décor incroyable, mêlant Art nouveau et symbolisme, à découvrir à l'aide d'un audioguide.

MUSÉE DE LA RÉVOLUTION FRANÇAISE ★

Place du Château
VIZILLE
✆ 04 76 68 07 35
www.domaine-vizille.fr
Ouvert tous les jours, sauf le mardi. Horaires selon périodes. Gratuit.

Le musée de la Révolution française se trouve au Domaine de Vizille. Magnifique parc, jardins labellisés, le cadre naturel est fantastique mais il ne doit pas faire oublier le cadre historique. C'est au château de Vizille que s'est déroulé un épisode important de la Révolution française : la réunion des trois ordres du Dauphiné en 1788. Le musée retrace de manière ludique et pédagogique la période révolutionnaire. Visites guidées, contées et ateliers pour les scolaires.

PARC NATUREL RÉGIONAL DU VERCORS ★★★★

✆ 04 76 94 38 26

www.parc-du-vercors.fr

Terre de nature sauvage à la biodiversité remarquable, terre d'histoire et de découverte, le Parc naturel régional du Vercors, entre l'Isère et la Drôme, couvre un territoire exceptionnel, plus grande réserve de France métropolitaine. 4 600 km de sentiers de randonnée et pratique des sports outdoor aux 4 saisons. Citadelle taillée dans la roche calcaire, le Vercors s'est longtemps préservé de l'intense activité humaine. A sa surface, plateaux boisés, cirques majestueux, faune et flore sauvages à profusion et dans ses entrailles, gouffres béants, gorges profondes et grottes magnifiques. Le Vercors est une terre de contraste. Des lavandes de Provence aux sommets enneigés, tout reste à découvrir. Au cœur de cette vaste région, dont on ne peut ignorer l'histoire tragique, il faut distinguer les 16 600 hectares de la Réserve naturelle des Hauts Plateaux, plus grande réserve naturelle de France, secteur totalement protégé où la nature donne sa pleine mesure. Près de 80 espèces végétales protégées sont recensées dans le Parc naturel du Vercors : du sabot de Vénus en forêt à la campanule des Alpes dans les éboulis, en passant par la primevère « oreille d'ours » dans les falaises ou les tulipes sauvages dans les pelouses subalpines. Le massif accueille également 135 espèces d'oiseaux nicheurs, 65 espèces de mammifères, 17 espèces de reptiles et d'amphibiens. Parmi les plus remarquables : le bouquetin, le cerf, le tétras-lyre, l'aigle royal, le faucon pèlerin, le hibou grand duc ou la marmotte. Aujourd'hui, le Vercors est l'un des rares massifs abritant les six grands ongulés sauvages de France : chamois, cerf, chevreuil, mouflon, sanglier et bouquetin. Ce massif calcaire est aussi un paradis pour les spéléologues : le gouffre Berger, situé au nord du massif, est mondialement connu. Même les non-spécialistes des galeries souterraines peuvent profiter des beautés cachées sous nos pieds : la visite des grottes de Choranche est un beau voyage au cœur de la Terre. De ce somptueux massif, il ne faut pas oublier le Royans qui déploie son opulence agreste entre le cours de l'Isère et les premières pentes du Vercors sans se départir du spectaculaire, notamment grâce aux falaises qui plongent de plusieurs centaines de mètres à Combe-Laval et aux Grands-Goulets. Cette position de forteresse naturelle a permis également aux hommes, et notamment aux maquisards en lutte contre l'occupant, de trouver refuge dans les innombrables grottes et les insondables forêts. Villages martyrs et musée de la Résistance rappellent les combats qui se déroulèrent en ces lieux aujourd'hui si paisibles. Le Vercors propose quelques sommets qui dépassent les 2 000 mètres d'altitude, notamment le Grand Veymont, point culminant du massif à 2 341 mètres, sans oublier le très photogénique mont Aiguille. Une montagne qui n'est pas admirable par sa hauteur, 2 085 mètres, mais par sa forme particulière de dent isolée - on pourrait la comparer à une molaire -, un plateau sommital entouré de falaises impressionnantes. Impressionnantes, comme les aiguilles du Dévoluy, masse cristalline qui semble détachée de son socle de forêt. Pays à côté duquel il ne faut pas passer pour découvrir des paysages mêlant contrastes saisissants et plénitude. La Maison du Parc de Lans-en-Vercors n'a pas vocation à accueillir le public. Toutes les informations utiles sont à retrouver dans les offices de tourisme du territoire.

Les falaises verticales du massif du Vercors.

LA FERME A L'ANCIENNE

1, chemin de Morel
BOURG-ARGENTAL
✆ 04 77 39 60 75
Ouvert du 15 avril au 15 octobre, sur rendez-vous uniquement. Adulte : 3 €. Visite guidée.

Retour dans nos belles campagnes pour découvrir le monde paysan d'antan. Quel citadin connaît la ferme d'aujourd'hui ? Alors la vie des paysans d'autrefois encore moins ! Dans ce musée privé que l'on pourrait volontiers qualifier d'écomusée, retour vers le passé à la découverte des traditions rurales, du matériel - comme cet attelage de vaches - et des outils anciens pour cultiver la terre. On vient également le premier samedi de septembre assister au battage à l'ancienne. Sur une vache en résine grandeur nature, possibilité de s'essayer à la traite.

MUSÉE DU TISSAGE ET DE LA SOIERIE ★

Place Vaucanson - **BUSSIÈRES**
✆ 04 77 27 33 95 - www.museedutissage.com
Accessible aux personnes à mobilité réduite, aux malvoyants et aux handicapés mentaux. Qualité Tourisme. De 15h à 18h.

3 000 visiteurs viennent découvrir chaque année cette collection unique de métiers à tisser installée dans l'ancienne usine Braud. On observe le manège incessant de ces machines qui pour la plus âgée date de 1800 ! Pièces mécaniques, échantillons textiles, tout se déroule sous nos yeux. On apprend à l'atelier, grâce aux compagnons, le fonctionnement de ces « automates » qui produisent de la soierie, du velours... Vous pourrez vous exercer et repartir avec votre propre ouvrage !

FERME PÉDAGOGIQUE DE CRAINTILLEUX

124, chemin du Canal - **CRAINTILLEUX**
✆ 04 77 30 67 22
Fermé de novembre à mars.
Ouvert tous les jours de 14h à 18h. Adulte : 5 €. Enfant de 2 à 16 ans : 4,50 €.

Une centaine d'animaux sont présents autour d'un parcours sécurisé. Vaches, cochons, poules, lapins, chèvres, ainsi que des races anciennes et insolites en voie de disparition. Côté jeux, l'espace L'Enclos dispose d'un beau château gonflable, une pêche aux canards et d'autres jeux ludiques. Également La Graineterie joliment aménagée dans des containers pour une pause-goûter, snack, bar et même afterwork dans un esprit guinguette. Terrain de pétanque. Ateliers à thème. Équitation.

DEVALKART

Les Réalles
GRAIX
✆ 04 77 20 43 93
Ouvert tous les jours en juillet et août 14h-18h. 1 passage 3,50 €. Forfait 2h, 42 €.
A partir de 10 ans.

Réservé aux plus de 10 ans, en période estivale, on abandonne les tenues de ski pour dévaler les pentes de Graix sur 3 pistes à bord de karts. Ces engins non motorisés sont un peu difficiles à contrôler mais fournissent leur lot de sensations. Soit sur une piste verte de 550 m, soit sur deux rouges de 450 m, côte à côte pour une descente en « dual », histoire de mettre une pincée de compétition. Pour les petits frères et petites sœurs qui n'ont pas encore 10 ans, circuit de mini-kart électrique (4 ans minimum). Une bonne dose d'adrénaline vous attend !

MUSEE VIVANT DE LA PASSEMENTERIE

5, rue des Passementiers - **JONZIEUX**
✆ 04 77 39 93 38
www.maison-passementerie.info
Ouvert de début mai à mi-octobre, dimanche après-midi. Adulte : 3 €. Enfant : 1 €. Visite guidée.

Au XVIIe siècle, Jean Deshort introduit la passementerie dans la commune pour sortir les villageois de leur pauvreté. 400 métiers fonctionnent alors chez 100 couples de passementiers. Le dernier atelier a fermé en 2005, mais trois entreprises industrielles et le musée continuent de perpétuer l'histoire et le savoir-faire du métier. Vous découvrez le savoir-faire des anciens ouvriers et cet artisanat d'art du galon et du pompon de l'uniforme, la haute couture et l'ameublement de luxe.

LUDOSKI

La Croix de Chaubouret
LE BESSAT
✆ 04 77 51 23 84
www.pilat-tourisme.fr
Activité en fonction de l'enneigement et de la météo. 6 €.

Cette activité dépend de l'enneigement. On se lance sur des bouées pour dévaler 3 pistes adaptées pour les petits comme les plus grands. La descente est très rapide mais les sensations sont en revanche garanties ! Même si tout est sécurisé, elles donnent l'impression de ne rien contrôler et l'adrénaline monte rapidement au cerveau. Point important : la remontée ne demande pas le moindre effort grâce au système automatique « fils neige » qui vous permet d'admirer le paysage en toute quiétude ou de bombarder votre voisin de boules de neige.

VOLERIE DU FOREZ

1540, route de Sainte-Anne
MARCILLY-LE-CHÂTEL
✆ 04 77 97 59 14
www.volerieduforez.fr
Haute saison tous les jours à partir de 14h.
Adulte : 11 €. Enfant de 3 à 11 ans : 8 €.

Au sommet d'un ancien volcan, d'imposants remparts aux tours dodues : le château féodal Saint-Anne sert de décor de scène à un spectacle de fauconnerie ! Des aigles, des vautours, des milans, des buses, des hiboux, des faucons... Fred, le vautour, est dressé et vole au-dessus de l'assistance. Frissons garantis ! Après chaque spectacle, le chevalier propose une animation médiévale avec les visiteurs. L'ambiance est assurée ! Complétez la journée avec la visite de l'écomusée sur les armes médiévales et la mini ferme. Une belle visite !

PARC PILAT'VENTURE

Route du Col-de-l'Oeillon - **PÉLUSSIN**
✆ 06 87 33 57 10
www.pilatventure.com
De mars à juin et de sept à nov sur résa.
Juillet et août, tous les jours sauf lun, 15h-20h.
Ado et adulte 19 €.

Après une longue fermeture - pour nous et pour eux -, retrouvez la sensation de passer une journée dans les arbres, les parcourant d'atelier en atelier, cherchant l'équilibre en harmonie avec la nature. Qualité des parcours qui offrent différents niveaux de difficulté pour un véritable « trekking aérien ». La vue panoramique depuis les arbres sur le couloir rhodanien et la chaîne des Alpes amplifie cette impression de voler - enchaînement de 7 tyroliennes avec vue imprenable sur la vallée - et non pas d'être enfermé dans la forêt.

STREET ART

ROCHE-LA-MOLIÈRE
Ouvert toute l'année.
Départ du circuit de découverte : 7, rue Joseph Sanguedolce. Gratuit.

Du tourisme en banlieue ? Ancienne cité ouvrière autour de la mine et du ruban, Roche-la-Molière se distingue aujourd'hui comme un musée à ciel ouvert. Ici, les murs ont des couleurs et le street art s'affiche en centre-ville et dans les quartiers. Plus de 25 fresques murales ornent désormais la Roche. Depuis 2015, début mai se tient dans cette banlieue stéphanoise le SAFIR, Street Art Festival In Roche La Molière, qui voit intervenir les graffeurs. Partez à la recherche de *La Mine, Personne n'est illégal, La Mouche, La Géante, La Grande bouffe, Rigolade*...

4 GAMER

4, rue de la Richelandière - **SAINT-ETIENNE**
✆ 04 26 48 46 77
www.4gamer.fr
Mardi 17h-00h, mercredi 14h-00h, jeudi 17h-00h, vendredi 14h-1h30, samedi 14h-1h30, dimanche 14h-21h.

4 Gamer est le premier bar à jeux de Saint-Étienne. C'est le lieu idéal pour tous les jeunes qui préfèrent se retrouver sous terre plutôt que dehors au soleil. Ici c'est un endroit parfait pour venir faire des tournois de jeux vidéo entre jeunes adultes tout en buvant un verre. Des animations diverses sont organisées régulièrement autour de Mario Kart par exemple ou de Warframe, Earthstone... Les ordinateurs sont en libre accès, seule obligation, consommer toutes les heures. Un espace dédié aux consoles vidéo vintage existe également et séduira les nostalgiques.

CENTRE NAUTIQUE YVES NAYME

28 bis, rue de Terrenoire
SAINT-ETIENNE
✆ 04 77 42 04 70
Entrée : 4,25 €. Abonnement et tarif résident disponibles.

Situé à Montplaisir, le centre nautique Yves Nayme dispose de 3 grands bassins : un bassin sportif grande profondeur, une zone ludo-apprentissage puis un espace de 50 m² dédié aux enfants. Ouvert à tous, le centre nautique met à disposition des équipements pour les personnes handicapées avec le prêt de chariots et un appareil sécurisé pour l'installation dans l'eau. Le centre nautique est assez moderne : jets massants, rivière aquatique à contre-courant, cascade...

LE CHÂTEAU DE ROCHETAILLÉE

Rue du Parc - **SAINT-ETIENNE**
✆ 04 77 32 88 52
www.loiretourisme.com
Ouvert toute l'année et tous les jours. Accès libre.
Donjon ouvert selon la météo. Gratuit.

À quelques minutes des quartiers de la Métare, le château de Rochetaillée affiche fièrement les ruines de ses remparts. Un escalier en fer vous permet de visiter l'intérieur gratuitement et sans surveillance (quelques panneaux font office de visites guidées). Bâtie sur un pic de quartz, cette bâtisse daterait du XIe siècle et ne comporte plus que 3 de ses 4 tours d'origine. Accessible de jour comme de nuit, le haut des tours offre une vue imprenable sur le village et ses alentours !

CONSERVATOIRE DES MEILLEURS OUVRIERS DE FRANCE

4, rue Jean-Itard - **SAINT-ETIENNE**
© 04 77 74 57 79
http://ateliers-conservatoire-mof.com
Visite guidée 5 €. Uniquement sur réservation dès 5 personnes (min 15 jours à l'avance). Du lundi au vendredi.

Ce musée conservatoire est animé par des bénévoles passionnés et des artistes-artisans. Ce temple du savoir-faire stéphanois rassemble les plus grands chefs-d'œuvre des meilleurs ouvriers de France de notre région dans tous les domaines : armes, gravures, bijouterie, textile, ébénisterie... Si ce conservatoire vous émerveillera au plus haut point, vous pouvez à votre tour vous lancer dans les ateliers accessibles à tout public. Un moment ludique.

JARDIN DES PLANTES

SAINT-ETIENNE
www.saint-etienne.fr
Accès libre et gratuit toute l'année.

Véritable poumon vert du centre-ville, le jardin des plantes est le plus ancien parc de la ville. Situé autour de la colline Villeboeuf, le parc abrite l'Opéra-théâtre de Saint-Etienne et diverses variétés d'arbres rares. Une très belle balade ombragée qui constitue un lieu de promenade privilégié des citadins. Des aires de pique-nique et de jeux ont été aménagées pour le plus grand plaisir des petits et des adultes. Ne manquez pas la statue érigée en l'honneur de Francis Garnier, officier explorateur stéphanois parti en expédition sur le Mékong.

S-CAPE GAME

198, rue des Alliés
SAINT-ETIENNE
© 06 95 96 53 52
À partir de 10 ans accompagnés d'un adulte. Du mardi au dimanche de 10h à 23h.

S-Cape Game vous propose plusieurs salles de jeux avec différents scénarios. Laissez-vous enfermer dans une pièce par équipe de 3 à 6 personnes que vous allez devoir fouiller afin d'assembler des indices et de résoudre les énigmes qui vous permettront de sortir dans l'heure impartie. Tous vos sens doivent être en éveil. Observation, esprit logique et travail en équipe seront vos atouts majeurs ! Le S-Cape Game propose des offres sur mesure pour les entreprises dans le cadre de séminaires, team building... mais aussi pour des évènements privés !

YELLOW JUMP

41, rue des Docteurs Müller - **SAINT-ETIENNE**
© 04 77 74 20 79
http://yellow-jump.fr
Ouvert mardi, jeudi et vendredi 17h-21h ; mercredi 14h-21h ; samedi 10h-22h ; dimanche 10h-19h. Tarif : 13 €/h.

Venez tester votre équilibre sur une slackline ou sur une échelle, on vient également s'exercer au salto, grâce à deux fosses remplies de mousse pour amortir les chutes. Une arène regroupe 24 trampolines pour sauter librement, un Dodge Ball de 20 trampolines qui permet de former un terrain de ballon prisonnier, le Tumbling d'enchaîner les saltos... Ou direction les 6 trampolines inclinés à 60 % et pourquoi pas le trampoline parktour qui se dresse comme un parcours d'obstacles à franchir dans un temps imparti ! On vous met au défi ?

ESPACE ZOOLOGIQUE ★

Combe Plotton - **SAINT-MARTIN-LA-PLAINE**
© 04 77 75 18 68
www.espace-zoologique.com
Haute saison tous les jours de 9h à 19h. Adulte : 16,50 €. Enfant de 3 à 9 ans : 12,50 €.

L'Espace Zoologique met un point d'honneur à assurer la sauvegarde des animaux et la protection de la nature ! Ici parmi les mammifères, lions, tigres de Sibérie, loups et chimpanzés attirent tous les regards. Les plus courageux visiteront le vivarium et ses incroyables reptiles. Si les conditions météorologiques le permettent, vous pourrez même assister aux repas des loups et des gorilles, spectacle garanti ! Découverte du métier de soigneur avec les formules « Soigneur d'un jour » pour les plus grands et « Graines de soigneur » pour les enfants de 6 à 14 ans.

VERT-ÂNES

Saint-Sabin - **VÉRANNE** © 04 77 39 98 46
www.vertanes.fr
Balade : 25 € les 2h. Journée : 45 €. Anniversaire enfant : 120 € pour 10 enfants maximum. Restauration. Animations.

Vert-ânes vous accueille pour une randonnée nature avec les ânes de la maison. Au départ des sentiers de randonnée, pour débutants ou confirmés, vous pourrez faire une balade à dos d'âne. Le temps d'une heure, ou d'une journée, vous découvrirez la faune et la flore du lieu. Une promenade qui enchantera petits et grands. L'auberge propose des paniers-repas en guise de pique-nique, remplis de charcuterie, fromages, pain, fruits issus de petits producteurs locaux. Après l'effort, le réconfort ! L'auberge propose aussi l'organisation d'anniversaire pour enfants.

MAISON DE LA FOURME D'AMBERT ★

29, rue des Chazeaux - **AMBERT** ✆ 04 73 82 49 23
www.maison-fourme-ambert.fr

De Pâques à la Toussaint, vacances Noël et hiver : mardi-samedi 10h-12h30/14h-18h30. Été : tous les jours 10h-18h30. 3 €

Dans cette bâtisse du XIVe siècle, le fromage est roi. Deux salles sont consacrées aux instruments permettant la fabrication et la maturation des fromages dans la cave d'affinage. Outre l'historique de la fourme locale et ses secrets de fabrication, ce lieu offre une visite de la cave qui avait fait office de cellier à La Fayette. Savourer un bon morceau de fourme d'Ambert sera au programme avant de filer à la rencontre de la vache Myrtille et d'apprendre d'autres astuces sur le lait.

PARC ANIMALIER D'AUVERGNE ★★

Route d'Anzat - **ARDES** ✆ 04 73 71 82 86
www.parcanimalierdauvergne.fr

Haute saison ouvert tous les jours de 8h30 à 19h. En haute saison : tarif adulte 22 €, enfant de 3 à 9 ans 16 €.

Avec plus de 350 animaux de 70 espèces différentes, ce parc promet un dépaysement total. L'Himalayan Express, un petit train, peut vous conduire jusqu'au sommet. Sinon, enfilez une bonne paire de chaussures. Traversez le tunnel des lions, poursuivez avec les girafes de la plaine africaine, l'île des primates puis l'enclos des tigres et la forêt des lémuriens, sans oublier la ferme pédagogique européenne et celle des Andes. La visite est au plus près des animaux, avec tunnel et bulles pour admirer les lions, enclos d'immersion chez les lémuriens, les cerfs sikas et les chamois.

Comme chaque année, de nouveaux animaux sont à découvrir : les derniers arrivés sont les dik-dik, une espèce d'antilope naine et le tamanoir. On retrouve aussi les pudus du Chili, un des plus petits cervidés au monde, en face de l'enclos des tigres et la panthère de l'amour Suyjana, le félin le plus menacé au monde, visible tout en haut du parc, dans un tout nouvel enclos.

De nombreuses activités sont proposées à l'image du nourrissage des girafes, des lémuriens, des loups, des macaques de Barbarie. Durant une demi-journée, glissez-vous dans la peau d'un soigneur. Le safari famille permet aussi de visiter autrement le parc.

Durant votre repas au restaurant panoramique, vous pourrez profiter d'une vue sur certains animaux. On n'en perd pas une miette ! Prêt à passer une soirée exceptionnelle ? Passez la nuit à la belle étoile, dans une chambre tout confort, tout proche de vos animaux préférés !

AÉROPARAPENTE

39, chemin de Bouffevent - **AYDAT**
✆ 06 61 24 11 45 - www.aeroparapente.fr

De février à octobre. Du lundi au dimanche 9h-19h. 100 € le vol de 10-20 min. Formule double vol à 170 € (2 x 15 min).

Rendez-vous au sommet du Puy de Dôme vers un décollage pour les airs. En formule découverte double vol (un premier vol pour admirer la vue, un second pour s'initier aux techniques du parapente), performance (où il s'agit de s'élever au maximum grâce aux courants ascendants) ou pour les personnes à mobilité réduite, cette aventure d'une poignée de belles minutes vaut le détour. Elle est supervisée par une équipe de moniteurs diplômés d'Etat. Cette escapade aérienne peut être filmée histoire de conserver le souvenir de ces paysages grandioses et de votre expérience.

ALTIPARC DU VERNET

Plan d'eau du Vernet - **CHAMÉANE**
✆ 07 49 58 37 24
www.altiparc-vernet.fr/parc-aventure-1

Avril à juin, septembre, octobre : week-ends et sur réservation, juillet, août tous les jours 10h-20h. 22 €, enfant 14 €

A la recherche d'aventure ? Envie de vivre des sensations uniques ? De partager un moment entre amis ou en famille ? L'altiparc du Vernet vous attend. Neufs parcours sont tracés dans les arbres pour que petits et grands puissent jouer aux aventuriers. Certains d'entre eux comptent même une ou plusieurs tyroliennes qui passent au-dessus du plan d'eau, frissons garantis ! Vous n'en avez pas assez ? Grimpez dans les filets et marchez dans les airs. Voilà un endroit où l'on peut se dépasser, se surpasser tout en se faisant plaisir et en toute sécurité !

ART'AIR FESTIVAL

84, boulevard Aristide Briand
CLERMONT-FERRAND ✆ 07 82 41 09 81
www.art-air.org

En juillet dans le massif du Sancy. Tarifs à la rando, différents pass.

Connu par le bouche-à-oreille, Art'Air rassemble toujours plus de fidèles de tous les âges. Le concept ? De grandes et belles randonnées, organisées autour du massif du Sancy et agrémentées de visites gourmandes, d'interventions de spécialistes du territoire, de concerts en pleine nature, de différents jeux et de copieux repas ! Les balades sont minutieusement tracées à travers des recoins qui valent le coup d'œil. Elles sont encadrées par des bénévoles qui assurent aussi le ravitaillement. Un excellent concept pour découvrir la région dans une bonne ambiance !

FESTIVAL MUSIQUES DEMESURÉES

22 Bis, impasse Bonnabaud
CLERMONT-FERRAND ✆ 06 17 35 80 82
www.musiquesdemesurees.net
Les trois premières semaines du mois de novembre.

Le festival Musiques Démesurées, créé en 1999 par l'association Musique d'aujourd'hui à Clermont, fait découvrir au public des musiques que l'on n'attend pas ou peu. Chaque année, par le biais de concerts dans des salles dédiées ou des lieux plus insolites, à travers des rencontres avec les artistes, des programmes pour enfants et des master-classes, le festival bouscule nos habitudes musicales en mettant à l'honneur des pointures de la composition contemporaine et expérimentale.

MUSÉE D'ART ROGER-QUILLIOT ★★

Place Louis-Deteix - **CLERMONT-FERRAND**
✆ 04 43 76 25 25
Du mardi au samedi, 10h-18h.
Week-end 10h-12h et 13h-18h. Animations.
Parcours-jeux. Adulte : 5 €. Tarif réduit : 3 €.

Lieu singulier de Montferrand, le couvent des Ursulines du XVIIe siècle a été revisité par les architectes Claude Gaillard et Adrien Fainsilber, dans les années 1990, pour abriter un musée des Beaux-Arts, aujourd'hui géré par Clermont Auvergne Métropole. Autour de l'atrium, protégées par une audacieuse verrière, œuvre de Peter Rice, des passerelles relient un millénaire d'histoire de l'art. Les collections comprennent de nombreuses œuvres de la région. L'époque médiévale se raconte grâce à d'exceptionnelles pièces romanes ou gothiques. Le XVIIe siècle fait la part belle à l'ensemble décoratif du château d'Effiat et son cycle du Roland Furieux. Un espace est dédié à un des grands génies de ce siècle, Blaise Pascal. Quant au XIXe, il est représenté par les peintres néoclassiques tel Thomas Degeorges ou les nombreux paysages auvergnats signés Camille Corot, Prosper Marilhat ou Victor Charreton... Le Gaulois est aussi un des thèmes privilégiés des artistes de ce siècle. Théodore Chassériau ou Auguste Bartholdi n'hésitent pas à l'utiliser pour leurs œuvres conservées par le musée. En sous-sol, on retrouve la collection Combe, un ensemble de peintures figuratives des années 1920-1960 (Marie Laurencin, Bernard Buffet, etc.). La programmation culturelle est riche : expositions temporaires, visites guidées, ateliers pour enfants ou adultes... Des outils de médiation, comme les sacs Muséo-Jeux ou l'application mobile *Les Chefs-d'œuvre du MARQ*, apportent un regard différent sur le musée.

MUSÉUM HENRI- LECOQ ★

15, rue Bardoux - **CLERMONT-FERRAND**
✆ 04 43 76 25 60
https://www.clermontmetropole.eu
Mardi au samedi 10h-12h et 14h-17h. Dimanche 14h-17h. Mai à septembre, fermeture à 18h.
Adulte 5 €. Gratuit -18 ans.

À sa mort, Henri Lecoq lègue sa collection à la Ville de Clermont-Ferrand, qui rachète l'hôtel particulier où vécut le scientifique alors qu'il occupait la chaire de sciences naturelles. Elle installe dans l'édifice un musée en 1873, aujourd'hui géré par la Métropole clermontoise. Les sciences naturelles y sont à l'honneur : botanique, géologie, minéralogie, zoologie, paléontologie... Tout pour nous sensibiliser à notre environnement naturel ! Le musée se concentre en grande partie sur l'Auvergne, ses richesses naturelles, mais aussi ses grandes figures. Les collections comptent près de 650 000 objets et spécimens, présentés dans 5 départements scientifiques : mammifères et oiseaux naturalisés, squelettes, poissons, amphibiens et reptiles conservés en liquide, insectes et mollusques, échantillons de roches, de minéraux et de fossiles, herbiers... Des collections retracent aussi l'histoire des sciences et techniques du XVIe au XXIe siècle, à travers des scientifiques de renom et des instruments, dont une collection de machines à calculer mécaniques qui comprend deux modèles originaux de Blaise Pascal. Un fonds de livres anciens, archives et documents iconographiques conserve les ouvrages écrits par Henri Lecoq, ceux de sa bibliothèque ainsi que les manuscrits de personnalités scientifiques régionales ou liées au muséum. Toute l'année, des visites commentées, des parcours-jeux, des conférences et des ateliers animent le musée. Une exposition temporaire est proposée chaque année et séduit généralement grands et petits.

LA BAIE DES SINGES

6, avenue de la République
COURNON-D'AUVERGNE ✆ 04 73 77 12 12
www.baiedessinges.com
Le lundi et le mardi de 11h30 à 17h30 ;
du jeudi au samedi de 11h30 à 23h45.
Ouverture à 19h les soirs de spectacle

La Baie des Singes est un ovni culturel auvergnat implanté à Cournon-d'Auvergne. Fondée en 1997 par Chraz et son compère Bubu, la salle offre une programmation atypique, subtile et engagée. La Baie des Singes fait le bonheur du public par la richesse des représentations. C'est une salle reconnue à l'échelle nationale, et sa réputation est largement servie et diffusée par les comédiens. C'est un lieu où tout se mélange : la musique et l'humour, le théâtre d'improvisation et le théâtre amateur, les artistes confirmés et les jeunes talents. Le lieu vaut le détour !

ANATOLIA PARC

RD978 - **ORCET**
✆ 04 73 83 18 70
www.anatoliaparc.fr
Vacances scolaires, jours fériés, mercredis et week-ends 10h-19h. Horaires et tarifs : voir détails sur le site web.

Près de Clermont-Ferrand, Anatolia Parc est pensé pour les familles. Le lieu est clos et sécurisé avec une partie en intérieur de plus de 1 500 m², l'une des plus grandes de la région. Le parc propose des structures gonflables, trampolines et labyrinthe multi-activités. À l'extérieur, parcours aventure, minigolf, voitures à pédales, toboggans aquatiques, jets d'eau et autres surprises rendront la journée de vos enfants inoubliable. Petite restauration sur place. Ombragé et équipé d'un grand parking, le parc est propice aux anniversaires ou tout événement privé.

PANORAMIQUE DES DÔMES ★★

Chemin de Couleyras, lieu-dit La Font-de-l'Arbre
ORCINES
✆ 08 26 39 96 15
www.panoramiquedesdomes.fr
A/R adulte 14,30 € à 15,50 €. Enfant 8,10 € à 9,50 €. Forfait famille, 40,90 €. Chien 4,40 €. Abonnement annuel.

Le Panoramique des Dômes, train à crémaillère, est le moyen le plus confortable et rapide pour atteindre le toit du puy de Dôme. Après 15 minutes d'ascension, en prenant le temps d'admirer la Chaîne des Puys de toutes parts, vous êtes arrivés à destination. Une application mobile gratuite vous donne accès à un commentaire durant le trajet. Le site propose de nombreuses animations en été : visite commentée pour en apprendre plus, jeu de piste pour se prendre pour un aventurier à la recherche des reliques du Temple, spectacles pour se divertir...

FESTIVAL DE PYROMÉLODIE

Place Allard - **ROYAT**
✆ 04 73 29 50 80
www.royat.fr/fr/festivals-45.php
Le samedi du dernier week-end de juin. Informations auprès de la mairie de Royat.

Depuis une vingtaine d'années, Royat propose un grand festival pyromélodique (feux d'artifice rythmés par la musique). Des milliers de participants assistent aux animations de rue proposées dans la ville thermale. Le début de soirée laisse place aux concerts gratuits et aux spectacles. De quoi nous faire agréablement patienter jusqu'à la nuit. Les pays sélectionnés présentent alors tour à tour leur programme, pour un spectacle de plus de deux heures, haut en son et en couleur. Jusqu'au bouquet final, un joli moment pour en prendre plein les yeux et les oreilles !

LES MYSTÈRES DE FARGES ★

3, rue du 10 août 1944 - **SAINT-NECTAIRE**
✆ 04 73 88 52 25
www.st-nectaire.com
Ouvert mai, juin, sept : tous les jours 10h-12h/14h-17h, été : tous les jours 10h-17h30. Reste de l'année sur résa.

Les habitations troglodytiques de Saint-Nectaire datent du Moyen Âge. Les grottes troglodytes ont ensuite été redécouvertes dans les années 1990. Grâce à quatre grottes, creusées il y a plus de 1 000 ans, un spectacle son et lumière va vous transporter à travers les âges. Du temps des guerriers à la Révolution française, pour finir au début du XXe siècle avec un étonnant diaporama de photographies en stéréoscopie de Monsieur Viginet. La visite dure environ 50 minutes. Continuez ensuite sur une note gourmande en dégustant le fameux fromage saint-nectaire.

VULCANIA ★★★

Route de Mazayes - **SAINT-OURS**
✆ 04 73 19 70 00
www.vulcania.com
Avril-novembre. Tarifs : adulte 24,50 à 30,50 € ; 6-16 ans 19,50 à 25 € ; 3-5 ans 6 à 8 €. Restaurants. Parking gratuit.

Vulcania est unique en Europe : il est le seul parc sur le thème des volcans et de la planète Terre. Au cœur des volcans d'Auvergne, animations, visites et spectacles permettent aux visiteurs de vivre une exploration alliant émotions et découvertes. Ils évoluent dans trois univers thématiques différents : les volcans, les phénomènes naturels et la Terre dans l'espace. L'année 2022 sera une année historique pour Vulcania qui célébrera à la fois ses 20 ans et son sept millionième visiteur depuis son ouverture en 2002. Une visite à ne pas manquer !

LA FORET DE L'AVENTURE

Le Bancillon - **CUBLIZE**
✆ 04 74 89 56 64
www.parc-foret-aventure.com
Ouvert d'avril à septembre. Adulte : 20 €.
Enfant (jusqu'à 10 ans) : 17 €.
Groupe (10 personnes) : 18,50 €.

Dans un milieu forestier préservé, au cœur des forêts du Beaujolais et au bord du lac des Sapins, vous irez de parcours en parcours en suivant un sentier de découverte. Pionnier des sites d'aventure avec accrobranche dans la région, ce parc qui valorise l'environnement propose des circuits variés avec ponts de singe, passerelles, sept tyroliennes, dont une géante, lianes, filets... Prévoyez au moins deux heures ! S'ajoutent au sol un quiz nature et des points interactifs de découverte de la faune et de la flore. Ambiance 100 % forestière.

LABYLAND

375, rue du Pavé - **HAUTE-RIVOIRE**
✆ 06 14 46 42 26
www.labyland.com
Ouvert juillet et août 7j/7 11h-19h (21h we).
Ouvert le week-end en septembre. Entrée 7,50 €.
Enfant 6 €.

Qui n'a jamais de rêver de se perdre dans un grand champ de maïs ? Une expérience à vivre en famille ou entre amis en parcourant les chemins taillés au milieu des maïs de plus de 2 m (difficile de voir par-dessus et de se repérer). Des plans réalisés sur informatique et particulièrement diaboliques pour vous mettre la tête à l'envers. Accessible de 4 à... 99 ans, ce labyrinthe naturel garantit de bons moments (ne croyez pas que vous allez vous en sortir si facilement), d'amusement. Jeux pour apprendre aux enfants (et aux adultes) à respecter l'environnement.

FERME AU PIED DES SÉCHÈRES

2370, route des Pistes
LARAJASSE
✆ 04 78 48 48 45
Ouvert tous les jours de l'année sur réservation.

Cette exploitation laitière est typique des monts du Lyonnais, située à 800 mètres d'altitude. Venez découvrir en famille la laiterie, la salle de traite, mais aussi les animaux de la basse-cour, la porcherie, la chèvrerie et les clapiers pour câliner les lapins. Accueil aussi des groupes, en classe verte, pour apprendre tout ce qui concerne le lait, les œufs, les odeurs et plein d'histoires. L'après-midi, balade avec lecture de paysage, jeu de l'oie ou projection de diapositives.

AQUARIUM DE LYON ★★

7, rue Stéphane-Déchant - **LA MULATIÈRE**
✆ 04 72 66 65 66
www.aquariumlyon.fr
Ouvert toute l'année. Haute saison tous les jours de 10h30 à 18h30. Adulte : 15 €.
Enfant de 5 à 10 ans : 11 €.

Une visite passionnante à faire en suivant le plan de présentation de poissons tous plus beaux et intrigants les uns que les autres. Au total, ce sont plus de 5 000 poissons du monde qui sont présentés dans 47 aquariums, dont une impressionnante Fosse aux requins. Les aquariums des Eaux douces tempérées nous permettent de retrouver des poissons plus connus, comme la truite fario, le terrible silure ou l'esturgeon de Sibérie, celle qui donne naissance au fameux caviar. On vogue ensuite vers les Eaux douces tropicales avec des poissons étonnants, comme le redoutable piranha, avant de prendre le large vers les eaux de mer et une explosion de couleurs. Dans la salle des cinq sens, il est permis de caresser quelques poissons, comme les turbots, et autres animaux, une étoile de mer ou un bernard-l'hermite par exemple. Mais le clou du spectacle reste Titan, un bassin gigantesque dédié aux requins qui abrite aussi des raies-guitares. Celui-ci contient une épave de bateau reconstituée en résine de polyuréthane (le fer aurait rouillé et la rouille est toxique pour les poissons). La vitre inférieure du bassin est d'une épaisseur de 23 cm, pour résister à la poussée de l'eau... Une fosse qui accueille, entre autres, deux pensionnaires majestueux, deux requins-léopards en provenance de Bali et de Thaïlande. De quoi émerveiller toute la famille (et encore plus aux horaires des repas des poissons). Les biologistes de l'Aquarium de Lyon sont de véritables jardiniers de la mer grâce au programme de reproduction faisant appel à des techniques de bouturage mais aussi à travers des reproductions sexuées. Cela correspond au mariage des gamètes mâles et femelles libérés dans l'eau par des colonies de coraux durs. Cette observation en aquarium est très rare et démontre une qualité quasi parfaite de l'eau et met en avant le bien-être de nos récifs présentés à l'Aquarium de Lyon. Ce sont près de 100 boutures de coraux qu'ils produisent chaque année. Un savoir-faire permettant aujourd'hui de participer au peuplement de nombreux autres établissements comme c'est le cas pour Paris, Biarritz ou encore Montpellier. Contrairement aux apparences, les coraux ne sont pas des plantes aquatiques, mais des animaux. Pour répondre à leurs exigences biologiques - qualité d'eau irréprochable, intensité et spectre lumineux proches de la lumière du soleil -, ils ont fait le choix d'apporter un éclairage LED sur tous les récifs. Un investissement qui limite les dépenses énergétiques. A disposition, un agréable snack et d'une boutique souvenir. Des moments magiques à partager.

FESTIVAL WOODSTOWER

✆ 09 51 57 58 96
www.woodstower.com
En août.

Un festival qui a la particularité d'exister en version été - Woodstower - et en version hiver - Wintower (en février au Transbordeur pour 2022). La version estivale se tient depuis 23 ans au Grand Parc Miribel Jonage. Un festival à la programmation éclectique qui continuera certainement avec sa belle programmation tous azimuts : world music, pop, électro, techno, rap... Ce qui ne devrait pas changer, ce sera l'engagement du festival pour le développement durable - avec l'ouverture d'un écovillage - et la promotion des jeunes talents de la région.

FÊTE DES LUMIÈRES

LYON (1er)
www.fetedeslumieres.lyon.fr
Le 8 décembre 2022. Accès libre et gratuit.

Se réchauffer le cœur, illuminer son esprit, tous ensemble réunis autour d'un événement d'une beauté incroyable qui a pu se tenir (sous conditions) en 2021. Imaginons 2022 et une Fête des Lumières qui fasse briller Lyon de mille feux. À l'origine de cette fête née un 8 décembre 1852, des Lyonnais qui illuminèrent leurs fenêtres de lumignons en hommage à Marie, permettant l'inauguration de la statue de la Vierge au sommet de Fourvière. Depuis 30 ans, la ville a mis ses monuments à la disposition d'artistes de la lumière pour un véritable show. Incontournable.

LYON BD FESTIVAL

LYON (1er)
www.lyonbd.com
En juin.

Après un joyeux « non-festival » en ligne en 2020, vivement la prochaine édition de cet événement incontournable qui a fêté étrangement ses 15 ans l'an passé : le Lyon BD Festival. Né sur la colline de la Croix-Rousse, installé au Palais du Commerce, le Festival s'ouvre par les États généraux de la Bande Dessinée. Le festival « off » voit la ville de Lyon se parer aux couleurs du 9e art. Expositions, rencontres, dédicaces, conférences mettent la bulle à l'honneur. Un Festival qui se prolonge toute l'année avec une riche programmation.

LUGDUNUM - MUSÉE ET THÉÂTRES ROMAINS ★★★

17, rue Cléberg - **LYON** (5e) ✆ 04 72 38 49 30
lugdunum.grandlyon.com
Du mardi au vendredi 11h-18h, week-end 10h-18h. Tarifs adulte de 2,50 à 7 €. Gratuité -18 et 1er dimanche du mois.

Lyon est une machine à remonter le temps. De la vieille ville Renaissance sur les bords de Saône, nous voilà sur les hauteurs de Fourvière aux origines même de notre civilisation gallo-romaine. Sur les traces d'un monde, dont Lyon - Lugdunum, nouvelle dénomination qui regroupe le musée et les théâtres romains - fut l'une des plus grandes et des plus belles capitales, c'est un magnifique musée, véritable spirale à remonter le temps, et un site archéologique comprenant deux monuments majeurs (un des plus anciens théâtre de Gaule et un des plus luxueux odéon de l'Empire Romain, tous deux classés au Patrimoine Mondial de l'UNESCO) qu'il faut visiter. Un musée étonnant et enterré qui a su se « fondre » dans le paysage grâce à l'architecture audacieuse de Bernard Zehrfuss. Un écrin intégré à la colline pour présenter, non pas à travers des salles traditionnelles mais plutôt des espaces ouverts le long d'une rampe hélicoïdale, l'une des plus riches collections archéologiques de France : mosaïques exceptionnelles, sculptures, bijoux, céramiques, un énigmatique calendrier et l'inestimable Table claudienne, retranscription en bronze du discours de l'empereur Claude en faveur des notables de la Gaule devant le Sénat romain. Des objets « vivants » qui racontent l'histoire de la colonie romaine de Lugdunum, future Lyon, fondée en 43 av. J.-C. par un certain Lucius Munatius Plancus. Une ville qui va connaître un essor considérable au fil du temps et qui verra s'ériger forum, théâtres et temples.

LE PETIT MUSÉE DE GUIGNOL

6, rue Saint-Jean
LYON (5e)
✆ 04 78 37 01 67
www.musee-de-guignol.fr
Ouvert lundi 14h à 18h, du mardi au dimanche 10h30 à 12h30 et 14h à 18h30. Adulte : 5 €. Gratuit -2 ans.

Un « Petit Musée » qui abrite le plus célèbre de tous les Lyonnais : Guignol. Au cœur du Vieux Lyon, une adresse tout ce qu'il y a de plus authentique tenue par une famille de passionnés. Découvrez tous les secrets de fabrication et de manipulation des marionnettes, l'envers du décor dans un castelet, le parler lyonnais et rencontrez Laurent Mourguet, le créateur de Guignol. Des extraits vidéo de « pestacles ». Boutique avec de nombreux souvenirs, eux aussi authentiques, de la ville.

MUSÉE DES CONFLUENCES ★★★

86, quai Perrache
LYON (2e)
✆ 04 28 38 12 12
www.museedesconfluences.fr
Ouvert du mardi au dimanche de 10h30 à 18h30, 1er jeudi du mois jusqu'à 22h. Gratuit -18 ans. Adulte : 9 €.

Un musée du XXIe siècle qui réussit le pari de faire voyager ses visiteurs à travers le temps et l'espace pour mieux comprendre l'homme et le monde dans leur complexité. Incroyable bâtiment aérien à la pointe de la confluence entre Rhône et Saône, ce musée offre non seulement la meilleure image d'une ville moderne, mais aussi des collections inédites que chacun peut découvrir à son rythme. Tous les visiteurs trouvent leur place dans cette immense structure en transparence où l'on est guidé par un personnel adorable qui sait nous diriger selon nos attentes. Il y a les « flâneurs » qui se baladent et montent (c'est gratuit !) jusqu'au 4e étage admirer la vue sur Lyon, les « visiteurs » qui montent au niveau 2 du « Nuage », structure métallique revêtue d'inox, pour découvrir les collections permanentes. Celles-ci sont réparties par thèmes - Origines, les récits du monde ; Espèces, la maille du Vivant ; Sociétés, le théâtre des hommes ; Eternités, visions de l'au-delà - dans quatre espaces à visiter à son rythme, selon ses centres d'intérêt, pour découvrir les 8 000 objets (sur les 3 millions dont dispose le musée en réserve) exposés, dont des pièces uniques au monde et des collections prestigieuses, dans des salles aux scénographies différentes, profitant des dernières technologies (vidéo, audio, écrans tactiles) pour une muséographie vraiment interactive. Impressionnants squelettes de dinosaures ou inquiétante momie péruvienne, fragment de Lune à toucher et nombreux animaux terrestres à regarder : des objets du passé et du futur qui racontent tous une histoire, ouvrant des pistes de réflexion, apportant des solutions, s'adressant à tous les publics. Musée contemporain, musée merveilleux qui ne se contente pas d'exposer, mais qui éveille des sentiments, nous parle de l'humanité, de la nature, nous ouvre des horizons et fait de chacun de nous un explorateur. Plus qu'un musée, un véritable lieu d'échange et de partage culturel. Des échanges qui se prolongent à travers les expositions temporaires, la librairie du musée, mais encore des ateliers ouverts à tous les publics (notamment aux familles et aux enfants), des spectacles ou des rencontres. Autre plaisir du musée, la restauration et notamment l'excellente Brasserie des Confluences par Pignol et Lassausaie. Le Musée des Confluences, ce n'est pas une visite, mais des visites passionnantes.

SKIMANIA LYON

17, quai Jean Moulin - **LYON** (2e)
✆ 04 72 72 59 59
www.skimania.com
Ouvert le lundi de 14h à 18h ; du mardi au jeudi de 10h à 13h et de 14h30 à 19h ; le vendredi de 9h à 15h.

Ecologique, économique et 100 % pratique, Skimania reste la meilleure façon de partir vers les stations des Alpes. Avec Skimania, vous pouvez prendre le métro jusqu'à l'un des départs « verts » et vous laisser conduire vers les sommets enneigés dans un car Grand Tourisme. Skimania vous fournit le forfait de ski, un en-cas petit déjeuner. Direction les plus belles stations - Alpe d'Huez, Arêches Beaufort, Chamrousse, Courchevel, La Clusaz, La Plagne, Les 7 Laux, Les Arcs, Les Saisies, Méribel, Tignes et Valmorel - dans les meilleures conditions.

TRABOULES ★★★

LYON (5e)

Plus ou moins ouvertes au public, elles se visitent en faisant une balade du Vieux Lyon à la Croix-Rousse. Le terme vient de deux mots latins : *trans* et *ambulare* signifiant « passer à travers ». Ces passages couverts entre deux cours d'immeuble permettent de passer d'une rue à l'autre. Dans le Vieux Lyon, les traboules Renaissance forment un réseau dense offrant de nombreux passages aux personnes et aux marchandises. À la Croix-Rousse, les traboules du XIXe siècle permettaient de transporter les tissus de soie sans les mouiller. Balade à faire avec ou sans guide.

MINI WORLD

2, rue Jacquard - **VAULX-EN-VELIN**
✆ 04 78 52 90 88
www.miniworld-lyon.com
Ouvert mercredi au dimanche 11h à 18h. 7j/7 pendant vacances scolaires. Adulte 14 € (12 € web). Enfant 9 € (7 € web).

Il n'y a pas d'âge pour s'émerveiller à Mini World, le plus grand parc de miniatures animées de France. Une féerie hyper réaliste qui vous projette dans plusieurs univers – la ville, la montagne, la campagne – avant de vous faire redécouvrir Lyon et la Fête des Lumières. Des mondes miniatures grandioses, magiques, envoûtants et même amusants quand il faut trouver Charlie parmi 70 000 mini-habitants ! Un véritable « spectacle » immersif pour toute la famille. Expositions fantastiques avec Les Aventuriers en briques Lego®. Restauration sur place.

AQUALIS - L'EXPÉRIENCE LAC

52, esplanade Jean Murguet
AIX-LES-BAINS
✆ 04 79 70 64 69
www.aqualis-lacdubourget.fr
Ouvert mercredi, samedi, dimanche et jours fériés 14h-18h. De mars à octobre. 7j/7 vacances scolaires. Adulte : 2 €.

Après avoir été une station d'études hydrobiologiques puis un aquarium, le bâtiment édifié en 1933 abrite désormais un espace muséographique qui raconte le lac à travers des histoires d'eau. Une expérience audiovisuelle et sensible unique, la vie des poissons et de nombreuses autres choses curieuses… Tout un univers dédié au plus grand lac naturel de France. Ludique, accessible à tous, interactif, aux manipulations s'ajoutent des animations pour les scolaires.

LES FORTS OU BARRIÈRE DE L'ESSEILLON ★★

AUSSOIS
✆ 04 79 20 30 80
www.aussois.com
Ouvert toute l'année. Accès et animations selon chaque site. Visite guidée. Animations.

La barrière fortifiée de l'Esseillon, véritable rempart alpin sur la largeur de la vallée, est constitué de 5 forts construits au début du XIXe siècle, et qui portent les prénoms de la famille royale de Savoie qui voulait se défendre contre une invasion française. **Le Fort Marie-Christine :** à 1 500 m d'altitude, accessible notamment via le sentier « du plateau d'Aussois », qui se visite et abrite des expositions temporaires. L'on peut aussi s'y restaurer et y dormir. **Le Fort Victor-Emmanuel**, à 1 354 m d'altitude, le plus imposant de la barrière de l'Esseillon, de par la succession de 8 bâtiments à doubles niveaux accrochés au sommet d'une falaise. Un jeu de piste y est proposé pour partir sur les traces du soldat Alessandro. **Le fort Charles-Albert**, construit après les quatre autres et inachevé. Il ne se visite pas. **Le Fort Charles-Félix**, détruit au moment de l'Annexion et classé comme Ruine Historique. Il ne se visite pas. **La Redoute Marie-Thérèse**, à 1 258 m d'altitude, qui abrite un centre d'interprétation du patrimoine fortifié et un jeu de piste pour les enfants avec petite restauration sur place. Ces constructions, classées monuments historiques, d'abord propriété du royaume de Piémont-Sardaigne puis lorsque la Savoie a été rattachée à la France, devenues propriétés françaises, n'ont finalement jamais eu à subir l'épreuve du feu. Chacun des forts a sa personnalité, des constructions qui valent le coup d'œil, et inspireront les photographes.

LAC DU BOURGET ★★★

AIX-LES-BAINS
✆ 04 79 88 68 00
www.aixlesbains-rivieradesalpes.com

Merveille naturelle des Alpes, le lac du Bourget est le plus grand lac naturel d'origine glaciaire en France. Il s'étire sur 18 km et peut atteindre jusqu'à 3,5 km de large par endroits, pour une profondeur pouvant aller jusqu'à 145 mètres. Il est cerné de montagnes - massif de l'Epine, le mont du Chat, la Chambotte, le mont Revard et le massif des Bauges - propices à de belles randonnées offrant des panoramas magnifiques. Son écosystème a été bien préservé et on y observe de nombreux oiseaux, on y protège certaines espèces telles que la tortue cistude, notamment au sud, à travers sa vaste roselière. Les sportifs se promènent tout autour, les activités nautiques et touristiques animent sa surface. Depuis une vingtaine d'années, Aix-les-Bains fait partie des communes ayant obtenu le label France Station Nautique. Sur les eaux plus ou moins paisibles, attention aux vents et aux courants, du lac du Bourget, on peut pratique la voile, l'aviron, le canoë-kayak, le paddle, le ski nautique, le wakeboard, mais aussi la plongée ou la pêche avec une trentaine d'espèces de poissons, dont les plus réputées sont le lavaret et l'omble chevalier à retrouver dans les assiettes des nombreux restaurants. Idéal pour la baignade, le lac possède également 14 ports et plus de 2 600 anneaux de plaisance ! Les bases de loisirs et les plages postées çà et là, les pistes cyclables et les promenades, ou encore les croisières sur le lac, permettent d'en profiter à la belle saison. Le cyclo et le VTT se pratiquent tout autour du lac, d'ailleurs il est possible de faire le tour complet du lac à vélo ou VAE. De nombreux chemins, de nombreux cols pour les sportifs, 180 km de pistes VTT sur le plateau du Revard à proximité et une voie verte reliant le Bourget-du-Lac à Chambéry. L'abbaye de Hautecombe ainsi que quelques châteaux dominent sur ses hauteurs. Pour faire connaissance avec les poissons et l'environnement de ce lac d'exception, il suffit d'aller à Aqualis. D'autres préféreront savourer dans leur assiette une friture fraîchement pêchée. Dans les airs, les amateurs de vol libre colorent le ciel alentour et les avions en approche le survolent avant d'atterrir à l'aéroport de Chambéry-Aix. Autre activité qui permet d'avoir une vue unique sur toute l'étendue du lac, un vol en parapente depuis le col du Sapenay. Nature et culture avec la visite de la majestueuse abbaye d'Hautecombe ou des vignobles de Chautagne. Détente et bien-être sur les rives d'un lac comme une véritable mer intérieure qui invite toute l'année à la douceur de bien vivre au cœur des Alpes.

LA FERME DES LAMAS

3597, route de Chanaz
BARBERAZ
✆ 04 79 33 14 86
ami-des-andes.monsite-orange.fr
Ouvert tous les jours de 9h à 12h et de 14h à 17h. Sur réservation.

Découverte des lamas dans leurs enclos, lors d'une visite commentée avec la possibilité de les approcher, et de les toucher. Puis dans la continuité, partez en balade avec la caravane de lamas sur les sentiers de l'espace agricole et naturel sur les contreforts de la Chartreuse, pour apprendre les techniques de guidage. Ils organisent aussi des ateliers créatifs sur le thème du lama, la fabrication de la laine, l'utilisation du tricotin, mais aussi une chasse au trésor pour se défouler. D'autres activités sont possibles afin de choisir celle que vous préférez.

LA VOIE VERTE

BOURG-SAINT-MAURICE
✆ 04 79 07 12 57
Se renseigner à l'office de tourisme.

Le cyclotourisme est largement accueilli et favorisé sur ces terres du tour de France. Trois cols de renommée internationale sont largement fréquentés par les plus vaillants des cyclistes : l'Iseran (2 764 m), le Petit-Saint-Bernard (2 188 m) et le Cormet de Roselend (1 968 m). En famille, ou en mode balade, les adeptes du vélo peuvent choisir la Voie Verte Avenue de la Tarentaise, itinéraire au bord de l'eau accessible à tous, reliant Bourg-Saint-Maurice à Aime. 15 km le long de l'Isère, avec de nombreux passages ombragés pour ne pas souffrir du soleil estival.

MUSÉE DE L'OURS DES CAVERNES ★

Epernay - **ENTREMONT-LE-VIEUX** ✆ 04 79 26 29 87
www.musee-ours-cavernes.com
Haute saison ouvert tous les jours de 10h à 12h30 et de 14h à 18h. Adulte : 5,50 €. Enfant de 6 à 18 ans : 3,50 €.

Vous serez accueilli par la mascotte du musée, le squelette reconstitué de Collombine, réalisé à partir d'os authentiques. Toucher, regarder, manipuler : une muséographie interactive. Vous pourrez visionner le film en 3D permettant, grâce à des images de synthèse, de suivre comme si l'on y était un extrait de la vie de l'ours, impressionnante créature pouvant atteindre jusqu'à 3,50 mètres dressée sur ses pattes arrière et au grognement amplifié par la résonance de la cavité.

VILLAGE MUSÉE DE LA COMBE DE SAVOIE ★

530, chemin des Carrières du Salin
GRÉSY-SUR-ISÈRE ✆ 04 79 37 94 36
lescoteauxdusalin.fr
Billetterie ouverte de 14h à 17h, tous les jours, toute l'année (juillet et août de 10h à 17h).

Plus de 1 000 ans d'histoire de la Savoie depuis le partage de l'Empire de Charlemagne en 843 jusqu'à la création de l'Italie en 1861. Comment ont évolué, dans le temps, les objets de la vie quotidienne ? Des maisons reconstituent une salle de classe, une forge et ainsi de suite avec autant d'univers peuplés d'objets d'antan dont certains sont tombés dans l'oubli complet. Le musée des sapeurs-pompiers 73 s'est ajouté à l'impressionnante collection. Une jolie plongée dans le temps !

ACCROGROTTE

42, rue Jean-Jacques-Rousseau
LES ECHELLES
✆ 06 11 60 80 20
www.kahotep.fr
*Réservation obligatoire. T
arifs complets sur le site Internet.*

Découvrir les cuves de Sassenage, encadré par un professionnel, en suivant un parcours ludique, balisé à travers la grotte, sur des ponts népalais, ponts de singe et tyroliennes. A la frontière de la spéléologie et de l'accrobranche, Accrogrotte permet de faire d'un parcours souterrain une véritable aventure. Différentes formules possibles selon les aptitudes et les envies de chacun, à partir de 8 ans. Attention, réservation obligatoire ! D'autres disciplines sont également proposées, comme le canyoning, la via ferrata, le biathlon, etc.

MAISON DES CONTES DE FÉES

48, impasse du Bois Dormant
NOTRE-DAME-DE-BELLECOMBE
✆ 04 79 31 07 79
www.maisondescontes.fr
Ouvert toute l'année. Tous les jours de 10h à 19h. Gratuit jusqu'à 3 ans. Adulte : 7 €. Enfant : 5,50 €.

Il était une fois... Dans ce musée fantastique, petits et grands s'émerveillent de croiser lutins et fées, elfes et loups... Les personnages des contes s'illuminent au fil des histoires, s'animent même parfois. Des ateliers loisirs créatifs sont proposés (pâte à sel, lanterne magique et autres) sur réservation. Petite restauration et goûter sur place. Une visite idéale en famille. Une visite qui mêle émerveillement face au travail artisanal réalisé et rêverie inspirée par les contes.

MAISON PENCHÉE ★★

Route de Bardonnèche
MODANE
✆ 04 79 05 99 06
Entrée libre. Gratuit.

Une tour de Pise version Haute-Maurienne, voilà qui mérite le détour sur la route de la station de Valfréjus ! La maison penchée de Modane est une curiosité qui amuse plus d'un photographe et constitue une attraction à l'échelle européenne. On pourrait croire à un décor de cinéma ou celui d'un plateau de télévision (un célèbre plateau penché...), mais il n'en est rien. Construite en 1939 sur une poudrière reliée au tunnel ferroviaire du Mont-Cenis, il s'agit à l'origine d'un *blockhaus* d'observation et de défense mis en service en 1881 pour surveiller ce passage stratégique entre la France et l'Italie. En 1944, l'armée allemande lors de son repli détruisait systématiquement tous les ouvrages routiers et ferroviaires pour ralentir les Alliés. C'est ainsi que les Allemands placèrent, à l'entrée du tunnel ferroviaire côté français, deux wagons bourrés d'explosifs. La puissance de l'explosion obstrua la galerie et pulvérisa la poudrière, mais projeta seulement à plusieurs dizaines de mètres de son emplacement initial le *blockhaus* en béton armé, sans pouvoir le détruire ! Depuis le *blockhaus* est planté là, intact mais incliné selon deux angles totalement improbables, plongeant dans le sol et penchant sur le côté. il est possible d'entrer dans cette maison penchée - qui n'est pas vraiment une maison et qui est recouverte régulièrement de graffitis... - dont un panneau explique l'histoire pour le moins insolite au bord de la route. C'est l'occasion de faire quelques photos amusantes défiant les lois de la gravité.

MUSÉE DES COSTUMES, ARTS ET TRADITIONS POPULAIRES ★

Place de la Cathédrale
SAINT-JEAN-DE-MAURIENNE ✆ 04 79 83 51 51
https://montagnicimes.com
Ouverture uniquement pendant les vacances scolaires. Gratuit. Parking. Visite guidée (sur réservation).

Le musée des Costumes, Arts et Traditions Populaires annonce la couleur. Ici, on découvre l'univers riche des costumes mauriennais. Chaque vallée, et parfois chaque village, avait ses propres spécificités au niveau des costumes. Broderies à la main, dentelles et coiffes : un travail minutieux étonnant et complexe. Une des salles du musée présente des collections d'archéologie tandis qu'une autre est dédiée à l'art religieux et une dernière à l'histoire de la Maison de Savoie.

LA FERME DES OURSONS

RD63
SAINT-OURS
✆ 06 87 38 32 15
Ouvert toute l'année sur rendez-vous.

Les journées sont basées sur la participation active des enfants dans tous les ateliers afin de découvrir la vie de la ferme. Ils ont l'occasion d'approcher, de toucher et de nourrir les animaux, et même de traire une vache. De nombreux ateliers ayant pour thème le métier d'agriculteur, la pratique de la traite de la vache à la main et la découverte du robot de traite, la participation à la transformation du lait en fromage, la fabrication du pain et la cuisson dans le four à bois, la production du jus de pommes, l'identification et la dégustation des fromages.

ABBAYE DE HAUTECOMBE ★★

3700, route de l'Abbaye
SAINT-PIERRE-DE-CURTILLE ✆ 04 79 54 58 80
www.hautecombe.org
Mer-lun 10h-11h15 et 14h30-17h. Adulte 4,50 €. Dons bienvenus. Accès possible par bateau (Chanaz ou Aix-les-Bains).

L'abbaye de Hautecombe, au bord du lac du Bourget, est l'un des sites les plus visités de Savoie. Majestueuse, la grande bâtisse se voit de loin et l'on peut s'y rendre aussi bien par la route que depuis le lac, grâce à son embarcadère. Classée Monument historique, seule l'abbatiale se visite avec un audioguide. La grange batelière, une bâtisse remarquable en elle-même, située à proximité de l'embarcadère, accueille ponctuellement événements et expositions temporaires. Une quarantaine de princes et de princesses de la Maison de Savoie reposent en ces lieux.

COSMOJET

Chalet Luge
VAL-THORENS
✆ 04 79 00 07 08
www.valthorens.com/fr/activite/luge
Ouvert de mi-décembre à début mai. 17 € la descente. Luge en soirée 24,50 €.

Il s'agit de la plus longue piste de luge de France. 6 km de long pour un dénivelé de 700 m. Elle est balisée et son arrivée se situe au cœur de la station, C'est parti pour 45 min de descente et de montée d'adrénaline avec quelques tête-à-queue possibles. Des virages parfois relevés, des points de vue magnifiques, un tunnel... Il vaut mieux garder un bon élan si l'on ne veut pas trop pousser et il faut rester prudent car la piste dédiée à la luge croise à quelques reprises celle des skieurs. Une fois en bas, on n'a qu'une envie : y retourner.

BOURGOGNE-FRANCHE-COMTÉ

Touristique à plus d'un titre, la région Bourgogne-Franche-Comté, déployée sur 8 départements – Côte-d'Or, Doubs, Haute-Saône, Jura, Nièvre, Saône-et-Loire, Territoire de Belfort, Yonne –, décline tour à tour nature, patrimoine bâti et culture. De la montagne du Haut-Jura aux lacs du Morvan, des berges du Doubs et de la Saône à celles de la Seine et de la Loire, c'est une diversité de paysages et de nature préservée qui sont à découvrir à pied, à cheval, à VTT ou encore en bateau. L'histoire a laissé de multiples témoins dans toute la destination : les hospices de Beaune, le Palais des Ducs et des Etats à Dijon, les vestiges d'Alésia, les abbayes de Cîteaux et de Cluny, le lion de Bartholdi, Vézelay et sa basilique... Et côté culture, les festivals animent copieusement l'ensemble des départements. Pensons à Garçon La Note, à Chalon dans la rue, ou encore au festival Rolling Saône. Petits et grands seront ravis de passer un séjour ici !

MUSÉOPARC ALÉSIA ★★

1, route des Trois-Ormeaux - **ALISE-SAINTE-REINE**
✆ 03 80 96 96 23
www.alesia.com
Du 15 février au 30 novembre 2022, pour les plus de 16 ans 8 € ; enfants de 7 à 16 ans 4 € 50, - de 7 ans gratuit.

Le MuséoParc Alésia fête cette année ses dix ans. Ce site archéologique unique s'articule autour de 3 lieux : Centre d'interprétation, vestiges gallo-romains et la statue de Vercingétorix. Découvrez le monde gaulois et romain tel qu'il était de 58 à 51 av. J.-C., dans ce parcours pédagogique dont la scénographie a été entièrement repensée pour vous proposer une expérience immersive où il n'est pas impossible de croiser Vercingétorix en personne, dans une version en hologramme ! Bonus 2022 : les enfants nés en 2012 bénéficient de la gratuité pour fêter les 10 ans !

ARC AVENTURES - OUTDOOR SENSATIONS

D961 - **ARC-SUR-TILLE**
✆ 06 71 26 39 85
www.bco21.fr
Ouvert de mars à octobre sur rdv.
A partir de 15 €/ activité.

Arc Aventures, de nouvelles sensations en plein air. Plusieurs activités vous sont proposées dont la nouveauté 2022 : Le Secret des Templiers, nouvel espace game en extérieur sur tablette, vous devrez résoudre plusieurs énigmes et relever certains défis. Parcours d'obstacles, combats d'archers, jeu de piste... Arc Aventures vous permet de passer un moment convivial, pour un après-midi entre amis ou en famille. Testez le Jeu de piste gourmand avec dégustation de produits durant le jeu !

LES JARDINS DU CHÂTEAU DE BARBIREY

2, rue du Château - **BARBIREY-SUR-OUCHE**
✆ 03 80 49 08 81
www.chateaudebarbirey.com
Ouvert en juin et septembre le week-end.
En juillet et août du mardi au dimanche.
Adulte : 6 €, enfant 3 €.

Rencontre avec l'art et la nature autour d'une ancienne seigneurie agricole du XVIIIe siècle. 8 ha où chacun flâne et découvre au fil de la promenade un lieu de vie, de poésie et de rencontres. Recréés et réorganisés grâce à la motivation de trois associations, ces jardins conjuguent avec malice les zones très travaillées et les endroits plus sauvages. Classés « jardins remarquables » en 2004, ils ont été inscrits à l'inventaire supplémentaire des Monuments historiques l'année suivante.

PARC DE L'AUXOIS ★

Le Foulon
ARNAY-SOUS-VITTEAUX
✆ 03 80 49 64 01
www.parc-auxois.fr
Haute saison tous les jours de 10h à 19h.
Adulte : 18 €. Enfant de 3 à 12 ans : 13 €.

Le Parc de l'Auxois situé à 30 min de Dijon est un site en constante évolution qui a fêté ses 30 ans en 2018. Il est implanté sur 40 ha de superficie dans un écrin de verdure où s'ébattent plus de 500 animaux, représentant près de 100 espèces différentes. La rencontre avec les grands carnivores que sont les tigres et les lions est l'un des temps forts de votre visite. Plus proches de nous, les ours et loups nous semblent plus familiers ! 2019 voir l'arrivée de nouveaux pensionnaires. Les jaguarondis et les ocelots, félins d'Amérique de petite taille et les saïmiris, des singes-écureuils. Certains espaces sont aménagés pour vous permettre d'être au plus proche des animaux et de vous promener parmi une famille de lémuriens, une colonie de loriquets (petits perroquets), un groupe de wallabies ou encore une harde de daims. Soucieux de vous sensibiliser au monde animal, les soigneurs animaliers vous proposent tout au long de la journée des nourrissages et des animations commentées. Le Parc de l'Auxois est également un lieu de détente où les enfants profitent de manèges tandis que toute la famille apprécie les aires de jeux et le petit train. Atout supplémentaire, la piscine et ses toboggans aquatiques vous garantissent la possibilité d'un rafraîchissement idéal sous la chaleur estivale de juillet et août. Pour la pause repas, cafétéria et aires de pique-nique bien appropriées sont également à la disposition des visiteurs. Enfin, la boutique permet à chacun de pouvoir s'offrir un petit souvenir.

LA MAISON DES CLIMATS - PATRIMOINE MONDIAL

6, boulevard Perpreuil - **BEAUNE** ✆ 03 80 26 21 30
www.climats-bourgogne.com
Toute l'année 7j/7. Haute saison : lundi au dimanche et jours fériés 9h30 à 18h30.
Vente des vins 18-20/11 : 10h-18h.

Libre et gratuite, c'est l'exposition de référence pour comprendre les Climats du vignoble de Bourgogne, ces plus de 1200 parcelles de vignes nommées, délimitées depuis des siècles, inscrites au Patrimoine mondial de l'Unesco depuis 2015. Salle d'exposition, film sur grand écran, maquette de 9 mètres de long du vignoble des Côtes de Nuits et de Beaune, tablettes numériques interactives : tout est fait pour comprendre la notion de terroir, la géologie et l'influence de l'histoire.

GROTTES DE BÈZE

Chemin des Grottes - **BÈZE** ✆ 03 80 75 31 33
www.beze.fr
Ouvert tous les jours d'avril à novembre. Horaires évolutifs. Adulte 8,50 €. Enfant (5-17 ans) : 5 €. Gratuit -de 5 ans.

La rivière souterraine a été découverte en 1950 par des spéléologues Dijonnais et ouverte au public en 1970. La visite s'effectue à pied puis en barque à une température de 12 °C. Vous naviguez sur une eau d'une extrême limpidité tout en écoutant le guide, vous découvrez de très belles concrétions. Réservez vos places à l'espace d'accueil Robert Poinsot créé en 2019, ultra moderne, situé à l'entrée de la grotte. Du 1/07 au 1/09, nous vous conseillons de privilégier la visite le matin avec un pull puis de vous autoriser une flânerie au fil des rues du village. Top.

CHÂTEAU DE BUSSY-RABUTIN ★★

Rue du Château - **BUSSY-LE-GRAND**
✆ 03 80 96 00 03 - www.chateau-bussy-rabutin.fr
Adulte : 8 €. Label Maison des Illustres et Jardin Remarquable. Expositions. Visite guidée. Boutique.

Le château du comte Roger de Rabutin est l'un des plus beaux de Côte-d'Or. L'entrée du château s'effectue par la salle des Devises, puis l'on poursuit, au premier étage, dans le salon des Grands Hommes de guerre, où se trouvent les tableaux de soixante-cinq personnalités, dont celui du comte qui s'est fait représenter... en empereur romain ! Le parc et les jardins ont été dessinés par le maître des lieux et inspirés par ceux de Versailles. Pensez à télécharger le livret pour les enfants avant votre visite, il est disponible gratuitement en ligne.

221B BAKER STREET ESCAPE GAME DIJON

20, rue Monge - **DIJON**
✆ 06 19 68 92 37
https://221b-dijon.com
Escape Game enfant à partir de 15 €. (6-10 ans/11-14 ans). Adulte 20 €.

Amateurs d'énigmes et âmes de détectives, venez jouer les Sherlock Holmes. Votre mission : réussir à trouver un moyen de sortir en moins d'une heure et résoudre l'enquête : les crimes de Jack l'éventreur, la Malédiction du Pharaon, l'Alchimiste de l'Orient-Express, ou encore le Braquage de Moriarty, sans oublier l'escape game enfant. A découvrir aussi, l'escape game virtuel pour jouer dans des endroits inconnus comme l'espace ou l'océan. Profitez ensuite de l'happy hour au bar !

MUSÉE DU PAYS CHÂTILLONNAIS - TRÉSOR DE VIX ★★

14, rue de la Libération - **CHÂTILLON-SUR-SEINE**
✆ 03 80 91 24 67
www.musee-vix.fr
Ouvert du mercredi au lundi 10h-17h30. Plein tarif 7 €. Fermé du 31 décembre au 1er week-end de février.

Le très beau Musée du pays châtillonnais - Trésor de Vix siège dans l'ancienne abbaye Notre-Dame. Beau pour son emplacement mais encore et surtout pour sa collection représentative des époques celtique et gallo-romaine en France. Il faut dire aussi que le musée dispose d'une pièce extraordinaire : le vase de Vix et son trésor ! Découvert en 1953, au pied du mont Lassois, ce trésor se compose entre autres de deux coupes en céramique attique, d'un torque en or, d'une phiale en argent à ombilic d'or, d'une cruche à vins... et du plus grand vase connu à ce jour. Ses mensurations sont d'ailleurs impressionnantes : 208 kg, 1,64 m de haut, 1,27 m de diamètre et une épaisseur de 1,2 mm. Tout cela compose un magnifique vase qui peut contenir jusqu'à 1 100 litres ! Si ces objets découverts dans la chambre funéraire d'une princesse celte sont à voir pour le plaisir des yeux, ils nous apprennent également de nombreuses choses sur les échanges entre la région de Vix et la Méditerranée alors même que cette sépulture date du début du Ve siècle... Les amateurs des époques celte et gallo-romaine ne peuvent pas passer à côté ; quant aux autres, sachez que le musée dispose d'une collection qui s'étend jusqu'au XIXe siècle avec un très beau cabinet de curiosité dédié à l'ornithologie ! En plus, le musée propose plusieurs fois par ans de belles expositions. Le Musée du pays châtillonnais et des trésors de Vix est une étape incontournable pour quiconque vient en Bourgogne !

ÉCODROME

Parc de la Colombière - **DIJON**
✆ 06 06 55 79 52
www.ecodrome-dijon.com
Ouvert mercredi, week-end et jours fériés de 14h à 19h. 3-5 ans : 6 €. 5-10 ans : 12 €. 11-17 ans : 15 €. Adulte : 17 €.

Envie de grimper aux arbres comme Tarzan ? 6 parcours d'acrobatie dans les arbres sont installés dans le parc de la Colombière, dont un pour les bambins dès 3 ans. Si vous êtes plutôt du style sensations fortes, le grand saut à plus de 10 m du sol est pour vous. Sensation chute libre garantie ! Pour les plus intrépides, direction les voies d'escalad'arbres : grimpez le long d'un tronc d'arbre comme si vous étiez sur un mur d'escalade. A noter le Pass'Spécial anniversaire, génial pour les enfants, et les nocturnes organisées en saison estivale.

CHÂTEAU DE COMMARIN

Route départementale 977b - **COMMARIN**
✆ 03 80 49 23 67
www.commarin.com
De fin mars à mi-novembre, ouvert tous les jours de 10h à 18h. Adulte : 7,90 €. Enfant (-16 ans) : 4,40 €.

Le Château se visite à l'extérieur et à l'intérieur tous les jours. Situé à Commarin, au pied du charmant village de Châteauneuf, cette propriété est un voyage dans le temps qui débute au XVe siècle lorsqu'il était château fort. Habité par la même famille depuis 26 générations, Bertrand de Vogüé, son propriétaire, met tout en œuvre pour que ce trésor soit accessible et attrayant. À l'intérieur, découvrez des trésors d'architecture et de mobilier des XVIIe et XVIIIe siècles, dont une splendide collection de tapisseries héraldiques du XVIe et la très belle bibliothèque qui contient une édition originale de L'*Encyclopédie* de Diderot et d'Alembert ! Faites un tour par la chapelle du XIVe siècle, abritant une intéressante mise au tombeau en terre cuite ou l'ancienne cuisine avec un immense fourneau en fonte datant de 1880. A l'extérieur, admirez les deux tours rondes, les fossés et les jardins. Vous pouvez profiter toute l'année jusqu'à 20h aux beaux jours, de l'immense parc à l'anglaise à l'abri de ses arbres centenaires, soit plus de 35 ha. Un parcours Découverte vous est remis pour visiter le Parc ; en 2021, il abritait une exposition de Totems de l'artiste Kevin Pearsh.

Dans l'enceinte, un restaurant-bar à vin : le Café du Château. Vous pouvez déguster un verre de vin de Pays des Coteaux de l'Auxois dans la salle climatisée ou sur la terrasse. De là, vous avez une superbe vue sur le château, vous pouvez rester jusqu'au coucher du soleil. Créative, l'équipe du Café propose de déjeuner à toute heure du jour avec des salades et charcuteries/fromages ou une formule pique-nique faite de produits régionaux, bio. Le cadre vous donne envie de vous marier, qu'à cela ne tienne, il est possible de réserver les somptueuses écuries du XVIIe siècle construites sur le modèle de celles de Chantilly.

Envie d'une flânerie, passage par la Boutique. Un espace librairie dispose d'une belle collection de livres sur Henri Vincenot, auteur d'ici à découvrir. Des produits gourmands et des crus emblématiques de la région sont à déguster ou à emporter.

Quand on aime, il ne faut pas partir, direction les maisons du Château. Vous pouvez séjourner dans la Maison Seguin ou le Pavillon de Chasse, le temps d'un week-end, d'une semaine ou plus. La Maison Seguin offre 120 m², un confort moderne tout en gardant le charme de l'ancien avec jardin privé pour 7 personnes. Le Pavillon de chasse, lui, avec ses 150 m² jusqu'à 12 personnes, peut recevoir vos amis ou vos proches, le salon et le jardin sont grands !

Et pour l'anecdote, demandez : où sont les garçons ? Trop drôle !

LA FABRIQUE DE PAIN D'ÉPICES MULOT & PETITJEAN

6, boulevard de l'Ouest - **DIJON**
✆ 03 80 66 30 80
www.mulotpetitjean.fr
Ouvert du mardi au samedi de 10h à 12h30 et de 14h à 18h30. Gratuit jusqu'à 12 ans. Adulte : 8 €. Enfant : 6 €.

A Dijon le pain d'épices est un emblème local. Mulot & PetitJean perpétue la tradition depuis 1796 et se fait un plaisir de raconter son histoire aux amateurs. De fabrication artisanale, petits et grands apprécieront cette visite d'une heure qui se termine par une dégustation. Repartez avec les fameuses nonnettes fourrées à l'orange, au cassis, au chocolat ou nature. Ponctuellement des ateliers pour petits et grands sont organisés autour du pain d'épices.

FESTIVAL DES ÉCRANS DE L'AVENTURE

DIJON
www.lesecransdelaventure.com
En octobre. 4,50 € par demi-journée, 6,50 € le pass soirée. Enfants de moins de 12 ans : 2,50 €.

L'aventure c'est l'aventure et celle de ce festival réunit chaque année, depuis maintenant 30 ans, un public plus nombreux. De nombreuses personnalités du monde entier ont contribué à la notoriété de l'événement qui met à l'honneur les récits des grands voyageurs, dans des documentaires exceptionnels. Une vingtaine de projections à découvrir aussi l'occasion de rencontrer et débattre avec les réalisateurs. Un moment de convivialité et riche en émotions à ne surtout pas manquer !

JARDIN DARCY

Place Darcy
DIJON
Ouvert toute l'année.
Tous les jours et les jours fériés de 7h30 à 19h.
Accès libre. Les animaux sont acceptés.

L'ours Pompon vous accueille à l'entrée du parc, réplique de l'œuvre de François Pompon, véritable symbole de Dijon. Créé en 1880, c'est à l'ingénieur Henry Darcy que l'on doit l'idée d'un réservoir d'eau potable installé juste en dessous du jardin, dont la vocation était d'apporter l'eau courante à la ville. Cette eau est aujourd'hui utilisée pour arroser les plateformes herbeuses du tramway. On vient se détendre au son des cascades de l'eau qui s'écoule, on admire son bassin et ses beaux escaliers. Le jardin idéal pour flâner pour une promenade bucolique.

LE M.U.R : UN MUSÉE EN PLEIN AIR

DIJON
✆ 03 80 28 80 42
https://lemurdijon.com
Accès libre toute l'année.

Le M.U.R (Modulable, Urbain, Réactif) est une galerie à ciel ouvert qui se métamorphose sous vos yeux. Tous les trois mois, un artiste invité réalise une œuvre éphémère et inédite, ouvrant de nouvelles perspectives, questionnant et accrochant le regard. Les artistes sélectionnés viennent de divers horizons, avec pour point commun leur singularité, leur identité forte. Ils excellent dans différentes disciplines, du pochoir au graffiti, du figuratif à l'abstrait, du néo pop au pixelisme.

MUSÉE DES BEAUX-ARTS DE DIJON ★★★★

Place de la Libération - **DIJON**
✆ 03 80 74 52 09
beaux-arts.dijon.fr
Fermé le mardi. Du 1er octobre au 31 mai, ouvert de 9h30 à 18h. Du 1er juin au 30 septembre, de 10h à 18h30. Gratuit.

Un des plus beaux musées des Beaux-Arts de France, logé dans le Palais des Ducs et des États de Bourgogne. Les collections sont d'une grande variété, allant de l'art égyptien au XXIe siècle. Grâce à l'héritage des ducs de Bourgogne, le musée possède de nombreux chefs-d'œuvre de la fin du Moyen Age. A noter, tous les dimanches à 14h30, le « Rendez-vous des familles », avec des visites contées, des jeux, bref une façon très ludique d'appréhender l'art.

CHÂTEAU D'ÉPOISSES ★

EPOISSES
✆ 03 80 96 40 56
www.chateaudepoisses.com
Parc ouvert toute l'année. Visite libre 2 €. Intérieur du château ouvert à la visite. Adulte : 9 €. Fermé le mardi.

Protégé par une double enceinte, Époisses est un petit village fortifié avec son église, ses belles maisons en pierre et son colombier du XVIe siècle. Demeure des rois de Bourgogne, il aurait abrité la reine Brunehaut. Plus tard, le Grand Condé, Chateaubriand, et la reine Elizabeth II d'Angleterre y ont séjourné. Madame de Sévigné, est elle aussi accueillie dans ces lieux. Le Château d'Époisses est un livre d'histoire à ne pas manquer ! La simple balade dans le parc et les jardins vaut à elle seule le détour avec le colombier aux 3 000 niches !

L'ABREPIN

Rue du Bas-de-Sullier
FRANCHEVILLE
✆ 03 80 40 42 39
Haute saison tous les jours à partir de 10h. Famille visite le mercredi à 10h ou à 14h30. Entrée : 6 €. Boutique.

Cette ferme d'élevage de moutons reçoit familles et groupes avec un programme établi entre enseignant et agriculteur. Les enfants prendront soin des chevaux, chèvres, poules et pigeons. Craquer pour les agneaux et les poussins et, bien sûr, câliner les lapins. Ils pourront visiter le hangar de stockage des graines, du fourrage et du matériel agricole. L'après-midi est consacré aux ateliers sur la laine de mouton de la toison au fil de laine, confection d'un objet en laine brute ou laine feutrée, pour finir avec un goûter pain et confiture maison. Photo souvenir.

TRAIN TOURISTIQUE DES LAVIÈRES

Rue des Pins
IS-SUR-TILLE
✆ 03 80 95 36 36
Ouvert de mi-juin à mi-septembre le dimanche de 15h à 19h. 3 € et 2 €.

Une locomotive Plymouth datant de 1945 vous emmène pour une balade en forêt. Elle quitte la gare des Lavières toutes les 20 min pour un circuit d'1,4 km dans une forêt de pins. A l'origine de ce projet touristique, des passionnés de train qui ont créé l'association du CFTI (Chemin de Fer Touristique Issois) en 1977. Aires de jeux, aire de pique-nique et terrain de pétanque prolongent votre journée. Une belle idée de sortie en famille pour un voyage hors du temps.

LAC DE LA TILLE

29, rue du Château - **MAGNY-SUR-TILLE**
✆ 03 80 31 56 39
https://lacdelatille.net
Plage ouverte de fin mai à fin août tous les jours de 10h30 à 19h30. Entrée payante. Plage surveillée. Restauration.

Situé à proximité de Dijon, c'est un lieu de baignade et de loisirs parfaitement aménagé sur une ancienne sablière. La qualité des eaux est parfaite, et la température y varie entre 20 et 30 °C. La baignade est surveillée par deux maîtres-nageurs. Nombreuses activités pour les plus jeunes, qui ont accès au mini-parc avec structures gonflables, circuit auto-moto, trampolines et l'aire de jeux. Il est aussi possible de louer des bateaux à pédales, canoës, paddles. Entre le rocher d'escalade et les éléments gonflables flottants, les fous rires sont nombreux !

ABBAYE DE FONTENAY ✝ ★★★★

MARMAGNE ✆ 03 80 92 15 00
www.abbayedefontenay.com
Adultes 11 €. Basse saison : tous les jours de 10h à 12h et 14h à 17h. Fin mars à mi-nov : tous les jours de 10h à 18h.

La Bourgogne vit naître des destins qui influèrent sur le cours de l'histoire. Dans celle de la religion, un bourguignon se détache particulièrement : Bernard de Clairvaux qui devint saint Bernard en 1174. Né en 1090, Bernard devient moine cistercien à l'abbaye de Cîteaux en 1112 et emmène avec lui 30 de ses amis pour fonder l'abbaye de Clairvaux dont il devient l'abbé. Trois ans plus tard, il fonde l'abbaye de Fontenay dans cette haute Côte-d'Or si riche de beaux paysages. L'abbaye Notre-Dame-de-Fontenay est donc fondée en 1118, il y a plus de neuf cents ans. Neuf siècles qui virent s'écouler la vie des moines dans les différentes pièces comme le cloître, la salle capitulaire, l'église abbatiale, le dortoir ou encore la forge. L'église abbatiale est consacrée à la fin du XIIe siècle. Au XVIe siècle, Fontenay connaît une grande prospérité. Bientôt, la Révolution secoue la France et en 1790 les huit derniers moines quittent l'abbaye, qui est vendue en 1791 pour devenir une papeterie. Trente ans plus tard, Elie de Montgolfier rachète l'abbaye et développe la manufacture. En 1906, Edouard Aynard, gendre des Montgolfier, rachète Fontenay et rend à l'abbaye sa sérénité et son calme. L'abbaye de Fontenay, inscrite au patrimoine mondial de l'Unesco depuis 1981 (elle fut l'un des premiers monuments français à obtenir ce statut), appartient toujours à cette famille qui l'a magnifiquement restaurée. Aujourd'hui encore, Hubert et Dominique Aynard, qui se décrivent comme des dépositaires, font vivre cet édifice. Un lieu qui attire environ 85 000 visiteurs par an, qui viennent découvrir ce joyau du patrimoine bourguignon. En tant que visiteurs, vous êtes les premiers mécènes ! Grâce à son excellent état de conservation et à son homogénéité, l'abbaye de Fontenay est l'un des plus beaux exemples d'abbayes cisterciennes. Pour vous imprégner de l'esprit du lieu, ne manquez pas de visiter ses parties les plus remarquables :

▸ **Le cloître**. Baigné de lumière, il est le cœur de l'abbaye. Composé de quatre galeries rectangulaires qui encadrent la cour, il a été conçu comme un trait d'union entre les différentes salles du monastère et un lieu propice à la méditation et à la lecture spirituelle à laquelle s'adonnaient quotidiennement les moines.

▸ **L'église abbatiale**. C'est l'une des abbatiales les mieux conservées d'Europe, mais aussi l'une des plus anciennes. Construite entre 1139 et 1147 et remarquablement conservée, elle est l'une des rares églises abbatiales cisterciennes de cette époque à être encore intacte de nos jours. Elle mesure 66 m de long et est dotée de deux bas-côtés, selon un plan classique en croix latine. On y trouve un retable, des pierres tombales et le chœur de l'abbaye, couvert de carreaux émaillés.

▸ **La salle des moines**. Attenante à la salle capitulaire, qui s'ouvre elle-même sur le cloître, la salle des moines mesure environ 30 m de long et était un important lieu de la vie monastique. Les moines y effectuaient une partie de leurs tâches quotidiennes, notamment liées au travail des tissus ou du cuir.

▸ **Le dortoir.** C'est, comme son nom l'indique, le lieu où les moines dormaient, chaque soir, sur de simples paillasses, avant la création de chambres individuelles. La vaste salle est surmontée d'une charpente en chêne datant du XVe siècle.

▸ **Les grands jardins**. Composés de 9 espaces installés sur 2 ha, ces jardins à la française sont certifiés « Jardins remarquables » et l'on y découvre notamment un arbre bicentenaire planté en 1780. Ils ont été rénovés à la fin des années 1990 par Dominique Aynard et le paysagiste anglais Peter Holmes. Embellis, ils apportent un peu de douceur à l'austérité des édifices cisterciens tout en respectant parfaitement l'esprit du lieu. En déambulant entre les pelouses parfaitement dessinées, les visiteurs peuvent admirer une variété de fleurs et plantes, notamment des rosiers.

▸ Le jardin des simples (nouveauté 2022). L'Abbaye renoue avec son passé médiéval et propose un nouveau jardin. Composé de plantes médicinales, aromatiques, condimentaires et tinctoriales, il est un prolongement à la visite des grands jardins. Dessiné par l'architecte paysagiste Olivier Damée, il s'inspire de l'art cistercien, il rend surtout hommage au talent de l'abbesse Hildegarde de Bingen, naturaliste, botaniste et auteure d'encyclopédies. Un livret de visite permet d'apprécier cette harmonie avec la nature. Ce jardin des simples sera inauguré le 2 juin dans le cadre de l'opération 'rendez-vous aux jardins'.

En fin de visite, la boutique-librairie permet de découvrir des ouvrages passionnants et d'excellents produits régionaux. De nombreuses manifestations sont organisées chaque année à l'abbaye de Fontenay, vous trouverez de magnifiques toiles colorées issues de l'exposition Alfred Latour qui s'est tenue en 2021. Alfred Latour, artiste, peintre, graphiste et designer de talent, réalisa en 1948 une œuvre de 7 toiles murales s'inspirant de l'architecture et des vitraux de l'abbaye. Également au programme régulièrement : livret de jeux pour enfants, rallyes de voitures, rendez-vous aux jardins, concerts du musique classique, nocturnes pendant lesquelles les différentes salles sont décorées de centaines de bougies, Fantastic Picnic… L'abbaye de Fontenay a par ailleurs servi de décor à de nombreux tournages de films et téléfilms, tels que *Cyrano de Bergerac* (1960) et *Angélique, Marquise des Anges* (1964), pour ne citer qu'eux. Autant de raisons supplémentaires de découvrir ce lieu sublime, grandiose et ressourçant et d'admirer le nouveau jardin des simples. En bref, une visite d'abbaye vraiment passionnante pour tous les publics, où des émotions particulières vous gagnent.

TNCO TÉLÉSKI NAUTIQUE CÔTE D'OR

Zone Loisirs Saule Guillaume
PRÉMEAUX-PRISSEY ✆ 06 86 92 99 59
www.teleskinautiquecotedor.com
Ouvert de fin avril à septembre. Adultes à partir de 20 €/h. Enfants à partir de 16 €/h.

Le TNCO se situe sur le plan d'eau de Bois-Guillaume (12 ha) pour la pratique du wakeboard (ski nautique) et du kneeboard (la même chose à genou). 4 modules pour le wakepark. Location possible de paddles et pédalos. Les amateurs de glisse sur l'eau et de vitesse s'éclatent ! Vous pouvez profiter du beau temps et de la vue depuis la grande terrasse aménagée de chaises longues, fauteuils et tables basses. Les accros peuvent s'installer au camping mitoyen pour séjourner.

ABBAYE DE CÎTEAUX ★★★

D 996
SAINT-NICOLAS-LÈS-CÎTEAUX
✆ 03 80 61 34 28
www.citeaux-abbaye.com
Visites guidées sur réservation.
Accueil enfants (livret pédagogique). Boutique.
Produits des abbayes de France.

L'abbaye de Cîteaux fut fondée en 1098 par un groupe de moines arrivant de l'abbaye de Molesmes, sous la conduite de Saint Robert avec un désir de chercher Dieu dans une plus grande solitude et pauvreté. Au début du XIIIe siècle, l'abbaye de Cîteaux était à la tête d'un ordre qui comptait près de 500 maisons. En 1789, elle possédait 20 000 ha de terres agricoles dont les vignes célèbres de la côte. Aujourd'hui, l'abbaye reste le lieu source de l'ensemble de la famille cistercienne, soit environ 300 monastères sur les 5 continents. Chaque abbaye vit de son travail. À Cîteaux, l'exploitation agricole possède 75 vaches laitières montbéliardes dont le lait est transformé en fromage de Cîteaux constitué d'une pâte onctueuse, à l'arôme typique assez proche d'un reblochon. Depuis une vingtaine d'années, l'abbaye est ouverte à la visite, ce qui est un grand privilège. Elle reçoit chaque année 60 000 visiteurs pour une visite guidée ou un moment de recueillement selon des plages horaires fixes. L'abbaye de Cîteaux accueille également des retraites de 2 à 8 jours. Avec ou sans visite, un passage à la boutique permet d'acheter le fromage des moines qui a obtenu en 2020 la médaille d'argent au Concours international de Lyon, mais aussi les bonbons ou le miel des ruches de l'abbaye. D'autres produits du monastère sont également proposés à la vente, comme les objets liés à la spiritualité (chapelets en bois, crèches, livres de Noël, crucifix, encens) ou encore des objets d'artisanat (paniers, faïences, poteries, statuettes, bijoux).

LE PARCOURS DE L'OURS

SAULIEU
✆ 03 80 64 00 21
https://saulieu.fr/tourisme
Gratuit.

François Pompon est l'enfant du pays et la réplique en résine du célèbre ours Pompon installée en plein cœur de Saulieu nous le rappelle. C'est tout naturellement que la ville de Saulieu a baptisé son parcours découverte du patrimoine « le parcours de l'Ours ». Équipé de la brochure fournie par l'office du tourisme, ou mieux, de l'application gratuite « Balades en Bourgogne » sur votre Smartphone disponible sur Applestore ou Googleplay, vous êtes projeté dans l'histoire de la ville au cours d'une boucle pédestre qui vous fait découvrir les lieux célèbres de la cité.

FÊTES MÉDIÉVALES

SEMUR-EN-AUXOIS
✆ 03 80 97 01 11
En mai. Accès libre. Marché médiéval.
Animations gratuites. Restauration sur place (25 € le banquet).

Fortement marquée par le Moyen Age, Semur-en-Auxois organise une grande fête d'époque au cœur de sa cité médiévale. A cette occasion, la ville renoue avec la vie du Moyen Age : un marché artisanal, des tavernes médiévales, de la musique, des saltimbanques, des archers et de nombreuses autres animations redonnent à la cité sa vie d'antan. Quelques jours plus tard, les festivités reprennent avec la course de la Bague, une course de chevaux sur fond médiéval, dont les vainqueurs, depuis 1652, sont récompensés d'une bague en or, d'une écharpe et de gants !

SENTIER PIEDS NUS DE VERNOIS LÈS VESVRES

D27K
VERNOIS-LES-VESVRES
Gratuit. Accès libre toute l'année.

Le petit étang de Vernois les Vesvres est alimenté par le ruisseau des Vernes. Un lieu de loisir unique en Bourgogne, spécialement aménagé pour le parcourir pieds nus. Niché au creux d'un vallon, le site comporte treize stations et quatre agrès, sur une longueur de 840 m. Un chemin polysensoriel pour la voûte plantaire, en fonction de l'aménagement au sol entre pavés, osier, galets, boue, sable, bois et métal. Un moment de détente à ne pas rater.

MUSÉE C-N LEDOUX

Saline royale - **ARC-ET-SENANS**
✆ 03 81 54 45 45
www.salineroyale.com
Accès libre en possession du billet d'entrée de la Saline. Gratuit enfants de moins de 6 ans. Horaires sur le site.

Situé dans l'ancienne tonnellerie de la Saline royale, ce musée est consacré à Claude Nicolas Ledoux. 60 maquettes sont nécessaires au traçage de ses œuvres regroupées, qui est par ailleurs le seul d'Europe dédié à un architecte. Son parcours dévoile des réalisations éclectiques telles que théâtres, hôtels particuliers et bâtiments d'octroi et révèle ses projets les plus utopiques. On aime s'attarder sur le rêve de la Ville idéale de Chaux, jamais réalisée mais esquissée maintes fois par l'architecte, qu'il aurait aimé voir se développer autour de la Saline.

LA SALINE ROYALE ★★★★

Grande-Rue - **ARC-ET-SENANS**
✆ 03 81 54 45 17
www.salineroyale.com
Ouvert tous les jours de 9h à 18h. Gratuit jusqu'à 6 ans. Adulte : 13 €. Jeune : 9,50 €. Enfant (de 6 à 15 ans) : 8 €.

« Osez et vous réussirez ! L'exemple que vous donnerez fera éclore de nouveaux préceptes qui épureront les anciens » - Claude Nicolas Ledoux in *L'Architecture* paru en 1804. L'architecte concepteur de ce site inscrit sur la Liste du patrimoine de l'Unesco dès 1982. Construit sous Louis XVI, de 1775 à 1779, cet édifice avait pour fonction, grâce au bois tout proche de la Foret de Chaux, de cuire les eaux salées acheminées depuis Salins par un saumoduc. Le sel était à l'époque un bien de premier ordre puisque indispensable à la conservation des aliments, à l'agriculture. La Ferme générale prélevait la gabelle sur sa vente. Édifiée en demi-cercle, constituée de 11 bâtiments, la Saline royale fonctionnait comme une usine intégrée où vivaient le directeur et les ouvriers. Obsolète, elle a fermé ses portes dès 1895. En 1927, le département du Doubs en a fait l'acquisition, engageant sa remise en état. Depuis 1996, elle a repris une place prédominante dans la vie régionale grâce à ses musées, ses expositions, ses concerts, son architecture... Une usine palais, premier site d'origine industrielle au monde à bénéficier de cette reconnaissance par l'Unesco. A ne pas manquer pour une simple visite ou même pour un séjour puisque la Saline royale dispose d'un hôtel 3 étoiles de 31 chambres. Au sein du monument, vous pouvez visiter le musée Histoires de sel, le musée Claude Nicolas Ledoux, le musée Mémoires du lieu : « la Saline après la Saline » de 1895 à nos jours, l'exposition L'invention du Patrimoine Mondial, le festival des jardins.

ABBAYE DE BAUME-LES-DAMES ★

Place de l'Abbaye - **BAUME-LES-DAMES**
✆ 03 81 84 27 98
www.ot-paysbaumois.fr
Ouvert toute l'année. Horaires et tarifs sur site. Accueil groupes. Visite guidée. Couplée avec le coeur historique.

Nicolas Nicole est un architecte ayant réalisé de nombreux bâtiments en Franche-Comté au XVIIIe siècle, dont l'abbaye de Baume-les-Dames. Appelée aussi Abbaye Saint-Odile, c'était au VIIIe siècle, à sa fondation, une abbaye bénédictine de l'ordre de Saint-Benoit. Vous pouvez la visiter aisément et deviner le raffinement et la richesse de ses ornements qui ont été pillés lors de la Révolution. De beaux restes subsistent tout de même qui méritent d'être vus.

CITADELLE MUSEUM DE BESANCON ★★★

99, rue des Fusillés-de-la-Résistance
BESANÇON
✆ 03 81 87 83 33
www.citadelle.com
Haute saison ouvert tous les jours de 9h à 19h. Entrée par la citadelle à partir de 8,80 €.

La Citadelle de Besançon (classée par l'Unesco) surplombe la ville et paraît encore la protéger tant elle impressionne. C'est l'œuvre de Vauban (1633-1707). La première pierre est posée en 1668, alors que la ville est une possession du royaume d'Espagne. Le 10 août 1678, le traité de Nimègue rattache la ville et toute sa région au royaume de France. Louis XIV confie alors au grand Vauban le soin de poursuivre la construction et l'extension de cette construction hors-norme. La Citadelle est aujourd'hui le symbole de la ville et son intérêt touristique reste absolument majeur. La chapelle abrite une projection multimédia de 15 minutes sur l'histoire mouvementée de la Citadelle et de Besançon. Le site abrite trois musées : le musée de la Résistance et de la Déportation, le Musée comtois et le Muséum. Il comporte entre autres un fonds d'art de 600 peintures, statuettes et dessins réalisés clandestinement. Côté animaux, ce module laisse une place de choix pour comprendre la biodiversité. Il présente plusieurs espaces animaliers qui se découvrent en intérieur et en extérieur en 6 parties : naturalium, aquarium, insectarium, noctarium, un jardin zoologique et une petite ferme. Des manifestations culturelles sont programmées toute l'année. Bon plan : achetez vos billets en ligne et vous bénéficiez du tarif réduit. Le musée de la Résistance et de la Déportation est actuellement fermé pour une complète métamorphose. Sa réouverture est prévue en septembre 2023.

MAISON NATALE DE VICTOR HUGO

140, Grande-Rue - **BESANÇON**
✆ 03 81 41 53 65
www.besancon.fr/hugo
Mercredi-lundi : Avril-Octobre, vacances scolaires, jours fériés et weekend 10h30-18h. Novembre-Mars, 10h30-17h30. 2,50€

Besançon a le privilège et le grand honneur d'avoir vu naître Victor Hugo le 26 février 1802. Soit, l'écrivain est né là presque par hasard et n'y vécut que six semaines avant que son père, chef de bataillon, ne soit muté à Marseille, mais la capitale franc-comtoise n'est pas peu fière ! La maison natale de Victor Hugo n'a pas été transformée en musée, ni en lieu de mémoire, mais elle met à l'honneur les combats de l'homme engagé : pour la liberté d'expression, pour la dignité humaine, pour les droits de l'enfant et pour la liberté des peuples. Quelques pièces de mobilier de l'appartement parisien, offertes par la famille Hugo, décorent le 1er étage ; le rez-de-chaussée témoigne de l'attachement des Bisontins et de la ville à cet homme de lettres qui ne reviendra jamais dans la cité. Pourtant, il garde un lien fort avec sa ville natale grâce aux Franc-Comtois qu'il côtoie, notamment Charles Nodier (né dans la maison d'en face). Il sera même élu membre associé de l'Académie de Besançon. L'exposition permet de retrouver la poupée de Cosette, la lettre qu'il écrivit aux Bisontins lors de la pose de la première plaque commémorative sur sa maison natale en 1880 et même des livres de ou sur Victor Hugo provenant de tous les pays du monde (offerts par les professeurs de français du CLA)... Les plus jeunes pourront suivre le parcours Gavroche, permettant une visite interactive et captivante pour nos chères têtes blondes qui ne sont pas encore plongées dans la lecture des *Misérables*.

MUSÉE DES BEAUX-ARTS ET D'ARCHÉOLOGIE ★★★

1, place de la Révolution - **BESANÇON**
✆ 03 81 87 80 67
www.mbaa.besancon.fr
Billet couplé avec Musée du temps et maison Victor Hugo. Adulte : 8 €, réduit 4 €. Accueil enfants, visite guidée.

Une collection égyptienne de 3 milliers d'années avec sarcophages, statuettes de Bès, d'Osiris, Amon ou Isis, amulettes et cartonnages. La collection préhistorique et romaine présente surtout des vestiges régionaux. Côté art, une fois encore les plus connus y sont représentés : Filippo Lippi, le Tintoret, Titien, Giovanni Bellini. Les peintres flamands sont également à l'honneur, sans oublier Chassériau, Signac. Des expositions temporaires et visites commentées sont assurées.

DINO ZOO

ETALANS
✆ 03 81 59 31 31
www.dino-zoo.com
Ouvert des vacances de février aux vacances de la Toussaint. Adulte 9,50/13,50 € selon saison, enfant 8,50/12 €.

Un parc pour remonter le temps, à l'époque des dinosaures... Voilà qui devrait plaire aux petits aventuriers ! Au programme : visite du parc avec des statues de dinosaures grandeur nature, ainsi que des scènes préhistoriques. Une séance cinéma en 4D explique l'origine de l'univers à l'homme moderne, et enfin, des ateliers préhistoire sont proposés tels que l'art rupestre, l'art du feu ou encore l'art de la chasse. De quoi devenir incollable sur cette période ! Pour terminer la visite, un tour de manège sur les « dinos-galopant » s'imposera forcément.

LE GOUFFRE DE POUDREY

1, lieu-dit Puits-de-Poudrey - **ETALANS**
✆ 03 81 59 22 57
www.gouffredepoudrey.com
Ouvert de février à novembre (dates et horaires sur site). Adulte 8,50 €. Enfant 6,50 €. Etudiant et adolescent 7,50 €.

Le Gouffre de Poudrey pourrait contenir la cathédrale de Paris ! Donnant accès à une immense salle, il laisse le sentiment, dès l'entrée, de pénétrer dans un lieu sacré. Il nous conduit à 70 m au-dessous du sol. On découvre, au cours d'une promenade souterraine de 45 minutes, un véritable phénomène géologique de par sa formation et ses dimensions intérieures : un million de mètres cubes ! Il est à ce jour le plus vaste gouffre aménagé en France. De plus, à l'aide d'effets spéciaux remarquables, un show guide le visiteur et valorise cette cavité naturelle.

LE MUSÉE ANIMALIER

Mairie - **JOUGNE**
✆ 03 81 49 11 75
Ouvert lundi, mardi, jeudi, vendredi de 8h30 à 12h et de 17h à 18h, mercredi de 17h à 18h, samedi de 9h à 12h. Gratuit.

Présentation d'une très impressionnante collection zoologique naturalisée de plusieurs centaines d'espèces, qui ravira particulièrement les plus jeunes. Vous y apprendrez beaucoup sur la faune locale et son histoire. Même les Francs-Comtois font des découvertes en visitant ce petit musée riche de plus de 400 espèces, de fossiles, de squelettes et d'animaux fossilisés. Vous verrez les mises en scène où les animaux sauvages sont identifiés aux humains. Comme des écureuils jouant au billard. En dehors des heures d'ouverture, les clés sont à retirer à la mairie.

LA FERME AUX LAMAS

Rue Général-Donzelot prolongée - **MAMIROLLE**
✆ 06 99 69 37 42
www.la-ferme-aux-lamas.fr
Accès handicapés. Ouvert mercredi, samedi et dimanche de 14h à 18h.

Une centaine d'animaux de différentes espèces vous attendent dans cette ferme de 12 hectares. Les enfants sont tout particulièrement comblés grâce aux multiples activités. Depuis le nourrissage, en passant par des ateliers créatifs et découverte sur la laine et la tonte, thèmes choisis en fonction des saisons et de la météo. Dès 6 ans, ils peuvent partir une journée en balade avec leur lama, pique-niquer, et suivre le parcours pédagogique faune et flore. Les plus grands partiront en randonnées ou bien planteront leur tente et passeront une nuit auprès des lamas.

FESTIVAL DE LA PAILLE

16, Rue du Village
MÉTABIEF
✆ 07 67 96 19 48
www.festivalpaille.fr
Du 29 au 30 juillet 2022.
Billetterie en ligne.

Métabief, c'est le blanc de la neige l'hiver... et le blond des blés l'été. Depuis 2000, des « mordus » de musique mettent sur pied chaque année un festival de la Paille en juillet. 750 festivaliers durant la première édition, contre plus de 25 000 aujourd'hui. Il coiffe de nombreux genres musicaux : reggae, rock, chansons populaires, électro, trip hop, pop, blues, folk. Un festival qui compte tant sur le plan national qu'international. En nouveauté, l'aménagement d'un espace hébergement au calme et sécurisé, en tipi et kartent.

MÉTABIEF AVENTURES

Avenue des Crêts - **MÉTABIEF** ✆ 03 81 49 20 14
www.metabiefaventures.fr
Horaires selon les vacances scolaires, consulter le site. A partir de 5 €.
Accessible dès 3 ans, avec un adulte.

C'est l'immersion en pleine nature au milieu des sapins à 1 100 m d'altitude. Au menu entre autres : accrobranche, glissage en bouée, tyrolienne, chasse au trésor, forest-golf... Ludiques ou sportives, les activités proposées enthousiasmeront petits et grands. Vous pourrez vous dépenser en voyageant dans les airs, dans les arbres ou au travers de parcours acrobatiques. Quel que soit votre âge, une activité, ou plusieurs, sont possible. Sylvain Monciaud, ne cesse d'améliorer cet espace couvrant plus de 4 ha pour vous offrir des moments inoubliables. A faire !

SKI DE FOND - ESPACE MONT D'OR

2, rue Poudrière
MÉTABIEF
✆ 03 81 49 90 95
www.espacemontdor.com
Propositions de séjours en toute saison.

L'Espace Mont d'Or est, selon ses propres dires, un « producteur de loisirs au cœur des montagnes du Jura ». Que vous cherchiez à passer des vacances en famille ou que vous soyez un sportif en quête de conseils techniques avant la Transju', alors l'Espace Mont d'Or peut vous proposer un séjour qui saura forcément vous séduire. L'été, il propose également de nombreux séjours avec des activités de toutes sortes ; consultez le site Internet pour trouver vos vacances idéales.

PARC SCIENTIFIQUE DU PRÉS-LA-ROSE

Parc du Près-la-Rose
MONTBÉLIARD
✆ 03 81 91 46 83
Horaires variables en fonction des saisons.
Adulte : 4,50 €.

Le parc se déploie sur une grande presqu'île de 10 ha en plein centre, entre la rivière et le canal. Ouvert au public en 1993 après réhabilitation d'une ancienne friche industrielle, il est le plus connu de Montbéliard. C'est à la fois un joli parc agrémenté de plus de 100 variétés botaniques où vous pourrez découvrir, entre autres, un labyrinthe de 5 000 m² formé de 6 000 thuyas, à la fois esthétique et amusant, fait pour les promeneurs amoureux d'arbres, de fleurs et de rivières.

SAUT DU DOUBS ★★★

VILLERS-LE-LAC
✆ 03 81 68 13 25
www.sautdudoubs.fr
Adulte : 15,90 €. Enfant : 12 €.

C'est un site exceptionnel, sur la frontière entre la France et la Suisse. Crée naturellement bien avant notre ère par un éboulement, le Saut du Doubs est une chute d'eau de 27 m, particulièrement active au moment de la fonte des neiges, à l'automne. le Doubs se jette dans le lac de Challeixon, long de 3 km, avant de reprendre son cours normal. Voir en aval, l'immense barrage du Châtelot (74 m), qui retient les eaux du Lac Moron. Comptez 1 heure A/R. Environ 1h d'escale pour aller voir la chute (400 mètres à faire à pied pour accéder aux belvédères).

PARC LAMUGNIÈRE

50, rue de Dijon (Arc-les-Gray)
ARC-LES-GRAY
✆ 03 84 65 14 14
Ouvert toute l'année.
Basse saison : tous les jours de 8h à 18h.
Haute saison : tous les jours de 8h à 20h. Gratuit.

Imaginé par M. Faivre à la toute fin du XIXe siècle, ce parc a finalement été réaménagé et sauvé en 1986, après quatre décennies d'abandon. On y trouve un jardin d'hiver, d'anciennes serres de collection, une Orangerie et un mécanisme d'éolienne, restauré en 2009. Mais surtout des espèces d'arbres remarquables comme le Ginkgo Biloba, le Hêtre pleureur, le Cèdre de l'Atlas, le Abies Pinsapa ou l'Acajou de Chine. Profitez-en aussi pendant les grandes manifestations de la ville (Fête de la musique, Fête du Printemps, Journées de l'Environnement,...).

ECOMUSÉE DU PAYS DE LA CERISE

206, de la Cerise 206 le
FOUGEROLLES
✆ 03 84 49 52 50
http://ecomusee-fougerolles.fr
Ouvert du 15 février au 15 novembre. Adulte : 6 €. Enfant (de 6 à 16 ans) : 3 €. Forfait famille 15 €.

Ce musée livre les secrets de la fabrication du kirsch, obtenu à partir de la distillation des cerises, plus particulièrement de la guigne. La tradition remonte aux XVIIe et XVIIIe siècles. L'eau de cerise et les traditions qui l'entourent sont expliquées à travers une muséographie dynamique qui relate le contexte agricole et la vie quotidienne d'autrefois. Verger conservatoire, habitation traditionnelle et expositions temporaires et événements s'ajoutent.

FÊTE DE LA CERISE

FOUGEROLLES
✆ 03 84 49 12 91
otsi-fougerolles.net
Tous les ans le 1er weekend de juillet de 10h à 19h.

Voici une décennie que le kirsch de Fougerolles est reconnu comme AOC, alors les cerises de cette petite bourgade méritent bien une fête ! Le samedi, vous pouvez assister à l'élection de Miss Cerise, qui remporte son poids en cerises ! Le dimanche, c'est toute la région qui vient fêter le savoureux fruit rouge autour des distilleries encore en activité aujourd'hui : défilé de chars, animations folkloriques, musiques traditionnelles, vente de cerises, confitures, clafoutis. Tout est réuni pour célébrer ce délicieux fruit symbole d'amour.

PARC ANIMALIER DE FOUGEROLLES SAINT-VALVERT ★

3, Les Granges - **FOUGEROLLES**
✆ 03 84 40 06 41
Haute saison ouvert tous les jours de 14h à 19h. Basse saison ouvert de 14h à 18h. Entrée : 2 €. Enfant : 1 €.

Ce parc animalier de 60 hectares vous donne une bouffée d'air frais dont les Vosges du Sud ont le secret… Suivez un chemin balisé sur 5 km aller-retour, soit trois heures de balade au cœur de la forêt du parc de Fougerolles Saint-Valbert. Émerveillement garanti pour les amoureux de la nature, petits et grands. Plus qu'une balade en famille, pas tout à fait un zoo. Partez à la découverte des mammifères communs cerfs sika, cerfs élaphes, mouflons, lamas, bouquetins, daims…, des panneaux explicatifs, des ateliers ludiques, ainsi que douze agrandissements photographiques agrémentent le parcours. Tout au long de l'année, vous sont proposées des visites guidées, des ateliers traces et empreintes, découverte sensorielle, sortie nocturne, et balade contée. Pour en apprendre toujours plus sur la forêt et ses habitants, des panneaux explicatifs et des ateliers ludiques agrémentent la visite. Pour préserver la tranquillité des habitants du parc, sachez que les chiens et les vélos ne sont pas admis. Cependant, un sentier entourant le parc est accessible librement à tous et permet de profiter de ce bel endroit. Ne cherchez pas l'accueil aux entrées du parc, car les guides vous attendent au fil de votre balade pour récupérer votre ticket, et se feront un plaisir de répondre à toutes vos questions. Un petit guide Ecobalade est disponible à l'office du tourisme, à la cabane d'accueil. Tout au long de l'année, des ateliers et visites commentées sont proposés.

L'BOUT D'CHEMIN

Château Gaillard - **GÉNEVREUILLE**
✆ 03 84 74 35 29
www.gitepaysan.fr
Haute saison ouvert tous les jours de 14h à 16h30 sur réservation. Boutique.

Ils accueillent aussi bien les scolaires et les groupes que les enfants et leurs parents séjournant à la ferme en gîte, camping ou yourte, et ainsi participer aux activités quotidiennes de la vie à la ferme, gratuitement. Nourrissage des animaux, fabrication de fromage... Après les ateliers d'une journée autour des plantes sauvages, la visite des groupes se termine par un goûter avec un maximum de leurs produits (miel, confitures, sirops, jus de pomme...). Balade à dos d'âne, land'art, dessin avec des plumes d'oie, jeux de société sur le thème des animaux.

BASILIQUE NOTRE-DAME DE GRAY

place de la sous préfecture
GRAY
✆ 03 84 65 14 24

Tous les ans le 14 août, veillée mariale avec procession à 21h30. Le 15 août, grande messe à 10h30 et concert d'orgue.

Le pèlerinage de Notre-Dame de Gray semble remonter au XVIIe siècle. Une statuette représentant l'image miraculeuse de Marie a été retrouvée à Montaigu, en Belgique. Plusieurs miracles de guérison se produisent suite aux invocations des fidèles. En 1851, la cardinal Mathieu offrit à la basilique une statue de Notre-Dame en argent doré, comme action de grâces pour la fin de l'épidémie de choléra à Gray et dans sa région. Les deux statuettes sont encore à Gray.

FESTIVAL ROLLING SAONE

Halle Sauzay
GRAY
www.rolling-saone.fr

En mai.

L'un des festivals les plus appréciés des Francs-Comtois et le seul festival musical important en Haute-Saône. Quelle programmation ! Gaëtan Roussel, IAM, Philippe Katerine, Aldebert, Martin Solveig, Lilian Renaud... sont déjà passés par là, et pour 2022, à l'heure où nous éditons le guide, les programmations ne sont pas encore définies. Mais nul doute que ces trois jours seront une fois de plus sous le signe du partage et de la convivialité au son éclectique des différents artistes présents sur scène. Un bel événement à vivre en famille.

CHÂTEAU DE GY ★★

GY
✆ 03 84 32 14 10
www.ot-montsdegy.com

Monument privé. Tarifs : 5 € adultes ; 2,50 € + de 16 ans et étudiants.

Majestueux. Pendant plus de 7 siècles, cette imposante forteresse féodale, fut la propriété des archevêques de Besançon. La première construction date du XIIe siècle. Mais le bâtiment ne prend sa forme définitive qu'au XVIIIe siècle, notamment grâce au cardinal Cléradius de Choiseul-Beaupré, aumônier du roi de Pologne qui y ajoute de nouvelles ailes. Il appartient aujourd'hui à des propriétaires privés qui l'ont superbement restauré, dans le respect de la tradition. Le parc est également accessible. A voir dans les caves : le musée du Vin.

PARC NATUREL DES BALLONS DES VOSGES

Château Lambert
HAUT-DU-THEM-CHÂTEAU-LAMBERT
✆ 03 84 204 984
www.parc-ballons-vosges.fr

Ouvert toute l'année. Horaires variables en fonction des saisons. Gratuit.

Le Parc Naturel Régional des Ballons des Vosges s'étend sur une superficie de 2 902 km². Sa principale caractéristique est la succession de ballons qui se dégagent de l'horizon et qui lui vaut le surnom de « ligne bleue des Vosges ». Côté nature, ses panoramas variés abritent une incroyable biodiversité. Véritable « poumon vert », c'est un espace de loisirs et de détente, un lieu idéal pour la pratique de nombreuses activités sportives en toute saison.

FORT DU MONT-VAUDOIS ★

HÉRICOURT ✆ 03 84 46 03 30
www.fort-montvaudois.com

Visite guidée d'avril à octobre mercredi à 14h (vacances ou le 1er du mois hors vacances), ou sur rendez-vous. 3 €.

Le fort du Mont-Vaudois, construit de 1874 à 1877, forme le pilier sud-ouest de la nouvelle ceinture fortifiée de Belfort voulue par Séré de Rivières après la défaite de 1871 contre la Prusse. Une fois passé l'impressionnant pont-levis, on entre dans un ouvrage d'une belle architecture tout en pierre de taille capable d'abriter plus de 650 hommes sur environ 5 ha. 2 fours à pain de 250 rations ainsi qu'un ingénieux système de citernes et de filtration de l'eau assuraient une autonomie de six mois. La casemate optique à cinq directions a également été restaurée.

AU GRE DU PRE

15, rue Charles-Vincent - **LOULANS-VERCHAMP**
✆ 06 73 66 95 32
www.augredupre.fr

Fermé de novembre à mars. Haute saison du mardi au dimanche de 14h à 18h30. Adulte : 9 €. Enfant de 3 à 12 ans : 7 €.

Au cœur de la campagne franc-comtoise, une petite ferme atypique vous accueille, le temps d'une visite, d'une balade et bientôt d'une nuit. Sur 5 hectares de terrains résident une centaine d'animaux, ceux de la ferme, bien sûr, mais aussi, plus étonnants, ceux d'Asie, yacks, cochons vietnamiens, paons bleus, zébus nains..., ceux d'Amérique, lamas, alpagas et dindons royaux, ceux d'Afrique, moutons du Cameroun et dromadaires. Ce sont aussi 40 chèvres et chevrettes de différentes races. Le lait qu'elles produisent est transformé par Alex et Yann dans la fromagerie.

CHÂTEAU D'ORICOURT ★

1, rue Nicolas-Rolin
ORICOURT
✆ 03 84 78 74 35
www.oricourt.com
Adulte 5 €, réduit 4 €, enfant 3 €. De Pâques à la Toussaint, en juillet, août et septembre.

Dans les années 1960, l'enceinte médiévale était en ruine. Aujourd'hui, grâce aux efforts considérables qui ont été entrepris, le château s'impose comme une étape incontournable de votre séjour dans le département. Édifié vers le milieu du XIIe siècle, le château est composé d'une double enceinte fortifiée destinée à assurer sa défense. Les visites du logis seigneurial du XVe siècle et du colombier s'imposent. Des fêtes médiévales sont organisées le premier week-end de juillet. Un événement à ne pas rater pour ce petit bourg !

PLAN D'EAU DES BALLASTIERES

RONCHAMP
Baignade surveillée en juillet et août, de 13h à 18h tous les jours. Parking gratuit.

Située entre Champagney et Ronchamp, la base de loisirs des Ballastières dévoile une plage de laquelle on accède à un plan d'eau aménagé pour la baignade. A la belle saison, vous pourrez louer des canoës directement sur la plage. De mai à septembre, des vélos sont disponibles à la location pour parcourir les circuits de la base VTT (départ depuis le Camping des Ballastières). Un chemin de hallage vous permet de faire le tour des deux étangs de la base, à pied ou à vélo.

STATION DE SKI LA PLANCHE DES BELLES FILLES

PLANCHER-LES-MINES
✆ 03 84 63 50 82
https://planchedesbellesfilles.fr
Horaires d'ouverture selon les saisons.

La seule station de ski de Haute-Saône ! Située à 1 148 m d'altitude, on y vient pour le ski, la randonnée et le VTT. L'accès à ce domaine familial se fait depuis Plancher-les-Mines. Les pistes de ski alpin se situent entre 950 et 1 148 mètres d'altitude et les personnes à mobilité réduite bénéficient d'un fauteuil-glisse. Des boucles de ski nordique offrent 23 kilomètres de pistes balisées. En été, randonnées cyclistes et pédestres, le Roll'herbe ou une descente en bouée.

CROISIERES COMMENTEES SUR LA SAÔNE

SCEY-SUR-SAÔNE-ET-SAINT-ALBIN
www.otc3.fr
Uniquement sur réservation à l'Office de Tourisme. De mai à octobre. 9 €.

L'office de tourisme des Combes à la Saône propose des croisières à bord du Cadet Rousselle afin de vous faire découvrir les richesses du patrimoine de part et d'autre de la Saône, au fil de l'eau, d'un point de vue insolite. Au départ du port de plaisance de Scey-sur-Saône, vous embarquez pour un voyage au rythme de la rivière, laissez-vous porter par l'histoire et les anecdotes autour du tunnel de Saint-Albin, du château de Rupt-sur-Saône et bien d'autres.

CIRCUIT DE LA VALLÉE

Rue Frisette
PUSEY
✆ 03 84 75 04 95
www.sportkarting.com
Pour une séance de 9 minutes : adulte 18 €, enfant 13 €.

Qui n'a pas rêvé de se lancer dans une folle course de karting avec ses amis ou en famille ? À quelques minutes de Vesoul, c'est possible au Circuit de la Vallée. Avec une flotte d'une vingtaine de véhicules, il est utile de réserver avant de se lancer sur cette piste complète, avec une longue ligne droite, un double droit rapide et une partie technique. Les enfants (7-12 ans) ne sont pas oubliés avec une mini-piste réservée et deux kartings adaptés. A noter qu'il est aussi possible pour vos enfants d'y fêter leur anniversaire.

PARC AQUATIQUE LUDOLAC

Avenue des Rives-du-Lac
VAIVRE-ET-MONTOILLE
✆ 03 84 97 50 50
Ouvert du 15 juin au 31 août. Adulte 4 €, enfant 3 €.

Ce parc aquatique, situé à proximité du lac, au milieu d'un splendide paysage verdoyant, s'étend sur près de 3 ha. Tout est mis en œuvre pour vous faire passer une journée des plus actives ! Au programme : cinq bassins dont une piscine olympique et un grand toboggan qui fait, à coup sûr, le bonheur des petits et des grands. De nombreuses activités sont proposées régulièrement. Vous pourrez profiter du snack-bar ou d'un grand espace pique-nique pour savourer pleinement ces moments privilégiés en famille ! On aime le prix très accessible de l'entrée.

VÉLO-RAIL DE VESOUL

Passage à niveau sur la D13
VAIVRE-ET-MONTOILLE ✆ 03 81 58 03 09
Fermé du 1er novembre au 31 mars. 1h30 de balade. 25 €/vélorail (4 adultes maxi ou 2 adultes + 3 enfants - 12 ans).

Ce parcours de 9 kilomètres entre Chariez et Mont-le-Vernois permet de pédaler à votre rythme sur une ancienne voie ferrée. Vous découvrez des paysages surprenants et croisez même un chêne tricentenaire ! Les « Vélos-Rails » peuvent recevoir chacun 4 ou 5 voyageurs. Certains « Vélos-Rails », dont un à énergie solaire, sont équipés pour accueillir une personne à mobilité réduite en fauteuil roulant. Tous possèdent une large plate-forme pour y mettre un siège bébé, des bagages. Venez profiter de la fraîcheur du matin et emportez votre pique-nique.

LE MUSÉE DE L'EAU

La Source
VELLEMINFROY
www.velleminfroy.fr/musee

Le musée retrace la fabuleuse histoire de la source de Velleminfroy. Vous pourrez ainsi vous immerger dans l'univers du thermalisme du début du XXe siècle, et parcourir ces moments d'histoire au travers de nombreux objets anciens et photos d'époque exposés dans les vitrines. Pensez à compléter cette visite par celle de l'Espace Renaissance, le centre d'embouteillage (attention, uniquement sur rendez-vous). Un film retrace la découverte de l'histoire de la Source, du XIXe siècle jusqu'à à sa renaissance en 2016. Après la visite, une dégustation est proposée.

FESTIVAL JACQUES BREL

Place Pierre-Renet
VESOUL
✆ 03 84 75 40 66
www.theatre-edwige-feuillere.fr
De mi-septembre à début octobre.
Concerts à Vesoul et Lure.

Afin de rendre hommage au chanteur qui a rendu célèbre la capitale de Haute-Saône, le Théâtre Edwige Feuillère a créé un festival consacré à la musique française et francophone, invitant de jeunes talents ou des artistes reconnus. Plusieurs chanteurs, chanteuses ou groupes sont jugés sur leur performance scénique. Un prix est ensuite décerné au « meilleur jeune talent ». Ensuite, ce sont des chanteurs reconnus nationalement qui animent le festival. Les plus grands noms de la chanson française se donnent rendez-vous à Vesoul ! Une belle réussite.

CHÂTEAU DE VILLERSEXEL ★

63, place de l'Hôtel-de-Ville
VILLERSEXEL
✆ 03 84 20 51 53
www.villersexel.com
Ouvert du 19 mai au 15 octobre. Adulte : 5 €.

Ce château style Louis XIII, construit au XIXe, est l'un des plus beaux édifices de la région, avec un fronton décoré de deux colonnes à pierre alternées comme sur la saline royale d'Arc-et-Senans. Même chose pour la ferme du château du XVIIIe siècle. Le mobilier du château a été entièrement reconstitué. Admirez les tapisseries des Gobelins, les boiseries et des tableaux de maître. Une grosse tour ronde crénelée a été élevée sur les fondations des anciens remparts. Un événement à ne pas rater : la visite de l'horreur qui a lieu le week-end précédent Halloween.

PLEIN AIR ET NAUTISME - PAN

47, rue de la Forge - **VILLERSEXEL**
✆ 03 84 20 52 26
www.pan-sarl.eu
Activité à partir de 5 €.
Ouvert tous les jours d'avril à septembre.
Du lundi au vendredi de novembre à mars.

Une base nautique très bien équipée à la vaste gamme d'activités. L'Ecole française de canoë-kayak occupe les lieux. Moniteurs agréés disponibles pour s'entraîner sur l'Ognon. Parmi les autres sports à découvrir : escalade, VTT, tir à l'arc, équitation, boomerang, minigolf, spéléo, ainsi qu'un parc de parcours dans les arbres. Location de matériel : kayak monoplace ou biplace, canoë biplace la journée, location de VTT. Hébergement possible en chambres de deux à quatre lits.

LES MAISONS DE LOUIS PASTEUR DOLE-ARBOIS

83, rue de Courcelles - **ARBOIS**
✆ 03 84 66 11 72
www.terredelouispasteur.fr
Ouvert de février à novembre.
Billet couplé Dole-Arbois, 10 €.

Revivez l'aventure scientifique à travers l'histoire de Louis Pasteur, célèbre inventeur du vaccin contre la rage. Sa maison natale, une ancienne tannerie, se situe dans un quartier pittoresque de Dole. A l'étage, découvrez les grandes découvertes du scientifique. A Arbois, la Maison Pasteur dévoile l'intimité du chercheur, ses pièces de vie et son laboratoire. Ses deux sites peuvent bien évidemment se visiter indépendamment, mais l'un complète parfaitement l'autre.

CHÂTEAU D'ARLAY

2, route de Proby
ARLAY
✆ 03 84 85 04 22
www.chateau-arlay.com
Adulte 10 €, enfant 6,50 €. Horaires sur site.

La comtesse de Lauraguais fit construire ce château néo-classique à la place d'un couvent des minimes. Son petit-fils, le prince d'Arenberg, réinvestit la propriété, replanta la vigne et remeubla la demeure. Vous découvrirez les pièces somptueuses et la cave du XVIIe. Le mobilier, réalisé par les meilleurs artisans jurassiens de l'époque, est de style Charles X. Ne ratez pas les traces de campagnes napoléoniennes du prince et la cheminée de la bibliothèque. Un patrimoine extérieur et intérieur admirablement conservé, appartenant aujourd'hui aux de Laguiche.

ABBAYE DE BAUME ★

5, place Guillaume de Poupet
BAUME-LES-MESSIEURS ✆ 03 84 44 99 28
www.baumelesmessieurs.fr
Village et cours, libre toute l'année.
Visite guidée abbatiale adulte de 5 à 15 €, enfant 6/12 ans de 4 à 9 €.

Le monastère a été fondé par l'abbé Bernon au Xe siècle. La visite de l'abbatiale est une découverte de ces différentes époques, reflet de l'histoire des communautés monastiques. Les parties visibles les plus anciennes remontent au XIe siècle. Des fouilles menées en 2011 ont identifié des constructions antérieures : une église romane et des murs carolingiens. Ces recherches ont permis de mieux connaître les liens avec Gigny-sur-Suran et la puissante abbaye de Cluny. Avec 6 moines des 2 abbayes jurassiennes, l'abbé Bernon serait parti entre 909 et 910 fonder Cluny.

GROTTES DE BAUME

BAUME-LES-MESSIEURS
✆ 03 84 48 23 02
www.baumelesmessieurs.fr
Visites guidées d'avril à septembre ; toute l'année pour les groupes sur réservation. Horaires sur site.

Ces grottes sont parmi les plus spectaculaires d'Europe et bénéficient du classement « Natura 2000 ». Aménagées sur 1 km, recelant la plus haute verticale du Jura, leurs galeries vous en feront prendre plein les yeux pendant une heure. Les visites commentées sont très précises. La nouvelle mise en lumière des salles ne fait qu'ajouter à la mise en valeur du site entouré des cascades et de la rivière. A l'extérieur vous disposerez d'une buvette, d'une terrasse, d'un abri et d'une aire pique-nique fort appréciables pour parachever un moment exceptionnel.

FESTIVAL CIRQUE & FANFARES

DOLE ✆ 03 84 79 79 79
www.doledujura.com
En mai. Les arts du cirque et musiques de rue. Feu d'artifice. Entrée gratuite. Renseignements ville de Dole.

La Pentecôte est le moment choisi par Dole pour enflammer d'animations ses rues. Depuis 10 ans ce festival fait intervenir une dizaine de fanfares, de cirques du monde, de troupes. Il intervient essentiellement au centre-ville avec des spectacles de rues, des pièces de théâtre et des concerts sans oublier la grande fête foraine. Le point d'orgue est un somptueux concert gratuit le samedi en soirée avec le feu d'artifice qui s'en suit. Manifestation populaire entièrement gratuite.

HÉRIA - PARC ANIMALIER DU HÉRISSON

Val Dessous - **DOUCIER**
✆ 0384257295
www.parc-heria.com
De 10h à 18h tous les jours durant les vacances scolaires. Mercredi, week-end et jours fériés le reste de l'année.

Voulant préserver un milieu naturel fragile que sont les tourbières, le Parc Héria, parc animalier du hérisson, œuvre pour la conservation de ces pâturages en les valorisant auprès du grand public. Le parc vous offre une pause nature pour découvrir les grands herbivores : yaks, mouflons méditerranéens, cerfs sikas, bisons d'Europe... Profitez en famille des activités proposées par le parc, et prolongez l'aventure pour une nuit en tipi ou en roulotte.

LE JARDIN ETHNOBOTANIQUE

359, route de la Chaux en Bresse
FRANCHEVILLE ✆ 07 69 60 86 49
www.le-jardin-ethnobotanique.fr
Ouvert le mercredi et le samedi de 10h à 12h et de 15h à 18h. Téléphoner de préférence.

« Trouver l'introuvable », c'est ce qui anime Cyril Dietlin depuis plus de 10 ans. Plus de 400 plantes vous attendent. Rares de préférence, elles sont comestibles, médicinales, aphrodisiaques... Mais aussi des graines, des tisanes, des huiles essentielles, des encens... Ce « jardin ethnobotanique » traite des rapports entre les êtres humains et la flore. Ayant eu recours à une entraide participative, Cyril a inauguré ses nouveaux locaux avec une serre « Dôme ». Cette structure, très utilisée au Canada, capte le moindre rayon de soleil et permet de la chauffer.

JURAFAUNE

Granges-sur-Baume
HAUTEROCHE
✆ 03 84 24 42 61
www.jurafaune.com
Haute saison ouvert tous les jours de 10h à 19h. Adulte : 9,50 €. Enfant de 4 à 12 ans : 6 €.

Au sommet des reculées de la Haute-Seille, Jurafaune est la vitrine pédagogique d'une association de protection de la nature, le Fonds de sauvegarde de la faune et de la flore jurassienne chargé plus spécialement de l'étude des oiseaux rupestres. La visite du parc se fait le long d'un sentier bordé de plusieurs volières propres à chaque espèce de rapaces : qu'il soit nocturne ou diurne (faucons, vautours, aigles, chouette, hiboux). A la fin du parcours une présentation pédagogique en vol des différents pensionnaires est effectuée.

LES ROUSSES

323, rue Pasteur
LES ROUSSES
✆ 03 84 60 02 55
www.lesrousses.com
Accessible toute l'année.

La station s'étend sur 4 communes : Les Rousses, Lamouran, Prémanon et Bois d'Amont. On vient d'abord ici pour le domaine de ski de fond (220 km à travers des forêts enchantées), mais il ne faudrait pas oublier qu'au pays de la Transjurassienne on pratique aussi le ski alpin ! Nous vous conseillons de vous garer aux Jouvencelles et de découvrir un domaine skiable facile et accessible à tous les niveaux de glisse. Pour les enfants, un espace ludique à Bois d'Amont permet d'apprendre les bases : slalom, traces directes, bosses.

LA MAISON DE LA VACHE QUI RIT ★★

25, rue Richebourg - **LONS-LE-SAUNIER**
✆ 03 84 43 54 10
www.lamaisondelavachequirit.com
Ouvert toute l'année, sauf le 25 décembre et 1er janvier. Entrée adulte 8,20 €, 5,50 € - de 18 ans, gratuit - de 7 ans.

Rieuse, et synonyme de plaisir lié à notre enfance, la plus célèbre des vaches rit depuis plus de 100 ans. Créée en 2009, « La Maison de La Vache qui rit » est bâtie là où elle est née en 1921, à Lons-le-Saunier. Ses 2 200 m² sont la mémoire de la marque. La scénographie remonte le temps à travers l'histoire publicitaire et industrielle du groupe Bel. Ici, il se passe toujours quelque chose pour petits et grands, avec une riche programmation culturelle et artistique.

CASCADES DU HÉRISSON ★★★

Lieu-dit Val-Dessous - **MENÉTRUX-EN-JOUX**
✆ 03 84 25 77 36
www.cascades-du-herisson.fr
Point info, week-end avril-15 juin, 3 derniers week-ends septembre 9h30-18h. Haute saison 7j/7 9h30-19h.

31 sauts dont 7 grandes cascades sur 3,7 km, et une dénivellation de 255 m... Vous comprenez pourquoi 500 000 visiteurs convergent chaque année vers ce site. On peut rejoindre le sentier en plusieurs points. En partant du bas, la cascade de l'Eventail (65 m). Ensuite gagner le Grand Saut (60 m) en grimpant des lacets. Les bon marcheurs partent du haut, d'Ilay ou de Bonlieu, en commençant par le saut Girard (35 m) et en terminant par les plus impressionnantes. Quel que soit le sens, prévoyez donc l'aller-retour, soit 7,4 km pour un peu moins de 3 heures.

QIMMIQ AVENTURE

La Bâtarde
MIJOUX
✆ 06 29 59 91 85
www.qimmiqaventure.com
Toute l'année. A partir de 49 € pour les activités d'hiver, et dès 10 € pour les activités d'été.

Partez pour l'aventure en chiens de traîneau dans les paysages jurassiens. Eté comme hiver, vivez votre initiation à la conduite d'attelage dans les chemins de traverse et les pâturages boisés, ou bien appréciez simplement la beauté des paysages en tant que passager. Gérard, musher professionnel, et sa meute de 40 chiens de traîneau vous feront vivre des moments uniques et inoubliables dans la vallée de la Valserine. Le *Petit Futé* aime tout particulièrement le stage de soigneur canin, pour des instants inoubliables au plus près des chiens.

IDÉKLIC, LE FESTIVAL INTERNATIONAL POUR L'ENFANT

MOIRANS-EN-MONTAGNE
✆ 03 84 42 00 28
www.ideklic.fr
En juillet (spectacles à l'unité : gratuits ou payants).

Idéklic, festival international pour l'enfance et la jeunesse, est fidèle à son rendez-vous estival de juillet. Depuis plus de 30 ans maintenant, ce sont près de 68 représentations, dont des spectacles de rues et 58 ateliers artistiques, d'expressions ludiques et créneau scientifique, tous destinés aux enfants comme aux parents que nous offre ce festival. Dans les rues, les jardins, dans les salles et même en pleine nature, les enfants seront acteurs et spectateurs au sein des troupes.

FÊTE DU MORBIER

Route des Prehez
MORBIER
✆ 03 84 33 02 39
En août. Entrée gratuite.

Sur deux jours, le bourg rend hommage à son célèbre fromage au cœur cendré, et un concours permet de récompenser le meilleur morbier de l'année ! De nombreuses festivités animent les rues : démonstrations de la fabrication à l'ancienne et artisanale du morbier, restauration, promenade à dos d'âne, marché de produits régionaux, ateliers de cuisine... Une cinquantaine d'artisans et de professionnels sont présents et pour achever en beauté ce temps festif, les gourmands se rassemblent autour d'une « morbiflette dansante qui prolonge la fête tard dans la nuit.

VAL' NATURE

1, route de la Plage
OUNANS
✆ 03 84 37 72 04
www.valnature.eu
A partir de 15 € l'activité. Particuliers/groupes. Base également à Quingey.

Cette base de loisirs jouxte le camping de la Plage Blanche, on y bouge sur tous les terrains. Envie de voguer au fil de l'eau ? Louez un kayak, un canoë ou un paddle, pour 2 heures ou bien plus. Plusieurs parcours sont proposés, de 7 à 31 km. Vous êtes plutôt terre ferme ? Louez un VTT et partez sur les sentiers... Des formules peuvent même comprendre l'hébergement et la restauration pour groupes et entreprises. Au crépuscule, on se retrouve au Loue Bar afin de grignoter un morceau et se remettre de ses émotions. Ouvert en hiver, sur réservation.

MUSÉE DU JOUET ★★

5, rue du Murgin - **MOIRANS-EN-MONTAGNE**
✆ 03 84 42 38 64 - www.musee-du-jouet.com
Ouvert toute l'année. Adulte : 8 €. Enfant 5,50 €. Collections de jouets, animations, boutique.

Ce musée, agrandi en 2012, a été métamorphosé en une cité de l'enfant, hommage à la fabrication traditionnelle et ancestrale du jouet dans le Jura. Ludique, interactif et culturelle, c'est une visite incontournable de la région pour les familles, encore plus les jours pluvieux.

Le bâtiment, en forme de gros Lego jaune et bleu, se fait le témoin de 5 000 ans d'histoire du jeu dans le monde entier. Enrichi de nouvelles collections pour maintenir son rang de musée de France, il ne présente pas moins de 17 000 pièces aujourd'hui.

Visites

Des visites contées sont possibles ainsi que des visites ateliers pour une découverte ludique des collections suivie de la réalisation d'une création en rapport avec le thème abordé lors de la visite. Comme chaque année, l'année s'achève en décembre par l'animation du père Noël au pays du jouet.

Expositions temporaires

Tout au long de l'année, des expositions temporaires viennent compléter les collections permanentes.

Jusqu'en janvier 2022, venez découvrir « Jouons sportifs ! « pour en apprendre plus sur les valeurs habituellement attribuées au sport comme le vivre ensemble, le partage, l'excellence... Le tout au travers des jouets - qui s'avèrent être des terrains de sociabilisation très efficace ! Pour ce parcours, de nouveaux ateliers ont été mis en place, ainsi que des spectacles, des rencontres, des conférences ou encore des débats.

Pour les plus curieux ou les passionnés, le musée dispose également d'un pôle documentaire très fourni - uniquement sur rendez-vous. Il dispose d'un large fonds de livres, catalogues et revues en relation avec ses collections. Ainsi, il s'enrichit chaque année en fonction des thématiques des expositions temporaires ou des nouvelles acquisitions. N'hésitez pas à jeter un œil sur l'agenda en ligne !

Accessibilité

Bonne nouvelle, tout est entièrement adapté pour que chacun puisse profiter au maximum du lieu.

Handicap moteur : les lieux sont totalement accessibles, des fauteuils roulants sont mis à disposition (réservation préalable conseillée au 03 84 42 38 64). Handicap mental : visite adaptée sur demande et espace aéré.

Handicap auditif : amplificateur de son à l'accueil du musée et en visite guidée, alarme visuelle dans les toilettes, sous-titrage des vidéos, visite en LSF et ateliers adaptés sur demande.

Handicap visuel : chiens guides d'aveugles acceptés dans l'établissement, visite guidée en audiodescription sur réservation, plan tactile du musée et livret en braille à disposition du public.

N'hésitez pas à vous rapprocher de l'accueil en cas de besoin ou d'information.

LA MAISON DU COMTÉ ★

10, route de Lons - **POLIGNY** ✆ 03 84 37 78 40
www.maison-du-comte.com
Adulte : 8 € ; enfant : 6 € (dégustation comprise) ; famille 24 €. Accueil groupes toute l'année. Horaires sur site.

La maison dédiée à ce fromage, indissociable de son terroir jurassien, ne se contente pas de vous raconter son histoire, mais fait appel à vos sens pour vous le faire pleinement connaître. Des maquettes animées et des vidéos racontent l'histoire de l'élaboration d'une meule de comté. Des spots télévisés retracent le comté de ces 30 dernières années. La roue des arômes vous pose d'odorantes énigmes, et une dégustation de différents comtés clôture la visite. Les Z'ateliers juniors permettent aux plus jeunes d'appréhender de façon ludique la découverte de ce fromage.

ESPACE DES MONDES POLAIRES ★

146, rue Croix-de-la-Teppe - **PRÉMANON**
✆ 03 39 50 80 20
www.espacedesmondespolaires.org
Adulte : 8 € (10 € avec accès à la patinoire). Enfant (de 6 à 15 ans) : 4 € (5,50 € avec accès à la patinoire).

Unique en Europe et immanquable, l'Espace des Mondes Polaires Paul-Émile Victor, composé d'un fonds documentaire exceptionnel, d'un jardin polaire, d'un espace ludique évoquant la banquise, d'un auditorium et d'une patinoire, est idéal pour comprendre les pôles et leur écosystème en s'amusant et pour passer de bons moments en famille. Il se positionne comme le premier centre culturel de référence sur les problématiques liées aux régions Arctique et Antarctique.

MUSÉE DE L'ABBAYE ★

3, place de l'Abbaye - **SAINT-CLAUDE**
✆ 03 84 38 12 60
http://museedelabbaye.fr/home
Adulte 6,50 €, tarif jeune 5,50 €, tarif réduit 5 €, tarif famille 18,50 €.

Deux raisons de franchir la porte de ce musée aménagé dans une partie de l'ancien palais abbatial (XVe- XVIIIe s.). D'abord, il abrite une collection d'art de grande valeur léguée par deux peintres, René Genis et Guy Bardone, originaires de Saint-Claude. Les grandes signatures de la peinture française de 1890 à 1900 sont présentées sur deux niveaux, le second accueille des expositions temporaires. La seconde raison est qu'en descendant au sous-sol, nous changeons d'époque et accédons aux vestiges archéologiques de l'abbaye de Saint-Claude fondée au Ve siècle.

LES SOUFFLACULS

Office de tourisme Haut-Jura - **SAINT-CLAUDE**
✆ 06 47 61 12 82
www.saint-claude-haut-jura.com
Fête en avril dans la capitale de la pipe et du diamant. Entrée gratuite. Renseignements au tel ou sur site.

Cette fête est née le mercredi des Cendres de par la volonté des moines locaux. Il s'agissait de déloger l'esprit malin sous les jupes des femmes. Revêtus de longues chemises blanches et visages cachés par des masques noirs, des habitants sillonnent les rues, accompagnés d'un soufflet. De nos jours, le centre-ville s'anime d'un grand carnaval avec chars et animations en tous genres. La manifestation s'achève par l'incinération du roi du corso et un feu d'artifice géant. Un rendez-vous incontournable du Haut-Jura. L'entrée est gratuite.

LA GRANDE SALINE

3, place des Salines
SALINS-LES-BAINS
✆ 03 84 73 10 92
www.salinesdesalins.com
Ouvert toute l'année. 8 € adulte, 4,50 € de 7 à 18 ans, 4 € de 7 à 12 ans, 21 € famille.

Dans ces magnifiques galeries souterraines du XIIIe siècle, on découvrir le système de pompage hydraulique, datant du XVIIIe siècle. Aujourd'hui, la saumure est pompée à 246 m de profondeur et acheminée vers les thermes. Les salines sont classées aux Monuments Historiques, et sont inscrites sur la liste indicative du Patrimoine mondial de l'Unesco. Une chasse au trésor, la Ruée vers l'Or Blanc, transporte les familles au travers des salines à la recherche de l'eau salée. Un musée du Sel vient compléter la visite. Une balade très ludique.

ACCRO-VIADUC AVENTURE

VILLARDS-D'HÉRIA
✆ 07 86 76 82 14
www.accro-viaduc-aventure.com
Ouvert toute l'année. Parcours Bambins (4 à 10 ans) : 8 €. Parcours émotions et frissons (à partir de 10 ans) : 25 €.

Après les parcours acrobatiques dans les arbres ou sur des murailles, voici l'Accropont qui vous suspend à 72 m de haut ! Tenu par votre harnais, vous n'êtes pas dans les arbres mais accroché sous le grand viaduc de Villards-d'Héria avec une vue imprenable sur la vallée. Trois possibilités s'offrent à vous : le parcours Bambins avec une tyrolienne accessible dès 4 ans, le parcours Émotions, 7 tyroliennes de 100 à 150 m de long, de 2 à 27 m de haut, et le parcours Grands Frissons, 10 tyroliennes de 100 à 300 m de long, de 8 à… 72 m de haut.

MUSÉE DES NOURRICES ET ENFANTS ASSISTÉS

Le Bourg - **ALLIGNY-EN-MORVAN**
✆ 03 86 78 44 05
www.museedesnourrices.fr
Fermé du 11 novembre à fin février. Adulte 6 €, réduit 3,50 €, gratuit pour les moins de 8 ans.

Depuis la fin du XVIIIe siècle, l'histoire des nourrices et des enfants de l'Assistance Publique a façonné l'identité du Morvan. Plusieurs dizaines de milliers d'enfants, de femmes et de familles ont été concernés par cette expérience. Ce musée, qui appartient au réseau Écomusée du Morvan, évoque toutes ces destinées, et retrace leur cheminement : à travers la scénographie, on va de maisons en maisons à la découverte de témoignages poignants. Un incontournable de l'histoire du Morvan.

CHÂTEAU DE BAZOCHES ★★

BAZOCHES
✆ 03 86 22 10 22
www.chateau-bazoches.com
Horaires et dates d'ouverture sur le site internet. Réservation des billets en ligne.

Dominant le bourg de Bazoches, le château est blotti dans un écrin de verdure, imposant aux visiteurs sa rigoureuse architecture, miroir de huit siècles d'histoire de France et du Morvan. Construit au XIIe siècle par Jean de Bazoches, le château vit se succéder les familles Chastellux et Vauban, dont les actuels propriétaires sont les descendants. Maintes fois remanié, c'est à Vauban que l'on doit sa transformation en garnison militaire. Pour son histoire et sa vue imprenable sur le Morvan, le château de Bazoches est un des plus beaux fleurons de la Nièvre !

BASE ACTIVITAL DE BAYE

Base de loisirs de BAYE
BAZOLLES
✆ 03 86 38 97 39
http://activital.net
Tarifs complets de toute les activités en ligne.

Visitez la région en découvrant Baye et ses nombreuses activités proposées par la base Activital. En famille ou entre amis, profitez par exemple de stages multi-activités à pratiquer le temps d'un weekend ou sur une semaine. Au programme, sortie en catamaran, stand-up-paddle, canoë, planche à voile et vélo. Vous aurez aussi le choix de participer à des sorties patrimoine pour découvrir l'histoire différemment, et vos bambins pourront s'essayer au tir à la sarbacane. Un vaste choix d'activités proposées par une équipe de professionnels.

HIVE GAMES PITOU PARC

44, avenue du 85e de Ligne
COSNE-COURS-SUR-LOIRE
www.hivegames.fr
Ouvert toute l'année. Tarifs complets en ligne en fonction des saisons et vacances scolaires.

Hives Games et Pitou Parc sont des espaces de jeux pour les enfants et leurs parents. D'un côté le Hive Games offre un espace indoor avec un Laser Blast de 200 m² où les jeunes, munis de gilets interactifs, évoluent dans un labyrinthe parsemé de cachettes. Un bowling accueille les familles et les bandes de copains, tandis qu'au Pitou Parc, ce sont 800 m² d'aire de jeux en plein air qui invitent les bambins à parcourir les toboggans, les piscines à balles et les structures gonflables. En été, Pitou Plage prend vie avec une pataugeoire géante et des jets d'eau.

STADE NAUTIQUE

Allée Marcel-Merle
DECIZE
✆ 03 86 25 00 99
Accessible gratuitement toute l'année. Restauration de mai à fin août.

Ce vaste terrain avec pelouses et bosquets, qui s'étend sur les bords du plan d'eau, constitué par la retenue du barrage de Saint-Léger-des-Vignes, et jouxtant la promenade des Halles, est ouvert dès les beaux jours, de mai à fin août. Bel écrin de verdure dans la ville, c'est un paradis pour les enfants et leurs parents : golf miniature, échiquier géant, jeux pour enfants, location d'embarcations, aire de jeux aquatiques Aquatoons, et bar pour se rafraîchir ou manger une glace. A l'ombre des arbres, ce lieu est idéal par les chaudes journées d'été !

MOULIN DE MAUPERTUIS - ÉCOMUSÉE DE LA MEUNERIE ★

Rue André-Audinet - **DONZY**
✆ 03 86 39 39 46
http://moulindemaupertuis.jimdo.com
Ouvert tous les jours en haute saison, (fermeture hebdomadaire : mercredi). Adulte 6 €, Enfant 3 €.

Au cœur de Donzy, sur la rivière le Nohain, se dresse le Moulin de Maupertuis. Ancien moulin à farine, d'une surface de 900 m² répartis sur quatre niveaux, c'est aujourd'hui un écomusée de la meunerie. Immergez-vous dans ce passé pour voir revivre les machines des meuniers d'antan, ainsi que les diverses expositions thématiques sur le pain et la meunerie, sans oublier les visites nocturnes. Depuis 2019, Chatouille accompagne les plus jeunes pour une visite adaptée à leur âge.

KARTING MAGNY-COURS

Cours Technopôle - **MAGNY-COURS**
✆ 03 86 21 80 43
www.kartingmagnycours.com
Ouvert tous les jours. A partir de 4 € pour les 3 à 6 ans ; adulte à partir de 17 €. Réservation obligatoire.

Située face au fameux circuit de Magny-Cours, la piste de karting est ouverte aux compétitions officielles, mais aussi au grand public. Adultes et enfants peuvent ainsi rivaliser de hardiesse et de rapidité pour terminer premier de la course. De 10 à 20 minutes selon le type et la puissance des karts utilisés, l'adrénaline est à son maximum quand les moteurs vrombissent ! Une piste spécialement réservée aux bambins dès 3 ans permet à toute la famille de profiter des joies du karting : avec le Kids Racer, ils pourront piloter ces petits bolides électriques !

AQUAPARK

Route Touristique
MONTSAUCHE-LES-SETTONS
✆ 06 63 67 47 73
Ouvert de juin à fin août, 11h-20h. Location de paddles.

Quoi de plus agréable que de passer la journée au bord du lac des Settons à batifoler dans l'eau ? C'est ce que vous pourrez faire en famille ou entre amis à l'Aquapark : une gigantesque structure gonflable toute vêtue de jaune et de bleu, et flottant sur les eaux tranquilles du lac, vous attend pour des parcours d'obstacles à n'en plus finir. Equipés de gilets de sauvetage pour être en totale sécurité, vous pourrez partir à l'assaut des toboggans, des murs d'escalades et autres trampolines géants pour des heures de fou-rire !

GLISSLAND

Rive droite
MONTSAUCHE-LES-SETTONS
✆ 06 51 28 32 65
Ouvert en période estivale. Activités à partir de 15 € - Flybord 80 €

Installée directement sur le lac des Settons, GlissLand vous promet de nombreuses sensations fortes ! Avec des activités dès 3 ans, c'est toute la famille qui va pouvoir passer de fabuleux moment de rire et d'émotions. Entre bouée tractée, flyboard, water jump, jet ski électrique pour les plus jeunes, blob jump pour vous sentir comme un super héros volant dans les airs, tout le monde trouvera son bonheur. Des moniteurs vous donnent tous les conseils adaptés à ces activités. Vous êtes parfaitement encadrés, il n'y a plus qu'à profiter !

MUSÉE DE LA FAÏENCE ET DES BEAUX-ARTS DE NEVERS ★

16, rue Saint-Genest
NEVERS
✆ 03 86 68 44 60
Ouvert du mercredi au dimanche de 12h à 18h. Fermé les lundis et mardis. Adulte 10 €, réduit 5 €. Gratuit - de 25 ans.

Situé dans un superbe jardin occupant l'espace de l'ancien cloître de l'abbaye Notre-Dame, le musée offre à ses collections un vaste espace : réparties sur 1 700 m², elles se composent avant tout d'une exceptionnelle collection de près de 400 pièces de faïences de Nevers allant de la fin du XVIe siècle à l'orée du XXe siècle. Des espaces pédagogiques accueillent le jeune public, et un centre documentaire consacré aux arts du feu est ouvert au public.

LE PAVILLON DU MILIEU DE LOIRE ★

17, quai Jules-Pabiot - **POUILLY-SUR-LOIRE**
✆ 03 86 39 54 54
Ouverture d'avril à novembre. Nombreuses animations pour les enfants, les adolescents et les familles.

Au cœur de la Réserve Naturelle du Val de Loire, Le Pavillon du Milieu de Loire valorise un environnement unique. Le plus long fleuve de France a façonné le paysage, donnant naissance aux milieux naturels qui abritent une faune et une végétation particulières. Le Pavillon accueille notamment une vaste salle d'expositions temporaires et un espace permanent dédié à la Réserve Naturelle du Val de Loire. De nombreuses animations nature sont proposées tout au long de l'année.

CHÂTEAU DE MEAUCE

SAINCAIZE-MEAUCE
www.chateaudemeauce.com
Visites guidées, tous les mercredis et dimanches de 10h30 à 12h30, du 1er juillet au 24 août. Sur réservation.

Datant du XIe siècle, c'est un des plus anciens châteaux du Nivernais et aujourd'hui le plus beau de ses trésors ! Installé dans le lit de l'Allier, il est reconnaissable à sa forme circulaire qui le caractérise. Le château et ses communs sont classés Monuments Historique. C'est grâce à l'amour d'une famille de passionnés que Meauce revit. Le château se visite lors des journées européennes du patrimoine, lors de visites privées à réserver sur le site. Vous pourrez aussi profiter de son cadre enchanteur lors des nombreuses manifestations organisées en son sein.

FESTI'GRUES

Château de Meauce

SAINCAIZE-MEAUCE

Dernier weekend d'octobre.
Entrée et parking gratuits.

Depuis 4 ans, Festi'grues est LE festival autour de la photographie animalière et de l'artisanat d'art, avec comme fil rouge la nature. Dans le cadre prestigieux du château de Meauce, les amoureux de la nature et du patrimoine se retrouvent au château autour d'ateliers, d'expositions et de conférences. Des artistes d'art dévoilent leurs créations, et des stands d'observation sont proposés par la Ligue de protection des oiseaux de la Nièvre à laquelle est rattaché le château de Meauce. Une sortie ludique dans un site où les grues s'arrêtent durant leur migration.

FÊTES MÉDIÉVALES DE PASSY LES TOURS

VARENNES-LÈS-NARCY

http://passylestours.fr

En septembre

C'est au pied des ruines du château de Passy-lès-Tours que se tiennent depuis dix ans les Médiévales de Passy. Classé Monument Historique depuis le 25 juillet 2018, le château du XIVe siècle est le théâtre de cet événement qui tous les ans accueille de plus en plus de visiteurs. Au programme de ces deux journées, des animations autour du Moyen Âge, des artisans, des ateliers, des jeux pour enfants, et des spectacles : fauconnerie, tournois équestres et spectacle nocturne le samedi.

MUSÉE DE LA RÉSISTANCE EN MORVAN ★

SAINT-BRISSON

✆ 03 86 78 72 99

www.museeresistancemorvan.fr

Ouvert de mai jusqu'au 11 novembre. Adulte 6,50 €, Pass "Clé des Musées" 4 €.

Le musée, œuvre d'historiens et d'anciens résistants de la région, permet de comprendre le rôle et l'importance de la Résistance dans la région durant la Seconde Guerre mondiale. Grâce à sa collection importante, le musée offre une proximité avec l'histoire. De nombreux objets, documents d'archives, photographies,... sont présentés à travers trois salles. Une étape indispensable avant de partir sur les 21 aménagements de lieux de mémoire du Morvan dont le Mémorial de Dun-les-Places.

CHEVRERIE DE CHEUGNY

2, rue Pierre-Brossolette

VARENNES-VAUZELLES

✆ 06 68 10 28 03

Fermé de décembre à février. Ouvert mardi, vendredi et samedi de 10h à 12h et de 14h à 19h.

Venez rencontrer des chèvres alpines chamoisées : on vous contera la fabrication du fromage de chèvre au lait cru et entier. Crottin nature et aux aromates, pyramide cendrée, fromage blanc, apérichèvre nature et aux aromates, brique cendrée, crottin sans sel… Le lait utilisé est produit exclusivement sur l'exploitation. Certains fromages sont médaillés au concours régional de Bourgogne. Vous verrez aussi la production d'articles en mohair issus du troupeau de chèvres angoras. Suivant les transformations : pelotes de toutes les couleurs, chaussettes, écharpes.

PARC NATUREL RÉGIONAL DU MORVAN ★★★

Maison du Parc

SAINT-BRISSON

✆ 03 86 78 79 57

www.parcdumorvan.org

Accès libre toute l'année.

Au cœur de la région, un monument : le Parc Naturel Régional du Morvan. Le parc du Morvan offre une superficie de 240 000 hectares dont 129 000 hectares de forêts. En ce qui concerne la faune, sont représentées un peu moins de 250 espèces protégées et pour la flore, près d'une soixantaine. Propice à de belles randonnées, pédestres ou à vélo, vous découvrirez des stations de lecture aux différents points de vue sur les divers parcours proposés pour petits et grands.

ÉTANG DE NIFFOND

VARENNES-VAUZELLES

Accès libre toute l'année.

L'étang de Niffond est un incontournable des sorties dominicales ! Un sentier botanique permet aux promeneurs de retrouver toutes les essences d'arbres présentes dans le secteur du bois de la Brosse et la forêt des Bertranges. Des circuits VTT et des itinéraires empruntés par des cavaliers jalonnent la forêt. Des aménagements ponctuent les sentiers de marche, soulignant les activités qui naguère occupaient la forêt. Des tables et des bancs permettent de pique-niquer, et une aire de jeux pour les enfants font du lieu un paradis aux portes de Nevers.

CATHÉDRALE SAINT-LAZARE-D'AUTUN ★★

Place du Terreau
AUTUN
✆ 03 85 86 80 38
Accès libre toute l'année de 10h à 18h sauf dimanche. Visite guidée sur réservation à l'office de tourisme.

Aux portes du Morvan, l'ancienne Augustodunum des Romains est dominée par l'imposante cathédrale Saint-Lazare, considérée comme l'un des plus beaux édifices de l'art roman clunisien. Sis sur le chemin de Compostelle au départ de Vézelay, et édifié au XIIe siècle, le site accueillait, principalement, les pèlerins venus se recueillir sur les reliques de saint Lazare. Son tombeau n'est malheureusement plus visible, car il fut détruit en 1766. Au XVe siècle, le cardinal Rolin fit ajouter une flèche de 80 m de haut, pour remplacer le clocher roman, détruit quelques années plus tôt par la foudre. Le tympan du portail central (1135) sculpté par Gislebertus et représentant le Jugement dernier est un véritable chef-d'œuvre, l'art roman bourguignon s'affiche au sommet, la sculpture s'est emparée de l'architecture, en témoigne la soixantaine de chapiteaux historiés illustrant des scènes bibliques : La Fuite en Egypte ou encore Eve couchée. Le tympan, l'élément le plus remarquable de la cathédrale Saint-Lazare, déploie ses sculptures restaurées. L'ensemble a été minutieusement nettoyé à coup de micro-abrasion et de laser, laissant apparaître des traces de polychromie. L'intérieur de la cathédrale a été entièrement rénové, offrant à la nef et au transept son faste d'antan. En été, la « Cathédrale en lumière » offre des visites sur fond musical, avec de jolies mises en lumière des éléments architecturaux. La salle capitulaire est actuellement fermée au public.

LES JOURNÉES ROMAINES D'AUTUN

Promenade des Marbres - **AUTUN**
https://leg8.fr/journees-romaines
Accès libre. Animations gratuites.
Pour connaitre les dates, rendez-vous sur le site de l'office de tourisme.

L'Antiquité revit avec les Journées romaines d'Autun. L'ancienne Augustodunum a gardé de très nombreux monuments encore en élévation, et lors de ces deux jours, ce ne sont pas moins de 80 intervenants qui se livrent à des reconstitutions pour vous faire revivre l'Antiquité comme si vous y étiez ! Démonstrations, ateliers, parades... De l'ode à Minerve aux manœuvres de l'armée impériale et aux combats de gladiateurs, tout est réuni pour vous faire vivre des instants teintés d'histoire !

GROTTES D'AZÉ-RIZEROLLES ★

AZÉ ✆ 03 85 33 32 23 - www.grottes-aze71.fr
Ouvert du 1er avril au 31 octobre.
Réservation obligatoire. Adulte 8 €, enfant de plus de 6 ans 4,50 €.

Après une balade sous les cèdres centenaires, venez découvrir un monde mystérieux en parcourant deux grottes nichées dans le massif calcaire. La première vous dévoilera les merveilles géologiques d'Azé : la rivière qui sculpte la roche et les couleurs naturelles qui surprennent le regard. Le guide vous racontera l'exploration de ces galeries par les spéléologues. Puis le chemin vous mènera vers la grotte préhistorique. Refuge des hommes et des animaux depuis la Préhistoire, elle est le témoin de l'une des occupations humaines les plus anciennes en Saône-et-Loire.

CHALON DANS LA RUE

52, quai Saint-Cosme
CHALON-SUR-SAÔNE
✆ 03 85 90 94 87
www.chalondanslarue.com
Du 20 au 24 juillet 2022.

Chalon dans la rue est un festival transnational des artistes de la rue. Chaque année au mois de juillet, il rassemble un grand nombre de compagnies venues de tous les horizons pour jouer des pièces de théâtre, vous étonner avec des spectacles de danse ou de cirque... : des arts populaires et exigeants. L'art part à la rencontre du plus grand nombre. Un festival pour rester curieux, s'étonner et s'ouvrir aux autres. Cette année, le festival sera sous le signe du « déplacement » et les lieux de convivialité et les chapiteaux, espaces emblématiques, font leur retour !

MUSÉE NICÉPHORE NIÉPCE ★★

28, quai des Messageries - **CHALON-SUR-SAÔNE**
✆ 03 85 48 41 98 - www.museeniepce.com
Ouvert toute l'année. Gratuit.
Visites commentées : 3,60 €. Animations.

Ce musée est sans doute l'un des plus anciens et l'un des plus riches consacrés à la photographie. C'est en effet en 1861 qu'ont été recueillis les tout premiers appareils que Niepce avait fabriqués et utilisés dès 1816. Installé depuis 1972 dans l'ancien hôtel des Messageries royales, le musée conserve donc une collection exceptionnelle d'objets photographiques formant un ensemble unique au monde. Le musée a pour objectif de raconter toute l'histoire de la photographie, dans ses aspects techniques et artistiques comme dans ses usages populaires et commerciaux.

PARC GEORGES-NOUELLE ET JARDIN GÉO-BOTANIQUE

7, place Mathias
CHALON-SUR-SAÔNE
✆ 03 85 90 50 50
www.achalon.com
Ouvert toute l'année. Accès libre et gratuit.

Très apprécié des Chalonnais, ce parc, qui s'étire sur 1,3 ha, est pris d'assaut été comme hiver par les familles qui adorent y pique-niquer et se balader dans le jardin botanique qui présente divers milieux : le bassin orné de cascades, le marais bressan et les massifs inspirés de la Côte Chalonnaise et son vignoble, le Morvan, la Provence, la pinède et les rocailles avec son massif de cactées. Un skate-parc et un mini-mur d'escalade complètent cet espace de loisirs.

LA MAISON DU CHAROLAIS ★

43, route de Mâcon
CHAROLLES
✆ 03 85 88 04 00
www.maison-charolais.com
Fermé le 1er novembre et du 24 décembre à début janvier. 5,50 € (7,60 € avec dégustation), enfant 3,80 €. Ateliers.

Située à Charolles, berceau de la race bovine charolaise, la Maison du Charolais est un espace qui lui est entièrement dédié. Dans cette Maison, on vous enseigne tout ce qu'il faut savoir sur cette race typique de nos prairies et reconnaissable à sa robe blanche. Musée, dégustation, sentier découverte, boutique et restaurant, de quoi bien vous occuper ! Lors d'une visite audioguidée dans l'espace muséographique, vous comprendrez pourquoi et comment cette région et les éleveurs ont fait de cette race charolaise « l'une des meilleures races de bovins français ». Les animations pour enfants ne manquent pas afin de rendre cette visite aussi ludique et agréable que possible, avec trois parcours aventure en famille où vous devrez retrouver un trésor caché, répondre à des énigmes et jouer à des jeux. Le sentier du bocage, avec ses 11 tables d'interprétation, permet de découvrir le bovin dans son habitat naturel. La Maison du Charolais met aussi en exergue l'aspect consommation : vous apprendrez la meilleure façon de cuisiner le bœuf en fonction des morceaux sélectionnés. Ne manquez pas cette année l'exposition « Les Couleurs du Charolais-Brionnais » où de jolies photos soulignent ce merveilleux patrimoine à travers l'œil passionné des grands enfants du pays. Après une telle visite, il est possible que votre appétit soit aiguisé, alors un passage par le restaurant La Table s'impose ! Un dernier tour à la boutique pour ne pas oublier un souvenir ou quelques terrines à offrir afin de susciter d'autres envies de venir visiter les lieux.

ABBAYE DE CLUNY ★★★

Place du 11-Août-1944
CLUNY
✆ 03 85 59 15 93
www.cluny-abbaye.fr
Horaires sur le site Internet. Gratuit jusqu'à 25 ans (ressortissants européens). Adulte : 8 €.

La célèbre Abbaye classée patrimoine Européen, est le berceau de l'ordre clunisien, qui a affirmé sa suprématie dans le monde monastique de l'Europe médiévale. Impossible de venir jusqu'à Cluny sans prendre le temps de visiter ce lieu incroyable. L'ordre s'incarna dans ses illustres abbés tels Pierre le Vénérable, abbé de Cluny de 1122 à 1156, ou Hugues de Semur, abbé de 1049 à 1109, qui fit ériger la troisième église abbatiale (Cluny III), consacrée en 1130 et plus grand édifice de la Chrétienté – 187 m de long – avant la construction de Saint-Pierre de Rome. Aujourd'hui, peu de choses subsistent de la puissance d'autrefois hélas. Cluny fut utilisée comme carrière de pierre, avant d'être progressivement démantelée jusqu'en 1823. L'endroit respire encore néanmoins la grandeur des Clunisiens qui, malgré leur vœu de pauvreté avaient pris goût à l'opulence, jusqu'au déclin de Cluny à la fin du Moyen Age. On peut aujourd'hui admirer une partie du bras sud du transept, qui donne une idée du gigantisme de l'église abbatiale, deux palais abbatiaux du XVe siècle ainsi que des bâtiments conventuels construits au XVIIIe siècle. Dans le musée Ochier sont conservés des vestiges et maquettes de l'ancien monastère et du bourg médiéval. Les visites guidées, les reconstitutions en 3D et les maquettes qui ponctuent la visite aident l'imaginaire à se faire une idée de ce qu'était le caractère grandiose de l'édifice. Sachez que le billet de la visite de l'Abbaye inclue aussi la visite du musée d'art et d'archéologie.

CHÂTEAU DE COUCHES

Château de Couches
COUCHES
✆ 03 85 45 57 99
www.chateaudecouches.com
Fermé de janvier à mars. Ouvert le week-end. Visite libre 6 €.

Le château de Couches, dit de Marguerite de Bourgogne, est inscrit au titre des monuments historiques. Juché sur son piton rocheux au milieu du vignoble des côtes du Couchois, ce château fort médiéval date du XIe siècle et fut édifié par les seigneurs de Couches. Admirez la façade du logis et son toit en tuiles vernissées, sa tour maîtresse et ses souterrains, son donjon de justice adossé à la splendide chapelle du XVe siècle, ses jardins topiaires, son parc et son caveau. Œnotourisme, ateliers pour les enfants et repas au Blason de Vair complètent l'offre.

CENTRE EDEN ★

126, rue de l'Eglise
CUISERY
✆ 03 85 27 08 00
www.centre-eden71.fr
Ouvert des vacances de Pâques à la Toussaint.
Tarifs : 5 €/adulte, 2 €/enfant (6-18 ans).

Éducation, Découverte et Nature : voici les trois pôles qui ont de surcroît offert leurs initiales au projet. Ce musée très pédagogique se décline en 5 salles : l'eau, l'air, la terre, les indices et la salle de la maquette. Nos sens sont en éveil, et l'on prend contact avec les multiples écosystèmes qui façonnent les paysages de Bourgogne et lois de la nature. En été, des activités diurnes et nocturnes encadrées par des animateurs scientifiques sont organisées : parents et enfants découvrent la biodiversité de ce pays mais aussi son ciel étoilé.

BATEAU PROMENADE « VILLE DE DIGOIN »

Rue du Campionnet - **DIGOIN** ✆ 03 85 53 76 78
www.croisiere-digoin.fr
Ouvert de mars à octobre.
Tarifs complets en ligne pour les croisières-promenades et les croisières-repas.

Au départ du port de plaisance, le bateau *Le Ville de Digoin* vous emmènera au fil de l'eau pour des croisières plus ou moins longues selon la formule choisie. De la promenade pour découvrir la campagne et vivre le passage des écluses, ou sous forme de dîners-croisières, à deux, en famille ou en groupe, pour une occasion spéciale ou le temps d'une évasion, chacun découvrira l'aventure des éclusiers, l'histoire des transports fluviaux ainsi que la faune et la flore de cette région.

LAB 71

2, chemin du Molard - **DOMPIERRE-LES-ORMES**
✆ 03 85 50 37 10 - www.lab71.fr
Ouvert des vacances de printemps à la fin des vacances de novembre.
Tarifs : 5 €/adultes, réduit 4 €.

Le Lab 71 est dédié à l'apprentissage des sciences et du développement durable, centré autour du concept « sciences, innovation et cultures » à destination des jeunes. Expositions et ateliers interactifs permettent au public d'explorer le monde des sciences, de l'innovation et des cultures. On découvre, sur 800 m², le showroom scientifique *Effervé Sciences* composé d'expositions interactives sur les thématiques de la police scientifique, des illusions d'optique, du mouvement et du son. Parcours numériques de découverte et expositions à destination des familles.

ACROGIVRY

D 104 Route de Granges
GIVRY
✆ 06 80 00 35 45
www.acrogivry.com
Ouvert d'avril à octobre. Tarif de 16 à 22 €.

Situé dans la forêt communale de Givry et accessible par la voie verte, Acrogivry est l'endroit idéal pour tenter « l'aventure en forêt » en famille sur 6 ha de chênes centenaires. C'est l'un des plus grands parcs aventure de France. Chacun trouvera son bonheur, selon que l'on veuille vivre la « petite ou grande aventure ». Les parcours proposent des difficultés croissantes, allant du débutant au sportif, avec 320 jeux aériens, à 20 m du sol sur 6 km de piste, 46 tyroliennes. Relevez le défi en famille ou entre amis ! Attention, il est impératif de réserver.

PARC DES COMBES

Rue des Pyrénées - **LE CREUSOT**
✆ 03 85 55 26 23
www.parcdescombes.com
Accès gratuit, seules les activités sont payantes.
Formule Pass Partout à partir de 23,50 €.
Ticket à l'unité 4,50 €.

Le parc touristique des Combes est avant tout un grand parc en pleine nature accessible à tous gratuitement. Ici, seules les attractions sont payantes. Pour en profiter, il n'y a pas de limite d'âge pour profiter des attractions : seule la taille est prise en compte. Ce parc unique en France comporte 19 attractions en plein air, dont la nouveauté 2021 l'Odysseus, et un petit train touristique qui fait le tour du magnifique domaine. Ça monte, ça descend, ça tourne, ça glisse, en bref on s'amuse. Une journée de rêve et dépaysante pour les familles !

AQUABRESSE

205, chemin de Redy - **LOUHANS**
✆ 03 85 60 09 90
www.aquabresse.fr
Jours et horaires variables en fonction des saisons. Adulte 4,50 €. Enfant 3 €. Activités 9 €.

Le centre aquatique AquaBresse est un bel équipement d'une surface de plus de 2 000 m² en plein cœur de la cité bressanne, pour les nageurs amateurs et confirmés comme pour les familles. Pataugeoire, bassin ludique, espaces massage pour barboter et se détendre, et enfin un espace sportif pour nager. Les plus petits pourront profiter des équipements en exclusivité le samedi, qui se transformeront durant ce créneau en jardin aquatique avec tous les accessoires pour patauger en sécurité et en liberté. Détente garantie dans ce bel espace spacieux et lumineux.

L'ATELIER D'UN JOURNAL - MUSÉE DE L'IMPRIMERIE ★

29, rue des Dodanes - **LOUHANS** ✆ 03 85 76 03 41
www.louhans-chateaurenaud.fr
Fermé en janvier et février. Ouvert lundi, mercredi, jeudi, vendredi, samedi de 14h à 18h. Adultes 3,50 €. Enfant 1 €.

L'Atelier du Journal-musée de l'imprimerie constitue un outil pédagogique pour découvrir les méthodes d'imprimerie des décennies précédentes grâce à la présence de machines conservées en très bon état. On y découvre les linotypes, rotatives, presses, toujours en fonctionnement. C'est aujourd'hui l'unique exemple français de conservation d'un atelier de presse complet avec fabrication au plomb. Dans le cadre d'Aventure Mômes, des ateliers proposent de devenir un imprimeur en herbe !

BIBRACTE ★★★★

Mont-Beuvray - **SAINT-LÉGER-SOUS-BEUVRAY**
✆ 03 85 86 52 35
www.bibracte.fr
Site archéologique et naturel : en accès libre toute l'année (en juillet et août, navettes de bus gratuites).

Site archéologique, musée de la Civilisation celtique et centre de recherche, Bibracte est tout cela à la fois. Site national depuis 1985, niché dans l'écrin du superbe Parc naturel régional du Morvan, il présente un intérêt exceptionnel pour la redécouverte de la richesse de la civilisation celtique aux IIe et Ier siècles av. J.-C. Pendant les vacances scolaires, une visite du musée « spéciale famille » est proposée tous les mercredis à 11h. « Bibracte en tribu » propose une visite avec un guide rien que pour votre famille pendant 1h30 de visite.

E-TROTT BOURGOGNE

182, route de la Vallée
MELLECEY
✆ 06 08 99 89 26
www.etrott71.fr
Prestations à partir de 30 € pour 2h. A partir de 12 ans.

Voici un concept dans l'air du temps, qui renouvelle la façon de se déplacer, et donc de faire connaissance avec le paysage bourguignon. C'est en trottinette électrique munie d'un GPS que vous irez par monts et par vaux, à la découverte de la Côte Chalonnaise. Au départ de Mellecey, plusieurs parcours s'offrent à vous, entre découverte du patrimoine, balade oenotouristique et dégustation du terroir. Si cette pratique reste simple, elle est toutefois réservée aux adultes et aux enfants de plus de 12 ans. Des balades qui seront riche en sensations !

LA ROCHE DE SOLUTRÉ ★★

SOLUTRÉ-POUILLY
http://rochedesolutre.com/
Accès libre toute l'année.

Cet impressionnant escarpement calcaire constitué des Roches de Solutré-Pouilly, Vergisson et du Mont Pouilly, classé « Grand Site de France », est occupé par l'homme depuis la Préhistoire, et son paysage a été façonné par l'implantation des villages et de l'agriculture, participant aujourd'hui à la magie des lieux. Mais c'est avant tout un site archéologique majeur, rendu célèbre par ses « feuilles de laurier », donnant le nom de « Solutréen » à la culture datant de 20 000 à 16 000 avant J.-C. Protégé et aménagé, le site offre de multiples possibilités de balades.

TOUROPARC.ZOO ★★

400, rue du Parc - **ROMANÈCHE-THORINS**
✆ 03 85 35 51 53
www.touroparc.com
Haute saison tous les jours de 9h30 à 19h. Basse saison de 10h à 17h. Adulte : 24 €. Enfant de 3 à 2 ans : 20,50 €.

Touroparc Zoo vous invite dans le plus beau des voyages, au milieu de 700 animaux visibles dans les meilleures conditions. Avec un peu de patience, et de bonnes chaussures pour arpenter les 12 hectares de nature, vous pourrez surprendre les éléphants prenant un bain, les lions perchés sur leur rocher, les hippopotames nager paisiblement, un bébé maki catta dans les bras de sa mère, un panda roux faisant la sieste dans un arbre ou encore apercevoir l'impressionnant Dragon de Komodo. Des attractions douces, conçues pour les familles, sont en accès libre.

DIVERTI PARC

Route de Gueugnon - **TOULON-SUR-ARROUX**
✆ 03 85 79 59 08
www.divertiparc.com
Ouvert d'avril à octobre. Tarif individuel à 15 €. Tarifs complets en ligne (parc et hébergements insolites).

Un parc de loisirs 100 % nature et verdure ! Sur 12 hectares, et en famille, on retrouve des jeux de piste, un jardin botanique, des labyrinthes végétaux, ou encore des jeux surdimensionnés en bois, et en cette année 2021 l'Escapade sensorielle de la Salamandre, balade ludique en famille. Avec Diverti'Parc, c'est aussi l'occasion d'en apprendre plus sur la biodiversité, et de rencontrer 25 races de vache sur les 39 répertoriées en France. L'autre particularité de ce parc, ce sont les hébergements 100 % insolites. De quoi passer des vacances inoubliables !

NEOCENTER

5, route de Montbeliard
ANDELNANS
www.neo-center.fr
Ouvert tous les jours sauf le lundi hors vacances scolaires. A partir de 4,50 €.

Neocenter est le lieu à fréquenter en tout temps ! En été quand les températures sont insoutenables, et en hiver quand les frimas sont trop intenses ! Un espace dédié au bowling et au lasergame ; autant dire que les adolescents adorent cet endroit ! Et les parents aussi ! C'est d'ailleurs l'occasion de parties endiablées entre « petits et grands » ! Une ambiance futuriste qui plaira à tous et des offres « laser à gogo » pour jouer en illimité ! Un lieu très sympa où vos enfants pourront aussi fêter leur anniversaire (plusieurs formules selon les âges).

CHOCOLATERIE BARB TERRIER

15, rue Dreyfus-Schmidt
BELFORT
✆ 03 84 22 06 03
Fermé lundi et dimanche.

De cette belle maison fondée en 1974 émanent des produits maison qui ont du goût et se déclinent souvent à travers des créations originales inspirées notamment par l'actualité ou encore par le patrimoine local : 36 sortes de chocolats maison pour satisfaire les amateurs de chocolat, ainsi que des spécialités belfortaines telles le Chocolion, les Facettes du territoire, les Vues de Belfort et les Douceurs du château. Des idées de souvenirs uniques et comestibles !

L'ILE AUX LAMAS

50, rue Principale
ANGEOT
✆ 06 73 33 94 29
Entrée : 4 €. Uniquement sur rendez-vous par SMS. Boutique. Animations.

L'élevage compte actuellement un troupeau d'une dizaine de bêtes, dont un mâle reproducteur. Tous nos animaux sont d'origine chilienne et argentine, berceaux des lignées les plus pures. Ils sont réputés pour leur gentillesse, leurs couleurs variées et la qualité de leur laine. Ils effectuent le travail de tissage depuis la toison brute jusqu'à l'article fini, de façon artisanale. Ils proposent des ateliers de filage, tissage et feutrage de la laine de lama. Promenades avec des lamas et/ou des ânes à l'heure, journée, week-end. Vente des produits issus de toisons.

LA CITADELLE ★★★

Le Château - **BELFORT**
✆ 03 84 22 84 22
www.citadelle.com
Ouvert toute l'année.
Adulte : 10,90 € (8,80 € en basse saison).
Enfant : 5,10 € et 8,80 €. Pass famille 33 €.

La citadelle de la liberté, fondée par Vauban sur un ancien château médiéval et inscrite au Patrimoine Mondial de l'Unesco, est un lieu de promenade surprenant et majestueux où souffle le vent de l'histoire. Surplombant la vieille ville de Besançon, le parcours extérieur de la citadelle emmène petits et grands de fossés en bastions et ce sur plus de 11 hectares. Pour les plus jeunes, un audio-guide spécial en forme de quiz, ludique et pédagogique, rend la promenade d'autant plus passionnante. Une visite qui émerveillera petits et grands.

BAVILLIERS AVENTURES

BAVILLIERS
✆ 03 84 57 38 78
www.bavilliers.fr/bavilliers-aventures
Ouvert d'avril à novembre. Adulte : 12 €.
Enfant : 9 €. Famille (4 personnes) : 34 €.

À l'orée de Belfort et de la voie verte, du château d'eau démarre l'ensemble des parcours et ateliers d'un grand parc mariant les pratiques d'escalade, de cheminement, de grimpe dans les arbres. Sur les murs du château d'eau ou à la cime des arbres, vous pourrez découvrir des moments riches en sensations et ceci en toute sécurité. L'encadrement est assuré par une équipe composée de moniteurs d'escalade diplômés. 6 parcours pur tous les niveaux. Le plein de sensations et de fun pour toute la famille, casque, baudrier, longe et mousquetons à la clé.

LA CLÉ DU BASTION

Rue des Bons Enfants
BELFORT
www.lacledubastion.com
Tarifs : 24 €/pers (3 participants minimum) - Enfant de 6 à 10 ans, 6 €.

Offrez-vous un moment unique, celui de jouer dans le premier escape game français en Monument Historique ! Suivez Victoria, votre guide, dans la Tour 27, dans les fortifications de la vielle ville. Cette tour bastionnée sera le lieu de vos enquêtes : en franchissant la porte, vous entrez dans l'histoire, et vous êtes alors plongé dans une atmosphère énigmatique délimitée par une seule pièce, celle du Bureau de Vauban, l'Atelier du fameux Bartholdi ou bien encore 1916 ! En moins de 60 minutes, percez secrets et mystères et relevez le défi ! On adore !

LA COULÉE VERTE

BELFORT

Ouvert toute l'année. Gratuit. 13 km entre Essert et Châtenois-les-Forges

La piste cyclable de la coulée verte longe le canal de la Haute-Saône. Dans le Territoire de Belfort, elle s'étend sur 13 km entre Essert et Châtenois-les-Forges. Située sur les berges du canal, la Coulée Verte est l'une des plus agréables promenades du Territoire de Belfort où se croisent promeneurs, cyclistes, cavaliers ou coureurs à pied. Créé au milieu des années 90, le revêtement de la Coulée Verte a été réaménagé en 2008. Le circuit reliant la cité du Lion à Montbéliard est utilisé pour les trajets domicile/travail autant que pour les loisirs.

FESTIVAL INTERNATIONAL MUSIQUE UNIVERSITAIRE

BELFORT

✆ 03 84 54 25 81

www.fimu.com

Gratuit. En juin.

Chaque année depuis 34 ans, Belfort et les étudiants de l'aire urbaine organisent le Festival International de Musique Universitaire. Le centre-ville, ponctué de scènes intérieures et extérieures, se transforme alors en une immense fête pendant trois jours ! Le FIMU concentre les prouesses de musiciens et choristes universitaires venus des quatre coins du monde. Un public familial, mélomane ou tout simplement curieux, apprécie la convivialité d'un programme éclectique.

LE LION DE BARTHOLDI ★

Allée du Souvenir Français - **BELFORT**

✆ 03 84 55 90 90

www.belfort-tourisme.com

Accès terrasse du lion, tous les jours (sauf 1er janv, 1er nov, 25 déc) de 10h à 12h30 et de 14h à 18h : 1 €. Boutique.

Avec ses 22 m de long et 11 m de haut, c'est la plus grande statue en pierre de France. Le lion de Belfort est le symbole de la ville, symbole de force et de résistance et d'où Belfort tient son surnom de Cité du Lion. Réalisé en position dominante par Bartholdi, entre 1875 et 1880, pour rappeler que les Belfortins ont été les seuls Français, avec les habitants de Bitche en Moselle, à contenir la puissance prussienne. Le Lion est situé au pied du château dans un ensemble de fortifications Vauban. Dans la boutique du Lion, souvenirs à l'effigie du lion !

MUSÉE D'ART MODERNE-DONATION MAURICE JARDOT ★

8, rue de Mulhouse - **BELFORT**

✆ 03 84 54 27 57

musees.belfort.fr/accueil-991.html

Ouvert toute l'année. Adulte 7 € et 10 €, enfant 5 € et 7 €.

Ce Musée d'art moderne réunit une centaine de peintures, sculptures et dessins du XXe siècle. Cet ensemble a été offert à la Ville par Maurice Jardot, natif de Belfort et collaborateur du marchand d'art Daniel-Henry Kahnweiler. Bénéficiant d'un cadre très agréable, le musée abrite des œuvres cubistes et surréalistes, en particulier de Picasso, Léger, Braque, Gris, Laurens ou Masson. Conférences et concerts à l'année. Un musée idéal pour initier les plus jeunes à l'art moderne.

SENTIER DE LA ROSELIÈRE DE L'ÉTANG DES FORGES

Etang des Forges

BELFORT

✆ 03 84 21 44 01

Accès libre et gratuit toute l'année.

Le sentier de la Roselière est un musée vivant de la faune et la flore en milieu humide. A la pointe Nord, une tour de guet a été aménagée pour permettre l'observation des oiseaux, nombreux lors des migrations. Sur 4 km, des panneaux explicatifs présentent les biotopes pour mieux appréhender l'environnement. Si la baignade est interdite, l'étang est toutefois doté d'un centre nautique permettant la pratique de sports nautiques en saison, ainsi que le tir à l'arc, l'escalade ou le vtt.

FERME EQUESTRE DE LA FORGE

13, rue de Lamadeleine

ETUEFFONT

✆ 06 84 83 53 56

Toute l'année sur réservation.
Demi-journée : 30 €. Journée : 50 €.

Une autre manière d'appréhender les animaux en faisant plaisir à vos enfants avec une sortie insolite. Partez en promenade en autonomie complète, de trente minutes à une heure sur un itinéraire balisé, avec des ânes, excellents compagnons de randonnée appréciant les câlins et les marques de tendresse. Chaussez-vous en conséquence pour marcher à côté de l'âne, les casques sont fournis. Partez le temps d'un week-end avec des ânes bâtés, ils porteront votre pique-nique et vos affaires.

LES EUROCKÉENNES DE BELFORT

EVETTE-SALBERT

www.eurockeennes.fr

En juillet. Des navettes TER desservent le site depuis le centre-ville, pendant toute la durée des concerts.

Événement incontournable à Belfort ! Sur la presqu'île du site naturel du Malsaucy, plus de 90 000 festivaliers (dont 15 000 campeurs !) se rassemblent chaque premier week-end de juillet. Ils viennent fêter l'été et célébrer en plein air, sur plusieurs scènes, grandes stars et jolies découvertes. Lancées en 1989, les Eurockéennes sont aujourd'hui parmi les plus importants festivals de musique en France et s'ouvrent à de multiples styles : rock, reggae, world, électro, métal, pop, folk.

FORT DE GIROMAGNY OU FORT DORSNER

GIROMAGNY

✆ 06 72 56 42 70

www.giromagny.fr

Visite libre mercredis/dimanches de juillet, août et jusqu'au 15 septembre de 14h à 18h. Adulte : 5 €. Enfant : 4 €.

C'est l'un des plus étonnants ouvrages militaires de la région. Relativement bien préservé et bien restauré, il offre un aperçu très complet des choix défensifs opérés à la fin du XIXe siècle et constitue l'un des maillons du système conçu par l'architecte Séré de Rivières qui, après la défaite de 1870, mit en place un réseau serré de défense. Précurseur de la ligne Maginot, ce système de défense était destiné à contenir et repousser les attaques venues du nord et de l'est de l'Europe. Stratégiquement placé pour contrôler la fameuse trouée de Belfort dont la perspective s'étend jusqu'en Alsace, le fort Dorsner domine la vallée de la Savoureuse qui arrose Giromagny et constitue l'extrémité sud du rideau défensif de la Haute-Moselle reliant les camps retranchés de Belfort et d'Épinal. Il fut construit entre 1875 et 1879 en grès rose des Vosges à l'instar du château, de la cathédrale et du Lion de Belfort. Puissamment renforcé, il comptait 47 bouches à feu et pouvait abriter 650 hommes. Sur le principe en vigueur dans les constructions de ce type, il comporte des casemates, des caponnières pour poster les canons et un couloir voûté permettant de rejoindre à l'abri du feu les différentes parties. La cour centrale cernée des hautes murailles du fort dessert les chambres et les casemates. En 1940, ses tourelles cuirassées - les deux premières installées en France et les seules de la place de Belfort - ne tirèrent que quelques obus avant la défaite.

CANI-RANDO

Chemin de la Goutte des Forges

LEPUIX

✆ 03 84 29 31 41

Adulte à partir de 25 €, enfant 20 €. Activité dès 6 ans.

Vous craquerez forcément pour un de ces chiens dans cet élevage d'Altdeutsche Schaferhunde (Berger Allemand Ancien), et de Chien-loup-tchécoslovaque. Vos hôtes proposent à la demi-journée la visite de l'élevage et abordent l'organisation de la meute, la façon d'aborder les chiens pour éviter les morsures et les bons gestes à avoir. La visite est suivie d'une balade avec les chiens, la cani-rando, qui vous tractent avec leur harnais pour découvrir le Parc Naturel du Ballon des Vosges. Dès 6 ans, ces balades s'adaptent à votre rythme. Comptez 1h à 2h30.

STATION DESTINATION BALLON D'ALSACE

Route du Ballon d'Alsace - **LEPUIX**

✆ 03 84 56 75 28

www.ballondalsace.fr

Labellisé Nordic France. Ouvert de mi-décembre à mi-mars selon météo et enneigement.

L'ensemble des pistes du Ballon d'Alsace, à 30 min au nord de Belfort, propose aux skieurs un seul pass pour toutes les activités. Depuis la piste pour débutant des Gentianes au mur de la noire du Grand Langen, le Ballon s'est adapté au fil du temps et propose dorénavant une alternative enjouée aux virées dans les Alpes. Ski de fond, ski de randonnée et télémark sont praticables. De même des randonnées en raquettes, en traîneau, sans oublier la luge. Programmez votre sortie en famille.

LAC DU MALSAUCY

Le Malsaucy

SERMAMAGNY

✆ 03 84 55 90 90

Accès au lac toute l'année.

Sur 55 ha, le lac du Malsaucy est l'un des plus grands de Franche-Comté et un site naturel doté d'une riche biodiversité. A seulement 6 km de Belfort, le lieu est devenu au fil des ans le rendez-vous nature de toutes les générations. En famille, pour pratiquer les sports nautiques, ou pour une découverte de la flore le long des sentiers balisés, c'est le lieu parfait pour un bon bol d'air. Au bord du lac, la Maison départementale de l'environnement présente la faune et la flore locales. Une attractivité certaine au fil des saisons.

CHÂTEAU D'ANCY-LE-FRANC ★★

18, place Clermont-Tonnerre
ANCY-LE-FRANC
✆ 03 86 75 14 63 - www.chateau-ancy.com
Fermé de mi-décembre à fin janvier.
Juillet-août : 10h–18h (lundi 13h30-18h).
Adulte 13 €. Enfant (de 6 à 15 ans) : 8 €.

Ce château Renaissance est sans nul doute l'un des plus beaux monuments de Bourgogne. Une sorte de Versailles miniature ! Bâti entre 1542 et 1550, le château est établi sur un plan carré avec quatre pavillons d'angle, et était à l'origine entouré de douves défendues par des pont-levis. Vous apprécierez cette balade d'une autre époque, tant pour la richesse des décors que pour l'élégance de son parc de 50 hectares. De nombreuses animations ont lieu toute l'année pour sublimer encore un peu plus ce monument, dont un festival musical et des visites nocturnes.

NEW KIDS PARC 89

Route de Paris - **APPOIGNY**
✆ 03 86 53 09 52
https://new-kids-parc89.fr
Mercredi, week-end, jour férie 10h-19h.
7/7 pendant les vacances. Adulte : 1€.
De 1 à 3 ans : 5 €. +3 ans 9,50 €.

A la sortie d'Appoigny, sur la route de Migennes et de Joigny, se trouve le paradis des enfants. Structures gonflables, bacs à boules, mais aussi mur d'escalade, trampoline, karts à pédales, voitures électriques ou miniquads thermiques. Que demander de plus ? Et l'on peut jouer aussi au ping-pong, au football ou au basket-ball.... Une salle d'anniversaire permet d'inviter copains et copines pour une méga fête ! Et pour les petits creux, le snack propose burgers, bruschettas, paninis, nuggets ou salades. Un endroit bien sympathique pour occuper nos têtes blondes !

GROTTES D'ARCY-SUR-CURE ★★

Bois des grottes - **ARCY-SUR-CURE**
✆ 03 86 81 90 63 - www.grottes-arcy.net
Ouvert de début avril à mi-novembre 10h-18h.
Adulte 9,50 €. Enfant 6,50 €.

À 2 heures de Paris et de Lyon, ne manquez pas les grottes d'Arcy-sur-Cure, village mondialement reconnu comme « haut lieu de la Préhistoire ». La grande grotte d'Arcy offre un témoignage aussi précieux qu'exceptionnel. Stalactites, stalagmites, 2 lacs souterrains : à 35 mètres de profondeur, et sur un parcours de 900 mètres, vous partirez à la découverte de bien des trésors comme des fresques préhistoriques datées de 33 000 ans, les 2e plus anciennes de France, après celles de la grotte Chauvet. Une visite ludique pour tous les membres de la famille !

LES BATEAUX TOURISTIQUES DE L'AUXERROIS

105, rue des Mignottes - **AUXERRE**
✆ 06 30 37 66 17
www.bateauxauxerrois.com
Fermé d'octobre à mi-avril. Ouvert du mardi au dimanche et les jours fériés. Gratuit jusqu'à 4 ans.

De mi-avril à début octobre, à bord de la péniche *L'Hirondelle 2*, pourquoi ne pas découvrir Auxerre et ses environs sous un autre angle ? En croisière découverte ou le temps d'un déjeuner, le moment est propice à la détente et à la contemplation. Pour les petits, une formule goûter est aussi proposée. A noter que l'embarquement et la billetterie se situent sur le Quai de la République (côté centre-ville). Attention, la réservation est obligatoire (par téléphone ou SMS).

GARÇON LA NOTE !

AUXERRE
✆ 03 86 52 06 19
www.garcon-la-note.com
En soirée, du 1er juillet au 31 août, à Auxerre, Dijon, Cosne, Chalon, Nevers, Sens, Tournus et dans la Bresse. Gratuit.

Ce n'est pas une ville, mais toute une région qui s'est lancée dans l'organisation de ce festival dont la naissance s'est faite à Auxerre en 2001. 21 ans plus tard, Dijon, Cosne-Cours-sur-Loire, Chalon-sur-Saône, Nevers, Sens, Tournus et la Bresse bourguignonne ont rejoint la préfecture de l'Yonne dans cette belle aventure. Le concept ? Du 1er juillet au 31 août, les terrasses des cafés et des restaurants s'animent et donnent la chance à des artistes par le biais de concerts gratuits. Pour connaître la programmation, voir le site du festival : garcon-la-note.com

PARC DE L'ARBRE SEC

AUXERRE

Sur les quais de l'Yonne, à quelques dizaines de mètres du pont Paul Bert, se trouve le poumon vert de la ville. Depuis sa création au XIXe siècle, L'Arbre Sec est une institution à Auxerre. Un grand parc paysager situé en bord de rivière et qui abrite 226 arbres de 33 essences, des aires de jeux pour les enfants et des coins ombragés très appréciables en été. De plus, en le traversant vous rejoindrez un joli chemin de halage, mais aussi la piscine municipale et le stade de l'Abbé Deschamps. L'été, c'est aussi là que se tient le festival musical Catalpa.

MUSÉE - ABBAYE SAINT-GERMAIN ✝ ★★

2 bis, place Saint-Germain - **AUXERRE**
✆ 03 86 18 02 98
www.auxerre.fr
Du 1er juillet au 31 août : 10h-12h30/13h30-18h, 7 jours sur 7. Le reste de l'année, le Musée est fermé le mardi.

Avec la Cathédrale Saint-Etienne, voilà l'autre joyau du patrimoine auxerrois. Une merveille architecturale dont l'origine remonte au Ve siècle, quand la dépouille de l'évêque saint Germain (mort à Ravenne en 448) fut ramenée dans son diocèse d'Auxerre. La légende raconte qu'à son passage, la nature se réveillait et que tout refleurissait. Au VIe siècle, la reine Clotilde (l'épouse de Clovis) fit alors bâtir une basilique sur l'oratoire où le saint avait été inhumé. Agrandie au IXe siècle, l'ancienne abbaye carolingienne et romane fut en partie reconstruite du XIIIe au XVe siècle. Lors de votre visite, ne repartez surtout pas sans être passé d'abord par la crypte : édifiée à partir de 841, cette église souterraine (qui accueillait le tombeau de saint Germain) abrite les plus anciennes peintures murales carolingiennes de France.

Quant au musée d'art et d'histoire implanté dans l'abbaye, il est lui aussi absolument incontournable. Il présente sur trois niveaux d'exceptionnels témoignages sur le passé de la ville et de la région, de la période préhistorique jusqu'à la fin du Moyen Age. Enfin, la sacristie est consacrée au fameux évêque et centrée sur l'exposition d'une pièce majeure : le « suaire » du saint, exceptionnel tissu byzantin de l'An mil. Pas de doute : passer par Auxerre sans faire un arrêt à l'abbaye Saint-Germain serait une erreur ! D'autant plus qu'elle reçoit très régulièrement (et de plus en plus souvent) concerts, festivals et salons culturels.

FESTIVALLON

AVALLON
www.festivallon.fr
De juillet à la fin octobre dans les bars, restaurants et autres lieux d'Avallon et de l'Avallonnais.

Bientôt 25 ans qu'Avallon et l'Avallonnais proposent Festivallon, l'un des festivals les plus longs de France puisque se déroulant de juillet à octobre. Plus de 35 concerts gratuits sur les terrasses des cafés et dans divers lieux de la ville et des alentours. Une seule exigence de la part des organisateurs : que chacun des artistes participants dispose dans son répertoire d'un quota de créations personnelles de plus de 75 %. Les Fatals Picards ont clôturé l'édition 2021 au marché couvert d'Avallon. Attention, l'entrée est libre mais il est préférable de réserver.

UTOPIA LAND

8, Etangs Saint Ange - **BUSSY-EN-OTHE**
✆ 07 63 52 03 20
www.utopia-land.fr
Haute-saison : tous les jours sauf samedi. 10h-19h. Formule Total Access : 18 €. Entrée sans activité : 2,50 €.

A mi-chemin entre Sens et Auxerre, ce nouveau parc d'attraction a ouvert ses portes au cœur du Pays d'Othe à l'été 2021. Depuis, Utopia Land propose, sur un parc de 2,5 ha arboré, des activités et animations pour toutes les générations. Un manège, un jeu de piste (avec différents niveaux de difficulté selon l'âge des participants), un mini-golf, des spectacles, un atelier d'initiation aux arts du cirque... Pas de doute, les familles vont adorer. Les autres aussi d'ailleurs, car les lieux peuvent être privatisés pour des événements.

ALPAGAS BONHEUR

14, route d'Auxerre
CHABLIS
✆ 06 43 23 16 37
Visite sur réservation. Adulte : 8 €. Enfant : 6 €.

Ce petit parc animalier permet de s'immerger dans le monde des alpagas et des lamas et d'assister aux nourrissages dans un espace confortable à l'ombre et au frais, et de pouvoir les approcher et les câliner. Une salle est prévue pour les goûters des enfants. Ne repartez pas sans un petit souvenir, que ce soit de jolis pendentifs ou des bracelets lamas en bois et résine. Il est aussi possible de prolonger la visite en séjournant en lodges, véritables observatoires sur le parc, et donnant l'opportunité d'une balade insolite en se promenant une heure avec un lama.

ONE UP TOUR

40, route d'Auxerre - **CHABLIS** ✆ 06 79 95 51 75
https://oneuptour.com
Haute-saison : tous les jours.
Hors saison : mercredi et dimanche. De 40 € à 70 €. Dégustation possible sur réservation.

Partir à la découverte des paysages du Chablisien, c'est ce que proposent depuis peu le Tonnerrois Patrick Thuvenin et sa compagne Marie-Christine. Mais, attention, pas n'importe comment : en trottinette électrique ! Une expérience qui laisse forcément voir la région de façon différente. Parmi les circuits proposés (entre 1h30 et 2h30), on peut visiter les vignes, aller à la rencontre d'un vigneron, ou même longer le Canal de Bourgogne au départ de Tonnerre. Avec la possibilité, en option, de commander son panier pique-nique, ou même de louer un Go Pro. On adore !

CYCLORAIL DE PUISAYE

7, rue du Tacot
CHARNY ORÉE DE PUISAYE
✆ 06 32 45 63 91
www.cyclorail.com
Sur réservation. Tarif à partir de 9 €.

Envie d'une balade sportive et originale ? Au départ de la gare de Charny, courez louer un vélorail : un engin en acier, des pédaliers, des sièges pour les moins téméraires, et c'est parti pour la découverte de la Puisaye-Forterre ! Plusieurs parcours sont proposés (de 10 à 30 km aller-retour), et 4 durées : 2h, 3h, 5h ou la journée complète. Le tout se passe sur une ancienne voie ferrée où quelques espaces pique-nique ont même été conçus pour votre confort. Mais si vous préférez, vous pourrez vous arrêter pour déjeuner au restaurant, à Saint-Martin-sur-Ouanne.

GROTTE DE CHAMP RETARD

D11 - **COUTARNOUX**
✆ 03 86 33 94 31
www.grottechampretard.com
Ouvert à partir de début avril.
Tarifs et horaires sur le site Internet.

En pleine campagne, dans une ancienne carrière de pierre de Massangis abandonnée depuis plus de 70 ans, ce site propose un parcours aventure à même la roche. Une sorte de compromis entre l'escalade et l'accrobranche ! Bref, on s'amuse en toute sécurité. Toujours à couvert, vous retrouverez les obstacles que l'on connaît sur ce type de parcours : rappel, sauts perpendiculaires ou pont de singe. Du *paintball* et une course d'orientation complètent l'offre des activités. A noter que des hébergements atypiques sont aussi proposés pour les familles et les groupes.

CHÂTEAU DE MAULNES ★

Hameau de Maulnes - **CRUZY-LE-CHÂTEL**
✆ 03 86 72 84 77
www.maulnes.com
Ouvert d'avril à mi-novembre.
Pour les horaires, consulter le site internet.
Adulte 7 €. Enfant (de 8 à 18 ans) 4 €.

Véritable énigme de la Renaissance, le château de Maulnes est une pépite. Ce château pentagonal est unique en son genre : un des deux seuls de ce type en Europe. Au-delà de sa forme, sa visite vous fera découvrir sa beauté, avec une surprise de taille au cœur d'un escalier ouvertement inspiré de celui de Chambord. Situé en pleine forêt du Tonnerrois, il est difficile d'imaginer ici un palais Renaissance. Et pourtant, le Duc d'Uzès et sa compagne Louise Clermont-Tonnerre ont bel et bien choisi ces lieux pour édifier un relais de chasse absolument extraordinaire.

SITE ARCHÉOLOGIQUE GALLO-ROMAIN D'ESCOLIVES ★

9, rue Raymond-Kapps
ESCOLIVES-SAINTE-CAMILLE ✆ 03 86 42 71 89
http://lavillascoliva.org
Fermé de novembre à fin mars.
Visites nocturnes le samedi en juillet-août-septembre. Adulte : 5 €. Enfant : 2,50 €.

Tout près d'Auxerre, la ville gallo-romaine d'Escolives est une pépite archéologique au cœur des vignobles. Situé sur l'ancienne voie romaine d'Agrippa, le site trouve ses origines près de la source du Creusot, laquelle attira l'homme depuis le Néolithique. Les périodes se sont succédé, en témoignent les ruines d'une villa et de thermes gallo-romains ainsi qu'un cimetière d'époque mérovingienne. Une visite passionnante à s'offrir en famille, dans un cadre absolument magnifique.

OPEN KAYAK SARL

16, bis rue haute pêcherie - **JOIGNY**
✆ 33783748305
www.openkayaksarl.com
Du 1er avril au 15 octobre : du mardi au dimanche : 8h-22h. Tarif : à partir de 10 €/personne. (+ caution).

Face au camping d'Epizy de Joigny, depuis quelques mois un nouveau service est apparu qui ravira les plus sportifs : Open Kayak propose la location de kayaks et de paddles pour des balades le long de l'Yonne, notamment les parcours Epizy-Villecien ou Epizy-Cezy (2 heures ou 2 heures 30). Pour connaître les règles impératives de sécurité avant d'embarquer, n'hésitez pas à consulter la page internet de l'entreprise. Une entreprise qui propose aussi des locations de vélos à la demi-journée. Bref, les visiteurs du camping ne pourront qu'apprécier !

RÉSERVE NATURELLE DU BOIS DU PARC

MAILLY-LE-CHÂTEAU
www.cen-bourgogne.fr
Ouvert toute l'année. Gratuit.

La réserve naturelle du Bois du Parc s'étend sur 45 ha. Son intérêt majeur provient de ses falaises encaissées dans un important massif corallien d'âge jurassique : c'est l'un des plus beaux affleurements de coraux fossiles en France. La diversité des milieux naturels entraîne la présence d'une faune riche, tels la fauvette à tête noire, ou le faucon crécerelle dans les falaises. Un sentier de découverte permet de se familiariser avec ces milieux naturels si spécifiques.

KARTING MONETEAU

2, avenue de l'Europe - **MONÉTEAU**
✆ 06 24 88 48 96
www.auxerre-karting.fr
Mercredi 14h-20h. Vendredi 21h-0h. Samedi 15h-2h. Dimanche 15h-20h. Adulte à partir de 9 €, enfant à partir de 7 €.

Et si on pouvait se faire plaisir sans polluer ? Grâce à ces kart électriques, on vit enfin des sensations fortes sans faire bobo à l'atmosphère. Les fanas de mécanique seront ravis d'apprendre que les moteurs de ces petits bijoux sont plus puissants que les moteurs essence, et les enfants adoreront les plaisirs de la course. Quant aux parents, ils seront rassurés de pouvoir arrêter les montures de leurs petites têtes blondes grâce à de simples télécommandes. Pas de doute, le Kart Indoor est une activité à partager entre amis, entre collègues ou en famille !

MUSÉE DU MOULE À CHOCOLAT

75, rue du Milieu - **MONTHOLON** ✆ 03 86 73 32 51
www.musee-moule-chocolat.com
Juillet-août : tous les jours 14h30-18h. Le reste de l'année sur réservation. Adulte : 3 €. Enfant : 1,50 €.

Dans ce petit village du Pays Aillantais se trouve un étonnant musée qui se consacre… aux moules à chocolat ! En 2014, la chocolatière Sylvie Langlet (qui, pendant 38 ans, a exercé sur l'île Saint-Louis, à Paris) a décidé de présenter dans cet ancien corps de ferme (et dans une seule salle) sa collection de 400 moules, tous fabriqués entre 1850 et 1950 : des animaux, des outils, des moyens de transports… et autant d'œuvres d'art ! Une vraie curiosité. On adore !

FESTIVAL PYROMÉLODIQUE DE ROGNY-LES-SEPT-ECLUSES

ROGNY-LES-SEPT-ECLUSES
✆ 06 71 55 94 54
www.feudartificerogny.com
Le 30 juillet 2022. Place en pelouse 15 €, places en tribunes à partir de 27 €.

54e édition du festival Pyromélodique de Rogny-Les-Sept-Ecluses, dont la thématique change tous les ans. Chaque été, ce lieu magique offre un formidable spectacle pyrotechnique avec une mise en scène faite du maître artificier David Proteau, assisté de l'équipe Ruggieri. Les festivités débutent à 18h pour les enfants avec des animations, s'ensuit un concert et à 22h, c'est l'embrasement tant attendu du site des anciennes écluses. Une féerie de lumière et de musique à ne pas louper.

FERME DU CHÂTEAU DE SAINT-FARGEAU

Allée des Platanes - **SAINT-FARGEAU**
✆ 03 86 74 03 76
www.ferme-du-chateau.com
Haute saison ouvert tous les jours de 10h à 19h. Adulte : 8 €. Enfant de 4 à 15 ans : 6 €.

On observe poussins, biquettes, ânes et chèvres angora tout en profitant des nombreuses animations comme déguster un petit morceau de pain sorti tout droit du four, donner le biberon aux veaux et aux chevreaux, goûter le lait de chèvre encore chaud. On peut apprendre à atteler un cheval de trait et découvrir le métier de forgeron, voir la reconstitution de la maison du fermier, version années 1950 et faire des balades à poney après le pansage. Aire de pique-nique.

SON ET LUMIÈRE DU CHÂTEAU DE SAINT-FARGEAU

Château de Saint-Fargeau
SAINT-FARGEAU
www.chateau-de-st-fargeau.com
Tous les vendredis et samedis du 9 juillet au 20 août 2022. Adulte 18 €, enfant de 6 à 15 ans 11 €.

De mi-juillet à fin août, ne manquez pas ce Son et Lumière, parmi les plus beaux de France ! Depuis 40 ans, il réunit 600 acteurs et cavaliers pour un superbe spectacle qui retrace plus de 1000 ans d'histoire. Construit par le fils naturel d'Hugues Capet, le château fut habité par la cousine de Louis XIV avant d'être ravagé par un incendie au XVIIIe siècle. Dans le cadre somptueux du parc du château, ce spectacle historique est véritablement exceptionnel.

AB LOISIRS

Rue Gravier
SAINT-PÈRE
✆ 03 86 33 38 38
www.abloisirs.com
Activités toute l'année. Tarifs complets en ligne.

Base de loisirs de plein air au bord de la Cure, idéale pour découvrir l'Yonne autrement, au contact direct de l'eau, des arbres ou encore de la roche. Une équipe de professionnels, tous diplômés d'État, est là pour vous aiguiller. V.T.T., équitation, rafting, spéléo ou encore escalade, vous allez palper le Morvan du bout des doigts ! D'autres activités encore plus sensationnelles sont également à votre disposition : le mobilboard de Segway, l'ULM et la montgolfière. Parfait pour les enfants, les adolescents et les familles. Accueil très sympa !

MUSÉE COLETTE ★

Château de Saint-Sauveur
SAINT-SAUVEUR-EN-PUISAYE ✆ 03 86 45 61 95
www.musee-colette.com
De juin à fin octobre 10h-18h.
Fermé le mardi et de fin octobre à début avril.
Groupes : sur réservation. Adulte : 7 €.

Installé au sein du château de Saint-Sauveur, ce musée nous immerge dans la vie de la grande Colette. Photos, collections personnelles, reconstitution d'une partie de son appartement du Palais-Royal... Venir ici, c'est un peu comme passer un moment avec l'écrivaine ! On visitera les expositions temporaires. On flânera dans le superbe parc. Non sans oublier de faire une halte dans l'ancienne cuisine qui abrite la boutique et le salon de thé du Musée dont l'ensemble de la carte évoque l'auteure. A noter que des concerts y sont aussi très régulièrement donnés.

BOWLING DE SENS

9, avenue Georges-Pompidou
SENS
✆ 03 86 64 49 81
www.bowlingsens.com
Bowling à partir de 5,50 €. Billard à partir de 10 € de l'heure. Horaires complets en ligne.

Le bowling de Sens, ce sont 1 400 m² pour des moments privilégiés en famille ou entre amis. Bowling certes, mais pas seulement : une salle de billard, une autre consacrée aux jeux vidéo, une aire de jeux pour les enfants... Sans oublier le bar lounge et le snack qui pourront satisfaire vos petites faims. De nombreuses animations y sont aussi organisées. Comme, par exemple, en soirée tous les vendredis et samedis, des soirées salsa, années 80 ou encore afro-latino. Si vous le souhaitez, on peut même organiser là des événements privés !

RALLYES ENFANTS

Place Jean-Jaurès
SENS
✆ 03 86 65 19 49
www.tourisme-sens.com
Toute l'année. Livret découverte 2,80 €.
Pour les enfants de 6 à 11 ans.

Et si la visite de la ville prenait un tout autre sens pour nos bambins ? L'Office de Tourisme propose aux parents et aux enfants de découvrir Sens et le Sénonais de manière originale avec trois livrets rallyes, spécialement conçus pour les enfants : « Sens, dans les pas de Saint-Louis », « Retour à l'Antiquité, sur les traces des gallo-romains », et « Côté jardins, côté nature ». En vente à l'Office de Tourisme, ces livrets très ludiques proposent des anecdotes et des questions auxquelles les enfants devront répondre afin de résoudre l'énigme principale...

CHÂTEAU DE TANLAY ★★

2, Grande-Rue-Basse - **TANLAY** ✆ 03 86 75 70 61
www.chateaudetanlay.fr
D'avril à début novembre. Extérieur : mercredi au lundi, 10h-12h30, 14h-18h. 3 €. Visite Intérieur : voir site internet

Entouré de douves et situé dans un très beau parc, le château se compose de plusieurs bâtiments. Le petit château, de style Louis XIII, date du XVIIe siècle. Le grand, bâti à partir du milieu du XVIe siècle sur un ancien château fort, est une superbe bâtisse Renaissance. Pendant la Ligue, il accueillit fréquemment des chefs protestants. Le château fut la demeure de la famille de l'Amiral de Coligny (qui le fit construire sur les bases d'une ancienne forteresse), et fut achevé par Michel Particelli d'Hemery, surintendant des finances de Mazarin. A la fin du XVIIe siècle, ce magnifique représentant de la Renaissance devint la propriété des marquis de Tanlay, il est resté dans la même famille, et est toujours habité depuis. L'intérieur possède de magnifiques peintures et fresques ainsi qu'un mobilier remarquable. Et pour les plus fleur bleue d'entre vous, vous reconnaîtrez forcément en ces lieux quelques décors de la saga cinématographique « Angélique Marquise des Anges » ! Et pour cause, plusieurs scènes du premier épisode ont été tournées ici, ainsi que de nombreux films et téléfilms.

A noter aussi l'organisation pendant toute la saison de différents événements : de juin à septembre des expositions d'artistes sont proposées, des trails en juillet et en septembre, des concerts et autres soirées théâtrales tout au long de l'été, ainsi que de nombreuses autres manifestations. Enfin, c'est dans l'enceinte de son très beau parc que vous trouverez aussi le très *british* Golf de Tanlay. L'un des plus beaux de la région !

MUSÉE ZERVOS - MAISON ROMAIN-ROLLAND ★

14, rue Saint-Etienne - **VÉZELAY** ✆ 03 86 32 39 26
www.musee-zervos.fr
Ouvert du 15 mars au 15 novembre, du mercredi au lundi 10h-18h. Tous les jours en juillet et août. Adulte : 5 €.

Installé dans la maison où vécut (de 1938 jusqu'à sa mort en 1944) le Prix Nobel de littérature Romain Rolland (né à Clamecy), ce musée d'Art moderne provient du legs Zervos. En 1970, les époux Zervos léguèrent à la commune 800 œuvres et documents, dont la collection des « Cahiers d'art » qu'ils éditèrent à Saint-Germain-des-Prés de 1926 à 1960. C'est-à-dire des œuvres de Matisse, Picasso, Miro, Giacometti, Kandinsky et des mobiles de Calder. Un lieu incontournable à Vézelay !

BASILIQUE SAINTE-MARIE-MADELEINE ✞ ★★★★

Place de la Basilique - **VÉZELAY** ✆ 03 86 33 39 50
www.basiliquedevezelay.org
Ouvert tous les jours de 7h à 20h.
Pas de visite pendant les offices.
Visite guidée (voir le site Internet).

Sur ce site classé au Patrimoine mondial de l'Unesco, des siècles vous contemplent, et même une grande partie de l'Histoire de France ! A l'origine, c'est dans la commune voisine de Saint-Père-sous-Vézelay qu'un couvent est fondé, au IXe siècle. Des moines viennent vite remplacer les religieuses, mais le nouveau monastère est détruit lors des invasions normandes. Pour remplacer l'édifice, la colline de Vézelay (dont la position semble beaucoup moins vulnérable) est alors choisie : une nouvelle abbaye s'y érige qui, deux siècles plus tard, prend le nom de sainte Marie-Madeleine (en hommage à la pécheresse dont le monastère conserve alors les supposées reliques). Dès lors, la réputation de Vézelay ne cesse de grandir. Puissants, religieux et pèlerins y défilent… En 1146, en présence de Louis VII saint Bernard de Clairvaux y prêche la deuxième croisade. Avant de partir pour la troisième croisade, le roi de France Philippe Auguste et celui d'Angleterre Richard Cœur de Lion s'y retrouvent. Plus tard, saint François d'Assise décide d'y fonder la première mission de ses frères mineurs, et Saint Louis s'y rend en pèlerinage à quatre reprises. Ville étape sur le chemin de Saint-Jacques-de-Compostelle, Vézelay est si incontournable qu'elle est le lieu de ralliement des pèlerins venus de toute l'Europe du Nord. L'église carolingienne doit alors être agrandie tant elle attire les foules. Jusqu'au destin qui, une nouvelle fois, s'acharne…

Un incendie détruit entièrement la nef, qui est reconstruite au début du XIIIe siècle. Hélas, peu de temps après, saint Maximin en Provence annonce la découverte des « vraies » reliques de sainte Marie-Madeleine, alors la basilique perd soudainement tout son prestige. On la boude, on la déserte. Pillée et ravagée par les protestants en 1569, elle n'échappe pas non plus aux fureurs de la Révolution, quand elle est en partie rasée.

C'est à Prosper Mérimée - auteur du roman *Carmen*, mais surtout inspecteur des Monuments historiques de 1834 à 1860 - que le bâtiment sur le point de s'écrouler doit sa splendide renaissance. Grâce à lui, en 1840, l'ancienne abbaye devenue basilique passe par le génie de l'architecte Eugène Viollet-le-Duc qui se charge de sa restauration et reconstruit, entre autres, sa façade. Une façade que de récents travaux de rénovation ont rendue encore plus majestueuse ! A ne pas manquer non plus, le magnifique narthex roman du début du XIIe siècle, avec son tympan richement sculpté. Surtout, si vous passez par ici lors des solstices d'été ou d'hiver, n'hésitez pas à entrer au cœur du monument. Il a été conçu de telle sorte que, ces jours-là, la lumière s'y fait aussi précise que spectaculaire. Le soleil y brille à la façon d'un projecteur de théâtre en un phénomène absolument unique au monde ! Des visites guidées sont d'ailleurs organisées pour l'occasion (s'adresser à La Maison du visiteur).

Enfin, lors de votre venue, pensez aussi à faire un tour dans les jardins, tout à côté. Là, vous flânerez jusqu'à découvrir une vue époustouflante sur la colline éternelle dont les couleurs changent au fil des saisons et des heures. Les paysage colorés du Morvan se laisseront alors admirer sous vos yeux ébahis. Sachez d'ailleurs que, comme la basilique, cette colline dite « éternelle » est classée au Patrimoine mondial de l'Humanité. A Vézelay, décidément tout, absolument tout pousse à la découverte. Et à l'émerveillement !

© ИВАН ВАРЮХИН - ISTOCKPHOTO

Basilique Sainte-Marie-Madeleine du Vézelay.

BRETAGNE

C'est, décidément, une région singulière. Péninsule au bout du monde, la Bretagne préserve une culture forte, profondément enracinée, nourrie des apports extérieurs et volontiers partagée avec ses visiteurs. Une région qui a le sens de l'accueil et de la fête, férue de musique et de danse, traditionnelles ou actuelles, comme en témoigne sa foule de festivals. Une région au riche patrimoine de pierre, des mégalithes aux châteaux. Une région baignée par un climat clément, où terre et mer s'unissent pour former des paysages grandioses, sublimes décors pour toutes sortes d'activités au grand air. Source d'émerveillement, son littoral se parcourt tout entier à pied, par le sentier des douaniers, qui révèle un spectacle incroyablement changeant, soumis à la puissance des éléments. Si vous avez choisi la Bretagne pour vos vacances en famille, vous trouverez dans notre guide de belles adresses pour débuter votre séjour breton en beauté.

L'ARMOR À SONS

BOBITAL

www.bobital-festival.fr

Du 1er au 3 juillet 2022. Pass 3 jours 75 €.

Héritier du gigantesque festival des Terre-Neuvas, cet événement à taille humaine, porté par l'association Bowidel, se tient au cœur du petit village de Bobital, au sud-ouest de Dinan. Dans le parc du Louvre, cette manifestation conviviale, qui a rassemblé quelque 26 000 festivaliers en 2019, propose une programmation familiale pour tisser du lien culturel. Sur place, vous trouverez aussi camping, espace jeux, buvette et restauration. Rendez-vous en 2022 pour la 12e édition qui cette fois part à la conquête de l'Ouest, soyez prêts !

BZH WAKE PARK

Etang du lou

JUGON-LES-LACS - COMMUNE NOUVELLE

✆ 09 72 86 25 59 - http://bzhwakepark.com

Avril à octobre de 12h à 19h. Fermé mardi en mai, juin et septembre, mardi et mercredi en avril et octobre. 20 €/1h.

Sur l'étang du Lou à Dolo, à deux pas du lac de Jugon, offrez-vous une expérience hors du commun au BZH Wake Park. Débutants ou experts, petits et grands, à partir de 7 ans, peuvent ici faire l'expérience de la glisse, dans un cadre calme et verdoyant, en bénéficiant des conseils avisés de la souriante équipe. Et si vous ne vous lancez pas dans l'aventure, vous pourrez déguster une boisson fraîche ou une glace en terrasse, presque les pieds dans l'eau, en vous délectant du spectacle offert par les experts de la glisse. Un sport qui gagne à être connu !

VÉLORAIL DU KREIZ BREIZH

Gare de Gouarec - **BON REPOS SUR BLAVET**

✆ 07 89 40 72 61

www.velorail.bzh

De mai à septembre (pour les horaires, consulter le site). Vélorail 25 € (2 à 4 personnes). Train 7 € (réduit 5 €).

Au croisement de la bicyclette et du train, il y a le vélorail ! Les amoureux du Chemin de fer de Bon-Repos ont redonné vie à une ligne fermée en 1967, en reconstituant le tronçon entre l'ancienne gare de Gouarec et l'abbaye de Bon-Repos, pour y faire circuler ces engins hybrides. Sur chacun, deux personnes pédalent, tandis que deux autres se prélassent à l'arrière en admirant le paysage : le canal, les landes de Liscuis... Une balade de 8 km aller-retour, en 1h30. Un train d'époque a aussi été remis sur les rails : il circule le dimanche, plus le vendredi l'été.

RANCE AVENTURE

Port de Lyvet

LA VICOMTÉ-SUR-RANCE

✆ 06 30 16 51 98

http://ranceaventure.fr

Activité à partir de 40 €

Rance Aventure vous propose ses randonnées motorisées à bords d'un engin pour le moins original : le Swincar. Il s'agit d'un véhicule pendulaire, ce qui lui permet d'avoir quatre roues totalement indépendantes et capables de s'adapter à la configuration du terrain. Le Swincar est 100 % électrique, permettant des balades silencieuses et respectueuses de l'environnement. Trois excursions sont proposées : un baptême d'initiation sur les sentiers cachés de Plouër, une Rando Découverte sur les chemins creux et la vallée aux Blaireaux de 2h et une Rando Aventure de 3h.

FÊTE DES REMPARTS

DINAN

✆ 02 96 87 94 94

www.fete-remparts-dinan.com

22 au 23 juillet 2023. Entrée 13 € (réduit 8 €), pass 2 jours 22 €. Tournoi 11 €, (7 € 3-10 ans).

Créée en 1983, c'est l'une des plus grandes fêtes médiévales d'Europe. Tous les deux ans, la fête des Remparts de Dinan attire près de 100 000 visiteurs, costumés pour certains. Échoppes médiévales, tournois de chevalerie, artisans à l'œuvre, grande pavane nocturne aux flambeaux, reconstitutions, spectacles, concerts, bal... Pendant deux jours, c'est l'effervescence au cœur de la cité médiévale et au pied de ses 2648 mètres de remparts. À chaque édition, une thématique différente est définie : en 2023, elle fêtera ses 40 ans (programmation en cours).

LANTIC PARC AVENTURE

LANTIC

✆ 07 49 29 81 95

www.lanticparcaventure.bzh

Avril à octobre : mercredi, weekends, fériés et vacances 13h30-19h30 (dès 10h en juillet-août). 9 à 20 € selon l'âge.

En lisière des étangs de Lantic, ce parc aventure propose 12 parcours d'accrobranche pour tous niveaux, de celui pour les tout-petits jusqu'au parcours noir. Au départ de chacun, un panneau précise les ateliers rencontrés : pont tibétain, passerelle chinoise, barre de funambule, tyrolienne, pont de singe... Le site est très agréable et l'approche familiale. On y trouve aussi un parcours sensoriel pour les petits, une course d'orientation pédagogique, du laser tag et du paintball. Les mercredis d'été, c'est nocturne jusqu'à minuit ! Pique-nique possible sur place.

ABBAYE DE BEAUPORT ✝ ★★

Rue de Beauport - **PAIMPOL**
✆ 02 96 55 18 58
www.abbayebeauport.com
Tous les jours 10h30-19h en été. Basse saison : horaires selon la période. 6 € (réduit 3,50 €).

C'est l'un des ensembles religieux les plus remarquables de Bretagne. Fondée en 1202, cette abbaye maritime est un superbe témoignage d'architecture gothique. Six siècles durant, les chanoines ont occupé l'endroit, qui fut un centre économique important. De beaux jardins agrémentés de roses, figuiers et pommiers entourent l'abbaye. Bordé de prés-salés et de grèves, le vaste domaine, en accès libre, comporte aussi un bois et offre de belles balades. Les animations sont nombreuses : expositions, spectacles, concerts, mises en lumière, rencontres scientifiques...

MUSÉE DE LA MER ★

11, rue de Labenne - **PAIMPOL** ✆ 02 96 22 02 19
www.museemerpaimpol.fr
Ouvert d'avril à novembre, tous les jours (sauf samedi) de 14h à 18h30. Entrée 4,20 € (gratuit moins de 18 ans).

Non loin du port, dans une ancienne sécherie de morue du XIXe siècle, ce musée retrace l'épopée de la Grande pêche à Terre-Neuve et en Islande, qui fit la richesse des armateurs paimpolais. Il évoque aussi le destin de Jean-Baptiste Charcot, de son navire d'exploration polaire le *Pourquoi pas ?* et de son dernier commandant, le Plouézecain Guillaume Le Conniat, tous naufragés en Islande en 1936. Vous y découvrirez enfin les différents types de bâtiments de la marine marchande, tels que les majestueux cap-horniers sur lesquels naviguèrent nombre de Paimpolais.

CHAOS DE PLOUMANAC'H

PERROS-GUIREC
✆ 02 96 91 62 77
Maison du littoral ouverte tous les jours de 14h à 18h de juin à octobre, plus de 10h à 13h en juillet-août.

Ce site naturel classé constitue l'une des portions les plus belles et les plus impressionnantes de la Côte de Granit rose. Ici, entre la mer turquoise et les landes de bruyères et d'ajoncs, les rochers de granit rose se sont accumulés en nombre, formant d'impressionnants chaos aux formes particulièrement pittoresques : on peut y voir une vague, une patte d'éléphant, une tête de mort, un champignon ou encore des fiancés qui s'embrassent... Au milieu, le phare de Men Ruz (Pierre rouge, en breton) est lui aussi fait de ce granit qui flamboie au moindre rayon de soleil. Formé sous terre il y a 300 millions d'années, il est constitué de magma remonté des profondeurs, très lentement refroidi puis mis à nu par l'érosion et poli par l'eau et le vent. Au cœur du site de Ploumanac'h, la Maison du Littoral abrite des expositions sur l'origine de ce granit rose, sur les landes ou encore sur l'histoire du Sentier des Douaniers. Les gardes du Conservatoire du littoral proposent aussi des visites guidées et des animations très variées, autour de la nature et du patrimoine. C'est grâce au Conservatoire que les landes de Ploumanac'h, piétinées pendant des décennies par des centaines de milliers de visiteurs, ont pu reconquérir les lieux. Un peu plus loin, blottie au creux des chaos, la plage Saint-Guirec a des airs de paradis. Dressé sur un rocher au beau milieu des eaux transparentes, un oratoire du XIe siècle, dédié au moine Guirec venu évangéliser le coin quatre siècles plus tôt, veille sur les lieux.

LE PORT MINIATURE

Boulevard Linkin - **PERROS-GUIREC**
✆ 06 86 02 30 18
http://nautisme.perros-guirec.com
Vacances scolaires, 7j/7 10h à 19h.
Avril à juin : les week-ends et mercredis, 10h-12h30/14h-18h30 5 €/15 min.

Perros-Guirec est labellisée Station Kid. Bienvenue aux enfants ! Sûr que le port miniature remportera un grand succès auprès d'eux. Sur des modèles réduits de chalutiers, bateaux-feux ou canots de sauvetage SNSM, ils vogueront en toute sécurité sur un grand bassin. Bigre, de quoi éveiller de nombreuses vocations de capitaine au long cours. Bien entendu, les adultes sont bienvenus à bord, en particulier pour accompagner les jeunes enfants. Mais à partir de neuf ans, place aux jeunes, sans danger de marée noire, ce sont des bateaux électriques non polluants.

PARCABOUT HISSE ET HO !

Moulin de la ville Geffroy - **PLÉLO**
✆ 06 75 03 13 42
www.hisse-et-ho.fr
Fermé l'hiver. Mercredi et week-end 14h-18h. Vacances : tlj 11h-21h (été), 11h-19h (printemps). 12 € (-16 ans 10 €).

Dans la vallée du Char à bancs, ce parc s'adresse à un public familial : tous les âges y sont bienvenus ! Contrairement aux parcours avec mousquetons, on y évolue librement dans des filets de type catamaran, clos et tendus en hauteur entre les arbres. Sur 1 500 m², on peut ainsi se promener dans les airs, se laisser tomber dans les solides cordages ou faire des roulades en toute sécurité. Nouveautés 2021 : un parcours de tyroliennes et un toboggan en corde long de 60 m. Bon à savoir : les moins de 8 ans doivent être accompagnés d'un adulte pour s'y amuser aussi.

HEURE & K ESCAPE GAME

4, rue du Bignon - **PLÉRIN** ✆ 07 86 96 47 01
www.heure-et-k.com
Du mardi au dimanche de 10h à minuit.
90 € la salle pour 3 joueurs, 100 € pour 4, 110 € pour 5. Réservation en ligne.

Situé en périphérie de Saint-Brieuc, cet *escape game* est une excellente idée de sortie entre amis ou en famille (pour info, les moins de 13 ans doivent être accompagnés d'un adulte). On se laisse facilement emporter par les aventures des 3 salles de ce jeu d'évasion grandeur nature : Le Secret de Merlin, Sur les traces de Billy the Kid, et Le Naufrage de Cortès. Une fois enfermés dans la salle, il vous faudra redoubler d'ingéniosité pour décoder les énigmes et trouver les codes qui vous permettront d'avancer vers la sortie. L'équipe sur place est très sympathique.

ESCAPADE GLAZ

PLEUMEUR-BODOU
✆ 06 52 53 31 05
www.escapadeglaz.fr
Cueillette des algues : 10 € (30 € avec l'option cuisine). Tarifs variables selon les activités.

Cette association propose toutes sortes d'activités pour partir à la rencontre du patrimoine et des milieux naturels locaux : pêche à pied, marche aquatique, soirées contées, nautisme... Les guides connaissent le coin sur le bout des doigts et vous le feront découvrir de façon ludique, toujours respectueuse de l'environnement. On recommande en particulier l'activité cueillette et cuisine des algues : sur l'estran, vous apprendrez comment les cueillir, leur rôle dans l'écosystème, leurs bienfaits pour la santé, les astuces pour les cuisiner... Passionnant !

ARMOR SURF SCHOOL

SABLES-D'OR-LES-PINS
✆ 06 22 14 42 80
www.armorsurfschool.com
Séance découverte 35 €, semaine 140 €, cours particulier 70 €, balade SUP 40 € (2h). Location surf 10 €, SUP 15 € (1h30)

Titulaire d'un master en environnement, en plus de son diplôme d'éducateur de surf, Maël vous fera bénéficier de ses connaissances en ornithologie et en géologie lors des balades en stand-up paddle gonflable, vers le cap Fréhel. Côté surf, vous vous ferez la main sur les plages des Sables d'Or (Fréhel), de Saint-Pabu (Erquy) ou des Grèves d'en bas (Plévenon), au gré des conditions météo. Des stages, des cours particuliers et des formules enfants sont proposés. Le matériel est adapté, de qualité et la pédagogie est claire et individualisée.

FORT LA LATTE ★★★

28, rue de La Latte
PLÉVENON
✆ 06 70 81 35 43
www.lefortlalatte.com
Avril à octobre : tlj 10h30-18h (octobre 11h-17h). Basse saison : vacances et week-end 13h-17h. Adulte : 6,60 €

Vigie de grès rose, ce vieux château féodal se dresse sur un éperon rocheux, tout au bord de la mer. Le fort la Latte, appelé également château de la Roche Goyon, est un site incomparable, un lieu magique qui vous transporte dans un autre temps. Édifié au XIVe siècle, en pleine guerre de Succession, cette forteresse quasi imprenable, plusieurs fois assiégée, appartenait aux Goyon, l'une des plus anciennes familles bretonnes. Au XVIe siècle, les Ligueurs le prennent d'assaut et parviennent à y pénétrer. Il est pillé et presque entièrement ravagé, à l'exception du donjon. Transformé en fort de défense côtière entre 1690 et 1715, son système de protection est toujours en place : courtines, tours, murailles, ponts-levis, oubliettes et donjon ont traversé les siècles. Peu à peu abandonné au cours du XIXe siècle, déclassé par le ministère de la Guerre en 1890, il est vendu par les Domaines en 1892. Il était en grande partie en ruines lorsqu'il a été classé Monument historique, en 1925. Restauré depuis 1931 par la famille Joüon des Longrais, il a servi de décor à de nombreux tournages : *Les Vikings*, avec Kirk Douglas et Tony Curtis, *Les Chouans* de Philippe de Broca ou encore, plus récemment, le clip de la chanson *La tribu de Dana*, du groupe de rap celtique Manau ! C'est aujourd'hui l'un des châteaux les plus visités en Bretagne. Les enfants adoreront explorer tous ses recoins, son corps de garde et son donjon. Là-haut, on découvre un panorama à couper le souffle sur toute la côte d'Emeraude !

AQUARIUM MARIN DE TRÉGASTEL

Boulevard du Coz-Pors - **TRÉGASTEL**
✆ 02 96 23 48 58
www.aquarium-tregastel.com
Ouvert tous les jours pendant les vacances d'été. Adulte : 8,40 €. Enfant (4-17 ans) : de 5,80 à 6,50 € selon l'âge.

Niché au cœur d'un chaos de granit rose exceptionnel, à 50 mètres de la plage du Coz-Pors, l'Aquarium marin de Trégastel invite à la découverte de la faune sous-marine locale. La visite s'articule en trois zones qui permettent de découvrir et d'observer les habitants de la Manche et leurs lieux de vie. De nombreuses animations y sont proposées tout au long de l'année : visites guidées, sorties découverte, ateliers (ex. : « les Algues dans mon assiette »), expositions, etc.

BREST KARTING ELECTRIQUE

35, avenue de la 1er DFL - **BREST**
✆ 02 98 30 14 26
brestkartingelectrique.fr

Le mercredi de 14h à 19h ; le jeudi de 17h à 22h ; le vendredi et le samedi de 14h à 0h ; le dimanche de 14h à 20h.

La Référence du Kart Indoor en Bretagne... C'est la plus grande piste de l'Ouest. Une piste de 540 m totalement bitumée avec 17 virages, des pointes à 70 km/h dans un accueil de 300 m², ça promet de l'adrénaline à haute dose. Et le tout en électrique pour une belle conscience planétaire. Vous y trouverez un bar et une petite restauration pour vous sustenter après les palpitations cardiaques. Le lieu vous propose également de réserver un espace privé de 80 m² pour vos séminaires, car il est dédié aux entreprises le lundi et le mardi sur réservation.

LES JEUDIS DU PORT

BREST

4 jeudis en juillet et août.
Regardez le programme !

Chaque été depuis 32 ans, le port de commerce de Brest est le rendez-vous des familles, des amis ! Des scènes installées sur les quais et au Parc à Chaînes, permettent aux nombreux visiteurs de déambuler d'un concert à l'autre, d'un artiste à l'autre, des têtes d'affiche aux artistes locaux. Pour les férus de spectacles de rue, les artistes vous attendent également ! Un moment de rencontre intergénérationnel incontournable ! Ce ne sont pas quelques gouttes de pluie qui feront suivre les plus motivés ! Les Jeudis du port font partie du paysage culturel régional !

OCÉANOPOLIS ★★

Rue des Cormorans - **BREST** ✆ 02 98 34 40 40
www.oceanopolis.com

Haute saison ouvert tous les jours de 9h30 à 19h. Adulte : 21,90 €. Jeune de 14 à 17 ans : 16,50 €.

Unique en Europe, ce parc des découvertes des océans emmène au cœur d'un voyage extraordinaire peuplé de près de 10 000 animaux représentant plus de 1 000 espèces. Au travers de 4 pavillons thématiques consacrés aux écosystèmes marins (polaires, tropicaux, tempérés et biodiversité), c'est tout l'univers sous-marin avec sa flore et sa faune qui se dévoile. Par la qualité de la mise en ambiance, l'ampleur des bassins et la beauté des décors sous-marins, le visiteur est comme intégré dans le spectacle de la nature fidèlement reconstituée. Spectacle multimédia, film en 3D, mise en scène, expositions… racontent au grand public l'histoire naturelle des océans.

VORGIUM, CENTRE D'INTERPRÉTATION ARCHÉOLOGIQUE

5, rue du Docteur-Menguy - **CARHAIX-PLOUGUER**
✆ 02 98 17 53 07 - www.vorgium.bzh

Ouvert toute l'année, visite libre gratuite, visite guidée du jardin 4,50 €, 3 € réduit, gratuit -6 ans.

Ce site permet de mesurer l'importance de Carhaix à l'époque gallo-romaine. Les fouilles ont mis à jour un *decumanus*, large voie de circulation, une fontaine, des boutiques, une *domus*, maison urbaine avec un jardin intérieur, des thermes, un système de chauffage par hypocauste, un système de chauffage urbain ingénieux. La muséographie du centre d'interprétation est interactive et ludique. On visite les vestiges de ce quartier de Vorgium avec une tablette en réalité augmentée.

PARC BOTANIQUE DE CORNOUAILLE

Kerlever - **COMBRIT**
✆ 02 98 56 44 93
www.parcbotanique.com

De mars à mi-novembre : de 10h à 12h et de 14h à 19h, été de 10h à 19h. Adulte 8 €, enfant 4 €.

Créé en 1981, le parc botanique de Cornouaille présente une des collections de plantes parmi les plus riches de Bretagne, sur 45 000 m² : 25 000 plantes, 3 500 espèces venues du monde entier composent à merveille ce magnifique parc à l'anglaise. La période des floraisons de mars à octobre vous offrira une véritable explosion de formes, de senteurs et de couleurs. Labellisé Jardin remarquable en 2005, le parc fait partie depuis 2015 de la Route européenne des jardins.

MARINARIUM ★★

Place de la Croix - **CONCARNEAU**
✆ 02 98 50 81 64

Haute saison tous les jours 10h à 19h.
Basse saison tous les jours 14h à 18h.
Adulte : 7 €. Enfant de 3 à 12 ans : 5 €.

Au bout du quai qui longe la Ville Close, juste après le port de plaisance, le Marinarium surplombe la mer. Créée en 1859 par le professeur Coste, la station de biologie marine de Concarneau est la plus ancienne au monde. Ouvert au public, tout est vulgarisé, ludique et agréable par des animations et des excursions régulièrement organisées. L'importance des océans et leur biodiversité, l'univers du plancton, la richesse du littoral, ou encore la gestion des ressources marines sont illustrés par des murs d'images et des aquariums. Une visite captivante.

LE PORT-MUSÉE ★★

Place de l'Enfer - **DOUARNENEZ** ✆ 02 98 92 65 20
www.port-musee.org
Haute saison : tous les jours de 10h à 18h.
Gratuit jusqu'à 6 ans. Adulte : 7,50 €.
Accueil des enfants. Boutique.

Le port-musée de Douarnenez se visite à l'intérieur avec une impressionnante collection de bateaux du monde entier, en taille réelle, qui fera rêver les petits mousses ! Mais aussi à quai, avec sept bateaux que vous pourrez visiter de la cale au pont. La muséographie est particulièrement réussie et l'on ne manquera pas les expositions temporaires qui sont d'une grande richesse. Près de 5 000 objets et 200 embarcations sont visibles dans ce lieu qui ravira autant les enfants (il y a de l'espace, des petits films et des questionnaires ludiques) que les passionnés.

RÉSERVE DU CAP SIZUN ★★

GOULIEN
✆ 02 98 70 13 53
www.reserve-cap-sizun.org
Uniquement sur réservation.

Rendez-vous incontournable pour tous les passionnés de nature et d'ornithologie, la réserve permet d'observer les différentes espèces d'oiseaux marins du grand large venant s'y réfugier. Mouettes tridactyles, guillemots de Troil, fulmars boréals... Vous pourrez apercevoir ceux du bord de côte, cormorans huppés, les goélands argentés, bruns, marins... C'est par centaines qu'ils viennent nicher chaque printemps. Certains d'entre eux devenus rarissimes, vivent dans la réserve toute l'année. La meilleure période pour les observer est entre avril et mi-juillet.

FÊTE DU BRUIT

LANDERNEAU
✆ 02 98 30 30 15
En août.

Cela fait 12 ans déjà que le festival Fête du Bruit dans Landerneau résonne dans la ville ! Cette année encore, les têtes d'affiche n'ont rien à envier aux plus grands. Chaque année, on y retrouve des artistes et des groupes qui montent, dans une ambiance festive en cœur de ville. 50 000 festivaliers sont accueillis chaque année sur les rives de l'Elorn, pour ce festival urbain qui fait du bruit ! Une édition morbihannaise de Fête du bruit est désormais implantée à Saint-Nolff, qui a lieu quelques jours avant Landerneau, pour ceux qui animeraient faire la totale !

ABBAYE SAINT-GUÉNOLÉ ★

Rue Gorrequer
LANDÉVENNEC
✆ 02 98 27 73 34
www.abbaye-landevennec.fr
Ouvert toute l'année. Contribution pour l'hôtellerie selon possibilité. Boutique.

Fondé par saint Guénolé à la fin du Ve siècle, ce monastère ne tarda pas à devenir un haut lieu monastique de Bretagne. L'empereur Louis le Pieux lui imposa en 818 d'adopter la règle de saint Benoît. Vers 884, Wormonoc y acheva d'écrire *Une vie de saint Paul Aurélien*. En 913, le premier monastère fut détruit par les Normands. Reconstruit, ses moines en furent expulsés à la Révolution. L'abbaye actuelle, d'architecture moderne, fut édifiée entre 1950 et 1965 par des bénédictins de Kébénéat qui perpétuent ainsi à Landévenec une présence durant depuis plus de quinze siècles. Les vestiges visibles de l'ancienne abbaye datent des IXe et XIIe siècles et le tombeau du roi Gradlon, du XIIe siècle également. Le monastère abrite une communauté de 18 moines. Il se situe à l'embouchure de l'Aulne dans un cadre apaisant de verdure et ouvert sur la rade de Brest. Il dispose d'une hôtellerie pour recevoir les personnes qui le désirent pour un temps de retraite, de silence, de ressourcement qui va de quelques jours à une semaine maximum. Les hôtes sont invités à participer librement à la prière de la communauté bénédictine. Une salle de lecture avec bibliothèque est à disposition des hôtes qui par ailleurs peuvent bénéficier du cadre silencieux du parc. Il est possible de rencontrer un moine pour un accompagnement spirituel. Les hôtes disposent d'une chambre individuelle. Draps et serviettes sont fournis. Les repas sont pris habituellement en silence. Participation encouragée aux offices liturgiques de la communauté.

LA RÉCRÉ DES TROIS CURÉS

Les Trois Curés
MILIZAC-GUIPRONVEL
✆ 02 98 07 95 59
www.larecredes3cures.com
Saison haute : tous les jours de 11h à 19h.
Adulte 20 €, enfant 17,50 €.

Ce parc de loisirs, situé à proximité de Brest et le plus visité de Bretagne avec 220 000 personnes par an, s'étend sur 15 ha. Il offre de nombreuses attractions, pour petits et grands : le Grand huit, la Pieuvre, le Niagara et ses bouées géantes, la Grande roue, le Galion des pirates, le River's splash, etc. Pensez à votre maillot de bain en été, car le parc dispose d'un espace aquatico-ludique extérieur ! À noter : le parc propose un hébergement en camping, à deux pas du parc, ainsi que des services de restauration et des aires de pique-nique.

CARDINALE SUD

Route de Pont-Aven
NÉVEZ
✆ 02 98 06 71 98
www.cardinalesud.net
Ouvert toute l'année. Tarifs complets en ligne.

Cette école de voile ouverte toute l'année propose des stages, des cours particuliers mais aussi la location de matériel. Vous pourrez ainsi partir découvrir l'Aven et le Belon au fil de l'eau... Locations de canoës et de kayaks de mer, de bateaux à moteur avec ou sans permis, de planches à voile, de dériveurs ou encore de catamarans. Cardinale Sud propose également des balades nautiques et vous pourrez aussi, si vous le souhaitez, passer votre permis bateau avec cette école. De belles activités à vivre en famille pour un bel été breton !

MUSÉE DE LA FRAISE ET DU PATRIMOINE ★

12, rue Louis Nicolle - **PLOUGASTEL-DAOULAS**
✆ 02 98 40 21 18
www.musee-fraise.net
Été : de 10h à 18h sauf dim. 14h/18h.
Hors saison : contacter le musée. Adulte : 5 €.
Enfant : 2 €. Animations.

Ce musée, inauguré en 1992, est le seul en France à retracer l'histoire de ce fruit rouge et savoureux. De l'arrivée d'une nouvelle variété de fraises au XVIIIe siècle jusqu'à sa culture, tout est expliqué ! Le musée offre une scénographie variée permettant d'appréhender également le patrimoine de Plougastel-Daoulas. Des expositions temporaires et de nombreuses animations viennent étoffer le programme du musée. De quoi plaire aux petits comme aux grands !

PLAGE DE SAINTE-ANNE-DU-PORTZIC

PLOUZANÉ
Crique sur GR34.

Plage historique des Brestois, elle fut longtemps prisée pour sa proximité avec la ville et son sable naturel. Facilement accessible en voiture et en bus, avec un parking et un café-restaurant en bordure, cette petite plage et ses bateaux offrent un lieu de détente que les familles apprécient en toutes saisons. À noter : vous pourrez en profiter pour partir en balade le long du chemin côtier, en empruntant le long escalier situé après le portail interdisant l'accès à la digue.

MUSÉE DE PONT-AVEN ★

Place Julia - **PONT-AVEN**
✆ 02 98 06 14 43
https://www.museepontaven.fr/fr
Gratuit jusqu'à 18 ans. Adulte : 8 €. Tarif réduit : 6 €. Fermé les lundis. Visite guidée. Animations pour les familles.

Pont-Aven, le nom mythique résonne comme un mystère, celui de Paul Gauguin, du *Talisman*, de la pension Gloanec... Non loin de la mer, dans ce petit village breton lové autour de l'Aven et de son petit port de rivière, le musée de Pont-Aven est un joyaux qui mérite plus qu'un détour. Consacrée aux artistes de l'école de Pont-Aven, la collection regroupe aussi des œuvres d'artistes héritiers de ce style. La muséographie du parcours permanent s'accompagne de dispositifs multimédia simples et efficaces : audioguides, borne interactive, film, points d'écoute.

MENHIRS ET DOLMENS

RIEC-SUR-BELON

En Bretagne, nombreux sont les endroits où l'on peut trouver des menhirs (« pierres longues ») et des dolmens (« pierres basses »)... Mais voilà que le menhir de Kerfany, qui mesure plus de six mètres, est un menhir renversé ! Pour y accéder, il suffit d'emprunter la route de Quimperlé en direction de Lescoat. D'autres vestiges de la Préhistoire sont également visibles comme l'allée couverte de Kerantiec mais aussi la stèle de Penlan. Il est bien vrai que la commune de Riec-sur-Belon est particulièrement riche en la matière... Pour un voyage en Préhistoire réussi !

LA MAISON DES JOHNNIES ET DE L'OIGNON DE ROSCOFF ★

48, rue Brizeux - **ROSCOFF** ✆ 06 40 15 87 53
www.roscoff-tourisme.com
Horaires variables en fonction des saisons, téléphoner avant votre venue. Adulte : 5 €. Enfant : 3 €. Pass famille 15 €.

La maison des Johnnies retrace le périple de marchands bretons qui traversaient la Manche pour vendre leurs oignons en Angleterre. Cette aventure, qui a démarré au XIXe siècle, est encore d'actualité car l'oignon de Roscoff est toujours très recherché, tant pour son goût que pour ses vertus médicinales. Revivez cette histoire par le biais d'objets, de photos, de témoignages sonores et de vidéos. Vous découvrirez toute la richesse de cette filière qui a fait la renommée de Roscoff.

RÉCRÉ'NATURE

Forêt de Villecartier
BAZOUGES-LA-PÉROUSE
Fermé du 1er novembre au 31 mars. Ouvert tous les jours.www.les-bretons-perches.bzh

Au cœur de la forêt domaniale de Villecartier, son étang offre un lieu récréatif formidable. Au port miniature, une flotte de bateaux électriques accueille deux à quatre passagers. Bretons perchés comporte 8 parcours accrobranche pour les téméraires, petits et grands. Tous les mercredis à 14h, un animateur nature fait découvrir les sentiers de la forêt en évoquant son histoire, sa faune et sa flore. Sans oublier le parc des grands chênes, les balades en poney, le géocaching et la ludothèque. En somme, une sortie idéale en famille ou entre copains !

FESTIVAL DU ROI ARTHUR

BRÉAL-SOUS-MONTFORT
✆ 06 46 45 49 01
www.festivalduroiarthur.fr
En août. Enfant : 6 €. Pass 1 jour : 41 €, 2 jours : 71 €, 3 jours : 96 €.

Très attendu, le Festival du Roi Arthur fête en 2022 sa 12e bougie ! Parmi les ***guest-stars*** de l'année passée : les groupes français Dyonisos et Ultra Vomit, la chanteuse belge Selah Sue, le DJ berlinois Paul Kalkbrenne. Le Festival du Roi Arthur, c'est aussi un village ouvert gratuitement à tous, un camping, un escape game et bien d'autres animations pour petits et grands. Un évènement familial ultra-populaire, à l'identité bien marquée ! A l'heure où nous éditons le guide la programmation n'est pas encore connue. Affaire à suivre !

LES JARDINS DE BROCÉLIANDE ★

Les Mesnils - **BRÉAL-SOUS-MONTFORT**
✆ 02 99 60 08 04
www.jardinsdebroceliande.fr
1/04 au 6/11 : mar-sam 13h30-18h, dim et fériés 13h30-19h. Tlj en été. Gratuit -6 ans. 10,20 € adulte. 5,80 € enfant.

Ce parc floral de 24 hectares offre une alternance de rocailles et de massifs fleuris, de collines et de vallons, et de collections végétales telles la forêt des Lilas (450 variétés), le jardinet de l'Himalaya et les 250 roses anciennes sur le thème de la légende de Brocéliande. Des sentiers ludiques et des aires de jeux dédiés aux enfants ont conquis les publics. De grandes animations sont organisées en cours d'année. Un endroit magique en pleine nature, plébiscité par les familles.

PARC ORNITHOLOGIQUE DE BRETAGNE ★

53, boulevard Pasteur - **BRUZ**
✆ 02 99 52 68 57
www.parc-ornithologique.com
Haute saison ouvert tous les jours de 10h à 12h30 et de 14h à 19h. Adulte : 8,50 €. Enfant de 3 à 12 ans : 5,40 €.

Le Parc ornithologique de Bretagne réserve une agréable balade bucolique dans un lieu où l'on ne s'y attend pas. Vous aurez ainsi tout le loisir de découvrir des espèces d'oiseaux exotiques tout en vous promenant autour d'un petit étang dans un parc arboré. Fruit d'une passion qui dure depuis plus de 30 ans, ce parc présente une jolie collection d'oiseaux exotiques qui vivent en semi-liberté dans un parc botanique. Les paons suscitent le plus grand intérêt ainsi que l'émeu qui a plus de 30 ans. Quelques tables à l'entrée offrent la possibilité de se rafraîchir. On trouve également une table de pique-nique. Les enfants peuvent donner du pain aux oiseaux et s'amuser à répondre aux questions du petit questionnaire proposé à l'entrée. Ne vous méprenez pas, il ne s'agit pas d'un grand parc animalier. Comptez une heure pour observer et lire les informations. Les élèves peuvent ici découvrir un monde féerique et envoûtant. Ils peuvent observer les plumages somptueux mais aussi apprendre les modes de vie, les caractères, les comportements, les types d'alimentation des espèces présentées. Pour les enseignants, des cahiers pédagogiques de différents niveaux sont proposés pour préparer ou pour prolonger la visite. Les élèves découvrent les oiseaux à travers un parcours personnalisé. Ce sont des jeux de piste les amenant à observer, en cochant les bonnes réponses. Ces jeux, en fonction des niveaux, sont à demander avant la visite afin d'être photocopiés à la demande.

BASE SPORTS NATURE

2, rue de Paris - **CESSON-SÉVIGNÉ**
✆ 02 23 45 18 18
Ouverte à l'année pour cours. De juillet à septembre, location de kayak (5,70 €/h), canoë, paddle, rafting (9,70 €/h).

Le stade d'eaux-vives de Cesson propose des virées nautiques sur la Vilaine en rafting, hot-dog et en balade calme avec un canoë ou un kayak pour des durées d'environ 2h encadrées par des moniteurs. Les enfants doivent avoir au minimum 8 ans (les moins de 13 doivent être accompagnés d'un adulte) et savoir nager 25 m seuls. Des stages de découverte, d'initiation et de perfectionnement sont aussi organisés. Le stade offre également des stages plein air avec quatre activités : golf, escalade, kayak et course d'orientation. Pour les locations, pas besoin de réserver.

VIRTUAL GAME

7, rue du Tirel - **CREVIN**
✆ 07 83 31 99 89
www.virtualgame.fr
Mercredi, samedi-dimanche 10h-20h, vendredi 16h-22h, tlj pendant les vacances scolaires 10-22h. Dès 13 €.

Forte de son succès et dans une volonté d'être toujours aux avant-postes, Virtual Game n'a eu de cesse de chercher à se développer pour trouver un local à sa mesure à 25 minutes de la capitale bretonne. Plus de 70 de jeux sont proposés pour s'immerger dans des genres aussi différents que le tir, l'exploration, le *survival*, la plate-forme et même l'escape game. Le tout, dans des univers allant de l'enfance à l'horreur pure. Muni d'un casque ou installé sur l'un des quatre tapis de VR, les expériences sont captivantes La sortie en famille idéale !

CHÂTEAU MÉDIÉVAL DE FOUGÈRES ★★★

Place Pierre-Symon - **FOUGÈRES**
✆ 02 99 99 79 59
Ouvert tlj de mai à septembre, du mar. au dim. d'octobre à avril. Adulte : 9 €, tarif réduit : 5 €, -6 abus : gratuit.

Le château de Fougères, forteresse gardienne des Portes de Bretagne, est à la fois château-fort historique et théâtre d'animations. Ce monument emblématique et imposant fondé au XIIe siècle fait partie des incontournables destinations familiales aux portes de Bretagne. Le château de Fougères est en effet la plus grande forteresse médiévale d'Europe dans cet état de conservation. Elle fut maintes fois remaniée au fil du temps, notamment lors de son acquisition par les Ducs de Bretagne dans les années 1430. Les visites durent environ 1h30 et s'organisent autour d'un parcours scénographié avec un guide ou un audioguide gratuit, très ludique pour les enfants. Vous pourrez découvrir trois tours du château, la basse-cour, les courtines et plusieurs salles du château. Un parcours de visite ponctué d'énigmes est même dédié aux plus jeunes, dès 6 ans : ils seront guidés par les deux mascottes du château, Mélusine et Médusa. Depuis 2009, au mois de juin, en alternance avec la Fête des Remparts de Dinan, Les Riches Heures de Fougères plongent les visiteurs dans la vie quotidienne d'un campement médiéval avec démonstration de métiers d'art courants, marché médiéval, mise en scène d'une attaque et bal et repas inspirés du Moyen Âge. De nombreux événements et animations sont également organisés tout au long de l'année au château pour faire vivre ce monument exceptionnel. Poursuivez votre périple en déambulant dans les jolies rues de la cité médiévale de Fougères, ville d'Art et d'Histoire.

ENIGMAPARC

Z.A. du Bois-de-Teillay - **JANZÉ** ✆ 02 99 47 07 65
www.enigmaparc.fr
Week-ends et fériés + tlj des vac. Zone B : 10h-18h45. Gratuit -5ans. Adulte 16,50 €. +12ans 15,50 €. 5-11 ans 12,50 €.

Enigmaparc est un parc de loisirs qui oscille entre parcours d'énigmes et jeux de rôle dans 12 univers exotiques et insolites. Durant 3 à 4 heures, vivez dans la peau d'un aventurier et faites travailler vos neurones en décryptant des énigmes. Remontez le temps dans le monde médiéval, l'Egypte ancienne et les années 30, voyagez en Asie, en Polynésie, au Maroc... Vous devrez faire preuve d'adresse et de logique pour trouver les issues secrètes des labyrinthes. Deux nouveautés à découvrir : un jeu de piste pour les 5-8 ans et une soirée d'enquête spéciale adultes !

ALIGNEMENTS MÉGALITHIQUES DE LAMPOUY

La Vieux Ville
MÉDRÉAC

Cet imposant alignement de 48 menhirs (il y en avait initialement une centaine) éparpillés sur plusieurs prairies au nord de la commune mérite le détour. Ce site est peu commun avec ses cinq alignements indépendants, composés de menhirs érigés par les premiers agriculteurs du néolithique autour de -5000 à -2000 avant J.-C. Composés de quartz blanc, leur taille varie de 1,80 m à 5,40 m de longueur. Depuis 1929, les mégalithes de Lampouy sont classés au titre des monuments historiques.

VÉLO-RAIL ET MUSÉE DE LA GARE DE MÉDRÉAC

Place de la Gare - **MÉDRÉAC**
✆ 02 99 09 58 04
Du 7 avril au 6 novembre 2022. En été : du mer. au dim. (10h-18h). Autres périodes : sur réservation. Deux parcours.

Au départ de cette ancienne gare, laissez-vous surprendre par le vélo-rail. Vous pédalerez sur deux vélos rattachés ensemble, roulant sur l'ancienne voie de chemin de fer. Deux parcours de 6 et 14 km en pleine nature sont proposés. La gare accueille quant à elle un petit musée sur l'histoire ferroviaire. Terminez votre visite par un chocolat chaud au café de la gare, et ne manquez pas de découvrir la nouvelle boutique qui propose produits locaux, confiseries d'antan et jouets en bois.

BALLONS D'ÉMERAUDE

18, rue de la Crochais - **PLEURTUIT**
✆ 06 12 25 44 83
www.ballons-emeraude.com
Ouvert toute l'année. D'avril à octobre selon conditions météorologiques. Mesurer au moins 1,30 m.

La tête dans les nuages, voilà de quoi vivre une expérience hors du commun ! L'association Ballons d'Emeraude propose des baptêmes de montgolfière pour découvrir la région autrement. Aux manettes des 4 ballons, 6 pilotes diplômés qui vous feront survoler la jolie côte d'Emeraude et la Vallée de la Rance. Vous vous laisserez porter par le vent et découvrirez des points de vue uniques. L'expérience est magique ! Le spectacle est aussi magnifique d'en bas quand on aperçoit les 4 « montauciels » depuis le petit port de Saint-Suliac. Exceptionnel au crépuscule.

MUSÉE DE BRETAGNE ★

10, cours des Alliés - **RENNES**
✆ 02 23 40 66 00
https://www.musee-bretagne.fr
Du mardi au vendredi de 12h à 19h, le week-end de 14h à 19h. Horaires variables pendant les vacances scolaires. Gratuit.

Au premier étage des Champs Libres, découvrez l'exposition permanente *Bretagne est univers* qui retrace l'histoire bretonne avec 2 300 objets du Paléolithique à nos jours : fossiles, sarcophages, coiffes bigoudènes, traditionnel lit clos... Un parcours est également consacré à un épisode peu glorieux de l'histoire française : l'affaire Dreyfus. C'est en effet dans la capitale bretonne que le procès en révision du capitaine s'est ouvert en 1894. Un musée plein d'audace qui navigue à travers les territoires et accueille également de riches expositions temporaires.

LES TRANS MUSICALES

RENNES
✆ 02 99 31 12 10
www.lestrans.com
Premier week-end de décembre.

Nées de l'effervescence de la scène rock rennaise en 1979, les Rencontres Trans Musicales, sur 4 jours début décembre, se sont imposées comme un événement majeur dans le domaine des musiques actuelles. Les programmateurs méritent largement leur réputation de défricheurs des scènes musicales du monde entier : c'est aux « Trans » qu'ont joué pour la première fois en France Etienne Daho, Björk ou encore Ben Harper, pour ne citer qu'eux. Depuis, de grands noms continuent d'attirer les foules, mais l'affiche fait toujours la part belle aux groupes en devenir.

PALAIS DU PARLEMENT DE BRETAGNE ★★★

Place du Parlement-de-Bretagne
RENNES
✆ 02 99 67 11 66
tourisme-rennes.com
Accès pendant les visites guidées (voir calendrier sur le site de l'office de tourisme). Plein tarif 7,20 €.

Monument le plus emblématique de Rennes, le Parlement de Bretagne est fort d'une histoire qui a traversé les âges. La première pierre de l'édifice a été scellée au début du XVIIe siècle, sous les ordres de l'architecte Gaultier. Mais il fallut du temps et plusieurs architectes, dont le célèbre Salomon de Brosse, architecte du Palais du Luxembourg, pour nous donner l'actuel Parlement. Gabriel, architecte du roi, appelé pour reconstruire le cœur de la ville après l'incendie de 1720, lui donne une place royale digne de son architecture. Il supprime le grand escalier donnant sur la terrasse qu'il a fait également disparaître. En février 1994, une manifestation dégénère et un spectaculaire incendie embrase l'édifice, détruisant en grande partie ce joyau du patrimoine. Après cinq années de rénovation, l'édifice rouvre ses portes et accueille à nouveau les cours d'appel et d'Assises. Le Parlement de Bretagne est d'ailleurs la cinquième cour d'appel de France de part son importance. Ce majestueux édifice est également ouvert aux visiteurs par le biais de visites guidées menées par les guides-conférenciers de la ville de Rennes, suite à la signature d'une convention entre l'Office de Tourisme et le ministère de la Justice. On y admire la salle des Gros Piliers au rez-de-chaussée, la salle des pas perdus (ancienne salle des procureurs) avec son plafond en bois orné de moulures et de médaillons, des boiseries sculptées et dorées, des tapisseries des Gobelins, des plafonds à la française, une salle d'audience, des toiles allégoriques ou encore la superbe Grand-Chambre qui a été épargnée par l'incendie. Charles Errard et Noël Coypel ont réalisé les incroyables plafonds de cette salle à caissons sculptés, d'ailleurs considérée comme l'une des œuvres majeures de Charles Errard, qui fut également le peintre de Louis XIV. Les allégories de la Justice, de la Religion et d'autres vertus y sont représentées. Devant le monument, vous apercevrez encore un ancien rail témoignant du passage du tramway à cet endroit entre la fin du XIXe siècle et le milieu du XXe siècle. Durant l'été, dès la nuit tombée, un superbe spectacle son et lumière très prisé des Rennais et Rennaises anime la façade de cet édifice emblématique. L'hiver, la place du Parlement accueille un marché de Noël gourmand et un sapin joyeusement décoré. Le reste de l'année, elle est un lieu de rencontre où il fait bon flâner et se détendre, entourée de boutiques, bars et restaurants.

CORSAIRES MALOUINS KAYAK DE MER

7, rue de la Clouterie
SAINT-MALO
✆ 02 99 40 92 04
www.kayakdemer35.fr
Randonnée à partir de 25 €.

Situé au cœur de la vieille ville, le club de kayak de mer des Corsaires Malouins est membre de la Fédération française de canoë-kayak. L'encadrement est assuré par des professionnels diplômés d'État et fédéraux, et différentes formules sont proposées : des balades « Autour des forts Vauban » et « Au coucher de soleil » ; des randonnées d'une demi-journée à une journée ; ainsi que des stages, une formule club tout au long de l'année et l'école de pagaie.

LE FORT NATIONAL ★★

SAINT-MALO
✆ 06 72 46 66 26
www.fortnational.com
Ouvert dès les vacances de Pâques et tous les grands week-ends de mai, ensuite tous les jours de juin à mi-septembre.

Situé sur la plage de l'Eventail, face au château de Saint-Malo, le Fort national, ancien fort royal érigé en 1689 par Garangeau sur les plans de Vauban et sur les ordres du Roi Soleil, est accessible à marée basse depuis la cale Saint-Vincent au pied du château de Saint-Malo et visitable lorsque le drapeau français est dressé. De gros travaux ont été entrepris pour préserver le pont-levis, le bastion, le rejointoiement des murs d'enceinte, une grille en fer forgé, une porte « à l'espagnole » de la poudrière et le capot de la citerne.

GRAND AQUARIUM SAINT-MALO ★★

Avenue Général-Patton - SAINT-MALO
✆ 02 99 21 19 00
www.aquarium-st-malo.com
Haute saison ouvert tous les jours de 10h à 19h. En juillet et août, adultes 18 € et enfants 13 €.

Les fonds marins comme jamais ! Des mers froides abyssales aux mers chaudes tropicales, vous rencontrerez 600 espèces étonnantes et passionnantes. Découvrez l'anneau des mers, un aquarium à 360° et plongez à bord du sous-marin *Nautibus* pour admirer 5 000 poissons grâce à la restitution d'un univers marin naturel. Voyagez au cœur des profondeurs à bord de l'Abyssal Descender, attraction ludique et unique au monde. Un très bon moment vous attend ! Nouveauté prévue pour la saison 2022 !

GYRO MALO

69, Avenue de la Fontaine au Bonhomme
SAINT-MALO ✆ 06 63 55 51 44
www.gyromalo.fr
Ouvert toute l'année, sur réservation.
A partir de 25 €/h et jusqu'à 45 € les 2h/personne.
Visite guidée.

Détente et amusement sont assurés avec les gyropodes : ils constituent un excellent moyen de découvrir la région. La balade entre la cité d'Aleth et Solidor est magnifique d'autant plus que Sylvain est un guide sympathique qui ponctue ses visites par de belles anecdotes : histoire, sciences, marées, environnement. Ce bon moment à partager entre amis ou en famille se passe à merveille grâce à une prise en main assurée pour les non-initiés. Outre les circuits incontournables qui durent 1h30 à 2h dans Saint-Malo et alentour, des visites sur mesure sont possibles.

MICRO ZOO

9, place Vauban - SAINT-MALO
✆ 06 22 91 83 04
https://microzoo.fr
Haute saison ouvert tous les jours de 10h à 20h.
Basse saison tous les jours de 10h à 18h.
Adulte : 9 €. Enfant : 6 €.

Petite perle qui plaira à toute la famille, partez à la découverte d'animaux du monde entier en arpentant 140 mètres, de découvertes parfois très étonnantes. Nichés dans les remparts de la cité corsaire, les vivariums font ainsi cohabiter une faune qui éblouira les plus petits et les surprises s'enchaîneront. Les habitats sont reconstitués avec des matériaux naturels et chacun profite du spectacle à sa guise grâce à des bancs et des marchepieds. Un guide disponible sur le parcours de visite permet d'en apprendre beaucoup... Une belle institution à Saint-Malo !

LE PETIT TRAIN DE SAINT-MALO

Esplanade Saint-Vincent - SAINT-MALO
✆ 02 99 40 49 49
www.lepetittrain-saintmalo.com
Haute saison : tous les jours de 10h à 19h.
Adulte : 7 €. Enfant (jusqu'à 10 ans) : 5,50 €.

Le Petit Train de Saint-Malo vous propose une visite de 30 minutes confortablement installé, pour découvrir le charme de l'intra-muros et ses monuments historiques, le quartier des corsaires et son histoire, les statues des hommes célèbres de Saint-Malo et le phénomène des grandes marées... Les commentaires diffusés par casques audio sont disponibles en 6 langues. Il existe également une version « enfants » pour captiver les plus jeunes, très bien conçu !

CENTRE NAUTIQUE ET DE NATURE PEP 56 D'ARZAL

Port de plaisance - **ARZAL**
✆ 02 97 45 03 58
www.centrenautiquepep56.fr
Ouvert toute l'année. Voile adaptée : découverte pour les personnes à mobilité réduite. Cours enfants et adultes.

Ce centre nautique vous invite à explorer la nature autrement, que vous soyez débutant complet ou sportif aguerri. On aime la démarche de sensibilisation à l'environnement ! Labellisé « École française de voile », l'établissement travaille avec une équipe de moniteurs expérimentés et passionnés pour faire découvrir à tous le voilier, le kayak, la pirogue, le paddle, la planche à voile et le catamaran. En outre, le club propose la location de planche à voile, paddle et kayak.

PARC D'EAU VIVE

Ile de Locastel - **INZINZAC-LOCHRIST**
✆ 02 97 36 09 27
www.sellor-nautisme.fr
Accès au Parc d'Eau vive (avec matériel) : 17,20 €. Enfants de 8 à 12 ans : 11,20 €.

Envie d'une pause sportive et conviviale ? Entre amis ou en famille, petits et grands, le parc d'eau vive d'Inzinzac-Lochrist est un espace ludique et accessible à tous. Dans une rivière avec obstacles et courants, vous allez slalomer sur le parcours aménagé pour la pratique du kayak à tous niveaux. Sensations garanties ! L'ascenseur à canoë, unique en France, permet de remonter la rivière sans effort, et de repartir sur les eaux mouvementées. Le parc d'eau vive propose aussi des randonnées en canoë au fil du Blavet, pour une demi-journée ou sur plusieurs jours.

MAISON YVES ROCHER - MUSÉE IMMERSIF ★★

Le MoulinLe Bout du Pont - **LA GACILLY**
✆ 02 99 08 37 36
www.maisonyvesrocher.fr
Ouvert toute l'année. 7.50 € / adulte. Informations sur les animations et ateliers sur le web.

Yves Rocher vous fait entrer dans son univers à travers une grande scénographie. En 45 minutes, vous découvrirez comment une aventure lancée dans un grenier en 1959 est devenue une marque internationale. La mise en scène propose une expérience sensorielle originale : décors, projections sonores et visuelles, jeux de lumières, matières et parfums... La visite plaira aux petits comme aux grands. Des animations musicales et culturelles sont régulièrement organisées.

L'INSECTARIUM ★

12, rue du Stade - **LIZIO**
✆ 02 97 74 94 31
www.insectariumdelizio.fr
Haute saison : tous les jours, 10h-19h. Dernières entrées 1h30 avant la fermeture. 9€/ adulte, 7€/enfant. Gratuit -4ans.

L'Insectarium se distingue en différents espaces aménagés pour vous faire découvrir le monde aérien et souterrain des insectes. Une salle du mimétisme, pédagogique, dans laquelle beaucoup d'espèces sont exposées dans leur milieu naturel reconstitué, la salle des fourmis et des abeilles, la salle à inversion des échelles dans laquelle vous prendrez la place de l'insecte… Le jardin avec sa mare aux insectes, son potager et la volières aux papillons (ouverte du 15 juin au 15 septembre) est très agréable. Après cette visite, vous verrez les insectes autrement !

LA FERME DU MONDE ★

Le Bois Brassu
CARENTOIR
✆ 02 99 93 70 70
www.lafermedumonde.com
Ouvert du 1er avril au 11 novembre. Juillet et août ouvert tous les jours de 10h à 19h. Adulte : 9,50 €. Enfant : 6 €.

© LA FERME DU MONDE

La Ferme du Monde vous invite à la rencontre de plus de 400 animaux des 5 continents en semi-liberté. L'observation rapprochée peut se faire à pied, en pédal-kart ou commentée en petit train. Ludique et pédagogique, ce parc ombragé vous propose de nombreuses activités et animations. Pour les plus petits, contact direct avec les animaux à la ferme des enfants, baptême à poney, aire de jeux. Aussi sur place : snack-bar, aire de pique-nique. Un bel environnement, créateur de bons souvenirs en famille ou entre amis ! Un café est offert sur présentation de ce guide.

PARC ANIMALIER BRANFÉRÉ ★★

RD139a - **LE GUERNO** ✆ 02 97 42 94 66
www.branfere.com
Haute saison (2 juillet au 31 août) ouvert tous les jours de 9h30 à 19h30. Adulte : 25 €. Enfant de 4 à 12 ans : 18,50 €

Le parc de Branféré est un lieu d'émerveillement, de découverte et de jeux. Il offre aux visiteurs, petits et grands, une journée inoubliable en pleine nature. Vous voyagerez au cœur d'un parc botanique multicentenaire à la rencontre de 1 400 animaux des 5 continents en semi-liberté. Le spectacle d'oiseaux en vol libre devant le château est l'une des animations phare du site. La balade vous emmènera vers l'archipel des primates, l'espace marin des phoques et manchots, près des girafes de la plaine africaine et des rhinocéros de la vallée indienne. Des panneaux vous indiquent les heures de nourrissage, devant chaque enclos et à l'entrée du parc (Astuce : pensez à le prendre en photo) : soyez sur place pour écouter les soigneurs parler de leurs protégés, mieux les observer et tout savoir de leur mode de vie ! Vous ferez aussi de nombreuses haltes auprès des wallabys, gourmands de pop-corn, et rendrez visite aux animaux domestiques de la petite ferme. Les sportifs et téméraires de tous âges évolueront dans le Parcabout®, composé de 3 500 m² de filets suspendus dans les arbres, jusqu'à 13 m de haut.

▶ **Encas et pique-nique** : Plusieurs formules de restauration sur place permettent des pauses bien méritées, dans de superbes décors. Il est aussi possible de pique-niquer aux abords du parc.

▶ **Plus Futé** : Devenez soigneur d'un jour, une approche privilégiée inoubliable que vous pourrez offrir à un jeune de votre entourage pour son anniversaire. À partir de 8 ans, plus d'informations sur www.branfere.com

CITÉ DE LA VOILE ÉRIC TABARLY ★★★

Lorient La Base
LORIENT
✆ 02 97 65 56 56
www.citevoile-tabarly.com
Tous les jours, 10h à 19h en été. Hors saison, voir site. Adulte 12,80 €. Enfant (7-17 ans) 7,50 €, (3-6 ans) 3,20 €.

Centre d'exposition et musée multimédia, la Cité de la Voile est un incontournable de la ville de Lorient. Unique en Europe, vous y découvrirez tout ce qu'il y a à savoir sur l'univers de la voile. Des plus anciennes méthodes de construction des voiliers jusqu'aux plus modernes, ainsi que différents récits sur les différentes techniques de navigation à la voile. Pour les connaisseurs, vous aurez la chance d'y apercevoir les fameux *Pen Duick* d'Eric Tabarly, ces voiliers devenus mythiques, lors de leurs escales à Lorient. Le centre d'exposition, quant à lui, regorge de trésors d'activités. Selon les saisons, des ateliers thématiques et des activités sont organisées pour les petits comme pour les grands, ainsi que des sorties en mer. Ce sont plus de trois heures de visites qui vous attendent et qui vous en mettront plein les yeux. La Cité de la Voile est un symbole de modernité et d'innovation dans le secteur culturel, et l'espace muséographique propose films, manipulations, simulateur de navigation, découverte sensorielle et cognitive, ou encore cinéma 4D. L'endroit rêvé pour se plonger dans cet univers particulier, qui est un monde à lui tout seul. De quoi s'émerveiller et s'amuser, peu importe l'âge. Vous y apprécierez également le quartier et son effervescence culinaire et culturelle. Retrouvez toutes les informations sur le site Internet de la Cité de la Voile, notamment pour connaître les différentes activités proposées en fonction de la saison.

MUSÉE SOUS-MARIN DU PAYS DE LORIENT ★★

LORIENT
✆ 06 07 10 69 41
www.musee-sous-marin.com
Fermé pour travaux depuis octobre 2021. Consulter le site Internet. Entrée : 5,50 €. Enfant : 3,50 €.

Au cœur de Keroman, se trouve un bunker de 15 m de haut transformé en musée sous-marin depuis 1999 dans les locaux de la plus grande base de *U-Boot* édifiée pendant la Seconde Guerre mondiale. La visite vous fait découvrir le plus ancien simulateur d'entraînement pour sous-mariniers au monde et le seul en Europe à être ouvert à la visite ! Vous découvrirez également les techniques de survie auxquelles s'entraînent les équipages sous-marins. Le centre a servi pendant plus de 50 ans.

LE MASTER FACTORY

7, rue Gilles-Gahinet
VANNES
✆ 02 97 46 09 00
lemasterbowling.fr
Ouvert toute l'année, du mardi au samedi. Partie de bowling adulte : 6,50 € - enfant : 5 €.

Le Master Factory est le lieu idéal pour s'amuser entre amis, en famille ou entre collègues, en soirée ou par une après-midi pluvieuse. Vous aurez l'embarras du choix : bowling (12 pistes homologuées avec des pistes spéciales enfants de moins de 4 ans), billard, divers jeux (jeux vidéo, fléchettes, hockey, baby-foot...), poker ou encore karaoké. Profitez aussi du bar et de sa restauration, mais aussi des soirées à thème et des tournois de bowling. Les plus fêtards poursuivront la nuit dans les discothèques situées juste à proximité.

CENTRE-VAL DE LOIRE

La Région Centre-Val-de-Loire offre aux familles la richesse de 6 départements : Cher, Eure-et-Loir, Indre, Indre-et-Loire, Loiret et Loir-et-Cher. Des cités de charme aux centres historiques à découvrir, des somptueux châteaux de la Loire, en particulier Chambord et Chenonceau, qui font rêver petits et grands, à la Loire à Vélo qui sillonne toute la région, favorisant les randonnées en famille, sans oublier les parcs floraux et les jardins remarquables, les balades en calèche ou encore les nombreux musées proposant des visites ludiques et des ateliers pour les familles et les plus jeunes. Les activités de pleine nature sont multiples et répondent à toutes les envies. L'incontournable des familles, c'est bien évidemment le zoo de Beauval et ses pandas qui se plaisent véritablement ici ! Une destination qui mêle admirablement patrimoine et nature, pour des moments uniques où chacun construit ses souvenirs !

CHÂTEAU D'AINAY-LE-VIEIL ★

7, rue Drevant - **AINAY-LE-VIEIL**
✆ 02 48 63 50 03
http://chateau-ainaylevieil.fr
Ouvert du 1er avril au 30 octobre 2022.
Visite guidée 9 € (8 € libre), enfant de 4 € à 7 €.

Surnommé « le Petit Carcassonne du Berry », le château d'Ainay-le-Vieil se situe sur la route Jacques-Cœur, non loin de Saint-Amand-Montrond. Cette extraordinaire forteresse médiévale du XIVe siècle a conservé ses douves et son imposante enceinte octogonale flanquée de tours à meurtrières et de remparts à créneaux. L'héritage du Moyen Age côtoie celui de la Renaissance car l'intérieur est richement décoré. Sa cheminée monumentale est d'ailleurs l'une des plus belles du Val de Loire. Les enfants sont invités à revêtir un costume de chevalier ou de belle dame.

LE JARDIN AQUATIQUE

BELLEVILLE-SUR-LOIRE
Ouvert toute l'année. Gratuit.

L'eau et le végétal sont à l'honneur en bordure du canal latéral de la Loire. Cette promenade se déroule le long du chemin de halage sur 280 m. Un gazon raffiné est jalonné par douze bassins rectangulaires séparés par des pontons de traverse de chemin de fer aboutissant chacun à un banc. On y prend place le temps de rêver, de se délasser et d'écouter les bruissements de la nature. Et la vue n'est pas en reste puisque, devant vous, le Val de Loire se déploie. Nymphéas, saules, iris, parmi d'autres plantes, ravissent le regard des promeneurs.

CHÂTEAU DE BLANCAFORT ★

BLANCAFORT
✆ 02 48 58 60 11
www.chateaublancafort.com
Adulte 9,50 €, enfant 7,50 € (château, parc et jardins). Prêt gratuit de déguisements pour les enfants.

Ce château en pierre et en brique fut reconstruit à son emplacement actuel à la fin du XVe siècle. Cette demeure est entièrement meublée d'un mobilier d'époque et rehaussée de tapisseries des XVIIe et XVIIIe siècles. Le donjon impose ses grandes ouvertures et son décor polychrome. Le château est privé et habité, les jardins à la française sont joliment entretenus et les monuments sont peu à peu restaurés grâce aux bénéfices des visites notamment. Un cadre magnifique qui se prête aussi parfaitement aux tournages et aux grandes célébrations !

MUSÉUM D'HISTOIRE NATURELLE ★

Allée René-Ménard
BOURGES
✆ 02 48 65 37 34
www.museum-bourges.net
Adulte 4,50 €, enfant 2,50 €.
Livret jeux pour les enfants.

Voilà un musée très riche à ne pas manquer lors d'un séjour à Bourges. Enfants et adultes y passeront un bon moment. La dernière salle, qui regroupe de nombreux animaux naturalisés, « clou » de la collection, fera sans nul doute le bonheur des plus jeunes. On peut aussi tout apprendre sur les chauves-souris, et en observer dans un vivarium. Des animations pour les enfants ont lieu pendant les vacances.

PALAIS JACQUES-CŒUR ★★★

10 bis, rue Jacques-Cœur
BOURGES
✆ 02 48 24 79 42
www.palais-jacques-coeur.fr
Toute l'année. Visite guidée tous les jours à 10h30 et 14h30.

Né vers 1400, marchand, banquier, armateur, Jacques Cœur est avant tout un négociant dont la richesse s'est fondée sur la laine des moutons du Berry et sur les produits rapportés du Moyen-Orient. Construite sur le rempart gallo-romain, la « grand' maison », avec ses trois tours, son donjon et trois niveaux de caves où étaient stockés vivres et marchandises, témoigne également par son décor de cette double vocation : scènes de travail de la laine, vaisseau, arbres exotiques... La « grand' maison » fut achevée en 1451, c'est l'un des plus beaux exemples d'architecture civile gothique en France. L'esprit en est novateur : la lumière pénètre largement les pièces pourvues d'un confort rapporté d'Orient (bains, étuves, latrines...). Partout, on retrouve en décor la coquille de Saint-Jacques et le cœur, symboles du maître des lieux. La fleur de lys, très répandue elle aussi, souligne l'allégeance de Jacques Cœur, nommé Grand Argentier, à son roi Charles VII. Ceci n'empêchera pourtant pas sa disgrâce et sa chute brutale. Emprisonné puis banni en 1456, il meurt à Chios en Grèce, lors d'une expédition contre les Turcs. Le palais reste le témoin de l'intelligence d'un homme, de son goût et de sa capacité à innover dans le domaine architectural. Resté célèbre également par sa devise « A cœur vaillant rien d'impossible » - qui figure à maints endroits dans son palais-, Jacques Cœur est une figure emblématique de Bourges. Partez ainsi sur la Route Jacques Cœur pour une découverte des plus beaux châteaux de la région Centre-Val de Loire.

PRINTEMPS DE BOURGES

Rue Henri-Sellier
BOURGES
✆ 02 48 27 28 29
www.printemps-bourges.com
En avril.

Créé en 1977, le Printemps de Bourges n'en finit pas d'attirer les passionnés de musique. C'est le grand rendez-vous international incontournable des musiques actuelles. C'est l'occasion de découvrir de nouveaux talents et d'assister à pas moins de 40 spectacles, mais aussi des scènes ouvertes, des concerts dans les bars et restaurants et plus de 100 000 spectateurs ! 45 années de musique venue de toute part. Un lieu à fréquenter avec vos adolescents pour les ouvrir à la culture des festivals ! Attendus pour 2022, Vianney, Juliette, IAM ou encore Eddy de Pretto.

ABBAYE DE NOIRLAC ★★★

Route de Bruère
BRUÈRE-ALLICHAMPS
✆ 02 48 62 01 01
www.abbayedenoirlac.fr
Basse saison : tlj 14h-17h.
Haute saison : tlj 10h-18h30. Gratuit -11 ans.
Adulte 7 €.

L'abbaye de Noirlac est un site cistercien majeur d'Europe situé à 40 km au sud de Bourges, au cœur d'un bocage façonné par le Cher. Construite à partir de 1150 par un petit groupe de moines, l'abbaye de Noirlac représente l'ascétisme monacal de l'ordre cistercien fondé par saint Robert et développé par saint Bernard. A partir du XVIe siècle jusqu'à la Révolution française, les quelques moines qui y résident se consacrent autant à la gestion des biens de la communauté qu'à la vie spirituelle. En 1791, l'abbaye est confisquée au titre des biens nationaux. Elle est occupée ensuite par une manufacture de porcelaine pendant une grande partie du XIXe siècle. Le monument devient propriété du Département du Cher en 1909. De 1950 à 1980, il fait l'objet d'une remarquable restauration qui lui permet de retrouver l'authenticité de son plan d'origine et de s'inscrire dans la modernité grâce aux vitraux commandés en 1977 au plasticien Jean-Pierre Raynaud. Géré par un Etablissement Public de Coopération Culturelle depuis 2007 et labellisé Centre Culturel de Rencontre depuis 2008, il est aujourd'hui un foyer d'échanges culturels et artistiques reconnu, tout en restant un lieu touristique majeur ouvert à la visite toute l'année.

CHÂTEAU DE CULAN ★

Esplanade du Château - **CULAN**
✆ 02 48 56 66 66
www.culan.fr
Tous les jours de Pâques à la Toussaint.
Basse saison 14h-17h30. Haute saison 10h30-12h30 & 14h-18h. Adulte 10 €.

Perché sur son escarpement rocheux, le château domine les gorges de l'Arnon. Ce qui subsiste aujourd'hui de cette forteresse est magnifiquement conservé : ses grosses tours, ses chemins de ronde et ses salles des gardes avec armures. C'est un exceptionnel témoignage de l'architecture militaire de la fin du Moyen Âge. Outre les salles seigneuriales dotées de cheminées du XVe siècle, l'intérieur du château abrite des trésors de mobilier et de décoration. Les Festiviales du château offrent des expositions, spectacles et animations.

FERME DE LOISIRS LA MOUTONNERIE

La Moutonnerie
GERMIGNY-L'EXEMPT
✆ 06 59 98 20 69
Ouvert le mercredi et le samedi de 10h à 18h.
Périodes scolaires : du mardi au dimanche 10h à 18h.

Dans cette ferme pédagogique, petits et grands découvrent des chèvres, des moutons, des cochons, des oies, des dindes, des canards et des pintades. Ici, on peut toucher les animaux et hériter d'un joli savoir grâce à la visite guidée. À La Moutonnerie, le jeu tient aussi une place importante puisqu'on y vient pour faire une petite course de karting à pédales, s'équilibrer sur des échasses ou sauter en l'air grâce à un trampoline, voire tirer à l'arc.

CENTRE CÉRAMIQUE CONTEMPORAINE ★

La Borne - **HENRICHEMONT**
✆ 02 48 26 96 21
www.laborne.org
Adulte 3 €, réduit 2 €.
Fermeture annuelle en janvier.

En 1971, l'association des potiers de La Borne investit l'ancienne école de filles du village pour y présenter leurs créations et celles d'artistes invités. Aujourd'hui le centre accueille les visiteurs dans une galerie de verre de 665 m² conçue par l'architecte Achim Von Meier. Il est un élément important d'un patrimoine unique en France, pour la mise en valeur et le développement de la céramique contemporaine et répondre à des missions pour la sauvegarde de la culture céramique.

FERME PEDAGOGIQUE DE TRAVAIL COQUIN

Travail Coquin - **PLOU**

✆ 02 48 26 21

www.travailcoquin.com

Ouvert mercredi, vendredi et week-end sur réservation. Adulte : 5 €. Enfant de 3 à 14 ans : 3 €.

Cette ferme céréalière comprend un écomusée expliquant l'évolution du monde agricole à travers tous les outils d'autrefois. Ajoutez à cela des expositions et un magnifique four à pain d'antan. Au fil de la visite, les enfants pourront résoudre des énigmes, se déguiser en Berrichons, fabriquer de la farine et du pain, et approcher tous les animaux de la bassecour. Puis suivez le parcours autour de l'exploitation à la découverte des habitants de la mare, de la grange et de la forêt.

LA FORTERESSE DE MONTROND ★★

10, Allée du Prince de Condé

SAINT-AMAND-MONTROND ✆ 02 48 96 42 76

www.ville-saint-amand-montrond.fr

Visites mardi-dimanche 10h-15h.

Point de départ : local du CHASA, 10 allée du Prince de Condé. Durée 1h30. Gratuit.

Cet ensemble de fortifications est unique dans la région et est classé Monument historique. Les premières constructions remontent au début du XIIIe siècle. Mais c'est au XVIIe siècle que le système de défense a été renforcé. Un circuit permet de découvrir l'enceinte médiévale, le bastion du Grand Cavalier et ses galeries souterraines, le donjon... Une immersion dans l'histoire de l'architecture militaire. La restauration met bien en valeur cet ensemble remarquable.

BOURGES ESCAPE YOURSELF

29A, route de la charite

SAINT-GERMAIN-DU-PUY

✆ 06 51 59 00 32

https://bourges.escapeyourself.fr

Ouvert du mercredi au dimanche. sur réservation, à partir de 21 €.

Ce jeu d'évasion grandeur nature est prévu pour des équipes de 3 à 6 personnes, et vous aurez à choisir entre trois thèmes. Idéal pour une sortie en famille, entre amis, ou pour la cohésion de groupe en entreprise. Il s'agit de résoudre des énigmes, de casser des codes, de décrypter des illusions d'optique pour sortir de la pièce. Pendant une heure, on est embarqué dans une aventure très dépaysante et ludique. Pour gagner, il faut être rigoureux, observateur et doué de logique, d'où l'intérêt de jouer en équipe pour cumuler les talents.

BRANCHÉ AVENTURE

Base Nature Aventure

SIDIAILLES

✆ 05 65 60 72 03

www.brancheaventure.fr

Tarifs complets sur le site internet.

Le parc aventure de Sidiailles est situé à proximité de la base nautique dans un cadre préservé et côté aventure, il y en a vraiment pour tous les goûts. On y vient pour passer la journée, on en profite pour se baigner dans l'espace aménagé du lac et on y pique-nique. Le parc aventure de Sidiailles, c'est 8 parcours pour évoluer à son rythme, se dépasser et s'amuser. En dehors des parcours traditionnels jalonnés de tyroliennes, de filets, d'échelles, vous pourrez découvrir des parcours sur skate ou vélo suspendu. Sport et bonne humeur sont au rendez-vous.

LA BETE NOIRE SANCERROISE

Le Guenetin

THAUVENAY

✆ 02 48 79 97 17

www.crottinsdechavignol.com

Ouvert tous les jours de 10h à 12h et de 14h à 19h.

Cette exploitation agricole a aménagé un parcours ludique permettant de découvrir les différents animaux, chèvres alpines, boucs, moutons, ânes, poules et vaches. On peut câliner les lapins. Vous pourrez apercevoir canards, chevreuils et cygnes traversant parfois les pâturages. Sur réservation, pour les groupes, visite guidée pour devenir incollable sur l'élevage des biquettes avec dégustation de sancerre et de différents crottins. Aire de pique-nique. Boutique de produits régionaux.

L'ODYSSÉE DU BERRY

La Petite Suée

VORNAY

✆ 0248250433

www.lodysseeduberry.com

Adulte 8 €, enfant 7 €.

L'Odyssée du Berry est un véritable jardin des sens qui ravira petits et grands. Cet endroit original permet de déambuler dans une bambouseraie, de voir des animaux de la ferme, de comprendre le fonctionnement d'un potager, d'effectuer un parcours pieds nus, de se perdre dans un labyrinthe végétal et de s'amuser sur des jeux géants et gonflables. Ce lieu très complet change des parcs d'attraction plus traditionnels. Possibilité de pique-niquer sur place et une restauration est aussi proposée. Idéal pour une journée en famille ou un anniversaire (gâteau offert).

CATHÉDRALE NOTRE-DAME ✝ ★★★★

16, Cloître Notre-Dame - **CHARTRES**
✆ 02 37 21 59 08 - www.cathedrale-chartres.org
Ouverte 7j/7 8h30-19h30. Juillet et août, mardi, vendredi, dimanche jusqu'à 22h. Pas de visite pendant la messe.

Au beau milieu des champs de blé, semblables à une mer d'or caressée par le soleil et le vent, s'élèvent les clochers asymétriques de la cathédrale de Chartres. Inscrite au patrimoine mondial de l'Unesco, elle rayonne par-delà les frontières. Notre-Dame de Chartres est tout à la fois un lieu de culte et un chef-d'œuvre architectural. Souvent détruite par les incendies, et toujours reconstruite avec la même magnificence, la cathédrale a traversé les siècles et les guerres. Avec son architecture où s'entremêlent les styles roman et gothique, la cathédrale de Chartres regorge de secrets, et pour vous permettre d'effleurer son histoire, gravée dans la pierre de Berchères, le diocèse organise des visites guidées extrêmement instructives. Aujourd'hui encore, elle est en cours de rénovation, à l'intérieur comme à l'extérieur. Mais on peut tout de même admirer les nombreux éléments de cette cathédrale qui est l'une des belles représentantes de l'architecture gothique, notamment :

- **Ses sculptures d'une finesse inouïe**, qui constituent le plus grand ensemble de sculptures de cette époque et sont dans un état de conservation exceptionnel. Les neuf portails qui entourent la cathédrale sont gardés par des sculptures en calcaire lutécien importées des carrière de Paris. Elles représentent des grandes figures de la foi chrétienne, dont les visages et les drapés des vêtements semblent s'animer. Ces personnages aux saisissants détails rejouent des scènes du Nouveau et de l'Ancien Testament.

- **Ses vitraux**, dont le bleu si lumineux a fait la renommée de Chartres. A l'instar des sculptures, la magnifique parure de vitraux de la cathédrale de Chartres est l'une des plus complètes de l'époque médiévale. Au total, cette parure occupe une gigantesque surface de 2 600 m². Principalement exécutée au XIIIe siècle, entre 1210 et 1250, elle est remarquablement conservée. Les trois verrières au-dessus du Portail Royal datent d'une époque antérieure, puisqu'elles ont été exécutées entre 1145 et 1155. Pendant les deux guerres mondiales, les précieux vitraux de la cathédrale de Chartres ont été démontés et placés en lieu sûr. Dans la crypte tout d'abord, puis, à l'approche des troupes allemandes, les caisses de vitraux ont été transportées jusqu'au château de Fongrenon, en Dordogne, où elles ont été cachées dans des carrières souterraines.

- **Sa crypte aux dimensions incroyables.** Du nom de l'évêque de Chartres qui a ordonné la construction d'un nouvel édifice après la destruction par les flammes de la cathédrale en 1020, la crypte de Fulbert est la troisième crypte au monde par sa taille. Avec ses 230 m de long, elle est aussi la plus vaste de France. Elle est composée de plusieurs chapelles qui invitent le visiteur au recueillement, et elle donne à voir des peintures murales datant de plusieurs époques. Le chœur de la cathédrale cache une autre crypte d'une époque antérieure, vraisemblablement édifiée au IXe siècle par l'église carolingienne et appelée la crypte Saint-Lubin.

- **Son labyrinthe circulaire.** Cette figure géométrique réalisée au XIIe siècle se trouve au centre de la nef, entre les 3e et 4e travées. Le labyrinthe étant souvent dissimulé par des chaises, pensez à regarder par terre pour ne passer à côté de cet emblème de la cathédrale de Chartres. Il évoque la mythologie grecque et est vraisemblablement inspiré de la légende du Minotaure. Composé de 272 dalles blanches en pierres de Berchères, il invite le visiteur à se prêter à un pèlerinage à l'intérieur de la cathédrale. Il peut aussi être perçu comme un parcours méditatif évocateur de l'existence humaine.

- **Le « Voile de la Vierge »**, une sainte relique dont le roi Charles le Chauve, petit-fils de Charlemagne, aurait fait don à la cathédrale en 876. Aussi appelé la « Sainte Chemise », ce voile en soie aurait été porté par Marie lors de l'Annonciation. Cette précieuse relique est désormais conservée derrière une magnifique vitrine dorée. Inauguré en grande pompe en octobre 2020, le reliquaire réalisé par le créateur Hubert Le Gall révèle à travers une scénographie sublime le Voile de la Vierge. Ornée de vitraux et portant le bleu de Chartres, la vitrine de Le Gall répond à deux contraintes majeures : mettre en valeur la relique tout en la préservant des assauts du temps.

A la suite d'un vœu fait alors que son fils était malade, l'écrivain Charles Péguy entreprend un pèlerinage à pied de Paris à Chartres, le 14 juin 1912. Après sa mort en 1914, ses amis choisissent de suivre ses pas en méditant ses poèmes. Les pèlerins étudiants sont de plus en plus nombreux. Le cardinal de Paris, Monseigneur Verdier, donne son assentiment à un étudiant, compagnon de saint François, qui organise des temps de partage appelés chapitres. Les pèlerinages auront désormais lieu chaque année même pendant la guerre. En 1991, le Père Soubrier, évêque accompagnateur de la Mission étudiante, crée une nouvelle formule de pèlerinage, se déroulant désormais à l'occasion du dimanche des Rameaux. Elle donne davantage de responsabilités aux étudiants dans l'organisation. Les Journées mondiales de la jeunesse de Paris en 1997 et surtout en 2000 donnent une nouvelle dynamique au pèlerinage qui débute désormais par une marche depuis Paris. De nombreuses hôtelleries traditionnelles accueillent le pèlerin dont l'ancienne Maison Saint-Yves (1, rue Saint Éman – Tél. : 02 37 88 37 40 - www.maison-st-yves.com), autrefois maison d'accueil pour les pèlerins de Chartres qui est devenue une hôtellerie traditionnelle.

CHARTRES EN LUMIÈRES

Place de la Cathédrale
CHARTRES
✆ 02 37 18 26 26
www.chartresenlumieres.com
D'avril aux fêtes de fin d'année.

Tous les jours, à la tombée de la nuit, la ville s'illumine : c'est la magie de Chartres en Lumières. Depuis 2003, Xavier de Richemont donne aux lieux historiques un nouveau visage, en les habillant de lumières et de couleurs chatoyantes. De petits éclairages bleus, posés au sol comme les cailloux du Petit Poucet, dessinent un circuit à travers le centre-ville et la basse ville (plan disponible à l'office de tourisme) : tout au long de ce chemin, vous pourrez contempler les 23 sites illuminés, tantôt animés, tantôt accompagnés de musique, et toujours surprenants.

ARBORETUM

LA FERTÉ-VIDAME
Ouvert toute l'année. 9h-18h. Gratuit. Visite commentée 4 €.

Connaissez-vous les araucara du Chili, les pruches de l'ouest ou le cornouiller sanguin ? Si oui, c'est que vous êtes amateur de botanique et que l'arboretum est fait pour vous ; si non, alors vous auriez tort de passer à côté d'une visite dans ce lieu de détente et de nature. Créé en 1990, l'arboretum de la Ferté-Vidame compte près de 150 espèces, plus ou moins connues. Entourant des courts de tennis pour les sportifs et des jeux pour les enfants, les arbres trônent entre des plans d'eaux - sources et mares - qui rendent cet endroit très agréable.

L'AR [T] SENAL

Place Mésirard
DREUX
Fermé le mardi.

L'ancien arsenal de Dreux a commencé sa troisième vie à l'automne 2012 : déjà transformé en marché, l'ancienne réserve des pompiers, construite au début du XXe siècle et classée monument historique, est maintenant un centre d'art contemporain. Le grand bâtiment, dissimulé en partie derrière un grand caisson marron, accueille toute l'année des artistes locaux ou nationaux pour exposer leurs œuvres, et fait connaître l'art contemporain sous toutes ses formes. Après avoir découvert l'Ar (t) senal, profitez du marché couvert ouvert tous les jours en face du centre.

CHÂTEAU DES COMTES DU PERCHE ★

Place Emile-Maquaire - **NOGENT-LE-ROTROU**
✆ 02 37 52 18 02
Ouvert toute l'année, horaires variables en fonction des saisons. Tarifs adulte 4,50 €, enfant 2,50 €.

Dominant la ville de Nogent-le-Rotrou, le château Saint-Jean surplombe routes et vallées des alentours. Trouvant ses origines au XIe siècle, le château a connu de nombreuses vicissitudes liées à l'histoire de France. Possession de la ville depuis 1950, et classé aux Monument historiques, il abrite le musée de l'histoire du Perche au second étage du corps de logis Renaissance. Ce musée se consacre à l'histoire du château, de la cité et du Perche, du Moyen Âge à la Révolution française.

TÉLÉSKI NAUTIQUE

1 bis, rue de la ferrière
FONTAINE-SIMON
✆ 06 20 02 84 52
www.tn28.fr
A partir de 22 €.

Sur le plan d'eau de Fontaine-Simon, la glisse aquatique est à la portée de tous. Au cœur du Perche, accordez-vous une pause fun et nature avec cette activité à sensations garanties ! Le téléski nautique permet en effet de découvrir les joies du ski nautique, mais aussi du wakeboard, du wakeskate ou encore du kneeboard, tout en étant tiré par une corde attachée à un câble. Encadrée par des moniteurs diplômés, cette activité ludique peut se pratiquer à partir de 10 ans. A noter que le câble peut tracter jusqu'à 8 personnes en même temps. Fous rires assurés !

URBAN JUMP

CC Plein Sud - **VERNOUILLET**
✆ 02 37 15 79 05
www.urban-jump.com
Ouvert tous les jours en période estivale. Horaires sur le site internet. 10 €/1h.

Emmenez « jumper » vos enfants chez Urban Jump ! C'est le lieu idéal pour que vos bambins se défoulent ! Sur une surface de 1 600 m², ce concept est composé de trampolines reliés entre eux pour former de grandes surfaces interconnectées. On passe de l'un à l'autre en se prenant pour un kangourou ! Pour les habitués et les plus aguerris, il est également possible de faire des sauts acrobatiques ou bien encore d'engager une balle au prisonnier entre amis. Mention spéciale pour le Ninja Parkour qui n'est pas sans rappeler une certaine émission de « warrior » !

PARC ET JARDINS DU CHÂTEAU DE BOUGES

Château de Bouges - **BOUGES-LE-CHÂTEAU**
✆ 02 54 35 88 26
www.chateau-bouges.fr
Ouvert de mars à novembre, horaires variables selon les mois. Adulte 8 € pour le parc seul.

Les visiteurs peuvent arpenter les 80 hectares du parc labellisé Jardin Remarquable. Ils découvriront le jardin à la française aux buis taillés, l'arboretum organisé autour d'un étang et, pour finir en beauté, le jardin bouquetier aux fleurs multicolores. On découvre de belles perspectives et les couleurs d'automne y sont aussi belles que les fleurs du printemps. Les communs comportent une sellerie, une écurie et un musée hippomobile qui ravira autant les enfants que les adultes.

PLAGE DE CHABRIS

CHABRIS
✆ 02 54 40 10 16

Sur les bords du Cher et à côté d'une roseraie, un espace de baignade a été aménagé avec des jeux pour enfants, un skate-park, des locations de canoës, un terrain de pétanque. Les amateurs pourront pêcher mais n'oubliez pas de vous renseigner auprès de la mairie pour la licence. De l'Ascension jusqu'à la mi-septembre, le dimanche après-midi (et les jours fériés), c'est la traditionnelle guinguette. Cette petite plage est plutôt bien entretenue et la baignade est surveillée. Un lieu de détente bien appréciable après avoir parcouru quelques kilomètres à vélo !

FERME LES JARRIGES

Les Jarriges
CHAZELET
✆ 02 54 24 88 16
www.fermelesjariges.fr
Ouvert toute l'année sur réservation.

Cette exploitation agricole de polyculture et d'élevage de vaches limousines en agriculture biologique propose des visites et des ateliers pédagogiques ayant pour thème la connaissance du vivant (fonctionnement, reproduction, besoins des animaux, des végétaux), l'approche du milieu (les cycles naturels, les habitats, l'espace), comprendre l'origine de notre alimentation, les céréales du grain au goûter, les poules : quoi de n'œuf ? Sont abordées sous forme de visites les vaches et leur environnement, les céréales de la graine à l'épi et les énergies renouvelables.

ECOPARC DES CHENEVIERES

Route de Villers
DÉOLS
✆ 02 54 34 19 14
Ouvert toute l'année, tous les jours. Accès libre.

Situé au confluent de la rivière Indre et du ruisseau de la Ringoire, l'écoparc s'étend sur 22 hectares de prairies humides le long des rives de l'Indre. Il a été aménagé à partir de 1990 et fait la part belle à la biodiversité. On y trouve de nombreuses espèces d'oiseaux, des chevaux de Camargue et des moutons d'Ecosse. Il abrite également un jardin de plantes médicinales du Berry et un jardin des senteurs destiné aux malvoyants, regroupant une soixantaine de variétés de végétaux. Classé Espace Naturel Sensible, il comprend également un sentier de promenade.

WATERSPORTS

7, route de la chapelle
EGUZON-CHANTÔME
✆ 06 88 35 01 85
www.eguzon-watersports.com
Ouvert de mai à septembre. A partir de 9 €.

Watersports est au bord du lac d'Eguzon. Cette structure de sports nautiques vous permet de pratiquer du ski nautique, du wakeboard, de la bouée ski tube, du ski bus, le tout tracté par un Mastercraft X7 pour un maximum de sensations. Vous pouvez aussi plus sagement faire de l'aviron ou du canoë-kayak... On vous loue également des bateaux à moteur écologique sans permis (pour 4 ou 5 personnes). Vous l'aurez compris, cette structure au bord du lac est l'endroit idéal pour passer un après-midi mémorable en famille ou entre amis !

FAUNE, FLORE ET UTOPIES

8, La Blanchardière - **HEUGNES**
✆ 06 12 28 85 57
www.fauneflorretutopies.fr
Ouvert toute l'année sur réservation.
Ouvert mardi, mercredi, et week-end de 14h30 à 19h. Adulte : 6 €. Enfant : 4 €.

Venez vivre des moments passionnants pour tout apprendre sur la nature, grâce aux animations autour des animaux en liberté, et leur faire de gros câlins. Ils sont apprivoisés et ne sont pas agressifs. La bienveillance de chacun entretient leur confiance. Visite pédagogique de l'élevage de lapins béliers, du potager conduit en permaculture, ainsi que des bâtiments et équipements écologiques. D'autres passionnés viennent présenter leur savoir-faire et leurs créations. Ils organisent aussi des chasses aux trésors, et d'autres événements tout au long de l'année.

ABBAYE DE FONTGOMBAULT ✝ ★

40, rue de l'Abbaye
FONTGOMBAULT
✆ 02 54 37 12 03
fontgombault.free.fr/site/abbaye.html
Ouvert toute l'année. Tous les jours de 9h à 13h et de 14h à 19h. Seule l'abbatiale se visite. Gratuit. Boutique.

L'abbaye est connue dans le monde entier, c'est un lieu essentiellement consacré au recueillement. En 1991 était fêté son neuvième centenaire. Pierre de l'Étoile et ses compagnons ermites fondèrent cette abbaye en 1091 sur une rive de la Creuse et adoptèrent la règle de saint Benoît. Elle se développa considérablement en fondant, durant les XIIe et XIIIe siècles, une vingtaine de prieurés. En 1741, les bénédictins furent remplacés par des lazaristes puis par des trappistes en 1849 qui s'exilèrent aux États-Unis en 1904. De 1919 à 1948, un séminaire diocésain pour vocations tardives s'établit dans une partie des bâtiments. 22 bénédictins venus de Solesme relevèrent l'abbaye en 1948. Aujourd'hui la communauté est composée d'environ 60 moines. Pour subvenir à leurs besoins, ceux-ci exercent plusieurs activités, telles que divers artisanats de poterie de grès, d'émaux ou d'icônes authentiques. Ils exploitent également eux-mêmes leur domaine agricole en pratiquant l'élevage, l'agriculture, l'arboriculture ou le maraîchage. Son hôtellerie monastique permet aux personnes le souhaitant d'y faire une retraite en profitant des offices monastiques et du silence des lieux. L'hôtellerie du monastère offre 32 chambres pour hommes, les repas étant pris en commun avec les moines. Et aussi 14 chambres individuelles plus 16 doubles destinées aux familles dans de petites maisons attenantes au monastère, les repas étant préparés par les retraitants. On peut visiter l'église abbatiale de 9h à 13h et de 14h à 19h.

LA MAISON DES ABEILLES 📷

Parc naturel régional de la Brenne
INGRANDES
✆ 02 54 28 68 63
www.maisondesabeilles.fr
Entrée gratuite. Du lundi au vendredi, 14h-17h.

Une sortie pédagogique et gourmande à la fois : ça vous tente ? Dans le Parc Régional de la Brenne, la Maison des Abeilles est parfaite pour une sortie en famille : on y découvre la vie des abeilles, on s'instruit sur leurs conditions et mode de vie, sur les dangers qui les menacent, sur la récolte du miel... La visite de la miellerie est passionnante, et la ruche digitale vous plonge au cœur d'une colonie d'abeilles. Les amateurs de miel apprécieront la boutique en fin de visite : miel du terroir et produits dérivés feront le bonheur des palais gourmands.

FÊTE DE LA MARIONNETTE 🎭

NÉONS-SUR-CREUSE
✆ 06 52 11 31 35
www.fetemarionnette.org
En août.

Depuis 1999, l'association AnimaNéons organise tous les deux ans une fête de la marionnette, autour du 15 août (les années paires). On découvre des marionnettes à fils ou à gaine, du théâtre d'objets. Les spectacles sont variés et s'adressent à tous les âges, des plus petits aux adultes. L'association invite différentes compagnies qui exposent leur savoir-faire. C'est un week-end de fête dans le petit bourg brennou. Des animations sont aussi prévues pour les enfants (jeux, manipulation, fabrication). De 20 minutes à une heure de spectacle.

MUSÉE ET SITE ARCHÉOLOGIQUE D'ARGENTOMAGUS 🏛 ★

Les Mersans - **SAINT-MARCEL** ✆ 02 54 24 47 31
www.argentomagus.fr
Fermé du 23 décembre au soir au 1er janvier inclus et durant les trois premières semaines de janvier. 5 € et 2,50 €.

Une aventure fabuleuse au travers de ce musée conçu directement sur un quartier de la cité gallo-romaine d'Argentomagus. Très moderne et utilisant les dernières technologies muséographiques, les espaces d'exposition vous entraînent en pente douce des gisements préhistoriques de la vallée de la Creuse jusqu'aux vestiges d'Argentomagus. Reconstitutions grandeur nature, films, vidéo, animations audiovisuelles et maquettes rythment la visite très pédagogique.

MAISON DE JOUR DE FÊTE 🏛 ★

Place du Marché
SAINTE-SÉVÈRE-SUR-INDRE
✆ 02 54 30 21 78
www.maisondejourdefete.com
Fermé en janvier. Adulte : 8 €. Enfant : 6 €.

À l'endroit même où Jacques Tati a tourné de nombreuses scènes de *Jour de fête*, en 1947, a été installé un musée. La visite se fait sous forme d'un parcours spectacle de 70 min en Scénovision, qui allie projection, décors reconstitués et décors animés. Un bijou pour les cinéphiles ! Des soirées projection sont aussi organisées. Des animations sont prévues pour les enfants pendant les vacances (jeux, stage cinéma). La boutique permet de replonger dans l'ambiance rétro des années 1950 avec papier buvard, boîte à musique, roudoudous et jolies boîtes de caramel.

RÉSERVE ZOOLOGIQUE DE LA HAUTE-TOUCHE ★

La Haute Touche
OBTERRE
✆ 02 54 02 20 40
www.zoodelahautetouche.fr
Haute saison ouvert tous les jours de 9h à 19h. Adulte : 14 €. Enfant de 4 à 16 ans : 11 €.

Le plus vaste parc animalier de France vous emmène sur les cinq continents au cœur d'un domaine forestier de 436 hectares. La réserve héberge plus de 1 300 animaux appartenant à 120 espèces animales originaires des cinq continents. Herbivores (cervidés, antilopes, bouquetins, mouflons, camélidés), carnivores (loups, tigres, lynx et une espèce exceptionnelle, les dhôles), primates (lémuriens, babouins…) et des oiseaux (pélicans frisés, ibis, flamants…) disposent de vastes enclos ombragés intégrant plusieurs étangs, offrant aux visiteurs un cadre naturel, paisible et authentique. L'espace dont dispose la réserve permet d'accueillir, dans les meilleures conditions, des animaux vivant en hardes ou en meutes. La majorité des enclos sont d'une superficie de deux à trois hectares, voire plus. Un tiers des animaux de la réserve sont des cervidés (cerfs, daims, élans). Une vingtaine d'espèces et de sous-espèces sont présentées et disposent d'enclos spacieux, ce qui permet la gestion de groupes importants, offrant ainsi de bonnes conditions pour la reproduction, notamment celle d'espèces rares, voire éteintes à l'état sauvage. Cette réserve est une dépendance du Muséum national d'Histoire naturelle. Sur la centaine d'hectares de forêts et de landes de cet espace naturel, il vous est possible de le découvrir en voiture, à pied, à bicyclette ou en carriole à cheval. Dès votre entrée à la Haute-Touche, vous effectuez dans votre véhicule un parcours de 4 km. Vous découvrez la zone européenne avec bisons, loups, mais aussi bouquetins, daims et cerfs en liberté. Puis vous entrez dans la partie réservée à l'élevage des espèces destinées aux programmes de recherche. Des panneaux pédagogiques vous permettent de comprendre le rôle européen et international du conservatoire de la Haute-Touche dans la conservation et la gestion de la faune sauvage. Accédez au parking gratuit pour vous consacrer à la découverte des collections animales. Suivez le circuit fléché de 2 km, que les plus sportifs ou les plus naturalistes pourront prolonger de 2,5 km. Les animaux évoluent dans un cadre exceptionnel parsemé de grands espaces, d'un vaste plan d'eau africain, de diverses îles pour les babouins de Guinée, les lémuriens et d'un espace savane avec hyènes, guépards, antilopes, petits mammifères et oiseaux… L'observation se poursuit avec les cerfs d'Eld, les tigres de Sumatra, les loups de Mackenzie, les dholes (canidés asiatiques uniques en France).

CHÂTEAU DE VALENÇAY ★★★

2, rue de Blois - **VALENÇAY**
✆ 02 54 00 10 66
www.chateau-valencay.fr
Adulte 14 €, réduit 11 €, enfant 4,80 €.
Offre famille : gratuit pour le 3e enfant de plus de 4 ans d'une même famille.

Le château de Valençay est l'un des plus beaux monuments de la Renaissance. Tout aussi magnifique, le parc, avec ses jardins à la française et ses jardins à l'anglaise, offre une promenade très agréable au milieu de bassins, d'allées tracées, de fontaines, de parterres de fleurs, de sculptures et même de quelques animaux. Toute la famille se réjouira du Grand labyrinthe de Napoléon, le plus grand labyrinthe-jeu de France. Les plus jeunes pourront s'amuser au château des enfants, une aire de jeu en plein air. Des spectacles animent les soirées estivales.

MUSÉE DE L'AUTOMOBILE ★

12, avenue de la Résistance - **VALENÇAY**
✆ 02 54 00 07 74
www.musee-auto-valencay.fr
Ouvert tous les jours de la mi-mars à la mi-novembre de 10h30 à 12h30 et de 14h à 18h.

Ce musée de 1 600 mètres carrés regroupe une exposition permanente d'une soixantaine de véhicules dont une très vieille Panhard-Levassor de 1898, une salle vidéo, une boutique, et un espace jeux vidéo. A 200 mètres du château, n'hésitez pas à pousser les portes de ce hangar car l'espace est bien conçu. Au sol, un marquage routier plante le décor, la visite s'effectue de manière circulaire et dévoile l'incroyable collection de Camille et André Guignard, anciens garagistes passionnés de mécanique et de voyage. L'exposition 2022 est consacrée aux « Marques oubliées ».

FÊTE DES LENTILLES VERTES DU BERRY

48, Place de la république
VATAN
✆ 02 54 49 71 69
Chaque année le deuxième week-end de septembre.

Chaque année à la mi-septembre, et ce depuis 1994, Vartan s'anime pour deux journées sur le thème de la lentille verte du Berry, produit iconique de la région Centre-Val de Loire. Au programme : marché fermier, dégustation de plats du terroir, concours de cuisine, démonstration de danse traditionnelle ou encore ateliers pour enfants. Le samedi soir se clôture par une soirée dansante, et le dimanche, place au concert ! Une joyeuse façon de s'imprégner des coutumes du Berry.

CHÂTEAU DU CLOS LUCÉ - PARC LEONARDO DA VINCI ★★★

2, rue du Clos-Lucé
AMBOISE
✆ 02 47 57 00 73
www.vinci-closluce.com
Haute saison : 9h-19h. Juillet et août : 9h-20h. Tarifs complets en ligne, en fonction des saisons.

Situé à quelques mètres du château royal d'Amboise, le château du Clos Lucé - Parc Leonardo da Vinci est une résidence de plaisance des rois de France. Elle est aussi la dernière demeure du peintre et inventeur Léonard de Vinci. Vieillissant, alors qu'en Italie on commence à lui préférer Raphaël ou Botticelli, Léonard de Vinci saisi l'invitation de François Ier en 1516 de venir en France. Le jeune roi, grand passionné d'arts et de culture, a eu un véritable coup de cœur pour le génie italien. Ce dernier sait que c'est son dernier voyage et qu'il ne reverra plus sa Toscane natale. Un voyage où il emmènera avec lui trois tableaux.... *La Joconde, Saint Jean-Baptiste* et *Sainte Anne.* François Ier le nomme « Premier peintre, ingénieur et architecte » du roi et l'installe à côté de son château d'Amboise : le Clos Lucé. C'est ici que Léonard de Vinci laissera parler toute son imagination, enchaînant les projets, passant d'une discipline à l'autre : des codex aux maquettes, en passant par l'observation de la nature et les spectacles à effets spéciaux créés pour impressionner la cour. Léonard de Vinci, grand architecte, imagine aussi les plans d'un palais grandiose, à Romorantin, pour en faire une nouvelle capitale du royaume. Il dresse alors des plans d'ouvrages fluviaux très modernes pour acheminer l'eau vers la ville. Le génie italien réfléchit aussi à un escalier à double révolution. Celui-ci aurait inspiré l'architecte du château de Chambord. Mais le projet ne voit pas le jour et l'artiste meurt en 1519. En seulement trois ans, Léonard de Vinci a imprégné les lieux de son imagination créative débordante. C'est ce que propose de faire découvrir aujourd'hui la famille Saint Bris, propriétaire du Clos Lucé depuis 1855. Dans l'intimité de sa demeure, découvrez ses espaces de travail, ses cahiers, ses dessins, ses maquettes... Le jardin paysager et le parc arboré de 7 hectares réservent eux aussi beaucoup de surprises, tel un musée en plein air, présentant les machines de ses inventions. Et puis depuis 2021, prolongez vos découvertes dans les nouvelles Galeries Léonard de Vinci. Un spectacle audiovisuel immersif et une exposition inédite mettent en lumière ces deux facettes passionnantes de Léonard. Au-dessus du Palais Royal de Romorantin modélisé en 3D, vous pourrez également expérimenter le rêve du vol de l'artiste toscan grâce à un jeu vidéo (*Serious game*) développé spécialement pour l'occasion sur des bornes d'arcade particulièrement ludiques.

CHÂTEAU ROYAL D'AMBOISE ★★★★

Place Michel-Debré - **AMBOISE** ✆ 02 47 57 00 98
www.chateau-amboise.com
Haute saison : 10h-18h30. Juillet-août : 9h-19h. Adulte 13,50 €. Visite libre et guidée. Histopad compris. Restauration.

Bâti aux XVe et XVIe siècles, le château a été rattaché à la couronne de France en 1431. Pendant près de deux siècles, il est intimement liée à la grande Histoire de France. Il fut le témoin de nombreux événements historiques marquants. Aménagé par Charles VIII et son épouse Anne de Bretagne entre 1492 et 1497, il fut la résidence du jeune François d'Angoulême, futur roi François Ier. Ce dernier a eu une grande influence sur le château, la ville mais aussi la Renaissance. Il ordonna la surélévation du logis royal. C'est également à son invitation que Léonard de Vinci vint à Amboise. Il y passa les trois dernières années de sa vie avant de s'éteindre « dans les bras du roi. » Une légende peinte par François-Guillaume Ménageot dont l'œuvre est exposée au château. Le génie italien repose en la chapelle Saint-Hubert, considérée comme l'un des chefs-d'œuvre du gothique flamboyant. Depuis l'automne 2021, de grands travaux de restauration ont débuté et devraient durer deux ans. Il faut réparer la toiture et la charpente, fragilisées par la flèche qui a été ajoutée après la construction. Un chantier exceptionnel et pédagogique puisqu'il a été décidé de n'utiliser que des techniques traditionnelles. Ici, pas d'outil mécanisé, juste l'expertise des artisans d'art. Charpentiers, verriers, plombiers, tailleurs de pierre... Des techniques ancestrales pour des métiers exigeants. Actuellement, la chapelle est fermée au public mais il peut observer cette fourmilière bien organisée, avec des visites commentées du chantier. Munis de l'HistoPad, une tablette interactive comprise dans le prix du billet, les visiteurs pourront aussi découvrir aussi découvrir l'intérieur de l'édifice grâce à la réalité virtuelle. Le logis royal, richement meublé, a récemment enrichi ses collections d'œuvres d'art du XIVe au XIXe siècle. Vous pourrez également découvrir les salles et pièces du château à l'époque de la Renaissance grâce à l'HistoPad. Une visite ludique qui plaira aux enfants ! Notez que des visites guidées sont proposées en continu l'été, et sans surcoût. Enfin, au sommet du château, vous aurez le privilège de découvrir une vue unique, à 360 degrés, sur le Val de Loire, inscrit au patrimoine mondial de l'humanité. De nombreuses animations sont également proposées, notamment l'été : un podcast immersif d'enquête, des visites nocturnes à la bougie, des ateliers autour de la rénovation de la chapelle Saint-Hubert, une visite sous le château, des festivals, concerts et spectacles nocturnes en costumes, des pique-niques dans les jardins... Époustouflant !

LOIRE AVENTURE - CANOË-KAYAK CLUB D'AMBOISE

L'Ile d'Or
AMBOISE
✆ 02 47 23 26 52
www.loire-aventure.fr
Toute l'année selon météo.
Balades à la journée à partir de 20 €.

Pour découvrir la Loire, quoi de plus sympa que de voguer à son rythme à bord de canoës canadiens, accompagnés ou non par des Moniteurs ou Brevet d'Etat canoë-kayak. Laissez-vous tenter par l'aventure en famille ou entre amis, en journée ou en soirée, guidé ou en autonomie. Il y en a pour tous les goûts en fonction du temps dont vous disposez. Au fil de votre balade, vous pourrez faire escale pour pique-niquer, découvrir les curiosités et la nature ligérienne.

FORTERESSE ROYALE CHINON ★★★

Forteresse de Chinon - **CHINON** ✆ 02 47 93 13 45
www.forteressechinon.fr
Ouvert toute l'année de 9h30 à 18h ou 19h (de mai à fin août). Adulte 10,50 €, enfant 8,50 €.

Construite sur un éperon rocheux, cette forteresse domine la vallée de la Vienne. Des vestiges gallo-romains témoignent de sa position stratégique, ainsi que l'enceinte fortifiée qui l'entoure, dont la partie la plus ancienne date du Xe siècle. Les trois ouvrages qui la composent, fort Saint-Georges, château du Milieu et fort du Coudray, furent les témoins de nombreux rendez-vous historiques. Vous apprécierez l'Histopad : au moyen d'une tablette, vous bénéficierez d'une visite immersive avec reconstitution en 3D à 360°. Une visite ludique et passionnante.

CONFISERIE HALLARD

62 bis, avenue Aristide-Briand
LOCHES
✆ 02 47 91 91 97
www.confiseriehallard.fr
Démonstration limitée à 50 personnes, du lundi au vendredi, 14h30-17h30.

Après 18 ans à la tête de leur confiserie, Jean-Damien et Géraldine Hallard ont laissé la place à la jeunesse. Désormais, c'est Jérémy Couton qui est aux manettes. Dans cet atelier où il a tout appris, il a décidé de perpétrer le savoir-faire artisanal reconnu en France, mais aussi d'insuffler de nouveaux projets. La boutique a connu un petit rafraîchissement et une nouvelle gamme bio a été créée. Toutes sortes de gourmandises sortent des ateliers, et pour tous les goûts ! Un travail passionnant à découvrir lors des démonstrations.

CHÂTEAU DE LANGEAIS ★★

Place Pierre-de-Brosse
LANGEAIS
✆ 02 47 96 72 60
www.chateau-de-langeais.com
Eté : 7j/7 de 9h à 19h.
Avril à novembre : 9h30-18h30. Adulte 10 à 11 €.
Visite guidée ou libre. Animations. Parc. Jeux

Bâti sur ordre de Louis XI afin d'imposer son autorité à l'ouest de Tours, le château de Langeais vit se dérouler le mariage de Charles VIII et d'Anne de Bretagne en 1491, dans le plus grand secret. La scène est reconstituée à l'aide de personnages de cire aux physionomies réalistes et d'un spectacle audiovisuel. Une scénographie renouvelée puisque ce n'est autre que Stéphane Bern, animateur de renom et passionné d'histoire et de patrimoine, qui raconte cette histoire qui provoqua le début du rattachement de la Bretagne à la couronne de France. Le château de Langeais, c'est aussi une importante collection de tapisseries. La plus célèbre étant celle des Neuf Preux (XVIe siècle, Aubusson). Depuis 2021, un nouvel espace reconstitue un atelier de lissier, avec son métier à tisser ses outils indispensables et ses écheveaux de laine. Une mise en scène pédagogique pour que le visiteur appréhende le contexte qui favorisa le développement de cet art. Grâce à une application spécialement conçue, faites la visite autrement avec les explications de Jacques Siegfried, dernier propriétaire du château, qui vous emmènera à la découverte de sa riche collection et vous contera l'histoire des lieux. Une visite guidée en quelque sorte, mais à son rythme et à son goût. Enfin, de nombreux événements sont organisés tout au long de l'année : atelier chevalerie pour les enfants, visites avec Anne de Bretagne, chasse aux œufs à Pâques, spectacles de fauconnerie, Noël au pays des châteaux... N'hésitez pas à consulter l'agenda du château sur son site !

NUITS SOLAIRES

32, Grande-Rue - **MONTRÉSOR**
✆ 02 47 92 70 71
www.montresorseraconte.com
Accès libre et gratuit, tous les soirs en juillet et en août, entre 22h et minuit.

Depuis, 2006, l''association Montrésor se Raconte installe sur les rives de l'Indrois un parcours contemporain, économe en énergie, accessible à tous sans barrière de langues, où chacun se sent libre de se balader sans contrainte, à son rythme. Les bénévoles comme les artistes confirmés présentent ici leurs créations en toute liberté. C'est ce mélange des genres qui donne aux Nuits Solaires leur originalité. Chaque soir vous pourrez admirer les projections sur le château. Parcours lumière sonorisé pour découvrir Montrésor, l'un des Plus Beaux Village de France.

CHÂTEAU DU RIVAU ET SES JARDINS DE CONTES DE FÉES ★★

9, rue du château - Le Coudray - **LÉMERÉ**
✆ 02 47 95 77 47
www.chateaudurivau.com
Ouvert d'avril à début novembre. 10h-18h ou 19h selon la saison. Tarif adulte 11,50 €. Restaurant

A dix minutes de Chinon, le château du Rivau offre une manière vivante de visiter les châteaux de la Loire avec une muséographie originale, des jardins ludiques classés « Jardins remarquables » ainsi qu'un parcours audiovisuel dans les écuries royales. Lieu d'exposition avec ses quatorze jardins exceptionnels (classés Conservatoire de la rose parfumée) où les œuvres ponctuent avec beaucoup d'humour le parcours de visite, ce château est une destination famille par excellence. Le bâti très peu remodelé en fait un château d'exception, cerclé par des douves sèches et ses pierres de tuffeau. L'intérieur est tout aussi majestueux : des salles vastes à l'architecture gothique et des murs habillés de peintures à l'huile datant de la Renaissance. C'est un château qui manie à merveille authenticité et raffinement. Vous pourrez manger à la Table des Fées (restaurant locavore) ou au cœur du château, à la nouvelle table du chef Nicolas Gaulandeau qui vous préparera une cuisine gastronomique avec les produits du potager. Le bar à fleurs, dans les jardins, propose des dégustations de boissons à base de plantes aromatiques et de fleurs. Le Rivau héberge aussi 12 chambres pour vous permettre de mener la vie de château, entre authenticité et confort moderne. Fêtes de la rose, joutes équestres, fêtes de la citrouille, etc. : de nombreux événements ponctuent l'année au château, qui fête ses 20 ans d'ouverture au public en célébrant le goût à travers une exposition d'art contemporain. On adore !

TRAIN HISTORIQUE DE RILLÉ

Gare
RILLÉ
✆ 02 47 96 42 91
www.aecfm.fr
Ouvert en juillet et août. A partir de 5,30 €

Partez à la découverte des petites lignes départementales à vitesse réduite avec le charme d'être tracté par une locomotive à vapeur ou diesel. On apprécie la petite gare, le dépôt ancien mais aussi la digue abritant une base ornithologique. Les wagons et locomotives d'époque ont entièrement été restaurés par une association de bénévoles qui œuvre pour la sauvegarde des chemins de fer de la région. L'été, des stages de conduite de locomotive sont proposés.

GRAND AQUARIUM DE TOURAINE ★★

Les Hauts Boeufs - **LUSSAULT-SUR-LOIRE**
✆ 02 47 23 44 57
www.grandaquariumdetouraine.com
Haute saison de 10h à 19h. Basse saison tous les jours de 10h30 à 18h. Adulte : 14 €. Enfant de 4 à 12 ans : 10,50 €.

Le Grand Aquarium de Touraine vous accueille, depuis 1994, dans ses dix salles aux univers fascinants, pour petits et grands, avec des décors à couper le souffle, digne du *Grand Bleu* ! Vous pourrez admirer différentes sortes de poissons, ou petites créatures vivant dans l'eau. Des spécimens rares, que l'on trouve dans les grandes mers ou dans les rivières à côté de chez vous. Soixante bassins et plus de 2 millions de litres d'eau pour ravir les rêveurs : esturgeons, brochets, sandres, piranhas, caïmans, anguilles, poissons spatules américains, sans oublier les requins nageant autour de l'avion englouti dans un tunnel marin de 15 mètres de long et 300 000 litres d'eau de mer à 24 °C, représentant les espèces des mers indo-pacifiques et notamment la Grande Barrière de Corail australienne. Les requins à pointes noires et à pointes blanches passent au-dessus de vous et au milieu de poissons multicolores tels que poissons chirurgiens, papillons, balistes et demoiselles. Explorez la Salle des Rêves : transition entre la partie d'eau douce froide et l'espace tropical, cette salle propose des expositions temporaires puis des terrariums présentant les dendrobates, petites grenouilles toxiques des forêts tropicales humides. Un silurium de 100 000 litres avec son ambiance crépusculaire permet de s'immerger dans le monde de la nuit. Ainsi vous pourrez voir nager les gros silures autour d'un pont réalisé en bois sur le modèle du pont de Bir Hakeim par l'équipe de l'aquarium. Vous verrez les anguilles sortant de leurs cachettes. Le bassin tactile de 10 000 litres, avec son décor des rives de Loire, permet de plonger la main dans le bassin à la recherche d'un contact privilégié avec les carpes koï. Venez caresser délicatement ces poissons domestiqués sans les effrayer et participez à leur nourrissage lors de moments planifiés. Poursuivez par la découverte d'espèces particulières dans la cabane du naturaliste et la nurserie des petits reptiles. L'aventure est spectaculaire et des parcours ludiques sont organisés pour les enfants. Les Aqua'Fabriq sont des ateliers destinés aux enfants. Dès 4 ans, ils pourront concevoir l'imagier de l'Aquarium en observant bien les nombreux spécimens qui les peuplent, ils compléteront leur petit carnet avec des gommettes. Dès 7 ans, création de carnet de voyage. Dès 9 ans, ils pourront jouer aux apprentis aquarologistes aux côtés des soigneurs. Dès 11 ans, ils seront sensibilisés aux bons gestes de préservation des océans.

FESTIVAL DES KAMPAGN'ARTS

Rue Léo-Lagrange
SAINT-PATERNE-RACAN
© 02 47 29 24 01
www.kampagnarts.fr
En juin. Tarifs complets sur le site.

Le concept : la musique et la ville, à la campagne pour une soirée mêlant groupes nationaux et découvertes locales. Le vendredi aura un petit air de nostalgie, car l'équipe de l'association organisatrice « Bouge ton bled » invite 4 groupes qui se sont déjà produits sur la scène du festival. Le samedi, ce sont 7 nouveaux groupes qui vont enflammer le public, sans compter quelques surprises concoctées par les organisateurs pour le plus grand plaisir des nombreux spectateurs.

SCÉNOFÉERIE DE SEMBLANCAY

SEMBLANÇAY © 02 47 56 66 77
www.scenofeerie.fr
En juillet-août (durée du spectacle : 1h45). Entrée : 20 € (8 € pour un enfant). 16 € tarif réduit. Label FFFSH.

Des passionnés se mobilisent tous les ans pour faire vivre ce spectacle son et lumière unique en Touraine. 450 acteurs, 60 combattants et cascadeurs et leurs chevaux sont en scène pour les centaines de spectateurs présents. Revivez l'histoire de la Touraine, de la période gallo-romaine à nos jours, en passant par les croisades, Foulques Nerra, le Moyen Age, etc. Le public est ébloui par le bassin de fontaines aquatiques, l'embrasement des projecteurs de flammes ou les feux d'artifice.

FERME DU CABRI AU LAIT

Les Héraults - **SEPMES**
© 02 47 32 94 86
www.cabriaulait.fr
Ouvert du lundi au samedi de 9h30 à 12h. Visite et dégustation : 5,35 €. Enfant de 4 à 12 ans : 4 €. Boutique en ligne.

Venez participer aux soins des animaux pendant une journée, en commençant par mettre du foin dans les râteliers, et donner les céréales aux chevrettes. Assistez à la traite. Le déjeuner permet de découvrir le fromage sous toutes ses formes, du lait au fromage sec, en passant par le yaourt. En début d'après-midi, une balade dans les champs permet d'observer les fleurs et les plantes des prairies, cueillir quelques fleurs pour mettre dans l'herbier et parfumer aussi les fromages. La fabrication du fromage se déroule le matin. Autres ateliers selon les saisons.

À TOURS DE BULLES

TOURS
www.atoursdebulles.fr
Le festival se déroule à la mi-septembre à la salle Ockeghem et dans d'autres lieux à Tours. Gratuit.

Le 9e art a son festival local ! A la rentrée, les passionnés de BD se retrouvent sur la place Châteauneuf ainsi que dans la salle Jean Ockeghem pour un événement où les visiteurs déambulent pour découvrir les nouveautés et se faire dédicacer leurs BD par les auteurs présents. Au programme, on trouve également des expos, des projections de films et des animations. Les ateliers de dessin ont du succès ainsi que les conférences d'auteurs. Delep et Dorison ont remporté le prix Tour d'Ivoire pour *Le Château des animaux* en 2021 et seront les invités d'honneur 2022 !

ESCAPE YOURSELF

53 bis, rue Léon-Boyer
TOURS
© 06 28 48 00 34
www.escapeyourself.fr
Tarifs de 21 à 25 €. Étudiants de 18 à 22 €. 3 à 8 joueurs selon énigmes (5 scénarios - 5 salles).

Enfermé dans une pièce avec votre équipe, saurez-vous en sortir avant la fin de l'heure impartie ? Escape Yourself a été l'un des premiers *escape games* à ouvrir à Tours, en plein cœur de ville. Les univers sont variés et régulièrement renouvelés, mais le principe reste le même : en équipe de trois à huit joueurs, vous devrez trouver des indices, reconstituer des codes et élucider des énigmes pour sortir avant la fin du chronomètre. Un bon plan pour les amateurs de chasse au trésor et casse-tête. Le petit plus : une photo de groupe à la fin de votre aventure.

TOURS FOOT INDOOR

15, avenue du Danemark
TOURS
© 02 47 51 62 40
Toute la semaine heures pleines (18h-22h) : 8,50 €/h pour 10 joueurs. Heures creuses : 6 €/h pour 10 joueurs.

Pour les mordus du ballon rond, Tours Foot Indoor met à votre disposition quatre terrains couverts de foot à cinq, avec gazon synthétique dernière génération, le tout à des tarifs abordables, surtout si vous êtes flexibles sur les horaires de jeu. Plus dynamique que le foot à onze, le foot à cinq met le cardio à rude épreuve. On réserve pour un anniversaire ou un moment en famille. Et pour les curieux, on peut aussi tester le Bubble Foot : enfermés dans une énorme bulle, les joueurs s'amusent bien, une activité originale qui séduira petits et grands.

BASILIQUE NOTRE-DAME DE LA TRINITÉ ✞ ★

Rue Monin - **BLOIS**
✆ 02 54 74 47 20
www.sanctuaire-trinite.com
Ouvert toute l'année. Tous les jours de 8h à 22h. Visite du clocher carillon : 2€.

Cet édifice contemporain fut réalisé en ciment et gravier de Loire dans les années 1930 par l'architecte Paul Rouvière et a été achevé après la guerre. A voir pour le style Art déco du bâtiment, son mobilier ainsi que les vitraux et le chemin de croix aux proportions étonnantes de Lambert-Rucki. N'oubliez pas la crypte. Le clocher s'élève à 60 mètres et offre une vue imprenable sur la Loire toute proche. La boutique voisine permet de savourer quelques belles gourmandises monastiques.

CIRCUITS PIÉTONNIERS BALISÉS

Office de tourisme - **BLOIS**
✆ 02 54 90 41 41
www.bloischambord.com
Documentation disponible à l'office de tourisme. Possibilité de télécharger l'application sur le site Web.

Matérialisés par un symbole différent, 4 circuits partant du centre-ville vous feront voyager dans l'espace et dans le temps. Le porc-épic vous amènera dans les quartiers du château. La fleur de lys vous plongera dans le quartier du Puits-Châtel. Les flèches de Saint-Nicolas vous conduiront dans le quartier étudiant des anciennes abbayes. La gabare, bateau emblématique du fleuve royal, vous fera traverser la Loire pour découvrir les plus belles vues sur la ville.

FESTIVAL BD BOUM

BLOIS
✆ 02 54 42 49 22
www.bdboum.com
En novembre. Entrée gratuite.

Créé en 1984, ce festival de Blois est incontournable pour tous les passionnés de BD. A la pointe des dernières tendances de la bande dessinée, cette manifestation populaire aux multiples facettes, programmée en divers lieux de la ville (Halle aux grains, Bibliothèque Abbé-Grégoire, Expo 41, etc.) s'adresse à tous les publics. Pour mieux répondre aux besoins des passionnés, BD Boum a ouvert la Maison de la BD, Centre régional de la bande dessinée. Ce lieu regroupe les activités de l'association et propose au public des expositions permanentes et des ateliers.

LA MAISON DES PARAPLUIES

2, rue des Fossés du Château - **BLOIS**
✆ 02 54 46 99 92
www.lamaisondesparapluies.com
L'atelier est visible dans la boutique. Les démonstrations de fabrication se font sur réservation (10 personnes maxi).

Cet atelier abrite l'un des derniers fabricants français de parapluies. Pascal et Nathalie sont fiers de leur fabrication française et de créer des parapluies personnalisables et entièrement réparables. Pour les beaux jours, la maison propose une gamme d'ombrelles. Et pourquoi ne pas assister à l'une des démonstrations qui ont lieu souvent le samedi matin ? Vous pourrez découvrir les étapes de la fabrication d'un parapluie : de la découpe des tissus au montage final, en passant par l'assemblage des pointes, la pose des aiguillettes et le collage de la poignée.

MUSÉE DES BEAUX-ARTS DE BLOIS

BLOIS
✆ 02 54 90 33 33
www.chateaudeblois.fr
Gratuit avec le billet d'entrée au château (le musée est situé à l'intérieur du monument).

Le musée des Beaux-Arts de Blois occupe 6 salles du premier étage de l'aile Louis XII du château royal. Il accueille une belle collection d'artistes majeurs et un riche patrimoine artistique blésois constituée depuis sa création en 1869. Aux dons faits par des collectionneurs sont venus se rajouter au fil des ans ceux de l'État et les acquisitions sur le marché de l'art. La salle d'actualités présente deux fois par an des expositions temporaires d'œuvres provenant des réserves.

RESERVE NATURELLE GRAND PIERRE ET VITAIN

La Closerie - **MAROLLES**
✆ 02 54 51 56 71
www.cdpne.org
La Maison de la Nature est ouverte pendant les vacances scolaires (sauf hiver) de 10h à 12h et de 14h à 18h. Adulte 2 €.

Un sentier de 5 km permet de parcourir une partie de la réserve avec sa flore et sa faune riches et variées. Le milieu passe des zones humides de bord de rivière et de marais à celles plus sèches des parties calcaires. À la jonction de deux vallées, ce site avait déjà attiré les activités humaines dès le Néolithique. L'éperon de la grande Mesle abrite un ensemble de monuments funéraires dans la plus grande nécropole protohistorique de la Région Centre.

GARE HISTORIQUE DE MONTOIRE - MUSÉE DES RENCONTRES ★

Avenue de la République
MONTOIRE-SUR-LE-LOIR ✆ 02 54 85 33 42
www.mairie-montoire.fr
Avril, mai, juin et septembre : du mercredi au samedi. En juillet et août : du mercredi au dimanche. Adulte : 4,50 €.

La poignée de mains entre le maréchal Pétain et Hitler, le 24 octobre 1940, sur le quai de cette gare, rentra dans l'histoire comme scellant la collaboration entre le régime de Vichy et l'Allemagne nazie. C'est peu dire que la ville de Montoire garda longtemps cet épisode comme un boulet et également qu'elle s'honore largement d'avoir ouvert ce musée concourant plus que jamais à la connaissance de cette sombre page de notre histoire contemporaine.

BASE DE LOISIRS DU DOMINO

RD-2152
SUÈVRES
✆ 02 54 81 45 80
www.valdeloire-france.com
Ouvert toute l'année. Accès libre.

Aménagée dans une ancienne sablière, cette base naturelle s'étend sur 43 hectares dont un plan d'eau de 21 hectares. Elle est ouverte à toutes les activités nautiques : voile, planche à voile, canoë, pêche ainsi qu'un sentier de découverte. Elle possède tous les équipements pour passer une agréable journée : terrain de pétanque, aire de pique-nique avec tables et barbecues collectifs, toilettes. Une étape bienvenue sur la route de Blois pour pique-niquer en famille.

CAVE CHAMPIGNONNIÈRE DES ROCHES ★

40, route des Roches
MONTRICHARD VAL DE CHER ✆ 02 54 32 95 33
www.le-champignon.com
Ouvert de début avril à mi-novembre et durant vacances de Noël et d'hiver. Restauration sur réservation (groupes).

Percez le mystère des châteaux de la Loire en parcourant l'une des anciennes carrières de tuffeau, qui retracent les techniques d'extraction des tailleurs de pierre. Puis découvrez une ville souterraine : 1 500 m² de façades sculptées dans la masse, véritable témoignage d'un passé unique aujourd'hui disparu. La Cave Champignonnière permet de découvrir la seule cave à cultiver dans leur atmosphère naturelle, les champignons gastronomiques Une visite incontournable et inoubliable.

TRAIN TOURISTIQUE DE LA VALLÉE DU LOIR

THORÉ-LA-ROCHETTE
✆ 02 54 72 73 97
www.ttvl.fr
De mi-mai à fin septembre, les samedis, dimanches et jours fériés départ de Thoré. Adulte : 14 €. Enfant : 8,50 €.

Dans un authentique train des années 1950, vous découvrirez la vallée du Loir, le village de Trôo, la gare de Montoire-sur-le-Loir et le Musée des Rencontres, le tunnel de Saint-Rimay et les caves de Thoré-la-Rochette. Au retour, vous pourrez déguster des produits locaux et visiter l'espace muséographique de la vigne et du vin. En été il y a également des trains de nuit pour revivre encore un peu plus l'atmosphère et la nostalgie du voyage en train de l'époque

SOLOGNE KARTING

Route Nationale 20
SALBRIS
✆ 02 54 97 28 40
www.sologne-karting.com
Ouvert toute l'année. A partir de 3 €.

Le circuit international de Salbris est le seul site capable de proposer des activités allant du karting à l'automobile en passant par les motos et les scooters. Adultes et enfants à partir de 3 ans, tous repartiront ravis de Sologne Karting ! Formations avec l'école française de karting et avec Scooter Power. Le circuit accueille des championnats du monde, d'Europe et de France. vous pourrez découvrir la piste avec des karts à la puissance adaptée à votre niveau. L' accueil des handicapés n' a pas été oublié avec la présence de karts biplace.

LAISSEZ-VOUS CONTER VENDÔME

Service Animation du Patrimoine - **VENDÔME**
✆ 02 54 77 05 07 - www.vendome-tourisme.fr
Brochure disponible à l'office de tourisme ou en téléchargement sur le site Internet de l'office de tourisme. Durée 2h.

Deux circuits balisés par des clous marqués permettent de se promener en ville et de découvrir les principaux monuments. La visite peut être faite accompagnée par un guide conférencier agréé par le ministère de la Culture qui saura faire partager sa passion pour la ville, son architecture et son histoire. Des brochures sont disponibles à l'office du tourisme et des panneaux racontent l'histoire de chaque bâtiment dont l'abbaye de la Trinité, la porte Saint-Georges et le château.

ZOOPARC DE BEAUVAL ★★★★

Avenue du Blanc
SAINT-AIGNAN
✆ 02 54 75 50 00
www.zoobeauval.com
Ouvert toute l'année. Ouvert tous les jours de 9h à 20h. Entrée : 34 €. Enfant à partir de 3 ans : 27 €.

Il y a 40 ans, le petit parc ornithologique de Beauval voyait le jour au cœur du Loir-et-Cher. Au fil des ans, il s'est agrandi avec les plaines verdoyantes, dont celle dédiée aux éléphants, la plaine asiatique dédiée aux rhinocéros, antilopes et tapirs, puis le vivarium dans la serre tropicale des grands singes, à laquelle sont venues s'ajouter celle des gorilles et des lamantins intégrant le bassin aux piranhas, celle des koalas et des kangourous et un aquarium. Avec les bassins panoramiques des otaries et des manchots, les îles aménagées pour les lémuriens, puis l'espace dédié à ceux venant de Chine, de la pampa sud-américaine, et de la savane africaine, les lieux ont atteint 40 hectares. En allant au bout de son rêve, la fondatrice a construit l'un des plus beaux parcs zoologiques du monde, abritant près de 35 000 animaux et 800 espèces dans des installations remarquables. Ainsi a été créé un ZooParc où les animaux sont avant tout chez eux, et dont une espèce en particulier a marqué Beauval : le panda géant. Venez faire le tour du monde en vingt territoires pour une expérience sans pareille, à la découverte de la biodiversité et de ses merveilles. Près de l'entrée, découvrez la passion qui a donné naissance au parc : les oiseaux. Aras, microglosses, cacatoès rosalbins… Une grande variété d'oiseaux aux plumages bariolés et aux chants harmonieux s'offre à vous. Passez sous le portail rouge et or pour entrer sur le territoire des pandas géants. Symboles de l'amitié entre la France et la Chine, Huan Huan, Yuan Zi et Yuan Meng sont aussi les ambassadeurs de la conservation des espèces. En attirant le regard sur l'état critique de la biodiversité mondiale, les pandas géants, uniques en France, sensibilisent à la protection des espèces animales. Un voyage aux confins de la Chine, entouré par de gigantesques espaces verdoyants et d'impressionnantes constructions chinoises. Rencontrez les pandas géants, pandas roux, panthères des neiges et takins. Entrez dans le fantastique dôme, un paradis extraordinaire pour la conservation des espèces. La température y est maintenue à 26 °C toute l'année grâce à de nombreux systèmes automatisés garantissant une ventilation et une humidification en fonction des conditions climatiques extérieures. Le dôme respire, transpire et permet d'offrir aux animaux qui y vivent un climat tropical idéal pour leur bien-être. Anacondas, saïmiris, ibis rouges, loutres géantes, lamantins, tamarins lions dorés, dragons de Komodo… Faites la connaissance de petits singes, sans doute l'une des espèces les plus mignonnes du dôme équatorial : les saïmiris. À travers une caméra, soyez les spectateurs de leur arrivée au dôme, de leur acclimatation à leur nouvel environnement, et à leurs nouveaux congénères. Puis plongez à la découverte d'une faune aquatique extraordinaire. Les 19 bassins et aquariums permettent d'observer, comme nulle part ailleurs, de nombreux animaux aquatiques : lamantins, loutres géantes, hippopotames pygmées, tortues, piranhas, alligators…, ainsi qu'une multitude de poissons tropicaux. Découvrez ces espèces au sein d'espaces au plus proche de leurs environnements naturels, adaptés à chacun de leurs besoins. Beauval dispose aussi d'une clinique vétérinaire unique en Europe, véritable moteur de la recherche et de la conservation des espèces animales. Le ZooParc réfléchit aux solutions à mettre en place pour un développement durable et une gestion écoresponsable de son activité. Beauval Nature soutient le Komodo Survival Program. L'ONG Komodo Survivial Program (KSP) a signé en 2007 un protocole d'accord avec le Bureau Central Indonésien pour la Conservation de Ressources Naturelles lui permettant de superviser et d'agir pour la protection de l'habitat naturel du dragon de Komodo. Une nécessité suite au déclin des populations de ces varans, suite à l'expansion des activités humaines. Beauval Nature s'engage à leurs côtés pour protéger ce géant aussi terrifiant que captivant. Préparez-vous à vivre une expérience inoubliable en participant aux activités du parc, pour le découvrir de façon unique. Accompagné des équipes de médiateurs scientifiques, participez aux soins des animaux (nourrissage, nettoyage des espaces, création d'enrichissements…). Des carnets de jeux et d'exploration et des ateliers pédagogiques complètent la visite. Dans le cadre fabuleux de l'amphithéâtre aquatique, venez admirer et applaudir les agiles otaries. Ces fantastiques acrobates rivalisent d'adresse et d'équilibre au cours du spectacle L'Odyssée des Lions de Mer ! Un moment magique pour apprendre, en famille, à protéger l'environnement. Pour découvrir le spectacle Les Maîtres des Airs, prenez place un instant au cœur de l'amphithéâtre des oiseaux pour un fabuleux spectacle, où plus de 500 oiseaux évoluent avec grâce au-dessus de vos têtes, dans un hémicycle de 3 000 places. Chouettes, grues, pélicans, cigognes et tant d'autres se joignent au ballet aérien des rapaces pour un spectacle d'oiseaux inoubliable. Quinze espaces de restauration vous attendent, du self-service en passant par la crêperie, et la restauration rapide, il y en a pour tous les goûts. Et grâce à l'appli Beauval avec ses fonctionnalités supplémentaires, organisez tranquillement votre visite afin de trouver les points de restauration et de vous amuser avec la rubrique jeux. Beauval s'est aussi entouré d'hôtels, pour rester en immersion encore plus longtemps dans ce monde merveilleux, et profiter du magnifique dôme tropical.

LABYRINTHE VÉGÉTAL

Quai Dunois
BEAUGENCY
✆ 02 54 87 19 83
Tous les jours en juillet et en août de 10h30 à 17h30. Fermeture du labyrinthe à 19h.
Adulte : 13 €. Enfant 9 €

Depuis 2003, chaque été, le Labyrinthe de Beaugency tracé dans un champ de maïs en bord de Loire attire les petits et les grands. C'est un parcours de 2 500 m d'allées qui vous perdent et vous confondent, mais souvent vous délivrent des créatures cachées qui surgissent n'importe où. Le jour, ça passe, mais la nuit, les sensations sont nettement plus fortes et il n'est pas rare d'entendre des cris de stupeur et des rires franchement rassurants. Chaque année, un thème différent est proposé. Une belle idée où le ludique fait appel à l'imaginaire de tout un chacun.

LES BATEAUX TOURISTIQUES

Quai Mazoyer, Port de commerce
BRIARE
✆ 02 38 37 12 75
Formules croisières : promenade (1h30), déjeuner (3h15), dîner (3h15). A partir de 10 €.

Non, à Briare, le monde fluvial n'est pas tombé à l'eau. Bien au contraire. De la balade privée à la promenade publique en passant par une croisière-déjeuner ou un dîner sur l'eau, nombre de formules vous sont proposées afin de profiter de cet insolite endroit, où d'ailleurs vous rencontrerez sur le parcours de navigation les trois plus anciennes écluses de France construites sous Henri IV. Relier le pont-canal au Canal latéral de la Loire est un incontournable. La croisière-dîner permet d'admirer des variations lumineuses inoubliables propres au fleuve royal.

LA FERME COQALANE

32, rue de Paumeton
CHAPELON
✆ 02 38 85 85 31
www.lafermecoqalane.fr
Ouvert toute l'année. Visite : 6,50 € pour tous, sur réservation.

Qu'ils soient citadins ou non, petits et grands enfants trouveront tous de l'intérêt dans la visite et la participation aux ateliers de cette ferme pédagogique. Que ce soit pour les animaux, pour la présentation de la vie d'une ferme, pour la découverte du jardin - avec évidemment les pieds et mains dans la terre -, pour la randonnée avec les ânes ou les nombreux ateliers de découverte de la nature, le choix ne manque pas dans cette ferme gérée par des passionnés, heureux de faire partager leur savoir-faire et leurs connaissances.

LA LOIRE À BORD DE LA STERNE

CHÂTILLON-SUR-LOIRE
✆ 06 78 53 03 86
www.mercilaloire.com
De fin mai à fin octobre. Adulte 15 € (25 € avec apéritif ligérien), enfant 12 €.

Embarquez pour une balade sur la Loire à bord d'un bateau à passagers d'une douzaine de places. Une découverte agréable et insolite du fabuleux site reliant le canal latéral et le canal de Briare avant la construction du pont canal. Les commentaires du capitaine enrichissent la navigation et vous éclairent sur la faune, la flore, le patrimoine. Possibilité d'apéritifs, de cocktails et de repas à bord. Option : découverte des plantes sauvages comestibles des berges.

CHÂTEAU DE CHAMEROLLES ★★

Domaine de Chamerolles - **CHILLEURS-AUX-BOIS**
✆ 02 38 39 84 66 - www.chateauchamerolles.fr
Juillet-août : tous les jours de 10h à 18h. Gratuit jusqu'à 6 ans. Adulte 8 € (visite guidée 10 €). Tarif réduit : 5 €.

Ce splendide château du XVIe siècle, aux tours rondes et aux toits pointus, est l'un des plus visités du département. Devenu le château des parfums, il présente l'histoire de l'hygiène et des senteurs du XVIe siècle à nos jours grâce à des panneaux de senteurs. Avec l'application Géomotifs, il est désormais possible de découvrir les petits détails cachés du château. À chaque forme trouvée, des explications sont données sur le sens du motif. Pendant les périodes de vacances scolaires, ateliers créatifs et livrets-jeux spécifiques sont proposés aux enfants.

NOLIMIT AVENTURE MONTARGIS

Route de Gy les Nonains
CONFLANS-SUR-LOING
✆ 06 76 98 15 81
www.nolimit-aventure.com
Tarifs complets en ligne.

Vous êtes accueilli toute l'année dans ce parc de 10 ha doté de 9 parcours de tous les niveaux pour satisfaire petits et grands, sportifs ou moins sportifs. Des terrains de paintball ont été également aménagés, que vous découvrez muni d'équipements et encadré par des professionnels. S'ajoutent une aire de tir-à-l'arc et un saut de Tarzan impressionnant, le plus insolite restant toutefois la présence d'une aire de combat de sumo. Aire de pique-nique couverte et barbecues à disposition.

VÉLO VAL DE LOIRE

23, place du Martroy - **JARGEAU**
✆ 02 38 56 80 62
velovaldeloire.com
Ouvert toute l'année. Basse saison : mardi à samedi 9h-18h. HS : 7j/7 9h-18h.
Location vélo à partir de 17 €/jour.

On ne pouvait rêver mieux pour tous ceux qui adorent la petite reine ! Excellemment bien placé puisqu'aux portes de la plus grande forêt domaniale de France, celle d'Orléans, ce point de ralliement des affolés ou des langoureux de la pédale n'oublieront pas aussi le parcours balisé au bord du fleuve royal qui berce la région. Vélo Val de Loire opère dans la compétence à 100 %, allant de la location à l'achat neuf ou occasion en passant par les réparations et l'entretien. Il bichonne votre véhicule léger, et vous, vous profitez de la légèreté de la vie…

PARC FLORAL DE LA SOURCE ★★

Avenue du Parc Floral - **ORLÉANS**
✆ 02 38 49 30 00
www.parcfloraldelasource.com
Haute saison ouvert tous les jours de 10h à 19h. Adulte : 6 €. Enfant de 6 à 16 ans : 4 €.

Inscrit au patrimoine mondial de l'Unesco et classé Jardin Remarquable, le jardin abrite la naissance du Loiret, plus petit affluent de la Loire. Sur ce domaine, qui se vit doté au XVIIIe siècle de jardins à la française, Voltaire aurait imaginé son *Candide*… Deux siècles plus tard, à l'occasion des Floralies internationales, les 35 hectares du château de la Source furent rénovés et accueillirent 2 300 000 visiteurs. Le Parc Floral de la Source offre une promenade romantique et apaisante dans un cadre qui regorge de beautés.

CHÂTEAU DE LA BUSSIÈRE ★

LA BUSSIÈRE
✆ 02 38 35 93 35
www.chateau-de-la-bussiere.fr
Adulte 9,50 €, enfant 7,50 €.

Le château des Pêcheurs déploie son architecture sur près d'un millénaire. De la féodalité à aujourd'hui, il n'y a qu'un pas et, pour sûr, elle est la plus émouvante propriété de la région. Depuis deux siècles, la famille Chasseval l'occupe et s'en occupe. Orangerie, écuries, sellerie sont une rare trilogie. Avant d'aller se promener dans le potager pour arriver dans le parc dessiné par Le Nôtre, de très belles surprises attendent les enfants. Sur l'étang, prendre une barque est conseillé. Et la nuit, le château paraît plus qu'enchanté : un diamant monté sur eau.

LE VILLAGE DES BOÎTES AUX LETTRES

SAINT-MARTIN-D'ABBAT
Visite toute l'année.
Pour les groupes, sur rendez-vous.

A quelques kilomètres de Châteauneuf-sur-Loire ou de Saint-Benoît-sur-Loire, une pause entre les deux villes, à Saint-Martin-d'Abbat, s'impose. Avec ses 200 boîtes aux lettres toutes plus joyeuses et curieuses les unes que les autres, il surprend le promeneur. Depuis 1997, grâce à un retraité qui devait trouver le temps long, l'idée germa et redonne aujourd'hui au sourire masqué du pétillement dans les yeux à la vue de ces ingénieuses trouvailles. Comme quoi tout le monde est créatif !

FESTIVAL MUSIK'AIR

Vélodrome - **MONTARGIS**
En juillet.

Depuis 20 ans, à Montargis, le festival a beaucoup fait pour la promotion de la musique actuelle dans le Loiret, avec un programme toujours plus décoiffant. Les crus précédents ont vu la venue du groupe Zebda (que l'on ne présente pas) ainsi que de Max Romeo (reggae). Ce festival réunit les plus grands noms de la scène rock internationale : en 2021, le festival a reçu entre autres Cut Killer, Madame Robert et Ko Ko Mo. Laissant une place particulière à l'accueil des festivaliers, le festival est labellisé « Label éco Festival ».

CLIMB'UP

Allée de l'Orée de la forêt
SARAN
✆ 02 38 54 22 22
www.climbup.fr
Du lundi au vendredi : 10h-22h. Samedi, dimanche et jours fériés : 10h-19h. Adulte 14 €, enfant 9 €.

La montagne en ville, c'est possible ! Profitez des joies de l'escalade à deux pas de chez vous. On vous reçoit ici de 7 à 77 ans pour vous faire grimper dans une salle couverte de 1000 m². Encradré par des moniteurs diplômés d'État, vous pourrez monter jusqu'à 15 mètres du sol en toute sécurité. Vous allez vous faire plaisir avec des parcours adaptés aux débutants comme aux pratiquants plus expérimentés. Une activité super en famille ou entre amis pour un moment convivial et original. Préparez-vous à suer et à vous dépasser…

CENTRE-VAL DE LOIRE

CORSE

La Corse, c'est avant tout une histoire riche et ancienne, une culture singulière faite à la fois de métissages et d'un fort sentiment d'appartenance - avec ses mythes, ses héros, et le maquis pour décor. Ce dernier est emblématique de la nature insulaire, de sa beauté et de sa force, mais est aussi une allégorie de l'identité locale : « au parfum de son maquis, de loin, les yeux fermés je reconnaîtrais la Corse » disait Napoléon Bonaparte. Chargé de sens et de souvenirs pour le peuple corse, il peut rester impénétrable aux non-initiés ; passion et patience sont de mise pour l'apprivoiser. Mais s'y attacher et prendre le temps, c'est la promesse de promenades extraordinaires, la découverte d'arômes uniques et d'un terroir diversifié, et, enfin, la perspective d'une aventure humaine authentique. Des expériences à vivre en famille, au grand air, au bord de l'eau, dans l'eau, en montagne, sur ces terres corses teintées d'identité.

CARNAVAL D'AJACCIO

AJACCIO

En juin. Accès libre.

Il marque en majesté l'entrée des chrétiens dans la période du carême. Tradition haute en couleur, ce magnifique carnaval avec défilé de grands chars sur le Cours met la ville en fête et en liesse ! Parmi les incontournables de ce festival très populaire : la parade du Corso carnavalesque, le village des enfants et le bal masqué. Un week-end de flonflons et de paillettes. Mais lorsque s'enflamme sa majesté Carnaval, la fête est finie et commence cette période de frugalité et d'abstinence qui durera jusqu'aux fêtes de Pâques. Déjà on pense au prochain carnaval !

A CUPULATTA ★★★★

Route territoriale 20 - **AJACCIO**
✆ 04 95 52 82 34
www.acupulatta.com

Haute saison ouvert tous les jours et jours fériés de 9h à 18h. Adulte : 12 €. Enfants de 5 à 11 ans : 9 €.

Ce parc est unique en son genre. Sur un site naturel de 2,5 ha, vous découvrez la vie des tortues. De l'Amérique du Sud à la Méditerranée, en passant par l'Asie et l'Afrique, tous les continents sont représentés. Créé par l'association A Cupulatta (tortue en corse), le centre a pour vocation l'élevage, l'étude et la protection des tortues terrestres et aquatiques du monde entier. Le parc en abrite 170 espèces pour un total qui dépasse 3 000 animaux. Les enfants vont adorer cette visite ! Boutique sur le thème de la tortue, snack et coin pique-nique ombragé.

LE CANYON DE LA RICHIUSA ★★

Valle Papacci - **BOCOGNANO** ✆ 04 20 19 09 09
www.canyon-corse.com

Approche : 1h. Descente : 2h30. Hauteur maximale de rappel : 10 minutes. Dénivelé : 260 m. Accès libre toute l'année.

Sous l'aire de stationnement du moulin de Busso, une passerelle franchit la Gravona. Sur l'autre rive une sente file vers la droite à travers maquis et rejoint le cours de la Cardiccia. Quitter les marques de peinture et remonter alors, de bloc en bloc, le cours de cet affluent. On atteint un portail naturel d'où le torrent s'échappe par une jolie cascade. Site pittoresque, agrémenté d'une vasque et donc fréquenté aux heures de pique-nique. Successions de 5 vasques franchissables en toboggans. A partir de là la gorge se resserre donnant une ambiance spéléo.

LA MAISON BONAPARTE - MUSÉE NATIONAL ★★★

Rue Saint-Charles - **AJACCIO** ✆ 04 95 21 43 89
www.musees-nationaux-malmaison.fr

Ouvert toute l'année. Ouvert tous les jours sauf le lundi. Gratuit jusqu'à 26 ans (et le 1er dimanche du mois).

La Maison Bonaparte s'appelait au départ Casa Bozzi et n'est devenue la propriété de la famille Bonaparte que progressivement et avec quelques allers-retours. Toutefois, c'est la maison de naissance de Napoléon et on peut encore aujourd'hui admirer sa chambre de naissance. La Maison, occupée en partie par la famille Bonaparte en 1682, y voit naître Napoléon sur le canapé de l'antichambre, le 15 août 1769. Il y passera une partie de son enfance. Ce que le visiteur peut voir lors de sa visite aujourd'hui n'est pas le reflet du mode de vie de l'époque, car, lors de l'éphémère royaume anglo-corse, la famille avait quitté Ajaccio et la maison fut pillée par les partisans de Pasquale Paoli. Ensuite, elle a été réquisitionnée par les Anglais de 1794 à 1796. C'est en 1798 que la mère de Napoléon, devenue veuve, remeuble la demeure de mobilier Directoire acquis chez un marchand marseillais et l'enrichit d'une superbe galerie sur la terrasse, qui à l'époque, était la plus belle salle de bal et de réceptions d'Ajaccio. Vint par la suite s'adjoindre une magnifique rampe d'escaliers envoyée par son demi-frère, Joseph Fesch, de Milan. Napoléon ne verra ces rénovations et embellissements qu'une seule fois, à son retour d'exil d'Egypte en septembre 1799. Il y loge alors avec tout son état major et étant attaché à la maison et s'y sentant bien, comme il l'écrit lui même, il entreprend de la restaurer et de la remeubler encore. Une partie du mobilier Directoire, acquis par Letizia Bonaparte à Marseille, est toujours présent dans certaines pièces, dont le salon Letizia. Aussi, on peut y admirer 4 commodes et un secrétaire Directoire ainsi que trois cheminées en marbre de Busca. Après la restauration de la maison, Napoléon III en fait un musée. Donnée à l'état en 1923 par le Prince Victor Napoléon, seul héritier de l'impératrice Eugénie et de Napoléon III, elle est classée monument historique en 1923. La Maison est aujourd'hui musée national et on peut y visiter les différentes pièces, surtout au premier étage de la maison qui s'ouvre sur les appartements meublés d'époque. Quant au deuxième étage, on peut y découvrir et retracer à l'aide de cartes, d'objets et de portraits toute l'histoire de Corse et de la famille du XVIIIe siècle.

En face de la maison on peut admirer un petit ilot de verdure avec le buste du roi de Rome, qui est une œuvre de Vezin.

La Maison Bonaparte est devenue musée national en 1967, dirigé par la Direction des Musées de France.

LE PALAIS FESCH - MUSÉE DES BEAUX-ARTS ★★★

50-52, rue du Cardinal-Fesch
AJACCIO
✆ 04 95 26 26 26
www.musee-fesch.com
Du 1er mai au 31 octobre le musée est ouvert tous les jours de 9h15 à 18h. Gratuit jusqu'à 18 ans

C'est un espace culturel majeur de l'île. Ce palais a été édifié dans le quartier Saint Roch, en bord de mer, selon les instructions du cardinal Joseph Fesch (1763-1839), oncle maternel de Napoléon Ier. Il s'agissait pour ce grand collectionneur d'art de créer un « Institut des Arts et des Sciences » pour éduquer les jeunes Corse. Les plans du bâtiment furent confiés à l'architecte Sylvestre Frasseto. Commencée en 1828, la construction du palais se fit par étapes et ne s'acheva que sous le Second Empire. Au centre de la cour trône la statue du cardinal Fesch, œuvre du sculpteur parisien Vital-Gabriel Dubray. Passionné d'art et tout particulièrement par les primitifs italiens, le cardinal avait réuni une collection monumentale riche de 16 000 œuvres. Les collections du musée des Beaux-Arts d'Ajaccio sont constituées en grande partie du legs de ses collections par le cardinal Fesch : le musée en a la plus belle collection, juste après celle du Louvre. Le Titien, Cosmè Tura, Raphaël, Bellini... avec le chef-d'œuvre *La Vierge à l'Enfant* de Botticelli. Différents dons et legs enrichiront ensuite les collections du Palais Fesch, dont ceux de Félix Baciocchi (1866), du duc de Trévise (1892), de Jérôme Napoléon (1897), de la famille Rothschild (1889 et 1909). L'Etat apporta et continue à apporter sa contribution avec l'achat d'œuvres. Si les œuvres les plus représentées sont celle des peintures italiennes du XIVe au XVIIIe siècle, s'ajoutent une collection des peintres corses, le cabinet des arts graphiques et de la photographie. En marge de la présentation de ces collections exceptionnelles, le palais Fesch programme des visites guidées, des conférences, des spectacles de danse et des concerts, des ateliers, des évènements littéraires et des évènements nationaux, Fête de la science, journées du patrimoine, etc. L'aile nord du palais Fesch abrite la salle patrimoniale de la bibliothèque de la ville d'Ajaccio et l'aile sud la chapelle impériale. La présentation des œuvres, sur trois étages, est organisée dans un ordre chronologique, des Primitifs italiens aux peintres corses du XXe siècle, ponctuée des œuvres phares de Botticelli, Titien, Véronèse, du baron Gérard... Plusieurs visites s'imposent !

▸ Sur son site Internet, le palais Fesch présente des vidéos commentées des principales œuvres du musée, par ailleurs diffusées sur la chaine TV Via Stella. La série est réalisée en deux langues : française et corse. Une excellente introduction à la visite.

PIRATE ADVENTURE CORSICA

Plage de Tonara - **BONIFACIO** ✆ 04 95 73 56 36
www.pirate-adventure-corsica.com
Ouvert toute l'année. Sur réservation.
À partir de 55 €.

Partez à l'aventure depuis ce site de location de jet-ski, scooter des mers et quad pour des découvertes nature et sportives. Jean-Baptiste a migré sur la plage de Tonara l'un des plus beaux sites des environs. Au programme : randonnées encadrées sur terre et sur mer dans les grottes, les falaises, les îles et les plus belles criques de l'extrême sud, jusqu'à Canetto. Belle formule combinée Terre et Mer alternant jet-ski et quad. Accueil personnalisé des personnes en situation de handicap et collaboration avec le Parc marin des Bouches de Bonifacio.

LES PLAGES DE BONIFACIO ★★★

BONIFACIO
✆ 04 95 73 11 88
www.bonifacio.fr

Au nombre de sept, les plages de Bonifacio font le bonheur des amateurs de farniente, de sports aquatiques et de bronzette. Allez poser votre serviette sur les plages de Sperone, de Piantarella, de Calalonga, de Santa Manza, de Maora, de la Tonnara, ou encore sur les sables de la jolie baie circulaire de Rondinara. Les enfants se feront une joie de construire le plus beau des châteaux de sable tandis que vous profiterez du paysage et de la douceur de vivre. Attention, les chiens sont acceptés seulement s'ils sont tenus en laisse.

À L'EAU RANDO

Port de plaisance
CARGÈSE
✆ 06 59 22 70 44
www.aleaurando.com
Ouvert d'avril à novembre tous les jours. Sortie 1h30 35 €, demi-journée 55 €. CB non acceptée.

Romain Prodhomme, le normand immigré en Corse depuis près de 20 ans, a lancé un concept original de randonnée palmée (snorkeling) au départ du port de plaisance. Départ pour des sorties de 1h30 à 3h vers les sites majeurs de la côte ouest : le Capo Rosso, la baie de Cargèse et son rocher de Rocca Marina, ainsi que les îles sanguinaires pour apprécier le coucher de soleil. Une belle escapade à bord d'un semi-rigide de 9 m et ses 300 cv, le tout encadré par un professionnel passionné et compétent. Une découverte enivrante toute sécurité.

LA RÉSERVE NATURELLE DES ÎLES LAVEZZI ★★★★

Parc marin des Bouches de Bonifacio

BONIFACIO

www.rnbb.fr

Ouvert toute l'année.

Incontournables, ces magnifiques blocs de granit polis par la mer font partie des plus beaux joyaux de la Corse. Le paysage, presque lunaire, est préservé : véritables réservoirs de la biodiversité, les îles Lavezzi sont considérées par les scientifiques comme un lieu d'observation de nombreuses espèces naturelles. Ballet de poissons et dauphins dans une eau turquoise. Vrai paradis pour les plongeurs (la plongée en bouteille est toutefois interdite), l'archipel appartient au parc marin international. La pêche y est strictement interdite. D'un point de vue historique les Lavezzi furent le théâtre d'un naufrage qui coûta la vie de 773 hommes le 15 février 1855 lors du naufrage de la frégate française *La Sémillante* qui venait de Toulon en direction de la mer noire afin d'apporter du renfort lors de la guerre de Crimée. Essuyant une violente tempête, le navire se brisa sur les hauts fonds et aucun homme n'en réchappa. Une pyramide de granit rend hommage aux victimes. Plusieurs compagnies de Bonifacio ou de Porto Vecchio pour vous rendre sur les Iles ou louer un bateau. Évitez si possible la visite durant les mois de juillet et août, le nombre de touristes venant découvrir les lieux vous empêchera de profiter du paysage. Le chemin du littoral sillonne l'île de part en part. N'oubliez pas les chapeaux, l'indispensable crème solaire car le soleil reflété par le granit et l'eau est surpuissant, bouteille d'eau car il n'y a pas d'eau potable sur l'île et quasiment pas d'ombre !

LE SENTIER DU CHÂTAIGNIER

EVISA

Accès libre et gratuit toute l'année.

Au départ du village, face au Bar de la Poste, ce sentier thématique croise deux sites remarquables : le somptueux point de vue du belvédère et la piscine naturelle créée par l'Aïtone où l'eau y est claire, fraîche et très appréciée en été. D'une durée de 1h30, cette balade est idéale à faire en famille. Cheminant, on s'informe sur les châtaigniers, rois de la Corse. Attention aux cochons sauvages que vous pourriez croiser friands de votre casse-croûte.

L'OURSINADE DE FIGARI

FIGARI

Pêche aux oursins autorisée de décembre à mars.

S'il y a une tradition à laquelle les Corses ne dérogent pas, c'est bien l'oursinade ! L'hiver est en effet propice aux dégustations d'oursins, dont la pêche strictement réglementée n'est autorisée que durant trois mois. Pour une oursinade dans les règles de l'art, rendez-vous sur une plage en famille ou entre amis pour pêcher ces précieux fruits de mer (la quantité maximale est de 3 douzaines par personne). Munissez-vous de gants pour éviter les blessures. Ensuite, les pieds dans le sable, dégustez-les avec du pain et un verre de vin blanc. Convivialité assurée !

LES MÉDIÉVALES DE LEVIE

LEVIE

✆ 04 95 78 00 00

www.levie.fr

En juin.

Eglises romanes, ruines de châteaux et autres légendes : l'Alta Rocca est riche d'un patrimoine médiéval unique et a beaucoup à nous apprendre sur le passé de l'île. Les Médiévales de Levie se sont donné pour objectif de nous faire revivre cette période de l'histoire à travers spectacles, ateliers, conférences et expositions. Le temps d'un week-end, la ville met ses pendules à l'heure médiévale : chevaliers et gens d'armes, baladins et troubadours, manants et gueux envahissent les rues. Tout est conçu pour offrir à chacun un merveilleux voyage dans le temps !

GIROLATA ★★★★

OSANI

Accessible toute l'année par bateau.

Il y a peu, à Girolata, il n'y avait ni électricité ni téléphone. Aujourd'hui encore, aucune route n'arrive jusqu'à ce village de pêcheurs. Les randonneurs partent du col de la Croix pour 4 h de marche AR en passant par la jolie plage de Tuara. On peut arriver par la mer et des nombreuses sorties commentées en bateau sont organisées. La visite commentée, passe entre les roches à la découverte d'une grotte, d'un nid de balbuzards ou des orgues volcaniques. On peut même y passer la nuit (la baignade au petit matin est magique) et repartir par le bateau du lendemain.

LE PASS'PARTOUT

Place de la marine - **PORTO**
✆ 06 75 99 13 15
www.lepasspartout.com
Ouvert toute l'année, tous les jours de 9h à 20h. Chèques vacances et CB acceptés. Visite commentée.

Ici des professionnels passionnés partageront avec vous l'amour des sites, de la faune et de la flore. Parfaitement étudiés pour des prises de vue idéale, les petits bateaux rouges, couverts tout confort (protection contre les embruns, protection solaire et équipés de WC) sont idéals pour passer partout. Départs pour Scandola/Girolata, les Calanques de Piana/Capo Rosso, le tour complet (Scandola, Girolata, calanques de Piana), le « coucher de soleil ». Coup de chapeau pour le bateau rose à caméra sous-marine, hybride et silencieux, et tarifs abordables.

SCEN'È SONNIU - LE FESTIVAL DU RÊVE

Quai Pascal-Paol
PORTO-VECCHIO
✆ 04 95 72 02 57
festivaldureve.wordpress.com
Début avril. Gratuit.

Un rendez-vous devenu incontournable pour les amateurs de spectacle vivant, avec une réputation dépassant très largement les frontières européennes. Chaque année près de 7 500 visiteurs sont accueillis pendant le festival. Un festival de théâtre de rue, mettant à l'honneur les arts les plus traditionnels comme les plus contemporains : cirque contemporain, marionnettes, conte, clown, déambulation, théâtre, musique. Chaque spectacle est inédit sur l'île.

FERME PEDAGOGIQUE DE PADULA

Route de Porra - **PORTO-VECCHIO**
✆ 06 11 79 96 76
www.fermepedagogiquecorse.com
Ouvert toute l'année sur réservation. Nourrissage à 10h30 et 16h.

C'est une exploitation agricole dont la particularité est d'exercer des actions de médiation animale. Avec une partie équestre et une partie ferme pédagogique, on trouve dans cette partie ferme six parcs, où vivent et se reproduisent les animaux toute l'année, plus un parc nurserie. Laëtitia propose des visites interactives où il sera possible de rentrer dans les parcs pour approcher, caresser et nourrir les animaux. Sont également prévus des baptêmes à poney d'une demi-heure.

VIA MARE

La Marine - **PORTO** ✆ 06 07 28 72 72
www.viamare-promenades.com
Fermé de novembre à mars.
Ouvert tous les jours et les jours fériés de 8h à 21h. A partir de 15 € enfant et 30 € adulte.

Cette compagnie de promenades en mer dispose de trois navires hybrides éco-citoyens de moyenne capacité pour les visites du site de Scandola et Girolata, des calanques de Piana, voire le tour complet du golfe. Au programme : exploration des failles et grottes avec commentaires éclairés sur l'environnement et le brin d'humour qu'il faut pour une bonne ambiance à bord. Visite du port de Girolata et possibilité de baignade selon les circuits. Plusieurs départs par jour pour les 3 circuits. Le parcours des sites classés se fait exclusivement à propulsion électrique.

LE MARATHON DE PORTO-VECCHIO

PORTO-VECCHIO
✆ 06 11 39 15 21
www.marathon-portovecchio.com
Le premier week-end des vacances scolaires de la Toussaint.

Le Marathon international de Porto-Vecchio présente un parcours technique et déjà mythique grâce à ses points de vue inoubliables sur les plus belles plages de la Corse-du-Sud, celles de Saint-Cyprien, de Palombaggia et son arrivée à Santa-Giulia. Avec 4 distances, ce marathon est une grande fête de la course à pied et permet à tous les coureurs de participer, quel que soit leur âge et leur niveau. Programmé pendant les vacances de la Toussaint pour un moment familial et populaire.

A TYROLIANA

Taglio Rosso
SAINTE-LUCIE-DE-PORTO-VECCHIO
✆ 04 95 21 78 04
www.atyroliana.com
Ouvert toute l'année. Tarifs complets des activités en ligne.

Venez vivre des sensations fortes au Parc Aventure Tyroliana dotée de ses 8 parcours et de 160 ateliers sur 5 hectares dans la forêt de San Martinu et le long de la rivière Cavu. Que vous soyez novice ou aventurier avertis, venez vous faire plaisir dans les arbres ou en canyoning, en VTT, escalades ou randonnées. Parcours dans les arbres du blanc au rouge (pour les plus téméraires) ; après l'effort, vous serez réconfortés grâce à l'offre de restauration, sur place ou à emporter. A Tyroliana est aussi une base canyoning avec des moniteurs diplômés.

LA CASCADE DE PISCIA DI GHJADDU ★★★

SAN-GAVINO-DI-CARBINI

Ouvert toute l'année. CB non acceptée. Parking payant en saison.

L'accès à la cascade de Piscia di Ghjaddu (Piscia di Gallu), se fait par un sentier depuis un parking payant installé à 7 km du barrage de l'Ospélade. Ce sentier franchit un gué, avant de déboucher dans un paysage dégagé pour surplomber le torrent qui alimente la chute, un peu plus loin. La chute d'eau est assez spectaculaire (hauteur de 70 mètres). Le site présente des rochers aux formes étranges, certains faisant penser à des représentations humaines ou animales.

CASTELLU DE TAPPA ★★

Ceccia - **SOTTA**

Accessible toute l'année par la route D859 qui rejoint Figari. Gratuit

On accède à ce castellu par la D859 qui rejoint Figari. 4 km après l'embranchement sur la route de Bonifacio, après le pont du Stabiaccio, on trouve un panneau indiquant un chemin à gauche. On passe la barrière, que l'on referme soigneusement, et on accède au site, en haut de la colline. Le mur d'enceinte de la partie sud est très bien conservé, la partie ouest écroulée. Le rez-de-chaussée de la tour est en parfait état, il ne manque que le premier étage découvert détruit. Le site de Tappa est considéré comme l'un des premiers villages de Corse.

ACQUA NATURA PARC AVENTURE SOLENZARA CANYONING

Kamiesch

SARI-SOLENZARA

✆ 06 29 19 19 04

www.corse-canyoning-parc.com

Ouvert toute l'année. Tarifs complets en ligne.

Le Parc de la Solenzara vous propose 8 parcours dans les arbres pour les enfants (à partir de 3 ans), les adultes et les seniors avec une centaine d'ateliers. Acqua & Natura vous propose un nouveau canyon : descente, sauts, rappels, un canyon pour les sportifs aguerris, un canyon à la journée, du paintball, du stand-up paddle. Archery Battle : un jeu à pratiquer avec des arcs et des flèches en mousse, et le Paddle mirage Éclipse pour voir sous l'eau !

LE SITE PRÉHISTORIQUE DE FILITOSA ★★

D57 - **SOLLACARO** ✆ 04 95 74 00 91

www.filitosa.fr

Ouvert de Pâques à fin octobre, tous les jours de 9h au coucher du soleil. Musée de 10h à 19h. 9 €/7 €/famille 28 €.

Vous êtes ici sur le site mégalithique le plus prestigieux de l'île, classé au patrimoine mondial de l'Unesco. Les statues gravées de têtes humaines, d'épées, de poignards, se dressent comme un raccourci de huit mille ans d'histoire. Les fouilles ont mis au jour un extraordinaire gisement : un vaste ensemble architectural avec une enceinte cyclopéenne, trois monuments torréens, seize statues-menhirs, des fragments de menhirs sculptés, un village de cabanes. Un endroit impressionnant !

VIA FERRATA DE TOLLA

Col de Mercujo - **TOLLA**

✆ 06 16 07 55 67

www.revesdecimes.fr/via-ferrata

Ouvert toute l'année. Formule avec guide en haute saison ou en liberté sur réservation toute l'année. 5 à 45 €/personne.

Un pont népalais marque le départ de l'ascension sur le granit corse aux fameux taffoni. La via ne présente pas de difficulté particulière et il y a un échappatoire. La première section, en majeure partie en descente, permet de rejoindre le pont népalais. On évolue ensuite en légère montée sur la droite dans la portion la plus verticale de l'itinéraire qui devient ensuite beaucoup moins pentu pour finalement arriver tranquillement au sommet. De là la vue est splendide sur le lac et les gorges du Prunelli. Accessible à partir de 11 ans.

LE LAC DE NINO ★★★

ALBERTACCE

Durée : 4h30 A/R. Difficulté : moyen.

Le lac de Nino est un joyau perché à 1 743 m d'altitude dans le massif du Rotondo. La balade n'est franchement pas évidente et il vaut mieux être bien chaussé. Arrivé en haut, c'est vraiment sublime. À la différence des autres lacs d'altitude, Melo et Capitello, Nino a la particularité d'occuper un site très ouvert. C'est un lac glaciaire qui a la réputation d'être le plus beau de Corse. On y découvre les pozzines, de « pozzi » qui signifie « puits » en Corse. Il s'agit de trous remplis d'eau, au sein de pelouses herbeuses très épaisses aux allures de mousse. Si les pozzines sont typiques des montagnes corses, celles du lac de Nino sont les plus connues de Corse. Vous partagez le site avec les chevaux, les vaches et les cochons sauvages qui y pâturent en liberté à la belle saison. Le point de départ de la balade jusqu'au lac de Nino se trouve à côté de la maison forestière de Poppaghia sur la D84, au nord-est d'Evisa et du col de Vergio, à 1 076 m d'altitude. C'est une randonnée assez sportive (700 m de dénivelé) avec 4h30 de marche soutenue (aller et retour). Il est possible d'accéder au lac de Nino depuis un autre point de départ, directement de la station de ski du col du Vergio, à 10 km d'Evisa, sans aucune difficulté sauf à prendre en compte la distance totale et le temps de marche sur 15 km, pour une durée totale de marche de 8 h aller et retour. Mais, quel que soit l'itinéraire que vous choisirez, vous ne regretterez certainement pas cette randonnée à la découverte du lac et des pozzines.

LE SITE ANTIQUE ★★

ALÉRIA ✆ 04 95 57 00 92

www.corse.fr/Archeologie_a485.html

Basse saison : de 8h30 à 12h30 et de 13h30 à 17h30. Haute saison : de 9h30 à 12h30 et de 13h30 à 18h30.

La ville Antique d'Aléria constitue avec Mariana les deux plus grandes agglomérations romaines en Corse. Les ruines de la ville antique sont décrites pour la première fois par Prospère Mérimée (1803-1870) lors de son voyage en Corse en 1939. Le site archéologique d'Aléria se compose d'une nécropole et d'un rempart préromain, il intègre aussi les vestiges de l'ancienne cité romaine partiellement mise au jour. Il s'agit du premier ensemble urbain antique découvert en corse, avec forum, portiques, temples, maisons et boutiques, balneum et mosaïques, voirie...

CAP CORSE CROISIÈRE

Quai du 1er bataillon de choc

BASTIA

✆ 06 79 65 70 78

www.cap-corse-croisiere.fr

Ouvert de mi-avril à septembre. 12 passagers maximum. Chèque Vacances. Visite guidée.

Au départ du vieux port de Bastia, montez à bord d'un semi-rigide pour découvrir la ville et le cap par la mer. Votre capitaine et guide, passionné d'histoire et de culture, vous livre les anecdotes et clefs historiques de cette terre de marins et d'aventuriers, des traditions maritimes à l'édification des tours génoises. Vous vous dirigez vers la pointe du Cap Corse et ses espaces naturels protégés, découvrez Lavasina et son église, puis la discrète marine de Porticciolo, celle d'Arbalunga, les îles Finocchiarola et l'île de la Giraglia. Pause baignade en prime.

JARDIN ROMIEU

BASTIA

✆ 04 95 54 20 40

www.bastia-tourisme.com

Ouvert toute l'année. 1 € l'entrée aux heures d'ouverture du Palais des Gouverneurs.

En quittant la citadelle, on rejoint le Vieux-Port par le jardin Romieu, un havre de verdure qui surplombe harmonieusement le pittoresque port de plaisance et qui, la nuit, avec ses lumières, compose un bel écrin au palais des gouverneurs. Dans le jardin, l'escalier Romieu est très clairement visible du Vieux Port. Vases sur pied, fontaine, statues, longues rampes en fer forgé, ce lieu est bucolique et romantique à souhait. Profitez d'une halte sous les arbres pour admirer la vue panoramique sur les deux ports avec, en été, le ballet incessant des navires.

SALON DU CHOCOLAT ET DES DELICES DE CORSE

Place Saint-Nicolas

BASTIA

✆ 06 12 21 38 09

www.salon-chocolat-bastia.com

Sur trois jours en octobre.

Le salon rassemble 140 stands d'artisans chocolatiers venus de Corse et d'ailleurs. Des chefs étoilés sont également de cette fête gourmande. Place Saint-Nicolas ce sont défilés de mode, spectacles, concours, conférences, dégustations, ateliers et un feu d'artifice géant. Deuxième plus important salon du chocolat de France après Paris, avec ses 50 000 visiteurs, il participe à la promotion de la créativité et du savoir-faire insulaires en matière de gastronomie et de tourisme.

LA ROUTE DES SENS AUTHENTIQUES ★★★

Avenue Paul-Giacobbi
BASTIA
✆ 04 95 30 95 23
www.gustidicorsica.com
Ouvert toute l'année.

Et si, après quelques jours de détente sur les plages corses, l'envie vous gagnait de découvrir les racines de la Corse à travers ses produits labellisés ? Matérialisées par des centaines de panneaux signalétiques aux quatre coins de l'île, les Routes des Sens authentiques vous guident pour des découvertes hautes en saveurs. Chef d'orchestre de cette valorisation agricole récente, l'Office du développement agricole et rural de Corse (ODARC) vous invite à la découverte des productions certifiées AOP, IGP ou AB : miels, Brocciu, charcuteries, vins, huile d'olive, farine de châtaigne, clémentines, pomelos, noisette… mais également à la rencontre d'artisans d'art, de fermiers aubergistes ou de distillateurs d'huiles essentielles. La Route des Sens Authentiques est une invitation au voyage au cœur de la Corse rurale. Profondément attachés à leur terre, des femmes et des hommes passionnés qui ont su conjuguer art de pratiquer un métier ancestral et mode de vie moderne, vous offrent la chaleur d'un accueil traditionnel et la garantie d'un produit d'origine. Dans ces lieux à forte identité, savoir-faire ancestraux et modernité se côtoient pour un accord parfait entre authenticité et qualité. Suivez ces panneaux pour accéder à leurs exploitations, leurs ateliers, leurs auberges. Les adhérents de la Route des Sens respectent un cahier des charges précis qui vous garantit des productions de qualité et d'origine, des saveurs et des savoir-faire uniques ainsi qu'une hospitalité rare !

LA CITADELLE ★★★

CALVI
Accessible toute l'année.

Quartier historique de la ville, jadis gardé par un fossé à pont-levis avec herse, c'est l'œuvre des Génois au XVe siècle. Attardez-vous sur les fortifications qui entourent la Haute-Ville et admirez le plus ancien palais occupé à l'époque par les Gouverneurs génois nommé aujourd'hui Caserne Sampiero. Visitez ensuite la cathédrale Saint-Jean-Baptiste de style baroque classique datant du XIIIe siècle, détruite et reconstruite en 1570, avec son intérieur en forme de croix grecque et qui dispose de nombreux objets anciences. Plus loin, l'oratoire siège de la confrérie Saint-Antoine datant du XVIe siècle qui avait à l'époque pour vocation l'entraide sociale, charitable et spirituelle entre les membres. Sur le linteau de la porte d'entrée, saint Antoine abbé et son petit cochon, accompagnés de saint François d'Assise et de saint Jean-Baptiste. L'oratoire abrite le trésor d'art religieux de Calvi, ensemble d'objets d'art sacré du XVIe au XIXe siècle. Intérieur à trois nefs, cet oratoire est toujours le lieu de vie de la confrérie Saint-Antoine. Des chants et des cérémonies s'y déroulent, le départ de nombreuses processions débute à cet endroit notamment durant la Semaine sainte. Dans les salles contiguës à l'oratoire, vous pourrez admirer une exposition de fouilles archéologiques. À découvrir depuis l'extérieur, les ruines de la maison natale de Christophe Colomb, la maison Pacciola, maison de Laurent Giubegga. Prenez le temps de vous perdre dans les rues de la citadelle et profitez de la vue sur le golfe, impressionnante.

CALVI ON THE ROCKS

Théâtre de verdure
CALVI
www.calviontherocks.com
En juillet.

Concerts au clair de lune au pied de la citadelle, siestes musicales sur la plage, apéros pétanque sur la place centrale, dégustations de cuisine locale et, bien sûr, les inoubliables aftershows dans les clubs de la ville, contribuent à l'aura unique de ce rendez-vous estival. Calvi On The Rocks, c'est un environnement exceptionnel et une atmosphère incomparable rythmés par la douceur de vivre, la musique, les surprises, les rencontres et les échanges. Un festival mêlant musique et art de vivre auquel les mélomanes de tout le continent se donnent rendez-vous.

L'ÉCOLE DES ÂNES

Route d'Anghione
CERVIONE
✆ 06 17 94 95 60
www.ecoledesanes.com
Ouvert toute l'année. Sur réservation. À partir de 10 €. Tarifs complets en ligne. CB non acceptée.

Bienvenue à la Ferme aux Ânes, créée par Joël Poli, éleveur équin, maréchal-ferrant, accompagnateur de Tourisme équestre et technicien dentaire équin. Ici, face à la mer, vous pourrez découvrir l'élevage d'ânes, mais aussi passer un moment en leur compagnie avec les différents forfaits de balades qui vous sont proposés. Petits et grands apprécieront. Quelques tables permettent de s'installer face à la mer. Un bac à sable et un panier de basket sont à disposition. Possibilité de dégustation gratuite des produits de la ferme et même de faire provision.

LE MUSÉE ETHNOGRAPHIQUE DE L'ADECEC ★

Place Jean-Simonetti - **CERVIONE**
✆ 04 95 38 12 83
www.adecec.net
Ouvert toute l'année. Haute saison : du lundi au samedi de 10h à 12h et de 14h30 à 19h. Adulte : 5 €.

Quatorze salles d'exposition permanente ont été aménagées dans l'ancien séminaire des évêques d'Aleria à Cervioni. Le musée est destiné essentiellement à l'ethnographie. Quelques thèmes : cuirs et peaux ; le feu ; l'éclairage ; la pharmacie ; les vêtements ; filage et tissage ; les araires ; la cordonnerie ; la vie pastorale ; les scies ; les jouets ; la fabrication des cierges ; le fil de fer ; les poteries à l'amiante ; les criblages ; la fabrication du vin et de l'eau-de-vie...

LA VIA FERRATA DE CHISA

Village
CHISA
✆ 04 95 57 84 24
www.viaferratachisa.fr
Ouvert toute l'année. Haute saison : tous les jours et les jours fériés. Entrée : 30 €.

Munissez-vous de votre meilleure paire de baskets et partez à l'aventure sur la via Ferrata de Chisà. Parois granitiques équipées d'échelons et de rampe. Accessible dès l'âge de 12 ans, la via ferrata de Chisa nécessite néanmoins une bonne condition physique. Dénivelé 306 m, départ 380 m et sommet à 689 m. 3 ponts népalais, 2 ponts de singe, 4 tyroliennes (+/- 70 m), 1 toile d'araignée (progression face au vide), 3 passerelles. Approche : 25 min par un sentier ; Via ferrata : 3h30 à 4h Retour : 25 min par un sentier. Parking très limité au gîte d'étape.

A STRADA DI L'ARTIGIANI ★★

Carbonagja - **CORBARA**
✆ 06 86 61 98 40
www.routedesartisans.fr
Informations et adhésion sur le site internet.

Cette association d'artisans d'art et de producteurs a créé il y a plus de 20 ans une route du savoir-faire sur la micro-région de Balagne. Les artisans en faisant partie ouvrent les portes de leurs ateliers aux visiteurs. Plus de 50 membres sur tout le territoire valorisent l'art, l'artisanat et la production agro-alimentaire de qualité. Les itinéraires traversent la Balagne, de la mer à la montagne par les villages aux panoramas magnifiques, en voiture, randonnée, vélo, moto, bus... Accès à la brochure via leur site internet et dans les Offices de tourisme.

V'LOC

Quartier de la gare
CORTE
✆ 06 84 67 92 63
Livraison et récupération des vélos sur toute la Corse. Assistance. Ouvert toute l'année. Tous les jours de 8h à 19h.

Un bon bol d'air sans efforts et la découverte de paysages fabuleux lors d'une journée exceptionnelle en louant un vélo électrique à Corte. Plusieurs boucles proposées : à vous le grand air, les arrêts baignades à gogo et le pique-nique embarqué. Le parcours de 15 kilomètres le long de la Restonicca avec les lacs de Mello et Capitello, la forêt, l'eau claire et le vent dans les cheveux ! Cinq parcours, dont la boucle des villages de 40 ou 65 km. Et, de plus, Augustin vous livre et récupère les vélos dans toute la Corse. Pas d'excuses !

AIRSCAPADES

Route de l'ancienne voie ferrée
GHISONACCIA
✆ 06 75 43 87 15
www.airscapades.fr
Ouvert toute l'année. Sur réservation. Baptême de 20 minutes de vol effectif : 80 €.

Depuis 2006, Airscapades dispense les cours théoriques et pratiques nécessaires à l'obtention du brevet de pilote paramoteur. Airscapades, l'école de paramoteur de la Corse, vous propose des baptêmes de l'air en biplace : décollage en trois pas, puis confortablement installé dans la sellette, survol du bord de mer, initiation au pilotage en vol et repose en douceur avec un sourire qui en dit long... Un magnifique souvenir ! Airscapades propose également des journées de découverte de ce loisir et des stages de formation au brevet de pilote.

ÉTANG D'URBINO ★★

Urbino
GHISONACCIA
Accès libre. Zone protégée.

Second plus grand étang de Corse avec 790 hectares, c'est un milieu fragile donc protégé, mais il est possible d'en faire le tour en traversant la forêt de Pinia, composée de pins maritimes et de genévriers, puis les marais, les collines et la plage. Ce site protégé abrite plus d'une centaine d'espèces d'oiseaux : goélands, vanneaux huppés, hérons, cormorans, martins-pêcheurs, mouettes... Privilégiez vos sorties le matin ou en fin de journée, lorsque la lumière est la plus belle et les oiseaux moins farouches. Soyez silencieux et respectez bien leur tranquillité.

FESTIVAL DU FILM DE LAMA

Village,
LAMA
✆ 04 95 48 21 60
www.festilama.org
En août.

Fondé en 1994, le festival du Film de Lama n'est pas tout à fait comme les autres, il a pour cadre le plein air. Les films sont des avant-premières : une vingtaine de longs métrages, une compétition de courts métrages, des documentaires, un regard sur la production corse, un focus sur une personnalité du cinéma. Le festival, c'est aussi des programmes pour les enfants, des tables rondes, des conférences, des rencontres professionnelles, des animations musicales... et la convivialité. Rendez-vous en 2022 pour la 28e édition !

ECO PARC DE LA VALLÉE D'ASCO

MOLTIFAO
✆ 06 84 62 43 40
Ouvert tous les jours sauf le lundi matin.
£Visites à 10h, 11h, 14h30, 15h30, 16h30 et 17h30. Adulte : 6 €.

Comment avoir le privilège de découvrir les animaux de Corse dans leur milieu naturel ? C'est le concept original et unique qu'a imaginé Gérard pour partager sa passion de la faune et de la flore en créant l'Eco Parc de la Vallée de l'Asco. Sur deux hectares de forêt sur laquelle il est intervenu le moins possible, dans un biotope préservé, cet ancien formateur au Centre Permanent d'Initiative pour l'Environnement (CPIE) vous initiera à la vie secrète des habitants de la forêt et de nos jardins pendant que pourrez les admirer au plus près et poser toutes les questions qui vous passent par la tête. Le secret ? Gérard reproduit les animaux en résine et ses spécimens sont si proches de la réalité que les véritables modèles passants par là s'y laissent prendre eux-mêmes ! Ainsi vous découvrirez la faune et la flore comme vous ne l'avez jamais vu, au cœur de son milieu naturel : Sitelle de Corse, Tortue d'Herman, Renard, Faucon chasseur de Palombe, Belette, Bécasse… Tout près de la mare naturelle vous verrez le Crapaud, la Cistude, la Grenouille… vous chercherez dans les arbres ou bien cachés, proche du sol le merle dans son nid, le faon, le pic épeiche, le loir, le lézard de Sicile et la salamandre... A la fois enchanteresse et didactique la visite se poursuit entre connaissance de la faune et de la flore. Savez-vous par exemple de quoi est capable le geai en plus de son cri particulier ? Venez trouver à l'ombre de la forêt la lumière de connaissances essentielles. Au (bio) top !

LE VILLAGE DES TORTUES

Tizzarella - **MOLTIFAO**
✆ 04 95 47 85 03
www.villagedestortues.wordpress.com
Ouvert d'avril à novembre, tous les jours.
En été, visites guidées uniquement. Adulte : 6 €. Enfant : 3 €.

Géré par le Parc naturel régional de Corse, ce centre a pour but de sauvegarder la tortue d'Hermann, espèce locale, mais aussi de sensibiliser et d'informer le public. Apparue il y a un million d'années, il s'agit de la toute dernière tortue terrestre française. On ne la trouve désormais plus que dans le massif des Maures (dans le Var), et dans les marais de Corse. Ce village s'attache donc à sa préservation. Un sentier d'interprétation et 4 enclos permettent de découvrir son mode de vie... Quant à prendre une tortue dans les mains c'est tout un protocole.

ARBO-VALLEY

Route de Bastia - **MONTICELLO**
✆ 06 16 72 53 12
www.arbovalley.fr
Sur réservation exclusivement. Tous les jours et les jours fériés. Balade demi-journée à 55 € et 90 € la journée.

Profitez de votre séjour en Corse pour découvrir la nature au cours d'une randonnée en Corse à cheval, grâce à cette ferme équestre de renom. Laissez-vous guider au rythme de votre cheval ou poney à travers les paysages, la faune, la flore et l'histoire à l'hospitalité sans pareille. Séjours équestres en randonnées itinérantes : montagne, randonnées dans les sites de l'Agriate, randonnées au travers du Cap Corse et dans toute l'île de Beauté, selon trois formules (balade journée des agriates, balade matinale ou balade coucher du soleil).

CORSICA ZOO

69, lieu-dit TROSCIA - **OLMETA-DI-TUDA**
✆ 04 95 56 77 50 - www.corsicazoo.com
Haute saison ouvert tous les jours et jours fériés de 9h30 à 19h30. Adulte : 12 €. Enfant de 3 à 11 ans : 9 €.

Sur un parc de 8 hectares visitez la faune des cinq continents où sont réunis 400 animaux sauvages ou domestiques. Espace australien : kangourous et wallabies. Entrez au milieu des émeus ou des cacatoès. L'espace Amérique du Sud avec lamas, alpagas, nandous furets, perroquets et aras. L'espace asiatique abrite chameaux, grues du Japon et canards asiatiques. La zone africaine, dromadaires, moutons du Cameroun. La zone européenne daims, renards et cochons corses. Aires de jeux, pique-nique et ferme pédagogique. Nouveauté 2021 : le Safari des lémuriens de Madagascar.

TOUR PAOLINE [TOUR DE NONZA] ★★★

NONZA

Accessible toute l'année.

C'est l'une des tours de guet du Cap Corse. Cette tour est située sur la façade orientale du Cap, au-dessus de Nonza, sur un piton rocheux à 167 m d'altitude. La tour de Nonza était une tour de guet située sur son promontoire surplombant le village afin de surveiller le golfe de Saint-Florent. Cette tour carrée de schiste gris-vert, carrée, se situe à l'emplacement de l'ancien château de Nonza. Le Monte où elle est implantée représente une position stratégique et fut donc choisi par les seigneurs Avogari pour l'édification de leur château au XIIe siècle. Leur forteresse médiévale fut détruite par les Génois en 1489. En 1760, Pascal Paoli commandita la construction d'une tour de guet au sommet du Monte afin de protéger le golfe. La tour paoline de Nonza est inscrite aux Monuments historiques. Elle a fait l'objet d'un vaste programme de rénovation en 1969, au cours duquel furent reconstruites ses 3 échauguettes, petits ouvrages en encorbellement destinés à abriter un guetteur et lui offrir la vue et des angles de tir sur un large horizon. En 1768, durant les guerres paolines, elle fut le siège d'un exploit militaire. Jacques Casella, abandonné par ses hommes, assura à lui seul sa défense contre les troupes du général français Grand-Maison, avant de se rendre à court de munitions. L'officier français lui demanda alors où était le reste de sa troupe, ce à quoi il répondit avec fierté : « La voilà toute en moi ». On accède à la tour par un raidillon assez sportif.

MUSEE MNEMOSINA ★

PRUNELLI-DI-FIUMORBO

✆ 04 95 56 73 67

Sur rendez-vous. Adulte : 2 €. Enfant : 1 €.
CB et chèques non acceptés.

Le musée Mnemosina est un petit établissement ethnographique privé créé par le docteur Timo Pieri et ses sœurs Daria et Niny. Il accueille les visiteurs le samedi matin et sur demande pour leur présenter les événements historiques et culturels qui ont marqué le Fium'Orbu à travers le temps. Neuf salles exposent objets et documents autour de différents thèmes, tels que l'archéologie, les arts et traditions populaires, la résistance. Deux salles sont consacrées à la messagerie, aux écrits et à l'évolution de la communication de l'Antiquité à nos jours.

LA RANDONNÉE À LA TOUR DE LA MORTELLA

Route de la Plage
SAINT-FLORENT

Départ plage de la Roya. Dénivelé 150 m.
Durée 3h.

Au bout de la piste carrossable qui dessert les résidences côtières de Formali et de Fonaverte, suivez le sentier des douaniers jusqu'à la pointe de la Mortella. Construite au XVIe siècle par les Génois, la tour fut bombardée en 1794 par la flotte anglaise de l'amiral Nelson. Consolidée en l'état par le Conservatoire du Littoral, elle offre aux visiteurs un superbe plan en coupe qui permet d'apprécier l'épaisseur de ses murs. Au printemps, vous serez conquis par le maquis.

BALAGN'ANE

D13
SANTA-RÉPARATA-DI-BALAGNA

✆ 06 30 13 91 25

Ouvert toute l'année. Sur réservation.
Balade à partir de 25 € 1 h, 2h 45 €, journée 70 €.

Promenades à dos d'ânes pour adulte et enfant. Partez à la découverte des paysages de Balagne avec un âne de bât pour compagnon ou un lama, c'est un moyen idéal pour emmener toute la famille en randonnée. L'âne ou le lama portera vos bagages et vos enfants fatigués et ce sera pour eux une excellente motivation pour marcher. Partez pour une heure, la demi-journée ou la journée et découvrez le plaisir de la randonnée au pas de l'âne. En prime : un parc à jeux pour les enfants et la découverte des animaux de la ferme (poules, oies, canards, lamas, cochons).

CAPRA PARC

Favale - **TOX**

✆ 06 12 72 35 67

www.capra-parc.com

Sur rendez-vous, sous réserve des conditions météo. Arrivée 8h30 pour la traite ou 10h pour le parcours. Adulte : 25 €.

Cette exploitation agricole a pour activité principale l'élevage de chèvres corses et la transformation fromagère. Ils font aussi partager leur vision de l'élevage pastoral tel qu'il devrait être plus souvent pratiqué. Ils vous permettent de découvrir ce mode d'élevage en venant rencontrer les bergers et leurs chèvres. Visitez la bergerie ou essayez la traite manuelle. Ils organisent des programmes à la journée et vous proposent de partir en randonnées avec les chèvres à la découverte du maquis. Dégustation et vente de fromages frais bio.

GRAND EST

Cette région de l'Est de la France résulte de la fusion des anciennes régions Alsace, Champagne-Ardenne et Lorraine. Baignée par le majestueux Rhin, le territoire à 80 % recouvert par la forêt, est une destination de tourisme vert par excellence. Avec ses espaces naturels remarquables, dont 6 parcs naturels régionaux et 25 réserves naturelles, la région est également riche en histoire et patrimoine : ne manquez pas de visiter Metz, Mulhouse, Nancy, Reims et Strasbourg. Cette région abrite cinq destinations touristiques de charme : l'Alsace, l'Ardenne, la Champagne, la Lorraine et les Vosges, chacune offrant un visage et des spécialités typées. À l'image de ses multiples visages, on y trouve des possibilités de séjours spirituels très variés. Carmels, monastères, abbayes, prieurés, ou simplement maisons d'accueil gérées par des communautés de laïcs et de religieux, les options sont aussi nombreuses que les diversités culturelles !

ARBORETUM DE LA PIPE QUI FUME

Forêt Domaniale des Hazelles
BOGNY-SUR-MEUSE
✆ 03 24 53 94 20
www.bognysurmeuse.fr
Visite libre et gratuite toute l'année.

L'arboretum d'essences feuillues de la Vallée, « La Pipe qui fume », est un parcours de 1 200 m situé en forêt domaniale des Hazelles. Partez à la découverte d'une quinzaine d'espèces d'arbres, d'arbustes et arbrisseaux, de 6 espèces de fougères et d'une station à ail des ours. Repérez-les grâce à un fascicule disponible à l'hôtel de ville de Bogny ou à l'office de tourisme de Monthermé. Ce parcours compte des pentes à 35 %, les chaussures de marche sont obligatoires !

FESTIVAL CABARET VERT

Square Bayard - **CHARLEVILLE-MÉZIÈRES**
✆ 03 24 36 12 68
www.cabaretvert.com
L'équipe du festival propose aux personnes à mobilité réduite un accueil personnalisé. Restauration.

Quatre jours de musique et de festivités ! Le Cabaret Vert a attiré 102 000 festivaliers lors de son édition 2019 et n'en finit plus d'enthousiasmer les foules. 17 ans de plaisir et de partage. Lomepal, Nekfeu, Niska, Pomme, Dionysos, le festival est ouvert à toutes les musiques et se dote d'une forte conscience écologique. Mais le Cabaret Vert, ce n'est pas seulement un festival de musique, c'est aussi un festival de BD qui met chaque année une quarantaine de talentueux artistes sur le devant de la scène ainsi que des spectacles de rue et des projections.

FESTIVAL MONDIAL DES THÉÂTRES DE MARIONNETTES

CHARLEVILLE-MÉZIÈRES
✆ 03 24 59 94 94
www.festival-marionnette.com
En septembre. Tarifs complets en ligne.

Une année sur deux, ce sont près de 150 troupes venues des 5 continents qui viennent présenter leurs spectacles de marionnettes ! Désormais événement mondial, il vise davantage le panel des grands que des enfants qui y trouveront cependant matière à rêver. La poésie est à chaque coin de rue de Charleville-Mézières. Il existe une version festival « off » qui se charge d'animer les rues de la ville à la façon d'un conte à l'échelle urbaine. Rendez-vous en 2023 !

LE MUSÉE RIMBAUD ★

Quai Rimbaud - **CHARLEVILLE-MÉZIÈRES**
✆ 03 24 32 44 65
www.charleville-mezieres.fr
Ouvert du mardi au vendredi de 9h30 à 12h30 et de 13h30 à 18h ; le week-end de 11h à 13h et de 14h30 à 18h.

Le musée Rimbaud rappelle à tous que celui que certains désignent comme le plus grand des poètes est né et a vécu à Charleville. Les œuvres de grands artistes du XXe siècle s'inscrivent au fil d'un parcours qui fait une large place à l'expérience parisienne d'Arthur Rimbaud, à ses voyages en Europe ainsi qu'à sa vie en Afrique, sans oublier ses attaches ardennaises. Le parcours permet aux visiteurs de passer dans « le jardin aux fleurs blanches » pour se rendre jusqu'au « belvédère ». Des expositions temporaires ont lieu régulièrement.

TERRALTITUDE : AVENTURE EN ARDENNE

Lieu dit la Folie
FUMAY
✆ 03 24 57 57 59
www.terraltitude.com
Ouvert tous les jours de 10h à 19h. A partir de 10 €. Tarifs complets en ligne.

Le site rêvé pour les amateurs de sensations fortes. Si l'envie vous prend de faire le drôle d'oiseau, testez donc le fantasticâble. Pour les plus fous, des nocturnes sont organisées sur cet atelier fabuleux qui promet des vitesses de pointe à 130 km/h. L'Aventure Parc c'est aussi du *free jump* depuis un plongeoir de cinq ou huit mètres et du saut à l'élastique depuis une plateforme juchée à 20 m du sol ! Retour sur terre avec le paintball pour bien finir la journée.

RÉSERVE NATURELLE DE LA POINTE DE GIVET

GIVET ✆ 03 24 42 98 47
reserve-pointe-givet.org
Visite libre. Prévoir des chaussures de marche.

La Réserve Naturelle de la Pointe de Givet connue depuis le XIXe siècle, fut créée en 1999. Elle s'étend sur 354 ha, de la Roche à Wagne au Mont d'Haurs en passant par la Roche d'Avette et de Maurière, de belles balades vous attendent ! La Réserve présente une incroyable biodiversité dans laquelle des grottes s'épanouissent ; on y recense aussi plus de 70 espèces d'oiseaux et 171 espèces d'insectes. Le site de la Roche aux Chats, avec sa pelouse d'orchidées, est à voir.

ARDEN'GYROPODE

75, rue de Madame de Cormont
HAYBES
✆ 06 82 22 76 59
www.arden-gyropode.fr
A partir de 40 €/pers. A partir de 12 ans.

À la pointe des sensations ! Le gyropode Segway est un engin mécanique sur lequel on se tient debout et qui vous mènera sur les petits chemins de campagne. On aime ce mode de déplacement insolite et accessible à tous. C'est un moyen idéal et original de découvrir le paysage ardennais en vous amusant. Arden'Gyropode organise des randonnées : vous serez initiés, accompagnés d'un guide qui vous coachera, le tout pour un tarif abordable. Les parcours ont lieu à l'arboretum et, en été, c'est vraiment un loisir à essayer ! Des circuits avec repas sont aussi disponibles.

OUVRAGE DE LA FERTÉ ★

Route de Villy - **LA FERTÉ-SUR-CHIERS**
✆ 03 24 52 97 47
www.ouvragelaferte.fr
Ouvert du 15 mars au 15 novembre de 10h à 12h (hors dimanche, lundi, jours fériés) et de 13h45 à 18h30. Gratuit.

L'installation de La-Ferté-sur-Chiers fut incorporée, peu avant le début de la Seconde Guerre mondiale, au dispositif des fortifications de la ligne Maginot. Ce haut lieu du conflit abrite le Musée de la Ligne Maginot, qui rend hommage aux soldats ayant résisté à l'avancée allemande en mai 1940, ainsi qu'un monument aux morts commémorant le sacrifice de ces hommes morts pour la France, inhumés dans la nécropole nationale de Villy. Les visites guidées, à 35 mètres sous terre, sont assurées par des bénévoles qui vous content l'histoire sur cette ligne Maginot.

ARDENNES TERRE D'AVENTURES

Rue du Lac - **LES MAZURES**
✆ 03 24 53 18 43
www.ardennes-terre-aventures.com
Ouvert tous les jours de 10h à 19h.
Forfait de 15 € à 25 €.

Le parc acrobatique des Vieilles Forges va en séduire plus d'un ! Avec ses parcours dont un pour les petits et un autre dédié à l'élasto-trampoline, les férus de sensations fortes seront servis ! En pleine nature, ce parc de découvertes offre moult activités tantôt ludiques avec le gyropode, tantôt sportives comme l'escalade. Les plus courageux se mesureront au vélo suspendu. Ceux qui aiment la vitesse s'amuseront sur les tyroliennes. Un bon moment familial vous attend !

FERME PÉDAGOGIQUE DE LIART ★

Rue des Gobins - **LIART** ✆ 03 24 54 48 33
www.fermepedagogiqueliart.fr
Haute saison ouvert du lundi au vendredi de 9h à 12h et de 13h30 à 17h. Adulte : 10 €.
Enfant : 5 €. Sur réservation.

Au cœur de la Thiérache ardennaise, ils accueillent aussi bien les groupes que les familles souhaitant passer une agréable journée entourée des vaches, veaux, cochons, lapins, ânes, cheval de trait, chèvres, moutons, et la basse-cour. Tout en apprenant en fonction de l'âge tout ce qui concerne la famille, l'habitat, la morphologie, la reproduction. Et d'ateliers de fabrication du pain, confiture, fromage, architecture à partir de l'histoire des *3 Petits Cochons*. Découverte du verger.

CHÂTEAU DE MONTCORNET

11, Terre Cadet
MONTCORNET
✆ 03 24 54 93 48
www.chateaudemontcornet.fr
Ouvert du mardi au dimanche de 14h à 18h.

Édifié entre le XIe et le XIIe siècle par la famille de Montcornet, ce « Colisée féodal », comme l'appelait Michelet, doit son nom au mont Cornu, l'éperon barré sur lequel il est accroché et qui domine la petite vallée de Sormonne. La forteresse a fait l'objet d'un long travail de restauration et de déblaiement, on peut en découvrir les fruits, notamment à travers la visite de ses souterrains qui abritent à présent une salle d'exposition. L'été, le château passe à l'heure fantastique, avec les « Heures mystiques » qui font la part belle aux contes et légendes.

MUSÉE GUERRE ET PAIX EN ARDENNES

Impasse du Musée - **NOVION-PORCIEN**
✆ 03 24 72 69 50 - www.guerreetpaix.fr
Juillet-août tous les jours de 10h à 19h ;
le reste de l'année jusqu'à 17h et fermé le lundi.
Entrée : 8 € ; réduit 5 €.

Le musée Guerre et paix en Ardennes emmène le visiteur à la découverte de 75 ans d'histoire et des trois conflits majeurs ayant enflammé l'Europe entre 1852 et 1945. Les Ardennes ont été particulièrement malmenées au cours de cette période. Le musée propose un parcours chronologique à travers 5 espaces distincts. Chiffres impressionnants : 14 000 objets présentés parmi lesquels plus de 50 engins lourds des deux guerres mondiales, plus de 135 uniformes complets, plus de 500 armes.

PARC ARGONNE DÉCOUVERTE ★

RD946 - **OLIZY-PRIMAT**
✆ 03 24 71 07 38
www.parc-argonne-decouverte.fr
Haute saison tous les jours de 10h à 19h.
Adulte : 14 €. Enfant de 3 à 11 ans : 10 €.

Partez à la découverte de la faune argonnaise et ses loups dans ce parc unique, qui mêle sensations nature et pédagogie. Tout au long de la journée, une multitude d'activités et d'animations s'offrent à vous. Ne manquez pas le repas des loups et le spectacle d'oiseaux en vol libre, avec une quinzaine d'espèces présentées sur 30 minutes, d'avril à fin août, deux temps forts de votre visite. Le parc propose également des animations sur les animaux de la ferme, les insectes et les secrets de la vie animale au Théâtre du Vivant. Vous pourrez visiter le parc librement pour observer sa faune : des ratons-laveurs, des chouettes, hiboux, cigognes, perroquets et des aigles, mais aussi des races locales et anciennes d'animaux de basse-cour. À l'intérieur du bâtiment principal, n'ayez pas peur de plonger dans l'ambiance de Nocturnia pour observer chauves-souris, genettes, grenouilles, rongeurs, insectes, axolotls... Côté loisirs, un film spectaculaire en 3D et sensations fortes au Hamac à Bonds, un ensemble de trampolines dans les arbres plutôt étonnant, conçu comme un labyrinthe de filets et qui se termine par des toboggans. Les stars incontestables sont bien sûr les loups avec la meute de loups gris d'Europe et la meute de loups arctiques. L'occasion d'en savoir plus sur cet animal fascinant, et le repas des loups est le rendez-vous idéal pour les observer et échanger avec les soigneurs animaliers. Il est possible de manger à la Cime des Arbres, restaurant avec vue panoramique sur la forêt d'Argonne.

CHÂTEAU-FORT DE SEDAN ★★★

Cour du Château - **SEDAN** ✆ 03 24 29 98 80
www.chateau-fort-sedan.fr
Ouvert tous les jours de 10h à 18h-19h.
Entrée château + musée : 9,50 € ; réduit : 8,50 € ; enfant : 7,50 €.

Construit en 1424, le château fort de Sedan est le plus grand château fort d'Europe par sa superficie, 35 000 m² répartis sur 7 niveaux, avec des remparts de 30 m, pouvant de la sorte abriter près de 4 000 hommes. Édifié sur un éperon rocheux du plateau des Ardennes, dominant le méandre de la Meuse, le château occupe une position stratégique sur la frontière de l'est de la France. À la pointe du progrès, et précurseur des bastion érigés et pensés par Vauban un siècle après, il est l'un des maillons d'une impressionnante chaîne de fortifications qui s'étend de Dunkerque à Metz. Les bastions qui le composent n'occupent pas moins de 20 000 m², et son histoire est riche de multiples ravages et conflits. Son réaménagement permet de mieux comprendre les étapes qu'il dut affronter, avec des éléments plus vivants comme son « Historium », un circuit dynamique retraçant les différents épisodes de sa longue existence. La découverte des lieux se fait notamment par le circuit de visite animée de scènes de vie reconstituées telles qu'elles pouvaient l'être au temps des chevaliers. Des visites à thème on lieu tout au long de l'année, et en été, un spectacle de fauconnerie propose des démonstrations de rapaces en vol libre. Ne manquez pas non plus les visites nocturnes aux flambeaux, les ripailles dans la cour et les promenades en calèche pour vous transporter le temps d'une visite, au Moyen Âge ! Munissez-vous de bonnes chaussures : les marches sont de tailles irrégulières. Une visite et des animations qui plairont à tous.

LE FESTIVAL MÉDIÉVAL

SEDAN
✆ 03 24 29 98 80
www.chateau-fort-sedan.fr

En 2022, cela fait 27 ans que l'on festoie dans la forteresse ! Les animations résonnent dans la cour d'honneur, la musique emplit l'espace, le fracas des épées se fait ressentir et les tavernes font couler le précieux breuvage. Pris dans ce tourbillon temporel, vous êtes plongé dans une aventure unique. Arpentez les étalages et campements, appréciez le travail méticuleux des artisans. 10 000 autres visiteurs se joignent à vous pour de formidables instants de liesse. Et n'oubliez-pas, pendant le festival, il y a toujours la possibilité de visiter le château !

JEUX DÉCOUVRE LA FERME

11, La Croix-Colas
SIGNY-LE-PETIT
✆ 03 24 53 11 25
www.jeuxfermefamilleardennes.jimdo.com
Ouvert tous les jours sur réservation.
Pass famille : 10 €. Visite guidée.

Au travers de ce jeu de mots se cache une association qui promet des heures de plaisir et de découverte pour les enfants. Ici, les petits fermiers d'un jour pourront nourrir poules et coqs, puis les biquettes et moutons, Dingo le poney, Dudulle le cochon laineux, l'âne Gribouille, les nouveaux venus les alpagas Oskar et Raven et câliner les lapins. Participer à un goûter avec les produits de l'exploitation. En adhérant à l'association, s'ouvrent encore de nouvelles activités, balades à cheval dans les bois et randonnées sont proposées plusieurs fois dans l'année.

FERME DE LA MARQUE

La Marque - **CHAMP-SUR-BARSE**
✆ 03 25 41 47 97
www.fermedelamarque.com
Haute saison visite libre lundi au samedi de 10h à 12h et de 14h à 17h30. Adulte : 10 €. Enfant de 3 à 12 ans : 7,50 €.

Au cœur du Parc naturel régional de la forêt d'Orient et de ses lacs, cette exploitation agricole de 120 hectares de terre cultivée, est également composée de 70 vaches laitières, 60 génisses et de tous les animaux de la ferme. Cochons et moutons, cheval, ânes et poneys, et les lapins qu'il faut nourrir, sans oublier les poussins qu'il est possible de tenir dans les mains. Visitez les installations et profitez des nombreuses animations. Vente des produits de la ferme, yaourts, crèmes desserts, tomme, crème fraîche, beurre, œufs, glaces. Aire de pique-nique.

NIGLOLAND ★★

DOLANCOURT
✆ 03 25 27 94 52
www.nigloland.fr
ouvert du 9 avril au 13 novembre 2022. Tarifs complets en ligne.

Depuis plus de 30 ans le parc émerveille petits et grands. Aves ses attractions à sensations, les grands huit, la tour de chute libre rotative la plus haute du monde, et ses 39 attractions accessibles pour les enfants dès 1 mètre, le parc enchante les plus petits et se positionne parmi les parcs d'attractions français les mieux adaptés dès le plus jeune âge. À quelques pas du parc d'attractions, l'Hôtel des Pirates vous invite à prolonger votre séjour dans un décor inspiré des plus belles légendes de la piraterie. Sans nul doute une sortie en famille inoubliable !

LA FERME DE LA VALENTAINE

30, rue de Puiseaux
EAUX-PUISEAUX
✆ 03 25 42 10 88
Fermé de novembre à mars. Ouvert tous les jours, sur réservation. Forfait 1h : 10 €.

Ici, les animaux sont rois et une fois revenus de promenade, vous serez invités à venir les visiter. Sept ânes présents toute l'année sont en location pour une promenade alentour d'une heure à une journée entière, selon la résistance et l'âge des enfants. Une bonne solution pour profiter de la région est d'apprendre à faire obéir un animal. Attention à prendre un appareil photo pour immortaliser la journée, et de la pommade contre les piqûres d'insectes. Aire de pique-nique.

LA FERME DES GLOBES-TROTTEURS

21, rue de Piney
GÉRAUDOT
✆ 06 14 61 10 04
Les dates d'ouverture sont disponibles sur la page Facebook de l'établissement.

Une visite parfaite en famille ! La Ferme des Globe-trotteurs comprend pas moins d'une quarantaine d'animaux. Ce ne sont pas de simples fermiers, mais des amoureux des bêtes qui ont compris la dimension thérapeutique et éducative des animaux. Ânes, lapins, chinchillas et boucs nains sèment le bonheur dans cette ferme qui reçoit aussi des enfants autistes. Partant du fait que les animaux contribuent aussi au bonheur de l'homme, adoptez la philosophie de Sandrine et Nathalie.

AQUALUC

Avenue Neckarbischofsheim
LA CHAPELLE-SAINT-LUC
✆ 03 25 45 72 70
www.aqualuc-piscine.fr
Ouvert tous les jours. Tarifs complets en ligne.

Situé face au parc des Prés de Lyon, ce complexe aquatique est un véritable lieu de loisirs et d'animations aquatiques pour tous les âges, et pour tous les goûts. À l'intérieur de cet espace, ouvert sur l'extérieur par d'immenses baies, on trouve quatre bassins : un bassin sportif, une pataugeoire, un bassin ludique (avec banquette à bulles, jets massants et rivière à contre-courant), et pour finir un bassin d'apprentissage. Le personnel est aimable, a de l'humour et de la rigueur. Quant aux douches, elles sont chaudes comme on les aime !

LA VÉLOVOIE VERTE - VTT ET V.T.C.

Troyes-Dienville
LUSIGNY-SUR-BARSE
✆ 03 25 43 38 88
Accès libre toute l'année.

La Vélovoie de 42 km relie la commune de Saint-Julien-les-Villas à celle de Dienville, en passant par Lusigny-sur-Barse. La Vélovoie, dont l'usage est destiné principalement aux cyclistes et aux rollers, possède un revêtement en bitume d'excellente qualité ; parallèlement à cette voie, une allée en gravier est quant à elle vouée aux piétons et aux cavaliers. C'est un très bel aménagement dans une zone naturelle boisée, et donnant accès aux nombreuses activités autour des lacs.

JARDIN BOTANIQUE DE MARNAY-SUR-SEINE

Chemins des Gougins - **MARNAY-SUR-SEINE**
✆ 03 25 21 94 18
www.jardin-botanique.org
Du 1er mai au 15 octobre, du mardi au vendredi 10h-18h. Le samedi, dimanche et jours fériés 15h-19h. Adulte 5 €.

Le jardin botanique de Marnay-sur-Seine, créé en 1999, est le plus jeune des jardins botaniques de France. Il a reçu en 2002 l'agrément Jardin Botanique de France, devenant ainsi le 21e jardin francophone dans le monde doté de ce label. Sur 2 hectares, découvrez la diversité du monde végétal chez plus de 3 000 espèces et variétés différentes. Le « Chemin de l'Évolution », le jardin d'ombres ou la roseraie sont autant d'univers à découvrir lors de votre visite.

MUSÉE DE LA RÉSISTANCE ★

Rue Boursault
MUSSY-SUR-SEINE
✆ 03 25 38 42 08
Fermé pour travaux. La réouverture est prévue début 2022.

Ce musée créé en 1967 par l'association éponyme perpétue depuis lors les souvenirs des résistants qui ont combattu pour la France dans cette région en juin 1944. Les travaux entrepris en 2019-2020 concernent l'agrandissement des locaux et leur modernisation, mais également l'enrichissement des collections avec un fort accent mis sur l'interactivité afin que les expositions racontent leur histoire au visiteur.

On y découvre notamment l'histoire des Résistants du maquis de Mussy-Grancey dirigé par le commandant Émile Alagiraude alias Montcalm qui compta parmi les plus importants maquis de France. Le commandant Bernet dit Marceau dirigeait quant à lui la Première Compagnie du Maquis composée de près de 2 000 hommes au 25 août 1944 (ils n'étaient environ que 200 au départ) lorsqu'ils participèrent aux côtés des Alliés à la libération de la ville de Troyes. Ce musée présente du matériel, des tenues de déportés, des photographies et des affiches de la Résistance ainsi que des drapeaux de l'armée secrète Montcalm et du 131e régiment d'infanterie. En corrélation étroite avec le musée, l'Association des Chemins de Mémoire propose des itinéraires de randonnée pédestre en compagnie d'un guide conteur : conçus pour parcourir des lieux emblématiques des trois journées de combats des 2, 3 et 4 août 1944, on y explique également la vie et l'instruction militaires qui faisaient le quotidien très intense des jeunes maquisards âgés de 18 à 25 ans pour la majorité d'entre eux. Une visite passionnante et instructive !

ACCROLAND

4, rue du Lavoir de Menois
ROUILLY-SAINT-LOUP
✆ 06 38 90 25 17
www.accroland.com
Paintball à partir de 25 € - Tarifs Parcours Aventure, de 10 € à 20 €. Ouvert de mars à novembre.

Bienvenue dans ce parc forestier multi-activités avec un accrobranche, des murs géants de 10 et 20 mètres, un paintball et des Olympiades. Les parcours dans les arbres vont de 1 mètre pour les enfants de 2 à 5 ans, jusqu'à 20 mètres de hauteur pour les plus intrépides. Les filets de singe et les tyroliennes pimentent cette aventure sylvestre ! Les combats de sumos, le taureau mécanique ou encore les différents laser games vous laisseront de fabuleux souvenirs. Sachez qu'il est possible de créer des packs activités selon vos envies du moment !

LES JARDINS MÉDIÉVAUX

TROYES
✆ 03 25 40 18 10
www.tourisme-troyes.com
Horaires variables selon les saisons et les jardins.

Les jardins médiévaux fleurissent dans la cité de Troyes depuis 2005. La visite s'impose. Joyaux de verdure en plein cœur de ville, malgré leur étroitesse, ces lieux magiques et romantiques invitent le promeneur à se poser. Ces sites conservent leurs spécificités : mise en scène médiévale, plantes médicinales, royaume de la vigne... Gratuits, ils possèdent cette dimension rare de rendre le visiteur seul au monde. Une sympathique balade à faire en famille pour initier les enfants à l'art des jardins et à l'histoire, à l'architecture, au beau tout simplement !

ABBAYE DE CLAIRVAUX - MAISON CENTRALE DE CLAIRVAUX ★

Hostellerie des Dames Clairvaux
VILLE-SOUS-LA-FERTÉ ✆ 03 25 27 52 55
www.abbayedeclairvaux.com
Fermé en janvier. Les jours et horaires de visites sur le site Internet. Adulte 9,50 €, enfant 6 €. Visite 1h15.

C'est saint Bernard qui vint à Clairvaux pour faire construire, il y a neuf siècles, la célèbre abbaye où il vécut jusqu'à sa mort en 1153. Aujourd'hui, de très longs murs, en rangées successives, interdisent toute vue sur les vestiges de ces splendeurs d'autrefois. Clairvaux est l'une des centrales les mieux gardées de France. Cependant, le ministère de la Culture a repris l'espace des principaux bâtiments historiques, qui sont accessibles aux visiteurs au cours de visites guidées.

LE BASTBERG - SENTIERS DE DÉCOUVERTE ★

Rue du Bastberg - **BOUXWILLER** ✆ 03 88 00 38 30
www.tourisme-alsace.com

Brochure très complète décrivant les sentiers disponible au point d'information tourisme, place du Château.

Trois sentiers de découverte permettent de partir sur les traces des richesses naturelles et culturelles de ce site. Ils ont été jalonnés de chortens représentatifs des roches de la région. La renommée du Bastberg, colline des sorcières qui organisaient ici leurs sabbats, a nourri bien des légendes ! Gœthe y aurait puisé son inspiration lors de la rédaction du *Faust*. Le Bastberg abrite une grande diversité d'animaux rares, d'arbres et de fleurs protégés dont une discrète orchidée.

MUSÉE DU PAYS DE HANAU ★

3, place du Château - **BOUXWILLER**
✆ 03 88 00 38 39
www.museedupaysdehanau.eu

Horaires variables selon les saisons, consulter le site Internet.

Au rez-de-chaussée est évoquée la vie de cour aux temps des Hesse-Darmstadt. Le premier niveau de la chapelle est réservé au comté de Hanau-Lichtenberg. Le Bastberg, terre d'inspiration pour les poètes et site remarquable pour les scientifiques, est présent au troisième et dernier niveau de la halle. Le monde rural et le monde bourgeois en pays de Hanau, traités sous la forme d'intérieurs reconstitués, servent d'écrin à de magnifiques collections de meubles polychromes, de costumes traditionnels et d'objets usuels alsaciens (deuxième niveau de la halle).

PARC ALSACE AVENTURE

Col du Kreuzweg
BREITENBACH
✆ 03 88 08 32 08
www.parc-alsace-aventure.com

Horaires variables selon les saisons, consulter le site internet.

Évoluer d'arbre en arbre à l'aide de cordes, de ponts de singes, de filets, le tout solidement harnaché. Tel est le concept de ce parc qui dispose d'une vallée de huit tyroliennes en circuit d'une longueur totale de près de 3 000 mètres ! Repoussant toujours les limites, tout en respectant les règles de sécurité, vous pourrez tester la Tour de l'Extrême et le Déval'Tour. Les plus courageux, équipés d'une sécurité dans le dos, pourront se lancer dans le vide à la verticale depuis son sommet, tandis que les autres regagneront la terre ferme à l'aide d'un toboggan.

FUN PARC

Rue du Plan d'Eau
BRUMATH
✆ 03 67 10 39 61
www.fun-parc-brumath.fr

Tarifs selon l'âge et l'activité choisie.

Le Fun Parc Brumath vous accueille autour de son plan d'eau avec une multitudes d'activités : Accrobranche, paintball, mini-golf, aquapark, chasse au trésor, course d'orientation, trampolines, tir à l'arc, embarcations nautiques... Et la nouveauté 2022 encore inédite dans la région : un téléski-nautique 5 poulies ! Wakeboard et ski nautique enfin dans le Bas-Rhin ! Profitez également des paillotes au bord du lac, d'un restaurant de plage, de bars avec terrasses en rooftop et sur pilotis, les pieds dans l'eau, idéal pour se détendre sur un sable fin !

MUSÉE DU CHOCOLAT

Rue du Pont-du-Péage - **GEISPOLSHEIM**
✆ 03 88 55 04 90
www.musee-du-chocolat.com

Du mardi au samedi de 9h30 à 12h et de 13h à 18h. Dimanche de 14h à 18h. Adulte 9,50 €. Enfant 7 €. Étudiant 8,50 €.

Le musée des « Secrets du Chocolat » est un lieu unique en Alsace. Un lieu idéal pour tout connaître sur le chocolat : l'origine, sa fabrication, sa déclinaison de saveurs... La visite est commentée. Des ateliers chocolat sont proposés. Vous pouvez également boire une bonne boisson chaude au salon de thé (sans forcément avoir visité le musée avant) ; chocolat chaud bien sûr, mais aussi thé ou bière au chocolat, que vous pourrez accompagner d'une pâtisserie maison. Allez faire un tour à la boutique souvenir, il y a de belle créations à prix attractif !

CIGOLAND ★

Route de Sélestat - **KINTZHEIM** ✆ 03 88 92 36 36
www.cigoland.fr

Ouvert du 26 mars au 6 novembre 2022, 10h-18h, selon calendrier cf. web. Adulte : 18,50 €. Enfant (3-11 ans) : 16,50 €.

Ce charmant parc de loisirs réunit tous les ingrédients pour satisfaire petits et grands désireux de découvrir l'univers des cigognes blanches d'Alsace tout en s'amusant ! Monorail aérien, Cigopanoramique, Sentier pieds nus, Train de la mine, Tracteurs, King Kong, mais aussi un espace aquatique : Mar'OJeux, bateaux tamponneurs, canoës, canards géants... Vous rencontrerez aussi : poneys, chèvres, lamas, ânes, oies, daims, grues et bien d'autres animaux. A noter des animations spéciales à Pâques et Halloween. Chaque visite à Cigoland est source de bonheur en famille.

LA MONTAGNE DES SINGES ★

La Wick - **KINTZHEIM**
✆ 03 88 92 11 09
www.montagnedessinges.com
Haute saison ouvert tous les jours de 9h30 à 18h. Adulte : 9,50 €. Enfant de 5 à 14 ans : 5,50 €.

À la Montagne des Singes, plus de 200 macaques de Barbarie vivent en liberté dans une forêt de 24 ha. Très bien accueillis par des équipes passionnées, vous pouvez en vous promenant, voir évoluer les singes en liberté, tout apprendre de leurs comportements, grooming, gestation, grimaces de colère ou de contentement, à travers des panneaux d'information et des animations, au cours desquelles les singes sont nourris devant vous. Toutes les 45 minutes, une démonstration de nourrissage a lieu et les guides sont à votre disposition pour répondre à vos questions.

VOLERIE DES AIGLES ★

Château de Kintzheim - **KINTZHEIM**
✆ 03 88 92 84 33
www.voleriedesaigles.com
Haute saison ouvert tous les jours et jours fériés de 10h à 18h30. Adulte : 10 €. Enfant de 5 à 14 ans : 6,50 €.

Implanté dans les ruines du château de Kintzheim, ce parc entièrement dédié aux rapaces mérite vraiment le détour. Chouettes, hiboux, aigles, milans et autres buses se laissent découvrir sur leurs perchoirs assortis de fiches explicatives, mais aussi et surtout lors un spectacle de vol libre féerique ! Les formules « Journées d'exception » comprennent une visite privée en compagnie des soigneurs, une initiation à la fauconnerie avec mise en vol des oiseaux, une promenade suitée et repérage ou recherche par télémétrie d'un oiseau égaré. Émotions fortes garanties !

DIDI'LAND

1, route de Gunstett
MORSBRONN-LES-BAINS
✆ 03 88 09 46 46
www.didiland.fr
Ouvert tous les jours de 10h à 18h à partir d'avril. Adulte 21,50 €, enfant 20 €.

Ici il y en a pour tous les goûts : attractions à sensations, pour tous les âges et pour toute la famille ! Et on n'oublie pas les tous petits ! Ces derniers aimeront tout particulièrement l'Arbre Magique, nouveauté de 2021. Didi'Land innove avec le cirque ambulant rodéo et l'Apollo side car... On vous laisse découvrir par vous-même. Après toutes ces sensations, il est possible de manger sur place au self-service ou de pique-niquer sur les espaces aménagés. Et pour combler les petits creux vous pourrez aller au snack, à la buvette ou chez le glacier.

LOCKS ADVENTURE-ESCAPE GAME

16, rue du Ried - **SCHWEIGHOUSE-SUR-MODER**
✆ 06 65 33 03 05
www.locksadventure.wixsite.com
Ouvert tous les jours de 10h à 22h. De 32 € à 10 € par personne. Tarifs dégressif selon le nombre de joueurs.

Sauvez-vous ! À partir de 10 ou 12 ans selon les scénarios, pour 2 à 6 joueurs maximum, résolvez des énigmes et échappez-vous ! Trois espaces de jeu vous sont proposés : chez soi, en ville ou en salle. La mission pour la maison, devenir un Mage supérieur en remportant la compétition. Devenez un cambrioleur hors pair dans l'escape game urbain. En salle vous partirez à l'abordage du navire d'un vieux marin où vous triompherez des pièges du manoir hanté. À vous de jouer !

ICEBERG - PATINOIRE DE STRASBOURG

Rue Pierre-Nuss
STRASBOURG
✆ 03 68 98 51 76
Mardi, jeudi et vendredi de 20h30 à 23h. Mercredi de 14h à 18h30. Samedi de 14h à 18h30 et de 20h à 0h. Entrée 5,50 €.

L'Iceberg offre un superbe cadre aux pratiquants de patin à glace et aux visiteurs. L'équipe de hockeyeurs de l'Etoile Noire de Strasbourg s'y entraîne régulièrement et des matchs très dynamiques y sont disputés pendant la saison. Avec sa piste de 1 500 m² dédiée aux amateurs, l'Iceberg offre de quoi passer un bon moment à zigzaguer et batifoler sur la glace avec une musique entraînante. Notez qu'il est possible pour les enfants d'y organiser leur anniversaire.

PARLEMENT EUROPÉEN ★★

Allée du Printemps - **STRASBOURG**
www.europarl.europa.eu/visiting/fr
Visite de groupes : du lundi au vendredi midi ; visite individuelle : du lundi au samedi (sans inscription). Gratuit.

Après Bruxelles, Strasbourg possède son propre Parlamentarium qui fait partie intégrante des visites du Parlement européen. La structure est équipée d'un cinéma à 360° qui permet à chacun de découvrir et d'observer comment travaillent les députés européens. D'autres infrastructures ont été conçues pour permettre aux visiteurs de comprendre le fonctionnement de l'Union européenne et l'importance du Parlement européen. Vous pourrez visionner des films et vous informer grâce aux bornes interactives. Une immersion ludique et interactive pour tous les publics.

CHÂTEAU DU HAUT-KŒNIGSBOURG ★★★★

Route du Château - **ORSCHWILLER**
✆ 03 69 33 25 00
www.haut-koenigsbourg.fr

Ouvert toute l'année sauf jours fériés. Horaires, tarifs détaillés disponibles sur le site web. Restauration. Boutique.

Édifié au XIIe siècle, ce château fut au cœur des conflits historiques qui agitèrent l'Europe au cours des siècles. Fortifié au XVe siècle, il tombe aux mains des Suédois lors de la guerre de Trente Ans. Devenu musée en 1871, vous y admirerez la décoration des logis, le jardin médiéval, et les remarquables collections d'armes et de meubles. Durant les vacances scolaires, les visites guidées par des personnages en costume immergeront les familles dans le quotidien d'un château médiéval.

PONEY PARC

BLODELSHEIM

✆ 06 15 49 81 70

Ouvert le mercredi, le samedi et le dimanche à partir de 14h. Entrée du parc gratuite. Parking.

Situé sur une ancienne cité minière, le terrain a été transformé en parc dans les années 1950. Depuis, ce lieu a fait le bonheur de plusieurs générations. Un tour sur le dos d'un poney n'est qu'une des nombreuses activités qui enchantent les enfants. Sur place, des animaux de la ferme, poules, moutons, oies... À la pause de midi, pique-nique pour tous dans l'aire près d'une petite buvette. Avec un restaurant en cours de création et un espace extérieur couvert pour réception, le parc se modernise et offrira un cadre magnifique et naturel pour cérémonies.

FESTIVAL INTERNATIONAL DE COLMAR

COLMAR

✆ 03 89 20 68 97

www.festival-colmar.com

En juillet. Tarifs complets en ligne.

À l'instar des années précédentes, cette édition du Festival de Colmar s'annonce riche en concerts dans des lieux magnifiques et chargés d'histoire. La 32e édition du Festival international de Colmar rendra hommage au violoniste israélien Ivry Gitlis, avec une série de 23 concerts, sous la direction de Vladimir Spivakov avec l'Orchestre national philarmonique de Russie. L'hommage annuel ainsi rendu à un grand musicien est le fil conducteur de ce festival.

ESPACE MUSÉOGRAPHIQUE VICTOR SCHOELCHER

21, rue de la Libération - **FESSENHEIM**

✆ 03 89 62 03 28

Basse saison : ouvert du mardi au samedi de 14h à 17h. Haute saison : du mardi au dimanche de 14h à 18h. Adulte : 4 €.

Victor Schœlcher, humaniste convaincu, fait partie des personnes qui se sont battues pour défendre les droits de l'Homme. Journaliste et homme politique, il est mort en 1893 et repose au Panthéon. En 2015, Fessenheim, la ville de son père, lui offre son musée où de nombreuses œuvres originales, objets d'époque et porcelaines vous immergeront dans l'histoire du XIXe siècle. Nouveauté 2020 : un escape game vous entraînera à la recherche du décret de l'abolition.

MUSÉE DU JOUET DE COLMAR ★★

40, rue Vauban - **COLMAR** ✆ 03 89 41 93 10

www.museejouet.com

Horaires variables selon la saison. Adulte 6,10 €. 8-15 ans 4,70 €. Gratuit moins de 8 ans. Museum-Pass-Musées.

Bienvenue au royaume fantasmagorique des jouets ! Ouvert officiellement le 3 décembre 1993, ce musée absolument génial est géré par l'association du Musée animé du Jouet et des Petits Trains (MAJEPT) avec le soutien de la ville de Colmar. Il est aménagé au cœur de la zone piétonne colmarienne dans un ancien cinéma de quartier, transformé sur 3 niveaux en un véritable terrain de jeu. Au fil d'un parcours thématique, il présente l'histoire et l'évolution des jouets qui ont marqué les générations du XIXe siècle à nos jours. Plus encore qu'une vitrine ludique, c'est un musée ethnologique à part entière car les jouets présentés reflètent l'image du monde dans lequel ils ont été créés. Un étage entier est ainsi consacré à l'histoire du modélisme ferroviaire et du train en tant qu'objet de jeu. Il dévoile deux réseaux animés et soigneusement décorés par une équipe de bénévoles passionnés issus des associations Musée animé du Jouet et des Petits Trains (MAJEPT) et Modélisme ferroviaire alsacien (AMFA 68). Le musée fait aussi la part belle aux jeux de construction, poupées, robots et jouets mécaniques, modèles réduits et autres jouets optiques, scientifiques et de transport. Jusqu'à fin 2021, une exposition temporaire était consacrée à l'épopée de l'aviation avec une collection de plus de 200 jouets reproduisant des machines volantes aussi mythiques qu'insolites. Au fil des mois, diverses manifestations et conférences sont régulièrement organisées au sein du musée du Jouet de Colmar : voir site Web et page Facebook.

MUSÉE THÉODORE DECK ★

1, rue du 4-Février

GUEBWILLER

✆ 03 89 74 22 89

www.ville-guebwiller.fr

Ouvert toute l'année. Du mercredi au dimanche de 14h à 18h.

Artiste innovant, Théodore Deck a transformé l'art de la céramique du XIXe siècle en consacrant sa vie à parfaire l'art de la faïence. Obsédé par la couleur il est le découvreur de l'inimitable bleu Deck, un bleu turquoise éclatant et très particulier. Le musée abrite plus de 500 pièces de cet enfant de Guebwiller et pour compléter, le musée abrite une des plus belles collections de minéraux de la région. Pièces d'art issues de principauté de Murbach, développement de l'artisanat et de l'industrie locale, le musée retrace sur 5 étages, l'histoire de Guebwiller.

NAUTILIA

1, rue de la Piscine - **GUEBWILLER**
✆ 03 89 76 86 91
www.nautilia.fr
Haute saison : ouvert du lundi au vendredi de 8h30 à 19h, le week-end de 8h30 à 18h. Entrée adulte : 5,50 €.

Le centre aquatique a ouvert ses portes en septembre 2018, c'est un espace de près de 6 000 m² dédiés au plaisir de l'eau sous toutes ses formes. Pour les sportifs un bassin de 25 m et 8 couloirs, pour les moins aguerris un bassin d'apprentissage et bien sûr des bassins de détente avec tous les équipements requis : jets, buses massantes, rivière à courant. Tous les jours de nombreuses activités sont proposées. Sans oublier l'espace forme et bien-être avec plusieurs formules pour bouger. Et pour finir le Tart'Art accueille toutes les petites faims ! Top !

JARDINS DES PAPILLONS EXOTIQUES VIVANTS ★

Route de Ribeauvillé - **HUNAWIHR**
✆ 03 89 73 33 33
www.jardinsdespapillons.fr
Haute saison : ouvert tous les jours et les jours fériés de 10h à 18h. Adulte : 8 €. Enfant de 5 à 14 ans : 5,50 €.

Avis aux lépidoptérophiles, le Jardin des Papillons vous réserve de belles surprises ! Quant aux non-initiés, vous pourrez appréhender l'univers de ces papillons de toutes latitudes. Ce jardin extraordinaire recèle quelque 200 espèces de papillons originaires de diverses régions situées entre le 25e parallèle sud et le 25e parallèle nord. Autres stars des lieux : caméléons, phasmes, abeilles, fourmis et autres grenouilles tropicales se dévoilent sous les feuilles de multiples végétaux.

NATUROPARC ★

Route de Ribeauvillé - **HUNAWIHR**
✆ 03 89 73 72 62
https://naturoparc.fr
D'avril à octobre. Horaires détaillés cf. web. Adulte : 11 €. Enfant (3-12 ans) 8 €. Restauration. Billetterie en ligne.

Sur 5 hectares, on parcourt ici un labyrinthe dédié aux sens des hommes et des animaux. Sur une terrasse perchée à 7 mètres de haut, on découvre les secrets de la cigogne. Tout au long de la journée, les soigneurs animaliers proposent des rendez-vous où ils présentent le petit déjeuner des loutres, la collation des hamsters, l'apéro des ragondins ou encore le dessert des ratons laveurs : voici de quoi faire, à coup sûr, de belles rencontres animalières sous la houlette des soigneurs attentifs ! En bonus : ateliers sensoriels et pédagogiques pour petits et grands.

LA MAISON DU FROMAGE ★

23, rue de Munster
GUNSBACH
✆ 03 89 77 90 00
www.maisondufromage-munster.com
Horaires variables selon la saison : cf site web. Musée, restaurant, boutique. Animations : programme cf. web, Facebook.

La Maison du fromage est un espace vivant, authentique et ludique à découvrir en famille ! Suivez toutes les étapes de la fabrication de ce fameux fromage, un parcours riche de sens et de sensations : films, expositions, démonstration de la fabrication du munster, observation des caves et dégustation de fromages. Profitez du magnifique cadre pour une pause pique-nique ou au restaurant avec terrasse pendant que vos enfants s'amusent dans l'aire de jeux. Faites-vous plaisir à la boutique où vous trouverez une large gamme de produits du terroir !

© MAISON DU FROMAGE

© MAISON DU FROMAGE

GRAND EST

PARC DES EAUX VIVES

3, quai du Maroc - **HUNINGUE** ✆ 03 89 89 70 20
www.ville-huningue.fr
Le parc est ouvert au public tous les jours de la semaine de début mars à fin novembre. Activités à partir de 15 €.

En Alsace, les sports d'eau vive et de pagaie se pratiquent dans un écrin de verdure au cœur de Huningue, au Parc des eaux vives. Au programme, sur un bassin de slalom en eaux vives et un bassin en eau calme aménagé pour l'initiation, rafting, canoë-kayak, hydrospeed, ou encore stand-up paddle. Les prestations peuvent être encadrées, mais vous pouvez aussi louer des embarcations. Un mur d'escalade est en libre accès : plusieurs niveaux de difficulté, ainsi qu'un plan incliné pour l'initiation. Attention, pour cette activité, vous devez venir avec votre équipement.

STATION DE SKI DU LAC BLANC 1200

LE BONHOMME
✆ 03 89 78 22 78
www.lac-blanc.com
Ouvert de décembre à avril, selon l'enneigement. Tarifs détaillés des forfaits, location de matériel : voir site web.

Plus de 14 km de pistes de ski alpin et 67 km de pistes de ski de fond, 153 enneigeurs, 7 téléskis et un télésiège débrayable de 6 places, mais aussi un espace freestyle (avec un boardercross), un snowpark, un Nordic Park (qui est labellisé *So Nordic*), une piste pour chiens de traîneaux et ski joering, deux pistes de luge sécurisées et une luge sur rail (4 saisons) *Trick Track* d'1 km... Cette superbe station n'a absolument rien à envier à ses alter égo alpins ! Et en été, c'est VTT !

CARNAVAL DE MULHOUSE

113, rue du Château-Zu-Rhein
MULHOUSE
✆ 09 53 27 96 11
http://carnaval-mulhouse.com
En mars.

Le carnaval de Mulhouse, le 5e en France de par son importance, est une vieille tradition mettant beaucoup d'animation en ville : carnaval des enfants, élection de la reine, arrivée du prince, nuit des fols, grande cavalcade... La parade du samedi soir et le défilé du dimanche sont l'occasion de voir les chars fabriqués par des centaines d'associations. Pour vous réchauffer, vous dégustez de la Wackessuppa ou du Wackeswurst, du vin chaud et de la bière « l'Alsacienne sans culotte », et pour les plus jeunes, chocolat chaud et gourmandises locales les raviront !

MUSÉE ELECTROPOLIS

55, rue du Pâturage
MULHOUSE
✆ 03 89 32 48 50
www.edf.fr/electropolis
Adulte 10 €, enfant 5 €, Famille 25 €.

Le musée « L'Aventure de l'électricité », créé en 1992 grâce à un mécénat d'EDF, pour préserver le Groupe électrogène Sulzer-BBC de 1901. Aves ses 4 000 m², il est le plus grand musée d'Europe de l'électricité et de l'électroménager. Il retrace l'histoire de l'électricité depuis l'Antiquité, en passant par les expériences menées du XVIIe siècle jusqu'à nos jours. Une scénographie ludique qui s'adresse aux petits comme aux grands. Un livret pédagogique pour les 8-12 ans est disponible à l'accueil. Petit plus, le musée est entièrement accessible aux poussettes.

LA FERME AUX RENNES

Schantzwasen - **STOSSWIHR**
✆ 03 89 77 99 10
www.lafermeauxrennes.com
Ouvert du jeudi au lundi de 12h à 17h. Adulte : 6 €. Enfant de 3 à 10 ans : 4,50 €.

Installée sur 6 hectares à 1 096 mètres d'altitude, au cœur du Massif du Tanet. Les bois plein de velours ou le poil plus garni, chaque saison apporte une nouvelle observation des animaux et le printemps marque l'arrivée des bébés trop mignons. La visite débute par une vidéo de présentation de l'élevage, après quoi on se lance sur les sentiers nature parsemés de panneaux informatifs, au cœur du groupe de rennes en totale liberté. Le tout se termine par un passage au musée sâmi pour admirer la collection ethnographique d'Alan Borvo et la maison du Père Noël.

LE MARCHÉ DE NOËL

THANN
www.marche-de-noel-alsace.com
Gratuit. Animations. Spectacle tous les soirs à 19h devant la collégiale.

Les marchés de Noël sont incontournables en Alsace, celui de Thann ne fait pas exception. Intégrées au pays des chants et des étoffes, une trentaine de petites cabanes se retrouvent au milieu de sapins décorés par les écoles de la vallée de la Thur. Odeurs de vin chaud et de bredelés, ce petit marché authentique remet les traditions au goût du jour : c'est d'ailleurs du haut de la collégiale que le père Noël descend du ciel lançant ainsi les festivités. Et quoi de plus féerique qu'un conte de Noël revisité par la fabuleuse troupe des Bâtisseurs sous la neige ?

ABBAYE CISTERCIENNE D'AUBERIVE

Place de l'Abbaye - **AUBERIVE**
03 25 84 20 20
www.abbaye-auberive.com
Visite d'octobre à mai. Adulte 6,50 €, enfant 5 €. Audioguide 2 €.

Le site de l'abbaye offre 887 ans d'Histoire de France. Créée en 1135 sur les bords de l'Aube, c'est la 24e fille de Clairvaux. Détruite durant la guerre de Cent Ans, puis reconstruite, elle est transformée sous la Révolution en une belle demeure entourée d'un parc. L'abbaye deviendra une prison de femmes en 1856, réquisitionnée pendant la seconde guerre mondiale, colonie de vacances en 1960, puis rachetée en 2004 par la famille Volot. C'est aujourd'hui un centre d'art contemporain.

PARC AUX DAIMS

Rue du Parc
CHÂTEAUVILLAIN
03 25 32 99 22
Fermé du 15 octobre au 15 novembre. Ouvert tous les jours et les jours fériés de 9h à 19h. Gratuit.

Dans un site naturel préservé composé d'arbres aux essences rares vivent une centaine de daims en liberté. Une jolie promenade bucolique permet de les voir évoluer. À voir également, les vestiges d'anciennes carrières d'où ont été extraites, entre-autres, les pierres des enceintes des XIIe et XIVe siècles de la ville. Le parc est fermé pendant la période de reproduction des daims et durant la période du rut afin de préserver la tranquillité des animaux. Il voit la réalisation d'un projet d'espace naturel de découvertes Animal Explora.

PARC ANIMALIER DE LA BANNIE

Place des Bains
BOURBONNE-LES-BAINS
03 25 90 01 71
Haute saison du mercredi au samedi, jours fériés de 11h30 à 18h30. Basse saison mercredi, samedi de 14h à 16h. Gratuit.

Typique des grands parcs du sud de la Haute-Marne ombragés de gigantesques chênes. 150 hectares de bois ont été aménagés pour créer ce grand enclos où vivent en semi-liberté des animaux sauvages. Cerfs, biches, daims, sangliers, faisans, paons, canards et oiseaux. Dans un décor de conte de fées, la zone de promenade de 30 hectares est un dépaysement total pour les curistes et leur famille de passage. On peut également observer des oiseaux en volière.

BASILIQUE SAINT-JEAN-BAPTISTE

1, rue Decrès
CHAUMONT
Ouvert toute l'année. Tous les jours de 9h à 18h. Gratuit.

Classée aux Monuments historiques, la basilique Saint-Jean Baptiste fut érigée en collégiale en 1474, puis, transformée en basilique. Construite, puis agrandie du XIIe au XVIe, elle possède une nef du XIIe, des bas-côtés du XIVe. Les dimensions de l'édifice ne sont hors-norme. Si l'extérieur est « classique », l'intérieur est plus intéressant. Elle contient de nombreuses œuvres d'art dont un sépulcre en pierre polychrome, un arbre de Jessé, et des œuvres du sculpteur Bouchardon.

ARBORETUM DE LA VALLÉE DU ROGNON

Ancienne voie ferrée reliant Andelot à Chantraine
BOURDONS-SUR-ROGNON
03 25 32 23 18
Ouvert toute l'année. Gratuit.

L'arboretum propose une promenade au cœur d'une haie presque continue sur plus de 6 km, que l'on peut effectuer à pied ou à vélo. Découverts à pied ou en vélo, la succession de paysages différents offre un panorama riche et varié : des fossés couverts de roseaux, la colline des herbues aux allures provençales, un ravin de mousses et de fougères... Une quinzaine d'arbustes, des arbres rares comme le lisse orme et une trentaine d'essences rares sont proposées au promeneur.

LE STRIKE

20, route de Neuilly
CHAUMONT
03 25 30 03 00
www.lestrike.fr
Ouvert 7j/7 à partir de 11h. A partir de 3 € la partie.

Le bowling Le Strike présente 12 pistes permettant aux amateurs comme aux joueurs confirmés de s'adonner au lancer de boule. D'autres fréquentent l'endroit pour l'espace jeux et billards doté, entre autres, de pools anglais, de table à palets. Le Strike n'oublie pas les enfants avec un espace qui leur est consacré, le Kidoo Park. Les plus grands pourront aller au laser game. Un endroit agréable où la bonne ambiance est assurée. Le petit plus est ouvert 7j/7 toute l'année ! Parfait en cas de mauvais temps ou de chaleurs extrêmes !

LE VIADUC DE CHAUMONT ★★

CHAUMONT

Ce viaduc incroyable est LA fierté chaumontaise. Cet ouvrage réalisé au milieu du XIXe siècle, a été conçu par l'ingénieur Étienne Decomble. Avec ses 600 m de long et ses 50 arches à 50 m de haut, cette immense construction bâtie en un temps record (15 mois !) a mobilisé 2 500 ouvriers qui ont travaillé nuit et jour. Le soir, il bénéficie d'une mise en lumière grâce à 430 projecteurs à diodes électroluminescentes. Prenez la voie piétonne qui le traverse au premier étage, l'étage supérieur étant réservé aux trains. Magnifique panorama sur la belle vallée la Suize.

BOIS BANAL

FAYL-BILLOT

Ouvert toute l'année. Gratuit.

Un tiers des 3 000 hectares de la commune est couvert de forêts. Le site du Bois Banal est idéal pour une balade en famille. Cet arboretum abrite des résineux (épicéas, pins noirs, mélèzes, pins sylvestres) et des feuillus (chênes, charmes, frênes, platanes, immenses sycomores). En plus d'être un lieu de promenade, on y trouve également un parcours de santé, une aire de pique-nique, de jeux… Il tient son nom du XIVe siècle, lorsque les villageois avaient le droit de jouir du « bois banal » comme ils l'entendaient, pour peu qu'ils ne touchent pas au bois noble.

MÉMORIAL CHARLES-DE-GAULLE ★★

COLOMBEY-LES-DEUX-EGLISES

✆ 03 25 30 90 80

www.memorial-charlesdegaulle.fr

1er mai-30 sept : 7j/7 9h30-19h.
1er oct-30 avril : 10h-17h30 sauf mardi.
Tarif Parcours CDG : 16,50 €.

Figure incontournable de l'histoire du XXe siècle, Charles de Gaulle a son mémorial à Colombey-les-Deux-Églises, là où il s'est installé, a écrit ses mémoires et où il est enterré. Au pied de la croix de Lorraine, le site aborde toutes les facettes du personnage. Le visiteur est transporté dans diverses ambiances. Cet espace de 1 600 m² dispose d'une scénographie moderne, bornes multimédia, films sur écrans géants… pour que la visite soit accessible et vivante pour chacun.

FERME DU GRAND DER

1, rue du Chêne - **FRAMPAS**

✆ 06 79 46 74 96

Ouvert toute l'année sur réservation.
Visite simple : 6 €. Visite guidée : 10 € + 3 € pour le labyrinthe de maïs.

Dans cette exploitation céréalière convertie en agriculture biologique a été aménagé un parc de 2 hectares où vivent des animaux atypiques. Moutons nez noir du Valais, moutons Ouessant, chèvres naines, chèvres girgentana, cochons mangaliza, vaches highland, lapins géants des Flandres, alpagas, âne, baudet du Poitou, poney shetland, paon arlequin, dindon royal, faisan Lady Amherst… Vous pourrez également découvrir l'élevage d'escargots, où toutes les étapes de production se font sur l'exploitation, de la reproduction aux plats cuisinés. Production de safran.

FERME DES GOURMANDISES

5, rue de Bouzancourt - **DAILLANCOURT**

✆ 03 25 02 18 00

https://lafermedesgourmandises.fr

Sur réservation. Haute saison lundi et mercredi à 10h, mardi, jeudi et vendredi à 14h. Adulte : 4 €. Enfant : 10 €.

Benoît et Anne-Lise vous accueillent dans leur ferme et organisent des visites sur trois thèmes. L'écurie, donner le biberon aux chevreaux, du grain aux chèvres et bien d'autres choses encore. La traite de la chèvre et l'instant câlin avec les lapins. Et le tour de calèche et de poney dans le village. À voir les mouflons et lamas. Ils proposent aussi des goûters composés de crêpes. Tandis que la ferme-auberge permet de déguster les produits de l'exploitation. Vous allez vous régaler avec le coq au vin. Ils vendent lentilles, œufs, volailles et saucissons secs.

CHATS PERCHÉS

18, place Diderot - **LANGRES**

✆ 06 85 46 85 62

www.chats-perches.com

Ouvert du mardi au samedi de 10h à 12h et de 14h à 19h. 1er et 3e dimanche chaque mois : 10h-19h.

Ce magasin est une chimère : à la fois café, boutique, lieu de jeux, librairie… Ce café doté de plus de 600 jeux est situé en centre-ville de Langres. Une boutique avec des jeux de société, des figurines, des peintures, des jouets, des jeux de rôle et une Escape Room. Objectif : sortez de la pièce en moins d'une heure ! Des événements sont également organisés : soirées jeux de société, après-midi familles, anniversaires… Venez participer à des tournois sur de petites tables en bois aménagées. Un lieu, convivial, qui plaira à toute la famille.

MAISON DES LUMIÈRES DENIS DIDEROT

1, Place Pierre Burelle - **LANGRES**
✆ 03 25 86 86 40
Avril à mi-octobre, mardi-dimanche 9h-12h/13h30-18h30. Mi-octobre à mars, 13h30-17h30. 7 €. Réduit 4 €. Visite guidée

L'illustre philosophe, père de *L'Encyclopédie*, est né à Langres le 5 octobre 1713. C'est en son honneur que la Ville a inauguré, 300 ans plus tard, ce musée qui lui est consacré. Installée dans l'hôtel particulier du Breuil de Saint-Germain, la Maison des Lumières, sur 500 m², déploie l'histoire du fameux siècle des « Lumières », des 35 volumes originaux de *L'Encyclopédie* et la vie de Diderot. Bon plan, une visite guidée gratuite est programmée le premier dimanche de chaque mois.

PARC AVENTURE DU DOMAINE DU BUISSON

6, rue du Four - **LOUVEMONT**
✆ 07 70 26 59 79
D'avril à juin, de septembre à novembre : 14h-18h le week-end et vacances. L'été : 10h à 18h. De 8 € à 18 €.

Le parc aventure, attenant au camping, est fait pour tout âge. Des installations très sécurisées pour apprenti aventurier à partir de 3 ans sont mises en place. Petit tunnel, chemin de planches suspendues tout près du sol. Les Robinsons pourront aussi se jeter dans les filets ! Le tout est bien entendu sécurisé par une ligne de vie. Plusieurs parcours acrobatiques de hauteurs et de difficultés croissantes au pied de la forêt domaniale du Der. De jolis moments en perspective !

MUSÉE DE LA COUTELLERIE ★

Place Charles-de-Gaulle
NOGENT
✆ 03 25 31 89 21
7j/7 d'avril à octobre 10h-12h/14h-18h. Groupe sur réservation de mars à octobre. Adulte 3,50 €, enfant 1 €.

On vous donne rendez-vous à l'espace Pelletier, où se trouve le musée de la Coutellerie. Ce musée célèbre l'art internationalement reconnu de la coutellerie de Nogent, il est d'ailleurs labellisé « Musée de France ». Est présentée dans un cadre moderne, l'histoire de cette activité traditionnelle à travers la reconstitution d'un atelier, d'expos temporaires, de présentations d'objets (couteaux, ciseaux, instruments de chirurgie), de films... plus de 10 000 objets dans les collections. Ne manquez pas de faire un tour en boutique !

LA CHÈVRERIE D'ARTÉMIS

Le Coteau des Côtes - **RIAUCOURT**
✆ 03 25 01 35 06
www.chevreriedartemis.fr
Ouvert du mardi au samedi de 16h45 à 18h30. Entrée : 3,50 € pour tous. Avec dégustation, adulte : 6 €, enfant : 4,50 €.

Le troupeau est constitué principalement de chèvres alpines et quelques saanens. Ils travaillent en circuits courts avec vente directe à la fromagerie, un dépôt dans un magasin de producteurs et un stand dans les halles du marché de Chaumont. Ils font partie de l'association Richesses du Terroir, proposant divers produits des petits producteurs de la région. Le printemps est la période la plus propice pour visiter l'exploitation, avec tout un tas d'activités à découvrir. Assistez à la traite et approchez les chèvres. Une dégustation s'impose, en fin de visite.

VOIE VERTE DU LAC DU DER - PISTE CYCLABLE

SAINT-DIZIER
Accès libre et gratuit toute l'année.

La piste cyclable entre Saint-Dizier et le lac du Der, sur 12 km, est ouverte sur le chemin latéral du canal d'amenée des eaux de la Marne au lac. Ce parcours a l'avantage d'être entièrement bitumé, plat et doté d'une vue panoramique sur les paysages qui entourent le lac et les maisons à pans de bois. Pour les amoureux des grandes balades, vous pourrez poursuivre votre périple par la voie verte du lac du Der de 38 km. Des aires de repos ponctuent ce parcours accessible aux familles.

FESTIVAL DU CHIEN À PLUMES

VILLEGUSIEN-LE-LAC
✆ 03 25 88 78 82
www.chienaplumes.fr
Du 5 au 7 août 2022.

Voilà le plus petit des grands festivals de l'été ! La cadre se prête à la détente, le camping est offert. Trois jours de fête, dans un esprit festivalier et bon enfant. Les scènes sont aux abords du lac de Villegusien, aménagés pour l'occasion, et offrant la possibilité de se poser en musique, sur un air de vacances. Une occasion de rencontrer de belles têtes d'affiche dans un cadre incongru et méconnu. Pansez à réserver en ligne car les pass sur place sont plus chers.

LA FERME AUX OISEAUX EXOTIQUES

36, route Nationale - **ATHIS**
✆ 06 73 35 83 77
www.lafermeauxoiseauxexotiques.fr
Ouvert du mardi au dimanche de 14h à 19h. Adulte : 10 €. Enfant de 5 à 10 ans : 6 €.

Sillonnez les allées du parc floral où s'épanouissent 300 rosiers et chèvrefeuilles, pour découvrir plus de 400 oiseaux exotiques évoluant dans des volières de sept mètres de long, adaptées à leur confort et leur épanouissement. Observez les nombreuses espèces de perruches, les inséparables, les diamants, canaris, paons et de nombreuses variétés de poules. Vous verrez aussi une basse-cour, et les très rares lapins angora anglais. On aime : la fête de la rose chaque année en juin.

PARC VIX

Route de Grauves
AVIZE
✆ 03 26 57 54 43
Accès libre et gratuit toute l'année.

Sublime endroit doté d'un joli panorama que ce parc surplombant les vignes environnantes ! Ancienne propriété de la famille Vix, le parc est devenu la propriété de la mairie. C'est d'ailleurs ce qui a permis son aménagement de qualité : trois bassins, un sentier botanique, de drôles d'instruments dispersés dans le parc ainsi que des tables permettent à tout le monde de profiter de la beauté et du calme du lieu. Vous pouvez d'ailleurs pique-niquer avec un magnifique panorama sur le village d'Avize, la côte des Blancs et la plaine champenoise !

ANCIEN SIÈGE DE LA GESTAPO

7, cours d'Ormesson
CHÂLONS-EN-CHAMPAGNE
✆ 03 26 65 17 89
www.chalons-tourisme.com
Visite guidée uniquement, sur demande auprès de l'office de tourisme.

Pour connaître l'histoire la plus récente de la ville, il est indispensable de visiter cet endroit ayant marqué la vie châlonnaise lors de la Seconde Guerre mondiale. Les amateurs d'histoire iront découvrir sans hésitation l'ancien siège de la Gestapo. La visite et les documents mis à disposition permettent de comprendre l'emprise de la Gestapo sur la ville et la façon dont s'est organisée en contrepoint la Résistance. Une visite simple, émouvante.

PARC ECO PEDAGOGIQUE DU MOULIN L'ABBESSE

Rue Manoël-Pinto - **CORMONTREUIL**
✆ 06 67 46 56 29
www.fermedumoulinlabbesse.fr
Accès libre en famille. Ouvert lundi, mardi, jeudi et vendredi de 10h à 16h. Entrée : 6 €.

Ce parc de 6 hectares est un véritable havre de paix. Que ce soit librement en famille ou sur réservation en groupes, le temps d'une demi-journée ou d'une journée, c'est le site parfait pour voir de près les poules, les lapins, les brebis, les chèvres, les vaches et bien d'autres animaux encore. Vous pourrez en câliner certains. Ils organisent également de nombreuses activités, expositions ludiques sur l'écologie, le compostage, les animaux. Balade à poney. Aire de pique-nique.

RANCH DU MOULIN ST MARTIN

23, rue du Moulin-Saint-Martin - **MONTMIRAIL**
✆ 06 45 16 71 59
www.ranchdumoulinstmartin.fr
Haute saison ouvert du mercredi au samedi de 14h à 18h. Entrée : 4,50 €.

Venez découvrir le milieu agricole et la nature dans un cadre western. Le parcours aménagé permet d'observer la vie de nombreux animaux de la ferme et autres comme les lamas et les oiseaux exotiques. Elle est aussi ludique grâce à ses nombreux jeux d'adresse et de motricité, mini-golf et diverses activités régulièrement proposées après avoir assisté au nourrissage des animaux. Entre orpaillage, art navajo, attrape-rêves, initiation au lasso, fabrication de mangeoires, jeu US Marshall.

INSIDE SPORT

8, rue André François J Rieg
REIMS
✆ 03 26 35 89 11
insidesport.fr
Ouvert tous les jours de 10h à 23h.

Unique dans la région, ce nouveau complexe innovant vous offre un espace dédié au sport où vous n'aurez pas à subir les aléas de la météo. Oubliez les matchs en extérieur où vous pataugiez dans la gadoue, ici on pratique le foot indoor sur quatre magnifiques terrains synthétiques sans bille. Côté sport de raquette, vous trouverez du badminton et une nouvelle discipline entre tennis et squash : le padel. Pour se restaurer, un espace est dédié avec des planches à partager devant vos matchs préférés, un espace dédié pour les enfants avec foot et danse.

MUSÉE AUTOMOBILE REIMS-CHAMPAGNE ★

84, avenue Georges-Clemenceau - **REIMS**
© 03 26 82 83 84

Fermé le mardi. Ouvert toute l'année de 10h à 12h et de 14h à 17h (18h en été). Adulte : 9,50 €. Enfant : 4 €.

Ce vaste musée regroupe plus de 230 véhicules datant de 1908 à 1985, principalement des autos et des motos, que l'on admire en se promenant dans plusieurs allées dédiées chacune à une époque et dont les murs et poteaux sont décorés de nombreuses et anciennes plaques émaillées publicitaires. Dans l'entrée, vous découvrez une élégante torpédo fabriquée en 1908 dans l'usine de la société de construction automobile de Reims (SCAR), laquelle était située à quelques kilomètres du musée, à Witry-lès-Reims. D'autres modèles construits durant les vingt premières années du XXe siècle évoquent le dynamisme de l'industrie automobile de cette époque. Leurs marques sont parfois oubliées ou mal connues : le Zèbre, Benjamin, Chenard et Walker, Sima Violet, Cime... Des années 1930 datent des voitures au design recherché qui rappelle le style Art-Déco. Il y a là par exemple une Panhard Dynamic de 1936 dotée de calandres de phares, de pare-chocs en aluminium moulé et de flammes de capot. Les autos de la décennie 1950 présentent un style de carrosserie plus fluide, comme en atteste la forme « ponton » de la Delahaye 235. Dans cette allée figure aussi la berline Delahaye 180 blindée de Jacques Duclos, qui fut l'un des chefs du parti communiste français, ainsi que la Traction Citroën, la 2 Chevaux de la même marque, la Renault 4 Chevaux ou encore la Peugeot 203. Amusant : des autos à pédales, qui copient le look des voitures exposées, figurent aux côtés de ces dernières.

LA PLACE ROYALE ★★

REIMS

Accès libre et gratuit toute l'année.

Lieu incontournable à Reims, cette majestueuse place appartient à l'ancien site romain où se tenait le forum. C'est en 1788 que naît l'actuelle grande place sous la direction de Trudaine, administrateur des Ponts et Chaussées, et de l'architecte Jean-Gabriel Legendre. L'ancien Hôtel des Fermes tient aujourd'hui lieu de sous-préfecture. En 1766, la place avait été embellie par une statue du roi Louis XV, réalisée par le sculpteur Pigalle. Mais, révolution oblige, elle a été fondue pour faire des canons. En 1818, Cartellier a créé une nouvelle sculpture de Louis XV.

MUSÉE HISTORIQUE SAINT-REMI - ABBAYE ROYALE ★★★

53, rue Saint-Simon - **REIMS** © 03 26 35 36 91
https://musees-reims.fr

Ouvert du mardi au dimanche de 10h à 12h et de 14h à 18h. Gratuit -18 ans & étudiants. Adulte : 5 €. Tarif réduit : 3 €.

Installé dans les bâtiments de l'ancienne abbaye royale de Saint-Remi, classée au Patrimoine Mondial en 1991 par l'Unesco, ce musée permet de découvrir l'histoire de l'abbaye mais aussi le passé gallo-romain de la ville, son histoire militaire et l'archéologie régionale. Quatre sections qui emmènent les visiteurs dans différentes salles. Dans les réfectoires et la cuisine de l'abbaye, on découvre Durocorturum, capitale de la province impériale romaine de Belgique. Au premier étage, la Préhistoire, la Protohistoire, l'artisanat gallo-romain et les collections médiévales de l'époque mérovingienne jusqu'au XVIe siècle se montrent dans sept salles.

Visite

La collection se déroule de façon chronologique depuis la conquête romaine jusqu'à la guerre de 1870 en s'intéressant particulièrement au passé militaire de la région rémoise, théâtre d'épisodes célèbres comme la bataille de Valmy ou encore celle de Reims le 13 mars 1814 qui fut la dernière victoire de Napoléon Ier.

Parmi les 600 pièces présentées, on s'arrêtera notamment sur la collection admirablement conservée de casques et de cuirasses remontant à l'époque de Charles X. Le Second Empire et la guerre de 1870 sont également bien représentés par des armes, des équipements et des uniformes mais aussi par un tableau d'Édouard Detaille. Dans cette majestueuse architecture fut conservée la sainte ampoule qui servait aux sacres des rois de France.

L'abbaye s'illustre à travers le cloître, l'ancien parloir médiéval du XIIIe siècle, le grand escalier d'honneur (1700), la salle capitulaire du Moyen Âge et trois salles consacrées à la chronologie du site. Dans le réfectoire et la cuisine de l'abbaye (XVIIe siècle), on découvre l'ancienne capitale de la province impériale romaine de Belgique tandis que le premier étage abrite un parcours chronologique retraçant le passé de la région de Reims depuis la Préhistoire jusqu'à l'époque mérovingienne. À ce même niveau sont présentées les collections liées à l'histoire de l'abbaye notamment *La Tenture de la vie de saint Remi* constituée de dix grandes tapisseries datant de la Renaissance ainsi que l'impressionnante reconstitution de la façade de la maison des Musiciens du XIIIe siècle, ornée de cinq statues de ménestrels. Pendant les guerres de la Révolution et de l'Empire, l'ancienne abbaye fut transformée en hôpital militaire français avant de devenir un hôpital russe en 1814. Les gardes du corps du roi y casernèrent lors des cérémonies du sacre de Charles X en 1825.

LA VILLA DEMOISELLE ★★

56, boulevard Henry-Vasnier - **REIMS**
✆ 03 26 61 62 56
www.champagnevranken.com
Visites vendredi à 10h et 16h15 ; samedi à 14h et 16h15 ; dimanche à 10h, 14h et 16h15.
Adulte 25 €. 10-18 ans 13 €.

C'est en face de la célèbre maison de champagne Pommery que se situe la Villa Demoiselle. Commanditée en 1890 par Henry Vasnier, légataire de la maison Pommery, elle fut construite de 1904 à 1908 dans un beau mélange d'Art nouveau et d'Art déco. La Villa est entièrement rénovée de 2004 à 2009, par Paul-François Vranken, président de champagne Vranken. Ce sont des travaux de restauration dans le respect du style architectural initial. Une très belle visite guidée suivie d'une dégustation d'un autre bijou : le Champagne Demoiselle.

ACCRO PAINT ADVENTURE

6, rue de l'Oluze
ROMERY
✆ 06 12 64 31 41
Ouvert tous les jours de 10h à 18h, sur réservation.

AccroPaint Adventure, c'est l'alliance rêvée de deux activités en plein air : le paintball et l'accrobranche, au cœur du Parc naturel de la Montagne de Reims. Situé sur le site du Footgolf Parc en Champagne, Accro & Paint invite petits et grands à évoluer en totale liberté dans un parcours d'accrobranche unique dans la région : l'Accro Spider, un parcours s'effectuant sans baudrier grâce à des filets géants disposés à 1 mètre en dessous de vous. Les enfants de moins de 6 ans ont même droit à un trampo perché, activité spécialement adaptée à leur motricité.

FOOTGOLF PARC EN CHAMPAGNE

6, rue de l'Oluze
ROMERY
✆ 07 84 90 59 90
www.footgolfparcenchampagne.com
Ouvert tous les jours de 9h à 19h.

Ouvert en 2019 dans le village de Romery, le Footgolf Parc en Champagne est le premier parcours français entièrement dédié à la discipline. Que vous soyez novice ou joueur aguerri, deux parcours s'offrent à vous : un 9-trous qui comportent des dénivelés importants et un étonnant bunker en forme de bouchon de champagne et nouveauté depuis 2020, un 18-trous. Le domaine dispose également d'un club house avec terrasse, l'endroit rêvé pour déguster une coupe de champagne Tribaut.

CENTRE HISTORIQUE VALMY 1792 ★★

24, rue Kellermann - **VALMY** ✆ 03 26 60 36 57
www.valmy1792.com
Ouvert du mardi au dimanche 14h-18h en basse saison ; 10h-12h30/13h30-18h en haute saison.
Adulte : 7 €. Enfant : 5 €.

Semi-enterré, construit à flanc de la colline, le bâtiment du Centre historique conçu par l'architecte Pierre-Louis Faloci épouse les formes du paysage dans lequel il s'inscrit. La visite plonge quiconque dans l'histoire passionnante de la bataille de Valmy, où s'opposèrent, le 20 septembre 1792, la monarchie absolue incarnée par l'Autriche et la Prusse, et la liberté et l'égalité affirmées par la Révolution française dans un rapport de force où les troupes françaises, commandées par les généraux Kellermann et Dumouriez, eurent raison des forces coalisées des monarchies européennes. Le jour de cette bataille se tenait parallèlement la première réunion de la Convention où fut décidée l'abolition de la royauté en France : en ce sens, Valmy devint le symbole de la République. Le soir de la bataille, le fameux moulin fut brûlé sur l'ordre du général Kellermann car l'ennemi s'en servait comme point de mire. Revivez lors de votre visite, grâce aux nouvelles technologies de l'image et du son et aux odeurs diffusées, la bataille qui sauva la Révolution française. Ainsi, les tableaux prennent vie, tout comme une maquette qui retrace le mouvement des troupes. Le Centre expose un canon Gribeauval, pièce d'artillerie qui mena les troupes françaises à la victoire.

▸ **À plusieurs reprises dans l'année**, quand le temps le permet, le moulin retrouve sa vocation originelle, les ailes sont recouvertes de leurs toiles et la meule est réactivée, écrasant à nouveau les céréales des campagnes proches.

PHARE DE VERZENAY ★

VERZENAY ✆ 03 26 07 87 87
www.reims-tourisme.com
Ouvert du mardi au dimanche de 10h30 à 17h d'octobre à mars, tous les jours de 10h à 18h30 d'avril à septembre.

En Champagne, les phares ne signalent pas la côte, mais des coteaux ! Construit sur un promontoire, celui de Verzenay, édifié en 1909, était une réalisation publicitaire pour la maison de succursales Joseph-Goulet. Après avoir gravi ses 101 marches, admirez le superbe panorama à 360 degrés. À 25 m de haut, le phare surplombe la mer de vignes et l'on aperçoit au loin un moulin, des villages, des champs, une ville, une cathédrale. Puis, direction le musée de la Vigne pour un parcours audioguidé au cœur des vignes champenoises et dégustation effervescente.

LA FERME DE PASCALE

Rue des Jardins
AGINCOURT
✆ 06 06 77 38 15
Familles uniquement haute saison du lundi au samedi de 14h à 18h sur réservation.

Venez visiter la bergerie. Occasion d'échanger avec Pascale sur le fonctionnement de la ferme. Puis retour à la ferme et dégustation de steaks hachés. Diplômée de médiation animale, elle permet aussi de travailler la motricité en prenant le pain pour le donner au cheval, de jeter de la salade aux poules, de mettre du pain dans le seau d'eau des canards et des oies. Ramassage des œufs des poules et des cailles. Caresser les lapins. Faire un tour de magie avec la poule. Course de lapins. Grand jeu sur le thème de la basse-cour. Divers ateliers créatifs et ludiques.

FORT DE FERMONT ★

9, rue Albert Lebrun - **LONGUYON**
✆ 03 82 39 35 34
www.fort-de-fermont.fr
Ouvert tous les jours de l'année pour les groupes sur réservation. Réduit pour les particuliers. Adulte : 10 €.

Le Fort de Fermont, situé à 8 km de Longuyon, est l'un des plus beaux fleurons de la Ligne Maginot, symbole de résistance et de force d'une place qui est restée invaincue ! Un voyage au cœur de la cité souterraine et des blocs de combat vous sera proposée, à pied ou en train électrique d'époque, à 30 m de profondeur au milieu de l'infirmerie, la caserne, l'usine et le magasin à munitions. Un musée extérieur de plus de 1 000 m² dressant une collection spectaculaire de matériels mis en situation, qui en fait un site de référence de la Ligne Maginot.

CASABLOC

44, rue du Lion-d'Or - **MALZÉVILLE**
✆ 03 83 21 44 86
www.casabloc.net
Tarifs en accès libre : 11,50 € + abonnements au mois, au trimestre, au semestre ou à l'année, ou en heures creuses.

Sur plus de 1 200 m² de verticalités, blocs, voies, tunnels et équipements pour petits et grands, Casabloc propose aux débutants comme aux initiés différents modules d'escalade. Les couleurs inscrites permettent aux pratiquants d'évoluer en autonomie et selon leur niveau. Des séances d'initiation encadrées sont aussi proposées. « Un grand pouvoir implique de grandes responsabilités » comme dirait l'homme-araignée, alors on ne vous assure pas de devenir Alain Robert en quelques séances, mais on vous promet que vous allez aimer !

MANKIND

21, rue Marcel Brot - **NANCY** ✆ 07 69 83 06 26
https://mankind-vr.com
Ouvert du mardi au jeudi de 13h40 à 22h ; le vendredi et le samedi de 13h40 à 23h ; le dimanche de 13h40 à 22h.

Envie d'une nouvelle expérience ? Rendez-vous chez Mankind, un centre entièrement dédié à la réalité virtuelle ! Changez de réalité à chaque fois que vous changez de casque. Laissez-vous transporter dans des mondes plus fous et plus dingues les uns que les autres, seul ou en groupe. Enfilez le casque de réalité virtuelle pour plonger dans un monde où 25 expériences différentes s'offrent à vous, à partir de 8 ans. Des séances de groupes où vous pourrez communiquer ensemble dans une autre réalité sont également proposées. Une expérience étonnante !

MARCHÉ DE NOËL DE NANCY

NANCY
De fin novembre à fin décembre. Place Charles III, rue Saint-Thiébaut, rue Notre-Dame.

Chaque année pendant un mois, le village de Noël s'installe au cœur de Nancy. Dans l'ambiance magique des fêtes de Noël, ce marché vous propose des objets artisanaux, bijoux et décorations, bonbons, pains d'épices, vin chaud, chocolats, pâtisseries, etc. Début décembre, à l'occasion de la Saint-Nicolas, sont organisés défilés, spectacles, feux d'artifice... et pour les enfants, le père Noël fait même une halte à Nancy pour leur rendre visite et écouter leurs souhaits de fin d'année. Une belle façon de découvrir la ville avec des étoiles plein les yeux...

SON ET LUMIÈRE : RENDEZ-VOUS DE SAINT-NICOLAS

Place Stanislas - **NANCY**
Tous les soirs, de la mi-novembre à début janvier. Gratuit.

Après le son et lumières estival, la ville a choisi d'ajouter une touche de magie aux magiques fêtes de la Saint-Nicolas, en offrant un spectacle de 8 minutes projeté en projection sur les façades de l'hôtel de ville. Vive, colorée et résolument moderne, cette version garde le caractère enchanteur et poétique de la légende. Accès libre et gratuit, avec deux représentations chaque soir en semaine et trois représentations chaque soir du week-end et pendant les vacances scolaires.

MUSÉUM AQUARIUM DE NANCY ★

34, rue Sainte-Catherine - **NANCY**
✆ 03 83 32 99 97
www.museumaquariumdenancy.eu
Ouvert toute l'année. Ouvert du mardi au dimanche de 9h à 12h et de 14h à 18h. Adulte : 5,30 €. Enfant : 3,10 €.

Le MAN est un véritable point d'attraction pour les habitants de la ville, les touristes de passage et les curieux de la nature. Datant de 1930, il propose aujourd'hui une plongée dans les eaux lointaines, avec une soixantaine d'aquariums d'eau douce, d'eau de mer tropicale ou tempérée, ou encore d'eau saumâtre abritant 220 espèces aquatiques. Hippocampe, poisson-clown, poisson-ballon ou poisson-trompette, anguille, raie et rascasse volante, mais aussi crustacés, mollusques et végétaux, les eaux d'Amérique, d'Afrique, d'Asie, du Pacifique ou des Caraïbes y sont représentées. À l'étage, une galerie de 400 m² expose près de 600 spécimens issus des collections patrimoniales. Papillons, insectes, mammifères et grand requin ou calmar géant, des animaux naturalisés et fossiles qui vous font voyager au cœur des époques et périodes historiques. Des expositions temporaires pour petits et grands, des conférences sur la nature et des ateliers ludiques y sont aussi organisés. Les scolaires élémentaires tenteront de reconstituer une chaîne alimentaire complète, dans la galerie de zoologie. Les maternelles partiront à la découverte de cinq animaux, habitant chacun un des continents explorés et découvriront la diversité des formes et des couleurs des espèces animales typiques d'un récif corallien. Il arrive même que le Muséum-Aquarium ouvre ses portes le soir, pour des visites singulières et amusantes, comme l'Horror Show avec son exploration du muséum à la lampe torche. Et en plus, c'est gratuit le premier dimanche de chaque mois.

VIRTUAL ROOM NANCY

43, rue Marcel Brot - **NANCY**
✆ 03 83 55 10 95
www.nancy.virtual-room.com
Fermé le mardi. Du dimanche au vendredi de 14h à 22h et le samedi de 13h30 à 00h. Entrée : 25 €.

Théophile et Hannas, deux passionnés de multimédia immersif, vous accueillent et vous accompagnent dans cette nouvelle expérience. Créez votre équipe, et plongez dans une aventure hors du commun : avec vos amis, collègues ou en famille, partez à la recherche de trésors perdus ou sauvez le monde d'une imminente catastrophe en parcourant des mondes réels et imaginaires comme si vous y étiez ! Il vous faudra faire preuve d'inventivité, d'agilité et d'esprit d'équipe pour résoudre les énigmes de Virtual Room, il ne vous reste plus qu'à enfiler votre casque !

VISITES DÉCOUVERTES DE NANCY

Place Stanislas
NANCY
✆ 03 83 35 22 41
www.nancy-tourisme.fr
Renseignement horaires et tarifs sur le site Internet de l'office de tourisme.

L'office de tourisme de Nancy offre un vaste programme de balades, rendez-vous, visites guidées et thématiques pour découvrir la ville sous toutes les coutures. On citera, parmi d'autres, la visite du centre historique ; visite Art nouveau au cœur des lieux d'affaires des années 1900... Ainsi que des visites audioguidées et des balades en Segway, des rives de la Meuse au cœur de la ville. Cette découverte en gyropode est particulièrement appréciée par les familles.

MUSÉE AU FIL DU PAPIER

13, rue Magot de Rogéville
PONT-À-MOUSSON
✆ 03 83 87 80 14
www.tourisme-pontamousson.fr
Ouvert toute l'année. Du mercredi au lundi de 14h à 18h. Gratuit jusqu'à 12 ans

Une aventure au travers du papier mâché, mais pas que ! Le musée abrite une des plus importantes collections françaises d'objets laqués en papier mâché, mais il retrace aussi l'histoire de Pont-à-Mousson. Vous serez séduit par l'ancien hôtel particulier de la Monnaie. Puis vous verrez que l'histoire du papier est étroitement liée à la création de la première université de Lorraine. La ville connaît alors une période de faste sans précédent et joue un rôle important dans la diffusion et l'impression des écrits : imagerie mussipontaine (fables, contes, alphabets...).

L'ENCLOS À CIGOGNES

Rue de la Belhiesse
SAINT-NICOLAS-DE-PORT
www.saintnicolasdeport.com
Ouvert toute l'année. Gratuit.

Plus d'une centaine de cigognes blanches sont visibles dans l'enclos mais aussi dans des nids au sommet de mâts spécialement installés par la municipalité. Mais aussi au sommet de cheminées, de poteaux d'éclairage public et donc d'arbres. C'est une véritable réussite. Les cigognes sont baguées mais on leur laisse la liberté. Elles sont nourries tous les jours. L'enclos de 600 m² en plein air offre les conditions optimales pour la vie en captivité des oiseaux. L'endroit idéal pour admirer ces imposants oiseaux protégés, qui sont un des symboles de la région.

L'ABBAYE DES PRÉMONTRÉS ✝ ★★★

9, rue Saint-Martin - **PONT-À-MOUSSON**
✆ 03 83 81 10 32
www.abbaye-premontres.com
Ouvert toute l'année. Tous les jours de 10h à 18h. Gratuit jusqu'à 6 ans. Adulte : 6 €. Hôtel : 71 chambres.

L'abbaye des Prémontrés est un lieu unique en Lorraine, et le plus bel exemple d'architecture monastique de la région. Instiguée en 1608 par la communauté des prémontrés de Sainte-Marie-aux-Bois, elle sortira de terre un siècle plus tard. En 1964, l'abbaye se transforme en centre culturel et est gérée par une association dont la vocation est de sauvegarder son patrimoine, diffuser son histoire et promouvoir des rencontres culturelles. Dans cet écrin de pierres et de verdure classé monument historique depuis 1919, il faut s'attarder dans l'église abbatiale Sainte-Marie-Majeure et dans ses magnifiques jardins. À l'intérieur, les escaliers (rond, ovale et carré) sont à ne manquer sous aucun prétexte. Vous pouvez même séjourner dans l'une des 71 chambres*** de l'abbaye (dont 2 accessibles aux personnes à mobilité réduite), avec vue sur les jardins ou sur la Moselle, qui garantissent un séjour totalement dépaysant et reposant. L'abbaye est composée de trois jardins qui s'étalent sur 2,5 hectares. Créé en 2009, le jardin du cloître ou jardin des Senteurs offre aux visiteurs, durant la belle saison, un bouquet odorant de plantes et de fleurs. La quiétude du lieu, sa palette de couleurs et sa faune variée en font un lieu très prisé. Depuis mars 2018, un jardin à la française a pris place au pied de la grande façade de la cour d'honneur. Suivant l'esquisse d'un jardin régulier, les parterres sont rythmés de topiaires et agrémentés d'ornements tels que des obélisques, des vases d'Anduze et des bancs. À deux pas de là, se trouve le jardin de la Moselle qui s'étend le long de la rivière. Propice à la détente, ce jardin bucolique offre une parenthèse calme et un joli point de vue sur le monument et sur la ville de Pont-à-Mousson. Ce lieu authentique chargé d'histoire se prête parfaitement aux réceptions (séminaires et événements privés) et organise des expositions temporaires, ateliers pour enfants, apéro'expo ouverts à tous tout au long de l'année. L'abbaye des Prémontrés dispose de 6 salles de réception historiques de différentes tailles qui peuvent être aménagées selon les envies, pour y accueillir des évènements divers tels que déjeuner/dîner familial ou entre amis, baptême, communion, anniversaire. Le plus : les cocktails peuvent même avoir lieu dans les somptueux jardins qui offrent une vue imprenable sur la Moselle. Retrouvez sur le site la programmation culturelle riche et variée mêlant expositions, concerts, théâtre, conférences... Une visite incontournable en Lorraine, à seulement 20 minutes de Nancy et Metz.

LA MAISON DE LA MIRABELLE 📷 ★

16, rue du Capitaine-Durand
ROZELIEURES
✆ 03 83 72 32 26
www.maisondelamirabelle.com
Horaires variables selon les saisons.

Dans la famille Grallet, on est distillateur de père en fils depuis déjà 1895. C'est donc en toute logique que la Maison de la mirabelle, située par un heureux hasard en plein cœur de la Lorraine, a vu le jour ici. La famille Grallet, du haut de ses quelque 25 hectares de mirabelliers, est aujourd'hui ce qu'on pourrait appeler l'ambassadeur du fameux petit fruit jaune et du terroir lorrain en la matière. Ici, on apprend tout sur la mirabelle avec un parcours découverte, des projections et un magnifique son et lumière dans la distillerie mettant à l'honneur ce joli fruit jaune-orangé dans une toute nouvelle scénographie. En un mot, sur la fabrication de l'eau-de-vie de mirabelle, du plantage de l'arbre à la distillation de l'alcool, rien n'aura plus de secret pour vous. Vous pourrez échanger vos impressions avec les autres visiteurs lors des séances de dégustation aussi conviviales que savoureuses. Vous pourrez alors décider le produit qui convient le mieux à vos papilles et vous le procurer à la jolie boutique. Un passage obligé en fin de visite ! Vous saurez qu'on y trouve des nectars fort originaux, comme par exemple ce fameux whisky lorrain ! Et on y trouve même du parfum ! Eh oui, vous ne le saviez peut-être pas, mais les senteurs du petit fruit jaune sont tellement riches et précieuses qu'elles ont inspiré Anne-Marie Grallet et l'ont poussé à créer le parfum Mirabelle Unique... Étonnant, non ? Tant de richesses pour un si petit fruit...

COLLÉGIALE SAINT-GENGOULT ✝

Place du Couarail
TOUL
Ouvert de fin juin à mi-septembre. Un guide est présent tous les jours dans l'église de 14h à 17h30. Visite guidée.

On doit la fondation de l'église Saint-Gengoult à Saint-Gérard, 33e évêque de Toul. Financée en partie par les bourgeois de Toul, l'édifice religieux incarne une certaine autonomie face au pouvoir de l'évêché. Incendiée en 1036 au cours des guerres du comte de Champagne, la bâtisse fut restaurée en 1065 par l'évêque Udon. Il fonda à la même époque la Collégiale. L'église actuelle, classée Monument historique, fut construite du XIIIe au XVIe siècle.

LE CHEMIN DE FER HISTORIQUE DE LA VOIE SACRÉE

Chemin du Varinot
BAR-LE-DUC
✆ 06 46 71 24 21
www.cfhvs.fr
Ouvert tout l'été.

Venez découvrir le dernier joyau du chemin de fer meusien à voie métrique utilisé pendant la Première Guerre mondiale. 2h étaient nécessaires pour parcourir les 68 km. La locomotive Suzanne a ravitaillé les Poilus sur le front verdunois et rapatrié vers l'arrière des centaines de blessés. Sa restauration entamée en 1997 a duré une quinzaine d'années (cinquante mille heures de travail !). Depuis 2008 elle est sortie de son hangar. Toute l'histoire vous est racontée.

FESTIVAL RENAISSANCES

BAR-LE-DUC
✆ 03 29 79 32 65
www.festivalrenaissances.fr
Au mois de juillet. Accès libre.

Tous les ans, début juillet, le quartier de la Ville Haute revêt son costume Renaissance. Le temps d'un week-end, le patrimoine et les arts de la rue sont mis à l'honneur durant trois intenses journées. Des animations et des déambulations ont lieu dans les cours, sur les places publiques et dans les jardins de certains particuliers. Partez à la découverte du Marché du Festival avec ses saveurs, ses odeurs, ses sons et gestes. Près de 60 exposants sont présents chaque année. Cet événement de grande notoriété s'inscrit également dans une démarche environnementale.

MAISON DES TRUFFES ET DE LA TRUFFICULTURE

Rue du 1er Septembre 1944
BONCOURT-SUR-MEUSE
✆ 03 29 91 68 54
www.maisondestruffes.com
Horaires variables selon les saisons.

Situé dans une ancienne ferme, la Maison des truffes vous propose un parcours initiatique dans l'univers de la truffe. Sur 450 m², une exposition et un film présentent les secrets de ce champignon souterrain recherché par les plus fins gastronomes, sans oublier la dégustation qui compète la visite. Des démonstrations culinaires et des ateliers de cuisine sont régulièrement organisés, sur demande pour les groupes. Une boutique offre un vaste choix de produits élaborés à base de truffe.

LA TRANCHÉE DE CHATTANCOURT ★

8, rue du Baley - **CHATTANCOURT** ✆ 06 76 22 12 26
www.tranchee-verdun.com
Du 1er avril au 11 novembre tous les jours de 14h à 18h. Gratuit jusqu'à 8 ans. Adulte : 4 € ; Enfant : 2 €.

En 2014, lors des commémorations du 100e anniversaire de la Première Guerre mondiale, une poignée de passionnés décide de réhabiliter et d'aménager une tranchée. C'est à Chattancourt que la tranchée fut recreusée et refaite à l'identique sur les traces des anciennes « Tranchée de Toulouse » et « Tranchée de Chattancourt ». Sur 75 mètres de long, elle comporte plusieurs abris, parapets de tir, postes de secours. À l'entrée du site, un petit musée expose des objets témoins de la guerre.

À LA CLOCHE LORRAINE - MADELEINES DE COMMERCY

8, place Charles-de-Gaulle - **COMMERCY**
✆ 03 29 91 25 16
www.madeleine-commercy.com
Tous les jours de 9h à 12h et de 14h à 19h. Boutique en ligne.

La maison pâtissière accueille des maîtres madeleiniers depuis 1888, et est tenue par les Grojean depuis 1928. Si la fameuse madeleine n'est plus produite ici (production à la Zone de la Canaire), elle demeure artisanale et 100 % pur beurre. Cette vaste et jolie boutique regorge de bonnes et de belles choses : Madeleines royales nature à gourmandes (chocolats, praliné, mirabelles, etc.) en sachets ou boîtes métal rétro, spécialités lorraines, cadeaux. Un souvenir à rapporter !

FABRIQUE ET MUSÉE DES POUPÉES PETITCOLLIN

2, rue des Casernes
ETAIN
✆ 03 29 87 20 80
www.petitcollin.com
Réservation fortement conseillée.

Dans son atelier d'Étain, la marque Petitcollin vous dévoile les coulisses du fabrication. Au fil de la visite guidée, découvrez les différentes étapes de la création d'une poupée jusqu'à l'implantation des cheveux ou la coloration des yeux. Les poupées Petitcolin existent depuis 1860 et l'atelier est à la fois le plus ancien et le dernier en activité. À deux pas de la fabrique, le musée vous présente plus d'un siècle de créations. Pensez à réserver au centre culturel.

FORT DE DOUAUMONT ★★★

D913D - **DOUAUMONT** ✆ 03 55 25 01 16
http://verdun-meuse.fr
7j/7 en été 10h-18h30. 4 €, 8-16 ans 2 €, -8 ans gratuit. Infos et réservation sur le site de l'office de tourisme.

Intégré à la ligne de défense mise en place par le général Séré de Rivières, le fort de Douaumont, le plus au nord du périmètre de Verdun, culmine à 395 m. Bâti de 1884 à 1886, il offre à ses artilleurs une position idéale, à 360 degrés. Construit selon un plan hexagonal, bordé de fossés secs de 14 m de large et de 6 m de profondeur, il abrite divers aménagements stratégiques. Au centre du fort : un casernement composé de casemates voûtées et d'une galerie enterrée. S'y trouvaient des cuisines, chambrées, boulangeries, infirmerie, forge et stock de munitions, avec une capacité de près de 900 soldats. Au sous-sol étaient entreposés magasins à poudre et réserves d'eau. Autour de cet îlot central, des plateformes de tir disposées en arc de cercle entrecoupées de traverses-abris, qui permettaient de protéger les hommes et les munitions en cas d'attaque. Côté armement, l'infrastructure intégrait 6 canons de 155 mm, 6 de 120 mm et 4 de 95 mm.

C'est le plus puissant ouvrage de la place forte de Verdun, par ailleurs modernisé à partir de 1901. Occupé par les Allemands seulement 4 jours après le début de la bataille, il ne sera repris que 8 mois plus tard, en octobre 1916. Votre visite est agrémentée de documents d'époque, de commentaires si vous avez choisi le guide multimédia. Parmi les étapes clés de votre parcours, vous découvrirez notamment une chambrée, la tourelle 155, ou encore la nécropole allemande où reposent plus de 600 soldats. Ne manquez pas de profiter du panorama offert depuis le fort : une vue à 360° sur l'ensemble du monument et sur la forêt domaniale de Verdun. Une visite poignante, témoin d'un passé historique qui nous semble si proche au travers de cette immersion. Un travail de mémoire que l'on doit poursuivre, pour éclairer les jeunes générations.

▸ Informations visite :

Pour les 8-12 ans, un livret-jeu *Gaspard au Fort de Douaumont* est disponible gratuitement : 15 pages en compagnie de Gaspard, un petit rat en tenue de poilu habitant le fort. Ce livret permet aux jeunes visiteurs d'en apprendre davantage sur l'histoire du Fort de Douaumont et de la Première Guerre mondiale à travers des questions et des jeux.

Pensez par ailleurs à vous couvrir car la température à l'intérieur du fort n'excède pas les 12 °C.

Accueil de groupes sur réservation.

Un guide pédagogique est également mis à disposition des enseignants et de leurs élèves par simple téléchargement sur www.verdun-meuse.fr.

Forfait famille et forfait visites en langues étrangères disponibles.

Clôture de la billetterie 40 minutes avant l'heure de la fermeture du site.

ÂNES ART'GONNE

Chemin de Brouennes - **EVRES** ✆ 03 29 70 60 84
anesartgonne.free.fr
Location d'un âne : 35 €/jour. Gîte : 13 €/personne en été. Petit déjeuner bio : 6,50 €.
Camping : 4,50 €/jour.

L'association vous propose de découvrir l'Argonne à dos d'âne ! Vous avez le choix : sympathique balade en famille, randonnée de plusieurs jours, en passant par la promenade en calèche pour petits et grands. Ajoutez à cela des spectacles toute l'année, à découvrir dans cette grange argonnaise de 1810. Ânes Art'Gonne s'engage auprès des associations humanitaires, en mettant à disposition une salle d'exposition dédiée au commerce équitable. Le gîte d'étape, qui a conservé son charme d'antan, avec sa capacité de 8 personnes, vous offre une bien agréable halte !

VENT DES FORÊTS - SENTIERS D'ART CONTEMPORAIN ★

21, rue des Tassons - **FRESNES-AU-MONT**
✆ 03 29 71 01 95
ventdesforets.com
7 sentiers accessibles toute l'année. Gratuit. Carte et tracés sur le site Internet.

45 km de sentiers à l'intérieur des 5 000 hectares de parcelles forestières communales, le long desquels s'exposent des œuvres d'artistes internationaux, sculptures, céramiques, et autres performances, venus travailler ici en résidence de quelques semaines à plusieurs mois. Depuis 1997, date de lancement de l'initiative, plus de 230 œuvres d'art ont éclos. 130 d'entre elles sont aujourd'hui visibles sur l'une des sept boucles pédestres que compte ce sentier d'art contemporain.

OBSERVATOIRE DE L'ÉTANG DE LACHAUSSÉE

LACHAUSSÉE
Accès libre toute l'année.

La Réserve naturelle régionale de Lachaussée est un site privilégié pour la nidification, l'hivernage et les haltes migratoires des oiseaux. Depuis l'observatoire vous verrez au printemps dans les roselières, butor étoilé ou blongios nain. Le busard des roseaux et busards Saint-Martin ou cendré. Les ballets nuptiaux des grèbes huppés ou à cou noir, héron, grande aigrette. De la digue on aperçoit fuligules morillons et milouins, sarcelles d'hiver, canards colverts et foulques macroules.

NASIUM LA CITÉ DES LEUQUES

LIGNY-EN-BARROIS
✆ 03 29 76 11 48
www.nasium.fr
Une fois par mois, de mai à août, visite du site.

Profitez d'une balade dans la vallée de l'Ornain pour explorer le site archéologique de Nasium, cité gallo-romaine de 120 ha, qui comptait 15 000 hab. à son apogée (Ier-IIe siècles). On admire les ruines d'un temple. Randonnées à travers le site, visites guidées des fouilles, présentation de pièces d'artillerie. Diverses animations estivales en compagnie de légionnaires et d'artisans de l'époque (tissage, taillage de pierre...), ateliers poterie pour enfants.

PARC ANIMALIER

13, rue des Dormaux - **THIERVILLE-SUR-MEUSE**
✆ 03 29 86 09 90
Fermé de novembre à mars.
Ouvert mercredi de 14h30 à 16h45, dimanche de 10h30 à 17h. Gratuit.

Il est géré par l'Association de l'AMSEAA, qui s'occupe principalement des jardins botaniques et zoologiques, ainsi que de la préservation des réserves naturelles. Faites le tour des enclos accolés à un hangar, pour voir les animaux de la ferme. Cochons, moutons, lapins, oies, coqs, ânes, vaches, dindons et poules. Ateliers pédagogiques pour les groupes sur le thème des animaux, entretien, toilettage, distribution de nourriture, ramassage des œufs et des végétaux jardins aromatiques, fleurs. Des balades en calèche sont proposées de temps à autre. Aire de jeux.

LA MAISON DU CHEVALIER MICHEL

15, Grande-Rue
MARVILLE
Visible toute l'année.

Malgré d'importants dégâts et modifications, conséquences des conflits mondiaux, ce superbe hôtel Renaissance, en partie classé, conserve divers éléments de grand intérêt. Particulièrement sa façade arrière, bien connue pour son élégante loggia à deux étages. On y admire un fabuleux décor sculpté : une Diane surprise dans son bain par Actéon, changé en cerf et poursuivi par des chiens ; Thisbé se donnant la mort sur le corps de Pyrame ; le cheval-fée Bayard et les quatre fils Aymon.

L'AQUADROME DE VERDUN

7, rue du 8-Mai-1945
VERDUN
✆ 03 29 86 15 62
Horaires et conditions d'entrée disponibles en ligne. Adulte : 4 € + 7 € pour l'espace détente.

Avec sa façade du XIXe siècle de style néoclassique agrémentée de verre et de métal, l'aquadrome de Verdun est un bâtiment contemporain surprenant. À l'intérieur, baignés de lumières, divers équipements : grand bassin sportif, bassin ludique (1,40 m de profondeur maxi), nage à contre-courant, jets hydromassants, rivière artificielle et toboggan de 35 m. Pour les adeptes du *farniente* qui souhaitent prendre soin d'eux, calme et volupté les attendent dans l'espace remise en forme avec le sauna, le hammam et le bain à remous. Divers cours.

FORÊT'VASION

RD 964 - **SIVRY-SUR-MEUSE**
✆ 06 74 06 39 49
www.foretvasion.com
Ouvert de juin à septembre. Entrée : 24 €. Enfant de 10 € à 17 € selon l'âge.

Faites un saut en pleine nature ! Ce parc est le paradis des acrobates et des aventuriers. En plus d'être dépaysé au milieu de la verdure et des arbres, vous pourrez vous offrir un après-midi sportif sur l'un des parcours acrobatiques. Différents niveaux de difficulté sont proposés, classés par couleur. Les plus petits ont leur propre parcours, le « Farfadet », à la hauteur des parents. Et enfin, pour les amateurs de sensations fortes, une activité unique en Lorraine : dévalez 100 m de pente en duo à l'intérieur d'une boule gonflable géante !

LA FERME DE WOIMBEY

Chemin des Vignerons - **WOIMBEY**
✆ 06 70 43 01 23
www.lafermedewoimbey.com
Ouvert mercredi, week-end et jours fériés de 10h à 12h et de 14h à 17h30 sans réservation. Adulte : 5 €. Enfant : 7 €.

Baladez-vous librement sur les 4 hectares de la ferme. Passez par la grange, la volière, le verger, le petit bois, l'aire de jeux. La besace délivrée à l'entrée aux enfants, guide et fournit les éléments nécessaires pour participer aux activités situées sur quatre espaces distincts. Soyez tout de même attentif. Chaque escalier, passerelle, parcours dénivelé du petit bois, bassin, clôtures, le fait d'entrer dans les enclos des animaux, sont autant de dangers, les enfants de tous âges ne doivent jamais être laissés seuls sur les parcours ou les animations.

AQUARIUM D'AMNÉVILLE ★

5, rue du Tigre
AMNÉVILLE
✆ 03 87 70 36 61
www.aquarium-amneville.com
Haute saison ouvert tous les jours de 9h30 à 19h. Adulte : 13,50 €. Enfant de 3 à 11 ans : 10,50 €.

De nos rivières en passant par les plus beaux endroits du globe, entre océans et mers, vous découvrirez ici de multiples espèces aux caractéristiques incroyables. Ces 65 aquariums vous plongeront dans l'univers du silence, de belles serres abritent une faune luxuriante. L'esprit de Némo habite les lieux et on vous invite à éveiller vos sens sur les sentiers créés pour vous amuser. Grâce à un escape game, retrouvez le trésor du capitaine ! Le bassin tactile permet de caresser des raies et vous frissonnerez devant requins, piranhas, ou anguilles électriques.

TÉPACAP !

Étang de Hasselfurth - **BITCHE**
✆ 03 87 06 40 00
www.tepacap-bitche.fr
Entrée au parc 13 €.
Supplément attraction : adulte 10 €, enfant 8 €.
Horaires complets en ligne.

Véritable village aventure, des tipis nordiques pour des nuitées inoubliables, le snack Tépacro'c pour repartir à l'aventure, ici plus de cent jeux à la fois ludiques et sportifs à vivre en famille pour une journée ou plus ! Vous pourrez évoluer crescendo toute la journée et vous lancer des défis, perchés de 3 à 12 mètres dans les arbres. Vous trouverez aussi au programme, un espace de trampolines et d'activités réservé aux plus petits, jeux de piste et courses d'orientation, ainsi qu'un parcours pour développer sa souplesse, du bout'chou au senior !

CONSERVATOIRE AUTOMOBILE

Allée de la Mine
CRÉHANGE
✆ 03 87 00 42 72
www.dufcc.com
Ouvert de mars à novembre. Ouvert le jeudi de 9h à 17h ; le samedi de 7h à 12h. Gratuit.

Dans cette ancienne salle d'appel de la mine de charbon, et dans d'autres pièces, le musée de l'Automobile s'étire sur un lieu d'exposition très atypique. Outre des voitures anciennes garées dans tous les coins, on y trouve la reproduction d'un garage d'époque et un atelier réservé encore fonctionnel. Un beau hangar de collections de 120 véhicules. Et les plus jeunes découvriront des véhicules qui, pour être présents, doivent remplir deux conditions : avoir plus de trente ans et être encore en état de rouler. Une jolie idée de balade.

FERME PÉDAGOGIQUE DE LA COLLINE BLEUE

7, rue Principale
DENTING
✆ 03 87 79 22 89
Haute saison ouvert tous les jours de 10h à 13h et de 14h à 17h. Sur réservation.

Dans cette exploitations de vaches Salers et céréalières, venez nourrir les adorables chèvres naines et les juments très dociles, toujours à l'affût d'un bout de pain. La salle chauffée permet de profiter de jeux de synthèse avec petits outillages manuels. Sur le thème de la vache au veau, des poussins, poules et lapins. Du blé aux pâtes alimentaires, du blé à la pâte à modeler et du maïs à la pâte à porcelaine. Ainsi que les légumes du potager. Suivi d'un goûter. Aire de pique-nique.

WALYGATOR ★

Voie Romaine - **MAIZIÈRES-LÈS-METZ**
✆ 03 87 30 70 07
www.walygatorparc.com
Ouverture le 15 avril 2022.
Horaires variables selon la période, voir site Internet. Billet 24 € et 29 €.

Tout au long de la saison, du fun en fusion est prévu ! Dans un cadre verdoyant de 47 ha, faites le plein d'émotions et de sensations à vivre en famille, entre amis ou en couple. Plus de 40 attractions vous attendent pour vous faire vivre des instants magiques. Les plus grands braveront leurs peurs en prenant place dans le fameux Anaconda ou The Monster. Et si vous êtes prêts à vous envoler en seulement 2,5 secondes, à vous le Space Shoot, frisson garanti ! Après tout cela, vous avez bien mérité de vous restaurer dans l'un de leurs nombreux restaurants.

CHÂTEAU DE MALBROUCK ★★

Rue du Château
MANDEREN
✆ 03 87 35 03 87
www.chateau-malbrouck.com
Ouvert tous les jours de 10h à 18h sauf le lundi. Réservation obligatoire.

Offrez-vous un plongeon dans le Moyen Âge : le château de Malbrouck est le seul château du XVe siècle intégralement conservé en Lorraine. Depuis sa position surplombant la vallée de Manderen, il a fière allure avec ses hautes murailles et ses quatre tours d'angle reliées entre elles par des courtines, un corps de logis à trois niveaux et une vaste cour centrale. Situé dans le pays des Trois Frontières, entre Allemagne et Luxembourg, il sert également d'écrin à de remarquables expositions, et d'escape games uniques en leur genre.

LA COMPAGNIE DES BATEAUX DE METZ

Quai Paul Vautrin - **METZ**
✆ 06 45 95 98 10
http://bateaux-gd-vacances.com
Navigation active. Horaires variables selon saison. Formules : balade, apéro ou repas.

Embarquez en face du restaurant L'Assiette au bœuf. Offrez-vous une évasion grâce à cette balade au fil de la Moselle sur cette embarcation voguant sans bruit. L'équipage aura à cœur de vous répondre sur les édifices, la faune et la flore. La Compagnie déjà propriétaire de GD Vacances (max 28 passagers) s'est dotée d'un nouveau bateau, *Le Graoully*, accueillant 75 passagers. Entre les différentes formules proposées et la privatisation des bateaux, il y a de quoi savourer l'instant !

FESTIVAL LIVRE À METZ

1, rue du Roi-Albert - **METZ**
✆ 03 87 20 05 05
www.lelivreametz.com
Au printemps, sur 3 jours. Entrée libre. Chapiteau principal situé place de la République. Buvette et restauration.

Le festival Le Livre à Metz - Littérature & Journalisme se tient tous les ans au printemps au cœur de Metz. Entre découvertes d'œuvres et d'auteurs et débats de fond, échange et écoute, réflexion et inspiration, les temps de rencontres sont privilégiés entre les auteurs et leurs lecteurs. Chaque année, un thème est à découvrir, les tables rondes, conférences, lectures s'y réfèrent et les spectateurs à l'écoute peuvent ainsi en apprendre davantage et laisser leur curiosité s'exprimer... Le festival est devenu un incontournable sur la scène littéraire nationale !

CIRK'ÉOLE

2, allée Chanoine-Bièvelet
MONTIGNY-LÈS-METZ
✆ 03 59 73 15 50
Ouvert du lundi au jeudi de 9h à 12h et de 14h à 17h30 ; le vendredi de 9h à 12h. Tarifs en ligne.

Cirk'Éole entraîne chaque année près de 3 000 enfants (dès 4 ans) et adultes dans la magie du cirque. Grâce à des structures aménagées pour les arts du cirque, l'initiation est complète avec des exercices d'équilibre (sur boule, fil tendu ou monocycle), d'expression, de trapèze, de jonglage ou des prouesses aériennes avec tissu ou corde. Les groupes sont répartis par tranches d'âge et par niveau. Pour les plus petits (jusqu'à 6 ans), l'accent est mis sur la découverte de la discipline avec des séances autour du jeu et de l'exploration des sensations.

MUSÉE DE LA COUR D'OR ★★

2, rue du Haut Poirier
METZ
✆ 03 87 20 13 20
http://musee.eurometropolemetz.eu/fr
Ouvert du mercredi au lundi de 10h à 12h45 et de 14h à 18h. Gratuit.

Hissé sur les hauteurs de la colline Sainte-Croix, berceau de la ville, le musée de la Cour d'Or vaut le détour lors d'une visite à Metz. On commence par les salles du musée d'Histoire et d'Archéologie. Elles regroupent un mobilier antique issu de fouilles locales ou de découvertes fortuites. On retiendra bien sûr les thermes gallo-romains, des stèles funéraires et de nombreux objets de la vie quotidienne (céramique en terre cuite mais aussi des accessoires pour le sport dont le strigille réservé aux soins du corps chez les athlètes). Dans une atmosphère à la fois mystique et romantique, des statues sont disposées dans le grenier de Chèvremont. Le lieu abrite également les trésors médiévaux de la salle de l'an mil, ainsi que des tombes mérovingiennes. Le musée d'Architecture évoque plusieurs siècles d'art civil et religieux que l'on découvre dans une salle au plafond peint. Quant à la section Beaux-Arts, elle regroupe plusieurs époques. Citons, la peinture flamande du XVe siècle, les œuvres de Jean-Baptiste Le Prince au XVIIIe siècle et la célèbre École de Metz du XIXe siècle : de Migette, peintre messin aux grands maîtres, Delacroix et Gustave Moreau dont l'un de ses chefs-d'œuvre symbolistes *Œdipe voyageur ou L'Égalité devant la Mort* (1888). Étape artistique incontournable, le musée de la Cour d'Or côtoie un riche patrimoine architectural : la chapelle des Trinitaires, le grenier de Chèvremont, l'escalier du Carmel du XVIIe siècle et l'ancienne abbaye des petits Carmes. Franchissez la porte, un univers vous est ouvert !

MUSÉE ÉMAUX ET VERRES D'ART

27, rue du Général Franiatte
MONTIGNY-LÈS-METZ ✆ 03 87 66 93 63
www.musee-emauxverres.com
Ouverture variable, contactez-les par téléphone. Adulte : 5 €.

Le président fondateur, Philippe Olland, passionné par l'art de la faïence, a créé une association afin de faire naître ce lieu de découverte. Le musée est dédié à la présentation d'objets en faïence émaillée, verres et cristaux d'art. Dans un espace d'environ 120 m², voici plus de 520 pièces qui se laissent admirer par les curieux. Ces verreries artistiques, de l'art nouveau aux arts décoratifs, ont été réalisées de 1870 jusqu'en 1940. Un musée qui ne manque pas d'éclat...

ALTISSIMO

MOULINS-LÈS-METZ ✆ 03 87 63 14 87
www.metz.altissimo.fr
Du lundi au vendredi de 12h à 22h, week-end et jours fériés de 10h à 20h. Séance : 15 € adulte, 12 € enfants.

Amateurs de grimpe ne cherchez plus à vous écorcher les genoux sur des parois trop rugueuses, une surface de 800 m² attend d'être prise d'assaut. Dans un cadre moderne, cette salle d'escalade *indoor* possède un espace bloc de 350 m² et un espace corde de 450 m² soit 35 relais. Possibilité de prendre des cours individuels ou collectifs pour vous familiariser avec la discipline. Et si vous êtes un fan, optez pour l'un des packs qui vous permettra de faire des économies. L'équipe professionnelle vous conseille pour votre sécurité. A vos marques, prêts, grimpez !

CHÂTEAU DE PANGE ★

PANGE
✆ 03 87 64 04 41
www.chateaudepange.fr
Ouvert du 1er mai au 17 octobre, le week-end et jours fériés. Visites du château à 15h et 17h sur réservation par email.

Construit entre 1720 et 1756 par Jean-Baptiste Thomas, marquis de Pange, cette magnifique bâtisse en pierre de Jaumont s'impose comme un modèle de sobriété classique. Entre les murs de ce château, la famille du marquis se chargera de vous raconter près de trois siècles d'histoire. Les châtelains, charmants et passionnés, se feront un plaisir de vous en conter l'histoire. Réalisé par le paysagiste Louis Benech, le jardin a quant à lui obtenu le label Jardin Remarquable récompensant les plus beaux espaces. Une page de l'histoire de la région s'offre à vous !

SABOTERIE PETRAZOLLER

4, Route de Bitche
PHILIPPSBOURG
✆ 03 87 06 56 71
www.laboutiquedusabot.fr
Ouvert du mardi au vendredi de 9h à 12h et de 14h à 18h ; le samedi de 9h à 12h.

Cette saboterie est ouverte depuis 1996. Manuel Petrazoller est l'un des derniers sabotiers de la région et il vous invite à découvrir son passionnant métier de façon ludique et instructive au sein de son atelier. Devant vous, il réalise des sabots de bois, dans la plus pure tradition alsacienne. Vous pouvez ainsi assister à toutes les étapes nombreuses et précises que nécessitent la réalisation d'une paire de sabots. Nul doute que vous aurez envie après cela d'acheter une belle paire de sabots. Direction le magasin de sa Boutique du sabot.

FÊTE MÉDIÉVALE DE RODEMACK

90, rue du Général Simmer - **RODEMACK**
✆ 03 82 51 25 01
www.avp-rodemack.fr
Rodemack Cité médiévale en fête, 25 et 26 juin 2022.

Chevaliers, troubadours, jongleurs et ménestrels envahissent les rues de la cité médiévale de Rodemack le temps d'un week-end. Le samedi soir est réservé à la musique et les instruments anciens s'animent pour faire danser les gentes dames et les gentilshommes. Le dimanche, le marché envahit la place et l'on découvre une foule de petits métiers et d'activités sortis du passé. Le tout sous la délicieuse odeur des échoppes temporaires qui s'installent pour l'occasion.

LA LUGE ALPINE DU PLAN INCLINÉ

Route du Plan Incliné
SAINT-LOUIS
✆ 03 8703 74 87
Ouvert d'avril à septembre. Tarifs sur le site.

Amateurs de sensations fortes, ce circuit de luge de 500 m de long surplombe le bassin du Plan Incliné en longeant la rivière Zorn. Il traverse à la vitesse de 40 km/h les paysages alentour selon différents dénivelés.La vitesse est réglable grâce à un frein équipant chaque luge. Ceintures de sécurité et filets de protection vous garantissent une descente en toute confiance ! L'activité est accessible après trois ans et les enfants de moins de 8 ans doivent être accompagnés d'un adulte.

JARDIN D'HIVER - MUSÉE DE LA FAÏENCE

17, rue Poincaré - **SARREGUEMINES**
✆ 03 87 98 93 50
www.sarreguemines-museum.eu
Ouvert du mardi au dimanche 10h-12h et 14h-18h. Adulte : 6 €. Gratuit pour les -25 et tous les 1er dimanche du mois

À l'intérieur du musée de la Faïence, vous serez conquis par le jardin d'hiver installé par Paul de Geiger, ancien directeur des Faïenceries de Sarreguemines. Plusieurs techniques architecturales ont permis d'élaborer ce jardin d'hiver où une magnifique verrière laisse passer la lumière et protège les plantes du froid. Vous découvrirez également de nombreuses pièces en céramique, grès, porcelaine,... Visites guidées, ateliers ou conférences sont régulièrement animés dans les lieux.

ANCIENNE MANUFACTURE ROYALE DE FER BLANC

2, la Manufacture - **BAINS-LES-BAINS**
✆ 03 29 31 32 87
www.bainsmanufactureroyale.eu
Visite guidée sur réservation auprès de l'office de tourisme de Bains-les-Bains. 6 €.

Fondée en 1733, la manufacture royale de Bains-les-Bains est reconnue comme l'un des plus beaux sites industriels du XVIIIe siècle. C'est dans ces lieux que la première bachelière de France, Julie-Victoire Daubié, vit le jour en 1824. Des expositions permanentes sont organisées et différentes animations ont lieu chaque année. Les lieux sont ouverts gratuitement aux Journées du Patrimoine et pour la Fête des Jardins. Visites organisées sur réservation par l'office de tourisme.

CENTRE D'ANIMATION DE LA PRÉHISTOIRE DE DARNEY ★

14, rue Stanislas
DARNEY
✆ 03 29 09 80 66
www.centreprehistoiredarney.fr
Adulte : 8,80 €. Enfant (de 4 à 12 ans) : 7,80 €.

Ce centre d'animation rend donc hommage à la préhistoire en devenant un outil pédagogique tant pour les petits que pour les grands. Vous profiterez de la reconstitution du mode de vie, de l'habitat, des différents outils utilisés..Toute la scénographie est automatisée. Un guide peut toutefois accompagner les groupes pour préciser certaines étapes de l'évolution humaine. Des ateliers ludiques sont présentés pour se glisser dans la peau des hommes préhistoriques.

LES QUATRE MARES ★

DARNEY
Ouvert toute l'année. Gratuit.

Le sentier des Quatre Mares permet de découvrir les environs le temps d'une petite randonnée sur un circuit d'un peu plus d'1 km accessible aux personnes handicapées et à mobilité réduite. Tout au long du circuit, vous pourrez donc entendre ou croiser des crapauds sonneurs, une espèce en voie d'extinction. Leur habitat naturel, mares, ornières ou flaques d'eau, est présent tout autour de vous. Ce parcours est aménagé avec des aires de repos et des pupitres ludiques permettant d'en savoir davantage sur l'hôte des mares environnantes.

CIMETIÈRE AMÉRICAIN ★

Lieu dit Le Quéquement
DINOZÉ
✆ 03 29 82 04 75
Ouvert toute l'année, tous les jours de 9h à 17h. Visite libre.

Ce bout de territoire américain dans les Vosges est l'un des cinq cimetières américains en France dédiés aux combattants de la Seconde Guerre mondiale. Les 5 255 combattants enterrés ici trouvèrent la mort au cours des combats dans le centre de la France, les Vosges, la vallée du Rhin et en Allemagne. La cour d'honneur est entourée de murs en calcaire provenant du Jura sur lesquels sont gravés les noms des 424 soldats portés disparus dans la région. Le mémorial est composé d'une chapelle et d'un musée. Ce lieu chargé d'histoire est profondément émouvant.

IMAGERIE D'ÉPINAL ★

42 bis, quai de Dogneville
EPINAL
✆ 03 29 34 21 87
www.museedelimage.fr
Ouvert toute l'année.

C'est en 1796 que Jean-Charles Pellerin créa l'Imagerie telle que nous la découvrons aujourd'hui. L'Image est gravée dans une planche de bois et l'impression est réalisée au moyen d'une presse à bras, du nom d'un certain Gutenberg. Au fil des ans, l'Imagerie d'Épinal a su diversifier et moderniser sa production. L'établissement a fait l'objet d'un réaménagement pour permettre une visite avec tablette tactile qui vous immergera dans les techniques anciennes et modernes de fabrication des images et celles du pochoir et du coloriage sur de vieilles machines remises.

LES IMAGINALES

9, rue du Général Leclerc
EPINAL
✆ 03 29 68 51 23
www.imaginales.fr
En mai. Entrée gratuite.

La ville d'Épinal compte de nombreuses manifestations culturelles dont Les Imaginales. Chaque année, le salon invite un pays pour mettre son art littéraire à l'honneur. Une véritable institution où le public est invité à rencontrer des auteurs et des artistes de divers horizons (BD, nouvelles, jeunesse, roman). Les Imaginales sont également l'occasion de découvrir de nouveaux talents à travers des concours d'écriture. Partout dans la ville sont organisés des ateliers et des spectacles pour les petits et les grands. Un agréable moment en perspective !

MUSÉE DÉPARTEMENTAL D'ART ANCIEN ET CONTEMPORAIN ★

1, place Lagarde - **EPINAL** ✆ 03 29 82 20 33
https://museedepartemental.vosges.fr
Le samedi de 10h30 à 12h30 et de 14h à 18h ; le dimanche de 14h à 18h. Ouvert le mercredi sur réservation.

Créé en 1822, le Musée avec ses 30 000 objets et œuvres d'art de la préhistoire au XXIe siècle, est l'un des musées les plus importants de l'est de la France, tant par sa qualité, que par l'ampleur de ses collections. Un élégant bâtiment contemporain sur plus de 2 500 m^{2} d'exposition, qui propose des collections d'archéologie, d'ethnographie, des peintures classiques et de l'art contemporain. Le musée présente un large éventail de la peinture européenne des XVIIe et XVIIIe siècles.

LAC DE GERARDMER ★

GÉRARDMER
Accès libre et gratuit toute l'année.

« Le lac de Gérardmer en sa belle vallée nous enchante dans l'ombre et nous rit au réveil. C'est un pur diamant sous la voûte étoilée, c'est une perle exquise aux baisers du soleil ». Abel Hugo, frère du grand Victor Hugo. À 660 m d'altitude, sur 115,5 ha, ce lac d'origine glaciaire attire de nombreux estivants. Vous apprécierez d'y tremper les pieds lors des grosses chaleurs de l'été. Beaucoup préféreront en faire le tour en barque ou en bateau à pédales, voire même s'essayer à la planche à voile. On peut également le longer, la balade est d'une heure environ.

SPINAPARC

Rue de la Quarante-Semaine
EPINAL
✆ 03 29 82 03 67
Horaires variables selon la période. Tarifs complets en ligne. Accueil enfants.

Parcours d'accrobranches, le Spinaparc, situé dans une ancienne carrière de grès, propose une grande variété de parcours pour les aventuriers dès 4 ans.Trois parcs sécurisés et adaptés aux débutants comme aux experts vous attendent. Les plus sportifs comme les novices y trouveront leur compte en matière de sensations avec 13 parcours différents sur 5 hectares de forêt. Les amateurs de sensations fortes seront comblés tandis que les plus frileux pourront partir découvrir la forêt environnante. Une belle journée au grand air garantie.

LE SAUT DE LA BOURRIQUE

GÉRARDMER
Accès libre et gratuit toute l'année.

Le nom de cette cascade viendrait, de l'histoire qui arriva à une bourrique appartenant à un seigneur. Celui-ci, en rentrant de croisade, fut attaqué un soir par des bandits. La bourrique se serait jetée sur eux avec tant de fougue et d'élan, qu'en sauvant son maître, elle alla, en même temps que ses ennemis, se fracasser au pied de la cascade. Une belle promenade à faire en famille, les chemins sont accessibles à tous et ombragés. Vous évoluerez au fil des eaux des plus rafraîchissantes. Les plus petits adoreront passer de ponts en ponts, un bon moment ludique.

DOMAINE SKIABLE

GÉRARDMER
✆ 03 29 60 04 05
www.gerardmer-ski.com
Ski nocturne les mardis, jeudis et samedis. Navette gratuite depuis le centre-ville.

Situé à 2 km du centre-ville, le domaine skiable de Gérardmer dispose de 21 pistes dont la plus longue des Vosges (2900 m) pour un total de 40 km de pistes. Les pistes sont éclairées et sonorisées le mardi, le jeudi et le samedi pour le ski nocturne. Restaurants, hébergements, garderie complètent la station familiale. Les enfants non skieurs seront ravis de trouver un espace dédié avec des jeux gonflables. Pour la découverte des premières sensations au contact de la neige, une piste de luge est à disposition. Une journée qui comblera de joie petits et grands.

SITE GALLO-ROMAIN DE GRAND ★

11, rue des Couvents
GRAND
✆ 03 87 62 70 96
https://grandlagalloromaine.vosges.fr
Adulte 5 €, réduit 3 €.

Grand était autrefois une vaste agglomération de plus de 70 hectares comptant plus de 10 000 habitants. Découvrez l'amphithéâtre (parmi les 10 plus vastes du monde romain) édifié au Ier siècle pouvant accueillir jusqu'à 17 000 personnes. Et admirez la mosaïque de 232 m^{2}, une des plus grandes d'Europe, conservée à son emplacement d'origine. Vous aurez la possibilité de parcourir les sites avec un audioguide. Les enfants (8-12 ans) se transformeront en archéologues grâce à un livret-jeux.

FRAISPERTUIS CITY

50, rue de la Colline-des-Eaux
JEANMÉNIL
✆ 03 29 65 27 06
www.fraispertuis-city.fr
D'avril à septembre 10h-17h, enfant 22 €, adulte 26 €.

Ce parc d'attractions, installé sur des roches de grès rose, est parfait pour les bambins, les adolescents et les parents qui y trouvent leur compte. C'est donc avec un réel plaisir que les enfants s'adonneront aux joies de la balade en train, du rodéo, du canotage sur rivière ou encore de la ruée vers l'or dans les montagnes. Côté décoration, une reproduction directement inspirée du mont Rushmore, aux États-Unis, est venue s'ajouter aux nombreuses sculptures déjà présentes. La nouveauté 2022, Les Draisines, feront le bonheur de tous !

FERME DU PICHET

1, rue Fort-Julien - **NORROY**
✆ 06 33 39 00 84
www.fermedupichet.fr
Ouvert du lundi au samedi de 10h à 12h et de 14h30 à 17h. Matin : 8 €, enfant : 10 €. Après-midi : 12 €, enfant : 15 €.

Posée sur une colline, cette exploitation agricole produit lait, viande et culture céréalière en agriculture biologique. Ils accueillent aussi bien les familles que les groupes et proposent de nombreux ateliers ludiques et pédagogique sur le thème de la transformation. Que ce soit le beurre, farine, jus de pomme, pâte à modeler, pain, fromage... Vous pouvez fêter votre anniversaire avec des jeux sur le thème de la ferme, piscine de paille, parcours en brouette, œufs fous, jeu de l'âne ferré, ballons, musiques et gâteau. Ils disposent de quelques chambres d'hôtes.

TRAIN LAND

7-9, rue du 12ème Régiment d'Artillerie
SAINT-DIÉ-DES-VOSGES
✆ 06 85 16 27 18
www.trainland.fr
Ouvert toute l'année. Adulte 7,50 €, enfant 4 €.

Jean-Pierre, Claude et Daniel, trois passionnés de locomotives et du chemin de fer, ont longtemps exposé des maquettes à travers l'Europe puis ont ouvert un musée animé du train dans la ville. Ces membres de l'association du Cercle des Modélistes Déodatiens vous guident eux-mêmes à la découverte de plus de 500 modèles variés de locomotives et répondent avec plaisir à vos questions. Sur 500 m² de surface, vous admirerez des décors incroyables : châteaux autrichiens, raffinerie, montagnes rocheuses etc. Le musée a été conçu pour petits et grands.

AU GRÉ DU VENT

44, rue du Kemberg
SAULCY-SUR-MEURTHE
✆ 03 29 51 93 39
www.au-gre-du-vent.fr
Accessible toute l'année.

Pour découvrir le massif vosgien de façon originale, montez à bord d'une montgolfière. Ce sont Lydia et Yves Fessler, professionnels charmants et aguerris, qui vous proposent ce temps de vol chargé d'émotions poétiques. Vous serez en harmonie avec l'environnement qui vous entoure. Quatre passagers peuvent être accueillis à bord. C'est idéal pour les enfants à partir de 6 ans et les personnes à mobilité réduite. Vous observerez les Vosges d'une tout autre manière. Vous en garderez indéniablement un souvenir magique et inoubliable.

CHEVRERIE DE PEUTE GOUTTE

12, chemin de Peute-Goutte
VENTRON
✆ 06 76 85 68 77
Haute saison ouvert du lundi au samedi de 16h à 18h, dimanche de 10h à 11h30.

C'est dans ce paisible village montagnard vosgien que Florence a installé sa chèvrerie. Elle se fera un plaisir de vous faire découvrir le monde des chèvres, en assistant d'abord à la traite, puis à la fabrication de ses fromages. Dès le printemps, elle vous convie à venir voir les adorables petits cabris, à ne surtout pas manquer. Elle répondra à toutes vos questions autour d'une sympathique dégustation de ses déclinaisons de fromages frais, tommes... Ne repartez pas les mains vides.

HAUTS-DE-FRANCE

Avec la diversité de ses paysages, la région des Hauts-de-France est une destination parfaite pour ravir les familles. De la baie de Somme à la Côte d'Opale, de ses immenses plages de la Manche à celles de la mer du Nord, de ses panoramas ponctués de landes et de falaises, de phares et de dunes, c'est une mosaïque de trésors naturels à découvrir. Et que dire de son patrimoine historique ? Les témoins des deux grandes guerres sont encore très présents dans les paysages, et sont une source inépuisable de connaissances à transmettre aux jeunes générations. Les villes ont un charme certain et abritent musées et bâtiments à visiter. Parcs de loisirs, zoos, activités de plein air mais aussi parcs et jardins remarquables combleront toutes vos envies de découvertes. Rendez visite aux artisans du goût qui vous transmettront les saveurs traditionnelles là du maroilles, ici des gaufres ou des confiseries. Faites le plein de sensations !

LES AIGLES DE CHÂTEAU-THIERRY ★★

Cours Renan - **CHÂTEAU-THIERRY**
✆ 03 23 83 51 14
www.aigles-chateau-thierry.com
Haute saison ouvert tous les jours de 9h à 20h. Entrée libre. Adulte : 9 €. Enfant de 5 à 13 ans : 6 €.

Avec 70 spécimens dans les airs, le spectacle donné sur l'esplanade du château médiéval donne le tournis. Voyage enchanteur au cœur d'un amphithéâtre naturel, les oiseaux frôlent le spectateur. Les enfants adorent. Découvrez toute la puissance des rapaces en les approchant au plus près. Les faucons, les milans, les chouettes, les hiboux vous laisseront de vibrants souvenirs. Rappelons que la fauconnerie a été classée au patrimoine culturel immatériel de l'humanité par l'Unesco.

MUSÉE JEAN DE LA FONTAINE ★

12, Rue Jean-de-la-Fontaine
CHÂTEAU-THIERRY
✆ 03 23 69 05 60
www.museejeandelafontaine.fr
Tarifs 5 € et 3 €.

La maison natale de l'écrivain, construite en 1559 (qu'il vendit à 53 ans pour monter à Paris), abrite le musée qui lui est consacré. C'est en 1876 que la maison se transforma en musée à la gloire du fabuliste, grâce à la Société Historique et Archéologique de la ville de Château-Thierry. Le cabinet de travail de La Fontaine peut y être observé, au premier étage. Les heureux visiteurs redécouvrent enfin toutes les fables grâce à d'innombrables supports : dessins, gravures, peintures...

CHÂTEAU DES PRINCES DE CONDÉ, BOURBON & SAVOIE ★

4, Rue du Château
CONDÉ-EN-BRIE
✆ 03 23 82 42 25
www.chateaudeconde.fr
Ouvert d'avril à novembre. 12 € et 8 €.

En parcourant les pièces somptueuses du château de Condé, vous pénétrerez du même coup dans la grande Histoire qui vit naître, avec la personne de Louis Ier de Bourbon (1530-1569), la Maison des princes de Condé, de sang royal mais d'âme huguenote. Les visites sont adaptées à tous les publics et restent ludiques. La visite s'achève par une chasse au trésor dans le parc. En 2022, deux nouveautés avec un grand spectacle sur la chevalerie, et les 400 ans de Jean de La Fontaine.

FESTIVAL DE L'ABBAYE DE SAINT-MICHEL EN THIÉRACHE

9, rue du Général-Leclerc - **SAINT-MICHEL**
✆ 03 29 29 15 07
www.imaginales.fr
De début juin à début juillet chaque année.

Le Festival de l'Abbaye de Saint-Michel-en-Thiérache n'en finit pas de faire résonner les luths et les violoncelles. Ce rendez-vous de la musique ancienne et baroque fait rayonner la Thiérache et marque les esprits. Que de chemin parcouru depuis l'acte fondateur du festival, le 8 juin 1987 ! Le Train de France Musique quittait alors la Gare du Nord à Paris pour acheminer le public à l'abbaye. On retient depuis sa convivialité, des échanges constructifs et un cadre prestigieux.

MUSÉE DES PAPILLONS

SAINT-QUENTIN ✆ 03 23 58 23 74
www.festival-saint-michel.fr
Fermé le lundi et certains jours fériés, se renseigner. Gratuit jusqu'à 6 ans. Adulte/3 €. Enfant (de 6 à 18 ans) /2 €.

Le musée des Papillons a rouvert en janvier 2018 et propose 5 espaces dédiés à cet insecte majestueux. Dès votre entrée, vous découvrirez une œuvre poétique légère et aérienne sur le thème des papillons. Dans une scénographie totalement repensée, alliant informations historiques, biologiques et patrimoniales, vous irez de surprise en surprise. Un lieu qui dévoile l'univers des insectes et qui enchantera petits et grands où écoute, observation à la loupe, puzzles, maquettes mais aussi table numérique, écrans dynamisent la visite pour un parcours ludique et coloré.

PARC D'ISLE

Avenue Léo-Lagrange - **SAINT-QUENTIN**
✆ 03 23 05 06 50
www.agglo-saintquentinois.fr
Ouvert tous les jours.
Du 1er avril au 30 septembre : 8h-20h.
Du 1er octobre au 31 mars : 8h-18h. Gratuit.

Envie de détente et de nature ? Le parc d'Isle vous offre, au détour d'une promenade, des points de vue remarquables sur la Réserve Naturelle Nationale des Marais d'Isle ; mais aussi des aires de jeux, de pique-nique et le nouveau parc animalier. Côté réserve, vous observez le héron cendré ou le majestueux busard des roseaux. Côté parc, vous pourrez admirer les animaux de la ferme, mais aussi des lamas, des chameaux... La Maison du Parc vous accueille et vous invite à la découverte d'un patrimoine naturel insoupçonné au travers de nombreuses animations.

VILLAGE DES MÉTIERS D'ANTAN & MUSÉE MOTOBÉCANE

5, rue de la Fère - **SAINT-QUENTIN**
✆ 03 23 66 13 13
www.village-metiers-dantan.fr
Adulte 10 €, enfant 6,70 €.
Pass Famille à partir de 27 €.

Un espace totalement hors du temps et surprenant ! Il y a tout d'abord le village des métiers d'antan qui présente sur près de 3 200 m², 55 thèmes de métiers oubliés (horloger, tonnelier, etc.) grâce à l'étonnante reconstitution de boutiques et lieux (1860-1960 pour l'essentiel) débordant d'objets authentiques, meublés et décorés en grande partie grâce à des dons. On y trouve également l'unique musée de France consacré à la mythique marque Motobécane avec plus de 120 modèles exposés.

LA FERME SOUCHINET

9, ue des Sources - **VERNEUIL-SOUS-COUCY**
✆ 06 74 30 32 84
www.lafermesouchinet.com
Haute saison ouvert tous les jours de 11h à 19h.
Adulte : 9 €. Enfant : 7,50 €.

Une ferme avec un élevage d'autruches, mais pas seulement puisqu'au fil de la promenade, vous verrez aussi des zébus, poneys, yacks, alpagas et encore plein d'autres espèces. Le thème des activités change chaque mercredi. Côté loisirs, labyrinthe insolite avec jeux d'adresse et de réflexion. Vous trouverez également un parcours sensoriel où l'on marche pieds nus sur de la terre, des feuilles, galets... en répondant à des questions. Vous pourrez aussi faire un tour à poney sur un circuit en sous-bois. Formule anniversaire avec ou sans parents. Hébergement possible.

MUSÉE ALEXANDRE DUMAS ★

24, rue Demoustier - **VILLERS-COTTERÊTS**
✆ 03 23 96 23 30
www.webmuseo.com/ws/musee-dumas
Ouvert toute l'année.
Fermé le mardi, le dernier dimanche de chaque mois et les jours fériés. Boutique. Visite guidée.

Ce musée rassemble de nombreux documents originaux, objets et mobiliers sur les « Trois Dumas » : le général Dumas (1762-1806), Alexandre Dumas père (1803-1870) illustre auteur des *Trois Mousquetaires*, et Alexandre Dumas fils (1824-1895) auteur de *La Dame aux camélias*. Vous découvrirez un portrait du général Dumas au feu par Pichat, des manuscrits d'Alexandre Dumas père comme *Caligula*, des fragments du *Comte de Monte-Cristo* ainsi que des *Mémoires*, un portrait d'Alexandre Dumas jeune, le bureau d'Alexandre Dumas père et bien d'autres souvenirs de l'écrivain.

LES DROMADAIRES DU DOMAINE DE FAY ★

Domaine du Faye
THENAILLES
✆ 06 25 73 48 63
www.dromadairepicardie.com
Toute l'année. Initiation enfant (20 min) : 10 €.
Découverte des chemins (1h) : 23 €.
Chamelier d'un jour (3h) : 50 €.

Partez à l'aventure à dos de dromadaires ! Olivier Philipponeau, animateur chamelier, dresseur et propriétaire de dromadaires, et sa drôle de caravane ne passent jamais inaperçus à Thenailles. Offrez donc à vos enfants une étonnante balade. La caravane des dromadaires familiers vous entraîne au fil des sentiers, permettant de profiter pleinement des attraits les plus variés de la Thiérache. Des moments uniques en individuel ou en groupe, de la simple initiation à la formule pédagogique et pratique pour découvrir le dromadaire autour des soins, du pansage, de la maîtrise corporelle et du gestuel-baraquer. Dans le manège, l'homme et le dromadaire apprennent l'un de l'autre. L'objectif étant de conserver le contrôle de soi face à l'animal afin de le manipuler au sol, lui demander de se baraquer puis de le seller et le monter. Vous êtes cavalier confirmé ? Venez découvrir la monte au pas, à l'amble et le galop du dromadaire. Après des explications de sécurité, partez à dos de dromadaire sur la piste en sable noir du Fay. Trois à cinq tours de piste permettent de se familiariser et de découvrir cette discipline. Tous les ateliers sont réalisés dans un environnement contrôlé, avec des dromadaires très bien entraînés, sous la supervision d'un chamelier aguerri. Ils aiment la compagnie des hommes dès lors qu'ils ont l'habitude de les croiser dès leur naissance. Ils ont beaucoup plus d'interactions avec les hommes que les autres espèces élevées, à l'exception sans doute des chevaux. S'ils sont bien apprivoisés, alors ce sont des animaux affectueux. Plus l'animal a d'interactions, moins il souffre de stress. Des travaux de recherche ont montré que la manipulation des animaux, par exemple monter dans un camion ou entrer dans un couloir de contention engendre d'autant moins de stress si les animaux sont habitués au contact avec les hommes. Les dromadaires n'aiment pas la pluie, alors les éleveurs en Europe doivent prévoir un abri en cas de temps humide. Cependant, ils ne craignent pas l'eau, ils nagent très bien. Au Kazakhstan, ils prennent volontiers des bains de boue. Lors de grands froids, ils dégagent de la chaleur en utilisant la graisse de leur bosse dont la métabolisation produit ce qu'on appelle de l'extra-chaleur. C'est pour cela qu'en prévision de l'hiver, il faut que l'animal fasse son stock de gras et remplisse sa bosse. Il est donc important d'apporter une bonne alimentation, riche en énergie, pendant l'automne.

FESTIVAL LES NUITS SECRÈTES

AULNOYE-AYMERIES

✆ 03 74 95 27 60

www.lesnuitssecretes.com

Du 22 au 24 juillet 2022.

Devenu un incontournable dans la région, Les Nuits Secrètes s'éloigne des grandes villes pour proposer un concept unique : les fameux parcours secrets. On monte dans un bus vers une destination inconnue et on se laisse conquérir par une programmation toujours réussie. En 2020, le public a eu la chance de voir sur scène Lomepal, Philippe Katerine, Pomme ou encore Aloïse Sauvage. Tous les grands noms sont là mais aussi des découvertes qui vont feront danser jusqu'au bout de la nuit.

FORUM ANTIQUE DE BAVAY ★

12, Rue Jean-de-la-Fontaine

BAVAY

✆ 03 23 69 05 60

https://forumantique.fr

Gratuit 1er dimanche du mois. 6 € et €.

Ce qui fait du petit village de Bavay sa réputation, ce sont les ruines de son forum antique, formidablement bien conservées. C'est en effet un vestige d'une grande ampleur, un forum antique parmi les seuls en France à avoir pu être autant dégagé, avec sa basilique longue de 98 mètres. Rendez-vous au musée pour découvrir des collections d'époque, et une production en 3D pour vous expliquer les étapes de construction de la cité. N'hésitez pas à venir en famille, c'est une visite dont beaucoup d'enfants du coin se souviennent avec émotion.

MUSÉE-PARC ARCHÉOLOGIQUE ARKÉOS

4401, route de Tournai

DOUAI

✆ 03 27 71 18 00

www.arkeos.fr

A partir de 4 €.

Comme son nom l'indique, le musée se base sur plus de 50 ans de recherches archéologiques dans la région pour « proposer une interprétation de l'histoire d'un territoire et de ceux qui l'ont modelé » et valoriser un patrimoine d'une richesse jusqu'ici insoupçonnée. Vous serez tour à tour archéologue, anthropologue et un peu aventurier aussi ! C'est tout simplement passionnant ! Envie d'en savoir plus ? Faites un petit tour à la boutique-librairie !

AQUARIUM MUNICIPAL DE DUNKERQUE

45, avenue du Casino - **DUNKERQUE**

✆ 03 28 59 19 18

www.ville-dunkerque.fr

Haute saison ouvert tous les jours de 10h à 12h et de 14h à 18h. Adulte : 3 €. Enfant de 12 à 18 ans : 1,50 €.

L'aquarium municipal implanté dans le parc de Malo possède plus de vingt aquariums qui accueillent un millier de poissons divers et des expositions temporaires. L'endroit est relativement petit, il ne peut en effet accueillir qu'une cinquantaine de personnes à la fois. Il ne vous faudra d'ailleurs pas plus d'une heure pour en faire la visite, mais il permet de faire découvrir aux plus jeunes la variété de nos espèces marines et pourquoi il est nécessaire de les protéger.

CONFISERIE DESPINOY

1519, route Nationale - **FONTAINE-NOTRE-DAME**

✆ 03 27 83 57 57

www.betises-cambrai-despinoy.fr

Ouvert du lundi au vendredi de 8h à 18h. Visites de 9h à 13h sur réservation.

Voici l'un des confiseurs qui fabrique de manière artisanale les célèbres bêtises de Cambrai. Pour rappel, ces bonbons seraient nés après l'erreur d'un apprenti confiseur au XIXe siècle. Un mauvais dosage de sucre et de menthe, une introduction d'air dans la pâte par inadvertance... les bêtises étaient nées. La maison Despinoy produit 140 tonnes de bêtises à l'année, à la menthe et aux fruits. Despinoy fabrique aussi du sirop de bêtises et un digestif, la crème de bêtise. Vous serez accueilli par un bonbon avant de partir à la découverte des étapes de fabrication.

CHAMPIONNAT MONDIAL DE DÉCORTICAGE DE CREVETTES GRISES

Digue Europlage

LEFFRINCKOUCKE

✆ 03 28 69 05 06

1er dimanche d'août. Gratuit. Restauration.

À l'occasion de la Fête de la Plage, à Leffrinckoucke, se déroule un championnat du monde on ne peut plus original : celui du décorticage de crevettes grises. Les 120 participants ont 10 minutes, pas une seconde de plus, pour éplucher un maximum de ces crustacés typiques de la mer du Nord. Pour avoir un ordre d'idée, les meilleures (car ce sont bien souvent des femmes !) arrivent à éplucher entre 120 et 140 grammes environ sur les 300 proposés à chacun. Un sympathique moment !

FORT DES DUNES ★

Rue du 2-Juin-1940 - **LEFFRINCKOUCKE**
© 03 28 29 13 17
www.fort-des-dunes.fr
Ouvert au public du mardi au dimanche. Musée : 7€ /3,50 € circuit d'interprétation et audioguide inclus.

Le fort des Dunes est un exemple de l'architecture militaire imaginée par le général Séré de Rivières pour renforcer le système défensif français. Construit en 1878 pour protéger Dunkerque et son port, ses casernements étaient conçus pour abriter 450 soldats. Construit en briques de sable et culminant à 27 m, le fort trouve dans les dunes un écrin naturel. A l'intérieur, de nombreuses photographies et des maquettes permettent aux visiteurs de se replonger dans la riche histoire du fort. Une visite essentielle pour comprendre l'histoire de Leffrinckoucke.

ZOO DE LILLE

Avenue Mathias-Delobel - **LILLE** © 03 28 52 07 00
http://zoo.lille.fr
Haute saison lundi, mercredi au vendredi de 10h à 18h, week-end de 10h à 19h. Adulte 4 €. Enfant de 5 à 17 ans : 2 €.

Ce sont plus de 110 espèces réparties sur six zones à thème : Autour du monde, Voyage exotique, Terres d'Afrique, Excursion sud-américaine, D'île en île, Sous les tropiques. Dès l'entrée, le panda roux vous accueille, poursuivez par la grande volière immersive de 750 m². Pénétrez dans la maison tropicale avec ses serpents et reptiles. De nombreuses animations sont organisées dont celle consistant à préparer l'alimentation de certains animaux sous forme de jeu et les observer à s'amuser avec avant de se régaler. A disposition : un livret de jeux. Chasse au trésor.

PARC GALAMÉ

645, rue Gaston-Dereudre - **LOON-PLAGE**
© 03 28 59 63 58
www.parcgalame.org
Septembre, octobre et mars : de 9h à 19h. Juillet et août : 9h-20h. Novembre et février : 9h-17h. Restauration.

Cet espace de verdure propose différentes activités : étang de pêche, balades à poneys, parcours d'orientation, accrobranche, mini-golf, laser game plein air, bubble foot, mini zoo. On peut aussi manger sur place à Une Faim de Loon. Ça ne s'invente pas ! Cette base de loisirs nature attire aussi pour sa baignade biologique, Aqua'lamé. Ce n'est pas une piscine, mais une aire de baignade biologique, la seule au nord de Paris. Le parc propose par ailleurs 5 nouveaux parcours d'orientation gratuits (dont 2 à destination des enfants).

LA PISCINE ★★★

23, rue de l'Espérance
ROUBAIX
© 03 20 69 23 60
www.roubaix-lapiscine.com
Mar-jeu 11h-18h ; ven 11h-20h ; week-end 13h-18h. Hors expo : 9 €. Pendant les expos : 11 €. Restauration. Boutique.

Si l'on vous propose d'aller à la Piscine à Roubaix, ne pensez pas faire une quelconque trempette ! Cette piscine reconvertie en musée est un joyau de l'Art déco. C'est aussi un lieu unique car, à son origine en 1932, elle permettait d'offrir un lieu d'hygiène à des ouvriers vivant alors dans des conditions parfois difficiles. Elle apparaît alors comme un projet innovant alliant politique et sociale. Albert Baert, son architecture lillois, l'a pensée selon un esprit néo-byzantin. Il reprend le plan des abbayes cisterciennes avec un grand jardin claustral central, éclairé par des magnifiques vitraux symbolisant le soleil levant et couchant. Lieu d'hygiène mais aussi de loisirs, mélangeant toutes les classes sociales, La Piscine accueille même un salon de coiffure, des bains de vapeur et une laverie industrielle. Pour les Roubaisiens, La Piscine est souvent la seule sortie dans une ville qui connait une forte fracture sociale. Elle fut ouverte pendant plus de cinquante ans avant de devoir fermer ses portes en raison de sa voûte devenue trop fragile (au grand regret de bon nombre d'habitants). Ce n'est qu'en 2001 qu'elle rouvre avec un nouveau projet : devenir un musée. Son bassin transformé en jardin de sculptures et ses cabines de douche aménagées en vitrines en font un lieu aussi grandiose qu'insolite. Les collections ne sont vite agrandies avec un fort attrait pour ce nouveau lieu de la part de la Ville et du Cercle des Entreprises Mécènes de La Piscine. Agrandi en 2018, le musée continue d'attirer des milliers de visiteurs venus admirer ses collections. Céramiques, faïences, arts décoratifs, textiles, peintures et sculptures y sont sublimés. Dès l'entrée, on est subjugué par le style conservé d'une partie des cabines de vestiaires et de douches, tout comme l'ancien bassin. A ne pas manquer : le Panorama de la Grand-Place de Roubaix et la reconstitution de l'atelier du sculpteur Henri Bouchard. Le Parcours des Sens de Christian Astuguevieille est également remarquable. On découvre le musée autrement grâce à des expériences sensorielles. Là, on entend le bruit des baigneurs alors qu'ailleurs on attrape un petit papier parfumé qui nous plonge tout de suite dans l'atmosphère d'une œuvre. La Piscine, ce sont aussi trois saisons annuelles d'expositions surprenantes, des visites insolites, des ateliers et bien d'autres événements pour vivre l'art autrement. Le site Internet présente d'ailleurs en détail l'agenda des festivités. De quoi préparer votre visite pour en faire un beau moment de découvertes artistiques. Incontournable !

LA FERME DE L'EVEIL

38, rue de la Mairie
CAMBRONNE-LÈS-RIBÉCOURT ✆ 06 14 58 09 35
www.fermedeleveil.com
Visites 1er et 3e samedis du mois de 14h à 16h30. Entrée : 5 € par personne, sur réservation.

Dans cette ferme d'élevage et de production de volailles et de charolais, les enfants pourront tout l'été s'occuper des animaux, les nourrir, les câliner mais aussi découvrir le potager, la transformation de la toison des moutons, des chèvres et du poil de lapin angora, fabriquer de la confiture et plein d'autres choses encore. Il est possible de fêter son anniversaire. Les propriétaires proposent également des paniers de fruits et légumes provenant de producteurs locaux. Boutique de produits régionaux, confitures, sirops, plats préparés, produits en laine angora.

DOMAINE DE CHANTILLY

7, rue du Connétable - **CHANTILLY**
✆ 03 44 27 31 80
www.domainedechantilly.com
Gratuit jusqu'à 7 ans. Adulte : 17 €. Enfant (de 7 à 17 ans) : 13,50 €. Horaires sur le site. Restauration.

Le Domaine de Chantilly était la résidence du prince de Condé, puis du duc d'Aumale (1822-1897), le cinquième fils du roi Louis-Philippe. L'intérieur du château est composé des grands appartements des princes de Condé, des galeries de peinture présentant des œuvres illustres réalisées par Poussin, Ingres..., du cabinet des livres et des appartements du duc d'Aumale. La dynastie commande à Le Nôtre, des jardins à la française et fait bâtir les Grandes Écuries (véritable palais pour les chevaux), faisant du domaine un lieu de fêtes culturelles et gastronomiques.

MUSÉE CONDÉ ★★★

Château de Chantilly - **CHANTILLY**
✆ 03 44 27 31 80
www.domainedechantilly.com
Adulte : 17 €. Enfant : 13,50 € (7-17 ans). Pass domaine avec le spectacle équestre : de 24 à 30 €. Horaires sur site.

En matière de peintures anciennes du XVe au XIXe siècle, le musée situé dans le château de Chantilly occupe une place de choix après le Louvre, puisqu'il peut se targuer de posséder quatre Watteau, trois Delacroix, cinq Ingres et cinq Nicolas Poussin dont le très célèbre *Massacre des Innocents* qui a été restauré récemment. En tout, plus de 550 chefs-d'œuvre de la peinture française, italienne, flamande et anglaise sont exposés dans l'impressionnante galerie de peintures, la principale pièce du musée. Cette salle a fait l'objet elle aussi d'une belle restauration.

LE POTAGER DES PRINCES

17, rue de la Faisanderie
CHANTILLY
✆ 03 44 57 39 66
www.potagerdesprinces.com
Ouvert toute l'année, horaires variables selon les saisons. A partir de 8,50 €.

On se sent ailleurs au potager des Princes. Au fil des ambiances, la poésie nous transporte grâce aux mots et anecdotes inscrites ça et là sur les arbres. Le charme opère toujours, et on oublie assez vite que l'entrée n'est pas donnée pour accéder à ce jardin privé. Côté animations, les enfants sont ravis par les spectacles de Guignol, le petit parc animalier et le jeu de piste avec le chien de berger. Ce potager, devenu un élégant jardin avec cascades, est une initiative des incontournables princes de Condé et d'André Le Nôtre, et reprise par Yves Bienaimé.

LES MUSÉES DU SECOND EMPIRE ★★

Place du Général de Gaulle
COMPIÈGNE
✆ 03 44 38 47 02
www.palaisdecompiegne.fr
Horaires variables selon les saisons, adulte 7,50 €.

Ce n'est pas la plus belle partie du palais, mais elle est intéressante à visiter pour redécouvrir une période que l'on méconnaît. La diffusion en février 2020 d'un épisode de *Secrets d'histoire* consacré à Louis-Napoléon (fils de Napoléon III et de l'impératrice Eugénie) a remis en lumière cette période importante dans l'histoire de Compiègne. Au fil des pièces, des tableaux et des souvenirs, on retrace des épisodes liés à la famille impériale comme la mort tragique du prince, les chasses en forêt de Compiègne, le beau lit à baldaquin destiné à la visite (annulée) de Sissi... On mesure l'importance du palais à l'époque. Napoléon III et l'impératrice Eugénie laissent l'empreinte indélébile de leurs fréquents séjours avec les fameuses « Séries de Compiègne », périodes d'une semaine où une centaine de convives prestigieux sont logés au château. Au-delà de l'histoire, on s'attardera sur le luxe des écrins impériaux et insignes, ou le célèbre portrait de Napoléon III (peint par Alexandre Cabanel) que l'on retrouve dans tous les bons manuels. Notre coup de cœur est attribué au majestueux tableau *Eugénie entourée de ses dames d'honneur* de Franz Xaver Winterhalter.

MUSÉE DE L'ARCHERIE ET DU VALOIS ★

Rue Gustave-Chopinet
CRÉPY-EN-VALOIS
✆ 03 44 59 21 97 - www.musee-archerie-valois.fr
Ouvert de fin mars à mi-novembre.
Ouvert du mercredi au lundi de 14h à 18h.
Gratuit jusqu'à 26 ans. Adulte : 5 €.

On y découvre aussi bien des armes préhistoriques de plus de 10 000 ans, des arcs de « Peaux Rouges » ou le matériel high-tech utilisé par les champions olympiques... Des animations sont proposées au fil des mois, notamment pour les enfants (jeux médiévaux, contes, spectacles...). Les salles hautes du musée abritent une riche collection d'art sacré du Moyen Age au XIXe siècle. Le site offre également un beau point de vue sur le vallon de Saint-Agathe.

ABBAYE ROYALE DE CHAALIS

Domaine de Chaalis
FONTAINE-CHAALIS
✆ 03 44 54 04 02
https://www.domainedechaalis.fr
Ouvert 10h-18h. Plages horaires réduites pour le château-musée. Adulte : 10 €, réduit 7 €.

Jean-Jacques Rousseau est tombé sous le charme de cet endroit. Il est vrai que le site a de quoi séduire tous les publics, avec une abbaye cistercienne dont les ruines restent élégantes, une chapelle du XIIIe siècle ornée de belles fresques et une superbe roseraie. Pour voir la floraison à son apogée, venez mi-juin aux journées de la rose. De mars à novembre, des ateliers des parfums permettent de réaliser des eaux de parfums à emporter. Le Musée Jacquemart-Andréles expose les œuvres de Giotto, Van Loo, Boucher, ou encore Largillière.

GRIMP À L'ARB ★★★

Annexe Maison Forestière des Étangs de Saint-Pierre - **PIERREFONDS**
✆ 03 44 86 45 98
www.grimpalarb.fr
Ouverture le 19 mars 2022.
Tarifs complets en ligne.

Aller d'arbre en arbre en marchant sur un pont de singe, descendre en tyrolienne à plusieurs mètres au-dessus du sol sur 140 mètres, avancer sur des poutres en mouvement… Ce site, au milieu de chênes centenaires, propose 13 parcours bien adaptés à tous les âges ou presque. Une initiation est dispensée à tous les aspirants grimpeurs, on peut donc pratiquer en famille ou entre amis. Attention, prévoyez toutefois qu'un adulte reste auprès des enfants pour les surveiller. Pour prolonger la journée, des aires de pique-nique et de barbecue sont à votre disposition.

CHÂTEAU DE PIERREFONDS ★★★

Rue Viollet-le-Duc - **PIERREFONDS**
✆ 03 44 42 72 72
www.chateau-pierrefonds.fr
Basse saison : 10h-17h30.
Haute saison : 9h30-18h. Adulte : 8 €.
Tarif réduit : 6,50 €. Accès au parc gratuit.

Quand vous apercevrez le château après avoir traversé la forêt de Compiègne, vous direz sans doute qu'il sort tout droit d'un conte de fées ou d'un décor de film. Vous n'aurez pas vraiment tort puisque Walt Disney s'en inspira pour *La Belle au bois dormant*. Il s'agit d'un ancien château fort dont la création fut ordonnée par Louis d'Orléans en 1393. Il résiste à deux tentatives d'assaut de l'armée royale, mais le siège livré par Richelieu sur ordre de Louis XIII (1617) lui est fatal. Napoléon Ier rachète Pierrefonds en 1811, mais c'est Napoléon III qui lui redonne une seconde vie. Il confie sa restauration à l'architecte Viollet-le-Duc, connu pour ses grands chantiers comme Notre-Dame de Paris. C'est ce curieux mélange de forteresse et d'architecture élégante du XIXe siècle qui donne au château sa singularité romantique. A l'intérieur, on retrouve des salles élégantes au milieu de structures massives. Les équipes du château ont également ajouté des touches de modernité, avec une application de visite « la ménagerie fantastique » (pour découvrir le château en famille en compagnie d'animaux fantastiques) et une table tactile permettant une approche ludique. Si vous n'avez pas le temps de visiter l'intérieur, faites le tour du château par le parc (accès gratuit). Sur le parcours vous observerez des lance-pierres conservés en l'état. Une fois en haut, la vue sur le château, le village, l'étang et la forêt vaut le coup d'œil ! Un monument historique à ne pas manquer de découvrir et d'explorer.

FERME DE LARRIS

854, rue de Larris
PONCHON
✆ 06 25 40 62 89
Haute saison ouvert du mardi au samedi de 10h30 à 16h. Adulte : 4 €. Enfant : 6 € avec un sachet de nourriture.

Alexandra, éducatrice de jeunes enfants, vous accueille à la ferme qu'elle fait visiter ou vous laisse libre. Elle propose des animations variées adaptées à chaque âge, des journées festives, en lien avec la nature, l'environnement, les animaux, les fruits et légumes de saison. Aide au nourrissage. Chasses au trésor et aux œufs, carnaval, Halloween. Ainsi que des ateliers ludiques comme la fabrication d'un moulin à vent, d'un épouvantail, d'un bonhomme gazon, d'une mangeoire à oiseaux et tout cela à partir de matériel de récupération. Séances de médiation animale.

EUROLAC

1 098, rue du Lac - **ARDRES**
© 03 21 35 13 91
www.eurolac-ardres.com
Fermé du 10 oct au 1er mars.
En juillet et août : 7j/7 13h-18h30. 1 ticket 2,50 €, 10 tickets : 18 €, 20 tickets : 30 €.

Eurolac est un vaste parc d'activités et de loisirs qui donne sur un lac de 64 ha. Les enfants pourront s'y essayer à l'art de la navigation grâce aux divers bateaux électriques, aussi bien des reconstitutions de ferrys que de chalutiers. Parmi les autres attractions, des jeux gonflables, des bateaux à pédaliers, des manèges, des baby boules, une pêche aux canards ou encore des bateaux tamponneurs... Ici il y a de quoi s'amuser des heures durant ! Le site propose également un restaurant panoramique avec vue sur le lac d'Ardres, et une friterie.

AZINCOURT 1415 ★★

24, rue Charles-VI
AZINCOURT
© 03 21 47 27 53
http://azincourt1415.com
Mercredi-lundi 9h-17h30. Adulte : 3 €.
Enfant (de 5 à 16 ans) : 2 €.

La bataille d'Azincourt a eu lieu le 25 octobre 1415, pendant la guerre de Cent Ans. Les soldats français tentent de barrer la route à l'armée anglaise. Une défaite cuisante s'ensuit. Pourtant beaucoup plus nombreux, les Français comptent sur leur cavalerie qui s'enlise dans un terrain boueux. Les Anglais misent sur de grands arcs à longue portée. Cet affrontement a été considéré comme la fin de l'ère de la chevalerie. Plus que l'exposé de cette bataille, le tout nouveau centre historique montre l'impact de la guerre de Cent Ans sur les générations qui ont suivi.

CANOE-KAYAK CLUB DE BERCK

BERCK © 07 55 62 62 50
canoekayakclubberck.e-monsite.com
Les activités club fonctionnent toute l'année.
Entrée : 8 €. Plein tarif 30 € pour environ deux heures en mini-groupe.

Depuis 1969, le Canoë-kayak Club de Berck ravit les sportifs amoureux de la mer. Grâce à lui, vous pourrez faire de très nombreuses découvertes quels que soient votre niveau et vos envies : dessalage, esquimautage, manœuvre des kayaks, randonnée en mer et rivière, école de pagaie en piscine, sorties kayak en mer, rivière et plan d'eau, paddle, compétition en mer... Vous serez toujours accompagné d'un moniteur diplômé. Les activités sont prévues en fonction des marées et de la météo.

RENCONTRES INTERNATIONALES DE CERFS-VOLANTS

Sur la plage
BERCK
www.cerf-volant-berck.com
Du 23 avril au 1er mai 2022. Gratuit.

Voilà un spectacle populaire et très photogénique aux premiers beaux jours de la saison. Depuis 35 ans, c'est aussi le rendez-vous des cerfs-volistes professionnels qui maîtrisent des figures compliquées à pleine vitesse par équipes ou en solo. Les amateurs pourront en profiter pour apprendre à construire et à faire voler leur cerf-volant. Egalement, nombre d'animations pour les enfants. Attention, réservez votre hébergement à l'avance, les hôtels sont souvent bondés !

RENCONTRES INTERNATIONALES DE CERFS-VOLANTS

Place du 8 Mai 1945 - **BERCK** © 03 22 26 96 96
www.chemindefer-baiedesomme.fr
D'avril à septembre. Billet A/R à 15 € (adulte), 11 € (4-16 ans). Gratuité -4 ans.
Horaires et tarifs sur le site.

Le fameux chemin de fer de la baie de Somme, réseau des Bains de Mer depuis 1887, fait aussi escale à Cayeux-sur-Mer. L'occasion de découvrir sur une trentaine de kilomètres la baie autrement en cheminant entre mollières et marais, jusqu'à Saint-Valery-sur-Somme et Le Crotoy, dans une ambiance Belle Époque. Dans la gare, une jolie boutique vous attend pour faire le plein de souvenirs. Un voyage dans le temps et un immanquable absolu lors d'un voyage dans la région !

CITÉ DE LA DENTELLE ET DE LA MODE DE CALAIS ★★

135, quai du Commerce - **CALAIS** © 03 21 00 42 30
www.cite-dentelle.fr
Saison haute (1er avril-31 octobre) : 10h à 18h sauf le mardi. Collections permanentes et temporaires : 7 €.

Située dans le quartier Saint-Pierre, cœur historique de la dentelle de Calais, la Cité de la dentelle et de la mode a été aménagée dans une usine authentique, typique des années 1870. Les collections sont réparties dans six galeries où sont évoqués les savoir-faire et les techniques, l'histoire économique et sociale, les usages mais aussi les aspects les plus contemporains de la dentelle (mode, design, arts appliqués…). Tous les secrets de fabrication sont dévoilés au visiteur.

NAUSICAÀ ★★★

Boulevard Sainte-Beuve - **BOULOGNE-SUR-MER**
© 03 21 30 98 98
www.nausicaa.fr
Haute saison ouvert tous les jours de 9h30 à 20h. Adulte à partie de 28 €. Enfant de 3 à 12 ans à partir de 21,50 €.

Nausicaà est le plus grand aquarium d'Europe avec 10 millions de litres d'eau, 60 mètres de long sur 35 mètres de large, où se côtoient 1 600 espèces, dans plus de 17 000 m³ d'eau. Pendant une journée, venez découvrir tous ses secrets et ses trésors à travers deux parcours immersifs et ludiques. Le site est entièrement dédié à la découverte et à la sensibilisation de la protection de l'univers marin, en reproduisant l'île de Malpelo au large de la Colombie, qu'ils soutiennent aussi afin d'y préserver la biodiversité. Véritable tour du monde, depuis la mer du Nord, la Méditerranée, les Tropiques, en passant par les côtes californiennes, la forêt immergée, peuplée de caïmans et de poissons d'eau douce. Émerveillez-vous en entendant le chant des oiseaux tropicaux, et découvrez les piranhas, caïmans, raies, arawanas et arapaïmas qu'abrite la forêt. Ne manquez pas l'exposition Marina, où, au travers des jeux, des expériences et des découvertes, vous comprendrez l'importance de l'océan dans notre vie quotidienne. Entrez en contact avec les lions de mer dans un tunnel de verre. Vous pourrez les observer dans un bassin d'un million de litres d'eau, donnant l'impression d'être immergé dans l'océan. Puis, remontez à la surface pour voir ces animaux exceptionnels, dans la reconstitution de leur habitat, entre falaises et constructions en bois. Guidés par les soigneurs, ils s'élancent pour leur entraînement physique ou médical, permettant de veiller sur leur épanouissement physique et mental. Montez à bord de la *Thalassa* pour vivre une expérience unique d'une campagne océanographique, à bord d'un navire de l'Institut Français de Recherche pour l'Exploitation de la Mer, l'*Ifremer*. De l'embarquement à quai jusqu'à la cabine, du trait de chalut jusqu'à la salle de tri du poisson, appréhendez le travail des scientifiques à bord, en découvrant les différents espaces de la Thalassa reconstitués en taille réelle, assis sur les gradins, devant une baie vitrée de 100 m², offrant une vision incroyable sur le paysage marin de la haute mer. Inspiré par l'île de Malpelo, située au large de la Colombie, vous observerez la raie manta évoluant au milieu des bancs de poissons, ainsi qu'une quarantaine d'espèces de poissons, requins et raies, points d'attraction majeurs de l'exposition Voyage en Haute Mer. Plongez dans L'œil du Climat, pour un spectaculaire voyage sur 430 m² de projection du sol aux murs et une immersion sonore, pour vivre les effets du réchauffement climatique. Une immersion pour comprendre votre pouvoir d'agir au quotidien.

OPALAVENTURE

Chemin des Bateaux - **CAMIERS**
© 06 81 64 23 42
www.opalaventure.com
7j/7 pendant les vacances et en juillet et août. Départ entre 9h30 et 15h30. Parcours adulte : 24 €. Enfant : 15 €.

Insolite et créatif, ce parcours aventure vous défiera de gagner les cimes… Oserez-vous pédaler dans le vide ou surfer sur les branches ? Vous pourrez choisir entre onze parcours plein air, ludiques et sportifs, qui contenteront toute la famille. Les amateurs de sensations fortes seront comblés avec les parcours incluant saut de vingt mètres et snowboard volant. Opalaventure, c'est aussi l'apprentissage du respect de la nature : tout y est conçu pour éviter les atteintes à l'écosystème de la Côte. Bouffées d'adrénaline garanties dans un environnement sauvage.

CHÂTEAU D'HARDELOT ★★

1, rue de la Source - **CONDETTE** © 03 21 21 73 65
www.chateau-hardelot.fr
Ouvert du mardi au dimanche de 10h à 12h30 et de 13h30 à 18h. Pendant l'hiver, l'accueil du site ferme à 17h15.

Lors de votre visite d'Hardelot, vous apprécierez sûrement son château ! Sur les vestiges d'un château du XIe siècle, un manoir fut bâti au XIXe, que l'on restaura en 2014 après que le site fut devenu le siège de l'Entente cordiale franco-anglaise. C'est dire la richesse des lieux ! Un dialogue autour des relations des deux pays au travers des siècles se noue au cours de la visite : le mobilier et les pièces exposées célèbrent cette tumultueuse amitié. Autour de la bâtisse s'étendent des jardins anglais et des jardins de la Renaissance. Au total, six bosquets ont été conçus selon des styles différents (François Ier, Henri VIII, etc.). Depuis 2015, le Centre Culturel de l'Entente cordiale est doté d'un théâtre élisabéthain, seule salle de ce type en France. Le projet, réalisé par l'architecte Andrew Todd, a reçu l'approbation de la reine Elizabeth II lors d'une visite en France en 2014. Cette salle de 400 places permet d'accueillir une programmation artistique variée.

Un salon de thé vous permettra de vous poser un instant lors de cette très riche visite. Ici aussi, on n'oublie pas le clin d'œil à nos amis britanniques, puisque l'on y sert quelques gourmandises originaires d'outre-Manche. Envie d'un *tea time* ? C'est ici que vous pourrez passer un agréable moment. Plutôt envie de vous dépenser ? Suivez la Becque pour rejoindre les Dunes d'Ecault.

Bon à savoir : sur place, un parking à vélos vous permettra de laisser votre deux-roues pour aller vous promener jusqu'à la plage ou dans les dunes.

LE LOUVRE - LENS ★★★

99, rue Paul-Bert - **LENS**
✆ 03 21 18 62 62
www.louvrelens.fr
Ouvert du mercredi au lundi et les jours fériés de 10h à 18h (dernière visite à 17h15). Parc ouvert tous les jours.

Le Louvre-Lens a été inauguré en décembre 2012 et s'est brillamment implanté dans l'ancien bassin minier du Nord-Pas-de-Calais. En quelques années, il est devenu le deuxième musée régional le plus visité. Ce bâtiment de verre et de lumière a été conçu par le cabinet d'architectes japonais Sanaa et abrite une sélection d'œuvres prestigieuses du tout aussi prestigieux Louvre-Paris. L'espace phare du musée ? Sa remarquable « Galerie du Temps ». Sur 3 000 m² d'un seul tenant de 120 mètres s'y découvrent 5 000 ans d'Histoire (de l'invention de l'écriture au milieu du XIXe siècle) et d'histoires. Malgré l'absence d'ouverture sur l'extérieur, cet étonnant espace possède une atmosphère apaisante. Les œuvres sont bien espacées, ce qui permet une déambulation fluide au gré des trésors qui se portent à l'œil du visiteur. L'application du musée vous permet également d'en apprendre plus sur les œuvres et de bénéficier de nombreuses fonctionnalités. Chaque année, à la date anniversaire de sa création, le musée renouvelle les œuvres présentées et permet au visiteur de découvrir de nouveaux trésors à chacune de ses visites. Dans son prolongement, le Pavillon de verre, baigné de lumière naturelle, invite à une pause face au parc aménagé par la paysagiste française Catherine Mosbach. Le centre de ressources, très fourni, au cœur du hall d'accueil permet de s'approprier pleinement les lieux pour celles et ceux qui le souhaitent. Des expositions temporaires sont régulièrement programmées. En 2021, c'était la richesse des œuvres de Pablo Picasso qui a permis de se replonger dans les œuvres de ce maître incontesté de l'art et de découvrir la force des liens noués entre Picasso et le Louvre. Le Louvre-Lens s'adresse également tout particulièrement aux enfants et aux familles avec un accueil adapté et des visites guidées à partir de 9 mois (!). Lieu de culture et de découvertes, le Louvre-Lens est aussi un lieu de gastronomie ! Le chef étoilé (et originaire de la région !) Marc Meurin y a installé son atelier. Là, il invente une cuisine audacieuse, élégante et savoureuse. Avis aux esthètes gastronomes donc ! Et parce qu'il faut toujours penser futé, voyagez en train et demandez le pass transport Louvre-Lens lors de la réservation de votre billet. Ce pass comprend un aller-retour dans la même journée à destination de Lens au prix d'un aller simple sur présentation du billet d'entrée au musée pour le trajet retour. Le transfert entre la gare de Lens et le musée se fait grâce à une navette gratuite qui assure deux trajets par heure.

BAGATELLE ★★

RD 940 - **MERLIMONT**
✆ 03 21 89 06 38
www.parcbagatelle.com
Ouvert du 12 juin au 26 sept. Ouverture du parc à 10h (attractions à 10h30). Tarif : adulte 26,90 €. Carte saison 71 €.

Ouvert en 1955, Bagatelle est le parc d'attractions le plus vieux de France. On y va de générations en générations ! C'est un parc familial avec 35 attractions pour tous repartis sur 26 hectares de nature. En été, il est d'ailleurs facile et appréciable de trouver un coin d'ombre pour se poser. Bagatelle sait se renouveler s'adapter aux goûts des clients. Il propose sans cesse des nouveautés. En 2021, tentez Woodies, la nouvelle attraction pour ceux qui ont le cœur bien accroché ! Sensations garanties ! Ou plus au calme allez voir la ferme des petits animaux.

LA COLLINE AUX ANIMAUX

Route de Belle - **WIERRE-EFFROY**
✆ 06 28 02 59 85
Haute saison tous les jours de 10h à 18h. Basse saison du mardi au dimanche de 10h à 12h et de 14h à 17h. Entrée : 4 €.

En pleine nature, dans un site magnifique, venez profiter d'un parcours de découverte entre pâtures en pente, mare et étable, au milieu des animaux familiers que vous pourrez approcher au plus près. Anes, chèvres, cochons, lapins et volailles et d'autres plus atypiques, lamas, highlands, irishs-cobs. Visite guidée avec nourrissage de certains animaux et possibilité de faire une balade à poney. Petit goûter sur place. Possibilité de temps en temps d'acheter des animaux élevés sur place et nourris aux grains ainsi que des animaux d'ornement. Accueil des scolaires.

PLAGE DE WIMEREUX ★

WIMEREUX
✆ 03 21 83 27 17
Accès libre.

On devrait plutôt parler des plages de Wimereux, plus ancienne station balnéaire de la Côte d'Opale. La plus populaire de celles-ci est, sans conteste, celle du centre. Cette plage de sable fin, ou, par endroits, de galets (au niveau du centre nautique), est surveillée en été, idéale pour la baignade des enfants. De plus, on peut déambuler sur sa digue-promenade, et profiter du spectacle offert par ses nombreuses villas 1900. Plus au nord, en direction d'Ambleteuse, vous trouverez les plages du Nord et les Dunes de la Slack (à l'embouchure de la Slack).

www.petitfute.com
1er site d'information touristique
GUIDES DE VOYAGE
ADRESSES ET AVIS
EXPÉRIENCES
IDÉES DE SÉJOURS
JEUX CONCOURS
BONS PLANS
PLUS D'INSPIRATION SUR
petit futé
© FREDERICK DOERSCHEM - SHUTTERSTOCK.COM / © SERATO - SHUTTERSTOCK.COM

FESTIVAL INTERNATIONAL DE JARDINS | HORTILLONNAGES AMIENS

43, chemin de Halage (à pied) - **AMIENS**
✆ 06 78 53 55 92 - www.artetjardins-hdf.com
Du 26/05 au 16/10/2022. Juillet-août tlj ; les autres mois mer.-dim. Parcours à pied gratuit, en barque payant sur résa.

Au fil de ses 13 éditions, ce festival a accueilli plus de 400 000 visiteurs venus admirer des œuvres éphémères réalisées par des paysagistes, architectes et artistes plasticiens au milieu de ces jardins maraîchers si emblématiques de la ville d'Amiens ! A pied ou en barque, profitez de performances poétiques, en faisant des escales sur des îles que se sont appropriés les artistes, comme l'île aux Fagots, la presqu'île Robinson ou l'étang de Rivery.

LES HORTILLONNAGES

54, boulevard de Beauvillé - **AMIENS**
✆ 03 22 92 12 18 - www.hortillonnages-amiens.fr
Visite gratuite en balade.
Visite en bateau payante, voir le site Internet.

C'est d'abord le calme et le silence qui frappent le visiteur. La lumière varie selon l'endroit ou selon l'heure et ajoute beaucoup à l'atmosphère toute particulière du lieu. Ces 300 hectares de jardins sur l'eau auraient pu inspirer les grands peintres impressionnistes. La visite s'effectue à bord d'une barque traditionnelle. Le guide fait généralement découvrir la faune et la flore du site tout en commentant le paysage qui défile sous nos yeux. 55 km de rieux traversent ces petits îlots de terres fertiles situées au cœur de l'agglomération. Ces anciens marais existent depuis l'époque gallo-romaine, mais la culture maraîchère a réellement pris son essor au XIXe siècle et perdure encore aujourd'hui.

LES MÉDIÉVALES AU BORD DE L'EAU

Quartier Saint-Leu
AMIENS
✆ 06 28 58 42 66
www.medievales-amiens.fr
Début septembre. Gratuit. Restauration. Marché et défilé médiéval, spectacles.

Cette jolie fête médiévale populaire a su trouver son public avec près de 80 000 visiteurs chaque année. Quel plaisir de voir perdurer les traditions dans l'emblématique quartier Saint-Leu ! La soupe aux hortillons est fidèle au poste. Des défilés de chevaux aux joutes aquatiques en passant par les impressionnants cracheurs de feu, de nombreuses animations sont organisées. Les enfants seront les premiers émerveillés mais les adultes en auront aussi plein les yeux.

MUSÉE DE PICARDIE ★★

2, rue Puvis de Chavannes - **AMIENS**
✆ 03 22 97 14 00
www.museedepicardie.fr
Fermé le lundi. Adulte : 7 €. Tarif réduit : 4 €. Gratuit le premier dimanche du mois.

Conçu en 1867 sur le modèle du Louvre de Napoléon III, le Musée de Picardie fut le premier bâtiment en France destiné à être un musée et servit même de modèle pour d'autres villes. Le musée accueille des sculptures, des peintures et des objets d'art de l'époque médiévale et d'autres allant du XVIe au XXe siècle. C'est au peintre Puvis de Chavannes que l'on doit les peintures qui ornent l'escalier d'honneur et les galeries du premier étage. La nouvelle configuration et la muséographie contribuent à mieux valoriser les 3 000 œuvres qui vous attendent à l'intérieur.

FERME SUCRINE ET FÉCULINE ★★★

18, rue Edouard-Ruelle
BLANGY-TRONVILLE
✆ 03 22 38 18 97
Fermé de mi-novembre à avril.
Ouvert tous les jours sur réservation.

A côté d'Amiens, la ferme de Sucrine la betterave et Féculine la pomme de terre est un arrêt ludique et didactique pour les familles. Ici, on découvre une agriculture raisonnée ainsi que la petite faune que l'on protège pour une harmonie respectée. Dominique et Ariane vous présenteront Abricot le poney, Albâtre le dindon ou encore Pollux le mulet. Pour les plus grands, l'endroit est idéal pour comprendre l'impact de l'urbanisation ainsi que les bienfaits des énergies renouvelables. Ils proposent en permanence des ateliers sur les thèmes de l'alimentation de la graine à l'assiette, autour du poney ou du cheval, à la découverte de Féculine, les animaux présents à la ferme, le compost et ses petites bêtes, l'écomusée des vieux outils, l'agriculture raisonnée, l'agriculture périurbaine et la lecture de paysage. Des ateliers au fil des saisons, sur le thème du blé au pain, l'histoire du sucre, de la betterave au caramel, assistez à la transformation de Sucrine en délicieuses pastilles de caramel. Les fruits se transforment en confitures en commençant par la cueillette des fruits, grappillage autorisé ! Préparez le jus et le boulé à l'aide d'une machine, mélangez les deux et comme par magie la confiture se réalise. N'oublions pas de goûter à chaque étape, et dans le jardin aromatique entre senteurs et surtout anecdotes, écoutez bien Dominique ! Laissez-vous conter l'histoire de ses plantes fabuleuses et tentez de fabriquer de la potion magique comme au temps des Romains.

HAUTS-DE-FRANCE

ESCAP'ÂNES

11 bis, rue de Bretel - **BOISMONT**
✆ 03 22 26 70 90 - www.escap-anes.fr
A partir de 23 € pour une randonnée de 2h. Sur devis pour une escapade de trois jours. Accueil PMR. Gîte.

Découvrez la baie de Somme comme vous ne l'avez jamais vue ! Abricot, Bella, Gudule ou Rodéo, des ânes au caractère amical, parfois têtus, mais toujours attachants, vous accompagneront lors de vos balades. Plusieurs randonnées sont proposées, entre 4 km pour découvrir la pointe du Hourdel à 34 km pour les plus téméraires souhaitant bivouaquer avec leur compagnon. Mais attention pas d'incompréhension : ce sont bien des randonnées pédestres qui sont proposées – l'âne ne pouvant supporter que des charges légères. À noter que Escap'Ânes proposc également un gîte.

CITÉ SOUTERRAINE DE NAOURS ★★

5, rue des Carrières - **NAOURS** ✆ 03 22 93 71 78
http://citesouterrainedenaours.fr
10h-18h30 juillet-août, le reste de l'année 17h30 et fermé le lundi. Fermé décembre-janvier. Adulte 11 €, enfant 7 €.

Plongez dans un autre monde en entrant dans la plus grande cité souterraine connue : un réseau de galeries aménagées de plus de 2 kilomètres où se déploient un village, une chapelle, des monuments… A travers l'audioguide (dont une version adaptée aux enfants), laissez-vous emporter dans ces souterrains occupés pour échapper aux invasions, du Moyen Age au XVIIe siècle. En surface, les familles apprécieront le parc de jeux de 10 hectares. Une visite à ne pas rater !

LE PARADIS KONYKA ★

Hameau de Milly - **DOULLENS**
✆ 06 30 63 05 75
www.paradis-konyka.fr
Ouvert toute l'année. Basse saison mercredi, week-end de 14h30 à 18h. Haute saison du lundi au dimanche de 14h30 à 18h.

Annick et Antoine proposent une découverte ludique de leurs écuries, pour vous rendre incollable sur la vie des animaux de la ferme. Ils possèdent 25 espèces d'équidés, soit une soixantaine d'animaux coulant des jours heureux en pleine nature. Vous verrez aussi la quarantaine de chèvres et les sept espèces de moutons, des vaches, des poules et des lapins. La visite se déroule librement au fil de panneaux synthétiques permettant d'apprendre les informations essentielles. Ils organisent des ateliers pédagogiques pour les groupes ainsi que des balades à poney.

HISTORIAL DE LA GRANDE GUERRE ★★

Château de Péronne - **PÉRONNE** ✆ 03 22 83 14 18
www.historial.org
Ouvert tous les jours (fermé le mercredi du 1/11 au 31/03). Billet 10 € (12 € avec Thiepval). Gratuité moins de 7 ans.

Bâtiment moderne, l'Historial se dote de moyens techniques pour exposer les phases du conflit à travers une étude de documents, des archives, des uniformes, etc. L'espace est divisé en cinq parties où vous serez tour à tour confronté à la situation des principaux pays pendant la période de l'avant-guerre, à une description de la première partie de la guerre entre 1914 et 1916, à l'entrée des Américains dans le conflit, à l'après-guerre, et bien entendu à la bataille de la Somme.

RÉSERVE ORNITHOLOGIQUE

2, rue du Touvent - **GRAND-LAVIERS**
✆ 06 08 16 50 86
www.reserve-grand-laviers.fr
Ouvert toute l'année, tous les jours de 10h à 17h (19h en haute saison) Adulte : 8 €. Enfant (de 8 à 16 ans) : 4 €.

Reconvertir une quarantaine d'hectares de friches et de bassins, hérités de l'ancienne sucrerie de Grand-Laviers, en véritable cocon pour les oiseaux migrateurs fut le pari de la Fédération départementale des chasseurs de la Somme. Le rêve est devenu réalité et la réserve abrite aujourd'hui une multitude d'espèces que vous avez l'occasion de découvrir lors de différents parcours, libres ou guidés. Ce paradis ornithologique est devenu un incontournable pour les amateurs de grand air et de nature et constitue une très belle sortie, seul ou en famille !

ABBAYE ROYALE ET ABBATIALE ★★★

Place de l'Eglise
SAINT-RIQUIER
✆ 03 60 03 44 70
abbaye-saint-riquier.fr
Ouvert toute l'année. Tarifs complets en ligne.

L'ancienne abbaye bénédictine de Saint-Riquier, fondée au VIIe siècle, propose des expositions et un festival de musique classique réputé. L'abbatiale illustre également toutes les étapes du gothique flamboyant picard qui fait la fierté des Centulois (habitants de Saint-Riquier). Dotée d'une riche décoration et d'un mobilier luxueux, la trésorerie recèle des peintures murales extraordinaires. Le parc, d'environ 3 hectares, est en accès libre et offre des installations temporaires.

ILE-DE-FRANCE

L'Ile-de-France, c'est Paris bien évidemment, mais pas seulement ! Ce sont également les Hauts-de-Seine, la Seine-et-Marne, la Seine-Saint-Denis, le Val-d'Oise, le Val-de-Marne et les Yvelines. Six départements et une capitale qui font de cette région un véritable bijou à polir pour découvrir un foisonnement de trésors architecturaux, de lieux classés aux patrimoines national et mondial, de musées incontournables et d'échappées vertes au coeur d'une nature qui sait être présente et préservée. L'offre concernant la culture et les loisirs, qu'ils soient artistiques ou sportifs, sont nombreux et peuvent satisfaire petits et grands. Vous apprécierez bien sûr tous les lieux emblématiques de la région, mais en étant curieux, vous trouverez pléthore de petites pépites qui valent tout autant le détour, et notre guide saura vous mettre l'eau à la bouche avec des adresses sélectionnées pour des vacances franciliennes surprenantes !

L'ECLIMONT ET SES LAMAS

Hameau de Fontenette - **ABBÉVILLE-LA-RIVIÈRE**
✆ 01 64 95 67 18
www.pechemouche-eclimont.fr
Ouvert du lundi au samedi. Entrée : 10 €. Enfant de moins de 3 ans : 3 €. Visite sur réservation.

C'est dans le cadre verdoyant et paisible d'Eclimont, bien connu pour son parcours de pêche à la mouche sur le réservoir du moulin, que les jeunes et moins jeunes pourront se promener avec des lamas dans les sous-bois le long de la rivière tout en remontant jusqu'aux différentes sources. Ces animaux se laisseront câliner comme les lapins et les cochons d'Inde. Isabelle est intervenante en médiation animale. Aire de pique-nique et barbecue. Egalement à disposition des tables intérieures, micro-ondes, four traditionnel et pour ceux souhaitant apporter leur déjeuner.

CENTRE INTERNATIONAL DE KARTING

22, rue de la Chapelle
ANGERVILLE
✆ 01 69 95 00 00
www.askangerville.fr
Ouvert toute l'année, tous les jours. Restaurant.

C'est d'un des plus grands complexes karting européens, alliant loisirs et compétition. Haut lieu du karting professionnel, le circuit de Villeneuve à Angerville accueille régulièrement des compétitions internationales. Une piste pour les loisirs est proposée aux amateurs. N'hésitez pas à contacter le circuit afin de vous assurer de la disponibilité de la piste avant de vous rendre à Angerville. Longue d'environ un kilomètre, cette piste offre de très belles sensations !

CANOË-KAYAK CLUB ARPAJONNAIS

1 bis, rue Marcel-Duhamel
ARPAJON
✆ 06 83 71 43 60
www.canoe-essonne.org
Ouvert toute l'année.

Amateurs de nature et d'eau fraîche ? Vous trouvez ici différentes propositions de randonnées en canoë, loisir nature au fil de l'eau. Vous avez également la possibilité de pratiquer le stand-up paddle. Ce club, fort de moniteurs compétents, abrite une école de pagaie pour une formation complète en eau calme, en eau vive et en mer, avec des séances en piscine pour l'esquimautage, des passages de diplômes... Optez pour le parcours aventure de 15 km sur l'Essonne avec pique-nique.

CHÂTEAU ET PARC DU SAUSSAY

Avenue Guillemette de Bourbon Busset
BALLANCOURT-SUR-ESSONNE ✆ 01 64 93 28 05
www.tourisme-essonne.com
Ouvert d'avril à fin septembre.
En août, seul les jardins sont ouverts. 4,50 € et 7 € selon les saisons.

Le domaine du Saussay a la particularité de posséder deux châteaux jumeaux. Les intérieurs de l'aile visitable vous permettront de découvrir, notamment, une magnifique bibliothèque Colbert. Le parc combine quant à lui les caractéristiques des jardins à l'anglaise et la rigueur des jardins à la française. Il est doté de grandes perspectives et de plusieurs plans d'eau. Un cadre sublime, lieu de plusieurs tournages pour le cinéma, qui mérite vraiment qu'on s'y arrête.

MUSÉE « À LA RENCONTRE DES VIEUX MÉTIERS » ★

55, rue Haute
BOURAY-SUR-JUINE
✆ +33 7 49 10 02 33
www.musee-bouray.fr
Fermé du 1er au 31 juillet et du 1er décembre au 31 janvier.

Le musée est une très belle rencontre avec des métiers qui ont disparu ou qui sont en voie de disparition. Quatre mille objets et outils vous feront revivre des métiers anciens. Au fil des salles, vous découvrirez le travail du forgeron, du maréchal-ferrant, de l'apiculteur et du boulanger, du sabotier ou du bûcheron. On traverse également une laiterie, on passe devant les pompiers avec leur pompe à bras ou encore chez les couturières et les tricoteuses.

ÉLEVAGE LA DOUDOU

8, chemin du Cimetière - **CHEPTAINVILLE**
✆ 01 64 56 96 96
www.la-doudou.com
Ouvert du mardi au jeudi de 10h à 12h30 et de 14h à 19h, vendredi et vendredi et samedi de 10h à 19h, et dimanche.

Dans cet élevage traditionnel de 60 chèvres de race Alpine et Saanen, de vaches laitières et de vaches allaitantes, vous pourrez voir des chevaux, des ânes, des lapins et la basse-cour. C'est à la fois une ferme pédagogique comprenant un musée sur le patrimoine agricole local et un labyrinthe végétal de maïs, dans un champ de 4 hectares. Muni d'un questionnaire, vous devrez retrouver les panneaux et répondre aux questions pour trouver le bon chemin. Il est saisonnier et dépend de la culture de maïs. Assistez à la cuisson du pain et de la brioche au four à bois.

VIADUC DES FAUVETTES

site d'escalade
GOMETZ-LE-CHÂTEL
Ouvert toute l'année.

Le viaduc des Fauvettes se situe dans un vallon verdoyant et sauvage entre forêt de châtaigniers et prairies. Construit au début du XXe siècle, il s'agit d'un viaduc ferroviaire désaffecté depuis la guerre de 1939-1945 sur lequel passe désormais un simple chemin de randonnée. L'édifice compte 11 piliers de meulière d'une quarantaine de mètres de haut ce qui en fait le site le plus haut de l'Île-de-France. Fermé depuis 1997, il a été rouvert en 2004 à la pratique de l'escalade et de la spéléologie. Un trail y est organisé chaque année en octobre.

FERME PÉDAGOGIQUE DE LA GRANGE AUX MOINES

3, route de Melun
LA FERTÉ-ALAIS
✆ 01 64 57 71 75
Haute saison ouvert du lundi au vendredi de 10h à 19h, week-end et jours fériés de 12h à 19h. Gratuit. Boutique.

Située au cœur du Parc naturel régional du Gâtinais français, cette ferme permet d'approcher vaches, chevaux, chèvres, brebis, volailles et lapins. Observez-les dès la naissance et leurs premiers jours. Jeux de piste et d'orientation. Des ateliers pédagogiques permettent de découvrir l'organisation des cultures, faire du beurre, de la farine et du pain. Une boutique permet de s'approvisionner en produits du terroir et une salle de pique-niquer à l'abri. Nouvelle aire de jeux.

CHÂTEAU DU MARAIS

21, Rue du Marais - **LE VAL-SAINT-GERMAIN**
✆ 01 64 58 91 33
chateaudumarais.com
Les dimanches et jours de fêtes 14h-18h30, 15 mars-15 novembre. 8 €, gratuit moins de 12 ans.

Le château du Marais se trouve sur un site précédemment occupé par le château fort des Hurault, et dont sont conservés les douves et le donjon. Edifié à la fin du XVIIIe siècle par l'architecte Jean Benoît Vincent Barré, pour Jean Le Maître de La Martinière, ce château est l'un des plus remarquables exemples de style Louis XVI en région parisienne. Son parc de 35 ha, dessiné dans les années 1900, est jalonné d'arbres séculaires et marqué par un superbe miroir d'eau long de 550 mètres. Le musée Taleyrand rend hommage aux ancêtres des actuels propriétaires.

LE P'TIT BRIN D'PAILLE

7 bis, rue Jules-Ferry - **LONGJUMEAU**
✆ 06 72 01 66 31
www.ptitbrindpaille.ouvaton.org
Haute saison ouvert jeudi, vendredi et dimanche de 9h30 à 18h. Ateliers pédagogiques à 11h et 16h. Entrée : 3,50 €.

Prenez le bus et venez profiter d'une journée au grand air, pique-niquer en famille et partager des moments privilégiés avec les animaux. Ecouter bavarder les oies, regarder les petits cochons retourner la terre avec leurs groins, grattouiller le dos de la truie, traire les chèvres puis donner le biberon aux agneaux et chevreaux. Assister à la naissance des poussins. Sont proposés aussi des ateliers de pâte à sel pour apprendre à reconnaître les empreintes des animaux, de fabrication de beurre, fromages et pains, ainsi que le travail de la laine avec le cardage.

BABYLAND - AMILAND

214, route de Melun
SAINT-PIERRE-DU-PERRAY
✆ 01 69 89 24 39
www.parcbabyland.fr
Ouvert d'avril à la Toussaint. Adulte 16,50 €, enfant 12,50 €. Moins de 80 cm gratuit.

Royaume des enfants et de la famille, Babyland-Amiland vous accueille dans un cadre privilégié de verdure et de grand air ! Voici un parc familial, tenu par Alexandra, Geoffrey et Xavier, dans lequel vous trouverez des toboggans, des tricycles, des châteaux (et autres) gonflables, un petit train, des manèges, soit près de 34 attractions pour le plus grand bonheur des plus jeunes. Chaque année, de nouvelles surprises. Un vaste parking, ainsi qu'un snack, vous permettent d'être bien certains que votre venue ici ne souffrira d'aucun désagrément.

LA VERRERIE D'ART

n°12, rue du Moulin des Noues
SOISY-SUR-ECOLE
✆ 01 64 98 00 03
www.verrerie-soisy.fr
Fermé les lundis et mardis.
Visite libre et gratuite pour les particuliers.

Créée en 1978 par une famille de tradition verrière, la Verrerie d'art de Soisy-sur-Ecole propose une formidable découverte de l'art du verre. Canne à souffler, sabot de bois et fers à trancher sont les outils nécessaires à la réalisation de ces œuvres d'art. L'atelier des maîtres verriers permet de découvrir les étapes de création des pièces. Une rencontre avec la tradition qui utilise le sable de Fontainebleau dont la pureté est célèbre. Stage d'initiation pour les enfants durant les vacances scolaires. La verrerie est labellisée Entreprise du Patrimoine Vivant.

CIMETIÈRE RUSSE - ÉGLISE ORTHODOXE ★★

8, rue Léo-Lagrange
SAINTE-GENEVIÈVE-DES-BOIS
✆ 01 60 15 11 40
Basse saison : ouvert tous les jours de 8h à 17h. Haute saison : tous les jours de 7h à 19h. Gratuit.

C'est en 1927 que la princesse russe Vera Mestchersky fonde à Sainte-Geneviève-des-Bois, à proximité du cimetière communal, une maison de retraite pour les émigrés russes les plus âgés ayant trouvé refuge en France. Au décès des premiers pensionnaires, pas question de renvoyer les défunts en Russie ! Une inhumation au cimetière voisin semble une évidence. Peu à peu se constitue un carré particulier dans le plus pur style orthodoxe russe avec ses croix orthodoxes en bois sculpté et ses niches abritant icônes et bougies. En cheminant dans les allées, vous croisez les tombeaux de personnalités dont les danseurs et chorégraphes Serge Lifar ou Rudolf Noureev – recouvert d'une mosaïque prenant la forme d'un tapis kilim –, le cinéaste Andreï Tarkovski, le peintre Serge Poliakoff, l'écrivain Ivan Bounine, le dissident Andreï Amalrik, ainsi que des membres de l'aristocratie tsariste et de l'aristocratie impériale, dont le fameux prince Youssoupov, assassin de Raspoutine ! Au sein du cimetière se dresse l'église au bulbe bleu de Notre-Dame-de-l'Assomption bâtie en 1938 selon les plans de l'architecte Albert Benois, lequel s'est inspiré des églises de Novgorod des XVe et XVIe siècles. Des dignitaires religieux orthodoxes sont enterrés dans la crypte. L'église est rattachée au patriarcat de Constantinople. La communauté d'origine russe de Saint-Geneviève-des-Bois reste soudée et garde certaines de ses traditions, dont celle des festivités de la Pâques orthodoxe.

FERME PÉDAGOGIQUE DU BEL AIR

19, route de Gif
VILLIERS-LE-BÂCLE
www.fermepedagogiquedubelair.fr
Haute saison ouvert dimanche de 14h à 18h. Basse saison dimanche de 14h à 17h. Gratuit.

Aux portes de la vallée de Chevreuse, 2 hectares sont répartis en jardins thématiques, prairies et bâtiments agricoles où se côtoient moutons, chèvres, ânes, oies, jars, canards, poules, coqs, brebis et puis bien sûr, le lapin, la star incontestable des enfants. Si vous adhérez à l'association, vous pourrez participer à des ateliers de transformation, la découverte de la vie des animaux, étude de la mare et son écosystème, l'observation de plantes sauvages comestibles ou du compost.

ABBAYE SAINT-LOUIS-DU-TEMPLE ✝

Chemin de Limon - **VAUHALLAN** ✆ 01 69 85 21 00
www.abbaye-limon-vauhallan.com
Conditions d'accueil et de participation aux frais à convenir lors de votre réservation selon vos moyens.

Dès les premiers mois de la Révolution française, la famille de Condé quitte la France. Après un essai de vie religieuse chez les Capucines, à Turin, la princesse Louise rejoint Dom de l'Estrange et les Cisterciennes en Suisse puis en Russie. En 1802, elle fait profession religieuse à Varsovie, chez les Bénédictines du Saint-Sacrement. Lorsque les troupes napoléoniennes avancent vers l'est, elle fuit vers l'Angleterre. A la Restauration, elle rentre en France, après 25 ans d'exil, et Louis XVIII lui propose d'installer un monastère dans l'ancien domaine des Templiers (près de la tour où la famille royale avait été emprisonnée). A la Révolution de 1848, le gouvernement chasse les religieuses qui achètent un hôtel particulier rue Monsieur. Elles ouvrent un pensionnat. Malgré les lois anticléricales, les sœurs restent à Paris mais elles doivent finalement quitter leur maison. Après un séjour à Medon, elles construisent un nouveau monastère, après la Seconde Guerre mondiale, à Limon sur le plateau de Saclay. Elles y sont installées depuis 1951. Un musée sur place retrace cette histoire. On peut le visiter sur rendez-vous.

Les Bénédictines accomplissent de nombreuses tâches : les travaux ménagers, le secrétariat, la comptabilité et la gestion, la bibliothèque, de la reliure, de l'artisanat (céramiques, images, bougies décorées, broderie…) et l'accueil avec quelques chambres pour héberger des personnes individuelles ou de petits groupes pour une retraite spirituelle et le partage de la vie liturgique dans un cadre reposant.

▸ **Offices** : matines à 6h, laudes à 7h15 (7h25 le dimanche), tierce à 9h30 (9h45 le dimanche), eucharistie à 11h45 (10h le dimanche), none à 13h30, vêpres à 17h30 et complies 20h30 le dimanche. Saint-Sacrement exposé de 16h45 à 19h les jours de fêtes, le premier vendredi du mois et tous les jeudis. Chapelle ouverte de 6h à 21h.

▸ **Vie spirituelle :** les sœurs organisent un samedi par mois des rencontres d'un groupe de prière, des journées monastiques (avec travail manuel, prières, partage de la Parole, marche méditative) et donnent des cours de cithare, de chants grégoriens. Elles tiennent aussi une bibliothèque de prêt de livres essentiellement religieux.

▸ **Accueil** : capacité d'accueil réduite avec quelques chambres seulement.

▸ **Boutique :** bougies décorées, icônes collées, chapelets, statues et crèches. La communauté tient également un atelier de reliure, une librairie religieuse et vendent divers produits en provenance d'autres monastères.

OBSERVATOIRE DES OISEAUX

Bassin de retenue de la Bièvre
ANTONY
✆ 01 48 60 13 00
www.hauts-de-seine.net

Observation accompagnée, sur réservation. Visite guidée gratuite.

19 % du territoire antonien est constitué d'espaces verts. Situé près du bassin de retenue de la Bièvre, au sud-ouest de la ville, cet observatoire ornithologique donne sur l'unique roselière en milieu urbain d'Île-de-France, où vivent une centaine d'oiseaux. Foulques, colverts, hérons, bécassines et martins-pêcheurs évoluent sur ce site de 5 ha. Depuis 2009, l'observatoire est classé Réserve naturelle régionale ; c'est la zone humide la plus remarquable des Hauts-de-Seine. Visite guidée sur inscription auprès de la communauté d'agglomération.

PARC DE BOULOGNE - EDMOND DE ROTHSCHILD

17, rue de la Souque
BOULOGNE-BILLANCOURT
✆ 05 63 43 15 90
www.musee-mode.com

Accès libre et gratuit toute l'année.

Ce parc a aménagé au XIXe siècle par la famille de Rothschild. Depuis, il a été amputé de son château. On peut néanmoins déambuler dans un espace de 15 hectares qui appartient à la ville. Le parc paysager est aménagé à l'anglaise pour une grande partie. Il subsiste des traces du jardin japonais et la grande pièce d'eau est toujours en place. On peut admirer de beaux arbres (magnolia, févier, sophora, sapin bleu, tsuga nain...). Le parc abrite aussi un centre équestre.

SENTIER DES TREIZE PONTS ★

Route des Treize Ponts - **CHAVILLE**
✆ 01 30 84 11 40

Ouvert toute l'année. Label Tourisme & Handicap. Six places de parking réservées à l'entrée du parcours.

L'ONF a créé sur 2 km ce parcours écologique et sensoriel de découverte original adapté aux quatre handicaps. Sécurisé, celui-ci est jalonné de clairières aménagées. Au programme, des activités ludiques, pédagogiques et sensorielles pour découvrir la forêt, sa faune et sa flore, ses bruits et ses odeurs, de façon interactive et sensitive. Le revêtement est accessible aux fauteuils roulants et aux poussettes, sans oublier fil d'Ariane, borne audio, pupitres de lecture en braille et relief... Un sentier vraiment accessible à tous pour une immersion verte.

CENTRE NATURE

16, rue de Solferino - **COLOMBES** ✆ 01 47 80 35 87
www.centrenature.over-blog.com

Basse saison du lundi au vendredi de 9h à 12h et de 13h à 17h. Haute saison ouvert samedi de 9h à 12h et de 13h à 18h.

C'est un ensemble de petits jardins thématiques couvrant une superficie de 2 900 m², créé en 1936 par un instituteur de Colombes passionné de botanique. On y découvre des plantes variées et des animaux comme des grenouilles et des oiseaux. Il propose de nombreuses activités pédagogiques, conférences et ateliers de jardinage. Découpe de citrouille pour Halloween, photophores, confection de couronnes et bouquets de Noël, de savon naturel. Sorties groupes, ornithologiques par exemple. Il est certifié espace vert écologique reconnaissant la gestion écologique du lieu.

FERME PEDAGOGIQUE DES BERGERIES D'ISSY

Parc Henri-Barbusse - **ISSY-LES-MOULINEAUX**
✆ 01 46 48 06 05 - www.bergeriesdissy.fr

Haute saison ouvert tous les jours de 10h à 13h et de 14h à 18h30. Adulte : 5,50 €. Enfant de moins de 5 ans : 4 €.

Dans le parc Henri-Barbusse, la ferme invite grands et petits à rejoindre ses moutons, chèvres, poules, cochons, lapins, et à prendre part à ses ateliers créatifs et pédagogiques sur les thèmes de la nature, du jardin et de la ferme. Ils pourront apprendre à nourrir et soigner tous les animaux au gré d'un parcours d'observation. Fabriquer du pain et du beurre. Traire une fausse vache. Découvrir les étapes de transformation de la laine. Différencier plantes aromatiques et médicinales.

JARDIN BOTANIQUE

141, avenue de Verdun
ISSY-LES-MOULINEAUX

Ouvert tous les jours et les jours fériés de 8h à 19h. Gratuit.

Visiter le Jardin botanique permet de découvrir une partie du monde végétal de la ville d'Issy-les-Moulineaux. Dans cet espace arboré de 7 500 m², situé en hauteur, on trouve un bassin, un verger, un jardin d'aromates et de senteurs que les enfants adoreront, une terrasse méditerranéenne ainsi que plusieurs ruches. Un superbe écrin de verdure au milieu de la ville, peu connu sauf de ses habitants et qui fera le bonheur des promeneurs. Un très bel endroit, qui permet de disposer d'un magnifique panorama sur la Seine, la plaine d'Issy, jusqu'au mont Valérien.

MUSÉE FRANÇAIS DE LA CARTE À JOUER ★

16, rue Auguste-Gervais - **ISSY-LES-MOULINEAUX**
✆ 01 41 23 83 60
www.museecarteajouer.com
Jours d'ouverture et horaires variables selon saison. Entrée : 4,70 €. Audioguide gratuit.

Voici le seul musée en France consacré à la carte à jouer, riche de 6 500 jeux. Partout dans le monde, on joue aux cartes ! Découvrez une géographie et une histoire de leur esthétique, valeurs symboliques, fabrication, règles d'hier et d'aujourd'hui... Des animations sont programmées : ateliers pour les enfants, spectacles de magie, initiations aux jeux anciens. Une galerie contiguë retrace l'histoire de la ville d'Issy-les-Moulineaux. Et en été, c'est escape game au musée.

COOP ESCAPE

85, rue Victor Hugo
LEVALLOIS-PERRET
✆ 06 73 29 53 19
www.coop-escape.com
Ouvert du lundi au dimanche.
À partir de 25 € par joueur.

Ici, le *game master* prévient d'entrée ses participants, il vous faudra impérativement communiquer entre vous si vous souhaitez terminer votre partie dans les temps. On ne vous révélera bien évidemment pas l'intrigue, mais ici la coopération est plus que jamais la clé si l'on souhaite avancer. Vous aurez le choix entre deux jeux : « La came de White » et « Les 5 éléments ». Dans chacun de ces univers, le paquet a été mis sur la décoration, riche en couleurs et inspirée de série et films. Les connaisseurs apprécieront les clins d'œil dans les parcours !

FORÊT DOMANIALE DE MEUDON ★

MEUDON
✆ 01 30 84 11 40

La forêt de Meudon voit pendant longtemps se dérouler dans ses bois des rites druidiques sacrés. Les 1 100 hectares de superficie de cette forêt domaniale s'étendent sur six communes, de Sèvres à Villacoublay. Elle est traversée par l'ancienne route royale, le Pavé de Meudon, tracée pour le Dauphin, sur l'initiative de Louvois, pour rejoindre Versailles. Le Pavé ou « Route des Gardes » est très accidenté avec une pente de 14 %, elle est donc à éviter pour les plus petits.

LE BELVÉDÈRE DES GALLICOURTS

Chemin des Cormaillons
RUEIL-MALMAISON
Ouvert toute l'année.

D'ici, vous pourrez profiter d'une vue dégagée et admirer le panorama. Les coteaux des Gallicourts sont un lieu de promenade très appréciés avec deux sentiers pédagogiques, mais également une faune et une flore intéressantes. Vous découvrirez de nombreuses espèces d'oiseaux et de papillons, ainsi que de beaux arbres fruitiers... Une jolie balade en perspective. Pour les plus sportifs, atteindre le belvédère depuis le bas de la colline est un parcours pas très évident, mais très prisé !

CHÂTEAU DE MALMAISON ★★★

15, avenue du Château-de-Malmaison
RUEIL-MALMAISON ✆ 01 41 29 05 55
www.musees-nationaux-malmaison.fr
Ouvert tous les jours sauf le mardi.
Gratuit jusqu'à 26 ans. Adulte : 6,50 € (+ 2 € pour exposition temporaire).

Construit au XVIIe siècle, le château de Malmaison est acquis en 1799 par Joséphine qui, à la demande de Napoléon, cherche une terre aux environs de Paris. Les architectes Percier et Fontaine se voient confier l'aménagement de la demeure. De 1801 à 1802 se trouva ici, tout autant qu'aux Tuileries à Paris, le gouvernement de la France. Sous l'Empire, Joséphine embellit le château, et apporte un soin particulier au parc. Répudiée en 1809, elle s'installe définitivement à Malmaison. Berthault est alors chargé de redécorer une partie des appartements. Vendu en 1828, le château devint un musée en 1905. On visite ici les appartements du rez-de-chaussée, meublés et décorés avec goût dans le style de l'époque. La salle du conseil, qui prend des allures de tente de l'Etat général en campagne, puis l'éblouissante bibliothèque rappelant le travail de Napoléon. Au premier étage on découvre l'appartement dit de l'Empereur, meublé, puis les collections consacrées à Bonaparte et Joséphine. L'appartement de Joséphine est demeuré intact, avec son cabinet de toilette et son boudoir. Le second étage présente la garde-robe de Joséphine et celle de sa fille Hortense. La visite se conclut par une promenade dans le parc, agréable dès le fleurissement des roses. Pour les familles, des activités destinées aux enfants agrémentent la visite, et un audioguide est conçu spécialement pour eux. Des visites contées dès 5 ans, des visites en famille dès 7 ans, ainsi que des visites-jeux et visites-ateliers pour les 6 à 12 ans.

HIPPODROME DE SAINT-CLOUD

1, rue du Camp-Canadien - **SAINT-CLOUD**
✆ 01 47 71 69 26
www.france-galop.com
Entrée : 5 € (8 € le dimanche et jours fériés), Famille 9 €.

D'abord destiné à l'entraînement, cet hippodrome est ouvert au public en 1901, devenant petit à petit un incontournable, au point d'avoir aujourd'hui une renommée et une notoriété étendues à tout l'hexagone. Il est situé sur un plateau qui domine la Seine à proximité du quartier clodoaldien du Val d'Or et s'étend sur 75 hectares,. Sur sa piste de 2 300 mètres se déroulent des courses connues dans toute la France des amateurs de courses hippiques. Un joli moment à vivre en famille !

ROCK EN SEINE

SAINT-CLOUD
www.rockenseine.com
Du 25 au 28 août 2022. Tarifs complets en ligne.

Rendez-vous international, Rock en Seine réuni chaque année dans le Parc de Saint Cloud les plus grands noms de la scène internationale. C'est l'occasion pour le public, de tous les âges, venus camper en masse pendant ces 3 jours, de voir de près des légendes de la musique ou de soutenir leurs vedettes préférées. Rock en Seine est *the place to be* pour se montrer, faire la fête entre amis et voir des pointures de la musique sur scène. Les enfants ont même leur mini festival rock gratuit ! Un évènement unique avec une programmation top chaque année !

BAC CANOË-KAYAK

4, rue de Saint-Cloud - **SÈVRES**
✆ 0147080381
http://clubdubac.fr
Ouvert toute l'année. Permanence au club tous les samedis de 14h30 à 17h.

Venez pagayer à 1/4 d'heure de Paris : l'école de pagaie vous attend. Entre Sèvres et Issy-les-Moulineaux, ce club est destiné à ceux et celles qui aiment les eaux vives. Au programme, sorties en canoë ou en kayak, mais aussi randonnées en barque, freestyle, initiations et perfectionnement. C'est toute l'année depuis les bords de la Seine ! En outre, près de 25 sorties annuelles, accessibles à tous, sont mises en place par Bac Canoë-kayak en dehors du département. Le temps d'un week-end, ou même d'une semaine, vous pourrez vivre votre passion à fond.

MANUFACTURE ET MUSÉE DE SÈVRES ★★★

2, place de la Manufacture - **SÈVRES**
✆ 01 46 29 22 00
www.sevresciteceramique.fr
Adulte 7 €. Tous les jours de 10h à 13h et de 14h à 18h, sauf le mardi.

Louis XV transféra sa collection de vases antiques en porcelaine à Sèvres en 1756, montrant le premier son intérêt pour ce type d'œuvre. Aujourd'hui, du Néolithique au Moyen Age, de la Chine au monde arabe, c'est une sélection de 1 350 pièces qui est présentée. Des objets magnifiques à découvrir selon diverses orientations de visites. On apprécie notamment la découverte sensorielle du musée pour les bébés jusqu'à 18 mois avec des comptines et des manipulations pour les émerveiller !

FERME DES CHANTERAINES

89, boulevard Charles-de-Gaulle
VILLENEUVE-LA-GARENNE
✆ 01 41 21 88 12
Haute saison ouvert du lundi au vendredi de 13h à 18h, week-end de 10h à 18h. Gratuit.

Dans ce cadre de verdure est posée une ferme aux allures de celles du Vexin du XIXe siècle. Elle comprend grange, poulailler, bouverie, chèvrerie, pigeonnier, clapier, des boxes, des ruches, un potager et un logis. La balade vous conduit au plus près des 150 animaux issus pour la plupart de races françaises et de conversation. Vous verrez une vache Jersiaise, un cheval de trait d'Auvergne, des moutons et des chèvres, des cochons nains, des lapins et cochons d'Inde. Toute la basse-cour oies, poules, les canards et une variété de pigeons. Ne les nourrissez pas.

UNE JOURNÉE AU CIRQUE

115, boulevard Charles-de-Gaulle
VILLENEUVE-LA-GARENNE
✆ 01 47 99 40 40
www.journee-au-cirque.com
A partir de 17 € la journée pour un enfant. Label Tourisme & Handicap.

Sous le grand chapiteau du cirque Michellety, petits et grands profitent de la magie du cirque. Ici, la formule est originale : plutôt que d'assister de manière classique à un spectacle, on vous propose de vous enseigner. Au programme : maquillage, initiation et entraînement, déjeuner convivial en compagnie des artistes professionnels sous le chapiteau-restaurant et représentation l'après-midi jusqu'à 15h30. Quant aux stages découverte d'un jour, ils consistent en une approche ludique des différentes disciplines du cirque (acrobatie, jonglage, clown, etc.).

4 ROUES SOUS 1 PARAPLUIE

PARIS (18e)
✆ 01 58 59 27 82
www.4roues-sous-1parapluie.com
Ouvert du mardi au samedi dès 9 h ; dimanches et lundis sur demande. À partir de 32 € par personne. Sur réservation.

Redécouvrir Paris comme vous ne le ferez qu'une seule fois dans votre vie : voici le principe de 4 roues sous un parapluie, qui vous fait découvrir la capitale à bord d'une mythique 2 CV. Charme rétro, toit décapotable et ambiance garantie, avec au volant un guide qui ne manquera ni de talent ni de chouettes histoires à vous raconter ! Chaque voiture peut accueillir jusqu'à trois personnes. Outre les thèmes « Paris éternel », « Paris méconnu », « Paris cinéma », l'offre « Paris à la carte » permet aux passagers de choisir leur propre itinéraire.

#EXPLORE PARIS

https://exploreparis.com
Prix variant entre 5 € et 30 €, en moyenne, certaines visites sont gratuites. Réservation et paiement via internet.

#ExploreParis vous offre une multitude de visites guidées insolites aux quatre coins du Grand Paris. Le site internet, né de la collaboration entre différents acteurs du tourisme à Paris et ses départements voisins, propose une vision élargie de la capitale et de ses offres touristiques. Classées par thématiques différentes, les guides vous emmèneront hors des sentiers battus, découvrir des quartiers et des sites parfois méconnus. Il ne vous reste qu'à trouver la visite qui vous convient et à la réserver directement sur le site internet. Bonne découverte !

AQUARIUM TROPICAL PALAIS DE LA PORTE DOREE ★★

293, avenue Daumesnil - PARIS (12e)
✆ 01 53 59 58 60
www.aquarium-tropical.fr
Ouvert du mardi au vendredi de 10h à 17h30, week-end de 10h à 19h. Entrée : 8 €. Tarif réduit : 5 €.

L'Aquarium tropical a été créé en 1931 à l'occasion de l'Exposition coloniale. A l'origine, il avait pour vocation de faire connaître la faune aquatique et exotique de l'empire français. Toujours installée dans le palais de la Porte Dorée, la collection comprend 5 000 animaux représentant 300 espèces : poissons dits primitifs – qui se rapprochent le plus de leurs ancêtres –, poissons électriques poissons-chats, poissons-mandarins, poissons-archers, piranhas, invertébrés, alligators...

AQUARIUM DE PARIS

5, avenue Albert-de-Mun - PARIS (16e)
✆ 01 40 69 23 23
www.aquariumdeparis.com
Ouvert tous les jours et les jours fériés de 10h à 19h. Adulte : 20,50 €. Enfant 3 à 12 ans : 13 €, 13 à 17 ans : 16 €.

Avec ses 43 bassins et grands aquariums qui contiennent 4 millions de litres d'eau, ses trois salles de cinéma qui diffusent des documentaires incontournables, mais aussi des films de divertissement, des animations écologiques et des spectacles, Cinéaqua est un lieu très complet pour découvrir le monde marin. Cinéaqua vous offre un circuit de visite représentant les littoraux français de métropole et d'Outre-Mer, la Seine, la Manche, l'Atlantique, la Méditerranée, le lagon calédonien, les récifs de Polynésie française, le bassin indopacifique et bien plus encore. Y vivent plus de dix mille poissons et invertébrés. Un tunnel de 33 mètres de longueur vous transportera au milieu des requins. 25 squales de quatre espèces différentes, requins pointe noire, requins-nourrices, requins gris et un requin-zèbre évoluent dans une immense cathédrale sous-marine. Le bassin « caresses » permet de toucher et nourrir carpes Koï et autres esturgeons. Différentes animations sur le monde sous-marin sont proposées aux enfants, rencontre avec un plongeur ou encore « requins, espèces en danger » où ils pourront poser toutes leurs questions sur ces espèces fascinantes. Parmi les animations : découvertes nocturnes, brunch, journée grands-parents. Le Medusarium de l'Aquarium de Paris présente les différents écosystèmes océaniques abritant ces espèces et sensibilise sur les impacts du réchauffement climatique sur les océans. 5 grands bassins magiques abritent 5 espèces de méduses. Des bornes interactives dispensent un contenu pédagogique novateur.

LES ARÈNES DE LUTÈCE ★

49, rue Monge
PARIS (5e)
Ouvert toute l'année. Tous les jours et les jours fériés. De 8h/9h à 18h/20h30, selon la saison. Gratuit. Aire de jeux

La ville de Paris s'élève sur les ruines de Lutèce, cité commerciale de l'Empire romain. Rare vestige encore visible, cet amphithéâtre gallo-romain fut édifié au Ier siècle et redécouvert en 1869 lors du percement de la rue Monge. A l'époque, l'idée de sa destruction est avancée mais de nombreuses personnalités de l'époque, dont Victor Hugo, se battent pour que le monument soit sauvegardé et restauré. C'est chose faite en 1910. En s'asseyant sur les gradins, on entendrait presque le son des armes des gladiateurs qui s'entrechoquent et la ferveur de la foule.

ILE-DE-FRANCE

BASILIQUE DU SACRÉ-CŒUR DE MONTMARTRE ★★★

rue du Chevalier de la Barre - **PARIS** (18e)
✆ 01 53 41 89 00
www.sacre-coeur-montmartre.com
Ouvert tous les jours de 6h30 à 22h30. Dôme : 7j/7 : 10-17h30 à partir du 01/11 et 10-19h à partir du 01/03.

Le Sacré-Cœur est l'un des monuments les plus connus de Paris. Il est vrai qu'il ne passe guère inaperçu, aussi monumental que bien placé, trônant au sommet de la butte Montmartre. On s'y rend autant pour découvrir le monument que pour bénéficier de l'une des plus belles vues sur la capitale. C'est pourtant un édifice relativement récent. Imposant, avec ses 100 m de long, ses 50 m de large et son dôme de 83 m de hauteur, cet édifice est le fruit d'un projet politique et moral des années 1870 attribuant aux déboires du pays (défaite de Sedan contre la Prusse et emprisonnement de Napoléon) une profonde crise spirituelle et tout autant de péchés à se faire pardonner à l'époque. Ainsi fut-il décidé d'ériger une immense église en guise de vœu national. Quant à la Butte, c'est parce qu'elle surplombe la capitale qu'elle fut choisie. Le lieu permit aussi d'ouvrir une nouvelle page d'histoire en lien avec son riche passé religieux. Mais ce projet est volontiers associé à la volonté d'expier les douloureux épisodes de la Commune, question qui de nos jours ressurgit souvent dans les débats. Le chantier, dirigé par Paul Abadie (et 5 autres architectes !), dura 50 ans. La nature argileuse du terrain qu'il fallut compenser par de colossaux travaux de soutènement retarda la construction tandis que la guerre de 14-18 mit un coup d'arrêt au chantier pendant plusieurs années. Si l'édifice fut consacré en 1919 (le titre de Basilique en fait un lieu de pèlerinage), il ne fut totalement achevé qu'en 1923. De style romano-byzantin, la partie antérieure de la basilique consiste en un groupe de coupoles d'inspiration byzantine tandis que la partie postérieure renvoie à la tradition romane avec ses absides. Sa couleur blanche, elle, est due à ses pierres extérieures venant de la carrière de Souppes (Seine-et-Marne) qui blanchissent naturellement au contact de l'eau de pluie. Il est à noter que du fait de l'étroitesse du terrain de construction, la basilique dut être orientée selon un axe nord-sud et non est-ouest contrairement à la norme. L'architecture intérieure est également romano-byzantin. On remarquera tout particulièrement la mosaïque du chœur, l'une des plus grandes du monde et figurant le Christ ressuscité, bras ouverts et cœur d'or (« Sacré-Cœur »). On pourra aussi voir le grand orgue de 1898 signé Cavaillé-Coll. La basilique abrite la célèbre « Savoyarde » de 1895. Sachez qu'il est possible de visiter le Dôme, point le plus élevé de Paris après la tour Eiffel !

BOIS DE VINCENNES ★★★

PARIS (12e)
www.vincennes-tourisme.fr
Ouvert toute l'année. Gratuit. Accès libre. Restauration. Animations.

Avec ses 995 ha, c'est le principal poumon de Paris. Après avoir été le terrain de chasse à courre des rois de France, il est devenu un espace de promenade. Plusieurs lieux font de ce bois un endroit non seulement idéal pour buller au soleil mais aussi pour s'offrir des activités culturelles qui conviennent à la fois aux grands et aux petits. À proximité, vous trouverez le château de Vincennes, imposante forteresse aux portes de Paris, ou encore le parc floral, où plus de 3 000 fleurs rares côtoient sculptures de maîtres et espaces de jeux pour les enfants.

BOWLING MOUFFETARD

73, rue Mouffetard
PARIS (5e)
✆ 01 43 31 09 35
www.bowlingmouffetard.fr
Ouvert du lundi au vendredi de 14h à 2h, le week-end de 10h à 2h. A partir de 7 € la partie.

Ce bowling de quartier est des plus sympathiques avec ses huit pistes dont certaines sont spécialement aménagées pour les petits. L'endroit dispose aussi d'un bar et de tables de billard. Des jeux vidéo sont également disponibles. L'accueil est chaleureux. Des réductions sont proposées pour les étudiants mardi, mercredi et jeudi soir dès 19h, et il est possible de privatiser l'établissement ou encore d'y fêter un anniversaire. A noter également la possibilité de s'offrir une heure de billard pendant que vos amis tenteront désespérément de faire un strike.

LA CASA DES ENFANTS

11, allée Darius-Milhaud
PARIS (19e)
✆ 01 40 40 73 60
www.lacasadesenfants.fr
Programme et tarifs : se renseigner sur le site.

Frédérique Behar dirige La Casa des Enfants. Au programme de ce lieu ludique et coloré : des activités artistiques, éducatives, sportives et créatives en tout genre, proposées aux plus jeunes, mais pas uniquement, puisque les parents sont les bienvenus, permettant l'émergence d'un joli lien intergénérationnel. Frédérique Behar et son équipe vous proposent ainsi de très nombreux ateliers, et mettent à profit ce joli lieu original et atypique pour l'organisation d'anniversaires. Est-ce utile de préciser que les petits (et les grands) adorent ?

CHOCO-STORY - LE MUSÉE DU CHOCOLAT

28, boulevard de Bonne-Nouvelle - **PARIS** (10e)
✆ 01 42 29 68 60
www.museeduchocolat.fr
Ouvert tous les jours de 10h à 18h (dernière visite à 17h). Adulte 12 €. Enfant (de 6 à 12 ans) 8,50 €.

C'est bien le chocolat, sous toutes ses formes, qui vous sera expliqué. Depuis quatre millénaires, le chocolat rend folles nos papilles ! Le musée lui rend hommage, en parlant de son histoire et des cultures, et en proposant une muséographie ludique et gourmande ! Vous assisterez à des démonstrations des meilleurs chocolatiers, vous pourrez tester vos papilles en dégustant des chocolats, et un parcours ludique est proposé aux familles pour découvrir le monde du chocolat en s'amusant !

CITÉ DES SCIENCES ET DE L'INDUSTRIE ★★★★

30, avenue Corentin-Cariou - **PARIS** (19e)
✆ 01 85 53 99 74
www.cite-sciences.fr
Ouvert du mardi au samedi de 10h à 18h ; le dimanche de 10h à 19h. A partir de 12 €. Gratuit -2 ans. Infos sur le site.

C'est l'un des plus grands musées scientifiques d'Europe permettant aux adultes comme aux enfants de découvrir planètes, voie lactée et galaxies et diverses expositions consacrées à la Terre, aux innovations technologiques, aux sons, aux images, à la lumière, aux mathématiques, à la génétique… Quant à sa Géode, salle de cinéma en forme de boule métallique, elle est exclusivement consacrée à la projection de films en grand format sur un écran hémisphérique de 1 000 m².

LA CONCIERGERIE ★★★

2, boulevard du Palais - **PARIS** (1er)
✆ 01 53 40 60 80
www.paris-conciergerie.fr
Tous les jours 9h30-18h, dernier accès à 17h. Adulte : 11,50 € ; gratuit jusqu'à 25 ans. Avec Sainte-Chapelle : 18,50 €.

La Conciergerie est l'un des principaux vestiges du palais de la Cité où les rois de France demeurèrent durant plusieurs siècles au Moyen Age. Ce corps de bâtiments du XIVe siècle était à l'origine dirigée par un concierge (l'intendant d'un palais). Durant la Révolution française, le monument devint une prison. La Conciergerie est aujourd'hui la partie du palais de justice de Paris. La visite du site vous fait découvrir de superbes espaces médiévaux voûtés tels que la salle des gardes et la salle des gens d'armes dont les dimensions sont époustouflantes.

COULÉE VERTE RENÉ DUMONT ★★

De l'avenue Daumesnil au boulevard de la Guyane
PARIS (12e)
Ouvert tous les jours dès 8h (en semaine) et 9h (le week-end). Fermeture entre 17h et 21h30 selon la saison. Gratuit.

Longue de 4,5 km, cette coulée verte s'étend à travers le 12e arrondissement, de l'avenue Daumesnil à la limite de Saint-Mandé, non loin du bois de Vincennes. Très originale, elle vous fait vous balader tantôt en surplomb de la chaussée, tantôt en deçà. Créée en 1988, elle emprunte l'ancienne ligne de chemin de fer qui relia de 1859 à 1969 la place de la Bastille à La Varenne-Saint-Maur. Ce sillon vert est surprenant ! On traverse quantité d'espaces verts et de lieux préservant la nature alors que le quartier, assez « bourgeois », ne s'y prête pas spécialement.

ESCAPE HUNT EXPERIENCE

5, rue de Hanovre - **PARIS** (2e)
✆ 01 75 50 62 60
www.paris.escapehunt.com
Du lundi au dimanche, de 10 à 22h. A partir de 10 ans. Equipe de 2 à 5 joueurs.

Escape Hunt est un réseau d'escape games dans le monde entier, qui a la particularité de s'adapter aux villes dans lesquelles il est implanté. Aussi, vous voilà en immersion dans le métro parisien avec « Poursuite dans le métropolitain » ou bien dans un célèbre cabaret dans « Crime au cabaret ». Retrouver le butin d'un voleur ou lever le mystère de la disparition d'une danseuse de revue, voici deux énigmes à résoudre en moins de 60 minutes. Mention spéciale aux scénographies bien travaillées, et aux finitions plus vraies que nature. Réservation impérative !

PARIS BY TUK TUK

Lieu de départ : place de la Concorde
PARIS (1er)
✆ 06 23 33 43 64
www.paris-by-tuktuk.com
A partir de 50 € pour une à quatre personnes pour 30 minutes de balade.

Ils sont électriques, sillonnent Paris et se font une place de choix dans les parcours découverte de la ville. Et pour cause, ces *tuk-tuk* parisiens proposent un large choix d'itinéraires pour admirer les plus beaux monuments ou, simplement profiter de la douceur de l'art de vivre à la française. Ici, la formule est simple : un chauffeur devant et vous, seul ou à plusieurs derrière, sans porte et de préférence bien couverts, surtout quand le temps se gâte ! Un moyen très sympa de parcourir les lieux emblématiques de la ville en famille !

ESPACE JAPON

12, rue de Nancy
PARIS (10e)
✆ 01 47 00 77 47
Ouvert du mardi au vendredi de 13h à 19h ; le samedi de 13h à 18h.

Un vrai coup de cœur : ce vaste espace, dédié à la culture nipponne, vous propose expositions, rendez-vous réguliers et épicerie (notamment), mais vous invite également à de nombreux ateliers. Ainsi, vous pouvez participer à de nombreux ateliers culinaires afin d'apprendre la gastronomie du pays, mais ce n'est pas tout. Des ateliers d'écriture de Haïku (poème court japonais), de reliure, d'estampes, d'origami, de langue japonaise et même un atelier Kintsugi (l'art de réparer les céramiques) sont proposés. Bilan : un incontournable pour novices ou confirmés.

LES FILMS DU PREAU

14, rue des taillandiers - **PARIS** (11e)
✆ 0147001650
https://www.lesfilmsdupreau.com/
Boutique en ligne

Les Films du Préau proposent au jeune public des films à retrouver dans les salles de cinéma, ou en DVD. Des personnages haut en couleurs, attendrissants et attachants ; des petits animaux, de grands aventuriers, des héros d'aujourd'hui...bref tout un monde enchanté qui ravira vos bambins. Sur leur site internet, il est possible de consulter l'ensemble de leur collection. Vous avez même la possibilité de créer votre compte pour ensuite directement acheter les DVD en ligne. Citons par exemple *L'Odyssée de Choum*, *L'Ogre de Taiga* ou encore *Zébulon le Dragon*.

LE JARDIN D'ACCLIMATATION ★★★

Bois de Boulogne
PARIS (16e)
✆ 01 40 67 90 85
www.jardindacclimatation.fr
Lundi, mardi, jeudi, vendredi de 11h-18h, mercredi + week-end 10h-18h. Adulte 7 €.

Depuis 2018, le Jardin bénéficie de nouvelles attractions qui en font un site pluriel et un espace de liberté qui se réinvente chaque jour, au fil des saisons. Vous profitez ici de 18 ha dédiés à la promenade et dotés de 40 attractions, dont trois grands roller coaster. De plus, 400 animaux sont à découvrir dont les loriquets à la Grande Volière, et les animaux de la Petite ferme. Ce Jardin offre une parenthèse enchantée, à côté de la Fondation Louis Vuitton.

GRANDE VOLIÈRE DU JARDIN D'ACCLIMATATION

1, carrefour des Sablons - **PARIS** (16e)
✆ 01 40 67 90 85
www.jardindacclimatation.fr
Ouvert du lundi au vendredi de 11h à 18h et le week-end et vacances scolaires de 10h à 19h. Entrée : 6,50 €.

Avec son architecture métallique et finement ouvragée, elle marque depuis plus de 150 ans le paysage de ce parc cher aux Parisiens. Divisée en cinq volières, ayant pour thématiques, Océanie-Australie, Asie du Sud-Est, Afrique, Inde et Amérique du Sud. Y vivent plus de 40 espèces de volatiles de toutes sortes. Les perruches ondulées, perroquets amazones, aras bleus, colombes blanches, oiseaux mandarins, et bien d'autres encore. Vous pourrez entrer dans une volière et nourrir les loriquets avec des graines, vendues à un guichet. S'ajoutent ceux évoluant en liberté dans le parc, comme les dindons, cygnes noirs, faisans, oies bernaches, canards pompon. Protégés par du lierre et des glycines, trois cents oiseaux s'y pavanent. Canards carolins, tourterelles turques et perroquets du Gabon, faisans et poules sultanes. C'est aussi l'occasion de découvrir, et surtout de photographier les surprenants et magnifiques paons blancs. Cette espèce provient de nombreux croisements en captivité. Elle est donc issue de mutations génétiques. Tandis que les paonnes blanches sont non parées d'une traîne. Les paons bleus et leurs paonnes circulent également librement dans les allées du parc. Les paonneaux suivent leurs mères partout. Elles n'ont pas de traînes non plus, et leurs couleurs sont plus ternes. On ne retrouve pas le bleu brillant du mâle, mais des touches vertes sur le cou. Elle est plus petite que lui. Les mâles ne s'occupent pas du tout de leur progéniture.

JAZZ À LA VILLETTE

211, avenue Jean-Jaurès
PARIS (19e)
✆ 01 44 84 44 84
www.jazzalavillette.com
Première quinzaine de septembre.

Le jazz, mais aussi le blues, le funk, le hip-hop, le rock et diverses musiques africaines modernes se mélangent harmonieusement au cours de cet important festival qui se déroule dans plusieurs espaces du parc de La Villette. On peut y écouter des nouveaux talents et des artistes de renom, dont certains se produisent rarement à Paris. On trouve sur place bien évidemment de quoi se restaurer. Chaque année, l'affiche donne le tournis, et l'atmosphère, encore douce en cette fin de printemps, est tellement chouette. A vivre entre amis ou en famille !

L'OPÉRA NATIONAL DE PARIS - PALAIS GARNIER ★★★

Angle des rues Scribe et Auber - **PARIS** (9e)
✆ 08 92 89 90 90
www.operadeparis.fr
Ouvert tous les jours de 10h à 17h.
Spectacles de septembre à juillet.

Le palais Garnier, une des pièces majeures des travaux haussmanniens, est un temple de l'art lyrique et de la danse classique inauguré en 1875. On l'admire autant pour ses programmes que pour son architecture dont le grand escalier, ses foyers abritant sculptures et peintures, sa grande salle avec son légendaire lustre de cristal de 8 tonnes et son plafond peint par Chagall. Son musée quant à lui narre les trois siècles d'histoire de ce prestigieux monument. Tout simplement fabuleux !

MUSÉE DE LA MONNAIE DE PARIS ★★

11, quai Conti - **PARIS** (6e) ✆ 01 40 46 56 66
www.monnaiedeparis.fr
Ouvert mardi et du jeudi au dimanche 11h-18h ; mercredi 11h-21h. Gratuit -26 ans. Visite musée 12 €, réduit : 8 €.

Créée en 864 pour exercer la mission régalienne de frappe monétaire, la Monnaie de Paris réalise toujours monnaies de collection, médailles, décorations et fontes d'art. Le métal de l'état brut au produit fini, l'évolution des techniques pour le travailler, ainsi que des trésors et collections inédits sont présentés par des dispositifs multimédias et des manipulations ludiques. Une programmation de visites guidées et d'ateliers pédagogiques est accessible pour petits et grands.

MUSÉE DU QUAI BRANLY - JACQUES CHIRAC ★★★★

37, quai Branly - **PARIS** (7e)
✆ 01 56 61 70 00
www.quaibranly.fr
Ouvert du mardi au dimanche, nocturne le jeudi. Tarif : 12 € pour collections permanentes + temporaires. Réduit : 7 €.

Que n'aura-t-on dit ou écrit au sujet du musée des Arts premiers initié par Jacques Chirac ? Oubliez vos a priori et courez le visiter ! Le bâtiment de Jean Nouvel faisant face à la Seine abrite de belles galeries valorisant avec brio les arts et les civilisations d'Afrique, d'Asie, d'Océanie et des Amériques, à la croisée de diverses influences. Dans ce lieu de dialogue scientifique et artistique, expositions, conférences, ateliers, etc. font véritablement voyager les visiteurs.

MUSÉUM NATIONAL D'HISTOIRE NATURELLE ★★★★

57, rue Cuvier - **PARIS** (5e) ✆ 01 40 79 56 01
www.mnhn.fr
Expositions/Musées/Zoo/Manège.
Programme en ligne. Tarifs disponibles sur le site internet. Label Tourisme et Handicap.

Né du Jardin royal des plantes médicinales créé au XVIIe s. le Muséum national d'Histoire naturelle vous propose de visiter une ménagerie, le Jardin des Plantes, les galeries de Botanique, de Paléontologie, de Minéralogie ou d'Anatomie comparée et la Grande Galerie de l'Evolution. Ainsi sont présentés quantité de végétaux et d'objets aussi bien divers qu'insolites témoignant tous de la beauté de la nature et des temps les plus reculés. Tout un monde de merveilles.

PARC ZOOLOGIQUE DE PARIS ★★

Avenue Daumesnil - **PARIS** (12e)
www.parczoologiquedeparis.fr
Haute saison ouvert tous les jours et les jours fériés de 9h30 à 20h30. Adulte : 20 €. Enfant de 3 à 12 ans : 15 €.

Le Parc Zoologique de Paris du Muséum national d'Histoire naturelle, créé en 1934 et rouvert après 6 années de rénovation en 2014, il se déploie sur 15 ha dans le bois de Vincennes. Le Parc Zoologique a été conçu pour inciter à une prise de conscience et sensibiliser tous les publics aux menaces qui pèsent sur la biodiversité avec cinq biozones : Patagonie, Afrique, Europe, Guyane-Amazonie et Madagascar.

Les espèces animales, au cœur du projet, sont présentées dans des espaces évoquant leurs écosystèmes d'origine, respectant leur bien-être et permettant une véritable immersion au sein de chacune des cinq biozones. Mammifères, oiseaux, reptiles, amphibiens, poissons et invertébrés : environ 194 espèces et plus de 1 200 animaux offrent un tour du monde de la biodiversité animale.

Le Parc zoologique est aussi un espace qui essaie de mieux faire comprendre les interactions entre les êtres humains, la flore et la faune. Le décor paysager est un de ses atouts majeurs avec ses 870 espèces végétales différentes qui constituent une collection exceptionnelle.

Face au Grand Rocher du Parc, se dresse une majestueuse serre tropicale de 4 000 mètres carrés, l'un des lieux phares du parcours général, abritant les animaux des biozones Amazonie et Madagascar à venir observer par tous les temps.

Le Parc zoologique propose des événements tout au long de l'année pour mieux connaître les animaux ou les découvrir avec un autre regard : les petits déjeuners avec les girafes ou encore les apprentis-soigneurs, toute la famille trouvera son bonheur.

EDITIONS DELCOURT

8, Rue Léon Jouhaux
PARIS (10e)
01 56 03 92 20
https://www.editions-delcourt.fr

Depuis sa création en 1986, le groupe des Editions Delcourt n'a cessé d'emmener petits et grands dans une ribambelle d'aventures. Editeur de bandes dessinées, de mangas ou encore de comics, vous trouverez parmi les collections des héros et héroïnes attachants. Les plus jeunes adorent Les Blagues de Toto, tandis que les plus grands se tournent volontiers vers les séries manga. Retrouvez l'actualité des éditions sur leurs réseaux sociaux : elles seront notamment présentes au Festival International de la BD d'Angoulême en mars 2022.

SALON DU CHOCOLAT PARIS

Paris Expo Porte de Versailles
PARIS (15e)
www.salon-du-chocolat.com
Du 28 octobre au 1er novembre 2022.
Ouvert de 10h à 19h. Programme en ligne.

Le grand rendez-vous mondial du chocolat attire toujours son lot de gourmands et de curieux ! Si le salon voyage désormais entre New York, Moscou, Kyoto, Tokyo, Shanghai, la version parisienne reste la plus prisée et la plus prestigieuse. Les chocolatiers des quatre coins du monde s'y retrouvent et s'exposent sur près de 14 000 m² pour le bonheur des yeux et des papilles. Au menu : des concours internationaux, le défilé de mode, des ateliers, des shows. Le succès ne se dément pas, et ce sont des milliers de personnes qui s'y pressent lors de chaque édition.

WAVE IN PARIS

107, rue de la Croix-Nivert
PARIS (15e)
06 17 58 54 41
www.waveinparis.com
Ouvert du lundi au vendredi de 8h30 à 23h, le week-end de 8h30 à 20h. De 20 à 45 € la session.

On n'imaginait pas pouvoir un jour surfer dans le cœur du 15e arrondissement, et c'est pourtant chose possible : Wave in Paris, c'est une vague artificielle de 16 mètres de long et 10 mètres de large, dans un centre de 1 000 m². Sur un plan incliné, la vague ainsi créée permet aux enfants comme aux adultes de réaliser des figures de *bodyboard* et autres *flowboard*. Sensations garanties et activités annexes, comme les salles de squash attenantes : rien ne manque ici. L'engouement est déjà là, donc on pensera bien à réserver avant de venir ici !

ZOO DU JARDIN DES PLANTES ★

57, rue Cuvier
PARIS (5e)
01 40 79 37 94
www.jardindesplantesdeparis.fr
Haute saison ouvert tous les jours de 9h à 18h. Adulte : 13 €. Enfant de 4 à 16 ans : 10 €.

Dans les allées arborées au cœur du Jardin des Plantes pour faire connaissance avec les 600 occupants des lieux. Pandas roux, panthères des neiges, oryx d'Arabie, orangs-outans, pythons, tortues des Seychelles, flamants roses, kangourous arboricoles, calao rhinocéros... Les quelque 150 espèces présentes à la Ménagerie constituent une collection diversifiée, représentative du monde des vertébrés terrestres. Ces espèces rares sont présentées dans un site exceptionnel par son architecture. La Ménagerie, fondée en 1794, est l'un des plus anciens zoos du monde. Il dépend du Muséum national d'Histoire naturelle. Le Jardin des Plantes est divisé en sept espaces entre la grande galerie de l'Évolution, la galerie de Paléontologie et d'Anatomie comparée, la galerie de Minéralogie et de Géologie, la galerie des Enfants, les grandes serres, l'exposition de pierres précieuses. Les animaux sont hébergés dans les « fabriques », petites cabanes en rondins, torchis et toits de chaume, inspirées en 1802, à l'architecte Molinos, par la ferme de Marie-Antoinette à Versailles. D'autres sont visibles dans la grande volière, unique au monde, construite en 1888 ou encore dans le Vivarium (1926), la Singerie (1936) et la Fauverie, trois bâtiments de style Art déco. La Ménagerie qui participe à plusieurs programmes d'élevage d'espèces menacées. Parmi les succès de réintroduction dans la nature, citons l'outarde canepetière (France), l'oryx d'Arabie, éteint à l'état sauvage (péninsule arabique), ou encore le tamarin lion doré (Brésil), trois espèces présentes à la Ménagerie. Elle accueille dans le cadre d'ateliers et de visites guidées des milliers de scolaires. La collection de la Ménagerie est un livre vivant de la diversité animale. L'étonnement, l'attendrissement que suscite parfois la rencontre avec les animaux, offrent l'opportunité de reconnecter le citadin à la nature, de sensibiliser le public et les scolaires à la nécessité de la sauvegarde de la biodiversité. Les visites guidées, les rencontres avec les soigneurs permettent de mieux faire connaître et comprendre les comportements des animaux qu'ils soient rares ou plus communs. Au détour des allées, un parcours met en valeur la biodiversité ordinaire : lézards, abeilles, renards, insectes, oiseaux nicheurs... Douze stations ponctuent un parcours ludique et informatif. On y apprend non seulement ce qui menace ces animaux, mais aussi les gestes à faire pour essayer de leur garantir un espace vivable.

LES LÉGENDAIRES

TOUT UN UNIVERS À DÉCOUVRIR OU À REDÉCOUVRIR !

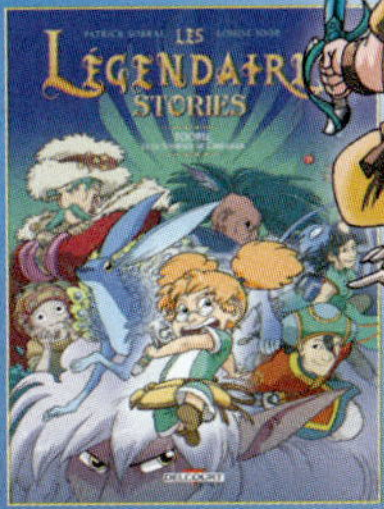

Les Légendaires Stories
de Patrick Sobral
et Louise Joor
1 tome paru

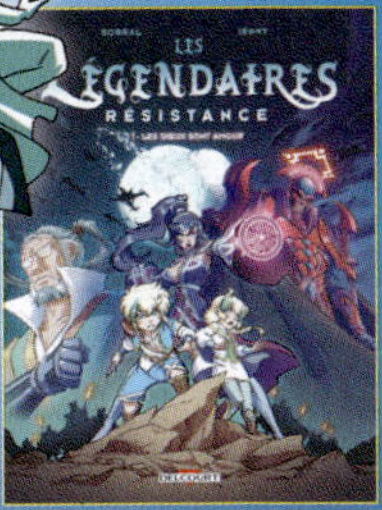

Les Légendaires Résistance
de Patrick Sobral et Jenny
Tome 2 en octobre 2022

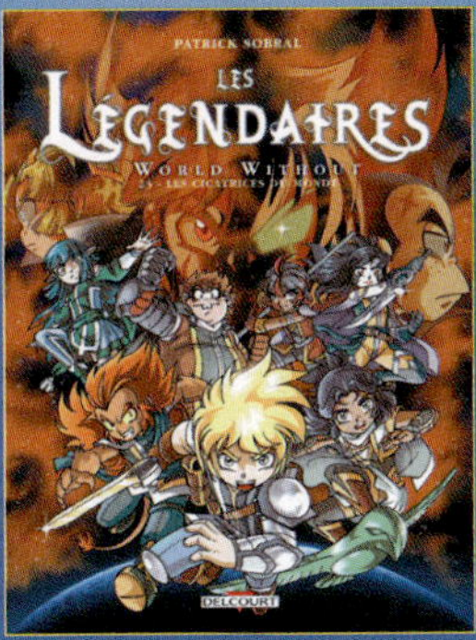

Les Légendaires
de Patrick Sobral
Série complète en 23 tomes

Les Légendaires Missions
de Patrick Sobral
et Philippe Cardona
Tome 4 en août 2022

Les Chroniques de Darkhell
de Patrick Sobral et Orpheelin
Tome 3 le 11 mai 2022

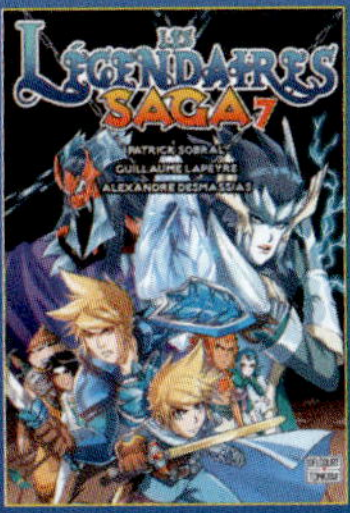

Les Légendaires Saga
de Patrick Sobral
et Guillaume Lapeyre
Tome 7 le 16 juin 2022
Format manga

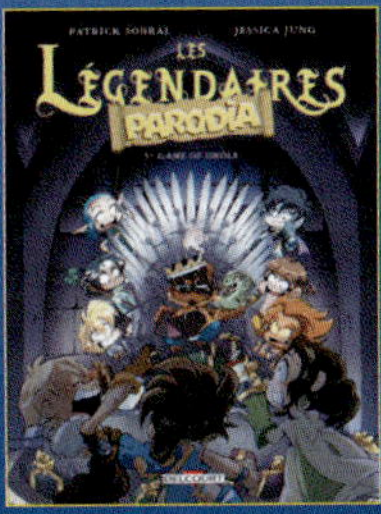

Les Légendaires Parodia
de Patrick Sobral et Jessica Jung
5 tomes parus

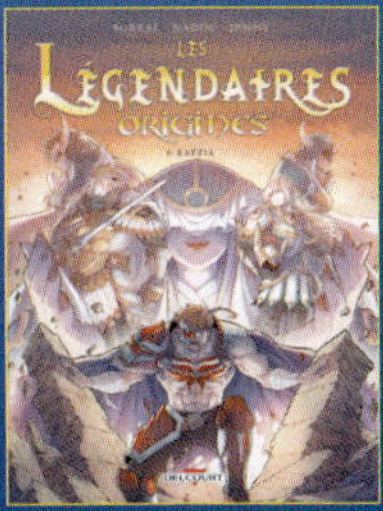

Les Légendaires Origines
de Patrick Sobral,
Nadou et Jenny
Série complète en 5 tomes

DELCOURT

PARCOURS AVENTURE®

1, rue du Pré des Merlans
BAILLY-ROMAINVILLIERS
✆ 01 60 04 26 37
www.aventure-aventure.com
Réouverture février 2022. Tarifs complets en ligne. Réservation obligatoire.

L'impressionnant parcours dans les arbres de Parcours Aventure® chez Village Nature vous emmène jusque sur les cimes d'une véritable forêt. Sept niveaux de difficulté à découvrir et assez de balançoires, trapèzes, ponts et échelles de corde pour enchanter les débutants et les plus sportifs. Il existe une taille minimum pour pouvoir participer au parcours : 1,10 mètres minimum. Il faut compter une petite heure pour faire le parcours (3 heures d'accès : parcours de 45 mln ou d'une heure avec 2 ou 3 parcours et 30 mln d'initiation environ).

CHÂTEAU DE BLANDY ★★

Place des Tours
BLANDY
✆ 01 60 59 17 80
www.chateau-blandy.fr
Fermé en janvier, février et novembre.
Adulte : 7 €, enfant 5 €.

Initialement construit aux environs de 1220, la forteresse connut de multiples modifications et agrandissements avant d'être abandonnée et ses ruines vendues à la commune au XIXe siècle. En 1986, sa restauration débute. 20 ans de travaux plus tard, en 2007, le château de Blandy, restauré, est inauguré. Il impressionne par ses hautes structures qui tranchent avec les maisons traditionnelles. Sa visite dévoile ses chemins de ronde, son préau, sa cour, son cellier et ses diverses salles et tours. Des manifestations et fêtes artisanales y sont organisées.

AQUARIUM SEA LIFE PARIS VAL D'EUROPE ★

14, cours du Danube - **CHESSY** ✆ 01 60 42 33 50
www.visitsealife.com/paris
Ouvert dimanche au vendredi et jours fériés de 10h à 18h30, samedi de 10h à 20h.
Adulte : 20,95 €. Enfant : 16,90 €.

Pour une découverte du monde marin sous une forme ludique, éducative et interactive, avec 2 500 animaux marins, poissons-clowns, poulpes, hippocampes et tortues de mer. A voir la manchotière, le tunnel océanique à 360 degrés pour un face-à-face avec les requins. Assistez aux nourrissages des animaux. Grâce à une caméra en immersion, l'animateur vous fait découvrir une étoile de mer, un crabe, une anémone de mer et même un œuf de requin. Ateliers ludiques. Pack aventure. Aires de jeux.

ZOO DU BOIS D'ATTILLY

Route de Chevry - **FÉROLLES-ATTILLY**
✆ 01 60 02 34 34
www.zoo-attilly.fr
Haute saison ouvert tous les jours de 10h à 18h. Entrée : 17 €. Entrée de 12 à 18 ans : 13,50 €

Lieu de détente et de promenade où vivent 500 animaux de la faune sauvage des cinq continents, représentant quelque 100 espèces de mammifères et d'oiseaux, dans un écrin de verdure parsemé de chênes centenaires et de nombreux plans d'eau respectueux de l'environnement. Participez aux soins des animaux, nettoyage des enclos, préparation des rations alimentaires, distribution des rations et observation des animaux, mais également collaboration à l'enrichissement de leur milieu. Chaque année, des événements sont organisés, Pâques, Halloween, Noël et anniversaires.

NATURE LOISIR ÉVASION

92, Rue Wilson
GREZ-SUR-LOING
✆ 06 19 37 43 24
www.nature-loisir.fr
A partir de 42 € la location de canoë pour 2 personnes pour 1/2 journée.

Chez ce spécialiste des activités sportives et récréatives, vous pourrez pratiquer le canoë-kayak, le VTT, l'escalade, le quad, le tir à l'arc, le stand up paddle ou encore de tranquilles promenades en barque sur la sinueuse petite rivière de l'Yerres. Dans cet environnement exceptionnel qu'est la forêt de Fontainebleau et la rivière le Loing, les animateurs, et moniteurs diplômés, ont à cœur de faire partager leur passion et leur savoir-faire. Des sorties nature à pratiquer en famille pour découvrir différemment ce coin de Seine-et-Marne.

ÉTANG DE NESLES

Accessible par la D201
LUMIGNY-NESLES-ORMEAUX
Accès libre et gratuit toute l'année.

Cet étang alimenté par la Visandre et l'Yerres, au sein d'un espace paysagé de 10 ha, se déploie sur 7 ha. Zone humide et espace naturel remarquable, il est en lien avec l'étang des Carreaux, sur la commune voisine de Rozay-en-Brie. Un cheminement, ponctué de panneaux explicatifs sur la biodiversité locale, permet de suivre les berges pour faire le tour de l'étang. C'est un site très apprécié de tous pour s'y promener, pique-niquer ou s'entraîner sur la parcours de santé. L'étang de Nesles est également très prisé par les pêcheurs.

PARC DES FÉLINS DE LUMIGNY ★★

D402
LUMIGNY-NESLES-ORMEAUX
✆ 01 64 51 33 33
www.parcs-zoologiques-lumigny.fr
Haute saisons ouvert tous les jours de 9h30 à 19h30. Adulte : 21 €. Enfant de 3 à 9 ans : 12,50 €.

C'est le site le plus visité du Val Briard et au-delà, avec plus de 300 000 visiteurs par an. Le Parc des Félins est implanté au cœur d'un domaine boisé d'une centaine d'hectares. Celui-ci héberge 140 félidés appartenant à une trentaine d'espèces et de sous-espèces différentes : tigres, lions, guépards et jaguars, mais aussi des espèces rares et peu connues telles que margays, chats dorés asiatiques, jaguarondis ou encore chats pêcheurs. A travers 5 circuits de promenade, on réalise un vrai tour du monde des félins puisqu'on découvre les animaux selon leur continent d'origine. Chaque saison offre également une découverte différente. Le printemps est la période des parades amoureuses. L'été est plus propice à l'observation des lémuriens qui adorent la chaleur et les bains de soleil. En automne, les félins sont plus actifs. En hiver, les arbres ayant perdu leurs feuilles, les tigres de Sibérie et les panthères des neiges sont beaucoup plus faciles à observer. C'est aussi le moment de l'année où leur pelage est le plus beau. En raison de la grande taille des enclos, certaines observations nécessitent de la patience et de revenir à plusieurs reprises ! Et ceci est d'autant plus vrai en fonction de l'heure de la visite et des conditions météorologiques. Aussi, il est nécessaire de s'équiper d'une bonne paire de chaussures, de vêtements chauds (en hiver), et de venir pourquoi pas avec une paire de jumelles, idéales pour repérer certains félins dans les zones les plus éloignées et les plus végétalisées. Il est conseillé de passer une journée dans le parc et de ne pas hésiter à traîner autour des enclos en début de matinée et en toute fin d'après-midi, moments où les animaux sont souvent les plus actifs. Plusieurs attractions et animations s'ajoutent autour du nourrissage ou de l'éthologie de certaines espèces. Une visite idéale à faire en famille, comme une grande promenade dans la nature jumelée avec un passionnant documentaire animalier. Vous repartez avec de magnifiques images dans la tête ou/et dans l'appareil photo et de nombreuses connaissances sur la vie des félins. Vous pouvez cumuler la visite du Parc des Félins avec celle de l'autre parc animalier de Lumigny, juste en face, Terre de Singes. Une demi-journée pour l'un, une demi-journée pour l'autre. Avec un pique-nique ou un snacking sur place dans l'un des points restauration des parcs. La visite de chacun de ces parcs peut suffire à elle seule à remplir votre journée !

TERRE DE SINGES

D402
LUMIGNY-NESLES-ORMEAUX
✆ 01 64 84 50 80
www.terredesinges.com
Haute saison ouvert tous les jours et jours fériés de 10h à 18h. Adulte : 13,50 €. Enfant de 3 à 9 ans : 7 €.

Une expérience immersive formidable. C'est le pendant du Parc des Félins, juste en face, dans la version singe et oiseaux exotiques. Dans ce parc animalier de 21 ha, cohabitent 300 animaux en semi-liberté au sein d'un très bel environnement naturel, avec des arbres, des fleurs, des points d'eau. C'est une visite comme un grand safari qui vous attend. Avec le Safari Magots, pénétrez sur le territoire sauvage d'une cinquantaine de macaques de Barbarie en liberté. Avec le Safari Perroquets, vous entrez dans l'immense volière pour voir les aras, perruches et autres amazones, soit une centaine d'oiseaux aux mille couleurs. Avec le Safari Loriquets, vous découvrez la volière dédiée au beau loriquet arc-en-ciel. Vous pouvez participer plusieurs fois par jour au nourrissage des oiseaux à la main et assistez au repas des tamarins, géladas et macaques. Les enfants profitent de Magoland, une aire de jeux avec toboggans et autres obstacles à franchir comme des primates. Les amateurs de photographie viendront avec leur téléobjectif, et pourquoi pas, lorsque la neige recouvre le sol, pour des clichés spectaculaires et atypiques. Mais la grande nouveauté 2021 c'est l'inauguration de l'Archipel des Singes dédié aux singes du Nouveau Monde. Une grande réussite paysagée et animalière. Tout a été fait pour le bien-être des capucins à poitrine jaune, hurleurs noirs, atèles variés, tamarins pinchés, ou encore les saïmiris du Pérou, petits singes craquants et vedettes de l'archipel avec leurs nouveau-nés de l'été 2021 !

MARIN D'EAU DOUCE

MEAUX
✆ 09 70 71 40 60
www.marindeaudouce.fr/meaux
Fermé en hiver. Bateaux de 5 à 11 places. A partir de 40 € de l'heure ; 70 €/2h ; 90 €/3h.

Marin d'Eau Douce propose à Meaux ses petits bateaux électriques sans permis en location pour voguer sur la Marne, au niveau du parc du Pâtis, juste à côté de la plage de Meaux. La navigation des bateaux électriques est autorisée sur 20 km en amont de Meaux. L'occasion de découvrir des points de vue originaux sur la ville et sur les paysages charmants de cette région et de passer un moment paisible au fil de l'eau en toute liberté. Une expérience à vivre pour se reconnecter avec une certaine lenteur réconfortante. Eteignez vos écrans, regardez au large...

MUSÉE DE LA GRANDE GUERRE DU PAYS DE MEAUX ★★★

Rue Lazare Ponticelli
MEAUX
✆ 01 60 32 14 18
www.museedelagrandeguerre.eu
Ouvert du mercredi au lundi de 9h30 à 18h.
Adulte : 10 €. Audio guide : 2 €.

Ce musée inauguré le 11 novembre 2011 est devenu, notamment grâce au centenaire de la Première Guerre mondiale, l'un des sites majeurs en France sur cette question. C'est aussi une porte d'entrée vers le Nord-Est de la France et ses lieux de mémoire. A l'origine du projet, il y eut la collection de Jean-Pierre Verney, autodidacte et spécialiste de la Grande Guerre. La collection de ce spécialiste de la Grande Guerre présentait un angle si intéressant que deux grands musées – l'un aux Etats-Unis, l'autre en Allemagne – souhaitaient s'en porter acquéreur. Mais cette collection reste finalement en France en devenant propriété de la Communauté d'Agglomération du Pays de Meaux en 2005, et le musée lui sert d'écrin. Il occupe un terrain de 16 ha entièrement paysager et le musée lui-même est d'une superficie de 7 000 m² dont 3 000 m² sont dévolus à l'exposition permanente. Utilisant les moyens multimédias et audiovisuels, l'exposition commence dès l'extérieur, avec des images des batailles de la Marne projetées sur le sol du parvis. Une fois à l'intérieur, la visite débute par un film panoramique donnant une vue d'ensemble du conflit, dans sa chronologie. Puis viennent les salles où le conflit est replacé dans son contexte géopolitique et social, afin de se faire une idée de l'état d'esprit qui régnait avant-guerre. L'espace principal, la Grande Nef, expose les nouvelles technologies de l'époque, du matériel et des uniformes montrant que la guerre de 1914-1918 marque le passage du XIXe au XXe siècle. Il dessert également plusieurs salles thématiques. Deux tranchées, l'une allemande, l'autre française, avec leur *no man's land*, sont reconstituées afin de mettre en situation l'artillerie et le quotidien des tranchées. La conclusion de l'exposition permanente amène enfin le visiteur vers les conséquences de cette guerre sans précédent jusqu'à nos jours. Le musée de la Grande Guerre du Pays de Meaux se veut avant tout un musée d'histoire et de société, témoin des bouleversements sociaux, techniques, militaires et géopolitiques de cette période décisive dans la compréhension de l'histoire contemporaine. Notez que la visite du musée est parfaitement adaptée aux familles avec des enfants à partir de 5 ans : des livrets-jeux sont à disposition des plus jeunes et un espace famille, appelé « bienvenue au cantonnement », offre à ces dernières de faire une pause dans la visite en essayant des uniformes, ou bien en dessinant ; une approche ludique séduisante.

SPECTACLE HISTORIQUE DE MEAUX

MEAUX
✆ 01 64 33 02 26
www.spectacle-meaux.fr
En juin et juillet. Billetterie en ligne.

Chef-d'œuvre de l'architecture médiévale, la Cité épiscopale accueille chaque année un magnifique spectacle mêlant musique, danse, poésie et scènes grandioses : 500 acteurs, 3 600 costumes, lasers, artifices, son en numérique multi sources et effets spéciaux racontent ainsi 2 000 ans d'histoire pendant 75 minutes. Une mise en scène et en lumière des hauts faits qui ont marqué l'histoire de la ville. Un grand moment en perspective à partager entre petits et grands !

APIKOPA - LOCATION DE CANOËS

11, rue Eugène Moussoir
MORET-LOING-ET-ORVANNE ✆ 06 21 09 37 50
www.apikopa.fr
Parcours de 6, 9 et 15 km. A partir de 38 € la location. A partir de 7 ans.

Apikopa propose trois parcours distincts : 6 km de descente libre (avec un passage de déversoir), 9 km de descente libre (et cette fois deux passages de déversoir), et enfin 15 km avec... trois passages de déversoir. Une immersion totale dans une nature généreuse et préservée. Les durées estimées pour ces balades vont de 2h à 3h, mais avec à chaque fois une marge importante pour le retour. En été, il est fortement recommandé de réserver à l'avance depuis le site web.

LE MUSÉE DU SUCRE D'ORGE ★

Rue du Pont - **MORET-LOING-ET-ORVANNE**
✆ 01 60 70 41 66 - www.msl-tourisme.fr
14h-19h, mercredi-dimanche et jours fériés, jusqu'à fin Août. 14h-18h jusqu'à fin Octobre. Entrée 2 €.

Pour tout connaître sur le sucre d'orge des religieuses, il faut venir ici dans cet ancien moulin où vous attendent une exposition de matériel et la dégustation gratuite de cette fameuse friandise. Des projections vidéo en continu expliquent la fabrication de ce savoureux bonbon à partir d'une infusion d'orge. Et pour déguster le sucre d'orge, la boutique La Maison du Sucre d'Orge est ouverte toute l'année,. Produits dérivés : confit à la pomme ou à la poire, liqueur au sucre d'orge. Dégustation des produits sur place. Parfait pour les gourmands.

MUSÉE DE LA PRÉHISTOIRE D'ÎLE-DE-FRANCE ★

48, Avenue Etienne Dailly - **NEMOURS**
✆ 01 64 78 54 80
www.musee-prehistoire-idf.fr
Tous les jours sauf mercredis et samedis matin, 10h-12h30/14h-17h30 (jusqu'à 18h juillet-août). Tarif 5 €, réduit 3 €.

Tout de béton, la construction de ce musée au milieu d'une oasis de verdure sur le massif des Rochers Verts, rappelle l'environnement dans lequel vivaient les derniers chasseurs de la région il y a quelque 12 000 ans. Didactique et interactif, il dévoile la préhistoire. Huit salles marquent l'évolution des différentes périodes, du Paléolithique ancien à l'époque carolingienne. Des expositions temporaires intéressantes et ludiques complètent la scénographie de ce musée exceptionnel.

LE VOILIER VIKING GUNGNIR

11, rue des Ormes – Puiselet
NEMOURS
✆ 06 66 98 21 26
www.vikingar.info
Ouvert sur rendez-vous.
Visites guidées : 5 € par personne.

Les Vikings vous passionnent ? Venez admirer ce drakkar de 18 m de long, 4 m de large pour 8 tonnes. Gunhilde a été ramené de Scandinavie. Cette réplique d'un drakkar authentique a été construite par un menuisier suédois à l'aide des troncs d'arbres déracinés. Un guide-conférencier raconte l'histoire de ce bateau et celle des Vikings, peuple de guerriers et grands navigateurs, qui se sont aventurés au Groenland et jusqu'en Amérique au XIe siècle, 500 siècles avant Christophe Colomb.

GRAINES DE CÉZANNE

Place de l'École
NEUFMOUTIERS-EN-BRIE
✆ 06 72 22 06 50
Cours le jeudi après-midi et stages réguliers.

Au cœur du village, Muriel Sénéchal anime des ateliers créatifs de peinture, de modelage, de collage, de pâte polymère et autres activités créatives pour les adultes et les enfants, tout au long de l'année dans le cadre d'un cours hebdomadaire pour lequel il est préférable de s'inscrire pour un trimestre. Par ailleurs, cette artiste et animatrice programme des stages ponctuels d'apprentissage de différentes techniques créatives pendant les vacances scolaires. L'association participe régulièrement à des fêtes et animations villageoises.

LES AIGLES DES REMPARTS

PROVINS
✆ 01 60 58 80 32
www.vollibre.fr
Du samedi 26 mars au mardi 1er novembre 2022. Horaires et tarifs complets en ligne. Prévente des billets sur internet.

Il s'agit d'un très grand spectacle de fauconnerie et d'imprégnation médiévale, dans le cadre historique, altier et verdoyant des remparts, où des rapaces fascinants (aigles, buses, faucons, chouettes, caracaras et vautours) planent au-dessus des têtes au cours de plusieurs tableaux, en harmonie avec les chevaux majestueux. Cette féerie vous transporte dans l'univers de la fauconnerie telle qu'elle existait en Occident médiéval, au Proche-Orient et dans les steppes d'Asie centrale. Le spectacle de toute beauté est fascinant. A voir absolument !

TOUR CÉSAR ★★

Rue de la Pie - **PROVINS**
✆ 01 64 60 26 26
www.provins.net
Du 26/03 au 6/11 : tlj de 10h à 18h.
Du 2/01 au 25/03 et du 7/11 au 31/12 : en semaine 14h-17h, week-ends : 11h-17h.

La création de Provins daterait de l'époque romaine, et la légende précise que la construction de la première tour de garde serait le fait d'une décision de Jules César ! La tour César que l'on voit aujourd'hui a été bâtie au XIIe siècle par Henri Ier le Libéral. Ce donjon, symbole de la toute puissance des comtes de Champagne, était un lieu de refuge, de guet ou de prison. Par la scénographie audiovisuelle, projetée dans les différentes salles de la tour, la visite vous immergera dans la vie quotidienne du donjon d'il y a 8 siècles. Fascinant !

PARC ANIMALIER HI HAN

Avenue Joseph-Bodin-de-Boismortier
ROISSY-EN-BRIE ✆ 01 60 28 49 00
association.hihan.free.fr
Basse saison du mardi au dimanche de 14h à 17h. Haute saison ouvert du mardi au dimanche de 14h à 18h. Adulte : 4 €.

Venez rencontrer ânes, poneys, moutons, chèvres, cochons, canards, dindes, dindons, oies, poules, coqs... Il est possible d'en approcher certains et de les nourrir. Vous pourrez aussi fêter vos anniversaires avec les copains en devenant apprenti fermier le temps d'une heure. Trois grandes journées festives sont aussi organisées par les bénévoles chaque année afin de financer différents travaux nécessitant l'intervention d'entreprises. Toute l'équipe organise des stands créatifs, des animations, des jeux et confections de succulentes crêpes au stand gourmand.

LE CONSERVATOIRE CITROËN

Boulevard André-Citroën - **AULNAY-SOUS-BOIS**
✆ 01 56 50 87 39
www.laventurepeugeotcitroends.fr
Ouvert du lundi au samedi de 9h30 à 17h30. Adulte : 10 €. Enfant (de 7 à 18 ans) : 5 €.

L'Aventure Peugeot Citroën DS, un espace unique au monde ! Tube, Diane, 2CV, DS... Avec plus de 400 pièces, ce conservatoire abrite la plus importante collection internationale de véhicules Citroën. Sous les poutrelles métalliques du bâtiment principal, la flotte est classée par décennies, de 1919 aux années 2000, puis par thème : sport, aventure, utilitaires, véhicules insolites, concept cars et prototypes. Évocation Croisières Jaune, Noire, les rallyes-raids, le WRC... Montez à bord d'une C4 autochenille, démarrez une ZX du rallye-raid Paris-Moscou-Pékin 1992...

LES ARTS CODÉS

38, rue des Pernelles
BAGNOLET
www.lesartscodes.com
Ouvert du lundi au vendredi de 10h à 18h. Ouverture en fonction des événements ou des visites.

Les Arts codés sont un groupement coopératif d'artisans d'art. Leur objectif ? Mettre en commun de nouvelles formes d'art et développer de nouvelles techniques. Ainsi le souffleur de verre bénéficiera de moules de bois imaginés numériquement, une structure spécialisée dans la lumière LED planche sur une muséographie prochaine, dans un foisonnement artistique. Parmi les réalisations des Arts codés : la mise en lumière des espaces publics sous le périphérique, là où passe le canal de l'Ourcq et les cheminements piétons et cyclistes qui l'entourent.

MÉMORIAL DE LA SHOAH DE DRANCY ★★

110-112, avenue Jean Jaurès
DRANCY
✆ 01 42 77 44 72
http://drancy.memorialdelashoah.org
Ouvert du dimanche au jeudi, de 10h à 18h. Fermé les jours de fêtes juives. Entrée libre. Audioguides.

Ce lieu présente l'histoire du camp de Drancy : habitat collectif des années 1930 mais jamais achevé, la Cité de la Muette devient en 1941 un camp d'internement, et en 1942 le camp de regroupement des juifs de France en vue de leur déportation vers les camps d'extermination. Entre mars 1942 et août 1944, environ 63 000 juifs ont été déportés du camp de Drancy. Une sculpture monumentale, œuvre de l'ancien déporté Shelomo Selinger, accueille le visiteur.

MUSÉE DE L'AIR ET DE L'ESPACE ★★★

3, esplanade de l'Air et de l'Espace - **LE BOURGET**
✆ 01 49 92 70 00
www.museeairespace.fr
Ouvert mar-dim. 1/10 au 31/03 : 10h-17h. 1/04 au 30/09 : 10h-18h. Entrée : 16 €. - de 26 ans : gratuit (hors avions).

Établi au Bourget, ce musée concentre toute l'histoire de l'aéronautique française et internationale. Parmi les animations, le Concorde et l'A380 sont en bonne place. Les simulateurs de vol permettent des sensations fortes et des découvertes incroyables. Le musée propose un espace ludo-éducatif, le « Planète Pilote «, dédié aux enfants de 6 à 12 ans. Les 8 à 14 ans pourront s'initier au pilotage grâce au Simu Pilote. Enfin, le Planétarium vous invitera à partir dans les étoiles !

JARDINS DES MURS À PÈCHES

95, route de Valorse
MONTREUIL
✆ 06 65 01 82 36
www.randonnees-astronomie.com
Tous les dimanches après-midi de 14h30 à 16h30.

La culture de la pêche contre les murs existait localement dès le XVIIe siècle et s'est développée sur l'ensemble du territoire montreuillois jusqu'à la fin du XIXe siècle, avec une renommée particulière pour leurs productions. L'association Murs à Pêches vous propose, à travers un parcours dans le vieux Montreuil et au détour de ruelles, de découvrir les maisons des irréductibles horticulteurs de pêchers, jusqu'au site classé des Murs à pêches et ceci à travers différents jardins.

PARC MONTREAU

31, boulevard Théophile-Sueur
MONTREUIL
✆ 01 48 70 60 08
www.montreuil.fr
Accès libre et gratuit toute l'année.

Inauguré en 1934, ce parc de 15 ha possède trois pièces d'eau, une roseraie, un labyrinthe végétal, des clairières et des allées arborées appréciées des promeneurs. On y découvre des essences exotiques et quelques arbres exceptionnels, comme un séquoia géant haut de 45 m. Le parc dispose d'une aire de jeux pour les enfants ainsi qu'un parcours dans les arbres sur un filet à 5 m du sol. Il est ouvert toute l'année, et franchement on se sent extrêmement bien. Mention spéciale au début de l'automne, lorsque de petites brumes rendent le lieu un peu hors du temps.

SALON DU LIVRE ET DE LA PRESSE JEUNESSE

128, rue de Paris
MONTREUIL
© 01 55 86 86 55
www.slpjplus.fr
En décembre.

Des milliers de mètres carrés tout entiers dédiés aux livres pour enfants ! De quoi satisfaire une envie de lire, ou de se plonger dans les aventures de multiples personnages : ce salon annuel vous donne l'occasion de faire le plein de romans, de livres d'images, de livres illustrés ou de livres audio mais aussi de découvrir les dernières nouveautés de la presse jeunesse. Près de 250 artistes sont invités sur ce festival qui change de thème tous les ans.

BLAST

19, rue Charles Auray - **PANTIN** © 01 84 21 03 90
www.blast.st
Ouvert toute l'année, horaires variables. Entrée : 11 € (-12 ans), 13 € (+ de 12 ans). A partir de 6 ans.

Pas moins de 1 000 m² sont dédiés ici au franchissement des parcours d'obstacles, dans cette vaste arène pantinoise à deux pas du métro et du parc de La Villette. Blast propose en effet différentes activités, à commencer par la pratique du parkour. Au moyen de nombreux obstacles plus vrais que nature, c'est aidés de coach hors pair que vous serez initiés, puis pratiquerez la discipline. Autres possibilités proposées par Blast, le studio training, qui mélange *crossfit* et gymnastique, et une « Ninja Academy » pour les plus jeunes. Restauration possible sur place.

LA CITÉ FERTILE

14, avenue Edouard Vaillant
PANTIN
Ouvert du dimanche au mercredi de 12h à 18h ; du jeudi au samedi de 12h à 1h.

Espace en transition familier du nord-est parisien, cette immense friche ferroviaire de 10 000 m² deviendra un écoquartier. Ici, depuis 2018, on réfléchit à la ville du futur dans une démarche écoresponsable et anti-gaspi. Ville dans la ville, cette Cité Fertile porte bien son nom avec pêle-mêle une vaste cour riche de jeux et de plantes, un préau où sont organisés des ateliers autour de thèmes citoyens, une halle d'expositions, un lieu de restauration, des ateliers-boutiques et une serre d'agriculture urbaine. Un site très fréquenté aux beaux jours.

MURMUR

55, rue Cartier Bresson
PANTIN
© 01 48 46 11 00
www.murmur.fr
Ouvert tous les jours de 7h à 23h. 16 €, enfant 8 € et 6 €.

Murmur est l'une des références parisiennes en termes d'escalade. A Pantin, les sportifs peuvent choisir entre escalade à la corde (classique) ou celle pratiquée sur des blocs. Ces derniers, d'une taille maximale de 4 mètres, peuvent se pratiquer sans équipement, puisque si vous tombez, de gros et épais tapis vous récupéreront. Plaisir et apprentissage sont les matrices d'un endroit convivial, et qui dispose d'une seconde adresse à Issy-les-Moulineaux. Les tarifs sont variables selon les moments, bien vu ! Un endroit à fréquenter pour de belles sensations.

FERME PEDAGOGIQUE ROSNY

24-26, rue Jules-Guesdes
ROSNY-SOUS-BOIS
© 01 48 55 53 67
Ouvert le mercredi de 9h à 12h et de 14h à 17h. Premiers samedi et dimanche de chaque mois de 14h à 17h. Gratuit.

Située sur le plateau d'Avron, la ferme pédagogique de Rosny-sous-Bois est gérée par le service des Espaces verts. Elle a pour objectif principal l'éducation à l'environnement. Sur un hectare, la ferme accueille tout au long de l'année, scolaires, centres de loisirs, crèches, structures pour personnes handicapées et maisons de retraite, mais aussi le grand public pour les sensibiliser à l'environnement, en s'amusant et en s'émerveillant. Plus de 14 000 visiteurs franchissent les portes de la ferme pédagogique chaque année. Les familles pourront y déambuler, s'asseoir sur un rocher pour écouter le bruit du vent dans les feuilles des chênes centenaires. Puis, continuer la flânerie, loin sur les chemins de forêt, en passant par la tour géodésique. De retour vers la ferme, passez devant le poulailler où TropTôt, le coq multicolore et Camomille le cochon vous attendent avec toute la basse-cour des pigeons, poules, canards, oies, dindes, pintades et autres volailles, pour vous rappeler que leurs amis les lapins et les cobayes se trouvent juste un peu plus loin et attendent vos caresses. De nombreuses animations sont aussi proposées sur les thématiques du grain au pain, la pomme de la fleur au fruit, la laine, l'œuf, l'abeille et le miel. Promenade à travers les champs pour découvrir le métier de maraîcher. Dans le respect de la méthode AB, biodynamique et permaculture. Ils vous expliquent le non-travail du sol, le sol vivant, les semis, les plantations et la récolte. Le travail sous les tunnels ou en plein champ.

BASILIQUE CATHÉDRALE DE SAINT-DENIS ✝ ★★★★

1, rue de la Légion-d'Honneur - **SAINT-DENIS**
✆ 01 48 09 83 54
www.saint-denis.monuments-nationaux.fr
Ouvert toute l'année. Fermé les 1er janvier, 1er mai, 25 décembre.

La construction de la basilique s'est organisée autour de la tombe de saint Denis. Différentes architectures se sont succédé du Ve au XIIIe siècle. Outre la crypte carolingienne du VIIIe siècle, la basilique conserve le témoignage de l'évolution de l'architecture religieuse : le chevet de Suger, manifeste du nouvel art gothique, et la partie reconstruite au temps de Saint Louis, dont le transept accueillait les tombeaux royaux. 70 gisants et tombeaux monumentaux sont encore visibles.

PARC DEPARTEMENTAL GEORGES-VALBON

1, rue de la République
SAINT-DENIS
✆ 01 43 11 13 00
Haute saison ouvert tous les jours de 7h à 21h. Basse saison tours les jours de 7h30 à 17h30.

Avec ses 410 hectares, il est le troisième parc d'Ile-de-France. Il comprend plusieurs entrées et parcours de balades, en passant par des circuits sportifs, les espaces fitness et la maison du parc. Particulièrement attrayant pour sa flore, bois, prairies, roseraie et sa faune. Mouton, renard, fouine, belette, musaraigne, campagnol, mulot..., poissons et amphibiens. De nombreux oiseaux migrateurs viennent y passer l'hiver ou tout simplement faire escale. Aires de jeux. Animations.

LA CITÉ DU CINÉMA

20, rue Ampère
SAINT-DENIS
✆ 08 25 05 44 05
www.citeducinema.org
Pour obtenir les dates des visites, se rendre sur le site www.cultival.fr

C'est l'histoire d'une reconversion industrielle extraordinaire à l'initiative de Luc Besson. C'est en effet fin 2012 qu'a été inaugurée la Cité du cinéma de Saint-Denis. Articulé autour d'un gigantesque et sublime hall (18 m de hauteur, 200 m de longueur), surmonté d'une grande verrière, servant à alimenter autrefois en électricité le métro parisien, le lieu est tout simplement vertigineux. Sur plus de 60 000 m², à vous la découverte des menuiseries, magasins lumière et caméra, plateaux et ateliers divers. Les petits, comme les grands, en prendront plein la vue !

FESTIVAL DES RÊVEURS ÉVEILLÉS

SEVRAN
✆ 01 49 36 51 75
www.ville-sevran.fr
En janvier.

Echanger des regards, transmettre un mouvement, exprimer sa joie ou bien retenir son souffle, puis rire aux éclats ! Le festival des Rêveurs s'éveille aux rencontres sensibles, celles qui réunissent petits et grands dans la même curiosité de l'autre. De l'absence de mot aux langues étrangères via l'imaginaire, parcourez les espaces infinis de la diversité langagière... par tous nos sens réunis ! Ce festival, qui existe depuis près de 30 ans maintenant, est un incontournable de la ville.

FERME OUVERTE DE SAINT-DENIS

114, rue de Stalingrad - **SAINT-DENIS**
✆ 01 84 03 98 95 - www.lesfermesdegally.com
Ouvert le mercredi de 10h à 13h et de 14h à 18h. Adulte : 4,60 € (réduit : 3 €). Enfant (de 3 à 12 ans) : 4,20 €.

C'est la dernière ferme maraîchère du département dont la production potagère est disponible en vente directe ! La visite est libre et sécurisée chaque après-midi, aussi bien pour les scolaires que pour les familles. Les enfants pourront nourrir les animaux, en prendre soin et les câliner. Des ateliers pédagogiques permettent de comprendre le rôle de l'agriculture dans leur alimentation, de fabriquer du pain et d'en apprendre plus sur la production laitière et celle des œufs.

JAPAN EXPO

Parc des expositions Paris-Nord - **VILLEPINTE**
✆ 01 40 68 22 22
www.japan-expo.com
Du 14 au 17 juillet 2022. Entrée : 22 € (le jeudi, 20 € le vendredi, 30 € le samedi et 25 € le dimanche).

Depuis sa première édition en 1999, Japan Expo regroupe tout ce que la culture japonaise a à offrir, de l'artisanat le plus traditionnel à la pop culture en passant par les arts martiaux. Et quel succès ! Près de 250 000 visiteurs se mettent chaque année à la mode nipponne à l'occasion de ce festival. Parmi les nombreux exposants, on retrouve les éditeurs de mangas, d'animes et de jeux vidéo, des boutiques d'artisanat, des jeunes créateurs inspirés par le Japon, des fédérations de sports ou jeux nippons, ainsi que plus de 150 fanzines et stands amateurs !

RKC KARTING PARIS

Aérodrome de Pontoise - **BOISSY-L'AILLERIE**
✆ 01 30 73 28 00
www.rkc.fr
Ouvert toute l'année sur réservation via le site Internet. Enfant dès 3 ans. Adulte dès 24 € la session de 10 min.

Il s'agit là du plus grand site de kart d'Île-de-France. Le complexe est composé de quatre pistes, dont deux pour les plus jeunes, et deux circuits pour adultes : l'un de 1 200 mètres, rapide, et le second de 1 000 mètres, plus technique. Ici, amateurs et chevronnés sont dans le lieu idéal. Les tours de circuit s'enchaînent dans cet environnement hors pair, et les événements privés sont bien évidemment possibles, de même que les stages dédiés. Club-house, bar et boutique, où l'on peut acquérir tout l'équipement pour les pilotes passionnés, complètent les lieux.

PARTIR EN LIVRE

CERGY
www.partir-en-livre.fr
En juillet.

C'est une belle idée, qui depuis plusieurs années déjà essaime un peu partout en France, et aussi à Cergy ! Partir en Livre c'est, à l'initiative du Centre National dédié, la fédération de toutes les initiatives dédiées au livre de jeunesse. Les plus jeunes des lecteurs peuvent ainsi, pendant plusieurs jours, découvrir des ouvrages, rencontrer des auteurs, assister à des spectacles et des ateliers, l'ensemble se déroulant habituellement à l'île de loisirs – si les circonstances sanitaires ne rendent pas le moment virtuel, comme en 2020.

WATER RUN

CERGY
En mai.

Chaque année en mai, l'offre qui suit, et appelée « Water Run », est un moment à ne surtout pas manquer. En effet, pendant le temps d'un dimanche, toutes les activités proposées à l'île de loisirs sont proposées à un prix défiant toute concurrence. Le principe est simple : chaque famille paie 5 euros et choisit 5 activités parmi toutes celles qui existent sur place (et le choix est probablement le moment le plus complexe, tant l'offre est vaste !). Un chouette moyen de découvrir ou redécouvrir l'île de loisirs, au tout début de la période estivale.

FERME DE CHAUVRY

2, Grande-Rue - **CHAUVRY**
✆ 01 34 69 26 07
www.fermedechauvry.fr
Ouvert du mercredi au vendredi de 15h à 19h, samedi de 10h30 à 12h30 et 15h à 19h, dimanche de 16h à 19h.

Cette exploitation céréalière est aussi un élevage de chèvres alpines. Dans ce cadre authentique, les scolaires sont invités à venir visiter les installations, à assister à la traite et à la fabrication de leurs fromages, plusieurs fois primés au concours national agricole. Ils répondront à toutes les questions. Tandis que les familles pourront librement faire le tour de l'exploitation, et voir les 180 chèvres. Il est fortement possible que vous repartiez avec quelques fromages de chèvre frais. Ils vendent également miel, jus de pomme, cidre, huile, farine, œufs.

MAISON DU PAIN

31, Grande-Rue
COMMENY
✆ 01 34 67 41 82
Ouvert du lundi au vendredi de 9h à 12h et de 14h à 16h ; le dimanche de 14h à 17h. Adulte : 3 €. Enfant : 2 €.

La maison du pain est installée dans le grenier à farine d'une boulangerie artisanale aujourd'hui toujours en activité. On y découvre l'histoire de la fabrication du pain depuis les premières galettes préhistoriques au pain de nos jours. Un diaporama et des visites commentées retracent le cycle du blé, de la farine et du pain à travers les siècles et expliquent le savoir-faire des artisans-boulangers. Chaque année, elle accueille plusieurs manifestations populaires comme la Fête de l'Epiphanie en janvier et la Fête de la Saint-Honoré au mois de mai.

FESTIVAL INTERNATIONAL DU CIRQUE

DOMONT
✆ 01 39 91 58 02
www.cirqueduvaldoise.fr
Premier week-end d'octobre 2022.

Tout le Val-d'Oise se mobilise autour des magies du cirque. Sur trois jours, ce festival réunit dans un même et unique spectacle les meilleurs numéros actuellement présentés dans le monde entier ! Une manifestation qui a su s'imposer et devenir incontournable depuis 21 ans ! Un événement à réserver d'urgence en espérant que la situation sanitaire s'améliore et permette aux petits comme aux grands de retrouver la magie de la piste et des artistes !

MUSÉE NATIONAL DE LA RENAISSANCE ★★★

Château d'Écouen
ECOUEN
✆ 01 34 38 38 50
www.musee-renaissance.fr
Du mercredi au lundi de 9h30 à 12h45 et de 14h à 17h15. Adulte : 5 €

S'il n'est pas des plus médiatiques, le château d'Ecouen n'en est pas moins un joyau. Bâti sur une colline dominant la Plaine de France, il est une réalisation architecturale majeure de la Renaissance. Construit pour le connétable Anne de Montmorency par l'architecte Jean Bullant, il a conservé en grande partie son décor originel : cheminées peintes, plafonds, frises et pavements polychromes. La visite du lieu, qui abrite les collections du musée national de la Renaissance, nous immerge dans l'univers artistique raffiné de cette époque. La peinture s'admire sur les cheminées, les décors de meubles ou les tentures de cuir. La sculpture se révèle à travers les chefs-d'œuvre de Jean Goujon et de Germain Pilon, mais aussi par des travaux de leurs prédécesseurs italiens. Côté mobilier, on découvre toutes les inventions du XVIe siècle, emblématiques d'un nouvel art de vivre, comme l'armoire et le cabinet. La tapisserie dévoile l'un des fleurons de l'art français, la fameuse tenture en dix pièces de *David et Bethsabée*. Les arts du métal – armes, orfèvrerie, horlogerie ou ferronnerie – et les arts du feu – émaux limousins, vaisselle de Bernard Palissy ou encore vitraux – sont également de la fête. Quant au parc paysager, agréable prolongement de la visite, il fut dessiné au XVIIe siècle par Jules Hardouin-Mansart et couvre une superficie de 17 ha. Visites en famille, conférences et expositions temporaires ponctuent le programme d'un lieu qui vaut que l'on s'y attarde.

FERME PEDAGOGIQUE ERMONT

47, route de Franconville - **ERMONT**
✆ 01 34 15 21 35
Haute saison ouvert du lundi au vendredi de 9h 12h et de 14h à 18h. Un samedi sur deux de 10h à 12h et de 14h à 18h.

Cette ferme comprend un espace pâturage et une basse-cour d'une quarantaine d'animaux, où vivent les oies de Guinée et canards, le paon, le poney shetland, cochons et moutons. Dans le bâtiment principal, les cochons d'Inde et différentes espèces de lapins. La nuit y dorment poules, chèvres et la vache. C'est aussi un espace en accès libre, dédié aux cultures potagères et fruitières bio. Les scolaires pourront observer, manipuler, découvrir l'origine des aliments. Ateliers pédagogiques de l'œuf à la poule, l'écosystème, les légumes du jardin. Aires de pique-nique.

FERME DES SABLONS

Sente de la Procession
GÉNICOURT
✆ 06 84 23 93 18
www.lafermedessablons.com
Accès lundi et vendredi de 17h à 19h, mercredi et samedi de 9h à 12h pour les familles.

Entrée libre et gratuite pour les familles pendant les heures d'ouverture de la boutique, pour découvrir la plupart des animaux de la ferme dans leur habitat d'élevage. Pour les groupes, visite guidée de la ferme adaptée à l'âge des enfants, à leur classe et à leur parcours pédagogique, accompagnée ou non d'un atelier. Ils pourront approcher vaches, poules, canards, dindes, cailles, oies, pintades, chèvres, poneys, chevaux lapins, cochons... Tout connaître sur leur habitat, leur nutrition, les céréales, et leur reproduction. Aire de pique-nique. Salle chauffée.

PARC AVENTURE LAND

1 bis, Rue Chalot
MAGNY-EN-VEXIN
✆ 01 34 67 61 94
www.aventureland.fr
Ouvert du 9 avril au 2 octobre 2022. Adulte : 25 €. Enfant : 20 €. Pass famille 82 €.

A l'intérieur de ce parc qui s'étend sur 17 hectares de forêt, on peut se défouler dans l'aire de jeux équipée de structures gonflables, de jeux de ballons, de raquettes, de kart à pédale solo ou biplace et de vélos rigolos. On se perd avec excitation dans le vaste labyrinthe végétal avant de partir en promenade au sein du bois d'Arthieul à la découverte des richesses de la forêt. En tout, ce sont 30 attractions qui vous attendent ici. Enfin, aidez Foxi à déjouer les pièges de Sacabosse avec un chouette escape game : en famille ou entre amis, on adore !

MUSÉE DES SAPEURS-POMPIERS DU VAL D'OISE ★

Rue William-Thornley - **OSNY**
✆ 01 34 22 19 45
www.osny.fr
Ouvert le mardi, le samedi et le dimanche de 14h à 17h30. Adulte : 5 €. Enfant (de 9 à 16 ans) : 2,50 €.

C'est installé dans les anciennes écuries du château de Grouchy, que ce musée montre sur 1 200 m² des matériels de lutte contre l'incendie (pompes à bras, véhicules ou motopompes) conçus du XVIIIe siècle à nos jours à travers des reconstitutions, ainsi que des tenues. Une salle est plus particulièrement destinée aux enfants. On leur donne ici des conseils de prévention et on leur fait découvrir une collection de jouets dont certains datent du XIXe siècle.

LE CARRÉ PATRIMOINE

4, rue Lemercier - **PONTOISE**
✆ 01 34 43 34 43
www.ville-pontoise.fr
Ouvert le mercredi, le samedi et le dimanche de 14h à 18h. Pour les groupes sur rendez-vous. Gratuit.

Cet espace culturel a ouvert en 2017, et sa volonté est de mettre en évidence le patrimoine architectural et urbanistique, ainsi que le patrimoine de Pontoise. Et il y en a de chouettes choses ici ! Souhaitant vulgariser et rendre accessible à tous un discours scientifique passionnant, l'endroit, doté d'une scénographie simple, mais efficace, vous permet sur une centaine de mètres carrés de mieux comprendre comment la ville s'est transformée. Une maquette de la ville et des livrets interactifs vous épaulent dans votre visite.

MUSÉE CAMILLE PISSARRO ★

17, rue du Château - **PONTOISE**
✆ 01 30 38 02 40
www.ville-pontoise.fr
Ouvert du mercredi au dimanche de 10h30 à 12h20 et de 13h30 à 18h. Gratuit jusqu'à 12 ans. Adulte : 7 €. Réduit : 6 €.

Portant le nom de l'un des fondateurs de l'impressionnisme, qui séjourna et peignit plus de quinze ans à Pontoise, ce musée est consacré aux peintres paysagistes du XIXe siècle. Les riches collections XIXe de la ville – des peintures et un important cabinet d'art graphique – y sont présentées par rotations. On y découvrira les œuvres de Pissarro, bien évidemment, et celles d'autres artistes ayant séjourné dans la région : Piette, Luce, Caillebotte, Hayet, Daubigny, Signac... Vous pourrez aussi découvrir les œuvres des fils Pissarro : Lucien, Georges et Ludovic.

NO MAD FESTIVAL

PONTOISE
https://no-mad-festival.com
Au début de l'été.

Un rendez-vous pas comme les autres. Ici, la rencontre du média en ligne Babel Voyages et de l'office de tourisme de Cergy-Pontoise a permis la mise en commun de deux volontés pour créer et soutenir le No Mad Festival. Ce rendez-vous, qui se tenait seulement sur le site de l'office de tourisme rencontre un tel succès qu'il se tient désormais en une quinzaine de lieux de l'agglomération. Le but ? L'ouverture sur les cultures lointaines, souvent méconnues. Expositions, cinéma, spectacles (dont certains sur une péniche), randonnées à vélo, pour toutes les envies.

CANOEPTE

SAINT-CLAIR-SUR-EPTE
✆ 06 19 57 52 53
www.canoepte.com
Location canoë 1 place à partir de 28 €. Tarifs complets en ligne.

L'Epte, charmante rivière servant de frontière entre l'Île-de-France et la Normandie, est d'avril à fin octobre le lieu des descentes en canoë. Une délicieuse occasion de dépaysement et d'immersion en pleine nature. On se laisse porter et serpenter au rythme de l'eau et des rencontres insolites, poules d'eau et ragondins en tête ! Plusieurs parcours sont possibles. On navigue en autonomie, munis d'une carte qui permet d'amorcer les bons virages aux bifurcations. En option, vous pourrez être accompagnés d'un guide du Parc Naturel Régional du Vexin français.

LA COUR DES ARTS

8, rue Nationale
VAURÉAL
www.lacourdesarts-vaureal.fr
Ouvert du lundi au samedi.

Un coup de cœur pour ce lieu insolite qui plaira aux curieux, aux artistes, aux bricoleurs, et à tout dénicheur de bonnes idées ou de jolis objets. Il est situé dans un corps de ferme de 2 500 m², restauré selon des méthodes traditionnelles. Ici sont installés 18 artisans, formant un espace de création et d'émulation unique en son genre. Vous pourrez y déambuler et y voir travailler le bois et l'or, le tissu et la céramique, le verre ou le métal, les arts du feu, la coutellerie, la chapellerie ou encore la restauration de céramiques anciennes. Vous pourrez également, bien évidemment, vous procurer certains de ces beaux objets. Tous indépendants, les artisans sont néanmoins regroupés autour d'une structure associative qui ne ménage pas ses efforts pour organiser ici de très chouettes moments. Car ici, les événements sont nombreux. Ainsi, les journées européennes des métiers d'arts font l'objet de nombreuses animations. De même, le salon « Vaurélames » fait venir – comme son nom l'indique – des couteliers de la France entière, et les démonstrations sont nombreuses. En décembre, un marché médiéval, drôlement appelé « Vauréyule », qui vous transporte dans le temps, et les artisans de la Cour, mais aussi beaucoup venus d'ailleurs, sont présents pour ce moment pas comme les autres. Pour vous rendre ici, prenez la direction du vieux village de Vauréal, puis vous verrez que le lieu, indiqué, est facile à trouver. D'ici, vous n'êtes qu'à quelques centaines de mètres de l'Axe majeur : idéal pour poursuivre votre balade.

FESTIVAL CINÉ JUNIOR

1, rue Paul-Signac
ARCUEIL
✆ 01 41 24 25 50
https://cinejunior.fr
En février.

Depuis plus de trente ans, les enfants ont eux aussi leur festival du cinéma ! Moins glamour et médiatique que Cannes, ce festival a néanmoins le mérite de convier les enfants et les adolescents à des pratiques artistiques et des univers visuels originaux. Une sélection internationale et inédite de films de fiction, d'animations, de documentaires et de courts-métrages est projetée au jeune public de 3 à 15 ans. Ce sont plus de 50 lieux en Ile-de-France qui participent à cet événement chaque année (liste complète sur le site).

ASINERIE FRANCILIANES

86, rue des Bordes
CHENNEVIÈRES-SUR-MARNE
✆ +33 6 61 59 12 12
www.francilianes.fr
Ouvert de janvier à août de 17h à 19h, sur réservation. Adulte : 6 €. Enfant : 3,50 €.

Bienvenue dans cet élevage d'ânesses laitières certifié en mode de production biologique. L'élevage s'étend sur une quinzaine d'hectares. Le type d'animal recherché est mixte, à la fois une ânesse laitière avec un lait de qualité et à la fois une ânesse calme et à l'écoute pour la ferme pédagogique. L'accent est également porté sur la docilité et la douceur des ânes, renforcé par la désensibilisation des jeunes. L'éducation peut ensuite être continuée du côté des acquéreurs en fonction des envies : équi-pâturage, asinothérapie, balade en main, balade montée pour les grands ânes, attelage, cirque. Chaque ânesse, âne et ânon présents sur la ferme ont un prénom et une histoire qui l'accompagnent, comme Végane l'égérie des bouteilles de lait, Fantômette la jumelle ou Imagine en référence à la chanson utopiste et mondialement connue de John Lennon. Le lait produit sur l'exploitation est utilisé pour la fabrication de savons et cosmétiques biologiques en vente directe sur le site internet ou à la boutique à l'entrée du parc des Bordes. Des visites sont adaptées au niveau scolaire et comprennent un temps en salle avec diaporama, présentation et découverte de l'élevage, présentation générale de l'âne et présentation de la partie laitière. Un temps au pré comprenant : caresses et brossage des ânes, anecdotes et démonstrations diverses en fonction de l'intérêt des enfants. En fin de visite : remise d'un livret par élève au responsable du groupe. Aires de jeux et de pique-nique. Profitez aussi du parcours de santé.

AU FIL DE L'EAU, CROISIÈRES SOLIDAIRES ET ÉCOLO

Port de Plaisance de Nogent sur Marne
CHOISY-LE-ROI ✆ 01 48 52 22 22
www.aufildeleau.eu
Ouvert de mai à septembre de 13h à 20h les samedis et dimanches.

Depuis 1982, Au Fil de l'Eau œuvre pour la préservation et la mise en valeur du patrimoine aquatique en Ile-de-France. L'association s'appuie sur ses deux chantiers d'insertion professionnelle conciliant solidarité et préservation de l'environnement. Elle assure des campagnes de collecte de déchets pour lutter contre la pollution des eaux, crée des événements flottants et propose des croisières sur mesure à bord de ses catamarans à fond plat et son bateau à passagers, le *Francilien*.

PARC DES GONDOLES

Rue Méhy - **CHOISY-LE-ROI**
✆ 01 48 90 77 11
www.ville-choisyleroi.fr
Haute saison tous les jours de 9h à 12h et de 14h à 18h30. Basse saison tous les jours de 9h à 12h et de 14h à 17h.

Le parc des Gondoles c'est 3,5 hectares de cadre champêtre situés en bordure du plan d'eau du parc interdépartemental (pêche autorisée sous conditions : se renseigner). On s'y promène au fil des allées entre massifs de fleurs et pelouses. On peut pique-niquer ici et laisser ses enfants s'amuser sur des aires de jeux. Des tables de ping-pong sont à disposition des amateurs. La ferme permet sur 0,7 hectare de découvrir des canards, des vaches, des chèvres, des brebis, des coqs et des poules, etc. Attention : il est interdit de nourrir les animaux.

BASE DE PLEIN AIR ET DE LOISIRS DE CRÉTEIL ★★

9, rue Jean-Gabin - **CRÉTEIL**
✆ 01 48 98 44 56
http://creteil.iledeloisirs.fr
Piscine (été 2022) : du lundi au vendredi, 13h-19h. Samedi, 12h-19h. Dimanche, jours fériés, 11h-19h. Location dès 5 €.

Quatre itinéraires à pied ou à vélo, notamment autour du lac, pour cette base de nature. Et des sports et activités de plein air : parcours sportifs, courses d'orientation, pêche, voile, planche à voile, canoë-kayak, aires de jeux, piscine avec vagues, toboggan et plongeoir de 73 m de haut. Vous profitez ici du plus vaste plan d'eau en milieu urbain d'Ile-de-France ! La maison de la Nature propose quant à elle des animations autour de l'environnement.

PARC DUPEYROUX

23, rue des Mèches
CRÉTEIL
✆ 01 49 80 86 40
www.ville-creteil.fr
Accès libre et gratuit toute l'année.

Ce beau parc à l'anglaise d'une superficie de 3,5 ha se compose de grandes pelouses vallonnées traversées d'allées et ponctuées de bosquets. Ouvert au public depuis 1965, vous y découvrirez des massifs de fleurs agrémentés de deux bassins, des arbres centenaires dont certains ont plus de 200 ans, ainsi qu'une élégante villa de style Italienne datant de 1864, aujourd'hui résidence préfectorale. Dans ce cadre exceptionnel, osez flâner dans les allées et découvrez la richesse botanique du parc. Un lieu chargé d'histoire et d'anecdotes !

AU TROLL SAVANT

33, rue du Général Leclerc - **CRÉTEIL**
✆ 09 81 62 26 72
www.letrollsavant.fr
Du mardi au vendredi 10h-13h et 15h30-19h30 ; le samedi 10h-13h30 et 14h30-19h30 ; le dimanche 10h-13h.

Le Troll Savant (mention spéciale au nom que l'on aime beaucoup !) propose d'innombrables jeux de société à destination des plus jeunes, comme des adultes. Matthieu Brulin, le responsable de ce chouette lieu, ne manquera ni d'énergie ni d'amabilité pour vous faire partager ses coups de cœur, où vous aiguiller si vous êtes un peu perdus face au nombre des offres proposées. Ici vous sont également donnés des rendez-vous réguliers qui vous permettent de jouer, et ça ne manque pas d'ambiance : vous y participerez dans une superbe salle tout juste ouverte !

LOCATION DE BATEAUX ÉLECTRIQUES

2, quai Gabriel-Péri - **JOINVILLE-LE-PONT**
✆ 01 48 83 35 10
www.ville-joinville-le-pont.fr
Tous les jours du 1er mai au 30 septembre, 10h-12h/14h-18h. A partir de 20 € la 1/2 journée (bateau 5 places).

La Marne est un formidable espace nautique de détente, alors autant en profiter ! Durant la période estivale, c'est à Joinville-le-Pont que vous pourrez vous adonner aux joies d'une promenade sur l'eau. Les bateaux, électriques (bien vu pour l'environnement sur une rivière dans laquelle on cherche depuis si longtemps à faire revivre, avec un certain succès, une faune aquatique), vous permettent de partir l'espace d'un petit moment à l'assaut du cours d'eau. Les enfants adorent !

SUP LE GRAND HUIT

JOINVILLE-LE-PONT
✆ 06 08 25 74 91
www.legrandhuit.eu
29 € la session de Stand up paddle.

Partez à la découverte d'un sport en vogue, le stand-up paddle, à Joinville-le-Pont sur la Marne. Un spot facile, accessible et branché avec un circuit qui vous fera découvrir l'île Fanac, les guinguettes des bords de Marne, et le canal de Polangis, lequel offre un cadre naturel et un calme unique. Une initiation de 1h30 pour débutants et initiés. Rigolo aussi, le « vélo fun » : Grand Bi, tandem dos à dos, microbike…, plein de vélos complètement fous à tester en famille. De 8 à 78 ans, une activité intergénérationnelle pour vous créer de fabuleux souvenirs.

FERME PÉDAGOGIQUE DE MAISONS-ALFORT

34, rue Victor-Hugo - **MAISONS-ALFORT**
✆ 01 43 96 77 25
Haute saison mercredi de 14h à 18h, week-end de 11h à 18h. Adulte : 10 €. Enfant de 3 à 17 ans : 5 €.

La ferme est située dans le parc du château de Maisons-Alfort. Les familles sont invitées à participer à des ateliers de tonte des moutons, les enfants aux journées apprentis fermiers, chasse aux œufs… Le parcours est ponctué de panneaux pédagogiques, permettant d'en savoir plus sur les lapins béliers géants, paons bleus, poules marans, faisans dorés, canards Mignon blanc, oies du Capitole, vache de race Abondance, baudets du Poitou, moutons mérinos et cochons Culs Noirs du Limousin.

FERME TRADITIONNELLE ÉDUCATIVE

155, rue de Verdun
MANDRES-LES-ROSES
✆ 01 43 82 15 13
www.ferme-traditionnelle-educative.fr
Ouvert mercredi après-midi.

Installée dans l'ancienne gare de Mandres, la ferme de 30 hectares et regroupe aussi bien les activités d'élevage que la culture des céréales. Les enfants seront ravis d'apprendre le jardinage, reconnaître la flore et la faune et voir les animaux, dont les canards de Barbarie. Profitez aussi des portes ouvertes régulièrement organisées pour découvrir une agriculture durable et respectueuse de l'environnement, grâce à des techniques agricoles ne nécessitant pas de produits chimiques.

ILE-DE-FRANCE

CHÂTEAU DE VINCENNES ★★

1, avenue de Paris
VINCENNES
✆ 01 48 08 31 20
www.chateau-vincennes.fr
Ouvert toute l'année. 9,50 €, gratuit moins de 18 ans.

Depuis sa construction au XIVe siècle par Charles V, le château de Vincennes est, avec le Louvre, l'un des châteaux les plus importants de l'histoire de France. Vincennes, c'est aussi l'un des châteaux forts les plus vastes et les mieux conservés d'Europe. Face au château apparaît devant vous d'un seul tenant une enceinte médiévale, rythmée de neuf tours hautes, entourée d'un fossé large de vingt-sept mètres. L'histoire du site remonte aux XIIe et XIIIe siècles quand plusieurs rois de France (Louis VII, Philippe Auguste, Louis IX...) firent bâtir les premières demeures. C'est sous Philippe VI, au XIVe siècle, qu'est lancée la construction des fortifications et du donjon. A cette époque commence également l'élévation de la superbe Sainte-Chapelle. Les souverains Louis XI et François Ier firent de nouveaux aménagements dans ce château où ils aimaient résider. Des travaux ambitieux furent également entrepris sous Louis XIV par Louis Le Vau, au XVIIe siècle. Transformée en caserne et en arsenal par Napoléon Ier, la forteresse protège Paris lors des invasions du XIXe siècle. Ayant subi de graves dommages suite à la Seconde Guerre mondiale, c'est une forteresse habillement restaurée qui accueille les visiteurs, et qui abrite également le Service Historique de la Défense (SHD). Le chemin de ronde, la chapelle ou encore le donjon vous plongeront dans une architecture militaire. Ne manquez pas de parcourir la cour et les impressionnantes douves. Les enfants agrémenteront la visite de façon ludique grâce au livret qui leur est dédié.

GRANDE PAGODE DU BOIS DE VINCENNES

Route de la Ceinture-du-Lac-Dausmenil
VINCENNES
www.kagyu-dzong.fr

Un temple bouddhiste au cœur d'un bois de Vincennes : original et inspirant ! Inauguré en 1974, c'est le temple de Kagyu-Dzong dédié au bouddhisme tibétain sous la protection de Kalou Rinpotché. Dans la même enceinte se trouve la pagode du bois de Vincennes, siège de l'Union bouddhiste de France qui abrite le plus haut Bouddha d'Europe et des reliques du Bouddha historique données par la Thaïlande à la France. Des événements y sont parfois organisés.

EXPLORADÔME

18, avenue Henri-Barbusse - **VITRY-SUR-SEINE**
✆ 01 43 91 16 33
www.exploradome.fr
Horaires variables selon les périodes. Adulte : 7 €. Enfant : 5 €. Tarif famille : 21 €. Atelier 1h/8 €, 2h/15 €.

Dans ce musée interactif, il est « interdit de ne pas toucher » ! Derrière une façade multicolore, tout en hauteur, ce musée de découverte des sciences, du multimédia et du développement durable nous connecte les neurones. Passionnant ! Au rez-de-chaussée, les enfants disposent d'un espace avec près de 60 expériences. A l'étage, ce sont des expositions temporaires aux sujets variés : création de films d'animation, la biodiversité des villes, etc. Le pari d'installer un tel équipement en banlieue était audacieux. C'est une réussite !

MAC VAL - MUSÉE D'ART CONTEMPORAIN DU VAL-DE-MARNE ★★

Place de la Libération - **VITRY-SUR-SEINE**
✆ 01 43 91 64 20
www.macval.fr
Adulte : 5 €. Gratuit jusqu'à 26 ans. Du mardi au dimanche de 11h à 18h. Jardins, de 9h à 18h.

Faire le pari de la culture en plein cœur d'une zone difficile, telle est la vocation principale du Musée d'Art Contemporain du Val-de-Marne, appelé plus communément le MAC/VAL – acronyme autrement plus facile à retenir... Construit par l'architecte Jacques Ripault et inauguré en 2005, le lieu est riche de plus de mille six cents œuvres, et la collection reflète la créativité de scène artistique française des années 1950 à nos jours avec des peintures, des performances, des installations et des créations diverses. Les salles font l'objet d'accrochages thématiques régulièrement renouvelés et des expositions temporaires monographiques ou collectives sont organisées de trois à quatre fois par an. En 2022, l'exposition « À mains nues » consacrée au futur à créer, et l'exposition « Modern Lovers » qui s'inscrit dans l'art d'avant-garde, sont autant de rendez-vous du moment. Aéré, vaste, le lieu est aussi sobre qu'élégant, laissant aux œuvres le soin d'attirer sur elles toutes les attentions. Des projections de films, des spectacles, des animations pour le jeune public, des ateliers pour enfants ou adultes sont également au programme. Pour les familles, un livret-jeu « Le Bon plan » a été créé pour visiter le lieu de façon ludique et autonome. Notez que le Musée d'Art Contemporain du Val-de-Marne accueille aussi un centre de documentation, une librairie et un restaurant. Enfin, un joli parc – lui aussi contemporain – jouxte le lieu. Des expositions y sont régulièrement organisées.

BALADOBUS

CHEVREUSE

✆ 01 30 52 09 09

www.parc-naturel-chevreuse.fr

En circulation les dimanches et jours fériés de mi juin au 31 octobre. 4 € le pass journée, 10 € le pass famille.

Le Baladobus est une solution verte, innovante et pratique pour visiter les principaux sites naturels et culturels du Parc Naturel Régional de Chevreuse. La navette touristique attend les voyageurs à la gare RER de Saint-Rémy-lès-Chevreuse et les dépose dans les différents sites classés du Parc : le musée national des Granges de Port-Royal, l'abbaye des Vaux de Cernay, les châteaux de Dampierre, de Breteuil et de la Madeleine à Chevreuse. Chaque ticket Baladobus permet de bénéficier d'entrées à tarifs réduits dans les sites visités. Une belle idée !

LE PORT SAINT-NICOLAS

CONFLANS-SAINTE-HONORINE

✆ 01 83 94 44 00

www.bassindelaseine.vnf.fr

Situé au pied de la vieille ville haute et de la rue commerçante du centre- ville, le port touristique se concentre autour la place Fouillère. Ici, terrasses de café, restaurants, marchés et commerces voient se croiser riverains, mariniers et touristes. C'est aussi le site des grandes fêtes de la ville. On peut manger sur une péniche-restaurant, suivre un spectacle dans un bateau-théâtre ou encore monter à bord d'une croisière commentée. Sur l'eau se succèdent bateaux de croisières, bateau de plaisance et bateaux de commerces.

BATEAU-CHAPELLE JE SERS ★

Quai de la République

CONFLANS-SAINTE-HONORINE

✆ 01 39 72 62 83

www.bateaujesers.org

Ouvert toute l'année tous les jours de 9h à 19h.

Parmi les bateaux amarrés sur les quais, cette péniche de 70 m de long peinte en blanc affiche : « Je Sers ». C'est l'église des bateliers, créée en 1935 par l'abbé Joseph Bellanger. Siège d'une aumônerie catholique, le bateau devint culte en plus d'être lieu de culte. Plusieurs associations menant des actions solidaires œuvrent sur « Je Sers ». Le bateau est aussi, plus généralement, un lieu d'accueil. Ici se trouve aussi une chapelle surplombée par un dôme lumineux en pavé de verre, un petit musée de la batellerie et une salle de spectacle.

L'ARTISAN DU CHOCOLAT

23, rue de Chollet - **EVECQUEMONT**

✆ 09 83 30 63 76

www.lartisanduchocolat.fr

Fermé lundi, mardi et jeudi.

Abdel El Baiz est à la tête de cette « boutique-atelier » au cœur d'Evecquemont. Son produit star ? « Les Noisettes de l'Evêque » : une truffe revisitée, sur une base de praliné noisette à l'ancienne avec croquant, moelleux et croustillant. Les produits, vendus directement à la boutique, proviennent, en dehors du cacao, de producteurs locaux. Ce n'est pas pour rien que le crédo d'Abdel est : « préservons la Terre, c'est la seule planète où il y a du chocolat ». Si le ton est humoristique, les valeurs du commerce durable, locavore et artisanal sont bien réelles.

LA SERRE AUX PAPILLONS

1, avenue des Platanes
LA QUEUE-LES-YVELINES ✆ 01 34 86 67 55
www.serreauxpapillons.com
Haute saison ouvert tous les jours et jours fériés de 9h30 à 12h30 et de 14h30 à 18h. Adulte : 7,50 €. Enfant : 5 €.

Dans la chaude atmosphère d'une jungle équatoriale, ce sont des centaines de papillons exotiques qui volent en liberté au milieu des fleurs et des orchidées et autres plantes tropicales, au fil d'un parcours pédagogique jalonné d'explications ludiques. Les visiteurs émerveillés empliront leurs yeux de la multitude de couleurs qu'offre ce spectacle naturel ! A la fin de la visite, un tour à la boutique permet de trouver un petit service de *snacking*, ainsi que différents souvenirs.

L'ODYSSÉE VERTE

Route de Clairefontaine
RAMBOUILLET
✆ 01 34 83 67 30
Fermé en 2022. Horaires variables selon saison. Adulte : 10 € (15 € en haute saison). Enfant : 7 € (12 €).

L'Odyssée Verte est un sentier suspendu dans les arbres au sein d'un parc forestier et animalier, mise en place par l'ONF. Le parcours de 300 m, entièrement sécurisé (sans harnais) est accessible aux enfants à partir de 3 ans. 19 passerelles et 18 plates-formes déclinent chacune un thème (la faune, la flore, la gestion de la forêt…). Les promeneurs gagnent en hauteur de façon progressive et ludique, pour culminer à 8 mètres de haut en fin de parcours. Il faut compter entre 45 min et une heure pour accomplir ce périple vert. Table de pique-nique. Aire de jeux.

CHÂTEAU DE SAINT-GERMAIN-EN-LAYE ★★★★

Place Charles-de-Gaulle
SAINT-GERMAIN-EN-LAYE ✆ 01 39 10 13 00
http://musee-archeologienationale.fr
Plein tarif : 7 €, tarif réduit : 5,50 €. Le musée est ouvert tous les jours, sauf le mardi, de 10h à 17h.

Modèle d'architecture Renaissance, le bâtiment présente une forme originale du fait de son tracé, qui reprend les fondations de la précédente construction. Né au château Neuf en 1638, Louis XIV y passe une partie de son enfance. Entre 1666 et 1682, le château est le siège du gouvernement et de la cour, avant le déménagement de celle-ci pour Versailles. Le château abrite le musée d'Archéologie nationale, il présente des collections archéologiques parmi les plus riches au monde.

BERGERIE NATIONALE DE RAMBOUILLET ★★★

Parc du Château - **RAMBOUILLET** ✆ 01 61 08 68 70
www.bergerie-nationale.educagri.fr
Ouvert mercredi, samedi et dimanche, jours fériés de 14h à 17h30. Adulte : 7 €. Enfant de 3 à 12 ans : 5 €.

En 1785, Louis XVI décida la création d'une ferme au sein du domaine de Rambouillet. Dès la fin du XVIIIe siècle, Napoléon Bonaparte se décide à lancer une opération d'importation de mérinos d'Espagne. Au XXe siècle, le troupeau national est un joyau que tous les maîtres bergers s'attachent à maintenir dans le meilleur état possible. Leurs pratiques d'élevage, de conduite de troupeau avec leurs chiens bergers, de race beauceronne, sont des meilleures. Ils sont reconnus dans la France entière et l'école est un symbole national. Vaches suisses, moutons d'Afrique, chèvres angoras et mouflons furent même rejoints par des buffles d'Italie et des chevaux belges, normands et arabes.

C'est un établissement public national sous la tutelle de la Direction générale de l'Enseignement et de la Recherche du ministère de l'Agriculture et de l'Alimentation. Elle s'organise autour de six missions. Premièrement, en proposant des formations diplômantes, du CAPa à la licence professionnelle, dans les métiers de l'agriculture et de l'élevage, du cheval, de l'insémination et de la santé animales. Elle est un acteur du Dispositif national d'Appui à l'enseignement agricole, en accompagnant les établissements d'enseignement et leurs exploitations dans leurs projets techniques et pédagogiques. Elle est également engagée dans des projets, aussi bien avec des partenaires du territoire francilien qu'avec des partenaires internationaux comme Erasmus+. Ces mobilités se poursuivent jusqu'en 2027 puisque le consortium a obtenu l'accréditation pour la période 2021-2027.

▶ Aujourd'hui, la bergerie nationale reçoit chaque année des milliers de visiteurs parmi ses cultures et ses nombreuses bêtes : 600 brebis et 50 béliers de quatre races différentes dont 190 mérinos de Rambouillet, 60 vaches laitières et 30 vaches allaitantes avec leurs veaux de race limousine, des chevaux de trait, des ânes, des chèvres, des cochons, des canards, des oies, des lapins, des chiens de berger, des animaux de basse-cour... La visite est aussi didactique, et les ateliers se succèdent l'après-midi : traite manuelle des chèvres, traite des vaches, tour en calèche, soins aux animaux, démonstration de chiens de berger ou tonte de mouton. Une visite passionnante pour tous les publics. Notez enfin que l'endroit est truffé de chouettes rendez-vous, destinés souvent aux plus jeunes, comme lorsque la bergerie fête Noël, mais aussi à destination des plus grands, comme le marché fermier d'automne.

FÊTE DES LOGES

Camp des Loges
SAINT-GERMAIN-EN-LAYE
✆ 01 30 87 20 63
www.fetedesloges.org
Du 2 juillet au 15 août. Entrée gratuite.

La fête des Loges, toujours parrainée par des célébrités, accueille dans un ravissant cadre boisé plus d'une centaine de manèges à sensation ou pour les enfants, attractions familiales, stands divers, jeux d'adresse qui se prêtent à la fantaisie, aux vertiges, à la magie, aux montées d'adrénaline, pour le plaisir de tous. La fête compte aussi 18 restaurants, et presque tout autant de cuisines traditionnelles différentes. Plus de trois millions de personnes chaque année, parmi lesquelles la Reine des Loges, se donnent rendez-vous pour un moment inoubliable.

ZOOSAFARI DE THOIRY ★★

Rue du Pavillon-de-Montreuil - **THOIRY**
✆ 01 34 87 40 67
www.thoiry.net
Haute saison tous les jours de 10h à 18h.
Adulte : 30 €. Enfant de 3 à 11 ans : 24 €.

Au Zoosafari de Thoiry, vous observerez de nombreux troupeaux évoluant en liberté sur un vaste territoire de 150 ha. 8 km de safari à bord de votre voiture, l'occasion de découvrir 800 animaux sauvages et exotiques de 130 espèces différentes. Dans le parc, vous côtoierez singes et reptiles et serez au milieu des fauves en pénétrant dans le tunnel de verre. L'arche des petites bêtes permet de venir à la rencontre des amphibiens et invertébrés. Après une rénovation, le vivarium accueille deux nouveaux habitants : un couple de crocodiles à front large africains.

LE POTAGER DU ROI ★★

10, rue du Maréchal-Joffre
VERSAILLES
✆ 01 39 24 63 24
www.potager-du-roi.fr
Jours variables selon les saisons.
Fermé le lundi. Adulte : 5 €, réduit 3 €.

Ce potager, dessiné et disposé selon les souhaits de Louis XIV, est l'œuvre de Jean-Baptiste de la Quintinie. En 1678, sur l'emplacement très marécageux de « l'étang puant », il entreprit la création d'un nouveau potager afin d'alimenter les immenses besoins de la Cour, et fournir à la table royale fruits et légumes dignes du Roi-Soleil. Depuis sa création, il est toujours en activité et donne environ 50 tonnes de fruits et 20 tonnes de légumes par an. On peut aussi faire son marché dans sa petite boutique. Et puis c'est un excellent endroit de déambulation !

CHÂTEAU DE VERSAILLES ★★★★

Place d'Armes - **VERSAILLES** ✆ 01 30 83 78 00
www.chateauversailles.fr
Du 1er avril au 31 octobre, château : du mardi au dimanche 9h-18h30. Jardins : tous les jours 8h-20h30.

Dès 1623, Louis XIII construisit à Versailles « un rendez-vous de chasse, un petit château de gentilhomme » en brique, pierre et ardoise, dans lequel il se plaisait tant qu'il le fit agrandir par son ingénieur et architecte Philibert Le Roy : cette première version du château de Versailles correspond aujourd'hui aux bâtiments qui entourent la Cour de Marbre. En 1661, Louis XIV charge André Le Nôtre de la création et de l'aménagement des jardins de Versailles qui, à ses yeux, sont aussi importants que le Château. De 1661 à 1668, le jeune roi demanda à Louis Le Vau d'embellir le château. Mais ce « petit Château de Cartes », selon l'expression de Saint-Simon, demeurait trop étroit, et des agrandissements furent commandés à l'architecte. Celui-ci entreprit, de 1668 à 1670, la construction de « l'enveloppe » autour du petit château d'origine. La terrasse centrale, inspirée des modèles italiens, fut achevée à la mort de Le Vau en 1670, par François d'Orbay. Les façades de pierre blanche, qui cernent le château vieux en brique et pierre firent dire, toujours à Saint-Simon : « Le beau et le vilain, le vaste et l'étranglé furent cousus ensemble. » Le 6 mai 1682, Versailles devint la résidence principale de la Cour de France, aux dépens du Louvre et de Saint-Germain : la galerie des Glaces, symbole de la puissance du monarque absolu et lieu le plus emblématique du château, fut élevée (1678-1684) sur l'ancienne terrasse du château ouverte sur le jardin. Sous les ordres de Jules Hardouin-Mansart, on éleva rapidement les ailes du Nord et du Midi, l'Orangerie, les Écuries, le Grand Commun, enfin la chapelle, dernière grande construction de l'époque du Roi-Soleil achevée en 1710 par Robert de Cotte. À la fin du règne de Louis XV, en 1770, Ange-Jacques Gabriel édifia l'Opéra et s'attela à la transformation des façades côté ville. Mais seul le pavillon de droite, dit pavillon Gabriel, fut effectivement reconstruit, selon les règles de l'architecture classique. Louis XVI qui aime profondément sa femme Marie-Antoinette, lui offre en 1774 le petit Trianon. Celle-ci y installera son domaine privé.

De l'autre côté de la cour, le pavillon symétrique, commandé par Napoléon Ier, fut réalisé en 1814. Le château fut ensuite transformé sous Louis-Philippe, qui décida d'y élever un musée historique dédié « à toutes les gloires de la France » ; il passa de nombreuses commandes auprès des plus grands peintres, qui retracèrent l'histoire du pays. Composé du Parc et des jardins ainsi que des châteaux de Trianon, il s'étend aujourd'hui sur 800 hectares.

INTERVIEW

LA SERRE AUX PAPILLONS

DES PAPILLONS EN LIBERTÉ DANS UNE FORÊT TROPICALE

Comment intéresser les jeunes aux papillons ?

La plupart du temps les enfants viennent nous rendre visite en sortie scolaire, car ils étudient les papillons en classe, mais ils reviennent souvent avec leur famille. De plus en plus de collégiens, voire des lycéens, s'intéressent à notre serre aux papillons, car nous avons reproduit un biotope naturel et cela les sensibilise sur leur rôle d'insecte pollinisateur indispensable à la biodiversité.

Qu'est-ce qui intéresse le plus votre public dans l'univers des papillons ?

La Serre aux Papillons est un endroit atypique situé à 30 min à l'ouest de Paris. C'est un dépaysement total. On se retrouve dans une jungle équatoriale avec ses températures tropicales et son ballet féerique représenté par les plus beaux papillons du monde. Les visiteurs pensent voir une exposition, mais ils se retrouvent en plein rêve environné par la légèreté du vol ininterrompu des papillons. C'est un lieu idyllique pour les photographes qui viennent capturer les magnifiques couleurs de nos papillons.

Le papillon est un animal fascinant. Quels sont les symboles qui y sont liés ?

Dans notre serre évoluent en toute liberté près de 800 papillons tropicaux d'une quarantaine d'espèces, soit une infime partie des 160 000 espèces de lépidoptères recensées dans le monde. Nous faisons parvenir les chrysalides de fermes d'élevage agréées et n'en prélevons aucun dans la nature. Le papillon étant la proie de beaucoup de prédateurs, la nature l'a doté d'une stratégie de survie par camouflage, tel le papillon Caligo que l'on surnomme « papillon chouette » du fait de ses ocelles ressemblant aux yeux de la chouette.

Nouveauté 2022 ?

Une exposition éducative et ludique sur le thème de la bioluminescence avec un espace immersif. Ce grand défi nous tient à cœur et nous avons hâte de connaître le retour des visiteurs.

LA SERRE AUX PAPILLONS

1, avenue des Platanes - **LA QUEUE-LES-YVELINES** ✆ 01 34 86 67 55
www.serreauxpapillons.com

NORMANDIE

Au nord-ouest de la France, sur les bords de la Manche, la Normandie vous réserve de fabuleuses vacances en famille. Avec le Calvados, l'Eure, la Manche, l'Orne et la Seine-Maritime, le territoire normand regorge de lieux à visiter, de trésors à découvrir, de paysages à parcourir, de souvenirs à collectionner ! Avec le débarquement en juin 1944, la Normandie est une terre de l'Histoire où de nombreux musées vous permettront de mieux connaître et comprendre la Seconde Guerre mondiale. La Normandie abrite aussi des sites classés parmi les plus beaux villages de France, et des villes prestigieuses dont les fleurons sont Rouen, le Mont Saint-Michel, Le Havre, Etretat ou bien Giverny. Partez en randonnée avec vos bambins dans l'incroyable diversité de ses paysages : entre vallons, bocages, littoral et hautes falaises, sa nature préservée s'ouvre à votre connaissance. Parcs d'attraction et zoos complètent cette jolie mosaïque d'activités !

GIRAFOU

Clos de la Hogue - **BÉNOUVILLE** ✆ 02 31 53 72 68
www.girafou.com

Ouvert toute l'année. Détail des horaires sur le site Internet. Enfant 9,50 € ; 2 € pour les adultes accompagnateurs.

Le paradis des enfants qui s'amusent, ici, comme des petits fous, et des parents qui prennent le temps de se poser pendant que leur progéniture dépense son énergie débordante. Le lieu idéal pour occuper un bon moment les 2-12 ans au cœur d'un espace de jeux et de loisirs couvert, rempli sur 1 300 m² d'activités diverses, variées et colorées où l'on saute sur les structures gonflables, où l'on glisse sur le toboggan avant de se jeter dans un bain de balles en mousse multicolores. Pour les héros fatigués, une pause cinéma ou snack permet de décompresser un peu.

COLLINE AUX OISEAUX ★

Avenue de l'Amiral-Mountbatten - **CAEN**
✆ 02 31 30 48 38
caen.fr

Ouvert tous les jours dès 10h (excepté 25 décembre et 1er janvier). Gratuit.

Au nord-ouest de Caen, tout près du Mémorial, la Colline aux Oiseaux et ses 17 hectares nous enchantent. Les plus jeunes se ruent du côté des jeux en bois avant de se perdre dans le labyrinthe et d'aller caresser les petites bêtes du parc animalier normand. Les plus grands flânent dans la romantique roseraie étagée autour d'un bassin, musardent au gré des jardins à thème, et reçoivent une leçon d'architecture écologique du côté de la maison positive. Le magnifique point de vue sur Caen et ses environs rallie tous les âges. Le bonheur en toute simplicité.

FESTYLAND

Route de Caumont - **BRETTEVILLE-SUR-ODON**
✆ 02 31 75 04 04
festyland.com

*Ouvert d'avril à septembre.
Adulte : 22 € ; enfant (- de 12 ans) : 19 €.
FestyPass : 60 €. Restauration.*

Impossible à manquer, on repère de loin la vache juchée sur sa chaise haute ! Depuis 20 ans, Festyland reste incontournable et propose chaque année des nouveautés. A échelle humaine, ce parc fédère petits et grands avec des attractions en pagaille : La tour d'Esnambuc, leur version de l'ascenseur, le Captain Roc et le Bateau pirate qui balance sans chavirer, le Piratak, le Drakkar Express ou encore pour les plus grands le 1066. Des Pirates aux Vikings en passant par Guillaume le Conquérant ou la Belle Epoque, c'est notre histoire revisitée !

VERTIG' - VIA FERRATA

La Cambronnerie - **CLÉCY**
✆ 06 66 79 75 86
www.vertig.fr

*D'avril à septembre, via ferrata de 10h à 17h.
Accès et location équipement : 15,50 € (matin) et 17 € (après-midi).*

A la sortie de Clécy, la spectaculaire via ferrata de la Cambronnerie attend les amateurs de sensations fortes ! Vous voulez prendre de la hauteur ? Vous allez être gâté ! « Vertig' » est là pour vous aider à franchir les escarpements rocheux d'une falaise le long d'un parcours de 250 mètres, soit 70 mètres de dénivelé à 50 mètres de hauteur. Vous n'êtes pas équipé ? Il y a tout sur place. Aussi, pour les plus courageux, une tyrolienne géante de 400 mètres (à partir de 8 ans) pour une descente à 70 km/h avec vue imprenable sur la vallée de l'Orne. Superbe !

LOCK QUEST - ESCAPE GAME CAEN

6, chemin de Lamballard
BRETTEVILLE-SUR-ODON
✆ 07 82 42 47 16 - www.lockquest.fr

Mardi à dimanche 10h, 11h45, 13h30, 15h15, 17h, 18h45, 20h30, 22h15. Escape game 1h, 2 à 5 personnes, à partir de 72 €.

Aventuriers, aventurières, c'est par ici ! 3 salles, 3 ambiances et 3 fantastiques décors à découvrir dans cet escape game aux portes de Caen. Venez voyager tout en résolvant des énigmes en Egypte, au Japon et au Pérou. Les décors et énigmes sont imaginés par Pierre et Benjamin qui ont plus d'un tour dans leur sac. Le chrono en main, vous avez 60 minutes pour sortir de la pièce, sinon vous serez pris au piège. Les équipes se forment de 2 à 5 joueurs. Bon courage aux explorateurs !

KITE-R ÉVOLUTION

1 bis, boulevard Wattier
MERVILLE-FRANCEVILLE-PLAGE
✆ 02 31 24 12 52
www.kite-r.com

Séance de kitesurf ou stage découverte (3h) : 145 €.

Damien Burnel est le directeur de l'école Kite-R, créée en 2002, située à proximité de la zone réservée aux pratiquants de kitesurf sur la plage de Merville-Franceville. Réputée même hors des frontières normandes, cette plage est en effet un bon spot pour le kitesurf. Vous pouvez y pratiquer et vous initier ici au kite. Pour les enfants et les poids légers, nous utilisons des ailes à caisson Flysurfer pour leur facilité de vol et de décollage. Le choix des planches se fait en fonction de la largeur, de la force du vent et du poids du rider.

OVERLORD MUSEUM - OMAHA BEACH ★★

Lotissement Omaha Center
COLLEVILLE-SUR-MER
✆ 02 31 22 00 55
www.overlordmuseum.com
En été, tous les jours 9h30-19h (10h-18h30 ou 17h30 le reste de l'année). 9 €. Enfant 7 €.

Situé à Colleville-sur-Mer, à proximité d'Omaha Beach et face au rond-point d'accès du cimetière américain, le musée Overlord, ouvert en 2013, retrace la période du Débarquement allié en Normandie jusqu'à la libération de Paris, le 25 août 1944. Autant vous le dire, un musée comme celui-ci, il n'y en a aucun autre sur la côte. Au cœur de ces lieux de mémoire dévolus au Débarquement du 6 juin 1944 et à la Bataille de Normandie, il est exemplaire de pédagogie. C'est celui qu'a imaginé Nicolas Leloup pour honorer la mémoire de son père, Michel, et mettre en valeur sa collection, minutieusement constituée pendant près d'un demi-siècle sur les lieux des événements. On se sent tout petit au milieu de cet espace, face à ces engins à la taille démesurée, mais réelle (échelle 1), chars, tanks, canons... Les scènes civiles et militaires reconstituées, avec mannequins et objets de la vie quotidienne, sont autant de fils rouges qui nous prennent à témoin. Les fonds sonores restituent ceux de cette période douloureuse. On est impressionné par la collection (10 000 pièces et objets, plus de 35 véhicules, chars et canons pouvant peser jusqu'à 50 tonnes) et la mise en scène grandeur nature qui donne à réfléchir, surtout en ces périodes troublées. On s'attarde également volontiers devant les photos du photographe américain, Ian Patrick : 64 clichés réalisés entre 1984 et 2018, portraits et témoignages émouvants de vétérans, accrochés lors du 75e anniversaire du Débarquement.

LES PLANCHES ★★

Bord de mer
DEAUVILLE

Cette célèbre et mythique promenade du bord de mer a été créée en 1923, par l'architecte Charles Adda, pour permettre aux femmes de profiter du paysage sans risquer de salir leurs robes dans le sable. Elle est devenue, au fil du temps, un endroit à la mode, où les célébrités de ce monde aiment être vues sans vouloir se montrer. En somme, un vrai théâtre de la comédie humaine. Le Tout-Paris des années folles s'empresse de venir sur la promenade star de Deauville : Joséphine Baker, Mistinguett, Sacha Guitry, Coco Chanel (qui y ouvrit même une boutique, où les élégantes pouvaient acheter leurs chapeaux de plage ou de soirée !)...

Les « Planches » sont à Deauville ce que la « Promenade des Anglais » est à Nice ! Chemin faisant, il faut admirer les cabines portant le nom des stars venues fouler le célèbre bois d'azobé à l'occasion du Festival du cinéma américain de Deauville, et s'attarder sur les cours intérieures et leurs bains pompéiens.

À proximité, devant les Bains au tout début des Planches, se trouve la place Claude-Lelouch, inaugurée sur le front de mer en 2006 en présence du réalisateur et des acteurs pour fêter les quarante ans du film *Un homme, une femme*, et qui associa Deauville à l'éternel rendez-vous des amoureux et du romantisme. *Cha ba da ba da, cha ba da ba da...*

Deux bars, le Bar de la Mer et le Bar du Soleil, et un restaurant, le Ciro's, appartenant tous les trois au Groupe Lucien Barrière, constituent des haltes gourmandes sur les Planches. Qui sait, peut-être y croiserez-vous une de nos chères vedettes ?

DEAUVILLE AVENTURE

Chemin de la Performance - **SAINT-ARNOULT**
✆ 02 31 88 00 00
deauvilleaventure.fr
Ouvert tous les jours pendant les vacances, sinon le week-end et jours fériés. Buggy 135 €, 1h15. Quad 48 €, 1h.

Aux portes de Deauville, il est un lieu tout indiqué pour les amateurs d'adrénaline et de sensations fortes ! Dans le domaine forestier privé de Deauville Aventure, on se défoule au volant d'engins tout-terrain. Randonnée en buggy ou en quad Kymco 700 (pour les pilotes à partir de 18 ans avec permis et passager de plus de 10 ans) pour repousser ses limites. Ou encore un labyrinthe végétal qui forme un terrain idéal de paintball (pour adultes et enfants). Futé : des packages groupes sont disponibles pour un anniversaire ou un enterrement de vie de célibataire !

NORMANDIE LUGE

Viaduc de la Souleuvre - **SOULEUVRE EN BOCAGE**
✆ 02 31 66 31 60
normandie-luge.com
Ouvert les week-ends, jours fériés et vacances scolaires. Luge dès 2,50 € solo. Jardin pieds nus 4,50 €. Restauration.

Faire de la luge été comme hiver ? Voilà une idée géniale que l'on doit à Norbert et Estelle, enfants du pays, récompensés en 2021 par une médaille du tourisme : la première et unique luge sur rails de tout le grand ouest de France ! Pour un dépaysement mêlant nature et sensations. Attention départ ! Ils sont des milliers d'heureux à venir s'éclater et pas seulement les enfants. Il faut dire qu'une descente de 600 m (le parcours total compte 1 km) avec virages et jumps dans un paysage époustouflant, ça décoiffe ! Tout ça pour le prix d'un tour de manège à peine.

CHÂTEAU GUILLAUME-LE-CONQUÉRANT ★★

Place Guillaume-le-Conquérant - **FALAISE**
✆ 02 31 41 61 44
www.chateau-guillaume-leconquerant.fr
Tous les jours 10h-18h. 8,50 €, enfant 4 €. Visite guidée pendant les week-ends, les ponts et les vacances scolaires.

Le château de Falaise, qui domine avec majesté les alentours, est le château le plus visité de Normandie ! Il faut dire qu'il en impose du haut de ses 1 000 ans d'histoire, avec son immense rempart flanqué de quinze tours et ses trois donjons édifiés par trois rois différents. Site stratégique, et donc convoité, ce château témoigne de la puissance anglo-normande, depuis Guillaume le Conquérant, qui y accomplit son premier fait d'armes, jusqu'à Richard Cœur de Lion et Jean Sans Terre. Pendant la guerre de Cent Ans, il fut même un centre stratégique essentiel pour les Anglais.

Sa visite, en réalité augmentée, ajoute encore au plaisir de le (re) découvrir. Aujourd'hui, c'est muni de tablettes tactiles que l'on déambule dans les lieux, chaque pièce étant recréée en 3D sur l'écran, telle qu'elle l'était à l'époque médiévale. Autant dire qu'on a l'impression de ripailler avec le roi ou de partager sa couche ! Les enfants sont scotchés bien sûr, mais les adultes aussi ! Immersive, la visite nous plonge au temps des ducs de Normandie et des rois d'Angleterre.

Attention, le château est quasi inaccessible aux personnes à mobilité réduite et aux poussettes : notre roi et ami Guillaume n'avait pas pensé à tout cela ! Des animations ont lieu régulièrement : ateliers, jeux, reconstitutions de la vie au Moyen Âge... Saluons, enfin, l'accueil et la disponibilité du personnel, et la possibilité de visiter librement les extérieurs de ce prestigieux témoin de l'histoire de la Normandie.

PARC ZOOLOGIQUE DE CERZA ★

D143 - **HERMIVAL-LES-VAUX**
✆ 02 31 62 17 22
www.cerza.com
Haute saison : ouvert tous les jours de 9h30 à 19h. Adulte : 22 €. Enfant de 3 à 11 ans : 15 €.

Partons à la découverte de 120 espèces des 5 continents ! Fondé en 1986, le CERZA (Centre d'Elevage et de Reproduction Zoologique Augeron) abrite 1 500 animaux en semi-liberté. Il a pour vocation de reproduire et élever des animaux en voie de disparition et de collaborer à des programmes de conservation sur le terrain. Pour explorer les 70 ha du parc, deux circuits pédestres sont proposés. Le circuit rouge (1h) est accessible à tous, son relief est peu accidenté. Observatoires et bancs permettent de faire des pauses dans cette découverte du continent africain avec girafes, zèbres, lions, rhinocéros blancs, hippopotames nains... Une volière de 2 000 m² offre une immersion avec une soixantaine d'oiseaux, touraco de Fisher, canard à bosse ou encore sarcelle du Cap. Le circuit jaune (1h30), un peu plus sportif, permet de découvrir des animaux sauvages du monde entier (ours bruns, loups, bisons d'Amérique, tapirs, pandas roux...).

La mini-ferme est accessible aux enfants accompagnés. Chacun pourra caresser les chevaux Falabella, les cochons du Vietnam et les chèvres naines, habitués à être approchés. Aussi, l'espace tropical vous plonge dans une atmosphère de mangrove. C'est le royaume des alligators, pythons, iguanes, tortues et autres étranges amphibiens. L'évolution, chère à Darwin, est le fil conducteur de cette serre de 600 m². Parmi les autres incontournables : le cinéma 3D, le safari-train, les goûters safari permettant d'aller au plus près des animaux, l'apéro quizz, le safari Robinson, ou encore le jeu de piste.

LE HANGAR À ÉNIGMES - ESCAPE GAME TROUVILLE

67 bis, rue du Général-de-Gaulle
TROUVILLE-SUR-MER ✆ 06 47 39 67 69
lehangaraenigmes.com
Du mercredi au dimanche. Vacances scolaires : tous les jours. Tarif dégressif selon nombre de joueurs, à partir de 30 €.

Le premier escape game de la Côte Fleurie ! Avant de créer Le Hangar à Énigmes, David et Emmanuel, deux passionnés, en ont fait plus de quarante à travers le monde ! Bienvenue dans un jeu d'évasion grandeur nature qui recèle son lot de surprises. Trois salles (Trésor des Caraïbes, Débarquement en péril, Casino clandestin) et une immersion totale. Nouveauté : la réalité augmentée promet un jeu d'espionnage 2.0 dans les rues de Trouville. A tester que vous soyez débutants ou confirmés !

PALÉOSPACE L'ODYSSÉE

5, avenue Jean-Moulin - **VILLERS-SUR-MER**
✆ 02 31 81 77 60
www.paleospace-villers.fr
Eté : tous les jours 10h-19h (18h le reste de l'année). Adulte 8,90 €, enfant 6,90 €, planétarium 8,90 €.

Pliosaures de 10 mètres, ichtyosaures, crocodiles, ammonites, oursins... Le Paléospace propose de faire connaissance avec les espèces qui ont laissé leur empreinte dans les sédiments marins du Crétacé (celles accumulées sur les fameuses falaises des Vaches Noires de Villers) et de l'époque du Jurassique. Grands squelettes, petits fossiles et bornes interactives pour comprendre cette passionnante période. Le musée est le seul espace vert naturel de la Côte Fleurie. Nombreuses activités en complément : ateliers pour enfants, visite du marais littoral et planétarium.

RÉSERVE ORNITHOLOGIQUE DE LA GRANDE NOË

Chaussée de l'Andelle
AMFREVILLE-SOUS-LES-MONTS
✆ 02 31 43 52 56
Accès libre. Toute l'année. Visite guidée.

C'est un étang d'intérêt national de 65 hectares, situé sur un important couloir migratoire, à la confluence de l'Eure, l'Andelle et la Seine. Près de 210 espèces d'oiseaux, foulque, poule d'eau, fuligule, grand cormoran, héron cendré et grèbe huppé, sans compter les mouettes et les goélands y sont observées. Les naturalistes du groupe ornithologique normand organisent des sorties au moment des migrations. La roselière est propice à la nidification, c'est un refuge et un garde-manger.

VOIE VERTE DE BERNAY À BROGLIE

Boulevard Dubus
BERNAY
✆ 02 32 43 32 08
www.eure-voiesvertes.fr
Ouvert toute l'année. Accès libre.

La voie verte court du centre-ville de Bernay jusqu'à Broglie, en traversant de jolis paysages de campagne ponctués de moulins toujours en activité et de charmantes et authentiques demeures normandes. Au total, ce sont 13 kilomètres de voie qui permettent de découvrir la pittoresque vallée de la Charentonne. Dessus se côtoient les cyclistes, les passionnés de roller et les marcheurs, sur une petite route goudronnée et interdite aux véhicules motorisés et aux cavaliers.

VILLAGE ÉQUESTRE DE CONCHES

Quenet - **CONCHES-EN-OUCHE**
✆ 02 32 30 22 56
www.villageequestreconches.com
Ouvert tous les jours de 7h30 à 18h.
Cotisations club : de 40 € à 90 €.
Promenade de passage : 25 €.

Fondé en 1975, le village propose une multitude d'activités. Collège et lycée équestres, centre de formation au monitorat, mais également centre d'accueil qui programme tout au long de l'année des stages pour les enfants de 6 à 17 ans. Les férus d'équitation ont la possibilité de faire des stages de voltige, de poney et de cheval. Des balades et des randonnées sont également proposées aux visiteurs. Futé : le centre équestre propose un Camping Poney pour les enfants.

CIRCUIT DÉCOUVERTE DE CORMEILLES

21, place du Général de Gaulle
CORMEILLES
✆ 02 32 56 02 39
Accès libre. 1,6 kilomètres de long.
45 minutes à 1h15 de visite.
Gratuit. Visite guidée.

L'office de tourisme de Cormeilles propose un certain nombre de visites thématiques, parmi lesquelles ce circuit au cœur de la ville pour en découvrir toute l'histoire à travers ses rues et son architecture. Une carte vous sera donc donnée pour vous guider. Partez de l'office de tourisme au centre-ville et parcourez les 23 points d'intérêt et curiosités de la cité. Parmi ceux-ci : le Bonhomme de Cormeilles, la voie romaine, l'ancien relais de poste ainsi que le chalet Malherbe.

FERME PEDAGOGIQUE DE NAVARRE

24, rue des Marronniers
EVREUX
✆ 02 32 33 06 18
Haute saison du lundi au vendredi de 9h à 22h, week-end de 9h à 20h.

La ferme s'étend sur 6 hectares entre prairie et bois. Elle comprend des bâtiments agricoles, un parc animalier, une volière, une mare, et pour s'amuser un labyrinthe. Venez découvrir et approcher les races normandes : les lapins Grands Russes, blancs de Hotot et normands, poules de Pavilly, Gournay et de Caumont, pigeons cauchois... Le matin assistez aux nourrissages. L'après-midi profitez des moments nature. Ils organisent les anniversaires des enfants. Les scolaires sont bienvenus.

MUSÉE D'ART, HISTOIRE ET ARCHÉOLOGIE ★★

6, rue Charles-Corbeau
EVREUX
✆ 02 32 31 81 90
Mardi au vendredi 9h30-12h et 14h-18h ; le week-end 10h-12h30 et 14h-18h. Gratuit.

Accolé à la cathédrale Notre-Dame, le musée fut inauguré en 1873, aux lendemains de fouilles réalisées dans le village du Vieil-Évreux. L'établissement ainsi créé devient précurseur dans la recherche archéologique comme discipline scientifique et dans la protection du patrimoine. Ce sont les pièces trouvées lors des campagnes de fouilles entreprises tout au long du XIXe siècle qui constituent aujourd'hui la superbe collection archéologique du musée.

LE PHILADELPHUS

62, La Bertinière - **GIVERVILLE**
✆ 02 32 45 98 70
www.eure-tourisme.fr
De mai à septembre, toute la semaine de 9h à 23h, sur rendez-vous uniquement. Adulte : 5 €.

Le Philadelphus est un arbuste à fleurs plus communément connu sous le nom de jasmin des poètes... C'est donc tout un programme qui vous attend ici, dans ce superbe jardin botanique resté sauvage, où vous découvrirez de nombreuses espèces différentes d'arbres, d'arbustes, de plantes et de fleurs venus des quatre coins de la planète. Le lieu est agrémenté de cabanes pouvant vous accueillir vous et votre pique-nique, pour un moment de dépaysement et de détente garanti. Un véritable havre de paix réalisé, tenu et expliqué par un passionné de nature et de voyage.

CHÂTEAU ET ARBORETUM D'HARCOURT ★★

13, rue du Château - **HARCOURT** ✆ 02 32 46 29 70
www.harcourt-normandie.fr
Du 1/03 au 15/06 et du 15/09 au 15/11 : de 14h à 18h (sauf le mardi). Du 16/06 au 14/09 : de 10h30 à 18h30 tlj.

Le domaine d'Harcourt est un endroit magique où l'on peut, le temps de quelques heures, conjuguer à la perfection histoire et nature. Installé sur un parc de 11 hectares, le château médiéval permet aux visiteurs de plonger dans plusieurs siècles d'histoire. Le domaine possède également l'un des plus vieux arboretums de France. Vous aurez l'occasion d'y admirer des hêtres tortillards, des cyprès chauves, d'impressionnants séquoias et des cèdres, pour certains vieux de deux siècles.

ÉCOMUSÉES DE LA HAYE-DE-ROUTOT ★

Grand'Rue - **LA HAYE-DE-ROUTOT** ✆ 02 32 56 21 76
www.terresvivantes-normandie.fr
Le dimanche de 14h à 18h de mars à novembre et tlj de 14h à 18h30 en juillet-août. Gratuit jusqu'à 16 ans. Adulte : 3 €.

Amoureux de la nature, de l'artisanat d'hier et d'aujourd'hui, écologistes, gourmets et amateurs du bien et du bon manger (et si possible bio !), familles en quête d'activités pleines de (bon) sens pour votre nichée, artistes, artisans... La Haye-de-Routot abrite quatre sites qui vous plongeront au coeur des saveurs et des techniques d'autrefois. Le four à pain, le musée du sabot, la chaumière aux orties et le jardin des herbes sauvages vous réservent de belles surprises !

FERME DU BEC-HELLOUIN ★

1, sente du Moulin-au-Cat
LE BEC-HELLOUIN
✆ 02 32 44 50 57
www.fermedubec.com
Boutique fermée.
Visite lors des journées de formation.

La ferme biologique du Bec-Hellouin est sans conteste une ferme modèle, où s'invente l'agriculture de demain, et un choix de vie cohérent. Charles, après 22 ans d'expéditions autour de la planète, a posé ses valises en 2004, acheté cette ferme du Bec et créé avec sa femme Perrine, juriste internationale de formation, une exploitation agricole biologique, où croissent et fructifient près de 800 espèces. Depuis 2021, la ferme ne propose plus de visites en dehors de ses journées portes ouvertes, cela afin de se concentrer sur ses travaux de recherches.

CASÉO - COMPLEXE AQUATIQUE SEINE EURE

Rue du Canal - **LOUVIERS** ✆ 09 71 00 27 50
www.caseo-seine-eure.fr
Fermé : 24, 25, 31/12, 1er/01, 1er/05.
Lun., mer., jeu : 9h30-20h. Mar., vend : 9h30-22h.
WE et jours fériés : 9h30-18h.

Ce grand complexe offre plusieurs espaces dédiés au bien-être et aux plaisirs de l'eau. Un bassin ludique pour les enfants, un bassin extérieur chauffé de 50 m, un bassin sportif et un autre d'apprentissage (vous pourrez suivre des cours d'aquabiking, d'aquafitness ou encore d'aquafusion dispensés par des professionnels). Dans l'espace détente vous profiterez d'un sauna, d'un solarium et du tepidarium comme dans les thermes romains ! Enfin, un espace fitness, réservé aux adultes.

GLACÉO

Rue du Canal - **LOUVIERS**
✆ 02 32 09 86 19
www.patinoire-glaceo.fr
Horaires sur le site. Entrée : 6 € + 3 € la location de patins. Enfant : 4 €. - de 4 ans : 2 €.
Pack famille : 23 €.

Ouverte courant 2019, la patinoire de Louviers était attendue depuis longtemps ! Elle ravira petits et grands par son allure moderne et toutes les animations qu'elle propose sur ses deux pistes : outre le simple plaisir de glisser seul, entre amis ou en famille, vous pourrez pratiquer le hockey, le foot sur glace ou encore le bubble foot. Les enfants, eux, pourront s'initier au hockey avec des séances de balai ballon, et venir fêter leur anniversaire sur la glace ! Un jardin des glaces accueille également les moins de 12 ans le mercredi et le samedi après-midi.

MARAIS VERNIER ★★

MARAIS-VERNIER ✆ 02 35 37 23 16
www.pnr-seine-normande.com/
Accès libre et gratuit. Visite guidée (maison du Parc naturel régional des Boucles de la Seine Normande)

Le Marais-Vernier est le nom d'un village, mais aussi celui d'une zone naturelle protégée de 4 500 hectares située au cœur du marais Vernier-Risle maritime (9 500 hectares), elle-même au sein du Parc naturel régional des Boucles de la Seine normande. Ce vaste espace situé entre la Seine et les versants boisés, reconnu zone humide d'importance internationale depuis le 18 décembre 2015 par la convention Ramsar, accueille le plus important gisement de tourbe de toute la France et constitue l'une des plus grandes zones humides de la vallée de Seine.

Une unité paysagère spécifique. Pour situer l'importance d'un tel site, il faut savoir que même si les tourbières ne couvrent que 3 % de la surface terrestre, elles stockent deux fois plus de carbone que les forêts, pourtant présentes sur 30 % du globe. L'organisation parcellaire du marais Vernier est unique et contribue directement à la réduction des effets du réchauffement climatique. Les coteaux pentus et largement boisés isolent physiquement le site du plateau du Roumois. Ce véritable amphithéâtre naturel au paysage très typé fait de marais, roselières, prairies humides, mares, innombrables canaux, étangs et bocages, accueille une incroyable biodiversité. Il s'agit d'un couloir de migration pour de nombreux oiseaux, où l'on peut voir passer des cigognes, des balbuzards, des faucons ou encore des hérons cendrés. En empruntant à pied le chemin de découverte du marais, vous pourrez faire une halte à la Grand'Mare pour les observer. Vous verrez aussi de majestueux chevaux camarguais et des vaches écossaises aux poils longs lors de vos pérégrinations. A certains endroits, vos bottes peuvent s'enfoncer dans la tourbe noire mais qu'importe, la découverte vaut bien quelques efforts.

La plus grande tourbière de France forme un milieu naturel exceptionnel. Pour le découvrir, un circuit pédestre de 5,4 kilomètres, ouvert d'avril à septembre, vous emmène à la découverte de la flore et de la faune, mais aussi de la digue des Hollandais, des chaumières dont les toits se couvrent d'iris, des « courtils » (bandes de terres agricoles longues de plusieurs kilomètres pour seulement quelques dizaines de mètres de large)... Riche d'un patrimoine naturel remarquable avec ses arbres têtards, ses haies de houx, ses roseaux, ses plantes carnivores et ses espèces protégées, le paysage contraste fortement avec le contexte industriel de la rive droite de la Seine.

Conseils à suivre ! N'oubliez pas vos bottes et vos jumelles pour profiter pleinement de ce site naturel unique en Normandie.

ABBAYE NOTRE-DAME DE FONTAINE-GUÉRARD ✝ ★★

CD 714 - **RADEPONT** ✆ 06 86 08 04 67
www.abbayefontaineguerard.fr
Ouvert d'avril à septembre. Tarif plein : 6 €, tarif réduit : 4,50 €, tarif enfant : 3,50 €, gratuit : moins de 7 ans.

Au pied d'une source aux vertus guérisseuses, cette abbaye de femmes semble avoir été oubliée au fil du temps. Chef-d'œuvre du style gothique anglo-normand du XIIIe siècle où la rigueur cistercienne prend toute sa pureté, fondée en 1190, elle offre au visiteur un cellier troglodytique, les ruines de l'abbatiale, une salle capitulaire à trois nefs, une salle de travail, le dortoir des moniales et les jardins monastiques ponctués de sculptures évoquant les femmes qui y vécurent.

LA FACTORIE - MAISON DE POÉSIE

Île du Roi - **VAL-DE-REUIL** ✆ 02 32 59 41 85
https://factorie.fr
Ouvert du lundi au vendredi de 9h30 à 12h30 et de 14h à 17h30. Restauration. Boutique. Animations.

On aurait bien voulu garder ce lieu secret, mais ce serait tout de même dommage... Sur l'île du Roi, se trouve une pépite pour tous ceux qui aiment la création artistique, et tout particulièrement la poésie. Vous pourrez assister à des spectacles pour tous les âges, des récitals, des concerts. Bref, une belle opportunité de rencontrer de nouveaux talents. Des ateliers sont aussi organisés régulièrement. Une petite soif ? Direction le petit café pour rencontrer poètes et compositeurs !

LES JARDINS ANIMALIERS BIOTROPICA

CD110 - **VAL-DE-REUIL**
✆ 02 32 40 71 44
www.biotropica.fr
Haute saison ouvert tous les jours et les jours fériés de 9h30 à 19h. Adulte : 14,50 €. Enfant de 3 à 11 ans : 10,50 €.

Le parc Biotropica et ses 6 000 m² vous propose sept microcosmes reconstitués et répartis entre intérieur et extérieur : la serre tropicale, la crique des manchots, le bush australien, la brousse africaine, le jardin d'Asie, le lac des pélicans… et la ferme des enfants. Au programme : découverte et mise en valeur de la biodiversité, à travers des espèces en voie d'extinction : wallabies d'Australie, guépards du Soudan, pandas roux... A visiter en famille !

ALLIGATOR BAY ★

62, rue du Mont-Saint-Michel - **BEAUVOIR**
✆ 02 33 68 11 18
www.alligator-bay.com
Haute saison ouvert tous les jours de 10h à 19h. Adulte : 14 €. Enfant de 13 à 18 ans : 11,50 €, 3 à 12 ans : 9,50 €.

Alligator Bay vous offre des sensations (très) fortes, et a su s'imposer dans le paysage touristique du coin. Dans la serre tropicale, plus de 200 alligators, caïmans et autres crocodiles, mais aussi d'autres espèces comme des tortues par exemple, cohabitent dans des climats chauds et humides. Sur 10 000 m² de surface, vous découvrez iguanes, boas, varans ou encore caméléons et autres animaux énigmatiques du labyrinthe des dragons. La ferme aux 400 tortues, avec ses 20 espèces différentes, enchantera petits et grands. Les tortues, enfin, sont à portée de main.

D-DAY EXPERIENCE ★★★

2, village de l'Amont - **CARENTAN LES MARAIS**
✆ 02 33 23 61 95
www.dday-experience.com
Basse saison : 10h-18h. Haute saison : 9h30-19h. Adulte : 13 € (option ciné : 6 €). Enfant : 9 €. Tarifs indicatifs.

Le D-Day Experience propose un formidable un parcours immersif et interactif dans les traces des troupes aéroportées du Jour J selon deux bâtiments. Le D-Day Experience expose le côté américain et le Dead Man's Corner (carrefour de l'Homme mort) le côté allemand, où vous embarquerez à bord d'un véritable avion C-47 : une simulation de vol unique au monde. Mais ce n'est pas tout : depuis près de deux ans, poursuivant la mise en place d'attractions immersives, le lieu propose un film en 3D sur écran géant : vous revivrez le D-Day dans la peau d'un soldat.

PLANÉTARIUM LUDIVER

1700, rue de la Libération - **LA HAGUE**
✆ 02 33 78 13 80 - https://ludiver.lecotentin.fr
Ouvert du dimanche au vendredi (tous les jours pendant les vacances). Musée + planétarium : 8,80 € (enfant : 6,70 €).

Sur les hauteurs de la Hague, c'est un complexe unique dans la région. Le planétarium Ludiver est une destination à part entière. Sous une voute de dix mètres de diamètre, à vous la découverte de 7 000 étoiles au-dessus de vos têtes. Les séances du planétarium ont lieu à heure fixe, et celui-ci propose des animations thématiques. En outre, vous pourrez admirer les astres directement via un télescope géant de 600 mm, appelé T600. Un espace muséographique, destiné principalement aux sciences et vie de notre planète, est également proposé.

NORMANDY VICTORY MUSEUM

CARENTAN LES MARAIS
✆ 02 33 71 74 94
www.normandy-victory-museum.fr
Attention ! Le musée est fermé pour travaux jusqu'au 11 février 2022.

Le Normandy Victory Museum raconte l'histoire de la bataille des haies qui eut lieu juste après le débarquement, dans la Manche. A travers une scénographie émouvante et axée sur le quotidien des soldats mais aussi des civils, le visiteur est invité à découvrir cette période parfois méconnue de l'histoire. Les décors, sons, images d'archives, la possibilité de toucher les objets, les témoignages, tout est là pour vous plonger dans l'univers de l'époque et comprendre leur vécu. Également, balades en véhicules d'époque. Visite d'environ 1h30 adaptée aux enfants.

ZOO DE CHAMPRÉPUS ★

493, rue Saint-Gaud - **CHAMPREPUS**
✆ 02 33 61 30 74
www.zoo-champrepus.com
Haute saison ouvert tous les jours de 10h à 19h. Adulte : 19 €. Enfant de 3 à 11 ans : 13 €.

C'est le plus vaste zoo de la Manche. Sur 8 hectares, les animaux évoluent dans de véritables mises en scène de leur habitat naturel, selon que vous arpentiez l'espace tropical, asiatique ou encore, par exemple, malgache. Découvrir les quelques soixante espèces d'animaux sauvages au moyen des sept jardins thématiques est donc une aventure, pour le plaisir des petits et grands. Une mini-ferme et un parc d'attractions complètent l'ensemble, où vous pourrez également vous restaurer. Le lieu, qui vient de changer de propriétaire, reste un incontournable.

FORTS DE LA RADE DE CHERBOURG ★★

CHERBOURG-EN-COTENTIN ✆ 02 33 93 52 02
www.cherbourgtourisme.com
Renseignements de visite auprès de l'office de tourisme de Cherbourg au ✆ 02 33 93 52 02 ou sur www.encotentin.fr.

Les travaux ont duré plus de 70 ans, faisant de l'ensemble ainsi formé la plus grande rade artificielle du monde. Et la rade cherbourgeoise est logiquement parsemée de forts. Ils sont immenses et ainsi nommés : fort de l'ouest, fort central, fort de l'est et fort Chavagnac. Malheureusement, ces prouesses architecturales ne sont pas visitables. On se contentera de s'en rapprocher en bateau, avec diverses possibilités au départ du port cherbourgeois, à quelques miles seulement !

LE CARNAVAL DE GRANVILLE

GRANVILLE
✆ 02 33 91 30 03
www.carnavaldegranville.fr
En février.

Un événement incontournable depuis près de 150 ans, qui a lieu au cœur de la cité corsaire et ce pendant plusieurs jours, il faut bien ça pour honorer la réputation du plus grand carnaval de la région ! Et chaque jour a sa thématique. Un tel événement mérite bien d'être consacré, et pas à moitié, puisque c'est l'Unesco qui a classé le carnaval de Granville au patrimoine culturel immatériel de l'humanité. Cette année 2022, le carnaval prendra ses quartiers dans la ville du 25 au 28 février : un rendez-vous festif unique, symbole de la cité.

BASE DE LOISIRS LA MAZURE

Les Biards
ISIGNY-LE-BUAT
✆ 02 33 89 19 50
www.lamazure.com
Tarifs des hébergements disponibles sur le site.

Vous êtes ici proche de la Sélune, qui dessine de jolies courbes dans la vallée. La base de loisirs de la Mazure propose de très nombreuses offres d'hébergement : un camping en plein air, des gîtes familiaux ou collectifs, et des chalets, rien ne manque. Vous n'êtes qu'à quelques kilomètres de Saint-Hilaire, et donc de toutes les possibilités de ravitaillement. L'accueil est bon, et le rapport qualité-prix également : un vrai bon plan dans des endroits très verts.

LE MOULIN À VENT DU COTENTIN ★

23, rue de la Lande
FIERVILLE-LES-MINES
✆ 02 33 53 38 04
Ouvert de février à novembre.
Restauration, boutique et ateliers.
Groupes : visites toute l'année (réservation).

© CRÉDITS CW POUR CA LE COTENTIN

Dans ce moulin à vent encore en activité, le meunier ne s'est pas endormi mais il vous guide pour la visite de ce bâtiment. Le moulin date de 1744, on y assiste à la fabrication de la farine à l'ancienne et l'exposition sur le monde de la meunerie est une mine d'informations insolites. Les enfants vont adorer, pendant les vacances, un atelier gratuit leur est entièrement dédié, ils transforment le blé en farine, de leurs propres mains et repartent avec le fruit de leur travail !

MANOIR DU TOURP ★★

Omonville la Rogue
LA HAGUE
✆ 02 33 01 85 89
www.letourp.com
Fermeture annuelle en janvier.
Gratuit. Un trésor au bout du monde : 7 €/ adulte, 5 €/enfant dès 7 ans.

© LE MANOIR DU TOURP - MAISON DE LA HAGUE

Difficile d'imaginer passer par la Hague sans concevoir une visite du manoir du Tourp. Espace incontournable pour mille et une raisons, il propose un incroyable parcours-spectacle immersif intitulé « Un trésor au bout du monde ». Le manoir du Tourp, qui date du XVIe siècle, est aussi un ensemble architectural et culturel hors pair qui organise toute l'année des expositions temporaires en accès libre et des animations (ateliers pour les enfants, rencontres et conférences) sur le thème du patrimoine local. Nombreuses possibilités de randonnées à proximité.

LE CHÂTEAU DE FLAMANVILLE ★

Rue du Château - **FLAMANVILLE**
✆ 02 33 87 66 66
www.flamanville.fr
Ouvert toute l'année. Parc accessible toute l'année - visite du château en saison.

Le château de Flamanville c'est avant tout un parc magnifique d'une vingtaine d'hectares, accessible toute l'année et gratuitement. Le château est une véritable page d'histoire, tant par son apparence et ses matériaux que par les seigneurs qui l'occupent au fil des siècles. Aujourd'hui, le château est propriété communale et inscrit à l'inventaire supplémentaire des Monuments historiques. Construit entre 1654 et 1660, il est le lieu de multiples expositions, très courues des locaux.

WORLD WAR II MUSEUM ★★

18, avenue de la Plage - **QUINÉVILLE**
✆ 02 33 95 95 95
www.worldwar2-museum.com
Ouvert tous les jours de mars à août de 10h à 19h. Septembre/ octobre : fermeture 18h.
Adulte : 9 €. Enfant : 6 €.

Ce musée recèle bon nombre de trésors. Grâce à une scénographie innovante, vous parcourez les grandes étapes du conflit : sur 1 000 m² d'exposition, le long d'une rue des années 40 avec ses boutiques et ses véhicules, vous découvrirez une très belle collection d'objets du quotidien, de photographies et de figurines uniques. Depuis le bunker situé dans le musée, vestige du système défensif allemand, à vous la vue imprenable sur Utah Beach. Pour terminer cette visite en beauté, vous admirerez le film d'époque « Du Débarquement à la prise de Cherbourg ». Magnifique.

GREEN MINIGOLF

Route de la Malenfandiere
SAINT-AUBIN-DES-PRÉAUX
✆ 06 88 67 14 14
Ouvert en saison. Tarif à partir de 4,50 €.

Vous serez ici au calme, dans l'arrière-pays granvillais plein de quiétude, et propice à la concentration ! Et il vous en faudra pour arpenter ce mini-golf de 18 trous, très bien entretenu et proposant des parcours originaux et qui ne laisseront personne indifférent. On a coutume de dire que les plus jeunes adorent, mais les adultes passeront également un moment convivial et plein de bonne humeur. L'été, le lieu est ouvert en nocturne, et les jeux de lumières valent le détour. Ouvert en saison, le mini-golf propose une offre de boissons et de glaces.

ATELIER DU CUIVRE ★

54, rue du Général-Huard - **VILLEDIEU-LES-POÊLES-ROUFFIGNY** ✆ 02 33 51 31 85
www.atelierducuivre.fr
Ouvert du lundi au vendredi 9h-12h et 13h30-17h30, samedi pour groupes (réservation).
Adulte : 8,60 €. Enfant : 7,20 €.

L'Atelier du Cuivre est l'un des plus anciens ateliers encore en activité de fabrication artisanale de pièces en cuivre, situé à Villedieu. Démarrez la visite par un film ludique en diverses langues puis admirez les gestes des artisans : repousseur, étameur, polisseur et dinandier, selon un savoir-faire d'antan. Vous assisterez à la fabrication de pièces culinaires sur machines d'époque, mais aussi de pièces sur mesure uniques en cuivre ou autres matériaux. Un chouette lieu de connaissance ! La boutique vous permet de disposer du fruit du travail réalisé ici.

MUSÉE DU DÉBARQUEMENT UTAH BEACH ★★★

Utah-Beach - **SAINTE-MARIE-DU-MONT**
✆ 02 33 71 53 35
www.utah-beach.com
Basse saison : ouvert de 9h30 à 19h.
Haute saison : tous les jours de 10h à 18h.
Adulte : 8 €. Enfant (6/15 ans) : 5 €.

Ce musée est implanté sur les lieux mêmes du débarquement sur le secteur confié aux Américains devant prendre Cherbourg. Au soir du 6 juin, 23 000 hommes, 1 720 véhicules et 1 695 tonnes d'approvisionnement furent débarqués sur cette terre. Comparé à d'autres plages du débarquement, ce secteur fut relativement épargné : le bilan humain ne fait état « que » de 197 soldats tués au combat ainsi que de 60 disparus. Cette opération fut donc un succès total : Utah Beach fut transformée en port artificiel géré par 70 000 hommes de l'Armée et de la Marine américaines. Le musée éponyme possède deux pièces maîtresses : la barge d'assaut et le Water Buffalo, un véhicule unique en Europe de huit mètres sur trois entièrement restauré. Dans un hangar de 800 m² construit à cet effet, les visiteurs peuvent voir une réplique grandeur nature d'un B26 Marauder utilisé lors de l'opération Overlord (il n'en reste que cinq exemplaires au monde) ainsi qu'un simulateur de vol. Le musée d'Utah Beach a toujours montré son attachement à la transmission de la mémoire et à la compréhension des événements de juin 1944. En sortant, le visiteur comprend pourquoi cette plage fut choisie et en quoi le débarquement fut un succès à la fois militaire et technologique.

Les espaces d'expositions suivent différentes thématiques. Tout commence autour des défenses allemandes et de l'occupation ennemie. Le musée se trouve d'ailleurs à proximité d'un des blockhaus construits par les Allemands. La projection du film de nombreuses fois primé « La Plage de la Victoire » aide à la chronologie et permet de se plonger dans le quotidien des populations et de suivre heure par heure les préparatifs du D-Day. Suivent des espaces consacrés à la stratégie alliée et aux forces militaires en présence (navales, aériennes et terrestres). Puis, on passe dans la salle panoramique pour découvrir la chronologie exacte de cette journée historique sur cette plage. L'exposition se poursuit sur la jonction faite entre les parachutistes et les fantassins et leur avancée périlleuse jusqu'à Cherbourg. Le musée présente ensuite le Port artificiel d'Utah Beach, construit pour pallier la destruction de celui de Cherbourg. La nature des objets présentés (photos, témoignages, lettres, journaux intimes, matériels, effets personnels…) nous fait revivre ces événements sur le plan humain, auprès des soldats et des populations. Des documents émouvants au service de la mémoire et de l'histoire.

AIRBORNE MUSEUM ★★★

14, rue Eisenhower - **SAINTE-MÈRE-EGLISE**
✆ 02 33 41 41 35
www.airborne-museum.org
De mai à août : 9h/19h. D'avril à septembre : 10h/18h30. D'octobre à mars : 10h/18h.
Adulte : 9,90 €. Enfant : 6 €.

C'est l'un des plus connus des musées consacrés au Débarquement : à quelques kilomètres de la plage d'Utah Beach, l'Airborne Museum de Sainte-Mère-Eglise est situé sur la place de l'église sur laquelle le parachutiste John Steele est resté accroché pendant des heures (un mannequin, présent sur le clocher, permet de s'en souvenir). À travers ses 4 bâtiments à la scénographie moderne, interactive et spectaculaire, le musée vous guide sur les pas des parachutistes américains du Jour-J.

A l'Airborne Museum, vous embarquez dans un véritable planeur Waco, unique en France dans cet état de reconstitution ou encore dans un avion C-47 comme les paras des 82ème et 101ème divisions aéroportées ont pu le faire pour la Bataille de Normandie. L'un des avantages, de ce musée, qui en compte beaucoup, ce sont les objets qui prennent vie grâce aux scènes de reconstitutions hyperréalistes. Aussi, vous aurez la sensation de sauter d'un avion C-47 en plein vol pour atterrir au cœur du village de Sainte-Mère-Eglise, ou de combattre dans les marais inondés pendant la bataille de la Fière ou de vous perdre dans le bocage normand pendant la Bataille des Haies… Le film du musée, appelé « Les chemins de la Liberté » projeté dans la grande salle de cinéma vous explique avec émotion les destins des hommes venus à Utah Beach, Omaha Beach, Gold beach, Juno Beach et Sword Beach ainsi que les temps forts du Débarquement aérien et maritime.

Toujours en évolution, le musée propose depuis cette année un nouveau parcours de visite mettant le légendaire avion C-47 en majesté ! Ce parcours conçu autour de cet avion, véritable vétéran du Débarquement en Normandie, vous plonge dans l'univers des parachutistes américains depuis leur création jusqu'à leur embarquement pour la Normandie : des parachutes déployés vous accueillent, dans la salle de briefing à l'hologramme plus vrai que nature vous connaissez vos objectifs, un film sur grand écran vous explique l'Opération Overlord, des statues réalistes vous racontent l'histoire de ces hommes qui ont fait le Jour-J. Bref, une visite au cours de laquelle vous serez tour à tour intéressé, surpris, acteur, ému. Enfin, pour vous accompagner tout au long de votre visite, la tablette HistoPad vous fera remonter le temps. Grâce à son graphisme 3D hyperréaliste, avions et objets du musée prennent vie ! Vivez les sauts des parachutistes ayant atterri sur la place de l'église, soyez le témoin de batailles décisives qui ont marqué l'Histoire et bien d'autres surprises encore… L'immersion est totalement garantie !

MUSÉE DES BEAUX-ARTS ET DE LA DENTELLE ★★

Cour Carrée de la Dentelle - **ALENÇON**
✆ 02 33 32 40 07
http://museedentelle.cu-alencon.fr

De septembre à juin du mardi au dimanche. Juillet et août, ouvert également le lundi. Adulte : 6,60 €.

Ce musée dévoile l'histoire et le savoir-faire du fameux point d'Alençon. Agrémentée d'outils pédagogiques, la scénographie met en valeur les acquisitions du musée dont un voile de mariée datant du XIXe siècle entièrement réalisé avec la technique du point d'Alençon, inscrite sur la liste représentative du patrimoine culturel immatériel de l'humanité de l'Unesco. Le musée comprend également une section beaux-arts et une étonnante collection d'objets cambodgiens du siècle.

ROC AU CHIEN ★

10-12, rue du Professeur-Louvel
BAGNOLES DE L'ORNE NORMANDIE
✆ 02 33 37 97 33

C'est depuis le piton rocheux du Roc au Chien, 53 mètres de haut, que l'on obtient le plus beau panorama sur l'ensemble de Bagnoles de l'Orne. Il est constitué, comme beaucoup de pics ici, de grès armoricain. Deux légendes sont à l'origine de son nom. La première raconte qu'un enfant serait tombé dans une crevasse et que, grâce aux aboiements de son chien, il aurait été sauvé. L'animal aurait été enterré ici pour lui rendre hommage. La seconde laisse à penser qu'un seigneur qui aurait été transformé en monstre à tête de chien pour avoir dévoré des jeunes filles.

CHÂTEAU DE CARROUGES ★★

Rue du Chapitre - D16 - **CARROUGES**
✆ 02 33 27 20 32
www.chateau-carrouges.fr

Haute saison : ouvert tous les jours de 10h à 12h30 & de 14h à 16h45. Parc ouvert librement de 10h à 17h. Adulte : 6 €.

Ensemble tout à fait remarquable de briques et de pierres, ce château témoigne de sept siècles d'histoire. Acquis par l'État en 1936, ce monument historique est habité durant 15 générations par la même famille : les Leveneur. Les lieux se visitent, des cuisines du rez-de-chaussée aux grands appartements à l'étage, salons, antichambres, chambres, escalier d'honneur confondus aux magnifiques boiseries. La galerie de portraits de famille est impressionnante. Un beau jardin à la française complète l'ensemble. Le site accueille de nombreuses manifestations culturelles.

LA FERME ORNÉE DE CARROUGES

La Boujardière - **CARROUGES**
✆ 09 63 45 99 79
https://fermeornee.eu

Mai, juin, sept, oct : dim au mer, visite guidée à 10h et 15h. Juillet, août : tous les jours sauf lundi de 10h à 18h.

A la ferme Ornée, il fait bon se promener. Dans ce lieu original et singulier, dans le paysage ornais, vous partez à la découverte de 7 jardins aux thématiques variées : labyrinthe, jardin d'eau, collection de courges, etc. La découverte est au bout de l'allée ! Chaque été, de nombreuses animations sont organisées pour le plaisir des petits et des grands. Vous êtes invités à venir mener l'enquête lors d'une « murder party » ou à vous affronter autour d'une chasse au trésor.

PARC ANIMALIER D'ÉCOUVES ★

La Houssaye - **LE BOUILLON** ✆ 02 33 82 04 63
www.parc-animalier-ecouves.fr

Haute saison ouvert tous les jours et jours fériés de 10h à 19h. Adulte : 11 €. Enfant de 3 à 12 ans : 7 €.

A dix minutes d'Alençon, ce parc animalier de 18 hectares est le seul du département de l'Orne. Créé par Vincent Chauvin, un jeune passionné par les animaux, il présente près de 400 animaux de 30 espèces différentes, avec comme souci le bien-être de ses hôtes. Un sentier de 3 km fait le tour du parc et vous emmène à la rencontre des chameaux, ânes nains, zébus, lamas, alpagas, watusis, ratons laveurs, daims, poneys, chèvres, moutons, yacks du Tibet, buffles d'Asie et autres cochons exotiques. Vous ne manquerez pas les grands perroquets d'Amérique du Sud, dans leur volière, juste après l'enclos des lamas, ni les carpes Koï dans leur étang garni de roseaux et entouré de bambous. On peut assister au repas des animaux, selon un planning à consulter sur place. N'hésitez pas à y revenir plusieurs fois, le parc est en constant enrichissement, et propose des animations pour les enfants tout au long de l'année. Ce qui séduit dans ce parc ce sont les animaux, l'espace dont ils disposent et l'environnement naturel, mais aussi l'ambiance qui y règne. Tous les employés semblent passionnés et heureux d'être là. Vous pourrez aussi participer à la préparation des rations, au nourrissage, aux soins des petites plaies, à la tournée des volières et à celle des réserves. Cette activité est ouverte à toute personne âgée de plus de 12 ans, toute l'année sur réservation. Vous pouvez séjourner sur place dans un lodge baptisé En Terre Sauvage pour être au plus près des animaux. Animations à Pâques et Halloween.

LAC DE RABODANGES

PUTANGES-LE-LAC

✆ 02 33 35 86 57

Ouvert toute l'année. Nombreuses activités sur place.

Ce plus grand plan d'eau de Basse-Normandie est classé 2e catégorie. Il fait le bonheur des pêcheurs et plus particulièrement ceux qui pratiquent la pêche à la carpe de nuit. C'est aussi un terrain de jeu idéal pour les amateurs de canoë-kayak ou de ceux qui préfèrent profiter du bateau croisière. Ses abords sont particulièrement prisés par les familles qui viennent volontiers s'installer aux tables de pique-nique, pendant que les enfants s'amusent aux jeux. Un belvédère domine l'impressionnant barrage de 160 mètres de long et 17 mètres de hauteur.

ORNE AVENTURE

route de Bréel - la Roche d'Oëtre

SAINT-PHILBERT-SUR-ORNE

✆ 06 17 05 09 60

Ouvert d'avril à octobre. En juillet-août, tous les jours de 10h à 19h. Entrée : 20 €. Enfant : 14 €.

A proximité du magnifique site naturel de la Roche d'Oëtre, Orne Aventure propose un parcours aventure accessible à toute la famille. Vous avez le choix entre plusieurs parcours (tyroliennes, pont de singe, saut de Tarzan, entre autres...) dont le niveau de difficulté s'accroît progressivement. Les plus courageux s'envoleront à 18 mètres du sol dans les cimes. Le site est bien aménagé et les conditions de sécurité sont impeccables afin de profiter sereinement des activités proposées. Le site propose également des événements tout au long de l'année.

CATHÉDRALE NOTRE-DAME DE SÉES ★★

Place du Général de Gaulle

SÉES

www.ville-sees.fr

Ouvert tous les jours de 9h à 18h.
Spectacle son et lumière en été. Festival de musique sacrée en juillet et en août.

Fleuron du style gothique normand, la cathédrale de Sées a survécu aux soubresauts de l'histoire. Bâtie au Ve siècle, détruite par les Normands au IXe siècle, reconstruite fin Xe siècle et réduite en cendres en 1048 puis en 1150 après une nouvelle reconstruction : la cathédrale de Sées, telle qu'on la connaît, naît en 1210. Mais la guerre de Cent Ans et les guerres de religion mettent à mal l'édifice... Heureusement, cette réalisation unique a fini par voir le jour.

MANUFACTURE BOHIN ★

Le Bourg

SAINT-SULPICE-SUR-RISLE

✆ 02 33 24 89 38

www.bohin.com

Adulte : 12 €. 6-17 ans : 7 €.
Tarifs complets en ligne.

Qui n'a jamais eu en main des aiguilles à coudre Bohin ? Cette usine est aujourd'hui la seule et unique fabrique d'aiguilles à coudre et d'épingles en France. Bâtie en 1866, elle est classée Monument historique depuis 1995. Plusieurs générations de cette famille se sont succédé pour faire de cette entreprise le fleuron de la mercerie grâce à ses innovations, son savoir-faire technique. En 1997, c'est le directeur commercial de l'époque, Didier Vrac, qui reprend l'ensemble pour en faire, au-delà de la manufacture bien connue, un endroit aux nombreuses possibilités. L'espace d'exposition de 2 500 m², scénographié, raconte l'histoire de la société et les techniques de fabrication des aiguilles : à coudre, épingles à tête de verre, épingles de sûreté. Des animations et des expositions temporaires sont programmées (elles sont listées sur le site interner) afin de découvrir tous les secrets de fabrication de l'entreprise. Ce site, qui multiplie les projets tout en préservant la mémoire collective, rend hommage à une aventure industrielle où les priorités sont la sauvegarde du savoir-faire de l'homme et son amour du travail bien fait. En semaine, les salariés vous expliquent, tout en travaillant, le fonctionnement des machines dont certaines datent du XIXe siècle. Sur le site internet, une boutique en ligne très bien pensée propose d'innombrables références, histoire de disposer de très nombreuses idées de cadeaux. Les visites se déclinent selon plusieurs possibilités, que vous soyez seul, en famille ou en groupe.

MUSÉE DU CAMEMBERT ★

10, avenue du Général-de-Gaulle - **VIMOUTIERS**

✆ 02 33 39 30 29

www.museeducamembert.fr

Ouvert tous les jours : juillet et août 10h-18h, septembre à novembre 14h-18h. Tarif 3 €. Dégustation 1 €. Boutique.

Créé grâce aux dons provenant des caves de vieilles familles fromagères de la région, ce musée, rénové il y a deux ans, reste un incontournable des amateurs de fromage. A travers les salles d'exposition, on découvre les étapes de fabrication du camembert : de la collecte du lait à sa commercialisation, en passant par son emprésurage, son moulage et son affinage. Les visiteurs peuvent suivre l'évolution des techniques au travers du matériel, des affiches et d'une collection de près de 3 000 étiquettes de camembert. L'ensemble peut se terminer par une dégustation.

ESPACE DE DÉCOUVERTE DU CHÊNE

12-18, rue du Musée
ALLOUVILLE-BELLEFOSSE
✆ 02 35 96 06 54
www.associationchene.com
Tous les jours, weekends et jours fériés : 14h à 18h. Adulte : 5 €. Tarif réduit : 3,50 €. Animations.

Unique en Normandie, l'Espace de découverte est un lieu de sensibilisation à l'environnement. Au travers d'une exposition pédagogique, vous découvrirez le métier de soigneur animalier et les coulisses d'un centre de sauvegarde. Des animaux naturalisés vous permettront de vous représenter la faune normande dans sa grande diversité, et un parc de jeux ludiques de tester vos connaissances de naturaliste. Une visite idéale pour passer un bon moment en famille.

CHEVAL ESPÉRANCE

4449, rue de la Haie
BOIS-GUILLAUME
✆ 02 35 59 96 81
www.chevalesperance.fr
Ouvert du lundi au samedi de 9h30 à 18h30.

Ici, cavaliers valides et en situation de handicap se retrouvent autour d'une même passion. Les activités sont nombreuses et adaptées à chaque forme de handicap. La compagnie du cheval a ici un objectif thérapeutique et relationnel, pour offrir de nouvelles compétences permettant de redevenir acteur de sa mobilité. Lors vacances scolaires, des stages sont proposés en équitation ludique ou classique, en voltige, travail à pied, jeux à poney, soins aux chevaux et, bien sûr, des stages Equi-Handi pour progresser vers l'autonomie.

PARC DU BOCASSE

Route de Clères
LE BOCASSE
✆ 02 35 33 22 25
www.parcdubocasse.fr
Consulter les horaires sur le site internet.

Le parc du Bocasse vous ouvre les portes d'un monde féerique. Côté attractions, les plus jeunes pourront s'amuser dans la piscine à balles, les aires de jeux « Le Ranch » et « Ballo City ». Les plus grands adeptes des manèges à sensations pourront mouiller la chemise dans les attractions Los Rapidos ou Colorad'eau, se faire peur en grimpant dans la Flash Tower ou le Jurassic Coaster. Le soir, laissez-vous émerveiller par le spectacle son et lumières modernisé « Symphonie aquatique ». 45 attractions pour s'occuper toute la journée !

ESTRAN CITÉ DE LA MER

37, rue de l'Asile-Thomas - **DIEPPE**
✆ 02 35 06 93 20
www.estrancitedelamer.fr
Ouvert du lundi au vendredi de 9h30 à 18h. Week-end et jours fériés de 9h30 à 12h30 et de 13h30 à 18h. Adulte : 7,50 €.

L'E.S.T.R.A.N. est une association ayant créé un Centre de Culture Scientifique, Technique et Industrielle dédié au littoral normand. L'E.S.T.R.A.N. Cité de la Mer voit le jour en juin 1993. Cet acronyme signifie Espace Scientifique et Technique des Ressources Aquatiques et de la Navigation. Le mot estran désigne aussi la partie du littoral alternativement couverte à marée haute, et découverte à marée basse. C'est à la fois un musée-aquarium de plus de 1 600 m², mais aussi un Pôle environnement spécialisé dans la gestion de l'espace côtier, et un Pôle social avec la mise en œuvre de chantiers d'insertion. Partez à la découverte du monde littoral depuis la vie d'Anita Conti, première femme océanographe, à la faune marine de la Manche présentée dans les aquariums du rez-de-chaussée où les animaux évoluant dans les bassins sont souvent méconnus, seiches, syngnathes, vives, blennies et différentes anémones de mer. Les grands aquariums sont peuplés d'espèces bien connues, mais rarement observées vivantes, turbots, lieux jaunes, bars, morues, entre autres. Les aquariums reconstituent au plus près les conditions de vie du milieu naturel, température de l'eau, salinité, éclairage, nourriture. Venez découvrir l'envers du décor, assister ou aider au nourrissage. Devenez soigneur d'un jour avec l'équipe d'aquariologistes. Poursuivez la visite par le premier étage dédié à l'évolution de la construction navale à travers les techniques de construction, les matériaux utilisés et la technologie embarquée. Voyagez dans le temps, à travers de nombreuses maquettes et moteurs, depuis la fabrication d'un drakkar jusqu'à la genèse d'un chalutier. La passerelle permet de découvrir les nombreux instruments de bord, des sextants et octants anciens, aux ordinateurs de bord actuels. Approchez du monde scientifique marin, grâce à la borne interactive. Le dernier étage est consacré à la filière pêche haute normande, à travers son histoire, et le hottage du hareng. Découvrez les évolutions récentes avec les différentes techniques de pêche, l'évaluation de la ressource, la transformation et la valorisation des produits de la mer. La Cité de la Mer accueille aussi le Jardin des Mers de la Station Nautique Dieppe Pays Normand. Les enfants profiteront de nombreuses activités le temps d'une demi-journée. Découverte du littoral à marée basse. Découverte du port de Dieppe. Réalisation d'un carnet de nœuds marins. Fabrication de cerfs-volants et même construction d'un petit bateau. Prévoir des bottes pour les sorties à la plage et un ciré en fonction de la météo.

MUMA - MUSÉE D'ART MODERNE ANDRÉ-MALRAUX ★★★

2, boulevard Clemenceau - **LE HAVRE**
✆ 02 35 19 62 62
www.muma-lehavre.fr
Mar-vend : 10h-18h. WE : 11h-19h.
Fermé 1/1, lundi de Pâques, 1/5, lundi de Pentecôte, 11/11, 25/12. Adulte : 7 €-10 €.

« Il n'y a pas une maison comme celle-ci au monde, ni même au Brésil, ni en Russie, ni aux États-Unis. Souvenez-vous, Havrais, que l'on dira que c'est ici que tout a commencé. » Voici ce que déclarait dans son discours d'inauguration André Malraux, alors ministre d'État chargé des Affaires culturelles, le 24 juin 1961. Car lorsque ce musée ouvre ses portes, face à la mer et à proximité du port, il est le symbole d'un tournant dans la conception de l'accès à la culture en France.

Après la Seconde Guerre mondiale, en pleine période de la reconstruction, le projet débute en 1952, à l'initiative de Georges Salles, alors directeur des Musées de France, et de Reynold Arnould, peintre havrais devenu conservateur des musées de la ville. L'idée était, outre de rendre un cadre aux collections après la destruction en 1944 du musée des Beaux-Arts, de mener une réflexion fondamentale sur la fonction du musée. Rompant avec son modèle traditionnel, ils s'attellent à sa modernisation en y introduisant conférences, projections cinématographiques et concerts, et inventent un nouvel espace muséal multiple : lieux d'exposition, ateliers, réserves, cafétéria, bibliothèque... pour attirer tous les publics et contribuer à l'éducation artistique. Ce projet, le plus moderne d'Europe, est confié à un architecte dissident de l'atelier d'Auguste Perret, Guy Lagneau. Ses goûts vont vers des constructions plus légères, plus aériennes que celles du chantre de la Reconstruction. Le bâtiment qu'il a imaginé ici en est l'expression évidente. Ses baies ouvrant sur l'horizon paraissent audacieuses pour un lieu contenant des toiles à protéger de la lumière mais, a contrario, l'ensemble est vivifié par la lumière du jour, sans nuire aux œuvres. Le MuMa est aujourd'hui la deuxième plus grande collection d'œuvres impressionnistes en France après le musée d'Orsay à Paris. C'est le résultat de dons d'artistes comme ceux de Claude Monet ou de legs comme celui du frère d'Eugène Boudin, très attaché au Havre, ainsi que de collections particulières qui enrichirent son fonds au fil du temps. Les grands peintres havrais y ont leur place, tels Raoul Dufy ou Émile Othon-Friesz. À l'extérieur, *Le Signal*, œuvre monumentale d'Henri-Georges Adam, fait partie des collections. Avec ses 22 mètres d'envergure et un poids de 220 tonnes, elle est faite de béton et d'aluminium. Elle a été conçue pour « *pour lier l'architecture du musée aux éléments maritimes du lieu* ».

LES MARAIS DE SAINTE-CROIX

Chemin de halage
LE TRÉPORT
✆ 02 35 86 05 69
www.ville-le-treport.fr
Ouvert toute l'année. Accès libre. Gratuit. Facile.

Les marais de Sainte-Croix sont l'un des lieux de biodiversité les plus importants de la région du Tréport. Des milliers d'animaux et d'espèces végétales y ont élu domicile, profitant de la localisation exceptionnelle du site. À mi-chemin entre le centre-ville et la rocade, sur la route qui permet de relier l'Oural au Sahara, les oiseaux migrateurs viennent faire une petite pause dans cet écrin de verdure. On peut notamment apercevoir des hérons, des aigrettes et des cigognes...

AQUACAUX

70, chemin de Saint-Andrieux
OCTEVILLE-SUR-MER ✆ 02 35 46 04 97
www.aquacaux.fr
Lun-ven : 8h30-12h30 et 13h30-17h30.
Gratuit jusqu'à 3 ans. Adulte : 6 €. Pas de CB.
Chaussures ad hoc.

L'association, fondée en 1988, a pour but de donner une chance à des personnes en difficulté de se réinsérer dans le travail. Cela grâce à une ferme marine créée dans les anciens locaux d'une ancienne base de l'OTAN. Aquacaux offre au public de découvrir le littoral à travers des visites de ses aquariums, mais aussi des sites naturels alentour avec une sensibilisation à la bio-diversité. Un sentier pédagogique permet d'identifier les oiseaux, comprendre le circuit d'une goutte d'eau dans la falaise ou encore dénicher les galoches.

24 HEURES MOTONAUTIQUES

Île Lacroix
ROUEN
Mai 2022. Gratuit.

Les 24 Heures motonautiques de Rouen sont désormais une institution, et c'est l'une des rares manifestations sportives complètement gratuites. Cette impressionnante épreuve se déroule en plein cœur de la ville, sur la Seine, et rassemble les meilleurs coureurs de horsbord qui s'affrontent dans un incessant ballet tournant autour de l'île Lacroix. Elle attire les passionnés de sport mécanique nautique, mais pas seulement : c'est une grande fête familiale avec manèges et animations sur les berges. Un conseil néanmoins, prévoyez un bonnet et un parapluie...

CATHÉDRALE DE LUMIÈRE

Parvis de la Cathédrale
ROUEN
✆ 02 32 08 32 47
De début juillet à mi-septembre.
A la tombée de la nuit. Gratuit.

Tous les ans, la ville de Rouen organise des projections lumineuses sur la cathédrale de Rouen à la nuit tombée. Des tableaux magnifiques sont projetés sur la façade. C'est l'occasion de retracer l'histoire de Jeanne d'Arc et des Vikings, de redécouvrir les tableaux de Monet, d'en apprendre plus sur l'épopée de Guillaume le Conquérant. Tout cela avec un son et lumières à couper le souffle. Les touristes et les autochtones se réunissent tous les étés sur le parvis de la cathédrale pour assister à ce spectacle magique. À voir et à revoir, car on ne s'en lasse pas !

ESCAPE 423

35, rue Alsace-Lorraine - **ROUEN**
✆ 06 30 93 45 64
https://escape423.fr
Du lundi au dimanche, week-ends
et jours fériés de 10h à 22h. Sur réservation.
À partir de 18 € par personne.

Vous vous rêvez en Viking cherchant le mystérieux anneau d'or ou bien en Excalibur arpentant la forêt bretonne ? Qu'à cela ne tienne, cet escape game comblera tous vos désirs ! Des énigmes à résoudre, par équipe jusqu'à cinq joueurs, pour s'aventurer dans le passé et vivre des moments forts, mais avec une différence de taille : ici pas de cadenas ! Car ce sont des salles de dernière génération, complètement mécaniques, pour une immersion totale. Néanmoins, il vous faudra, pour arriver au bout de votre mission, toujours de la réflexion et de la patience...

LASER GAME EVOLUTION ROUEN

Quai Ferdinand-de-Lesseps - **ROUEN**
✆ 02 32 13 20 22
rouen.lasergame-evolution.fr
Mardi et jeudi : 15h30-0h, mercredi : 13h30-0h, vendredi : 15h30-1h, samedi : 10h-2h, dimanche : 13h30-23h.

Le laser game est l'occasion de passer une soirée amusante et originale entre amis ou en famille. Plongé dans une salle noire subtilement éclairée par des néons multicolores, vous affronterez, individuellement ou en équipe, un adversaire en visant son gilet avec votre laser. Mais attention, les salles il y a des pièges ! Il faudra les désactiver en étant le plus rapide ! Il n'y a pas d'âge minimum, mais il vous faudra faire plus de 1,20 mètre et... ne pas avoir peur du noir !

CATHÉDRALE NOTRE-DAME ★★★★

Place de la Cathédrale - **ROUEN**
✆ 02 35 71 85 65
www.cathedrale-rouen.net
Visite des cryptes sur réservation
(OT de Rouen : 02 32 08 32 40). Accès libre.

La cathédrale primatiale Notre-Dame-de-l'Assomption est un magnifique exemple d'architecture gothique, du primitif au flamboyant, reconnaissable à sa façade sculptée comme une dentelle de pierre. Siège de l'archidiocèse de Rouen, chef-lieu de la province ecclésiastique de Normandie, elle conserve son palais archiépiscopal et les constructions annexes de la même époque. Considérée comme la plus haute de France, son histoire remonte au IVe siècle avec un groupe cathédral construit au centre de la cité, comme affirmation de la nouvelle religion. Lui succède une cathédrale romane commencée vers 1020, après l'incendie provoqué par les Viking en 841 et le baptême de leur chef, Rollon, en 912. Elle est consacrée en 1063, en présence du duc Guillaume, futur Conquérant. Le gothique arrive en 1145 avec la tour Saint-Romain, et s'affirme dans la décennie 1240 avec le chœur, la nef, les chapelles latérales, la chapelle d'axe, la façade occidentale, le cloître des chanoines, les portails des Libraires et de la Calende. En 1462, la tour Saint-Romain est achevée et se voit affublée, en plus de ses neuf cloches, de la *Marie d'Estouteville* et de la *Guillaume*. En 1479 est construit l'escalier des Libraires menant du transept à la bibliothèque du chapitre et, fin 1485, la tour de Beurre, côté sud. Sur la croisée du transept, la tour-lanterne, édifiée après l'incendie de Pâques 1200, subit encore l'incendie de sa flèche en 1514, puis celui de 1822, déclenché par la foudre. Sa flèche en fonte actuelle, datant de 1876, haute de 151 m, fait l'objet d'une ultime restauration devant se terminer en 2022. À l'intérieur, le déambulatoire abrite les sépultures des ducs de Normandie. Parmi eux, Richard Cœur de Lion, qui exigea que son cœur fût conservé dans la crypte, et Mathilde l'Emperesse, la fameuse « Dame blanche » de Mortemer, morte en 1167. La crypte, qui abritait dit-on les reliques de la Vierge, se visite. Déposés après les bombardements de 1944, neuf des tableaux restaurés y ont retrouvé leur place, tels le *Saint Jean-Baptiste au désert* et la *Mort de saint Joseph*. Les vitraux, issus du célèbre atelier de verriers Barbe, représentent un bel ensemble de l'histoire du vitrail, du XIIe siècle à nos jours. Depuis 2019, le grand orgue est en restauration. Immortalisé par Claude Monet dans une série de 30 tableaux, l'édifice fut peint par le père de l'impressionnisme depuis le premier étage du Bureau des Finances (l'OT) situé juste en face. Toute l'année, visites guidées, visites nocturnes à la bougie, sons et lumières, concerts y sont organisés.

NOUVELLE-AQUITAINE

La Nouvelle-Aquitaine est la plus vaste des régions françaises. Autant dire que les idées de balades et de sorties en famille ne manquent pas ! La Nouvelle-Aquitaine déroule 720 km de littoral côté atlantique, et offre landes et forêt, vallées et sommets, châteaux et édifices religieux prestigieux, et villes au riche patrimoine, dont Bordeaux, Poitiers et Limoges. Entre patrimoine et nature, cette vaste région offre une profusion de lieux à découvrir. A pied, à vélos, à dos d'ânes ou en bateau, sillonnez les chemins et les cours d'eau. Arpentez la Dune du Pilat, vibrez dans les attractions du Futuroscope, soyez curieux au Musée Jacques Chirac de Sarran, découvrez le surprenant Musée du Macaron dans la Vienne, et observez la richesse de nos océans au travers des trois aquariums que compte la région. Activités de plein air à la plage ou à la montagne, patrimoine et festivals, les activités ne manquent pas en région Nouvelle-Aquitaine !

CATHÉDRALE SAINT-PIERRE ★★

18, rue Fénelon
ANGOULÊME
Ouvert toute l'année. Gratuit.

Un bel édifice roman que cette cathédrale bâtie sur l'éperon rocheux d'Angoulême qui, tel un phare veillant sur la ville, est un point de repère incontournable. Sa façade est un chef-d'œuvre de l'art roman et l'on peut passer des heures à détailler les différentes plaques sculptées qui se succèdent en 4 rangées, la plus haute étant occupée par un imposant Christ en gloire entouré des cavaliers de l'Apocalypse. À l'intérieur, ne manquez pas de visiter le trésor de la cathédrale, mis en scène par Jean-Michel Othoniel et comptant pas loin de 150 objets liturgiques.

FESTIVAL INTERNATIONAL DE LA BANDE DESSINÉE

71, rue Hergé
ANGOULÊME
✆ 05 45 97 86 50
www.bdangouleme.com
En janvier.

Ce festival emblématique se déroule chaque année à la fin du mois de janvier depuis 50 ans. Pendant quatre jours, la ville accueille les plus grands dessinateurs et scénaristes de BD du monde, ainsi que des dizaines de milliers de fans. Le Centre national de la Bande dessinée (CNBDI) symbolise cette dynamique également portée par Magélis-Pôle Image, le programme de développement économique fondé sur les industries, les technologies et les métiers de l'image.

CHARENTE CROISIÈRES

Boulevard Besson-Bey
ANGOULÊME
✆ 06 60 17 36 96
www.visitecharente.fr
Voir horaires sur le site.
Tarifs complets des croisières en ligne.

Embarquez pour une croisière sur La Reine Margot. Sur la Charente au départ d'Angoulême, La Reine Margot vous propose des croisières thématiques estivales ou des croisières repas midi ou soir. Vous découvrirez, au travers des écluses, un parcours nature aux portes de la ville. Des points de vue insolites sur la ville et une approche inédite de la biodiversité des berges sauvages. La compagnie propose de même des croisières sur la Charente depuis Cognac à bord du François 1er. Et si vous avez le mal de mer, optez pour les repas à quai.

MUSEE DE LA RÉSISTANCE ET DE LA DÉPORTATION

34, rue de Genève - **ANGOULÊME**
✆ 05 16 09 68 24
https://patrimoine16.lacharente.fr
Ouvert le 1er samedi du mois de 14h à 18h.
Et certaines vacances scolaires.

Ouvert depuis 2014, le Mémoriel de la Résistance et de la Déportation offre une vision globale de la guerre de 1939-1945 en Charente. Le lieu est une ancienne maison de la Résistance. Tous les aspects de la Seconde Guerre mondiale y sont abordés dans des espaces thématiques où les documents audio, vidéo et papier se mêlent à de vieux objets : vêtements d'époque, photos... L'accueil est très agréable et l'accent est mis sur la connaissance de cette période en Charente et alentour.

CITÉ DE LA BANDE DESSINÉE

Quai de la Charente
ANGOULÊME
✆ 05 45 38 65 65
www.citebd.org
Fermé le lundi. Adulte : 8 €. Enfant : 5 €.
Visites guidées, expositions temporaires, restaurant.

Symbole d'Angoulême : la bande dessinée a sa Cité internationale, rive gauche de la Charente. Vous y trouvez une bibliothèque, une librairie avec des ouvrages anciens et 4 000 nouveautés, une résidence internationale d'artistes de bande dessinée et d'image animée, 2 salles de cinéma Art et Essai. S'ajoute le Musée de la bande dessinée sur 1 300 m², riche d'une collection d'imprimés des origines de la bande dessinée, de BD franco-belges, Comics USA et Mangas japonais. Un sanctuaire !

LA FERME D'YVONNE

Domaine d'Echoisy
CELLETTES
✆ 06 62 06 55 49
http://lafermedyvonne.fr
Ouvert tous les jours de 10h à 17h. Entrée 2 €.

Installée sur 3 hectares du Domaine d'Échoisy, ils accueillent les groupes, scolaires, personnes dépendantes et les familles. Leur activité principale consiste à faire venir les animaux de la ferme, poules, poussins et autres volailles, lapins, cochons d'Inde, moutons, chèvres, poney, cochon dans votre structure. Ils proposent tout un panel d'ateliers pédagogiques, gratiféria, grainothèque, chantier participatif. Visite guidée de la ferme sédentaire et du jardin maraîcher cultivé en permaculture. Il est possible de fêter son anniversaire avec visite privée et jeux.

ABBAYE SAINT-ÉTIENNE-DE-BASSAC ✝ ★

50, rue de Condé - **BASSAC**
✆ 05 45 83 08 32
www.abbaye-de-bassac.fr
Ouvert toute l'année. Le cloître et les jardins sont en accès libre toute l'année.

L'abbaye n'accueille plus de retraitants, toutefois son histoire mérite qu'on s'y attarde. Des visites guidées sont organisées par l'office de tourisme. Des manifestations s'y déroulent et des offices y sont célébrés tout au long de l'année de façon irrégulière. Enfin, plusieurs associations ont été créées pour lui redonner un avenir, dont certaines avec la participation du diocèse.

Dans le diocèse de Saintes, Wardrade, seigneur de Jarnac, et Rixendis son épouse, fondent au début du XIe siècle, une abbaye sur les bords de la Charente. Les premiers moines bénédictins à prendre possession des lieux vinrent de la grande abbaye de Saint-Cybard d'Angoulême. L'église est dédiée à Notre-Dame, saint Etienne, martyr, et les apôtres Pierre et Paul. Au XIIIe siècle, l'église est agrandie. Une succession de quatre voûtes bombées de style gothique angevin ou Plantagenêt s'ouvrent sur un magnifique portail polylobé enchâssé dans une façade de style roman. En 1434, les Anglo-Gascons pillent l'abbaye et ruinent les bâtiments conventuels. C'est le père abbé Henri de Courbon qui va restaurer l'abbaye et la fortifier. En 1516, comme toutes les abbayes, Bassac passe sous le système de la Commende. Pendant les guerres de Religion, l'abbaye est de nouveau pillée, détruite, et plusieurs moines sont tués. En 1666, l'abbaye de Bassac est affiliée à la nouvelle congrégation bénédictine de Saint-Maur. De vastes travaux de reconstruction sont entrepris, dont les bâtiments conventuels actuels et la superbe décoration du chœur des moines. A la Révolution, les moines peu nombreux sont chassés, les bâtiments vendus comme biens nationaux et le cloître détruit. En 1820, l'église abbatiale devient église paroissiale, classée monument historique en 1880. En 1947, les Frères missionnaires de Sainte-Thérèse de l'Enfant-Jésus rachètent les bâtiments conventuels et les restaurent. Les Frères missionnaires de Sainte-Thérèse sont des religieux de vie apostolique, qui vivent leur vocation selon l'esprit de Sainte-Thérèse, en fraternité. Ils participent à la vie des quartiers et autrefois à l'accueil et à l'animation de l'abbaye de Bassac et exercent une activité professionnelle. Ils sont au service des jeunes, des blessés de la vie, de ceux qui cherchent un lieu de rencontres. L'abbaye de Bassac était leur maison mère. Aujourd'hui, plusieurs associations, dont Les Amis de l'Abbaye de Bassac, œuvrent aussi bien dans l'animation culturelle que dans la restauration des bâtiments et jardins.

ARBORETUM DU CHÊNE VERT

CHABANAIS
✆ 05 45 89 20 46
Ouvert toute l'année sur rendez-vous. Visites guidées uniquement et animaux non admis. Adulte : 6 €.

Créé en 1977, l'Arboretum du chêne vert c'est trois hectares de sous-bois très touffus et de prairie où la nature exprime sa folie créatrice. Le propriétaire vous accueille et se fait une joie de vous faire visiter son petit trésor de verdure. Entre fraîcheur des sous-bois et chants des oiseaux, prolongez votre visite par le verger et le potager en permaculture. Veillez à ne pas manquer l'entrée du site, sur la nationale juste avant le centre commercial et le rond-point à la sortie de la petite ville en direction de Limoges.

CODE 60 - ESCAPE GAME

ZA des Avenauds - **GOND-PONTOUVRE**
✆ 05 45 94 90 38
www.code60.fr
Échappez-vous en moins de 60 minutes de la salle, ou bien en moins de 45 minutes lors de leurs escape games mobiles.

Réussissez à fuir de l'un des 4 univers proposés grâce à votre équipe en 60 minutes, ou bien en moins de 45 minutes lors de leurs escape games mobiles. Cherchez la clé de la sortie dans : L'énigmarium et son univers fantastique. Le sarcophage d'Astarté perdu dans la pyramide de Toutankhamon. Fuyez Le repaire de Jesse James. L'héritage du dessinateur pourrait vous passer sous le nez, si vous ratez l'heure. Et en moins de 45 minutes découvrez : Cognac, la dangereuse convoitise ou Mission Explosive. Le trésor des pirates conviendra aux rencontres des plus jeunes.

SAFARI PARC DE HAUTE SAINTONGE

Relais de Buissonnet - **GUIZENGEARD**
✆ 05 45 98 99 31
www.safari-parc.fr
Visites tous les jours à l'aube et au crépuscule sur réservation. Adulte 13 €. Enfant de 7 à 12 ans 8 €.

Dans ce parc de 650 ha, venez découvrir à bord d'un 4x4 la faune sauvage dans son intimité, à une heure inhabituelle pour une visite originale. Pendant 2h, vibrez avec les cerfs, les daims, les chevreuils, et frissonnez au passage des sangliers. Attention, les animaux étant en totale liberté, cette visite n'est pas appropriée pour les enfants de moins de 7 ans. Vous pourrez agréablement prolonger la visite par un repas au Relais de Buissonnet ! Pensez à prendre vos jumelles !

PARC ANIMALIER DE LA COLLINE ENCHANTÉE

RD316 - **HIESSE** ✆ 05 45 89 65 45

www.colline-enchantee.com

Basse saison dimanche de 14h à 18h.
Haute saison tous les jours 10h à 19h.
Adulte : 9 €. Enfant de 3 à 11 ans : 6,50 €.

Niché dans un cadre verdoyant le parc abrite plus de 40 espèces d'animaux réparties sur 12 hectares. Entre cervidés, oiseaux de l'étang, émeus, wallabies, dromadaires, lamas, yacks, mouflons de Corse, porcs du Vietnam, watusis. Ce sont aussi les animaux de la ferme, chèvres naines, mini-chevaux, ânes, lapins, dindons, chèvres angora. Ferme-auberge ouverte en juillet et août, cuisine à base de produits du terroir. Vente de produits fermiers. Animations. Aires de jeux et de pique-nique.

ABBATIALE SAINT-PIERRE ★

LESTERPS

Visite libre de l'église et des extérieurs des bâtiments monastiques.

De l'ancienne abbaye, il ne reste que l'église du XIe siècle. Celle-ci possède un clocher-porche à trois baies dont les arcades en plein cintre reposent sur des piles cruciformes. Les 43 m de granit du clocher dominent le village. Le style, roman, ressemble cependant à celui des édifices carolingiens. Près de l'église, en remontant sur la place, il est possible de voir les vestiges de l'ancien chœur et de la galerie. A droite de l'église, les anciens cloîtres sont aujourd'hui un jardin où l'on peut observer les deux derniers bâtiments abbatiaux.

RANDONNÉES FLUVIALES

Quai de l'Orangerie

JARNAC

✆ 06 87 55 20 49

www.randonneefluviale.fr

Fermeture de fin octobre à fin février.

La vallée de la Charente se prête aux promenades fluviales avec ses berges verdoyantes, ses paysages charmants et les riches demeures au fil de l'eau. La compagnie des Randonnées fluviales propose des locations de bateaux de plaisance sur la Charente au départ de Fléac ou de Jarnac, avec un large choix de bateaux à moteur thermique ou électrique sans permis, mais aussi de kayaks, de canoës, de bateaux à pédales, de vélos et de Stand up paddle boards et de vélos pour suivre les berges. Faites escale au moment du repas, midi et soir à la guinguette de Fléac.

AVENTURE PARC LACS DE HAUTE-CHARENTE

Lacs de Haute-Charente

MASSIGNAC

✆ 05 45 24 07 43

De 9 € à 21 €.

Un parcours dans les arbres avec sensations fortes à faire en toute sécurité pour petits et grands suivant votre taille. Le passage en maxi-tyrolienne à 160 m au-dessus de l'eau est étonnant. Les nouveautés des années passées continueront assurément à vous faire passer de fabuleux moments : essayez le Quick Jump, propulsez-vous avec la Catapulte, ou testez vos limites avec le Climb & Jump ! Une très bonne adresse pour passer un bon après-midi en famille. Snack sur place.

CHÂTEAU DE LA ROCHEFOUCAULD ★★★★

LA ROCHEFOUCAULD ✆ 05 45 62 07 42

www.chateau-la-rochefoucauld.com

Ouvert du 15 février au 1er janvier : 10h-19h.
Adulte 10 €. Enfant 5 €. Chambres d'hôtes : 190 €, petit déjeuner inclus.

Le château de La Rochefoucauld est sans aucun doute l'un des plus beaux châteaux français de style Renaissance. Monumental escalier Renaissance, boudoir de Marguerite de Valois, salles d'apparat, salle de garde... Le château offre plusieurs intérêts architecturaux, mais le plus spectaculaire est certainement dans la cour : trois galeries superposées à l'italienne, très rares en France. A voir absolument, la magnifique bibliothèque du XVIIIe siècle, une vraie perle.

SITE GALLO-ROMAIN DES BOUCHAUDS

Les Bouchauds - Est - **SAINT-CYBARDEAUX**

✆ 05 45 65 26 19

www.eigr-bouchauds.fr

Espace d'interprétation ouvert du 20 avril au 6 novembre 2022. Site accessible toute l'année.
3 €.

À 200 m de l'*Espace d'Interprétation du Gallo-Roman* de la ferme des Bouchauds, sur la commune de Saint Cybardeaux, ce sentier au cœur de la forêt dévoile progressivement les vestiges de l'ancien sanctuaire et du théâtre construits entre le Ier siècle et le IIIe siècle de notre ère. Sur cette colline qui domine les environs et à proximité de la Voie Romaine « via Agrippa » qui reliait Saintes à Lyon. Vous en saurez plus grâce aux panneaux explicatifs ou lors de visites guidées.

AQUARIUM LA ROCHELLE ★★

Quai Louis-Prunier - **LA ROCHELLE**
✆ 05 46 34 00 00
www.aquarium-larochelle.com
Haute saison tous les jours de 9h à 23h.
Adulte : 17,50 €. Enfant de 3 à 17 ans : 12,50 €.

C'est un lieu tout à la fois unique et emblématique. Il faut dire que sa grande façade vitrée attire le regard et son histoire est étonnante. René Coutant a ouvert en 1970 un aquarium de 250 m² dans le quartier de la ville en Bois. Dix-huit ans plus tard, Roselyne et Pascal, ses enfants, ont inauguré l'Aquarium dans le quartier des Minimes. En 2001, toujours portés par cette même passion, ils inaugurent ce nouvel aquarium, au cœur de la cité. Le voyage océanique dure plus de deux heures et permet d'admirer quelque 12 000 animaux marins et 600 espèces. Le parcours mène vers toutes les mers du monde : l'océan Atlantique bien sûr, la Méditerranée, les Caraïbes. Si la serre tropicale est étonnante, c'est bien le Théâtre des Requins qui fascine toujours le public. Profitez de ce moment pour en connaître davantage sur cette espèce si souvent décriée. Devenu le premier site touristique de Charente-Maritime, l'affluence peut être soutenue en plein été et lors des journées pluvieuses. Le Petit Futé vous conseille d'y aller le matin dès l'ouverture ou le soir, à partir de 18h. Non seulement il y aura moins de monde, mais en plus vous bénéficierez d'une ambiance particulière. En juillet et en août, profitez du calme des nocturnes, l'Aquarium est ouvert jusqu'à 23h ! À noter, une boutique « Mémoires d'Océans » vous permet de rapporter quelques souvenirs : livre, film, jeux pédagogiques, peluches... Vous voulez rester encore un peu ? Alors, direction le deuxième étage dans le Café de l'Aquarium où vous pourrez déjeuner.

MUSÉE DU NOUVEAU MONDE ★

10, rue Fleuriau - **LA ROCHELLE**
✆ 05 46 41 46 50
Le lundi, du mercredi au vendredi 9h30-12h30/13h30-17h, week-end et jours fériés 14h-18h. 6 €, gratuit moins de 18 ans.

Entrez dans le cadre prestigieux de l'hôtel particulier de l'armateur Aimé-Benjamin de Fleuriau : créé en 1982, le musée nous fait découvrir les relations qui unissaient la France avec les Amériques depuis le XVIe siècle. Se présente à nous une collection thématique faite de peintures, gravures, dessins, sculptures, cartes anciennes et objets d'art décoratif liés au thème du Nouveau Monde, des Antilles à la Nouvelle-France et à la conquête de l'Ouest et du monde amérindien. Pour les familles, le Sac Muséojeux permet de découvrir les lieux de manière vivante.

MUSEUM D'HISTOIRE NATURELLE ★★

28, rue Albert-Ier - **LA ROCHELLE** ✆ 05 46 41 18 25
www.museum-larochelle.fr
HS : du mardi au vendredi de 10h-19h, le week-end et jrs fériés de 14h à 19h. 1er dimanche du mois : 10h-19h (gratuit).

Les 2 300 m² d'exposition du Muséum d'histoire naturelle offrent un magnifique voyage au cœur du patrimoine naturel et culturel : près de 10 000 objets issus des collections naturalistes et ethnographiques. Entre autres découvertes, le cabinet d'histoire naturelle de Clément Lafaille et les trouvailles d'explorateurs comme Pierre Loti forment une collection magnifique. Le Muséum propose une muséographie moderne et interactive. Collections végétales originales côté Jardin des plantes.

CHÂTEAU FEODAL DE MONTGUYON

Rue du Collège
MONTGUYON
Ouvert tous les jours. Visite libre. Gratuit. Se renseigner auprès de l'office du tourisme.

Aujourd'hui en ruines, ce monument médiéval se fait remarquer par son donjon et le corps de logis encore fièrement debout. Pourtant, le château a une longue histoire qui débuterait au XIIIe siècle. Passé entre les mains de la famille de La Rochefoucauld et de Rohan, il est aussi le lieu de séjour de Louis XIII. Des travaux ont permis de dégager certains vestiges : douves, base des murs, etc. Le château sert désormais de toile de fond au Festival de musiques et danses populaires.

L'ACCRO-MÂTS DE ROCHEFORT

Rue du Collège
ROCHEFORT
Ouvert d'avril à octobre. 15 €, accès illimité à l'Accro-mâts 37 €. À partir de 6 ans.

C'est une activité tout simplement unique en Europe ! Oubliez les arbres, ici l'aventure se déroule dans la forme de radoub Louis XV, connue pour avoir été le lieu de reconstruction de l'Hermione. L'accro-mâts fait partie de l'Arsenal des Mers, Corderie Royale, *Hermione* et Musée national de la Marine. L'occasion est idéale pour en apprendre davantage sur l'histoire maritime de la ville tout en profitant d'une activité étonnante. Il est vrai que cette réplique de navire est surprenante.

LA CORDERIE ROYALE ★★★

Rue Jean-Baptiste-Audebert - **ROCHEFORT**
✆ 05 46 87 01 90 - www.corderie-royale.com
Ouvert 9 mars au 5 juillet : 10h-13h/14h-18h, 6 juillet au 29 août : 10-19h, 30 août au 15 octobre : 10h-13h/14h-18h.

Sur l'ordre de Louis XIV, la construction de la Corderie Royale commença en 1666. Sa structure reposant sur un terrain meuble, un radeau formé d'un quadrillage de 14 000 m² de madriers dut être construit au préalable. Le temps de sa construction, quelque 2 000 ouvriers travaillèrent à l'édification du plus long bâtiment industriel de l'Europe du XVIIe siècle (374 m). Des travaux de restauration s'achèveront en 1988, abritant désormais le Centre International de la Mer, la Chambre de Commerces et de l'Industrie, le Conservatoire du Littoral et une médiathèque.

Mais pourquoi un bâtiment si long ? Tout simplement, car pour obtenir un fil ou un câble de chanvre d'une encablure (soit presque 200 mètres), il fallait torsader les fibres sur 300 mètres, en raison de la réduction de la longueur du cordage « au tiers » qui résulte du mouvement de torsion. C'est pourquoi le corps de logis principal mesure 300 m. Ce qui explique que dans son ensemble, le bâtiment mesure 374 m de long.

Cette corderie servait à fabriquer les cordages nécessaires aux bateaux à voile de la marine de guerre. Elle fut implantée au cœur d'un arsenal maritime qui réunit magasins, fonderie, forges, poudrière, formes de radoub pour la réparation des bateaux. Le bâtiment a été inspiré sans doute à la fois de la corderie de Venise (XIIIe siècle) et des bâtiments de Saardam (près d'Amsterdam). La corderie vit son âge d'or au temps de la marine à voile, de 1669 à 1862 environ.

Ne manquez pas le *spectacle immersif* « Au fil du temps : la Corderie, de démêlés en dénouements » d'une durée de 15 minutes pour mieux comprendre et découvrir l'histoire de ce bâtiment. C'est passionnant !

L'arsenal. En 1661, la flotte de Louis XIV est quasiment inexistante. On ne compte plus qu'une trentaine de navires en mauvais état. Secondé par le ministre Colbert, le roi décide de redonner sa puissance maritime à la France, notamment pour contrer la Navy anglaise. Cette renaissance navale nécessite la création d'un arsenal.

Visites et animations. Pour mieux découvrir le bâtiment, laissez-vous tenter par une visite guidée. Et pour les familles, le musée organise des activités pour les plus jeunes. Des formules anniversaires (6-8 ans ou 9-11 ans) sont disponibles avec un atelier cordage, matelotage ou encore arts plastiques.

Et sinon, pourquoi ne pas se laisser tenter par les ateliers matelotages ? L'occasion d'apprendre à faire quelques nœuds marins ! Disponible dès 16 ans, disponible sur mesure et sur réservation, sur une demi-journée ou une journée. Atelier individuel.

LES GROTTES DE SAINT-ANTOINE DE PADOUE

41, avenue Edmond-Michelet
BRIVE-LA-GAILLARDE
✆ 05 55 24 10 60
www.fratgsa.org
Participation aux frais à convenir à la réservation.

A la sortie sud de Brive-la-Gaillarde, entre ville et campagne, le pèlerinage national à Saint Antoine de Padoue offre aux promeneurs comme aux pèlerins ses cinq hectares de parc verdoyant. Depuis que saint Antoine de Padoue vécut dans ces grottes en 1226, ce site paisible et harmonieux est intimement lié à l'histoire du Limousin. Venu évangéliser le sud de la France, le prédicateur va passer près d'une année dans la région, notamment à Brive à partir de l'été 1226. Il va y fonder un couvent, à l'emplacement de la grande Poste actuelle, sur un terrain donné par la Vicomté de Turenne. Et c'est dans des cavités, comme il en existe de nombreuses au sud de Brive, qu'il va se retirer régulièrement pour se recueillir, prier, étudier... Le culte de saint Antoine de Padoue se répand très vite. Il est canonisé par le pape Grégoir IX, seulement onze mois après sa mort, et l'année suivante, on célèbre déjà sa fête annuelle à Brives. De nombreuses grottes deviennent lieux de pèlerinage. A Brive, les franciscains construisirent un ermitage, au-dessus de la grotte centrale, en 1360. Guerres et Révolution ne découragèrent pas les pèlerins qui y vinrent toujours aussi nombreux. Mais il faut attendre 1874, pour voir le pèlerinage officiellement ouvert et des travaux de réaménagement entrepris par le curé de la paroisse Saint-Serin de Brive. Le nouveau couvent, la grande église, le chemin de croix font de Brive le centre national du culte de saint Antoine en France. Pour le soixantième anniversaire de la libération de Brive, le site des Grottes de Saint-Antoine a été l'occasion de manifestations culturelles rappelant l'implication forte des frères durant la résistance. Chaque premier dimanche du mois, les frères de Saint-Antoine invitent les pèlerins à vivre une journée communautaire. Des haltes spirituelles sont également organisées pendant le temps de l'avent, du carême et de la Semaine sainte avec enseignement quotidien. Les grandes fêtes du sanctuaire sont : la fête de saint Antoine le 13 juin, l'Assomption le 15 août et la fête des oignons le dernier dimanche d'août. Une communauté de frères franciscains et de laïcs anime ce sanctuaire, aidée d'une fraternité franciscaine séculière. La maison accueille personnes seules, familles et groupes pour un temps de halte spirituelle, de repos ou de vacances. Organisation de retraites prêchées. Capacité d'accueil : 50 personnes. Chambres simples ou doubles avec lavabo ou sanitaires complets. Pension complète possible.

Royan
ZOO
La Palmyre
Au Brésil nous aidons à sa protection !
Tamarin lion doré - Programme LTBF
Photo & création : S. Meys, F. Perroux
www.zoo-palmyre.fr

PROMENADE EN GABARE

ARGENTAT-SUR-DORDOGNE

www.vallee-dordogne.com

Entre avril et octobre : 7,50 €. Embarquement au lieu-dit « Graffeuil » à 5 min d'Argentat en voiture.

Venez revivre l'aventure des gabariers le temps d'une balade dans les gorges de la Dordogne en amont d'Argentat. Des balades commentées sont proposées du lundi au samedi à 15h de Pâques à Toussaint. Des balades thématiques avec un comédien sont aussi organisées pour le public, uniquement en juillet et août. Un conseil : se munir de chapeau/casquette et de bouteille d'eau lors de la balade. Réservation conseillée et billetterie à l'office de tourisme de la vallée de la Dordogne ou sur le site internet.

Autre point de départ :
Beaulieu-sur-Dordogne, Quai Faugères.

BRIVE FESTIVAL

Place du 14-juillet

BRIVE-LA-GAILLARDE

✆ 05 55 24 08 80

www.brivefestival.com

Du 21 au 24 juillet 2022.

Un festival d'été, urbain et familial avec la présence des meilleurs artistes de la scène française du moment, mais aussi des jeunes pousses de la région. Brive Festival a su grandir en presque 20 ans pour devenir l'un des principaux festivals urbains en Nouvelle-Aquitaine et en France. Il propose une programmation variée aux festivaliers, les pieds dans le sable d'une plage recréée en centre-ville dans une ambiance festive et conviviale, fort appréciée par les familles. Attendus cette année, Hatik, Clara Luciani mais aussi Julien Doré et Selah Sue.

ARBORETUM DU PARC DE L'ANGLE À CHAMBERET

1, route de Schillingsfurst

CHAMBERET

✆ 0555979214

www.arboretum-chamberet.com

Horaires et tarifs sur le site Internet.

L'arboretum du parc de l'Angle, ce sont 11 ha de verdure et 105 espèces végétales d'ici et d'ailleurs. Ainsi, feuillus et conifères locaux côtoient sapins du Colorado, érables du Canada ou encore araucarias du Chili ; une cohabitation réussie qui séduira sans aucun doute les passionnés de la nature, tout comme les botanistes en herbe. On y découvre également plusieurs milieux naturels protégés tels que la tourbière, la saulaie et la mare. Parcours de santé et de course d'orientation.

ZOO DE LA PALMYRE ★★

6, avenue de Royan - **LA PALMYRE**

✆ 05 46 22 46 06 - www.zoo-palmyre.fr

Haute saison ouvert tous les jours de 9h à 19h. Adulte : 19 €. Enfant de 3 à 12 ans : 15 €. Restauration. Boutique.

Chaque année, le Zoo de La Palmyre accueille 600 000 visiteurs. A l'origine de cette success-story : un homme passionné par les animaux Claude Caillé qui débute en 1957 avec un petit zoo ambulant qu'il présente avec sa femme dans les écoles. Claude Caillé effectue plusieurs voyages en Afrique et installe son parc à La Palmyre, au cœur d'une forêt de pins maritimes. Un site magnifique. A Pâques 1966, le zoo ouvre ses portes avec 60 animaux sur 3 hectares. Dès lors la famille Caillé adopte un mode de vie entièrement dévoué aux animaux. D'année en année, le zoo croît et embellit... Aujourd'hui, après 55 ans d'existence, le parc compte 55 employés permanents, dont une quarantaine de soigneurs animaliers et deux vétérinaires.

Tigres, éléphants d'Asie, orangs-outans, gorilles, lémuriens, ouistitis, loutres géantes, girafes, hippopotames, rhinocéros, zèbres, flamants du Chili, ibis, calaos, en tout le zoo compte plus de 110 espèces. Il participe activement à la sauvegarde des espèces menacées en prenant part à plus de 50 Programmes d'Elevage Européens (EEP) et en soutenant de nombreux acteurs de terrain qui agissent au cœur des écosystèmes naturels fragilisés. Ainsi, le zoo établit des partenariats à long terme avec des programmes qui cherchent à préserver des animaux dont la survie est directement menacée par la destruction de leur habitat, le braconnage, le trafic pour le commerce illégal, la pollution ou encore l'expansion des activités humaines. La collaboration peut consister à allouer une subvention annuelle, à fournir un soutien technique ou logistique, à financer l'achat de matériel ou encore à créer des supports permettant de sensibiliser les populations locales à la préservation de leur biodiversité et de leur environnement.Le Zoo de La Palmyre finance actuellement plus de 20 programmes de conservation à travers le monde. Parmi ceux-ci, citons le programme Hutan à Bornéo qui préserve les orangs-outans et les éléphants, l'association J.A.C.K en République Démocratique du Congo qui recueille et réhabilite des chimpanzés victimes de trafic, l'association Helpsimus à Madagascar qui préserve le grand hapalémur (l'un des lémuriens les plus rares au monde !) ou encore le Proyecto Titi qui protège le tamarin pinché, un petit primate classé en danger critique d'extinction. Face aux enjeux environnementaux actuels et à l'érosion de la biodiversité qui s'accélère, le Zoo de La Palmyre vient de créer son fonds de dotation, Palmyre Conservation, afin d'appuyer encore davantage les initiatives en faveur de la préservation de la biodiversité.

BALADE EN GABARE

route des barrages - **HAUTEFAGE** ✆ 05 55 91 09 94

www.xaintrie-val-dordogne.fr

En juillet-août balade théâtrale 9,50 €/adulte et 7 €/enfant (6-12 ans). Embarcadère lac du barrage du Sablier.

Au XVIIe siècle, à l'apogée du transport fluvial, la Dordogne était une voie commerciale importante où circulaient près de 300 gabares. Entre mai et octobre, retrouvez ces embarcations qui permettent de découvrir la Dordogne sous un nouvel angle, le temps d'une balade dans les gorges de la rivière, en amont d'Argentat. Au programme, balades en gabare théâtralisées, au départ d'Argentat, balades en gabare commentées, au départ de Beaulieu. Ces balades commentées embarquent de 8 à 34 passagers à chaque départ. La réservation est fortement conseillée.

AGRI RANDO

LA CHAPELLE-SAINT-GÉRAUD

✆ 06 74 83 03 09

www.agrirando.fr

Rando journée : adultes 60 €/enfant 50 €. Repas 30 €/11 €.

Agriculteur en Corrèze, Gilles connaît le terroir et vous fait découvrir les paysages et les fermes de la vallée de la Dordogne à bord d'un véhicule tout-terrain de 8 places. Un parcours unique sur les petites routes rurales pour visiter les exploitations et découvrir le patrimoine historique et naturel de la région. Le prix comprend le transport et la prestation guidée. Le midi, faites une pause gourmande au restaurant pour profiter d'une cuisine gourmande élaborée avec les produits des fermes visitées. Le programme complet est disponible sur le site internet.

LA FERME DE BROSSARD

Brossard - **LANTEUIL**

✆ 06 81 96 13 38

www.vacances-en-correze.fr

Haute saison du lundi au samedi de 10h à 12h et de 16h30 à 20h, dimanche de 16h à 20h. Sur réservation. Entrée : 4,50 €.

Cette exploitation agricole ouvre ses portes toute la journée aux familles et aux groupes pour se détendre et côtoyer des animaux, poneys, chèvres naines, vaches, dindes, poules, oies et le lapin. C'est aussi l'occasion de découvrir leur écomusée sur la vie d'antan et l'histoire de la châtaigne. Vous pourrez assister à la démonstration de fabrication de paniers en paille. Ateliers potager et pain à la journée. Ils offrent également un verre de l'amitié et le goûter avec les produits de la ferme. Ils accueillent aussi les camping-caristes. Aire de pique-nique.

JARDIN DE LOSTANGES

LOSTANGES

✆ 05 55 25 47 78

www.jardin-de-lostanges.com

De mai à sept. Adulte 5 €, enfant 3 €.

Créé en 1970, la répartition des plantations dans le jardin a été faite en massifs représentant toutes les régions climatiques et phytogéographiques des zones tempérées, sans oublier la végétation locale. C'est une véritable invitation à un voyage autour des fleurs et des plantes. Le parcours chemine d'un hémisphère à l'autre, à travers azalées, rhododendrons, roses anciennes, hydrangeas, plantes grasses rustiques, vivaces… allant du Canada à la Patagonie et de la Sibérie à la Nouvelle-Zélande. Une chasse au trésor est prévue pour les naturalistes en herbe !

LE MONS'EMERVEILLE

Le Mons

MARCILLAC-LA-CROISILLE

✆ 06 23 53 92 46

http://lemonsemerveille.com

Ouvert tous les jours de 14h à 18h. Adulte : 7 €. Enfant : gratuit. Sur réservation.

Dans sa ferme de 17 hectares, Laura accueille aussi bien les groupes que les familles. Pendant deux heures, découvrez la vie à la ferme, cochons laineux, brebis, chèvres et leurs petits, ainsi que le bouc, les béliers, les poules et la cane. Vous pourrez les nourrir, en prendre soin et câliner les lapins. Courir dans le pré où cohabitent le poney et l'âne. Elle organise des activités à thème, bougie en cire d'abeille, bombes de graines, plantations, à emporter, et une dégustation de légumes, petits fruits, miel, œufs. Séjournez dans une confortable tente inuit.

LE CENTRE NATIONAL D'ART CONTEMPORAIN ★

Place du Bûcher

MEYMAC

✆ 05 55 95 23 30

Tarif 5 €. Horaires variables.

Vous ne trouverez pas là un musée, mais un espace qui accueille des expositions temporaires qui mettent à l'honneur des artistes contemporains. C'est un lieu exemplaire pour l'action culturelle en milieu rural. Crée en 1979, sa programmation s'organise par cycle saisonnier. Dans le jardin, la structure parallélépipédique de poutres et d'acier, créée par Robert Jacobsen, est une commande rendant hommage aux déportés de Meymac, ville où l'artiste danois trouva refuge pendant la guerre.

ARBORETUM DU CHÂTEAU DE NEUVIC D'USSEL

10, place de la Mairie (Adresse postale) - **NEUVIC**
✆ +33 6 73 96 48 45
www.larboretum-neuvicdussel.com
Du 15/07 au 31/08, tous les jours, sauf jeudi. 1er week-end de juin et 3e week-end de septembre. Adulte 6 €, enfant 4 €.

Labellisé « Jardin remarquable » depuis son ouverture au public en 2007, ce parc exceptionnel est le lieu de belles promenades poétiques. Sur plus de six hectares, vous découvrirez environ 350 espaces d'arbres et d'arbustes du monde entier sur des prairies accueillantes et vallonnées. Des animations sont prévues pour les familles ainsi que des parcours spécifiquement conçus pour les plus jeunes. Un paradis de verdure pour de beaux souvenirs en famille.

LA FERME DU MANUS

Lycée agricole Henri-Queuille
NEUVIC
✆ 05 55 95 80 02
Ouvert toute l'année.

Cette ferme fait partie du lycée agricole de Neuvic. Elle est à la fois lieu d'activité de production et d'élevage de vaches de race limousine et ferme pédagogique d'accueil. Elle sert de support pédagogique pour plusieurs types de productions ; miel, coqs de pêche, équidés, haies et polyculture. Vers la mi-novembre, tous les ans, la collecte de pommes donne lieu à l'élaboration d'un jus de pommes délicieux offert à ceux qui ont participé au pressage et curieux de cette tradition. Un parcours pédago-écologique axé sur le développement durable complète la visite.

MUSÉE JACQUES CHIRAC ★

SARRAN
✆ 05 55 21 77 77
www.museepresidentjchirac.fr
Ouvert du mardi au dimanche de 10h à 12h30 et de 13h30 à 18h. Adulte : 4,50 €. Enfant : 3 €.

Jacques Chirac avait confié à l'architecte Jean-Michel Wilmotte la conception, à deux pas de son château de Bity, d'un musée pour abriter les cadeaux offerts, dans l'exercice de ses fonctions, par les chefs d'Etat et personnalités du monde entier. De la broderie en laine, cadeau du Premier ministre québécois Lucien Bouchard, aux dromadaires dans une oasis, en or fin et pierres précieuses, du roi Fahd Ben Abdul-Aziz Al Saoud, c'est un voyage somptueux et féerique. Un tour du monde où masque en bambou de l'île Malakula côtoie totems africains et poterics asiatiques.

GOUFFRE DE LA FAGE ★

La Fage
NOAILLES
✆ 05 55 85 80 35
www.gouffre-de-la-fage.com
Gratuit jusqu'à 3 ans. Adulte : 8,50 €. Enfant (de 4 à 12 ans) : 5,50 €. Horaires sur le site Internet.

Le Gouffre de La Fage s'ouvre au cœur de la nature, dans un vaste sous-bois, sur la commune de Noailles, à 8 kilomètres au sud de Brive-la-Gaillarde, en Corrèze, à la limite des départements du Lot et de la Dordogne. Couvrez-vous avant de descendre, il fait 10 °C dans les cryptes et ça glisse ! Découvertes lors de la construction du chemin de fer en 1891, les grottes de la Fage servent désormais de terrain d'entraînement aux spéléologues et de lieu de protection pour les chauves-souris. C'est un véritable musée vivant de la concrétion, car tous les types y sont représentés : colonnes de toutes formes et de toutes grosseurs, forêts de stalactites et de stalagmites, draperies excentriques, bassins naturels, ponts de calcite richement décorés, cascades pétrifiées et figurines imaginaires… Toute l'année, 3 000 chauves-souris de 10 espèces différentes résident au fond de la grotte et de la galerie étirée. Pas de panique, elles sont inoffensives ! Ce chiffre monte à 16 000 chauves-souris représentant 14 espèces sur 33 présentes dans toute la France, durant la période d'hibernation quand les visiteurs ne sont plus là ! Le grand nombre d'ossements fossiles, datant de 300 000 à 400 000 ans, trouvés dans la cavité au cours des fouilles a été rassemblé dans un musée paléontologique qui recèle ainsi de nombreuses espèces témoins des périodes froides comme la marmotte, l'ours, le rhinocéros laineux, etc. A noter pour les familles des ateliers sont proposés sur réservation en période estivale ainsi qu'aux vacances de Pâques.

VÉZÈRE PASSION

Base de la Minoterie
UZERCHE
✆ 05 55 73 02 84
www.vezerepassion.com
Parcours canoë entre 14 € et 25 €, escalade falaise 15 €, location VTT entre 7 € et 15 €. Autres tarifs sur Internet.

Située sur les bords de la Vézère, la base de loisirs de la Minoterie offre un grand choix d'activités toutes encadrées par des moniteurs qualifiés pour tous les publics : canoë-kayak (initiation, stages, rando), paddle, raft, escalade sur site naturel, tir à l'arc, VTT (location, rando), courses d'orientation encadrées. Des ateliers faune et flore sont également proposés au public, ils permettent notamment d'explorer la rivière et les espèces qui y habitent. Futé : Le Gîte du Moulin de la Minoterie propose une offre d'hébergement.

NOUVELLE-AQUITAINE

CITÉ INTERNATIONALE DE LA TAPISSERIE D'AUBUSSON ★★

BP 89, Rue des Arts
AUBUSSON ✆ 05 55 66 66 66
www.cite-tapisserie.fr
Fermé en janvier. Entrée : 8 €. Gratuit jusqu'à 18 ans.

Installée sur le site de l'ancienne Ecole Nationale d'Arts Décoratifs, elle entend présenter ce grand patrimoine de la France qui bénéficie du prestigieux label UNESCO. Son objectif est de transmettre les savoir-faire, proposer une programmation culturelle et éducative, mais aussi renforcer la visibilité de la tapisserie d'Aubusson dans le champ de la création contemporaine. Le nouveau Musée de la tapisserie qu'elle accueille triple sa surface d'exposition, permettant un meilleur déploiement des collections qui comprennent 330 tapisseries murales et 6 tapis, 15 000 œuvres graphiques, 44 pièces de mobilier, et 4 000 objets techniques. On trouvera également sur place des espaces professionnels comme l'atelier du Mobilier National, l'un des deux ateliers publics de restauration en France, ainsi que le plus grand centre de documentation européen sur la tapisserie. Récemment, la Cité a lancé un projet de teintures inspirées de la pop culture. Réalisées à partir de scènes de film, ces créations apportent un souffle de renouveau à la pratique et tissent un lien entre les deux arts que sont le cinéma et la tapisserie. En 2017, l'institution a réalisé une série de treize tentures inspirées de l'univers de J.R.R. Tolkien (*Le Seigneur des Anneaux, Le Hobbit*). Entre 2021 et 2023, elle s'attaquera aux films d'animation du réalisateur Hayao Miyazaki (*Princesse Mononoké, Le Voyage de Chihiro*). Une série de cinq tapisseries monumentales devrait voir le jour.

AIR MEMORIAL CREUSOIS

Grand' rue
BELLEGARDE-EN-MARCHE
✆ 05 55 62 52 14
www.airmemorialcreusois.fr
Du mercredi au dimanche inclus, de 15 à 18h30.

Le musée est installé dans une demeure ancienne, à côté du syndicat d'initiative et de la bibliothèque. Créé par une association, il rend hommage aux aviateurs de la Creuse. On y admire les maquettes d'André Pétoin et la reconstitution du Diplomat, un B-17 anglais qui s'est écrasé dans la région en février 1945. Les amoureux de l'aviation seront aux anges. Quant à la boutique, elle propose bien évidemment plusieurs ouvrages sur le thème de l'aviation. Le plus : se visite tous les jours sur réservation au moins 48h au préalable.

FERME DES CLAUTRES

Les Clautres
BORD-SAINT-GEORGES
✆ 06 21 20 77 28
Haute saison ouvert du lundi au samedi de 10h à 19h. Adulte : 8 €. Enfant de 3 à 16 ans : 6 €. Visite guidée.

Visiter une véritable exploitation pour s'initier aux métiers de l'agriculture et de l'élevage traditionnel, c'est possible à Bord-Saint-Georges ! De plus, Elisabeth et Guy de Saint-Vaury vous feront visiter leur exploitation et vous montreront comment ils élèvent de manière écologique des races de volailles anciennes, des faisans multicolores, des vaches, des chevaux et bien d'autres. Promenade en tracteur et en carriole, pêche aux canards, chasse aux œufs, visite d'un musée à l'ancienne : tout est prévu pour que les petits apprennent en s'amusant.

MUSÉE DE LA MINE

Place de la Mairie
BOSMOREAU-LES-MINES
✆ 05 55 64 20 52
www.museedelamine.fr
Horaires variables selon les saisons. Il est préférable de téléphoner avant au ✆ 06 72 24 81 97.

Le musée raconte l'histoire des mines de Bosmoreau de 1784 à 1958. La visite y est guidée. Une salle des maquettes reconstitue l'activité de la mine. La vie du mineur et de sa famille est retracée à travers la reconstitution de la cuisine d'une cité minière ainsi que de l'école qui accueillait les enfants des mineurs dans les années vingt. Un parcours à ciel ouvert sur d'anciens sites miniers complète la visite. Celle-ci dure un peu plus d'une heure. Le musée appartient au réseau « La Creuse en famille ». Il est géré par l'association des amis du musée.

VÉLO-RAIL DE LA MINE

Le Bourg - **BOSMOREAU-LES-MINES**
✆ 05 55 64 10 91
www.veloraildelamine.fr
Fermé de novembre à mars. Tarif unique pour un vélo de 4 à 5 personnes : 25 €. CB non acceptée.

La gare désaffectée de Bosmoreau-les-Mines a trouvé une seconde jeunesse en devenant le cadre d'une activité insolite, tout à la fois familiale et sportive. Les rails de cette voie ne sont plus désormais parcourus par des trains mais par des cyclo-draisines, plateformes de métal pourvues de roues, sièges et pédaliers. La promenade proposée ici s'effectue sur 10 kilomètres aller-retour, sur un vélo-rail pouvant accueillir quatre personnes, à travers les sous-bois et au milieu des champs. Points de vue sur la ville de Bourganeuf sont à découvrir en chemin.

ÉLEVAGE DU PALAIS - BISONS D'AMÉRIQUE

Le Palais - **BOURGANEUF** ✆ 05 55 64 15 63
www.bison-nature.com
Haute saison ouvert tous les jours de 14h à 18h. Basse saison sur réservation. Adulte : 6 €. Enfant de 3 à 12 ans : 4 €.

Venez voir la quarantaine de bisons d'Amérique des Plaines vivant en semi-liberté sur 50 hectares divisés en plusieurs parcs. La visite s'effectue en véhicule tout-terrain et permet d'approcher les animaux pour faire de belles photos. Les propriétaires répondent avec plaisir aux questions. Une salle d'exposition permet de découvrir les objets fabriqués par les Amérindiens. A la boutique, vous trouverez les produits issus de l'exploitation. Possibilité de se balader à poney.

CHÂTEAU DE BOUSSAC ★★

Rue Jean-de-Brosse - **BOUSSAC**
✆ 05 55 65 07 62
www.chateaudeboussac.com
Haute saison : ouvert tous les jours de 9h-12h et 14h-18h. Basse saison : sur rendez-vous. Adulte 12 €. Visite guidée.

Construit aux XIIe et XIIIe siècles avant d'être remanié aux XVIe et XVIIe siècles, l'impressionnant château de Boussac se fond dans un écrin de verdure. George Sand y fit de fréquents séjours et y bâtit une partie de son roman Jeanne. Les célèbres tapisseries de la Dame à la Licorne ont été découvertes dans ce château et ornèrent la salle des Gardes jusqu'en 1882. Elles sont désormais au musée de Cluny, à Paris. On ignore comment cette œuvre parvint à Boussac. Restauré dans les années 1960, c'est à présent un bâtiment historique ouvert aux visiteurs.

L'ANCIENNE FORTERESSE DE CROZANT

Route d'Isabelle d'Angoulème - **CROZANT**
✆ 05 55 89 09 05
www.forteresse-crozant.com
Fermé de novembre à mars. Haute saison : 10h-12h30 et 14h-19h. Hors saison : 13h45-18h15. Adulte : 4 €. Enfant : 2,50 €.

Cette forteresse bâtie sur un éperon rocheux au confluent de la Creuse et de la Sédelle, fut au Moyen Age, l'une des principales places fortes de la région. Elle est entouré de remparts protégés par dix tours, isolée de l'extérieur par un fossé un pont-levis. Suite à d'importantes dégradations, il fait l'objet depuis quelques années d'un important programme de réhabilitation, se visitent. Des tablettes numériques sont mises à disposition pour une visite plus ludique

ARBORETUM DE LA SEDELLE

Villejoint - **CROZANT**
✆ 05 55 89 83 16
www.arboretumsedelle.com
Ouvert du jeudi au lundi, de 14h à 18h de mai à octobre Adulte 6 €, gratuit moins de 15 ans.

Créé en 1987, l'arboretum s'étend sur près de 6 hectares jusqu'aux rives de la Sédelle et présente, dans une succession de jardins paysagers, une collection d'une centaine d'espèces d'érables, des cornouillers, des tilleuls, des chênes, des rhododendrons... plus de 400 espèces d'arbres et d'arbustes originaires du monde entier offrant une multitude de floraisons, de fructifications et de coloris de feuillage. Chaque année, des événements culturels profitent de ce cadre idyllique ! Une belle idée de balade en famille, notamment avec la visite du petit dendrologue !

PONT SUSPENDU SUR LA TARDES

Pont suspendu sur la Tardes
EVAUX-LES-BAINS

La Tardes est une rivière de 77 km de long qui prend sa source à l'étang de la Chaud, à une trentaine de kilomètres au sud-ouest. C'est un affluent de la rive gauche du Cher. Construit en 1921 à la suite de la création du barrage de Rochebut, ce pont suspendu enjambe la rivière et relie deux sites à la vocation originellement religieuse : l'ermitage de Saint-Marien sur la commune d'Evaux-les-Bains et la chapelle Sainte-Radegonde sur le territoire de Budelière.

LABYRINTHE GÉANT DES MONTS DE GUÉRET

Route de Bourganeuf - **GUÉRET** ✆ 05 55 41 01 97
www.labyrinthe-gueret.fr
Ouvert de février à mi-novembre. Enfant (de 4 à 11 ans inclus) 5 €. Jeune & Adulte (12 ans et +) 7 €.

En famille ou entre amis, entrez dans le plus grand labyrinthe végétal permanent au monde : 4,5 km d'allées engazonnées bordées de haies d'arbustes réparties sur 22 000 m² ! Pour s'orienter à chaque carrefour stratégique, répondez aux questions. A l'extérieur, mini ferme, jeux de société géants et jeux d'adresse, aquagliss (prévoir maillots et serviettes de bain), tyrolienne, aire de jeux. Et aussi, un escape game avec deux salles et 60 min pour déchiffrer des énigmes !

LES MONTS DE GUÉRET

GUÉRET

Accès libre et gratuit toute l'année.

Les Monts de Guéret, c'est une nature omniprésente et imposante qui force le respect. Ce sont des forêts et des lacs, mais ce sont aussi des histoires, des légendes et des châteaux. Plus qu'une zone géographique, c'est un territoire. Et plus qu'un territoire, c'est une Terre, de celle qui marque lorsque l'on foule son sol. Vous laisserez-vous charmer et envoûter par ces terres de moyenne montagne ? A pied ou à vélo, les randonnées vous mèneront au plus près de cette nature généreuse et de panoramas à couper le souffle ! Pensez à vos jumelles !

LA TYROLIENNE GÉANTE

Plage de Jouillat - **JOUILLAT**

✆ 06 37 88 15 77

www.gueret-tourisme.fr

Ouvert en juillet et août, les mardis, jeudis et dimanches de 14h30 à 18h30. Entrée : 10 €. À partir de 8 ans.

Grâce à ses vastes espaces naturels, le département est un formidable terrain de jeu pour les amateurs de sensations fortes. L'un des aménagements les plus impressionnants du territoire est la Tyrolienne Géante de la plage de Jouillat. Ouverte tous les étés, elle relie la plateforme arboricole de la plage de Jouillat à celle d'Anzême, permettant un vol de 450 m (aller-retour) au-dessus de la rivière Creuse. Bon à savoir, si vous êtes sur la plage de Péchadoire, l'agglo'Barque vous emmènera gratuitement au point de départ sur l'autre berge.

LE FESTIVAL « PAROLES DE CONTEURS »

ROYÈRE-DE-VASSIVIÈRE

✆ 06 89 94 85 10

www.paroles-conteurs.org

En août.

Créé en 1995, ce festival a lieu dans le cadre naturel dépaysant du Lac de Vassivière. Dédié aux contes, pour les petits comme pour les grands, l'événement permet la diffusion de nombreux spectacles et propose des stages pour former le public à l'exercice. Au cours de la semaine, plus de soixante-dix rendez-vous sont programmés : les balades contées « Hors les murs », les Scènes ouvertes, les Siestes contées, les Apéros contes, les Veillées spectacles ou encore le Cabaret imprévu.

FERME ARC-EN-CIEL

14, Le Pradeau

SAINT-LÉGER-LE-GUÉRÉTOIS

✆ 06 84 51 26 99

www.la-ferme-arc-en-ciel.com

Ouvert mercredi et week-end. Sur réservation. Adulte : 7,50 €. Enfant de 2 à 10 ans : 6 €.

Cécile et Didier vous accueillent sur leur exploitation, en groupe ou en famille, pour vous faire découvrir chèvres, vaches limousines, ainsi que la vache laitière Rusée, les cochons nains entre autres. Les enfants participeront aux grandes chasses au trésor de Rusée, verront les tracteurs et matériel utilisés sur l'exploitation et tenteront de traire Mimosa la fausse vache. Pour finir avec la dégustation de gâteaux creusois, de pain et de confiture ou de miel et de jus de pomme. Les scolaires sont les bienvenus quel que soit votre projet, le programme de votre visite tient compte des contraintes liées aux saisons et vos attentes. La journée ou la demi-journée se concentre sur la découverte du monde de la ferme, de ses tracteurs et du matériel utilisé et des céréales produites sur l'exploitation. Les enfants, selon la saison, peuvent prendre des échantillons de céréales. Par petits groupes et un adulte présent. Visite dans l'enclos des chèvres et des cochons nains, pour les nourrir et les approcher par petits groupes, on visite leur habitat pour voir ce qu'ils mangent, et leurs petits. Visite du poulailler et de ses habitants, pour leur donner à manger et on peut aussi les approcher par petits groupes, voir leur habitat, ce qu'ils mangent et leurs petits. Découverte d'une couveuse et éventuellement selon la période de petits poussins. Pour le pique-nique, ils mettent à disposition une terrasse chauffée et couverte avec tables et bancs adaptés. Vente de produits régionaux et de petits souvenirs.

PARC ANIMALIER DES MONTS-DE-GUERET ★

Puy de la Mazade - **SAINTE-FEYRE**

✆ 05 55 81 23 23

www.loups-chabrieres.com

Haute saison ouvert tous les jours de 10h à 19h. Adulte : 12 €. Enfant de 4 à 17 ans : 8,50 €.

Au milieu de la forêt de Chabrières, le Parc animalier des Monts de Guéret vous propose un voyage dans le territoire des loups. Différents enclos permettent d'observer leur comportement naturel. Le parcours est ponctué de points d'observation stratégiques. Une exposition offre des informations complètes et utiles sur l'histoire du loup, ses légendes et ses contes. Et pour compléter la visite, une mini ferme où l'on approche et caresse des animaux (lapins, cochons, chèvres).

ABBAYE ROYALE ★

12, rue des Halles - **CELLES-SUR-BELLE**
✆ 05 49 32 92 28
www.abbaye-royale-celles.fr
Du 4 mai au 16 octobre, tous les jours 10h30-12h30 et 14h30-17h30. A partir de 7 € (adultes) et 3 € (10-16 ans).

Cette exceptionnelle abbaye du XVIIe siècle recèle plus de 1 000 ans d'histoire. Tout commence en 1095, alors qu'un prieuré dépendant de l'abbaye de Lesterps, témoin de plusieurs miracles, devient un lieu de pèlerinage en marge du chemin de Compostelle. Une abbaye (ordre de saint Augustin) est bâtie en 1137 : il n'en reste aujourd'hui que quelques vestiges, dont le fameux portail à voussures polylobées de l'abbatiale Notre-Dame-de-Celles. La seigneurie ecclésiastique est pratiquement rasée en 1568 durant la guerre de Religion. Il faudra attendre le XVIIe siècle et l'élan spirituel de la Contre-Réforme pour qu'un immense chantier de reconstruction soit entrepris, dirigé par l'architecte François le Duc.

Vous arpentez l'immense réfectoire, où sont régulièrement organisées des expositions, le cloître, l'église Saint-Hilaire, les collections d'objets de cultes et vêtements ecclésiastiques. Le ticket groupé inclut la visite audioguidée de la majestueuse église-abbatiale, baignée d'une étonnante lumière céleste, et le musée des Motos anciennes Pierre-Certain (12 euros/adulte). L'accès aux jardins à la française est gratuit, de même que celui des insectes et des simples, qui donne sur le moulin. Vous flânez près des bassins, grignotez un pique-nique champêtre à l'ombre bienfaisante des bambous (sanitaires en accès libre).

Quantité d'événements touristiques et culturels sont organisés durant la saison estivale. La programmation est régulièrement mise à jour sur la page Facebook de l'abbaye royale.

SÈVRE AUTRUCHE

Route de Bressuire - **COURLAY**
✆ 06 62 81 23 63
https://sevre-autruche.fr
Haute saison ouvert tous les jours de 11h à 19h. Adulte : 10 €. Enfant de 5 à 12 ans : 8 €.

Installé depuis 2001 à Courlay, Sèvre Autruche déménage en 2014 pour La Laimière entre Bressuire et la forêt-sur-Sèvre. Vous y trouverez une cinquantaine d'autruches et leurs petits, ainsi que leurs cousins les nandous et émeus, ces grands oiseaux curieux, et apprendrez tout d'eux. Venez aussi vous perdre dans un labyrinthe de haies en charme, qui réjouira aussi bien les enfants que les parents en voyageant dans l'univers des châteaux de France, tout en menant une enquête. Faites marcher vos méninges pour résoudre les énigmes et trouver la sortie !

CHÂTEAU D'OIRON ★★

PLAINE-ET-VALLÉES ✆ 05 49 96 51 25
www.chateau-oiron.fr
Fermé le 1er janvier, le 1er mai, 1er et 11 novembre, le 25 décembre. Ouvert 10h30-18h30 (octobre à mai 10h30-17h30).

Le singulier château d'Oiron, édifié aux XVIe et XVIIe siècles par les puissants Gouffier, abrite depuis les années 90 une exceptionnelle collection d'art contemporain, *Curios & Mirabilia*. Conçu tel un cabinet de curiosité, en mémoire du grand collectionneur que fut Claude Gouffier, premier seigneur du domaine, ce fabuleux parcours sensitif est disséminé des intérieurs aux jardins, sollicitant la vue, le toucher, l'odorat, l'ouïe et bientôt le goût... Entre autres performances, vous admirez une réinterprétation des plus beaux chevaux du roi signée Georges Ettl ou méditez dans la chambre d'apparat au regard des monochromes de Claude Rutaud. La salle d'armes avec ses corps en morceaux (Daniel Spoerri), intrigants trophées de guerre revisités, est inoubliable, de même que les portraits des écoliers d'Oiron (Christian Boltanski). Depuis 2013, le robot Norio permet aux visiteurs à mobilité réduite d'explorer les espaces leur étant inaccessibles.

Le site, témoin de la splendeur et de la décadence de ses propriétaires, dont Madame de Montespan dès 1700, est classé aux Monuments historiques. Il recèle un trésor Renaissance inestimable, commandé en 1549 : la galerie du grand écuyer et ses 12 représentations de *L'Iliade* et de *L'Enéide*, peintes par un maître inconnu, probablement français et proche du Primatice. Le plafond à caissons est lui aussi ornementé (XVIIe siècle).

Chaque année multitude d'expositions temporaires, concerts et autres événements culturels agrémente la visite, faisant d'Oiron le château le plus fascinant du Poitou.

LA FERME DE LA MANTELLERIE ★★★

36, rue de la Mantellerie
SAINT-POMPAIN
✆ 05 49 25 04 81
http://lamantellerie.com
Sur réservation.

Découvrez le métier d'agriculteur et l'origine des produits que vous consommez dans vos assiettes tout en vous sensibilisant à la protection de l'environnement. Visitez le potager ou encore le verger, et découvrez les légumes et les fruits frais. Rencontrez également les habitants (humains et animaux) qui peuplent le monde passionnant de la ferme. Les enfants pourront éventuellement participer au travail des fermiers en nourrissant les bêtes. Une visite accessible à tous.

MUSÉE DE RAURANUM ★★★

1, place de l'Eglise - **ROM** ✆ 05 49 27 26 98

Visite du musée 5 € / 2 € tarif réduit. Atelier pour les enfants, à partir de 6 ans : 5 € visite + atelier.

Installé dans l'ancien presbytère, ce Musée a pour but de présenter le site de l'antique cité de Rauranum. Rauranum est l'ancien nom de Rom, lorsque la cité était encore une agglomération gallo-romaine. A l'époque, elle s'étendait sur environ 40 ha au sud du village actuel. Ce site – important à l'époque – a été choisi à la fois pour sa rivière à proximité, mais aussi parce qu'il était au croisement de voies romaines – la voie impériale reliant Poitiers à Saintes. Occupée principalement du Ier au IVe siècle apr. J.-C., l'agglomération s'est déplacée ensuite vers le nord, pour se fixer au Ve siècle, à l'emplacement du village actuel.

Les vestiges. Les premiers vestiges archéologiques datent d'environ 1840, mais c'est à partir de la fin du XIXe siècle que sont lancées les vraies premières fouilles. Vers 1995-1996, les fouilles ont permis de découvrir un premier noyau urbain daté du Ier siècle ainsi qu'un second datant des IIe et IIIe siècles. On a entre autres découvert des temples, des thermes, des villas, trois ateliers artisanaux (avec four, forges...), des boutiques et des écuries.

Grâce à une muséographie didactique, active et accessible à tous, chacun pourra comprendre au mieux le patrimoine issu du sous-sol de la commune de Rom. Le Musée de Rauranum se distingue par sa muséographie didactique et ludique. C'est par plusieurs niveaux de lecture que se caractérise cette visite, allant de dessins explicatifs mettant en scène les objets présentés à des bandes dessinées pour les enfants.

Animations. Chaque année, le Musée de Rauranum propose une série d'animations ponctuelles dont le but est d'apporter un regard nouveau sur le patrimoine et l'archéologie (voir le programme sur leur site internet).

Le musée de Rauranum propose également chaque année des journées d'époque. Ainsi, des bénévoles font revivre certaines scènes avec défilé des soldats dans les rues de Rom, des saynètes de ventes d'esclaves ou encore le recrutement de futurs légionnaires.

Pendant la fête de la Science, le premier week-end d'octobre, de nombreuses animations sont aussi proposées, le but étant que – petits et grands – puissent découvrir l'aspect scientifique de l'archéologie, et plus largement les sciences humaines. Si vous êtes dans les parages le week-end d'Halloween, ne manquez pas les expositions et animations organisées autour des origines de Samhain – qui représente la première des quatre grandes fêtes religieuses de l'année celtique protohistorique. Bref, c'est un musée passionnant qui mérite vraiment un détour et qui s'adresse aux petits comme aux grands !

LES OISEAUX DU MARAIS POITEVIN ★

Le Petit Buisson - **SAINT-HILAIRE-LA-PALUD**
✆ 05 49 26 04 09
www.oiseauxmaraispoitevin.com

Haute saison ouvert tous les jours de 10h à 19h. Parc : 9 €. Parc + barque forfait 2 adultes : 25 €. Enfant : 13 €.

Ces huit hectares de nature ont été aménagés pour dévoiler la richesse de sa biodiversité. Ici, trois cent cinquante spécimens ornithologiques (avec soixante-quinze espèces au total, du canard siffleur au martin-pêcheur, en passant par la bernache du Canada, le passereau, l'eider à duvet ou encore le rouge-gorge) évoluent dans leur milieu naturel. Tout au long du parcours sont installés des modules interactifs et des panneaux d'information. Un film, *Le marais poitevin à tire d'ailes*, est projeté en permanence. Le parc présente aussi certains animaux domestiques du marais poitevin comme le baudet du Poitou, le cheval de trait mulassier, les poules et coqs de Marans, les oies grises du Marais Poitevin et les oies blanches du Poitou. Des aires ombragées invitent à picorer tranquillement son pique-nique. Des barques traditionnelles permettent d'accéder jusqu'aux zones les plus sauvages du marais mouillé. Des circuits de 1 heure, de 1 heure 30 ou de 2 heures vous sont proposés, avec ou sans batelier. Les plus téméraires pourront quant à eux louer un canoë, et ainsi parcourir le marais là où les embarcations ne peuvent pas aller. Sur place également, un espace restauration avec des plats typiquement maraîchins, confectionnés à base de légumes frais et de plantes sauvages du Marais ou en partie cultivés au sein du Parc, associés aux produits locaux. Mais aussi des tables pour pique-niquer à l'ombre des arbres. Une visite pittoresque qui plaira à toute la famille.

ZOODYSSÉE ★★

RD119 - **VILLIERS-EN-BOIS**
✆ 05 49 77 17 17
www.zoodyssee.fr

Ouverture en février 2022. De 7,50 € à 14,50 € selon les saisons.

Zoodyssée propose un bel aperçu de la faune sauvage européenne sur 30 hectares au cœur de la forêt domaniale de Chizé. 800 animaux parmi lesquels des tortues, des renards roux, des lynx, des cigognes, des porcs-épics, mais aussi des mouflons, des daims, des loutres, des castors, et de beaux rapaces. Le public a également accès au vivarium, à la mini-ferme et à Humanimal, dédié à la comparaison homme-animal. Zoodyssée est le premier parc animalier français à proposer un parcours sur l'ambiance diurne et nocturne en forêt. Une belle balade pour les familles.

MONTGOLFIÈRE & CHÂTEAUX

Les Louardes - **BEYNAC-ET-CAZENAC**
© 06 71 14 34 96
montgolfiere-chateaux.fr
Différentes Formules de vol. Vol découverte, Prestige,... Durée : environ 1 h. À partir de 190 €. Tarif dégressif.

Entre le Ciel et l'histoire, envolez-vous dans la douceur des airs périgourdins... Lionel et son équipe de pilotes - Matthieu et Laurent - sont prêts à vous faire rêver le temps d'une heure par-dessus des paysages princiers. Voguer dans des airs d'émerveillement, de châteaux en *Plus Beaux Villages de France* ! Il est possible de voler toute l'année, selon les conditions météorologiques. Pendant la haute saison, les vols sont prévus à l'aube ou au crépuscule. Prévoyez trois heures en tout, incluant le gonflage, le vol et le retour. Bon vent !

PÉRIGORD AVENTURES ET LOISIRS

BEYNAC-ET-CAZENAC
© 05 53 28 95 01
www.perigordaventureloisirs.com
D'avril à Octobre. Ouvert tous les jours de 9h jusqu´à 19h. Activité dès 5 ans. Tarifs en ligne.

À quelques kilomètres de Sarlat, découvrez la vallée des châteaux de St-Julien de Lampon à Beynac en passant par Calviac, Carsac, Vitrac, La Roque-Gageac. Vous pourrez ainsi naviguer en canoë ou kayak sur la Dordogne, seul ou en famille, au gré de vos envies. Plusieurs parcours de 7 à 32 km sont proposés et des départs sont organisés tout au long de la journée. Pour les adeptes de tri-sports, vous pourrez allier randonnée (4,3 km), VTT (11,4 km) et canoë (15 km), pensez à réserver.

AQUACAP

Ancienne route de Paris
CHAMPCEVINEL
© 05 53 02 90 29
Ouvert à l'année. Dates et horaires sur le site en fonction saison et public. Adulte 5,10 €. Enfant / étudiant 4,10 €.

Cet espace lumineux est très accueillant, et les personnes handicapées y ont toute leur place. Les équipements sont parfaits, sur une surface de baignade de 1 000 m², qu'il s'agisse d'une pratique sportive ou de loisirs. Tous les âges sont bienvenus, en toute saison, certains sur des créneaux précis. Aux beaux jours, l'extérieur est un petit coin de plage à deux pas de la ville. Le toboggan extérieur culmine à 15 mètres et se déroule sur 80 mètres de long, avec arrivée en bassin intérieur. On peut accéder en supplément à l'espace sauna, hammam et bain à bulles.

AIR CHÂTEAUX

Aérodrome Sarlat Domme - **DOMME**
© 05 53 29 71 35
www.airchateaux.com
Ouvert à l'année. Été, 7j/7 9h-20h. Balade ULM dès 65 €/pers, vol hélico dès 225 €. Réservation. Chèque Vacances.

Des souvenirs de vacances en altitude sont au programme d'Air Châteaux, qui propose quatre circuits avec des ULM trois axes au départ de la base d'envol de l'aérodrome de Sarlat Domme. Pris en charge par le pilote qui vous commentera le vol, vous n'aurez qu'à profiter de la féerie du moment. Des vols en hélicoptère aux tarifs dégressifs en fonction du nombre de passagers sont aussi possibles. Un moment fort à partager en famille ou entre amis à la découverte de la Vallée de la Dordogne et de ses nombreux châteaux, manoirs, jardins et autres points de vue.

LE PETIT TRAIN BLANC DE DOMME

15 place de la Halle - **DOMME** © 06 07 02 98 66
http://domme-perigord.com/
Ouvert de Pâques à la Toussaint 7 jours/7 de 10h à 18h. Adulte 5 €. Enfant 3 €. Audioguides en langues étrangères

Partez à l'assaut de la Bastide Royale, installé à bord de ce joli petit train blanc, pour une visite touristique commentée de 20 minutes. Sur ce circuit, vous passerez par la porte des Tours (prison des templiers) et la Maison du Gouverneur, vous suivrez les remparts et admirerez le panorama sur la vallée. Pour les groupes, service à la carte toute l'année sur réservation : en navette en visite audio ou en visite guidée. Téléchargez l'application gratuite Domme pour en savoir plus.

PISCICULTURE DU MOULIN DE BOISSONNIE

Petit Boissonnie - **DOUZILLAC** © 05 53 81 53 41
www.pechealatruite24.com
Haute saison ouvert tous les jours de 8h à 18h. Basse saison du mercredi au dimanche de 8h à 18h.

Dans une petite vallée nichée au milieu des bois, cet élevage de truites élève et transforme le poisson de l'œuf à la truite adulte jusqu'à 4 kg. On peut pêcher soi-même soit à la demi-journée ou pour la journée avec la possibilité de pique-niquer. Les débutants pourront pratiquer la pêche au poids dans un bassin d'élevage, les prises sont assurées ! On vous propose un livret pédagogique à vendre. La boutique propose leurs produits, comme la truite fumée, les œufs de truites.

LE PARC SAUVAGE

Le Claud - **LA TOUR-BLANCHE-CERCLES**
✆ 07 66 79 42 84
www.leparcsauvage.com
Haute saison ouvert tous les jours de 10h à 18h. Adulte : 8 €. Enfant de 3 à 11 ans : 5 €. Animations.

Il comprend une ferme pédagogique avec un parcours ponctué de panneaux informatifs pour tout savoir sur des animaux étonnants. Vache Dexter, mouton d'Ouessant, mouton Suffolk, chèvre angora, âne du Poitou, cochon cul noir, lapin Bourgogne, poule Brahma... Les approcher, les câliner et voir les petits. C'est aussi la visite guidée du parc de vision avec cerfs, daims et wallabies vivant en liberté. Vous pourrez participer à des ateliers pédagogiques et assister à la présentation des rapaces, puis au goûter des animaux pour finir avec le spectacle des rapaces.

ACCROZARBRES

Les Mazières Nord
LAVEYSSIÈRE
✆ 06 37 89 54 72
www.accrozarbres.com
Ouvert de mars à novembre. 7 €-16 € enfants, 20 €-24 € adultes. Réservation.

Ce parc d'accrobranche est équipé de normes de sécurité nouvelle génération : le grimpeur est crocheté à un câble du début à la fin. Environ 3 heures de parcours avec un enchaînement de 120 jeux (filets, ponts suspendus, passerelles, 43 tyroliennes, lianes, luge, échelles, skate volant et toboggan-kamikaze du parcours sportif), 3 parcours enfants à partir de 3 ans et 7 parcours conviviaux pour adultes. L'été un parcours de nuit est organisé certains soirs. Un mini-golf et un laser-game complètent le parc. Sur place, une buvette et une aire de jeux pour enfants.

ABRI DE LAUGERIE-BASSE ★★

Avenue de Laugerie
LES EYZIES-DE-TAYAC-SIREUIL
✆ 05 53 06 92 70
www.abris-laugerie-basse.fr
Consulter les horaires sur internet.
Visite libre avec livret et tablette. Adulte 8,60 €, enfant 6,40 €. Parking.

Laugerie Basse est un des 1ers abris fouillés au monde en 1864, au moment où le mot « préhistoire » apparaît dans les dictionnaires ! Ses deux abris au pied d'une fascinante falaise de 60 mètres de haut ont livré la plus grande quantité d'objets d'art mobilier au même endroit ! C'est aussi à Laugerie Basse que sera trouvée la toute première Vénus préhistorique au monde ! C'était un peu la « Place Vendôme » d'il y a 15 000 ans... La visite est libre, à l'aide de livrets, tablette et projection en 3D. Site inscrit à l'Unesco au cœur du 20e Grand Site de France !

ZOO DE MESCOULÈS ★

La Pleyssade - **MESCOULES** ✆ 05 53 22 69 52
www.zoo-de-mescoules.com
Haute saison ouvert tous les jours et jours fériés de 10h à 19h. Adulte : 10 €. Enfant de 3 à 12 ans : 8 €.

Ce parc est reconnu pour sa collection de reptiles. Un grand vivarium de plus de 300 mètres carrés accueille une cinquantaine d'espèces différentes. Entre crocodiles du Nil, varans du Salvador, pythons de Guinée, boas, serpents à sonnette du Mexique, tortues de Birmanie, iguanes, lézards. Baladez-vous aussi dans le parc pour voir porcs-épics, paons, ibis rouges, tortues terrestres, fouines, paons, perruches ou encore des chiens-loups. Possibilité de nourrir les facétieux ratons laveurs avec des croquettes vendues à l'entrée. Aires de jeux et de pique-nique.

CENTRE INTERNATIONAL DE L'ART PARIÉTAL - LASCAUX 4 ★★★★

MONTIGNAC ✆ 05 53 50 99 10
www.lascaux.fr
Ouvert de 8h/9h à 18h/20h selon la saison. Adulte : 20 € (réduit 19 €). Enfant (5-12 ans) : 12,90 €.

En 1940, quatre adolescents découvrent un rétrécissement où ils discernèrent les premières peintures sur les parois. Ils avaient mis au jour l'une des plus belles grottes ornées du monde. Menacée de disparaître, la grotte a fermé au public en 1963. Les objets trouvés sur place sont visibles au Musée national de la Préhistoire. Un fac-similé a été réalisé en 1983 pour que les visiteurs contemplent la salle des taureaux et le diverticule axial restitués dans une émotion intacte.

PARC ACCROBRANCHE PÉRIGORD VERT AVENTURES

RD 87
NONTRON
✆ 05 53 56 28 16
www.perigord-aventures.fr
Ouvert d'avril à novembre. 7j/7. De 8 € à 20 €.

Les abords du plan d'eau des Nouailles abritent le Parc aventures dans les arbres. Ce parcours acrobatique est destiné aux familles. 5 parcours sportifs progressifs sont proposés en ligne de vie continue (on ne se détache plus). Le parcours Pitchoun d'une centaine de mètres est destiné aux enfants à partir de 3 ans. On aime beaucoup la tyrolienne d'environ 250 mètres qui passe au-dessus de l'étang. Une belle journée sportive en famille ou entre amis ! Restauration-snack sur place.

BASE VTT VÉZÈRE PÉRIGORD NOIR

Le Bourg - **SAINT-AMAND-DE-COLY**
✆ 06 88 79 94 44
www.vtt-perigord-noir.fr
Ouverture à l'année par tél. Location à partir de 14 € la 1/2 journée. CB non acceptée.

Sur cette base VTT labellisée FFCT, vous pourrez assouvir vos envies de 2 roues : VTT, VTT électriques, vélos enfants, QBX-quadbike. Ce sont 300 km de parcours balisés FFCT vert, bleu, rouge, noir qui vous attendent en accès libre toute l'année. Sur place, si votre monture a un problème, un atelier de réparation et une station de lavage. Des moniteurs diplômés sont aussi présents pour vous accompagner. Label Sport adapté. Certains parcours sont à télécharger sur veloenfrance.fr

ASINERIE DU PÉRIGORD

Lafayette - **SARLANDE**
✆ 05 53 52 86 81
Ouvert toute l'année. Accessible aux personnes à mobilité réduite, aménagements pour handicapés mentaux.

Dans le Périgord vert, Nelly Vauvy élève ses ânes, un troupeau d'une vingtaine de bêtes, sur 12 hectares de prairie. L'asinerie est homologuée ferme pédagogique de la Dordogne pour accueillir les scolaires, les centres de loisirs, les personnes handicapées mentales et physiques. On peut réserver une visite d'une demi-journée ou d'une journée pendant laquelle on peut vraiment faire connaissance avec les ânes, les brosser, voir la traite d'une ânesse toutes les trois heures, découvrir les vertus de son lait qui se rapproche le plus de celui de la femme et le goûter.

A-CANOË-RAID

Campeyral
SIORAC-EN-PÉRIGORD
✆ 05 53 31 64 11
www.a-canoe-raid.com
Ouvert tlj 9h-19h. Location à partir de 14 €.

Louez votre embarcation et naviguez librement sur les eaux vivifiantes de l'une ou l'autre des deux rivières magiques qui serpentent en plein cœur du Périgord noir : la Dordogne et la Vézère. Prenez-vous pour un gabarier et profitez de l'incomparable beauté des paysages ponctuée de falaises, de châteaux, de plages et de villages. Choisissez votre point de départ, la durée de votre randonnée, l'arrivée de votre randonnée sur la Dordogne entre Siorac-Cénac et Limeuil, et vous voilà parti avec pagaie, gilet et containers étanches fournis.

LE THOT, ESPACE CRO-MAGNON ★★

THONAC
✆ 05 53 50 70 44
www.parc-thot.fr/fr
Horaires variables selon les saisons. Adulte 10 €.

Ce centre de recherche et d'art préhistorique est un complément indispensable à la visite de Lascaux II ou IV. On découvre dans un même lieu un espace muséographique avec cinq fac-similés majeurs des peintures de la galerie de la nef de Lascaux (la Vache noire, la frise des cerfs, les Bisons adossés, le panneau de l'empreinte, le panneau des Bouquetins), un parc animalier ainsi qu'un atelier d'art pariétal. Après avoir traversé le diorama de l'atelier des peintres, trois vidéo-projections de détails des peintures de Lascaux sont proposées. Le centre est aussi constitué de salles d'exposition avec maquettes, photos et films décrivant l'art préhistorique en Périgord. Un film en 3D de 12 minutes présente les grandes évolutions climatiques et leurs conséquences sur l'environnement des premiers hommes. Le jeune public peut s'initier à la pratique de l'art pariétal ou des fouilles archéologiques, à la taille du silex, au tir au propulseur, à la parure préhistorique, à la fabrication de lampes à graisse et au travail du cuir. Le parc animalier donne un aperçu de la faune de l'époque Cro-Magnon : aurochs, cerfs, bouquetins, bisons d'Amérique, chevaux de Przewalski, hyène tachetée, antilope saïga et trois loups gris d'Europe Cheyenne, Taïga et Django sont là, bien vivants. On peut aussi se transformer en soigneur. Le miroir temporel, animation de réalité augmentée plonge le visiteur dans un espace virtuel lui permettant de rencontrer les animaux de la préhistoire grandeur nature.

VERGTAVENTURES

Les Molles
VERGT
✆ 07 51 61 56 20
www.vergtaventures.fr
Ouvert tous les jours et les jours fériés de 10h à 19h. De 11 € à 21 €.

Cet accrobranche est situé entre Périgueux et Bergerac. Il a aménagé des parcours dans trois hectares de forêt qui s'adressent aussi bien aux petits à partir de 3 ans qu'aux adultes aguerris : plus de 90 ateliers suspendus dans les arbres (2 parcours pitchouns, 4 enfants, 1 tyrolienne enfant, 2 niveaux verts, 2 bleus, 1 rouge et 1 noir), une dizaine de tyroliennes dont une de 200 mètres. Tout est entièrement sécurisé par la ligne de vie qui permet à l'utilisateur de s'attacher. De fabuleux moments en perspective, à immortaliser avec une GoPro !

4 ROUES SOUS UN PARAPLUIE

BORDEAUX

✆ 0158592782

www.4roues-sous-1parapluie.com

Ouvert du mardi au samedi à partir de 9h ; dimanche et lundi sur demande. À partir de 30 € par personne (45 min).

Le principe de 4 roues sous un parapluie : faire découvrir Bordeaux à bord d'une mythique 2 CV pouvant accueillir trois personnes. Charme rétro et toit décapotable, l'ambiance est garantie ! Au volant un chauffeur cultivé, fort sympathique et élégant, coiffé d'une casquette et vêtu de la célèbre marinière Saint James vous narrera mille histoires... Au programme : Flânerie Bordeaux éternel avec dégustation de vin au château et visites privées de vignobles.

À LA DÉCOUVERTE DU BORDEAUX INSOLITE

12, cours du 30 Juillet

BORDEAUX

✆ 05 56 00 66 00

www.bordeaux-tourisme.com

Visite guidée. Adulte : 12 €. Enfant (de 5 à 12 ans) : 2 € (et 13 à 17 ans : 8 €).

L'Office de Tourisme de Bordeaux propose des balades atypiques qui varient d'un mois à l'autre et sont toutjours passionnantes. Vous pourrez visiter la cour d'appel de Bordeaux et sa salle des pas perdus, les ateliers de couture et de costumes du Grand Théâtre sur le thème de la mode et de ses métiers, les coulisses des théâtres bordelais, le Bordeaux médiéval et ses passages habituellement fermés aux Bordelais (comme l'impasse de la Fontaine-Bouquière)...

MIROIR D'EAU ★★★

Quai de la Douane

BORDEAUX

Le miroir d'eau fonctionne tous les jours de 10h à 22h (sauf de novembre à avril pour cause de maintenance).

Le Miroir d'eau est un lieu incontournable le long des quais. A sec, c'est une immense ardoise. Dès les beaux jours, le pavage est recouvert de 2 centimètres d'eau qui transforment la dalle en un immense miroir dans lequel la place de la Bourse se reflète. Il se remplit en 3 minutes et les brumisateurs se mettent en route... L'eau est traitée et recyclée. Petits et grands enfants ont vite pris l'habitude de jouer avec les volutes ou les reflets ! Le soir venu, le spectacle continue avec l'illumination de la façade de la Bourse. Tout simplement magique !

MUSÉE D'AQUITAINE ★★

20, cours Pasteur - **BORDEAUX**

✆ 05 56 01 51 00

www.musee-aquitaine-bordeaux.fr

Ouvert du mardi au dimanche de 11h à 18h. Gratuit jusqu'à 18 ans. Adulte : 5 €. Tarif réduit : 3 €. Audioguide : 2,50 €

Le Musée d'Aquitaine abrite des collections permanentes qui réunissent environ 700 000 pièces, d'archéologie, d'histoire et d'ethnographie régionale et extra-européenne retraçant l'histoire de Bordeaux et de sa région. Elles sont présentées selon un parcours chronologique et thématique. A découvrir particulièrement les espaces « Bordeaux, le commerce atlantique et l'esclavage », et « Bordeaux, port(e) du monde 1800-1939 ». A noter, des ateliers en famille et jeunes publics, ainsi que des livrets jeux pour une approche très ludique des collections.

MUSÉE MER MARINE

89, rue des Étrangers

BORDEAUX

✆ 05 57 19 77 73

www.mmmbordeaux.com

Ouvert du mardi au vendredi de 13h à 19h, samedi et dimanche de 10h30 à 19h. Tarif plein : 14 €.

Bienvenue à bord ! Niché au cœur des Bassins à flot, découvrez un lieu unique à la croisée des chemins entre les mondes de la Mer et de la Culture. Plongez dans une des plus grandes collections privées d'Europe dédiées à l'histoire de la navigation à travers les âges et à la préservation des Mers et de l'Océan, mais aussi à l'art contemporain. 10 000 objets de marine (maquettes et bateaux, instruments de navigation, cartes et atlas) et œuvres d'art y sont désormais accessibles au public dans une scénographie moderne et interactive.

PISCINE JUDAÏQUE

164, rue Judaïque

BORDEAUX

✆ 05 56 51 48 31

Fermeture hebdomadaire : lundi et jours fériés. Plein tarif résident bordelais : 3,50 €. Autres tarifs et abonnements.

Le bâtiment qui abrite la piscine Judaïque date de 1936. Restructuré et rénové en 1996 puis en 2011, il est classé Monument historique. Son architecture mêle intelligemment modernité et décor d'entre-deux-guerres avec ses grandes baies vitrées et ses vestiaires d'origine. Le nageur accompli appréciera de faire ses longueurs dans l'une des 8 lignes d'eau du bassin olympique. La piscine dispose également d'une seconde, plus petite, de 25 mètres. Le toit s'ouvre dès l'arrivée des beaux jours, ce qui permet de nager sous les rayons du soleil.

RENCONTRES WOODRISE

BORDEAUX

https://rencontres.woodrise.org

Début octobre.

Les Rencontres Woodrise en Nouvelle-Aquitaine présentent les acteurs du bois de construction et le bois au cœur des villes de demain sous toutes ses formes. Conférences, visites comme celle de la résidence ossature bois du CROUS à Pessac ou la chaufferie biomasse des Aubiers Le Lac, tables rondes, mais aussi course d'orientation, expositions, journée pédagogique à l'intention du grand public et des professionnels. Les Rencontres Woodrise sont une action collective et rassembleuse autour d'une filière forêt bois construction régionale forte.

FENÊTRES SUR L'ESTUAIRE

Place de la Libération

BOURG

✆ 05 57 68 31 76

www.bourg-cubzaguais-tourisme.fr

Les fenêtres sur l'Estuaire sont des fenêtres paysagères situées sur la route de la Corniche, entre Bourg et Roque-de-Thau. Ces installations architecturales présentent des contenus ludiques et instructifs, pour découvrir en détails le territoire à travers son histoire, sa géographie, son environnement, son patrimoine et sa culture. Elles sont placées dans plusieurs sites : Bourg, terrasse d'Eyquem, Vitescale, Furt, Roque-de-Thau, La Grave, Puybarbe ou encore le site naturel du Moron, et prennent différentes formes. A découvrir lors de vos explorations !

LA FERME EXOTIQUE ★

1932, chemin du Port-de-l'Esquillot

CADAUJAC

✆ 05 40 24 61 07

www.fermeexotique.com

Haute saison ouvert tous les jours de 10h à 18h. Adulte : 12 €. Enfant de 3 à 12 ans : 10 €.

Sont présents 800 animaux soit 75 espèces venant des cinq continents vivant dans des décors grandeur nature, dont le plus grand élevage de dromadaires de France. Un parcours permet de les observer. Poursuivez votre visite par le musée d'attelage avec une collection unique en France de plus de 100 calèches. Côté animations, profitez du petit train, balade à dos de poney ou de dromadaire, mais aussi assistez à la distribution des rations, et participez à la tétée des chevreaux. Côté parc d'attractions, manèges et jeux d'eau plairont aux plus jeunes.

LAGUNE DE CONTAUT ★

Route de Contaut - **HOURTIN** ✆ 05 56 03 21 01

www.medoc-atlantique.com

Accès libre toute l'année.

Visite guidée gratuite du 15 juin au 15 septembre sur rendez-vous à l'office de tourisme.

Au cœur de la réserve naturelle d'Hourtin, la lagune de Contaut est une zone humide prospère à l'abri du cordon des dunes du littoral. Une passerelle en bois serpente au milieu de ce mystérieux marais et offre au visiteur une plongée dans l'écosystème particulier des milieux humides. Ce réservoir biologique permet de découvrir différentes espèces de bouleau, de fougères géantes (l'osmonde royale), des animaux en tout genre (chevreuil, écureuils, hérons cendrés, tortues ou libellules). Prévoir des jumelles pour profiter au mieux de cette biodiversité unique.

ZOO DU BASSIN D'ARCACHON ★

Route de Cazaux - **LA TESTE-DE-BUCH**

✆ 05 56 54 71 44 - www.zoodubassindarcachon.com

Haute saison ouvert tous les jours de 10h à 19h. Adulte : 23,90 €. Enfant de 3 à 11 ans : 16,90 €.

Faites le plein de nature et d'exotisme au zoo d'Arcachon qui est né en 1989 de la passion de Bernard Couturier, un homme qui rêvait de vivre parmi les fauves. Ils sont aujourd'hui une centaine : lions, tigres, pumas… que l'on découvre de manière inattendue, en franchissant un pont suspendu. Frissons garantis ! Retrouvez les classiques éléphants, singes, ours, rhinocéros ou girafes mais également des hippopotames nains, si si ça existe ! Ou encore des buffles nains, des hyènes rayées… dans de beaux décors. La volière africaine s'étend sur 3 000 m².

RÉSERVE ORNITHOLOGIQUE DU TEICH ★★★

Rue du Port - **LE TEICH**

✆ 05 56 22 80 93

Haute saison ouvert tous les jours et jours fériés de 10h à 20h. Adulte : 9,60 €. Enfant de 5 à 14 ans : 7,40 €.

La superbe Réserve Ornithologique est un lieu de prédilection pour l'accueil des oiseaux migrateurs ou sédentaires. Le parcours découverte de 6 km est ponctué d'une vingtaine de postes d'observation couverts, dont un aménagé en hauteur avec une vue sur le bassin et le parc. Chacun est dédié à une espèce. Il est également possible de se restaurer à la Brasserie du Delta ou de rapporter quelques souvenirs à la boutique de l'oiseau, toutes deux situées à l'entrée du site.

PHARE DE CORDOUAN ET DES PHARES ET BALISES ★

2, allée du Sémaphore - **LE VERDON-SUR-MER**
✆ 05 56 09 00 25
www.asso-cordouan.fr
Ouvert de mi-avril à fin octobre.
Horaires sur le site. Plein tarif : 2 €.

Le Musée présente dans cinq salles, le phare de Cordouan, les phares de la Gironde, le matériel utilisé par le service des phares et balises ancien et actuel et une animation en 3D du phare de Cordouan à travers les âges de 1611 à nos jours. 108 marches du phare mènent à une table d'orientation d'où la vue panoramique sur l'estuaire est impressionnante. Dans le jardin, présentation de la vedette « Matelier » ayant assuré les relèves du phare de Cordouan de 1962 à 2006.

CAP GOLF

Domaine du Four - **LÈGE-CAP-FERRET**
✆ 05 57 70 49 92
www.capgolf.fr
Ouvert toute l'année. Jours/horaires d'ouverture variables selon la saison. Green fee : 20 € ; practice 1 seau : 3,50 €.

Au milieu des pins, Cap Golf est unique. C'est un endroit à la fois sportif, convivial, familial et festif. Il comprend un parcours de 9 trous Pitch & Putt, un practice, un putting green, du discgolf et du footgolf, du foot joué avec élégance sur un terrain de golf et selon les règles du golf... Cap Golf, c'est aussi un club house, trois bars, une restauration le soir, un laser game, mais aussi un boulodrome, des soirées DJ et des concerts, des retransmissions sportives et de beaux espaces pour vos événements. Sans oublier : piscine, massages et concept store.

DOLPHIN JET

47, route du Cap-Ferret
LÈGE-CAP-FERRET
✆ 05 56 03 64 23
www.dolphinjet.com
Ouvert d'avril à fin octobre.
Tarifs complets en ligne.

Découvrir le bassin d'Arcachon autrement, c'est possible ! En plus si vous aimez les sensations fortes, vous allez être servis. Dolphin Jet vous propose la location de jet ski sans permis dès 16 ans, des randonnées en jet ski avec un moniteur diplômé, mais aussi des scooters des mers Sea Doo dernière génération équipés de moteurs 4 temps silencieux et certifiés « Very Low Emission », des bouées, des wake-boards ou des bateaux avec permis côtier obligatoire, des randonnées en jet ski (Découverte du Bassin, Tour de l'île aux Oiseaux ou 100 % Bassin).

CHÂTEAU D'ARSAC

1, allée du Comte - **MARGAUX**
✆ 05 56 58 83 90
www.chateau-arsac.com
du lundi au samedi, créneaux de visite à 10h et à 14h30, sur résa. Le dimanche et jours feriés, visites sur rdv.

Ce domaine est l'un des plus anciens du Médoc, le château d'Arsac peut s'enorgueillir d'une histoire mouvementée de plus de 900 ans. Aujourd'hui, il compte 112 hectares de vigne sur les 250 hectares de la propriété. Le site est également remarquable pour la qualité de sa réhabilitation architecturale et pour le choix très sûr des sculptures par le propriétaire Philippe Raoux. Aussi, la visite compte-t-elle une partie historique, architectonique (voir le chai bleu), artistique et œnologique. Une dégustation est ensuite servie dans le chai à barriques.

CITÉ FRUGÈS LE CORBUSIER ★

4, rue Le Corbusier - **PESSAC**
✆ 05 56 36 56 46
www.pessac.fr
Ouvert du mercredi au dimanche,
horaires variables selon la saison.
Visites libres et guidées sur réservation.

Construite en 1926 par Le Corbusier sur commande de l'industriel sucrier Henri Frugès, cette cité propose une vision novatrice de l'architecture et de l'habitat social. Elaboré sous la forme d'une cité-jardin, l'ensemble pavillonnaire comprend 50 habitations. Les quartiers modernes Frugès sont à la fois la première cité de logements sociaux réalisée par Le Corbusier et son premier projet à grande échelle, d'ailleurs classé Monument historique. La Ville de Pessac a acquis une maison gratte-ciel, transformée en maison Frugès-Le Corbusier ouverte à la visite.

FERME AQUACOLE EAU-MEDOC ★

Port de Saint-Vivien - **SAINT-VIVIEN-DE-MÉDOC**
✆ 05 56 09 58 32
Du 1/07 au 30/09 de 9h30-12h30 et 15h30-19h, 7j/7. De nov à fin juin vendredi 15h-18h et samedi 9h30-12h et 15h-18h.

C'est à environ deux cent mètres après l'écluse du chenal de Saint-Vivien et à l'emplacement d'anciens marais salants que s'est installée, dans les années 1980, cette ferme aquatique originale sur 17 hectares de marais et de viviers. Ici ce sont des gambas que l'on élève pour le plaisir de tous les gourmands. Mais il y a aussi des crevettes locales, des palourdes, des bigorneaux et des bulots. Le bon plan pédagogique et gourmand : la visite guidée suivie d'une dégustation. *Vente de produits sur place et sur les marchés locaux.*

ARBORETUM DE LA JONCHÈRE

LA JONCHÈRE-SAINT-MAURICE
© 05 55 56 70 70
www.jonchere-saint-maurice.fr
Ouvert toute l'année, accès libre.

Cet arboretum est une référence historique en France ! Créé en 1884, il offre aujourd'hui 22 hectares boisés. Cadre agréable de promenades, mais aussi outil pédagogique permettant l'identification d'espèces exotiques centenaires ou plus récentes, l'arboretum permet également le suivi de leur développement. Depuis 2020, un nouveau parcours à la signalétique entièrement refaite est mis à la disposition des visiteurs. Au total, plus de 100 espèces forestières issues des cinq continents sont recensées dans le lieu. Explorez les lieux avec l'application de l'ONF.

MINE D'OR - MAISON DE L'OR

Rue du Paladas
LE CHALARD
© 07 82 29 08 50 - www.orenlimousin.com
Juillet-août, tous les jours de 15h à 18h.
Juin et septembre : le week-end de 15h à 18h.
Adulte : 5 €.

La mine d'or du Bourneix, sur la commune du Chalard, fut la dernière exploitée en France (fermée en 2002). Elle abrite désormais la Maison de l'or en Limousin qui dévoile tout de l'exploitation du métal précieux en Limousin depuis les Gaulois jusqu'au XXIe siècle, en passant par la ruée vers l'or des années 1900 : objets, témoignages, photos... L'été, des stages d'orpaillage sont organisés sur les berges de l'Isle. En été, un concours de chercheur d'or est organisé pour les enfants.

COLLÉGIALE SAINT-PIERRE

Place de la Collégiale
LE DORAT
Accès libre toute l'année.
Visite guidée sur réservation.

Construite dès 1013 pour accueillir un collège de chanoines, la première église, brûlée par les habitants, fut reconstruite au XIIe siècle. La collégiale, fortifiée au XVe siècle, devint alors un des plus beaux joyaux de l'art roman en Limousin. L'édifice, long de 77 mètres, abrite une crypte dédiée à sainte Anne. Le clocher octogonal à trois étages est surmonté d'une flèche élancée que domine un ange en cuivre du XIIIe siècle. A voir, le trésor, conservé dans des vitrines dans la sacristie, et les vitraux du XIXe siècle, œuvres d'Edouard Didron.

PARC ZOO DU REYNOU ★★

Domaine du Reynou
LE VIGEN
© 05 55 00 40 00
www.parczooreynou.com
Haute saison ouvert tous les jours de 10h à 19h30. Adulte : 19 €. Enfant de 3 à 12 ans : 12 €.

Depuis 1997, le Reynou est un des sites préférés des Limousins. Les vastes plaines du parc de 50 hectares abritent environ 600 mammifères et oiseaux, soit 130 espèces de tous les continents. Le sentier nature de 5 km permet d'observer notamment les primates et les félins. Traversez la plaine asiatique et la plaine africaine. Ne manquez pas le parc paysager de 30 hectares avec son château. Devenez soigneur d'un jour et découvrez les différentes missions du parc. Les lodges du Reynou offrent le bonheur de se réveiller au bord de la plaine africaine.

L'AQUARIUM DE LIMOGES ★★★

2, boulevard Gambetta - **LIMOGES**
© 05 55 33 42 11
www.aquariumdulimousin.com
haute saisons ouvert tous les jours et jours fériés de 10h30 à 18h30. Adulte : 9 €. Enfant de 3 à 12 ans : 5,50 €.

Face à la mairie, cet aquarium est implanté dans les anciens bain-douches de la ville, les grands bains chinois (désaffectés depuis près de 40 ans). Un décor magique : on s'y sent comme dans un sous-marin... avec téléviseurs et cadres numériques. Plus de 2 500 animaux aquatiques de 300 espèces différentes sont présentés sur 800 m² d'exposition dans une quarantaine de bassins d'une capacité de 160 000 litres. Le parcours de visite est conçu comme un voyage autour du monde à travers toutes les eaux du globe. Périple dans les eaux douces tempérées européennes à la rencontre des espèces indigènes (esturgeon, poisson-chat et énorme silure glane. Les eaux douces tropicales dévoilent une faune sous-marine peuplée de poissons électriques et autres silures de verre. Le poisson-clown et son anémone, le poisson-chirurgien et le chatoyant poisson-cachemire naviguent, eux, dans les eaux de mer tropicales. Parmi les vedettes : Teddy et Lili, deux magnifiques requins à pointes noires. L'aquarium étoffe également sa collection de raies avec la raie à pointe bleue, la raie guitare et la raie bouclée. Nombreuses animations : visites commentées, soirées thématiques, expositions, jeux et rallyes pour petits et grands... A savoir : deuxième visite à l'aquarium à tarif réduit

Nouveauté : l'espace tortue a été réaménagé, et dans la foulée arrivée de petits poissons-chats, de la perche soleil et des écrevisses d'eau douce froide, de nouveaux vivariums et l'arrivée d'un poisson-pierre, le poisson le plus dangereux du monde !

CHEMIN DE FER TOURISTIQUE LIMOUSIN PÉRIGORD

9, rue Martin-Fréminet
LIMOGES
www.trainvapeur.com
Uniquement en été. Dates, tarifs et réservations directement en ligne.

C'est une attraction assez unique que propose là les passionnés de l'association Chemin de fer touristique Limousin-Périgord : prendre place pour un aller-retour Limoges-Eymoutiers dans un authentique train à vapeur des années 1950 dont certains wagons restaurés datent des années 1930. Ce circuit fait découvrir la haute vallée de la Vienne et sa campagne verdoyante. Après avoir franchi le viaduc de Saint-Léonard de Noblat, le train s'arrête à Châteauneuf-Bujaleuf, à Eymoutiers.

MUSÉE DE LA RÉSISTANCE ★

7, rue Neuve-Saint-Étienne - **LIMOGES**
✆ 05 55 45 84 44
www.ville-limoges.fr
Ouvert de 9h30-10h à 17h30-18h selon la saison. Fermé pour les fêtes de Noël. Adulte : 4 €. Audioguide : 2 € en sus.

Le Musée de la Résistance de Limoges a trouvé sa place dans l'ancien couvent des Sœurs de la Providence, entièrement réhabilité par la Ville de Limoges. L'exposition réussit brillamment à nous conter l'histoire locale dans le contexte national et mondial de l'époque : vie sous le régime de Vichy, Occupation, les actions menées par la Résistance de Haute-Vienne... Une salle est par ailleurs dédiée aux expositions temporaires (environ 3 par an) ; un espace pédagogique s'adresse aux scolaires ; la salle de documentation est ouverte à tous les chercheurs.

ELLIOTT ★★

588, Impasse de Chaud - **NEDDE**
✆ 05 55 04 02 55
www.lacitedesinsectes.com
Fermé de novembre à mars. Ouvert tous les jours de 10h30 à 19h. Adulte : 9,50 €. Enfant de 4 à 15 ans : 6 €.

Pourquoi les mouches se nettoient-elles les pattes ? Que mangent les fourmis ? Vous saurez tout sur le monde fascinant des insectes en visitant cette cité implantée sur le plateau de Millevaches. 8 ha de jardins et 400 m² d'expositions interactives sont dédiés aux diptères, coléoptères, lépidoptères, etc. ? Mais ici pas de papillons épinglés ! On observe des insectes dans leur milieu naturel, insectes aquatiques dans la mare, fourmis au travail dans deux fourmilières vitrées, etc. Dans le jardin, on s'intéresse aux rapports insectes/plantes.

MUSÉE DES BEAUX-ARTS DE LIMOGES ★★

1, place de l'Évêché - **LIMOGES** ✆ 05 55 45 98 10
www.museebal.fr
Basse saison : du mercredi au lundi 9h30-12h et 14h-17h. Haute saison : du mercredi au lundi 9h-12h et de 14h-18h.

Depuis que le musée de l'Evêché a fait peau neuve en décembre 2010, la présentation des collections permanentes a gagné en fluidité et en lisibilité. Les œuvres sont désormais présentées sur 2 000 mètres carrés et l'on prend davantage de plaisir à fixer son attention sur un tableau en particulier. La visite est gratuite et se découpe en quatre départements : antiquités égyptiennes, histoire de Limoges, beaux-arts et émaux. Le BAL abrite l'une des dix plus importantes collections d'émaux peints au monde, en particulier de champlevés médiévaux et d'émaux peints de la Renaissance. Le secteur égyptologie est riche de 2 000 pièces. Le département beaux arts est également digne d'intérêt. D'abord pour les toiles des artistes régionaux comme Auguste Renoir (né à Limoges), Suzanne Valladon (mère de Marcel Utrillo, née à Bessines-sur-Gartempe) ou Armand Guillaumin (éminent représentant de l'école de Crozant connu pour ses paysages de la Creuse), mais aussi parce qu'on y admire des peintures signées Fernand Léger, Eugène Delacroix, Raoul Dufy ou Suzanne Lalique. Le secteur archéologique permet de découvrir Augustoritum, la cité gallo-romaine reconstituée en une maquette géante. Pour approfondir la découverte : une salle d'exposition temporaire, un auditorium avec projections et conférences, des balades commentées, des interventions culturelles au sein des salles d'exposition, des jeux, des ateliers pour les enfants et des activités pour les familles...

VILLAGE DE QUENOUILLE

PEYRAT-LE-CHÂTEAU
Le site se découvre librement.

Un village de charme dans un environnement grandiose riche d'une tourbière remarquable. Pour y aller, vous avez le choix entre le chemin des poètes et celui des moulins, au départ de Peyrat-le-Château. Ce village pittoresque et préservé est le plus élevé de la Haute-Vienne. Les maisons y sont de granit taillé. On y découvre la fontaine et son lavoir, des fours à pain, le bac de rouissage pour le chanvre, le Bac à la Cube qui selon la légende aurait servi de baignoire à Jules César. Grimpez jusqu'au tumulus qui vous offrira une vue panoramique sur les alentours.

LES SABOTS DE LAINE

Ferme du Pouyol
SAINT-HILAIRE-BONNEVAL
✆ 06 83 07 79 66
https://lessabotsdelaine.fr

Les Sabots de Laine c'est une ferme pédagogique qui propose visites et séjours pour les enfants. Cécile et son mari ont acheté le lieu en 2003 avec le projet d'en faire un espace qui concilie production et transmission. 15 ha de bois et 30 de prairies où évoluent agneaux, brebis, ânes, poneys, poules, chiens et chats. Après 4 ans de travaux, la ferme du Pouyol a ouvert en 2011 pour accueillir ses premiers estivants. Au programme, des séjours thématiques : « petits cuisiniers bio », « la ferme fait son cirque », « les aventuriers nature »...

ÉLEVAGE DE BISONS JEAN LUTIER

Chez Peyrut - **SAINT-MARTIAL-SUR-ISOP**
✆ 05 55 68 30 13
www.bison.fr

Fermé de novembre à avril.
Ouvert tous les jours. Adulte : 3 €.
Enfant de 3 à 9 ans : 2 €. Visite guidée.

Passionné par l'histoire des bisons et des Indiens, Jean a créé une exposition amérindienne et vous propose, en été, sur rendez-vous, de partir au cœur de son troupeau en 4x4 pour un safari photo. Il commercialise la viande de bison sur place. Il la prépare hachée, en saucisses, saucissons, viandes séchées, terrines, rillettes, mousses de foie, civets, salaisons et conserves. Il vend aussi crânes, cornes, peaux et cuir transformés en porte-clés, barrettes, bracelets, ceintures...

JARDIN ET PISCICULTURE LES SAULES BLANC

6, La Gorce - **SAINT-PARDOUX**
✆ 06 12 02 39 15
www.lejardindumoulin.fr

Visite libre et gratuite du jardin tous les jours du 1er mai au 30 septembre. Ouvert de 14 à 19h.

Le jardin du Moulin fait découvrir aux passants sur la vallée de la Couze, ses trésors floristiques, faunistiques dans un cadre bucolique merveilleusement restauré. Des centaines d'arbres, d'arbustes, de fleurs vivaces ou de rosiers se déploient sur le chemin, offrant aux visiteurs de délicates senteurs. Sur le site, dans les eaux vives de la Couze se développe une pisciculture proposant toute une gamme de produits transformés à partir des truites arc-en-ciel de l'élevage.

MUSÉE ET JARDINS CÉCILE SABOURDY

Rue Chauvaud - **VICQ-SUR-BREUILH**
✆ 05 55 00 67 73
www.museejardins-sabourdy.fr

Tous les jours sauf le lundi de 14h à 18h. En juillet-août ces horaires sont étendus. Adulte : 5,50 €

C'est un lieu unique dédié à la ruralité, une rencontre entre l'art et la nature. Installé dans l'ancien presbytère du XVIIe siècle, ce musée présente des œuvres relevant des arts Naïf, Brut, Singuliers ou Hors-les-Normes. La collection du musée est principalement constituée des tableaux Naïfs de la peintre Cécile Sabourdy, originaire du pays. Près du musée, trois jardins offrent promenades ponctuées d'œuvres d'art, espace pour pique-niquer et amphithéâtre de verdure.

LA MIGRATION DES GRUES CENDRÉES

www.grueslandesdegascogne.com
Renseignements auprès de la Réserve du site d'Arjuzanx.

Le saviez-vous ? La grue cendrée est l'un des plus grands oiseaux protégés d'Europe. Le phénomène de la migration dans les Landes de Gascogne daterait du XVIIIe siècle, comme l'attestait l'ethnologue et poète landais Félix Arnaudin (1844-1921). D'un port noble et gracieux, avec une envergure de 2 m pour un poids de 4 à 5 kg, les grues cendrées ont une longévité de 40 ans. Elles se reproduisent dans le nord de l'Europe, puis entament leur migration au début de l'automne en passant au-dessus de la France. La plantation systématique des pins sous Napoléon III réduisit les zones humides, limitant ainsi la migration des grues. Certaines poursuivent leur route jusqu'en Espagne. Chaque hiver, selon les conditions météorologiques, entre 30 000 et 60 000 grues centrées séjournent dans les Landes de Gascogne. Les sites majeurs sont la Réserve nationale d'Arjuzanx, – en libre accès, le sentier « Peuple des grues », sur la rive Menjuc du lac d'Arjuzanx promet une belle balade –, et le Camp du Poteau à Captieux. De novembre à mars, vous pouvez suivre les mouvements de ces grands oiseaux grâce à des visites guidées par des ornithologues : observation de l'envol des grues depuis une tour, lever des grues, animation avec une conteuse… Offrez-vous un hébergement sur place pour profiter au mieux de la région et de ses richesses ornithologiques. Le collectif *Grus Gascogna* regroupe les hébergeurs et animateurs qui se sont engagés dans une démarche pour un tourisme responsable.

PRÉHISTOSITE DE BRASSEMPOUY

404, rue du Musée - **BRASSEMPOUY**
✆ 05 58 89 21 73
www.prehistoire-brassempouy.fr
Fermé en décembre et janvier. Adulte : 9 € ; enfant (6 à 11 ans) : 6 €. Musée. Animations. Escape Game. Boutique.

Perché sur les coteaux de Chalosse, Brassempouy est un petit village entièrement dédié à l'archéologie. La Maison de la Dame est un espace consacré aux fouilles menées à la Grotte du Pape depuis plus d'un siècle. Entrez en contact avec l'homme de Cro-Magnon, ses outils et les animaux qui l'entouraient au Paléolithique supérieur ! Ici, l'art préhistorique est à l'honneur, avec des gravures sur os, des parures et la plus importante collection de statuettes féminines, dont la célèbre Dame à la capuche. L'ArchéoParc du PréhistoSite présente des reconstitutions d'animaux à taille réelle comme le majestueux cerf mégacéros, les mammouths ou encore la hyène des cavernes. Initiez-vous également à la chasse préhistorique, découvrez les techniques de taille de silex et d'allumage du feu tous les jours d'ouverture. C'est une manière originale et concrète de vivre la Préhistoire ! Une application numérique gratuite complète la visite. Vous cherchez des activités originales pour occuper vos vacances ? Petits et grands sont invités à participer à des ateliers (sur réservation) pour apprendre à sculpter la Dame à la capuche, peindre comme nos ancêtres ou encore fabriquer des bijoux. Et un escape game, ça vous tente ? Pour le PréhistoSite, Funroom a imaginé un scénario pour 2 à 6 joueurs. Votre mission consiste à retrouver la Dame de Brassempouy dérobée par une bande de pilleurs. Expositions, conférences, spectacles… Pour ne rien louper, rendez-vous sur le site internet !

MUSÉE DE L'ALAT ET DE L'HÉLICOPTÈRE ★

58, avenue de l'Aérodrome - **DAX**
✆ 05 58 74 66 19
www.museehelico-alat.com
Ouvert de mars à novembre. Adulte : 6 €. Enfant 12-17 ans : 2,50 €. Visites guidées sans supplément (mardi et vendredi)

Au sud de Dax près de l'aérodrome, le musée de l'ALAT (Aviation Légère de l'Armée de Terre) et de l'Hélicoptère est un organisme militaire situé près de l'école des pilotes d'hélicoptères. Les visites guidées et commentées ont lieu le mardi et le vendredi à partir de 14h30. Comptez 2 heures. Les autres jours, les visites sont libres. Les 30 aéronefs et autres objets vous en apprendront beaucoup sur l'aventure de l'aviation légère et de l'armée de terre.

AF KART'LANDES

La Brûle - **ESCOURCE**
✆ 05 58 08 98 77
Ouvert toute l'année. A partir de 7 ans : 14 €/ session de 10 min ; GT 270 (+11 ans) : 17 € ; RX 250 (+16 ans) : 36 €.

En bordure de l'A63, l'*AF* Kart'Landes possède le plus grand circuit d'Aquitaine. Les pistes sont homologuées par la Fédération Française de Sport Automobile. Avec ses infrastructures toutes neuves, il n'a rien à envier aux circuits bien connus des amateurs de sensations. Dès 11 ans, des 4 temps GT2 9 CV sont disponibles pour 10 minutes et plus par le biais de jetons. Dès 14 ans, embarquez sur le circuit au volant d'un RX 250 28 CV ! Des essais et des courses sont aussi organisés. Les plus jeunes (dès 7 ans) ont également leurs machines adaptées.

LE CHÂTEAU DE GAUJACQ ★

2, route de Brassempouy - **GAUJACQ**
✆ 05 58 89 01 01
http://chateau.de.gaujacq.free.fr
Ouvert d'avril à septembre ; toute l'année pour les groupes. Visite guidée. Gratuit jusqu'à 12 ans. Tarif plein : 7 €.

Un château unique en Europe construit à l'image d'un palais italien ! François de Sourdis fit bâtir le château au XVIIe siècle sur un site gallo-romain et médiéval. Quatre corps de logis en rez-de-chaussée ouvrent sur un jardin intérieur, dit « des délices », entouré par une galerie à l'italienne. A l'intérieur, de splendides appartements décorés des XVIIe et XVIIIe siècles sont habités et meublés. Des visites nocturnes aux chandelles sont organisées tous les lundis en juillet et août (sur réservation par téléphone). Dans le coin, c'est un incontournable !

OCEAN INCENTIVE

139, avenue Vamireh - **HOSSEGOR**
✆ 06 42 78 27 67
www.ocean-incentive.fr
Ouvert toute l'année. Activités aquatiques. Cours & stages enfants/adultes. Tarifs en ligne.

Ocean Incentive regroupe différentes activités aquatiques. Sportive de haut niveau, Emmanuelle, la coach, est championne du monde de sauvetage côtier 2014. Avec cette structure, elle vous propose de suivre différents cours et stages, aussi bien pour les enfants, les adultes, que pour les personnes en situation de handicap. Au programme : aquagym en mer, marche aquatique, circuit aquafitness, entraînements de nage en eau libre ou en mer... Et aussi : natation à domicile, stage d'aquaphobie, apprentissage des réflexes de survie pour prévenir la noyade (dès 3 ans)...

REPTILARIUM ★

16, avenue Charles-de-Gaulle
LABENNE
✆ 05 59 45 67 09
www.reptilarium.fr
Haute saison ouvert tous les jours de 10h à 19h. Adulte : 10 €. Enfant de 3 à 12 ans : 7 €.

La visite s'étend sur 1 600 m² abrités et climatisés, divisés en quatre secteurs. Depuis la serre aux alligators. Les terrariums des boas et des couleuvres, l'anaconda, le python réticulé. Un espace est dédié à la plus grande espèce de lézards, le varan, mais aussi aux plus petites, les geckos, les agames et les iguanes. Les tortues terrestres, semi-aquatiques ou aquatiques. L'Iguane Park permet de traverser le monde des iguanes en semi-liberté. Pendant la visite, la projection d'un film permet de découvrir les coulisses du site. Devenez soigneur d'un jour.

RÉSERVE NATURELLE DU MARAIS D'ORX ★★

1005, route du Marais - **LABENNE**
✆ 05 59 45 42 46
www.reserve-naturelle-marais-orx.fr
Qualité Tourisme. Ouvert toute l'année (jours et horaires variables). Visite guidée (adulte : 7,50 € ; enfant : 3,50 €).

Au regard de son fort intérêt ornithologique, cette vaste propriété du Conservatoire du Littoral de près de 1 000 ha, est classée en Réserve Naturelle Nationale sur 774 ha en 1995 et intégrée au réseau européen Natura 2000 au titre des Directives Habitats et Oiseaux. Depuis le 27 octobre 2011, le site du Marais d'Orx bénéficie également du label de reconnaissance internationale RAMSAR. De l'époque napoléonienne, la Maison d'accueil (ou Maison Béziers), rénovée en 2015 par les collectivités, marque le point de départ du circuit découverte. L'accès au site se fait par une passerelle en bois permettant l'observation d'espèces, notamment de tortues, de rongeurs comme le ragondin et d'oiseaux divers : grand cormoran, spatule blanche, héron cendré. Cette maison abrite un espace d'information avec écran vidéo et un observatoire à l'étage. À l'aide de tubes de visée fixes, vous pourrez mesurer l'étendue du site. Du côté de la boutique, vous trouverez des livres (historiques, naturalistes, artistiques), des jeux éducatifs... Sur place : location de jumelles et longues-vues, billetterie pour les visites guidées. La brochure d'animations permet de choisir votre centre d'intérêt en fonction des saisons. Les thématiques : la cistude, la découverte de l'histoire du site, la randonnée, les oiseaux, etc. Ne manquez pas les grands rendez-vous comme les Journées mondiales des zones humides, le Printemps des Landes, fréquence Grenouille, la Fête de la nature ou les Journées Aquitaine nature.

ZOO DE LABENNE

Avenue de l'Océan - **LABENNE**
✆ 05 59 45 43 93
www.zoo-labenne.com
Haute saison ouvert tous les jours de 10h à 19h. Adulte : 13 €. Enfant de 3 à 11 ans : 9,50 €.

Les 5 hectares de chênes-lièges et de pins maritimes abritent une collection unique dans la région. Des panneaux pédagogiques ponctuent la promenade présentant lémuriens, lamas, singes, guanacos, nandous, lièvres de Patagonie, mouflons, cerfs, daims, dromadaires, marabouts, perroquets, félins, zèbres. Pénétrez dans l'univers des wallabies où une simple corde vous sépare d'eux. Flamants, pélicans, canards et ibis sont en totale liberté autour de vous. Câlinez les animaux de la mini-ferme et donnez-leur du pop-corn. Assistez au nourrissage. Aires de pique-nique.

MUSICALARUE

81, rue Abbé-Lameignère
LUXEY
✆ 05 58 08 05 14
www.musicalarue.com
Du 29 au 31 juillet 2022.

Rendez-vous à Luxey pour ce festival qui a fêté ses 30 ans d'existence en 2019. Les salles, les rues, les places de la ville résonnent des concerts et des spectacles de rue qui cohabitent dans une joyeuse ambiance tout au long de ces deux journées. En plus des nombreuses scènes improvisées, certains spectacles se déroulent dans la salle baptisée Les Cigales, d'une capacité de 450 personnes debout et 236 assises. Toute l'année, elle accueille une programmation éclectique ! En 2022, Ibrahim Maalouf, Angèle, Gérard Lanvin, Gaëtan Roussel, etc. seront au rdv !

ATLANTIC PARK

2, avenue de la Grande Plage - **SEIGNOSSE**
✆ 05 58 43 15 30
www.atlantic-park.com
De mai à mi septembre ; tous les jours de 10h30 à 19h en juillet/août et le mercredi et le week-end en basse saison.

À 200 mètres de l'océan et 3 kilomètres du lac d'Hossegor, Atlantic Park est le plus grand parc aquatique des Landes, avec 2 800 m² de bassins chauffés à 27 °C ! Pataugeoires pour les tout-petits, 23 toboggans aquatiques, sensations fortes, sauts et glissades inoubliables pour les plus grands... À vous les lagons chauffés, les bains à remous, la baignade à contre-courant, les cascades, mais aussi le farniente sous les parasols. Sur place : vestiaires, aires de pique-nique, bar-snack, boutique et location de transats. Pensez-y aussi pour un anniversaire !

ABBAYE NOTRE-DAME DE MAYLIS

455, avenue Chalosse - **MAYLIS** ✆ 05 58 97 72 81
www.abbaye-de-maylis.com
Contacter le frère hôtelier pour les disponibilités et la participation aux frais d'hébergement selon vos possibilités.

Une congrégation de moines bénédictins olivétains s'est installée dans l'abbaye de Maylis en 1946. La chapelle, ancien sanctuaire a été rénovée par les moines en 1980. Des retraites sont organisées et des chambres ou dortoirs sont mis à disposition des retraitants et des pèlerins. Les lycéens et étudiants en révision sont également les bienvenus, à condition de participer à au moins deux offices par jour. Une boutique permet de découvrir les produits fabriqués par les moines.

ABBAYE DE SORDE ★

232, place de l'Église - **SORDE-L'ABBAYE**
✆ 05 58 73 09 62
www.abbaye-sorde.fr
Qualité Tourisme. Fermé de décembre à février. Gratuit jusqu'à 18 ans. Adulte 4 €. Visites libres et guidées. Boutique.

Site classé au Patrimoine mondial de l'Humanité par l'UNESCO au titre des chemins de Saint-Jacques, ce monastère du XVIIe siècle est une étape des pèlerins cheminant vers Saint-Jacques-de-Compostelle. L'ensemble abbatial s'organise autour d'un cloître et d'une cour, et donne sur une terrasse surplombant le gave d'Oloron. A ne pas manquer, notamment pour sa grange batelière, le cryptoportique unique en France et l'exposition d'art contemporain numérique : *Ondes & Lumières*. Deux livrets-jeux sont proposés à partir de 4 ans. Le site est en cours de restauration.

LES ARENES DU PLUMAÇON

3, place des Arènes
MONT-DE-MARSAN
✆ 05 58 05 87 37

Construites en 1889, consolidées et considérablement agrandies en 1933 par l'architecte Franck Bonnefous, les arènes de Plumaçon évoquent les arènes andalouses. En 1960, elles accueillent des têtes d'affiche à faire rêver : Paco Camino, Antonio Ordoñez, Jaime Ortoz. Un peu plus tard, c'est la présentation dans le Sud-Ouest du Mozart du toreo, le jeune Emilio Muñoz. Les arènes, qui contiennent 7 129 places, ont obtenu le label « Patrimoine du XXe siècle ». Elles vibrent aussi pendant les Fêtes de la Madeleine en juillet. A découvrir !

POP CORN LABYRINTHE

Lieu dit Lessègues - **SOUSTONS** ✆ 07 68 81 89 22
www.popcornlabyrinthe.fr
Ouvert de juillet à septembre à partir de 10h. Gratuit pour les enfants de -1 mètre. Tarifs de 6 à 7 €. Nocturnes (8 €).

Se perdre (ou presque) dans un labyrinthe de maïs, voilà une idée originale pour passer un bon moment en famille, tester ses nerfs, son sens de l'orientation... Déambulation d'1h45, voire plus, ponctuée par des arrêts avec des jeux en bois ! Les points sont notés sur une fiche fournie. Pas de dangers de se perdre et si cela devait arriver, des sorties, ou « passages », sont indiquées pour rejoindre l'étape suivante. Munis de votre lampe torche, les nocturnes ont lieu le mardi et le vendredi. Par grosses chaleurs, pensez à emporter crème solaire et bouteille d'eau.

LE CHAUDRON MAGIQUE ★

Les Perrets - **BRUGNAC** ✆ 05 53 88 80 77
www.chaudronmagique.fr

Ouverture durant les vacances scolaires. Adulte : 8,50 € (pour visite la plus simple). Enfant : 6,50 €.

Cette ferme écologique de découverte déployée sur 20 ha propose des animations pédagogiques et vous ouvre son atelier de mohair, son magasin de laine et produits du terroir : pain cuit au feu de bois, salaisons, fromages de chèvre. Ici, tout un petit monde cohabite : chèvres laitières et angoras, vaches highland, porcs laineux, canards mandarins et poules brahma. Vous apprendrez comment soigner les chevreaux, et comment se fabriquent le pain et le fromage. Vous en saurez plus sur les métiers du terroir, et les enfants pourront dormir sous des tipis.

PARC DU GRIFFON

Griffon
CAUBON-SAINT-SAUVEUR
✆ 05 53 20 23 81
www.parcdugriffon.fr/fr.html

Haute saison ouvert tous les jours de 10h à 19h. Nocturne mardi jusqu'à 21h. Entrée : 10 €.

C'est à la fois un parc animalier, un parc de jeux et un parc d'animations. Petits et grands seront comblés par la multitude d'animaux. Pigeon paon, mouton d'Ouessant, alpaga, chèvre anglo-nubienne. Des plus atypiques, dromadaire, girgantana, lama, vache highland. Les enfants seront ravis de pouvoir câliner lapin nain, chèvre naine, coureur indien, cochon, et d'assister à la traite des chèvres alpines ou la tonte des moutons... Côté loisirs, jeux de pistes, énigmes mystères, tyrolienne, jeux gonflables. Un snack propose des produits locaux. Aire de pique-nique.

MUSÉE DU FOIE GRAS YVES ET GENEVIÈVE BOISSIÈRE ★

Ferme de Souleilles - **FRESPECH** ✆ 05 53 41 23 24
www.souleilles-foiegras.com

Du lundi au samedi de 10h à 19h, le dimanche et les jours fériés de 15h à 19h (18h en hiver). Adulte 5 €. Visite guidée.

Quand vous apercevrez Yves, vous penserez forcément à un certain José Bové : même moustache, même sourire jovial et même rage contre les OGM et la « mal bouffe ». Avec sa femme Geneviève, ils ont repris la ferme familiale et se sont lancés dans l'aventure du foie gras, une passion qu'ils partagent à travers leur musée et leur ferme. Profitez des journées gourmandes à Pâques et à la Toussaint pour visiter gratuitement le musée. Sans oublier la boutique gourmande.

LA MAISON DE LA NOISETTE

Ferme La Campelière - **LACÉPÈDE**
✆ 05 53 95 98 29
www.lamaisondelanoisette.com

Tte l'année sauf 15-31/01. Horaires détaillés sur le site ou par tél. 5 € la visite accompagnée (gratuit -12 ans).

En descendant de Lacépède, vous trouverez La Maison de la Noisette et ses noisetiers à flanc de colline. Une ferme où le sourire est roi ! Amalia, Augustin et leur famille cultivent et transforment le fruit à coque et vous font découvrir cet univers au travers d'une visite commentée dans une nouvelle scénographie, dynamique, originale, interactive et ludique. Cabane à malice, enquête avec l'inspecteur Rouxy... les secrets de la noisette en s'amusant ! En boutique : large gamme de spécialités transformées à la ferme : chocolats, huile de noisette, crème à tartiner...

LA MAISON DU PRUNEAU ET SON MUSEE

Braunes - **LAFITTE-SUR-LOT**
✆ 05 53 84 04 17
www.maisondupruneau.com

Ouvert toute l'année. Le magasin est ouvert tous les jours. Entrée gratuite. En été, salon de thé. Gîte.

Depuis 4 générations, la famille Messines produit et transforme la prune d'Ente. Sa Maison du Pruneau en propose une large déclinaison : pruneaux naturels, truffés ou enrobés de chocolat, liqueur à l'eau-de-vie de prune, « prun choco' ». Un petit musée attenant à la boutique présente de façon ludique et pédagogique l'évolution des pratiques culturales et des techniques de ramassage au fil des époques. En été, petit salon de thé, tables de pique-nique, aire de jeu.

Z'ANIMOLAND

Sarlat - **MONBALEN** ✆ 05 53 41 24 07
www.z-animoland.com

Haute saison ouvert tous les jours et jours fériés de 10h à 21h. Adulte : 11 €. Enfant de 2 à 13 ans : 9 €.

Imaginez un domaine de 12 hectares où petits et grands voisinent avec des animaux domestiques et sauvages qu'ils soient à plumes ou à poils : cochons, chèvres, lapins, mais aussi kangourous, autruches, marmottes, toute une faune diversifiée vous est proposée à la découverte... Isabelle et Jérôme ont créé, voilà déjà dix ans, un lieu original et à part. Egalement démonstration de fauconnerie. Sur place, des jeux en bois, des jeux d'eau, des structures gonflables, un mini-golf 8 trous, des trampolines et une piste de karting à pédales pour adultes et enfants.

ALBRET JAZZ FESTIVAL

parc de la garenne
NÉRAC
✆ 05 53 67 27 75
En septembre au Parc de la Garenne.

L'Albret Jazz Festival a soufflé sa première bougie au Parc de la Garenne en septembre 2021 après plusieurs années sous l'appellation Albret Jazz Sessions. Durant trois jours, on peut écouter une programmation à la fois originale, éclectique, fédératrice et qualitative, cela va de soi. L'an passé, André Manoukian était en tête d'affiche, et à l'heure où nous publions ce guide, la programmation n'est pas encore établie. Un village des saveurs des territoires fait quant à lui swinguer les papilles. A écouter et à déguster sans demi-mesure !

LES CROISIÈRES DU PRINCE HENRY

Port de Nérac
NÉRAC
✆ 05 53 65 66 66
www.croisieresduprincehenry.com
Ouvert d'avril à oct. Adultes : 9,50 €. Enfants (3 à 12 ans) : 7 €.

Le *Prince Henry* est une réplique des anciens navires qui transportaient sur la Baïse les eaux-de-vie d'armagnac. Cette gabare propose des visites commentées pour 75 passagers au départ du joli port fluvial de Nérac. Embarquez pour une croisière d'une heure et découvrez le Parc royal de la Garenne, le village templier de Nazareth et passez l'écluse. Il est possible de louer de petites gabarres dont la conduite se fait sans permis. En été : possibilité de déjeuner-croisière.

LUD'O PARC

Avenue de Plaisance - **NÉRAC**
✆ 05 53 65 97 61
www.ludoparc.eu
Ouvert tous les jours de juillet à septembre. Gratuit jusqu'à 1,10 m. Adulte et enfant (+ de 1,40 m) : 7 €.

Plongez dans l'univers balnéoludique du Lud'O Parc, le lieu idéal pour se rafraîchir et s'amuser en famille ou entre amis ! Pour la détente et la baignade, les options sont nombreuses entre les grands bassins balnéo, banquettes à bulles, jeux d'eau, lagune avec enrochement, pataugeoire. Pour le fun, toboggan spirale, pentagliss, rivière à bouées. Au milieu d'un parc verdoyant, dans un décor de vestiges gallo-romains, le Lud'O Parc comblera petits et grands ! Profitez aussi d'activités aquatiques encadrées (sur réservation toutefois).

HAPPY FOREST

Route de Cassou - **PONT-DU-CASSE**
✆ 06 06 49 48 54
www.happyforest.fr
Juillet-août 9h30-19h30, février à juin et septembre à novembre 13h30-18h30 les w-e, mercredi, vacances et jours fériés.

Happy Forest porte bien son nom puisque ce parc est le paradis de l'accrobranche avec 15 parcours et plus de 250 jeux (vélo, kayak...) ce qui en fait l'un des plus grands de France. Par ailleurs, le domaine c'est aussi un parc animalier des plus variés avec daims, autruches, wallabies... ou encore une immense volière. Vous en voulez encore ? Happy Forest propose un escape game indoor original puisqu'il se passe dans un sous-marin et un laser game outdoor pour profiter de la forêt en mode délire. Ce parc est un véritable temple du fun et de la détente.

CHÂTEAU DE BONAGUIL ★★★

SAINT-FRONT-SUR-LÉMANCE
✆ 05 53 71 90 33
www.chateau-bonaguil.com
Ouvert de mars à septembre. Adulte 9,50 €, enfant 5 €.

Bonaguil possède un charme exceptionnel. C'est le dernier château fort de France, bâti de 1480 à 1520 par Bérenger de Roquefeuil. Il voulait un château imprenable et il en fut ainsi. C'est un chef-d'œuvre de l'architecture militaire : 13 tours et tourelles, des murs de quatre mètres d'épaisseur, un donjon en proue de navire, une grande terrasse. Lors de la visite, on passe des appartements des domestiques à ceux des seigneurs. Parents, pensez à imprimer le livret de jeux (sur le site du château), à destination des 6 à 12 ans pour une visite plus ludique !

FESTIVAL DU RIRE

VILLENEUVE-SUR-LOT
https://www.rirevilleneuve.fr
Du 27 juin au 2 juillet 2022.

Chaque année depuis 1992, le Festival du rire marque le début des vacances dans la bastide. Depuis plus de 20 ans, le festival s'est en effet forgé une belle réputation de découvreur de talents ; talents devenus pour certains de grands noms de l'humour en France, à l'image de Titoff, Eric et Ramzy,.. Le Festival du rire, ce sont aussi des talents confirmés comme Anne Roumanoff, Olivier de Benoist, Christelle Chollet... Pour cette édition de grands artistes devraient encore faire le spectacle, et des animations de rue viendront compléter la programmation.

FALAISE AUX VAUTOURS ★★

RD290 - **ASTE-BÉON**
✆ 05 59 82 65 49
www.falaise-aux-vautours.com
Haute saison ouvert du lundi au vendredi de 10h à 18h30 et week-end de 13h30 à 18h30.
Adulte : 6 €. Enfant : 4 €.

La Falaise aux Vautours vous dévoile la vie des grands rapaces des Pyrénées. Sur ce site de 400 m², vous pouvez observer au plus près le quotidien des vautours fauves, du percnoptère d'Egypte et du gypaète barbu, sans jamais les déranger. Grâce à des caméras installées sur la falaise, tout près des nids, à 1 000 mètres d'altitude, il est possible d'assister à l'éclosion des œufs de vautours fauves et à la vie des poussins dans le nid. Les images sont retransmises en direct sur écran géant avec des images commentées par un animateur nature menant la visite. Avec 100 couples de nicheurs et 22 jeunes à l'envol, les instants saisis sont magiques. Ils proposent une visite guidée adaptée aux âges et aux niveaux scolaires des enfants. La visite guidée débute par une partie commentée abordant les différents rapaces, leurs aspects, leurs spécificités puis évoquent l'implantation des vautours sur la falaise, leur développement ainsi que l'histoire de la création de la réserve naturelle. Ensuite vous assisterez au cinéma des vautours où des images uniques sur la vie des rapaces, l'éclosion, leur croissance et le premier envol, vous seront présentées... Puis un guide vous commente les images du direct, grâce à une caméra installée sur la falaise à proximité des nids. Enfin, vous découvrirez l'espace muséographique et vous pourrez tester les différents supports présents (images d'oiseaux en vol au ralenti, jeux, quizz, séquences d'images des vautours dans le monde, caméra à piloter, bornes interactives).

BAYONNE FÊTE SON CHOCOLAT

BAYONNE / BAIONA
www.chocolatdebayonne.fr
En novembre 2022 (sous réserve).
Entrée gratuite.

Pour fêter cette gourmandise, l'Académie du Chocolat et la ville organisent « Bayonne Fête Son Chocolat » qui se déploie pendant 3 jours dans les rues et les lieux emblématiques de la ville. Plus de 20 animations organisées autour de parcours (pédagogique, ludique, ou gastronomique avec dégustation) pour vous faire découvrir l'Histoire commune du Chocolat et de Bayonne. Pour les papilles des grands et des petits et partager un agréable moment de convivialité !

LES FÊTES DE BAYONNE

BAYONNE / BAIONA ✆ 05 59 46 09 00
www.fetes.bayonne.fr
Du 27 au 31 juillet 2022 (sous réserve).
Fêtes payantes du vendredi midi au dimanche soir (forfait de 7 à 8 €).

Pendant cinq jours, comme tous les ans en été depuis 1932, tout Bayonne s'habille de blanc et de rouge ! Tradition typique et incontournable du Sud-Ouest et du Pays Basque, il est absolument inenvisageable de passer dans la région sans assister ou participer à ces festivités hors normes. Au programme, chars du corso lumineux, courses de vaches (respectueuses des animaux), corridas, danses traditionnelles et bien sûr la journée du jeune festayre où toutes les activités des grands sont adaptées aux plus jeunes. Ultime soirée le dimanche où le roi Léon se retire.

AQUARIUM DE BIARRITZ ★★

Esplanade du Rocher de la Vierge
BIARRITZ / MIARRITZE ✆ 05 59 22 75 40
www.aquariumbiarritz.com
Ouvert 7/7 : 9h30-19h. Adulte 15 €. 13/17a : 13 €. 4/12a : 11 €. Combiné Aquarium/Cité de l'Océan 24 €. Enfant 16 €.

Le musée de la Mer vous propose une visite vivante et originale des milieux sous-marins du golfe de Gascogne. On découvre les aquariums avec une collection exceptionnelle de 150 espèces de poissons et invertébrés, les phoques en vision subaquatique et sur leur plage, des requins, etc. Les enfants seront ravis de pouvoir frôler les animaux dans le bassin tactile. Le repas des phoques, attraction phare, a lieu tous les jours à 10h30 et 17h. Des ateliers créatifs tout au long de l'année, ainsi que la possibilité de venir fêter son anniversaire à l'aquarium !

CHÂTEAU DE GRAMONT

BIDACHE / BIDAXUNE
✆ 05 59 56 03 49
Horaires de visite variables selon période.
Adulte 5 €. 13/18 ans 2,50 €. Groupes 3 €.
Visite guidée possible. Boutique.

Classé Monument historique, ce château des XVe et XVIIe siècles a traversé l'histoire. Du donjon de ce château fort, une vue magnifique sur la vallée de la Bidouze et les Pyrénées s'offre à vous. Ses écuries voûtées, ses façades et toitures rappellent le goût des grands hommes du XVIIe siècle. Chaque été, il prête son décor ancestral à des spectacles et représentations historiques. Et avec des animations estivales, nocturnes aux flambeaux, spectacles historiques, le feu d'artifice musical lors des fêtes du village. Consultez le site web pour plus d'informations.

MUSÉE BASQUE ET DE L'HISTOIRE DE BAYONNE ★★

37, quai des Corsaires - **BAYONNE / BAIONA**
✆ 05 59 59 08 98
www.musee-basque.com

Musée de France. Ouvert du mardi au dimanche 10h-18h. Gratuit -26 ans. Adulte 8 €. Durée visite 1h30. Visite guidée/rdv.

« Hemen sartzen dena, bere etxean da ! » (Celui qui entre ici est chez lui...)

Bienvenue dans ce *Musée de France* qui rassemble la plus riche collection consacrée à la vie en société en Pays Basque Nord *(Iparralde)*. La Maison Dagourette, rare et belle demeure portuaire du XVIIe siècle, classée Monument historique, accueille le Musée Basque depuis son ouverture en 1924. A la faveur d'une grande rénovation en 2001, des espaces contemporains vastes et lumineux ont été adossés à l'ancienne bâtisse, offrant confort et fluidité au parcours de visite. Autour d'un grand puits de lumière *(Argialde)*, une vingtaine de salles thématiques s'articulent sur trois niveaux dévoilant les multiples aspects de la culture basque : les origines et langue, les rites funéraires, la vie rurale et l'architecture, la vie domestique et l'artisanat, les activités maritimes et fluviales, les fêtes et jeux, l'histoire régionale. La section consacrée à l'histoire de Bayonne évoque les sociétés basques et gasconnes à la confluence des rivières Nive et Adour et l'ouverture sur l'océan Atlantique. Chaque année, une exposition temporaire met en lumière une thématique, un artiste, un aspect de l'art et de la société au Pays Basque. A deux pas du musée, sur les hauteurs de la place Paul Bert, l'aile nord du Château-Neuf, (forteresse classée du XVe siècle), abrite la Bibliothèque - Centre de documentation du musée, l'une des structures les plus riches dans le domaine basque avec ses 30 000 documents anciens et contemporains, manuscrits, livres, journaux, revues...

Accueil des publics : la réservation en ligne est obligatoire. Les informations pratiques sont à consulter sur le site : www.musee-basque.com

Visites : visites libres et guidées : réservation en ligne. Application de visite audioguidée gratuite : *Musée Basque* guide disponible en français, basque, espagnol et anglais sur App Store et Google Play à télécharger avant la venue au musée.

Activités : consulter l'agenda sur musee-basque.com (parcours famille et jeune public ; jeudi au musée, 18h, entrée libre sur réservation : ✆ 05 59 59 08 98, visites-conférences, conférences, conférences musicales et dansées, projections de films, etc ; activités adultes et jeune public ; activités scolaires : contacter le service médiation au ✆ 06 25 24 34 24 ; bibliothèque-centre de documentation : sur RDV de 9h30 à 12h et 14h à 17h. ✆ 05 59 59 57 50 - 05 59 59 57 54.

Boutique : librairie et créations exclusives.

COCKTAIL AVENTURE

RD 918 - **BIDARRAY / BIDARRAI** ✆ 05 59 37 76 24
www.cocktail-aventure.com

Ouvert à l'année. Rafting, cano-raft, mini-raft-tubing, canyoning-hydrospeed. Descente 2h env. 30 € adulte, 20 € -12a.

Vivez les eaux vives du Pays Basque. Entre mer et montagne, la base de loisirs Cocktail Aventure permet de s'adonner en toute sécurité au raft (bateau gonflable insubmersible), au canoë gonflable ou à l'hydrospeed sur des eaux d'une grande qualité. Des embarcations qui peuvent contenir jusqu'à 10 personnes. Parmi les plus beaux spots du Pays Basque, la Nive et les alentours de Bidarray composent un site éblouissant. Cette activité est un véritable contact régénérant avec la nature... Alors, à vos pagaies ! dans de très bonnes conditions (parking, vestiaires...).

UHINA RAFTING-CANYONING

D 918 - **BIDARRAY / BIDARRAI** ✆ 06 15 38 79 38
https://uhina-rafting-pays-basque.fr

Ouvert 1er mars au 30 nov. Rafting : enfant 6/10 ans 1/2 j : 25 €. Ados/adultes 1/2 journée : 39 €. Matériel fourni.

A proximité de Bidarray, tout au bord de la Nive, Uhina propose une activité nautique (rafting, mini-raft et canyoning) passionnante avec une équipe de professionnels (diplômés et spécialisés en eaux vives) dans un cadre exceptionnel. En famille, entre amis ou en séminaire, vous accédez directement en bord de rivière au parcours de raft adapté à tous, même aux débutants. Descentes en rafting et canyoning (à partir de 6/8 ans), sans corde et sans rappel avec sauts de rochers. Prévoyez 2h30 d'activité, entre le briefing de bienvenue, l'équipement, la navette, etc.

FERME AKELARREA

Matxinbordako Bidea
ESPELETTE / EZPELETA

Ouvert mercredi et samedi 16h30-18h30. Boutique. Visite de la bergerie. Ateliers enfants avec nourrissage des animaux.

12 hectares de prairie où pâturent une cinquantaine de chèvres, lamas, lapins, pottoks et volailles sous la bienveillance de Panxika, notre jeune fermière. 2 races de chèvres se distinguent dans cette exploitation : la Pyrénéenne, et la Rove, pour leur qualité de lait. Soignées par les plantes, les chèvres donnent un lait qui, grâce à ses vertus, permet de produire avec le procédé de saponification à froid, une gamme de savons et cosmétiques pour tout type de peau et que l'on peut tester et acheter directement à la boutique de la ferme. Ateliers découvertes.

PARC ANIMALIER ET REFUGE PARC'OURS ★

RD739 - **BORCE**
✆ 06 01 73 46 09
www.parc-ours.fr
Haute saison ouvert tous les jours de 10h à 19h. Adulte : 11 €. Enfant de 4 à 12 ans : 8 €.

L'histoire du parc commence en 1971 avec la découverte de Jojo l'ourson, par les enfants une colonie de vacances séjournant à la PEP de Borce, centre à caractère social. C'est suite à cela que l'Espace Animalier fut créé dans les années 2000 puis repris par les anciens salariés pour devenir l'association Parc'Ours. Belle histoire ! Sur le parc vous découvrirez une vingtaine d'espèces sauvages et domestiques dont les fameux ours bruns ! Mais aussi des bouquetins, des marmottes et même des isards. Le parc est aussi un refuge animalier, vous pourrez y observer des animaux de nos maisons suite à leur abandon et accueil par le parc, comme les ânes, les chèvres ou encore les lapins. Il se déploie sur 7 ha de nature au cœur du Parc national des Pyrénées et l'association travaille à renouer et maintenir le lien homme-animal qu'il soit sauvage ou domestique. Des actions pédagogiques sont mises en place sur le parc avec différentes zones pour apprendre sur la faune et la flore pyrénéennes (des projets sont en cours pour de nouvelles zones comme une zone biodiversité et un rucher pédagogique). Diverses animations sont organisées au sein du parc : nourrissage des ours en été, sessions pour apprendre à reconnaître les rapaces ou les empreintes d'animaux et divers autres ateliers sont proposés tout au long de l'année, au travers de journées à thème avec la collaboration d'intervenants sur des sujets variés et d'actualité tels que l'apiculture, le pastoralisme, la tonte, la botanique...

ASINERIE DE PIERRETOUN

Hameau de Pessarou
LA BASTIDE-CLAIRENCE / BASTIDA
✆ 06 37 85 02 50 - www.pierretoun.fr
Juil/août : lundi au samedi 9h-19h. Sept à juin mercredi 15h-18h et we sur rdv. Boutique. Balades à dos d'âne : 15 €/h.

Frédéric vous ouvre les portes de sa Ferme pour une visite pédagogique et ludique. Découvrez le quotidien d'un éleveur d'ânes des Pyrénées. Race rare caractérisée par sa robe noire et ses contours des yeux blancs, l'espèce locale en voie de disparition est ici bichonnée. Visite accompagnée d'une démonstration de traite, dégustation du vertueux lait d'ânesse, randonnées avec un âne, de 2h à la journée. Terminez par le magasin avec ses produits au lait d'ânesse ou par le coin restauration avec des produits locaux ou une bonne bière artisanale brassée non loin de là.

ÉCOMUSÉE DE LA PELOTE ET DU XISTERA PILOTARI ★

Chemin Karrika - **SAINT-PÉE-SUR-NIVELLE / SENPERE** ✆ 05 59 54 11 69
Ouvert à l'année. Horaires selon saison, à consulter sur le site. Durée visite : 45 min. Adulte 5 €, 5-12 ans 2,50 €.

La pelote basque regroupe plusieurs jeux de balle issus du jeu de paume. La pelote est un jeu universel que les Basques ont su adapter et transformer. Elle se joue face à face ou contre un mur, en intérieur ou extérieur, à main nue ou en utilisant divers instruments. Les novices apprendront l'histoire de la pala, les autochtones feront un retour sur le passé grâce à Jakes Cazaubon et Pierre Sabalo et du grenier de Pello Fagoaga. Ainsi, 4 salles se font ici l'écho de cette pratique.

GROTTE DE LA VERNA ★★

D113
SAINTE-ENGRACE / URDATX-SANTA-GRAZI
✆ +33 6 37 88 29 05
www.laverna.fr
Ouvert toute l'année. Sur réservation. Tous les tarifs et visites sur le site. Adultes dès 17 €, enfants 11 €.

C'est la plus grande salle souterraine d'Europe, classée parmi les 10 1res du monde et la 1re aménagée pour accueillir le grand public. Dimensions hors norme : 250 m de diamètre et 190 m de haut sur une superficie de 5 ha et un volume de 3,6 millions de m^3. Pour la petite histoire, des élèves de Polytechnique y ont réalisé un vol en montgolfière... c'est dire ! Dans ce gouffre, 3 terrains s'y opposent, schistes et calcaires de l'ère primaire (350 millions d'années) et calcaires de l'ère secondaire (80 millions d'années). Au milieu de cet univers minéral, une faune remarquable s'est installée, de petits invertébrés, tous aveugles et dépigmentés, l'*Aphaenops loubensi* et l'*Aphaenops cabidochei*, qui ont besoin pour vivre d'une atmosphère saturée en humidité. « Découvreurs, explorateurs ou aventuriers... à chacun sa visite » ! Vous démarrez au Centre d'accueil avec au choix 2 accès : pédestre par un chemin balisé de 8 km aller-retour vers le GR10 et le ravin d'Arpidia (2h aller-1h30 retour) ou en navette pour 30 minutes. Selon vos désirs et vos capacités physiques sont proposées : 1h de découverte pour les débutants, 1h30 pour l'exploration rivière qui permet d'accéder au déversoir de la cascade dans la salle, 2h pour une exploration sportive avec un guide spéléo. Plutôt aventurier ? C'est « la Verna Aventure » ; une visite sportive avec initiation à la spéléologie de 3h à une journée entière. Température de 6 °C, même en été, prévoir des vêtements chauds, pantalon et chaussures de marche. Un site exceptionnel et incontournable.

PARC DE SAINT-CYR

BEAUMONT SAINT-CYR ✆ 05 49 62 57 22

www.parcdesaintcyr.fr

Ouvert toute l'année : 8h à 23h.
Accès gratuit de septembre à mai. Accès payant l'été (3 €, enfant 5-12 ans : 1 €).

A 10 minutes du Futuroscope, c'est le plus grand lac du département ! La baignade y est agréable et l'Aquazone, un parcours gonflable sur l'eau, vous fera passer d'agréables moments de fraîcheur et de détente. Et pourquoi pas faire le tour du lac à pied, à vélo ou en bateau à pédales ? Vous pourrez vous restaurer au snack-bar Le Lagon, déguster un sandwich sur le pouce à midi ou une glace après l'effort. Pour les passionnés, deux observatoires, gérés par la LPO, permettent d'observer le spectacle de la vie des oiseaux sauvages qui se succèdent au gré des saisons.

FUTUROSCOPE ★★★

Avenue René-Monory - **CHASSENEUIL-DU-POITOU**
✆ 05 49 49 11 12

www.futuroscope.com

Tous les jours, vacances scolaires, mai, juin.
Fermé : janvier. Horaires d'ouverture et fermeture variables, voir site.

Plus de 40 attractions différentes vous attendent dans ce parc à la trentaine rayonnante. Sous l'eau, sur terre ou dans le ciel, accrochez-vous à votre siège, c'est parti pour un séjour dynamique au cœur des nouvelles technologies de l'image. Les grandes nouveautés promettent de fortes émotions comme la première attraction au monde en 5D. Rendez-vous dans l'aventure spatiale de Thomas Pesquet, le plus jeune astronaute de l'Agence spatiale européenne : un voyage hautement immersif à 400 km au-dessus de la Terre. Mais avant cela, il vous faudra vous entraîner un minimum. La solution ? Objectif Mars ! Dans ce centre d'entraînement spatial, vous êtes dans la peau d'un astronaute et votre mission est de passer (avec succès) les tests dans le but de mesurer votre aptitude à aller dans l'espace. Enfilez ensuite votre casque de réalité virtuelle et asseyez-vous dans la voiture de Sébastien Loeb, 9 fois champion du monde des Rallyes. Le Futuroscope, c'est aussi une expérience en 4D avec l'Age de glace et Arthur et les Minimoys, des voyages, l'un extraordinaire sur une plateforme basculée à 90° auprès de Jules Verne, et l'autre dans le temps avec les Lapins Crétins. Incontournable également la dynamique du Pavillon de la Vienne qui vous fera vivre une course folle dans une formule1 parmi les ruelles étroites de Poitiers… Les yeux grands fermés, c'est une invitation à voir le monde autrement… Un voyage sensoriel dans un autre univers et une action solidaire. On ne peut pas non plus tout vous raconter, alors à vous d'aller tester !

NECROPOLE MEROVINGIENNE ★

19, rue de la Nécropole - **CIVAUX** ✆ 05 49 48 34 61

Visite libre gratuite. Visite guidée (2h avec l'église et les vestiges du baptistère et du sanctuaire) sur rendez-vous.

Vraiment, cette nécropole mérovingienne est surprenante. Sa clôture est entièrement composée de couvercles de sarcophages. C'est sans doute la notoriété précoce du sanctuaire chrétien et les reliques des saints Gervais et Protais qui ont rendu le site si célèbre que les fidèles venaient s'y faire enterrer. Au XVIIIe siècle, on comptait au moins 7 000 tombes sur plus de trois hectares, c'est dire l'importance du site. Il semblerait même que les soldats Francs tués lors de la bataille de Vouillé qui opposa en 507 Clovis aux Wisigoths furent enterrés là.

TERRE DE DRAGONS

Route du Fond-d'Orveau - **CIVAUX**
✆ 05 49 91 80 00

www.terre-de-dragons.com

Haute saison ouvert tous les jours de 10h à 19h.
Adulte : 16 €. Enfant de 5 à 12 ans : 12 €.

En pleine quête de l'existence des dragons, le Professeur Sheppard a disparu ! Partez sur ses traces sous l'incroyable dôme tropical de Civaux. Du courage et de la curiosité, il vous en faudra pour explorer cet éden botanique riche de 300 animaux jusqu'au laboratoire du Professeur. Récoltez de précieux indices en parcourant les salles du parc pour retrouver Sheppard. De nombreuses rencontres vous y attendent ! Tortues Matamata, piranhas, anaconda et autres reptiles. Etes-vous prêts à marcher au-dessus des alligators ? Avis aux petits et aux grands aventuriers !

LA BELLE ÂNÉE

Puy Godet - **JAZENEUIL**
✆ 06 83 56 06 76

www.bellanee.fr

A l'année. Accompagnée : 55 € la 1/2 journée.
Autonomie : 38 € la 1/2 journée, 55 €/journée, 107 €/2 jrs, 211 €/4 jrs.

Qu'ils sont câlins les ânes de la Belle Anée ! Après vous avoir montré comment placer le bât sur le dos de l'animal pour porter la fameuse ânée (votre barda, votre pique-nique et les petites jambes fatiguées), Estelle vous indiquera le parcours à suivre pour randonner avec votre âne sur les chemins des alentours, pour un après-midi, une journée ou quelques jours. Le soir, choisissez entre les campings et gîtes sélectionnés par Estelle. Votre compagnon, lui, dormira à la belle étoile dans un enclos préparé. Un moment privilégié à partager en famille.

LE PARC AVENTURE DE LA VALLÉE DES LÉGENDES

LIGUGE ✆ 06 52 75 34 79

www.gravite-86.com

Juin., août : tlj, 10h-13h, 14h-19h. Avril à juin, sept, oct : vacances, WE, jours fériés, 14h-18h. 17 €. Enfant : 13 €.

C'est dans le Bois de Givray, au cœur de la Vallée des légendes reliant Ligugé à Saint-Benoît, que ce parcours d'accrobranche a élu domicile. Une centaine de jeux répartis sur sept parcours plus ou moins difficiles (du jaune au noir) ont été imaginés pour tester votre agilité et votre goût de l'aventure à près de 15 mètres de haut. Les fanas de tyroliennes s'élanceront sur 2 parcours dédiés et les plus téméraires tenteront l'aventure de nuit, à la frontale. Parcours bambins dès 3 ans.

TELESKI NAUTIQUE MONCONTOUR

Lac du Gué du Magne

MONCONTOUR

✆ 05 49 22 77 98

Fermé de novembre à mai. 1h : 17 € / 15 € (réduit), journée : 40 € / 37 € (réduit).

Les sports nautiques ce n'est pas qu'à la mer ! Nous vous avons dégotté une adresse de rêve ! Sur le lac de Moncontour, le téléski nautique se pratique grâce à un système écologique utilisant l'énergie électrique pour vous envoyer dans les airs ! Et pas que, puisque vous pourrez faire du ski, du wakeboard, du kneeboard. Tracté le long d'un câble, le skieur peut même faire des figures pour impressionner la galerie. Des sensations démentes à tester de toute urgence ! Débutants bienvenus.

MUSEE DU MACARON ★

32, boulevard de Strasbourg - **MONTMORILLON**

✆ 05 49 83 03 38

www.museedumacaron.com

Lun.-sam : 9h30-12h et 14h-18h. Dim. et jrs fériés : 10h-12h et 15h30-18h. Juil.-août : dès 14h30. Adulte : 3,50 €.

Dans le musée de la Maison Rannou-Métivier, plus ancienne fabrique de macarons de Montmorillon, vous retrouverez l'histoire de l'amande et du macaron montmorillonnais depuis sa naissance, il y a 100 ans, à travers de nombreuses thématiques : culture de l'amande, confection, bienfaits du fruit. Grâce aux supports visuels et sonores, vous saurez tout sur ces délices du patrimoine culinaire poitevin. A visiter et à apprécier sans plus tarder. Au rez-de-chaussée, la boutique vous attend pour faire le plein de gourmandises macaronnées et chocolatées.

ANIPARC

Rue du Bois-Thévenault - **NAINTRÉ**

✆ 05 49 90 19 98

www.aniparc.fr

La partie toilettage est effectuée du lundi au samedi de 9h à 12h et de 14h à 18h sur rendez-vous.

Richard Gatto, ancien Maître Chien au GPSR, a ouvert son entreprise en 2002. Malgré un patronyme qui signifie à une lettre près « chat » en espagnol, le domaine de prédilection de Richard ce sont bien les chiens. Pension, élevage canin, dressage et toilettage sont l'apanage de Richard. Vous pourrez également suivre des séances au cours desquelles vous apprendrez à votre chien à marcher au pied, à se coucher, à se mettre en position debout. Des parcours d'*agility*, des dressages d'obéissance, de pistage et recherche, ainsi que de chasse vous seront proposés.

EN VOITURE SIMONE

NEUVILLE-DE-POITOU ✆ 06 31 31 59 68

www.envoituresimone86.fr

En semaine l'après-midi. Week-end : départ 10h, 14h et 17h. Enfant (jusqu'à 12 ans) 12 €. Tarif adulte : de 25 € à 39 €.

Montez à bord du mythique combi Volkswagen de Marie et partez sur les routes du Poitou à la découverte du patrimoine bâti, œnologique et gustatif. Une touche de vintage, une pilote sympathique à la casquette d'historienne de l'art pour vous guider et vous conter nombre d'anecdotes, une pause gourmande pour ravir vos papilles de produits locaux, les balades de Marie ont tout pour plaire. Au départ de Neuville, vous choisirez entre cinq circuits : gastronomie, œnologie, châteaux, Poitou ou Poitiers. Une expérience touristique à partager à huit (chauffeur inclus) !

LOOKY LAND

177, avenue du 8 mai 1945 - **POITIERS**

✆ 09 82 31 55 22

www.lookyland.com

Mar. 9h-12h, mer. 14h-19h, week-end 10h-19h. Vacances tlj 10h-19h. 8 € (3-12 ans). 5,50 € (-3 ans). Parents : gratuit.

Toboggans géants, piste de luge, piscine à balles, tyrolienne, bienvenue à Looky Land ! Le paradis des enfants de 12 mois à 12 ans et de leurs parents. Et si vous préférez profiter d'un thé pendant que la marmaille s'amuse, vous pourrez facilement garder un œil sur eux. On s'éveille et on se défoule. Les plus petits ont leur coin bien à eux pour plus de tranquillité. Un lieu propice pour organiser l'anniversaire du petit dernier pour qu'il partage un bon moment avec ses copains et ses copines ! Une mini-discothèque est même à leur disposition.

PALAIS DES COMTES DE POITOU-DUCS D'AQUITAINE

Place Alphonse Lepetit
POITIERS
✆ 05 49 30 81 96
Tlj de 8h à 22h. Gratuit. Visites guidées de la tour Maubergeon sur réservation.

Il est considéré comme un chef-d'œuvre de l'art médiéval. C'est dans ce palais reconstruit au XIIe siècle qu'Aliénor d'Aquitaine réunissait sa cour. La célèbre salle des pas perdus ou salle du Roi a été réédifiée par la famille Plantagenêt peu avant 1200. Devenu palais de justice après la Révolution française, le palais devient propriété de la ville courant 2019. Désormais, sa salle des pas perdus est accessible au public. Des expositions y sont organisées.

BASE DE LOISIRS DU MARAIS

SAINT-MACOUX
www.civraisiencharlois.com/
Ouvert toute l'année. Baignade surveillée en saison estivale. Gratuit. Restauration (snack et restaurant sur place).

En été quand il fait trop chaud, offrez-vous une pause fraîcheur, à l'ombre des majestueux saules pleureurs qui plongent dans l'étang de Saint-Macoux. La base de loisirs du Marais est l'endroit rêvé pour aller faire un « plouf » dans le plan d'eau qui borde la Charente et faire des glissades sur le toboggan aquatique, en famille ou entre amis, en toute sécurité, car la baignade est surveillée en saison estivale. Pour les plus doués, vous pourrez pêcher le dîner du soir...

JARDIN ARCHEOLOGIQUE DE BERUGES

Place de l'Eglise - **QUINÇAY** ✆ 07 67 10 86 53
http://musee.beruges.fr/musee-et-site
Visites assurées toute l'année sur rendez-vous. Réservation au ✆ 07 67 10 86 53 ou musee@beruges.fr

Situé à l'arrière du musée, le jardin archéologique valorise d'imposantes voûtes gallo-romaines et recèle en sous-sol les restes du *Murus Gallicus* qui entourait l'oppidum picton de Béruges. Musée lapidaire où sont rassemblés des blocs monumentaux de la villa gallo-romaine de Béruges et des sarcophages mérovingiens issus de la nécropole du bourg, il fait l'objet d'un projet de construction, avec les écoles, d'un village gaulois en réduction. Notons l'implication des amis du Patrimoine !

SITE GALLO-ROMAIN DE SANXAY

Route de Ménigoute - **SANXAY** ✆ 05 49 53 61 48
www.site-galloromain-de-sanxay.fr
Du 15 mai au 15 sept 7j/7 de 10h à 18h. Du 16 sept au 14 mai, du mer au dim, 10h-12h30 et 13h30-17h. Adulte : 6 €.

Dans la vallée de la Vonne, le site gallo-romain de Sanxay, occupé du Ier au IVe siècle, était une importante agglomération de l'antique territoire picton dont le prestige est révélé par les vestiges découverts par le père Camille de La Croix de 1881 à 1883 : un important complexe thermal, un sanctuaire de 6 000 m² et un théâtre pouvant accueillir jusqu'à 6 500 spectateurs. En août, ne manquez pas les incroyables Soirées Lyriques organisées dans les ruines du théâtre gallo-romain !

LA VALLEE DES SINGES ★★★

Le Gureau
ROMAGNE
✆ 05 49 87 20 20
www.la-vallee-des-singes.fr
Haute saison ouvert tous les jours de 10h à 19h. Adulte : 20,50 €. Enfant de 3 à 12 ans : 14 €.

Les singes ont élu domicile en Vienne ! Plus de 350 singes de 30 d'espèces venues du monde entier évoluent en totale liberté. C'est le seul parc en France à détenir l'atèle à face rouge ou singe-araignée. Le cadre est des plus dépaysants : un paysage entièrement naturel fait de sentiers ombragés, de cours d'eau et de cascades. Des lieux de détente (aire de jeux et petite ferme) et des points de restauration sont présents sur le site. Une très agréable sortie à faire en famille : les enfants adorent les pitreries de ces espiègles animaux !

PARC ZOOLOGIQUE LES BOIS DE SAINT-PIERRE

Bois de Saint-Pierre - **SMARVES**
✆ 05 49 41 64 70
Basse saison mercredi, week-end de 10h à 12h15 et de 14h à 16h45. Haute saison tous les jours de 10h à 18h45. Gratuit.

Cette base de loisirs d'environ 248 hectares propose de nombreuses activités. Poney club, piscine, étang de pêche, parcours d'orientation, sentiers nature, plaines et terrains de jeux, jardin de rocaille. Elle comprend également un parc animalier de cinq hectares, où vivent environ 200 animaux européens et exotiques. Vous pourrez assister aux soins et nourrissage. Chaque semaine, des visites commentées et des ateliers pédagogiques sont assurés par une animatrice. Aires de pique-nique.

OCCITANIE

L'Occitanie compte treize départements et déploie ses trésors naturels et patrimoniaux au gré de ses montagnes, les Pyrénées, qui dessinent la frontière entre la France et l'Espagne, de son littoral qui court sur plus de 200 km de la Camargue au golfe du Lion, et dans ses terres qui abritent des villes et villages dynamiques, authentiques et accueillants. Ce vaste territoire comporte dès lors de multiples trésors à découvrir. Des incontournables à visiter en famille : ne ratez pas les gorges du Tarn, la Petite Camargue, la vallée de la Dordogne ou les Cévennes pour vous évader au cœur d'une nature généreuse et préservée. Perdez-vous dans les rues authentiques des villes de Toulouse, Montpellier ou encore Nîmes. Plongez dans l'histoire dans la cité de Carcassonne, sur le site du pont du Gard ou dans la fabuleuse cité épiscopale d'Albi. Les activités ne manquent pas et l'évasion est au rendez-vous en Occitanie !

RIVIÈRE SOUTERRAINE DE LABOUICHE

Avenue Labouiche - **BAULOU**
✆ 05 61 65 04 11
www.labouiche.com
Ouvert du 1er avril au 11 novembre. Horaires selon la saison. Adulte : 12,80 €. Enfant : 10,80 €

Une excursion insolite et très spectaculaire sur 1,5 km, en barque de 12 personnes à 60 m sous terre sur la plus longue rivière souterraine navigable d'Europe ! Cette aventure dévoile des paysages souterrains de toute beauté et vous conduit de salles en galeries, de concrétions en gours. La visite guidée et commentée dure 75 minutes en deux portions séparées par une petite marche. Un point restauration est disponible de juin à fin août. Boutique et aire de pique-nique sur le site.

LA LIMONADE DE FONTESTORBES

23, route de Fontestorbes - **BÉLESTA**
✆ 07 88 17 81 14
http://limonade-de-fontestorbes.com
Ouvert tous les jours en juillet et août, sur rendez vous le reste de l'année. Visite et dégustation.

Cette limonade est élaborée à partir de l'eau de la fontaine de Fontestorbes. Achetée à la famille fondatrice et relancée avec efficacité par Laurent Michau, elle connaît aujourd'hui une seconde jeunesse. L'eau de Fontestorbes est additionnée de sirop de sucre, d'essence naturelle de citron et de gaz carbonique. On aime ses bouteilles vintage en verre consignées, bouchon de porcelaine et belle étiquette. Ne manquez pas de visiter la fabrique et de savourer ce vrai goût de limonade !

CHÂTEAU DE FOIX ★★

Rue du Rocher - **FOIX** ✆ 05 34 09 83 83
www.grands-sites-ariege.fr
Basse saison : ouvert tous les jours.
Haute saison : tous les jours.
Gratuit jusqu'à 5 ans. Visite guidée. Boutique.

A ne pas manquer ! Grand musée interactif permettant une immersion totale dans le temps et l'histoire en associant patrimoine et nouvelles technologies. Ce château semble plus accroché aux nuages que posé sur la terre ferme, au confluent de l'Arget et de l'Ariège. Cette situation lui a valu bien des jalousies et surtout des sièges redoutables. Les trois tours qui se découpent avec autorité dans le ciel fuxéen appartiennent à des époques différentes. Ce château constitue un symbole de l'ancienne puissance des comtes de Foix et un monument qui défie les siècles.

JAZZ À FOIX

FOIX
✆ 05 61 01 18 30
www.jazzfoix.com
Du 26 au 30 juillet 2022.

Une pléiade de concerts et une belle distribution pour ce festival ariégeois qui perdure depuis plus de 20 ans. Le festival « in » présente un ensemble de concerts donnés par de grosses pointures du jazz. Le festival « Off » anime les terrasses des cafés fuxéens les après-midi et soirées. Il est l'événement culturel de la musique jazz en Ariège. Tous les jours à 18 heures, apéritifs concerts, à consommer avec modération pour l'apéro et sans modération pour la musique. Attendus notamment cette année 2022 dans la cour de l'école Lucien Goron, Nicolas Gardel.

FERME DES REPTILES ★

Brouzenac - **LA BASTIDE-DE-SÉROU**
✆ 05 61 65 82 13
www.lafermedesreptiles.fr
Fermé en janvier. Haute saison ouvert tous les jours de 10h à 19h. Adulte : 9,50 €. Enfant de 3 à 11 ans : 7 €.

Plus de 200 reptiles vous attendent dans ce lieu unique en Ariège. Très instructif, vous pourrez assister notamment aux diverses manipulations et démonstrations comme les repas des couleuvres aquatiques. Pour les plus courageux, mettez un boa ou un python autour de votre cou ! La Ferme des reptiles a également ouvert un jardin des tortues : sur 600 m² évoluent librement des tortues géantes d'Afrique, et un second parc est réservé aux tortues méditerranéennes. Des bassins accueillent les tortues aquatiques, et un parcours extérieur est dédié aux lézards.

LA FERME AUX BISONS

Coufetery
LAPENNE
✆ 05 61 67 60 74
www.lafermeauxbisons.com
Haute saison ouvert tous les jours de 10h à 18h. Adulte : 14 €. Enfant de moins de 12 ans : 10 €.

Sur ce domaine de 70 ha vivent des bisons, des daims, des yacks, des cerfs et autres espèces animales. Au cours d'une visite d'environ 1h15, sur 5 km de piste à bord d'une remorque tirée par un tracteur, vous observez cette faune au naturel. Sur place : salle d'exposition, salle pédagogique, aire de pique-nique, buvette, boutique et ferme-auberge. Également vente des pâtés, rillettes, daubes, civets, saucissons de la ferme. Accueil adorable de Aida Aleix et de son père Marc au volant du tracteur/remorque bâché par temps de pluie et de soleil. Une visite insolite !

PARC AUX BAMBOUS

Broques
LAPENNE
✆ 05 61 60 52 11
www.parcauxbambous.com
Ouvert d'avril à novembre. Horaires variables. Adulte 7,80 €, enfant 3,80 €.

Dans ce parc de 4 hectares, ce végétal extraordinaire est à découvrir le long d'un parcours empreint de divertissement et de spiritualité. La visite démarre dans un bois centenaire, où l'on frôle les bambous ombrageant les allées. Plus loin, on s'émerveille devant un large bambou parapluie. Par la suite, l'allée des troncs laisse la part belle aux graminées et aux bambous nains. Dans le jardin aux fleurs, d'abondantes variétés rivalisent de couleur et de parfum. Laissez-vous surprendre par la diversité des formes et des couleurs de cette plante ancestrale.

GROTTE ET MUSÉE DU MAS D'AZIL ★★

LE MAS-D'AZIL
✆ 05 61 05 10 10
www.sites-touristiques-ariege.fr
Voir calendrier d'ouverture sur Internet. Adulte 9 €, enfant 5,5 €, pass famille 24 €.

Curiosité géologique et géante de la Préhistoire cette grotte vous emporte dans sa magie par l'immensité des cavités, la mise en lumière moderne et les vestiges préhistoriques qu'elle recèle. Votre visite se déroule en trois temps : le centre d'interprétation pour découvrir la vie des premiers hommes qui ont occupé le site, la visite guidée pour revivre les fouilles des archéologues et, à 1,5 km, le musée avec une collection d'objets préhistoriques provenant de la grotte.

MUSÉE DE L'AFFABULOSCOPE

Quartier Castéra
LE MAS-D'AZIL
✆ 05 61 69 72 10
www.museeaffabuloscope.fr
Ouvert de mi-mai à mi-octobre. Adulte 8 €, enfant 5 €.

Claudius de Cap Blanc crée des objets uniques et combien originaux. Il est un concepteur-affabulateur génial et aussi un artisan de tout premier plan qui travaille à merveille le bois, le cuir, le cuivre… Vous verrez, dans ce temple de l'imaginaire « l'embouteilleur de nuages », le « redresseur de torts » ; vous apprendrez comment vivait l'ethnie des Pankous qui s'est éteinte en 1927, sur un coin de notre planète… Sur trois niveaux, plus de 650 œuvres, objets et installations au service de l'esprit et du rêve…C'est fabuleux !

XPLORIA - LA FORÊT À REMONTER LE TEMPS

Route de Sabarat - **LE MAS-D'AZIL**
✆ 05 61 60 03 69
www.xploria.com
Ouvert d'avril à novembre. Adulte 10,90 €, enfant 8,90 €, Famille 31,90 €.

La découverte ludique et scientifique de l'histoire de la biodiversité terrestre. Au fil de la forêt, partez à la découverte de l'évolution de la faune et de la flore. Sur 2 km, les passerelles en bois, les reconstitutions grandeur nature d'animaux disparus, les espaces botaniques et les illustrations géantes de mise en situation vous immergeront dans l'histoire de la Terre. Soirées contes, atelier dessins préhistoriques, semaine du brame du cerf, expo temporaires, donnent vie au parc.

MIMA FESTIVAL DES ARTS DE LA MARIONNETTE

MIREPOIX
✆ 05 61 68 20 72
www.mima.artsdelamarionnette.com
Du 4 au 7 août 2022.

34e édition pour se festival qui se veut être le second festival dédié aux marionnettes en France. Festival international consacré aux formes contemporaines de théâtre de marionnettes, le Mima est avant tout un événement populaire, organisant des rencontres entre artistes passionnés et le public à travers différents sites dans l'Ariège. En parallèle, le Mima organise un marché pour découvrir les produits régionaux dans le magnifique décor de la Place Maréchal Leclerc à Mirepoix.

AU PAYS DES TRACES

8, route de Miguet - **SAINT-LIZIER**
✆ 05 61 66 47 98
www.paysdestraces.fr
Haute saison ouvert tous les jours de 13h30 à 19h. Adulte : 12 €. Enfant de 3 à 12 ans : 10 €.

Catherine et Jean-Louis, naturalistes chevronnés, accompagnés d'une équipe de passionnés font découvrir cette science. Indices de présence d'animaux, empreintes et adaptations morphologiques, étude des oiseaux, insectes et reptiles. Visite de la grotte du loup, la sépulture préhistorique du troglodyte, le parc animalier végétal avec indices de la faune pyrénéenne. Atelier de moulage de traces, simulation d'avalanche. Sans oublier le village à mouler et un parcours d'observation d'ossements préhistoriques. Exposition Les traces sous toutes leurs formes.

CHÂTEAU DE MONTSÉGUR ★★★

MONTSÉGUR ✆ 05 61 01 10 27

www.montsegur.fr

Basse saison : ouvert de 10h à 17h. Haute saison : de 9h à 18h. Gratuit jusqu'à 8 ans. Adulte : 6,50 €.

Venir en Ariège sans voir Montségur pourrait vous conduire au bûcher. Nous sommes ici dans le plus haut lieu du catharisme. Le catharisme, c'est un mouvement chrétien médiéval, qui refuse le dogme de la Trinité. C'est un mouvement qui a profondément marqué le sud de la France au XIIe siècle. Basé sur le christianisme, le mouvement est en partie en opposition au catholicisme – critiquant la richesse ostentatoire et l'abus de pouvoir de l'Eglise romaine.

Situé sur son pog, à 1 207 m d'altitude, le château domine le charmant village et les vallées environnantes. La montée au château se mérite (être bien chaussé), mais ne vous laissez pas intimider par les 5 premières minutes qui sont particulièrement éprouvantes. Une fois arrivé à la stèle dite des cramats, la montée est beaucoup plus agréable, dans un sous-bois relativement frais. Depuis le château le panorama est époustouflant. La visite guidée par Fabrice Chambon est fantastique. Soyons lucides, il ne reste que 4 murs à Montségur. La capacité de conteur de cet universitaire rendra vie à ce lieu austère et tragique. Vous finirez par entendre les bruits de batailles et apprendrez également que ce château n'était pas qu'un édifice militaire, mais également un lieu de vie et surtout, un lieu de résistance face à l'oppression et à l'invasion. Il faudra 11 mois de siège pour que cette citadelle du vertige tombe sous le joug des seigneurs du roi de France. A visiter également, le musée historique et archéologique pour découvrir comment vivaient les habitants du château.

CENTRE D'HISTOIRE DE LA RÉSISTANCE ET DÉPORTATION ★

18, avenue des Pyrénées (à côté de la gare)

VARILHES ✆ 05 61 69 02 60

www.resistance-ariege.fr

Ouvert toute l'année. Visites guidées du lundi au samedi sur rendez-vous. Entrée libre et gratuite.

Ce musée fait revivre une époque tragique de notre histoire, vue à travers les horreurs de la déportation. Des maquettes, des photos de très nombreux déportés ariégeois, des objets provenant des camps, des tenues de déportés, des articles de presse. Ce lieu est fréquenté par les élèves car la vérité et la force des témoignages exposés valent toutes les leçons d'histoire. Une visite pour ne pas oublier, pour ne pas reproduire, pour comprendre et retenir. Très instructif !

MAISON DES LOUPS ★

Les Forges d'Orlu - **ORLU**

✆ 05 61 64 02 66

www.maisondesloups.com

Haute saison ouvert tous les jours et jours fériés de 10h15 à 19h. Adulte : 10,50 €. Enfant de 3 à 12 ans : 8,50 €.

A quelques kilomètres d'Ax-les-Thermes, ce village de Haute-Ariège abrite, depuis 1997, une Maison des Loups, un parc animalier de 6 hectares où évoluent en semi-captivité 25 loups venus de plusieurs régions du monde. Le domaine s'est agrandi avec Le Parc des Loups du Canada et celui des loups arctiques. Le nourrissage des loups, commenté sous forme de conférence, est un des moments forts de la visite. Le visiteur peut observer les meutes depuis des tours d'affût en bois, situées sur le sentier de découverte. Des panneaux explicatifs vous en apprendront beaucoup sur ces animaux mythiques. Plusieurs sentiers nous invitent à découvrir la montagne : le botanique, l'ornithologique ainsi que celui de traces d'animaux. Vous pourrez participer à l'activité moulage d'empreintes afin de fabriquer une trace en argile de ses mains, à partir d'une boule d'argile avec explications pour réaliser une trace fidèle. Dans le parc, un animateur vous aidera à réaliser une belle empreinte d'argile qui deviendra dure après le séchage. De nombreuses empreintes sont disponibles : loup, bien sûr, mais aussi ours, sanglier, cerf, et les animaux de la ferme comme poule, lapin, canard. Sans oublier les moments de tendresse avec la chèvre de Monsieur Seguin et les Trois Petits Cochons. Le tunnel de vision permet d'approcher la meute de loups du Canada au plus près lors d'une distribution de friandises. Le sentier pieds nus permet de ressentir le pouls de la terre. Un circuit court et adapté est prévu pour les personnes à mobilité réduite.

MONTCALM AVENTURE

Bexanelle

VICDESSOS

✆ 05 61 05 19 37

www.montcalm-aventure.com

Ouvert toute l'année. Tarifs complets en ligne.

Découvrez les diverses activités ludiques et sportives de la montagne, sensations et plaisirs garantis. Canyoning, spéléo, via ferrata, parcours aventure, escalade, randonnées, raquettes. Cette vallée authentique vous offrira un voyage inoubliable entre tourisme et séjour découverte. Encadrés par des moniteurs professionnels tous diplômés d'Etat qui vous proposeront des activités adaptées en fonction de votre niveau et de vos compétences, et pour tous les publics. Que vous soyez débutants ou experts, le Bureau des Sports d'Aventure a une activité pour vous.

TELESKI NAUTIQUE BRAM

Rue des Fleurs - **BRAM**
✆ 04 68 79 74 14
www.teleskinautiquebram.net
Ouvert d'avril à fin octobre.
Été : ouvert tous les jours. Ski nautique 18 €/ 1 h.
Pratique dès 7 ans. Restauration.

Ça bouge à Bram du côté du lac de Buzerens, devenu véritable base de loisirs. Essayez le téléski nautique sur une boucle de 800 m, idéal pour débuter et pour s'adonner aux joies du wakeboard, skate, ski nautique et autre knee-board (à genou). Les adeptes de détente pourront pratiquer le paddle, la pétanque ou le farniente. Des aires de jeux pour les plus petits sont présentes, ainsi qu'une balade autour du lac. Si vous avez une petite faim, une petite restauration est proposée certains jours pour les clients en manque de nature ou de *chill out*.

PARC AQUAVIVA

CARCASSONNE
✆ 07 81 91 49 12
www.parcaquaviva.com
Ouvert juin - juillet & août de 11h à 19h - 7 jours/7.
Dès 5 ans. Pass journée 18 €. Surveillé par 6 maitres nageurs.

Aquaviva, une superbe imitation de Total Wipeout aux États-Unis ! En famille ou entre amis, le parc aquatique-Water Jump se situe au lac de la Cavayère à 5 minutes de la Cité médiévale de Carcassonne, il dispose de jeux gonflables XXL, de toboggans géants, de trampolines, de catapultes, de parcours d'obstacles sur pas moins de 6 000 m², petits et grands en sont fous ! A la fois amusant, grisant et... fatiguant, ce parc donne envie de tout essayer et d'y retourner ! Les moins téméraires se régaleront de regarder ces acrobates tout en étant confortablement installés sur leur transat et les hamacs à l'ombre de la pinède, un verre à la main (commandé au snack sur place)... Pour les amateurs de sensations : l'iceberg géant pour escalader et sauter et le Big Water-Jump avec ses 10 toboggans et les deux plateformes de sauts de 5 et 8 mètres, adaptés aux plus jeunes comme aux plus braves, uniques au monde ! Ça fait peur, l'adrénaline est à son maximum et c'est ça qu'on aime ! On apprécie les efforts réalisés chaque année pour améliorer le parc en proposant des nouveautés. Vous serez équipés de gilets de flottabilité, et dès lors pourrez partir à l'assaut en toute sécurité, surveillés par six maîtres nageurs diplômés, des plaques flottantes installées, gros succès pour cette attraction qui consiste à aller le plus loin possible sans tomber à l'eau. Pratique : les objets de valeur peuvent être également gardés dans le chalet de l'accueil. Aquaviva, un endroit incontournable sur le département à partager entre amis ou en famille !

CHÂTEAU DE CHALABRE ★

Allée du Château - **CHALABRE**
✆ 04 68 69 37 85
www.chateau-chalabre.com
Haute saison : du dimanche au vendredi 12h - 18h30. Gratuit jusqu'à 4 ans. Adulte 16 €.
Enfant (de 4 à 11 ans) : 14 €.

Le château propose une immersion historique au travers d'activités médiévales : expositions et animations thématiques réparties sur 2 500 m². À titre d'exemple, l'Accrobranche médiéval et la Trappe du courage, activités aériennes variées à sensation, mettent à l'épreuve votre sens de l'équilibre, votre instinct aventurier, un défi ludique pour tous les chevaliers en herbe, en toute sécurité. Pour les plus grands, banquets, mariages, séminaires et visites à la lanterne sont organisés tout au long de l'année dans ce château devenu parc de loisirs historique.

LE MUSÉE DES DINOSAURES ★

1, place Maréchal de Lattre de Tassigny
ESPÉRAZA ✆ 04 68 74 02 08
www.dinosauria.org
Ouvert du début des vacances de février à début décembre et durant les vacances de Noël.
Ateliers de fouilles.

À 45 kilomètres au sud de Carcassonne, le musée des Dinosaures vous offre une immersion dans le monde de « Jurassic Park », ouvert depuis juin 1992 à trois kilomètres du plus grand gisement français de dinosaures, il offre une surface d'exposition permanente de 2 500 m² consacrés aux dinosaures et autres fossiles de reptiles, mammifères, invertébrés et végétaux découverts aux quatre coins de la planète (20 000 fossiles exposés). Vous serez ébahi par les 12 reconstitutions de dinosaures grandeur nature, les 18 squelettes complets de dinosaures du monde entier, ainsi que le Tirex animé, plus vrai que nature. Le musée offre un véritable voyage dans le temps et remonte aux origines de la vie sur Terre il y a près de 4,5 milliards d'années avec sa galerie de l'évolution, parcourez la serre du Crétacé et ses plantes de l'ère secondaire. Ce site s'adresse à toutes les générations : des plus jeunes aux adultes, plongés au cœur de cette longue histoire de la vie sur Terre et l'histoire de la découverte du squelette d'Eva. Les paléontologues du musée partagent et exposent ici les résultats de 30 ans de recherches. Des ateliers sont proposés, pour mieux découvrir le métier de paléontologue et participer à de véritables fouilles. Il est géré par l'association DINOSAURIA, dont les principaux objectifs sont la recherche scientifique, la formation et la divulgation des connaissances en paléontologie.

- **Pour tous les Indiana Jones en herbe,** ne manquez pas de suivre le DinOblog : www.dinosauria.org/blog.
- **Boutique et librairie sur place.**

LE MONDIAL DU VENT

LEUCATE

www.mondial-du-vent.com

Tous les ans. Fin avril/début mai.

Le Mondial du Vent fête ses 25 ans ! Evénement majeur de la glisse, ce spot accueille fin avril la Coupe du Monde GWA Wingfoil, ainsi que des démos kitesurf et windsurf freestyle, un salon de l'essai et le Village de la Glisse ! Des centaines de milliers de visiteurs peuvent tester sur la plage et sur l'eau, toutes les nouveautés techniques présentées par les fabricants de kitesurf, de planches à voile ou de chars à voile… Tout le monde y trouve son compte : les surfeurs purs et durs et les néophytes curieux de ces nombreuses animations techniques de plein air...

LA FORGE-CENTRE DE LOISIRS

Avenue de Perpignan - **QUILLAN**

✆ 04 68 20 23 79

www.laforgedequillan.fr

Ouvert du 15 mars au 31 octobre.

Différentes formules d'hébergement, Capacité de 73 lits, camping 33 emplacements. PMR.

Nul besoin de parcourir le monde, ici vous pouvez allier sport découverte et nature en restant autour de Quillan. La nature est ici belle et sauvage : vous pourrez faire des stages survie, de la nage en eau vive, du rafting, de l'accrobranche, de la spéléo ou de la via corda. Hébergement sur place, auberge de jeunesse et gîte d'étape sur le trajet du sentier cathare. Matériel fourni, encadrement et transport effectués par des professionnels homologués du centre.

TROTT'UP

295, avenue Charles De Gaulle - **LEUCATE**

✆ 07 49 34 90 82

www.trottup.fr

9h15, balade étang et village, 1h : 29 €/pers. 10h30 et 15h (été 17h30) rando falaise, 1h30 : 39 €/pers. Dès 12 ans.

Trott'up, est une activité dans l'air du temps, écologique et terriblement fun ! Partez au guidon de votre trottinette tout terrain électrique, avec Grégory ou Cédric, sur le sentier qui mène à la falaise de Leucate pour découvrir un paysage à couper le souffle. L'autre balade proposée vous amènera au pied des ruines du château de Leucate avant de dévaler la piste vers les berges de l'étang. Que vous optiez pour l'une ou l'autre, vous en prendrez plein les yeux ! Une activité à faire en famille qui régalera aussi bien les enfants que leurs parents.

JETXTREME SAINT-PIERRE

Rue Jean Camp - **SAINT-PIERRE-LA-MER**

✆ 06 01 20 61 01

www.jetxtreme11.com

Ouvert d'avril à fin septembre. Activités à partir de 6 ans. Voir tous les tarifs sur le site internet.

JetXtreme est le spécialiste du jet-ski et des engins tractés (bouées et bananes) du département de l'Aude. Des moniteurs passionnés et chevronnés et des machines dernier cri sans permis permettront aux novices de s'en donner à cœur joie, tout comme les plus aguerris. On aime la rando avec la petite dégustation de tapas à la Voile blanche (restau de plage). Le flyboard et l'hoverboard garantissent de belles sensations : bien drivé par votre moniteur, vous arriverez rapidement à sortir de l'eau et à vous prendre pour un super-héros ! Cartes cadeaux sur le site web.

LE LABYRINTHE VERT

Place du Monument

NÉBIAS

Ouvert toute l'année. Gratuit.

Parcours jusqu'à 10 km. Niveau facile : les difficultés sont indiquées et contournables.

Envie de voir des fées et des lutins ? Vous ne les verrez pas mais vous les sentirez, au détour du sentier nature et du labyrinthe vert de Nébias. Véritable dédale naturel sauvage aux arbres tordus et aux pierres multimillénaires, le lieu contient aussi quelques vestiges des bordes d'antan (anciennes petites fermes). Il faut compter un peu moins de 10 km de marche et environ 2h30 de promenade. Mais si le cœur vous en dit, profitez pleinement des lieux, munissez-vous d'un panier pique-nique et arpentez tous les sentiers et croiser la maison du Hobbit !

RÉSERVE AFRICAINE ★★

19, chemin Hameau-du-Lac - **SIGEAN**

✆ 04 68 48 20 20

www.reserveafricainesigean.fr

Basse saison : tous les jours de 9h à 16h.

Haute saison : tous les jours de 9h à 18h30.

Tarifs : 32€/adulte et 23€/enfant

Entre garrigues et étangs, cet espace semi-naturel de presque 300 ha est suffisamment vaste pour permettre à plus de 3 800 animaux sauvages d'exprimer pleinement leurs comportements spontanés. En voiture, n'ouvrez à personne, pas même aux autruches qui viennent toquer aux vitres ! Vous allez rouler pendant 6 km au milieu des ours du Tibet, des rhinocéros blancs, des lions, des girafes et de bien d'autres espèces. Un 2e parcours se fait à pied (de 2 h à 3 h de marche). Il vous conduit à la rencontre des éléphants, des chimpanzés, des dromadaires, des alligators...

ABBAYE DE FONTFROIDE ✞ ★★★★

Route départementale 613 - **NARBONNE**
✆ 04 68 45 11 08 - www.fontfroide.com
Ouvert toute l'année. Visite libre ou guidée. Jeu de piste. Circuits thématiques. Adulte à partir de 12,50 €. Souvenirs.

A 15 minutes de Narbonne, au cœur du Parc naturel régional de la Narbonnaise, visitez l'abbaye de Fontfroide, un trésor du Moyen Age. Fondée à la fin du XIe siècle, Fontfroide se rattache en 1145 à l'ordre cistercien et devient l'une des plus puissantes abbayes en Europe. Au Moyen-Age, jusqu'à 80 moines cisterciens vivent ici dans le respect de la clôture, qui ne leur permet pas de quitter l'enceinte de l'abbaye. Seuls les frères convers sont autorisés à en sortir pour aller travailler sur les exploitations fermières qui font vivre le monastère. S'ils ont également le statut de religieux et sont astreints aux vœux monastiques, les frères convers forment une seconde communauté. Ils travaillent au service des moines en échange du gîte et du couvert et évoluent dans une autre aile du monastère. L'abbaye joue un rôle crucial lors de la croisade contre les cathares avant de connaître un long déclin à partir du XIVe siècle. L'ensemble monastique est magnifiquement conservé, avec son cloître et sa salle capitulaire du XIIe siècle, une somptueuse église abbatiale et ses vitraux modernes, les bâtiments des frères convers et les aménagements des XVIIe et XVIIIe siècles qui lui confèrent parfois un air de château. De vastes jardins en terrasses sont implantés autour de l'abbaye. En 1908, Gustave et Madeleine Fayet rachètent l'abbaye et entament un chantier de restauration. Après des siècles d'austérité, de prière et de silence, l'abbaye s'ouvre peu à peu à la vie, aux couleurs et aux plaisirs grâce à la famille Fayet. Des artistes, appelés les fontfroidiens, participent à la renaissance artistique de Fontfroide, parmi eux Odilon Redon, Richard Burgsthal et de nombreux amis dont Déodat de Séverac, Ricardo Viñes, Aristide Maillol. Ils créent en ce lieu une forme de "Villa Médicis" particulière qu'ils agrémentent d'éléments décoratifs. Délaissant son statut de site monastique pour devenir un véritable lieu d'expression artistique, l'abbaye de Fontfroide est empreinte en ses murs de riches témoignages de ces résidences, dont le monumental triptyque d'Odilon Redon *Le Jour, la Nuit et le Silence* ainsi que les vitraux de Richard Burgsthal. Aujourd'hui encore, les descendants de Gustave et Madeleine Fayet poursuivent l'entretien de l'ensemble monastique. Ils ouvrent les portes de l'abbaye aux visiteurs qui souhaitent la parcourir, et qui sont près de 160 000 par an. Lorsque l'on s'adonne à l'exploration des différentes pièces baignées de soleil, parées d'œuvres artistiques et remplies des chuchotements et éclats de rire des familles curieuses de la région, on a du mal à se représenter l'austérité cistercienne qui régnait ici lorsque les moines occupaient encore les lieux. L'abbaye était alors plongée dans un silence total, uniquement interrompu par la lecture de textes saints. Au cours de la visite, guidée ou libre, les curieux plongent dans l'univers de Fontfroide et peuvent en parcourir les moindres recoins pour s'imprégner de l'atmosphère de l'abbaye et avoir un aperçu du quotidien des moines cisterciens. Quelques particularités architecturales à ne pas manquer :

- **Le cloître**. Composé de plusieurs galeries vastes et lumineuses, il témoigne de deux époques de construction distinctes, à savoir les XIIe et XIIIe siècles. La partie basse du cloître, plus dépouillée, est de style roman, tandis que la surélévation, moins austère, est de style gothique. Les chapiteaux des colonnettes qui datent de l'époque romane sont recouverts de motifs végétaux, les représentations humaines ou animales étant interdites par l'ordre cistercien afin de ne pas distraire les moines.

- **La ruelle des convers**. Les convers devaient emprunter cet étroit passage pour assister à la messe du dimanche, afin de ne pas perturber les moines qui, eux, accédaient à l'église par le cloître. L'abbaye de Fontfroide est l'une des seules abbayes cisterciennes à avoir conservé sa ruelle des convers dans son état d'origine. Elle est reconnaissable à sa voûte en demi-berceau, tout à fait unique.

- **La roseraie**. Là où ont longtemps été enterrés les moines poussent désormais des milliers de roses. Installée sur quelque deux-mille sépultures superposées, la magnifique roseraie a été labellisée Jardin Remarquable à l'instar des jardins attenants.

Tout au long de l'année, les manifestations musicales sont un véritable enchantement : chants grégoriens, concerts classiques... Au-delà de la programmation musicale, l'abbaye de Fonfroide accueille de nombreux événement culturels tout au long de l'année. L'été, des visites nocturnes avec son et lumière viennent donner de l'éclat à l'abbaye ! A ne pas manquer, à l'automne le festival international de l'orchidée et au printemps la fête des plantes et du massif. Consultez l'agenda en ligne pour connaître les éventuelles manifestations pendant votre visite. L'autre atout du lieu est son restaurant, la Table de Fontfroide, une référence en matière de cuisine méditerranéenne. De manière plus anecdotique, grâce à son remarquable état de conservation, l'abbaye de Fontfroide est un lieu privilégié pour tourner des films dont l'intrigue se déroule au Moyen-Age. Certaines scènes du film de Ridley Scott *Le Dernier Duel*, sorti en 2021, y ont notamment été tournées.

- **Les visites théâtralisées**

Sous la tutelle d'un homme pieux, venez découvrir l'histoire de cette bulle de sérénité préservée depuis des centaines d'années. Visites de juillet -août 2022 Les mercredis et jeudis 19h30 et 21h45. Durée : 1h30. Départ : Billetterie de l'abbaye. Renseignements au 04 68 45 11 08

ACROPARC DU MAS

Le Mas - **AGUESSAC**
✆ 06 70 70 95 94
www.acroparc.fr
Haute saison : ouvert tous les jours et les jours fériés de 10h à 19h. Tarifs selon l'âge et les parcours.

Cette base de loisirs en plein air compte un parcours aventure dans les arbres -filets, échelles, ponts de singe et tyroliennes- accessibles à tous les âges. L'Acroparc du Mas propose aussi de nombreuses autres activités, toujours dehors, sur terre et sur l'eau, parmi lesquelles le canoë, le paddle, ou encore le tubing : une embarcation proche du rafting mais individuelle, qui permet de se laisser glisser sur l'eau, de manière ludique et sportive ou plutôt cool. Le parc abrite aussi une plage privée, un snack et une terrasse pour se restaurer sur place.

CHÂTEAU TEMPLIER DE LA COUVERTOIRADE ★★

LA COUVERTOIRADE ✆ 05 65 58 74 02
www.lechateaudelacouvertoirade.com
Visite guidée, juin-septembre. Hors-saison, sur rendez-vous (8 pers. min). 5 € et 10 € selon les saisons.

Édifié sur un rocher, ce château est le seul construit par les Templiers à la fin du XIIe siècle. Il est constitué d'un donjon roman, d'une cour basse et d'un corps de logis. Propriété privée, classé Monument historique depuis 1994, l'édifice ouvre ses portes en été pour des visites guidées, permettant ainsi aux amateurs d'histoire de se replonger dans la vie de ces moines-soldats qui défendaient les pèlerins en chemin vers la Terre sainte. La salle voûtée livre alors tous ses secrets.

MILLAU JAZZ FESTIVAL

16, boulevard de l'Ayrolle
MILLAU
✆ 05 65 60 82 47
www.millaujazz.fr
En juillet.

Le Millau Jazz Festival est implanté à Millau depuis 31 années ! Le festival est organisé par l'association Millau en jazz avec le soutien de nombreuses institutions locales. Chaque année une thématique nouvelle est à l'ordre du jour. Le festival fête de nouveaux horizons en mettant à l'honneur l'éclectisme, le goût du voyage. Il met ainsi à l'honneur soul, blues, jazz manouche, raggamuffin, bossa nova... Découvrez-le sans tarder. Des pass sont proposés pour les fans, et des concerts ont lieu à toutes heures. Un joli moyen pour initier les plus jeunes.

LE JARDIN DES BÊTES

340, route des Barthes - **MONTROZIER**
✆ 05 65 42 66 40
www.jardindesbetes.fr
D'avril à novembre tous les jours. Adulte : 14,50 €. Enfant (de 4 à 12 ans) : 12 € / enfant (de 2 à 3 ans) : 11 €).

Tout à la fois parc animalier et parc d'attractions, ce vaste jardin enchanteur offre une balade pleine de surprises : les cobayes, les lapins, les chèvres et les cochons se laissent caresser, les fennecs, les lamas et les perroquets se font admirer. 250 animaux vivent ici. Les familles apprécient le coin pique-nique proche des bacs à sable et l'aire de jeux. Un parc de loisirs unique en Aveyron complète le parc animalier avec structures gonflables, train chenille, bateau pirate, kart à pédales et la Tornade, qui met la tête à l'envers !

PARC ANIMALIER DE PRADINAS ★

La Riale - **PRADINAS** ✆ 09 52 62 01 52
www.parcanimalierdepradinas.com
Haute saison ouvert tous les jours de 10h à 19h. Basse week-end de 10h à 18h. Adulte : 14 €. Enfant de 3 à 11 ans : 7 €

Créé en 1989, ce parc s'étend sur 20 ha. Le parc compte aujourd'hui une trentaine de d'espèces de mammifères, plusieurs espèces de rapaces, des oiseaux exotiques, dont de nombreux perroquets. Une boucle de 3 km permet de découvrir toute cette faune sauvage. Le parc est conçu pour proposer une promenade familiale, et les enfants apprécieront l'escale à la ferme miniature qui regroupe des animaux nains. Une salle d'exposition est consacrée aux cervidés et aux autres locataires.

MUSÉE FENAILLE ★★

14, place Raynaldy
RODEZ
✆ 05 65 73 84 30
www.musee-fenaille.rodezagglo.fr
Pass 3 musées : Soulages + Fenaille + Denys-Puech : 11 €/adulte. Gratuit jusqu'à 18 ans.

Ce musée est surnommé le musée aux mille donateurs. Fondé en 1836 par quelques érudits de la Société des Lettres, Sciences et Arts de l'Aveyron, il s'est patiemment construit au fil des différentes donations et abrite la plus importante et la plus ancienne collection de statues-menhirs en France ! Pour la plupart d'origine du pays, elles sont la première représentation de l'homme en « grandeur nature ». Parmi les trésors de la collection, la fameuse Dame de Saint-Sernin, la plus connue et si chère à Pierre Soulages, peintre originaire de Rodez.

OCCITANIE

CATHÉDRALE NOTRE-DAME ✝ ★★★

Place d'Armes - **RODEZ**
✆ 05 65 75 76 77
www.rodez-tourisme.fr

Accès libre et gratuit. Visites guidées organisées par l'office de tourisme.

A l'emplacement de l'actuel édifice s'élevait une cathédrale romane du Xe siècle, dont il ne restera rien après 1276. L'évêque Raymond de Calmont d'Olt fit appel à un célèbre architecte, Jean Deschamps, qui conçu un bâtiment grandiose dans le style gothique alors en vogue dans le nord de la France. Ce projet ambitieux donna forme à une construction dont les dimensions surprennent : 107 m de long et 36 m de large. La voûte en croisée d'ogives domine à 30 m ! Mais aussi, trois siècles et 18 évêques passèrent avant de parachever l'ouvrage dont le clocher en bois et lames de plomb, véritable dentelle de pierre, fut ravagé par un incendie en 1510. Il fut reconstruit, entièrement en pierre cette fois, par le rouergat Antoine Salvanh en 13 ans, de 1513 à 1526. Haut de 87 m, le clocher se termine par un campanile surplombé d'une statue de la Vierge. Ses gigantesques proportions permettent à la cathédrale de se voir de très loin, à plus de 30 lieues disait-on par le passé ! Les tours situées de part et d'autre de l'austère façade ouest, faisant partie des remparts, n'ont pas été terminées : les travaux se sont arrêtés en 1562. L'intérieur surprend par sa grandeur et par le dépouillement de ses formes élancées qui contraste avec la riche décoration des 27 chapelles rayonnantes. Le soir venu, 500 projecteurs illuminent l'édifice, dévoilant les trésors architecturaux les plus cachés. Un spectacle grandiose ! Le clocher se visite tous les lundis, mercredis et vendredis de l'été en bonne compagnie, avec les guides de l'office de tourisme.

REPTILARIUM DU LARZAC ★

Chemin de Millau - **SAINTE-EULALIE-DE-CERNON**
✆ 05 65 61 32 08
www.reptilarium-larzac.com

Haute saison ouvert tous les jours de 10h30 à 19h. Adulte : 10 €. Enfant de 3 à 11 ans : 8,50 €.

Venez découvrir une centaine de reptiles du monde entier, en toute quiétude. Pythons, boas, anacondas, iguanes, caméléons, tortues géantes, crocodiles ainsi que les bébés de la nurserie. Assistez au nourrissage des animaux les après-midi. Le soigneur vous fera partager sa passion. Dès les beaux jours, visitez les parcs extérieurs avec les tortues et les varans ainsi que les animaux de la mini-ferme. Des stages découverte sont proposés. Le temps d'une journée ou demi-journée, devenez soigneur animalier, nourrissez certains des animaux, visitez les coulisses.

MICROPOLIS CITÉ DES INSECTES ★★

Le bourg
SAINT-LÉONS
✆ 05 65 58 50 50
www.micropolis-aveyron.com

Haute saison ouvert tous les jours de 10h à 19h. Adulte : 14,90 €. Enfant jusqu'à 12 ans : 10 €.

Micropolis est un espace unique en Europe consacré au monde de l'infiniment petit et à ses habitants, les insectes. Débutez la visite par la salle consacrée à ceux que l'on ne peut pas qualifier d'insectes comme l'araignée ou le scorpion. La salle suivante abrite du plus petit au plus grand, du plus léger au plus lourd, du plus lent au plus rapide. Boîtes des records, découverte de la mygale, scorpion fluorescent vous attendent dans une salle transformée en termitière. Poursuivez par le Microrex les regroupant par ordres, diversité de tailles, de formes et de couleurs. Une salle est dédiée aux insectes vivant en société. Grâce à un mur tactile interactif, explorez, manipulez et partagez le monde fascinant des fourmis et autres petites bêtes. Puis, pénétrez tour à tour dans l'intimité des fourmis, des abeilles et des bourdons. S'ensuit la salle des métamorphoses, avec les insectes à la peau dure appelée aussi exosquelette qui ne peut pas grandir. Puis, plongez dans l'univers des insectes aquatiques et de leur environnement. Une mare naturelle permet de les approcher au plus près. Des animations 3D et des maquettes animées expliquent leur respiration, leur locomotion et leurs transformations. Venez vivre en direct la sensation d'être capturé par une dionée géante. Ces plantes carnivores attirent et piègent et assimilent leurs proies, leur permettant de combler le déficit d'éléments nutritifs du milieu dans lequel elles vivent. Découvrez des scènes animées de capture par différents pièges et suivez l'enquête menée par les punaises gendarmes, sous forme de maquettes. Traversez la serre tropicale à la découverte des papillons venus d'ailleurs. Puis entrez dans le monde fantastique de l'entomologiste Jean-Henri Fabre, afin de relever cinq défis, pour finir avec le cinéma 3D, où vous verrez les deux films produits par Micropolis. La visite se poursuit également à l'extérieur avec le Carnaval des Insectes. Vous serez surpris de voir les insectes devenus des géants de métal. La balade divisée en 11 stations vous entraîne dans un univers musical et de chants, avec une vue imprenable sur le Lévézou et la nature. Enfin, admirez l'exposition photographique en plein air, L'Intrus, devant son nom à une petite bête s'étant glissée parmi les insectes de l'exposition et qui n'en est pas un. Saurez-vous le retrouver ? Passez par le Chemin de la Biodiversité où vous attendent quatre aménagements, dont un bel hôtel à insectes !

PARC DE LOISIRS « LES P'TITS BOUTS »

488, rue du Vidourle - **AIGUES-MORTES**
✆ 06 40 05 13 80
www.lesptitsbouts.site
Ouverture en février 2022, tous les week-ends, tous les jours en juillet août. 6 € et 10,50 €.

Une vaste aire de jeux pour les petits de 1 à 12 ans. Les activités sont nombreuses : espace Baby, espace pour moins de 4 ans, jeux gonflables, piscine à balles, karting à pédales, pêche aux canards, tyrolienne, baby-foot, trampoline, fort apaches, toboggans aquatiques... Des formules « anniversaire » sont proposées (gâteaux, bonbons, boissons crêperie). Les enfants sont heureux et en redemandent. Vous pourrez profiter d'une pause en vous restaurant au snack. Parking gratuit.

LE PETIT TRAIN D'AIGUES-MORTES

AIGUES-MORTES
✆ 04 66 51 46 79
www.petittrain-aiguesmortes.fr
Du 1er avril au 30 septembre et vacances de la Toussaint. Adulte : 5 €. Enfant : 3 €.

Offrez-vous vingt-cinq minutes d'une agréable balade qui plaira aux petits comme aux grands. Circulant au cœur de la vieille ville, le petit train fait aussi une incursion par-delà les remparts, vous donnant une vue d'ensemble sur la magnificence des lieux. Les commentaires sur l'histoire de la ville ne manquent pas. On vous parle de Saint Louis, des croisades, des guerres de religion. L'histoire passionnante de cette vieille cité pleine de charme n'aura plus aucun secret pour vous.

ABRIVADO RANCH

1655, route de l'Espiguette
LE GRAU-DU-ROI
✆ 04 66 53 01 00
Ouvert de février à décembre, et tous les jours. Balades à partir de 15 €.

De magnifiques chevaux pour vous accompagner lors de balades entre plage et marais ! Outre son activité d'école de monte et de poney club à l'année, ce centre propose des balades de 30 minutes à 2 heures, pour découvrir la faune et la flore de Camargue. Une échappée équestre au contact de la nature. Si vous êtes un cavalier expérimenté, préférez le printemps ou l'automne, car vous ferez des randonnées plus sportives, dans une nature renaissante ou aux couleurs fauves de l'arrière-saison. Une belle façon de découvrir les trésors de Camargue.

PLAGE DE L'ESPIGUETTE ★

Route de l'Espiguette - **LE GRAU-DU-ROI**
www.letsgrau.com
Avril à octobre parking des Baronnets payant. Journée : 7€/voiture. camping-car/15€. Demi-journée/abonnement possibles.

Cette plage de sable fin, à l'orée de la Petite Camargue, forme l'extrémité d'un immense banc de sable. Elle fait partie du Grand Site de la Camargue gardoise. Ce paradis est l'une des plus belles et des plus sauvages plages de Méditerranée. Mais attention, une centaine de mètres de dunes à parcourir, avant de pouvoir prétendre aux 10 km de sable fin qui longent la mer. A l'ouest du rivage, vous atteindrez la partie réservée au naturisme. Il est judicieux de prévoir dans son sac un spray antimoustiques, surtout si posez votre serviette à proximité des dunes.

SEAQUARIUM ★★

Avenue du Palais-de-la-Mer - **LE GRAU-DU-ROI**
✆ 04 66 51 57 57
www.seaquarium.fr
Haute saison ouvert tous les jours de 9h30 à 23h30. Adulte : 15 €. Enfant de 5 à 15 ans : 11 €.

Le Seaquarium du Grau-du-Roi s'étend sur 2 400 m² et regroupe plus de 200 espèces de poissons de Méditerranée et tropicaux, des requins, des tortues, des phoques et des otaries. Le requinarium à lui seul se déploie sur 1 000 m² et deux niveaux. On peut y voir évoluer 25 espèces de requins dans mille mètres cubes d'eau de mer. Avec un bassin géant qui accueille les mammifères marins, le tunnel aux requins, l'amphithéâtre panoramique, l'observatoire sous-marin et une muséographie diverse, complète et moderne, vous voici plongés dans l'univers marin.

WINDSURF PARK

Base nautique du Ponant
LE GRAU-DU-ROI
✆ 06 07 54 37 80
Fermé de novembre à avril. Cours dès 6 ans.

Pour découvrir Le Grau-du-Roi sous un autre angle que la terre ferme, direction la base nautique du Ponant pour voir la baie d'un Grau flamboyant et vivant, la terre vue de la mer et des voies fluviales. Le leitmotiv du Windsurf Park c'est détente, expérience et partage. Vous pouvez louer catamaran, kayak de mer, windsurf, stand up paddle pour une heure ou plus et découvrir en famille les multiples plaisirs de l'eau (à partir de 6 ans). Des moniteurs diplômés d'Etat vous encadreront et vous initieront aux joies de la glisse sur l'eau.

ARÈNES DE NÎMES ★★★★

Boulevard des Arènes - **NÎMES** ✆ 04 66 21 82 56
www.arenes-nimes.com
Ouvert toute l'année. Sauf durant les férias et les spectacles. Adulte 10 €. Pass Nîmes 13 €. Gratuit moins de 7 ans.

Les arènes de Nîmes constituent l'amphithéâtre le mieux conservé de l'époque romaine. Visitez ce monument impressionnant édifié sous l'empereur Auguste, au Ier siècle de notre ère et revivez, au son de votre audio-guide, l'espace gladiateur et les jeux du cirque dans l'Antiquité ! Les enfants apprécieront de participer à la chasse aux énigmes qui leur est proposée à l'entrée et pour les plus grands, des ferias sont organisées régulièrement à l'intérieur des arènes. Autre événement à ne pas rater, les Grands jeux romains pour vivre une leçon d'histoire grandeur nature !

FERIA DE NÎMES

NÎMES
✆ 04 66 58 38 00
En juin et septembre

C'est l'une des plus grandes fêtes françaises. La feria de Nîmes est le rendez-vous des amoureux du monde de la tauromachie et de l'ambiance flamenco. Durant ces jours, bon nombre de Gardois répondent présents au rendez-vous, mais on vient aussi de loin pour assister aux corridas et faire la fête dans les bodegas. Dans les arènes, les *aficionados* peuvent assister à des corridas alors que dans les rues de la ville *encierros* et *abrivados* respectent les traditions camarguaises. Des festivités à ne pas manquer pour s'immerger dans cette ambiance des villes du Sud.

OCCITANIE

GREEN PARK

Les Pellissières - **SAINT-CHAPTES**
✆ 06 28 32 72 47
www.greenpark.ovh
Fermé décembre et janvier.
Haute saison tous les jours de 10h à 19h.
Adulte : 10,90 €. Enfant de 1 à 16 ans : 9,90 €.

C'est un parc animalier et de loisirs de plus de 5 hectares. Vous y rencontrerez des animaux domestiques, que l'on peut câliner. Chèvres, moutons, poneys, volailles, lapins, cochons. Mais aussi découvrir des plantes mystérieuses, un potager et un labyrinthe végétal. Se promener à poney. Et profiter des attractions. Aire de jeux, château fort, trampolines, karts à pédales, structures gonflables. Ajoutez à cela une zone aquatique avec deux toboggans géants. Et pour que toute la famille y trouve son compte, ils ont créé des espaces sécurisés pour les tout-petits.

CARRÉ D'ART - MUSÉE D'ART CONTEMPORAIN ★★★

Place de la Maison Carrée - **NÎMES**
✆ 04 66 76 35 70
www.carreartmusee.com
Ouvert tous les jours sauf le lundi, 10h-18h. Adulte 8 €, réduit 6 €. Gratuit le 1er dimanche du mois.

Comme l'évoque son nom, Le Carré d'art fait face à la Maison Carrée, fabuleux vestige du passé romain de la ville de Nîmes. Le bâtiment qui abrite ses collections date de 1993 et a été dessiné par le célèbre architecte Norman Foster, à qui l'on doit notamment la restauration du Reichstag à Berlin, ou la construction du viaduc de Millau. Fait de métal et de verre, il offre 2 000 m² d'espaces d'exposition répartis sur deux niveaux et traversés par un vaste escalier.

La collection permanente, couvrant une période allant des années 1960 à nos jours, est riche de plus de 500 œuvres permettant de saisir de quelle manière ont été bousculés les principes de l'art européen depuis un demi-siècle. Elle se décline selon trois axes : un panorama de l'art français, une identité méditerranéenne autour du sud de la France, de l'Espagne et de l'Italie et, enfin, une présentation des tendances anglo-saxonnes et germaniques.

En plus de ces collections présentées selon des accrochages généralement annuels, vous pouvez découvrir de grandes expositions temporaires consacrées à des créateurs contemporains (Gerhard Richter, Sigmar Polke, Giuseppe Penone, Rebecca Horn,…).

L'entrée de Carré d'art est ornée de deux œuvres imposantes qui ont été conçues pour l'institution : *Mud Line*, fresque de Richard Long, et *Gaul*, sculpture d'Ellsworth Kelly. Ensuite, de salle en salle se succèdent des créations issues du Nouveau Réalisme, du Support/Surface et de la figuration libre, courants nés dans le sud de la France. Sont représentés également l'abstraction sous toutes ses formes, la figuration narrative, l'*Arte povera*, l'art conceptuel, le land art, l'École de Düsseldorf et autres tendances germaniques, le renouveau de l'art espagnol…

Au gré des accrochages qui changent tous les ans, vous pourrez voir des œuvres Robert Combas (*Tokyo Joe, La Grande Bataille*), Sophie Calle (*Les Dormeurs*), César (*Compression de voitures*), Hervé di Rosa (*Naissance d'une civilisation : la guerre fait rage*), Annette Messager (*Mes caoutchoucs*), Niki de Saint-Phalle (*Composition à la trotinette – Tir à la carabine*), Andy Warhol… En fin de parcours se trouve une grande installation de Christian Boltanski. Le Carré d'Art est également doté d'un important centre de documentation qui propose en libre accès plus de 30 000 ouvrages et catalogues consacrés aux arts plastiques, à l'architecture, la photographie, la mode, la danse, le design, les politiques culturelles et la muséologie.

MUSÉE DE LA ROMANITÉ ★★★

16, boulevard des Arènes - **NÎMES**
✆ 04 48 21 02 10 - museedelaromanite.fr
Ouvert tous les jours de novembre à mars, 10h-18h, et d'avril à octobre, 10h-19h. Adulte 8 € - 7/17 ans 3€.

Installé face aux célèbres Arènes, le Musée de la Romanité est consacré aux incroyables collections archéologiques de la ville, animées grâce à 65 dispositifs multimédia (réalité augmentée, technologies audiovisuelles). Les origines de Nîmes sont évoquées par les vestiges d'un fronton monumental qui orne l'atrium central du musée. L'escalier à double révolution entraîne le visiteur à l'époque gauloise, puis au cœur de la vie quotidienne romaine, à la découverte de la ville et de ses habitants il y a près de 2 000 ans. Il traverse ensuite le Moyen Âge, jusqu'à l'époque contemporaine, pour découvrir l'influence de la romanité au fil des siècles.

Le musée de la Romanité, à l'architecture contemporaine, est le projet d'Elizabeth de Portzamparc. Ce lieu est à la fois musée scientifique, restaurant, jardin méditerranéen. Son toit-terrasse offre une vue à 360° sur les lieux nîmois les plus emblématiques. En 2006-2007, des fouilles archéologiques préventives ont eu lieu dans les allées Jaurès avant des travaux. Lors de ces recherches, une domus (maison romaine) et deux mosaïques nommées Achille et Penthée ont été découvertes en excellent état de conservation. Ces pièces sont qualifiées par les spécialistes de « plus belles pièces après celles de Pompéi ». Cette découverte va alors renforcer la volonté de Jean-Paul Fournier, maire de Nîmes, de créer un nouveau musée contemporain. En effet, il souhaite présenter ces œuvres d'une grande rareté ainsi que celles conservées alors dans l'ancien musée archéologique de Nîmes datant du XIXe siècle.

Au musée de la Romanité, l'expérience historique se vit de façon ludique et interactive, et les familles sont particulièrement bien accueillies avec à leur disposition de nombreux multimédias adaptés au jeune public. Pour devenir de véritables spécialistes de l'Antiquité, le musée propose aux enfants des livrets jeux gratuits, et un visioguide adapté à leur compréhension. Pour les personnes en situation de handicap, et notamment les personnes aveugles ou malvoyantes, le musée dispose d'un parcours tactile installé depuis l'accueil jusque dans le parcours permanent autour d'objets à toucher. De plus, des parcours spécifiques sont proposés en langue des signes pour les sourds et malentendants, en audiodescription pour les malvoyants et en FALC pour les personnes en situation de handicap mental.

Lieu de vie, le musée de la Romanité vous invite à prolonger l'expérience en vous baladant dans le jardin archéologique puis en prenant le temps de découvrir le point de vue à 360° sur la ville depuis le rooftop.

MUSÉE HARIBO© ★★

Pont des Charrettes - **UZÈS**
✆ 04 66 22 74 39
www.museeharibo.fr
Mardi à dimanche : 10h/19h. Fermé : 25/12, et 1er au 20 janvier. Adulte : 10 €, enfant : 8 €. Visite guidée. Boutique.

Pour passer un délicieux moment en famille, laissez-vous guider par les odeurs alléchantes des célèbres et inimitables bonbons Haribo. Installé dans un bâtiment de l'ancienne réglisserie Zan, le musée Haribo est une source d'émerveillement pour les enfants, et de retour à l'enfance pour les plus grands. Ce lieu magique vous fera découvrir les procédés de fabrication, les publicités anciennes, les maquettes, les vidéos... Attention aux caries ! Et le top, la boutique regorge de bonbons colorés, acidulés, prêts à être mangés !

BLACK BEE BOATING

Halte nautique - **VALLABRÈGUES**
✆ 06 52 50 57 63
www.blackbeeboating.com
Ouvert toute l'année. Baptême 2 h : 25 € / personne ; Journée : 45 € / personne - tarifs spéciaux enfants et groupes.

Au départ de la halte nautique de Vallabrègues, vous embarquerez, dans une petite péniche, l'Abeille noire, pour une balade insolite à la rencontre de la faune et de la flore locales. Plusieurs formules sont proposées : un baptême de navigation, d'une durée de deux heures ; une randonnée un peu plus longue ou carrément une balade d'une demi-journée, voire d'une journée au cours de laquelle vous découvrirez tranquillement la Provence au fil du Rhône. Notez que vous pouvez également réserver l'Abeille noire pour une nuit très originale sur l'eau.

MAISON DE LA FIGUE

Les Terrasses du Château
VÉZÉNOBRES
✆ 04 66 83 62 02
www.maisondelafigue.com
Ouvert toute l'année, horaires variables en fonction des saisons. Accès libre et gratuit.

Au cœur de la cité médiévale de Vézénobres, entrez dans le monde succulent de la figue au travers de ce verger-conservatoire regorgeant de plus de 100 variétés de cet arbre millénaire. Située dans les soubassements du château de Girard datant du XIVe siècle, la Maison de la Figue offre une immersion ludique et sensorielle à la découverte de cet arbre emblématique de Méditerranée. Vous accèderez librement à l'ensemble du site, mais vous pourrez aussi choisir d'être accompagné d'une guide qui vous contera l'histoire du fruit. Passage obligé par la boutique !

LA FERME AUX BUFFLES

Lectoure - **AIGNAN** ✆ 06 29 28 31 53
www.lafermeauxbuffles.fr

Ouvert du mercredi au dimanche de 11h à 12h et de 15h à 18h. Sur réservation. Départs à 11h, 15h, 15h45, 16h30, 17h15.

Dans les 20 hectares de parc, les buffles s'ébattent avec bonheur. Vous montez à bord d'un camion militaire version 4x4, ambiance safari avec Martial qui vous guide dans l'univers de ces bovins dont certaines races sont en voie de disparition. Fascinante et instructive, cette sortie est unique en son genre. Les plus petits peuvent continuer l'aventure avec les cochons, oies, âne et lapins qui les attendent à la mini-ferme. Sur place, une ferme-auberge vous ouvre sa table de terroir. Vous testerez la charcuterie de buffle et la tome de bufflonne exceptionnelle !

LA NOURRICE, LAND ART

70, grand rue
AUBIET
✆ 06 30 35 40 33

Atelier participatif.

À Aubiet, La Nourrice, jardin-forêt comestible et habitable, est une œuvre qui a germé dans l'esprit de l'artiste Olivier Nattes. Le projet présente des buttes de cultures inspirées des méthodes de permaculture, une serre refuge entourée de pairies fleuries... Il s'agit d'un écosystème où chaque élément concourt à l'équilibre de l'ensemble. La volonté de l'artiste Olivier Nattes est de créer un espace nouveau, fondée sur l'idée de paysage habité, où culture et nature sont unies dans un objectif de bien-être, de recherche et de développement.

MUSÉE DES AMÉRIQUES ★

9, rue Gilbert Brégail
AUCH
✆ 05 62 05 74 79
www.ameriques-auch.fr

Ouvert de 10h à 12h15, de 14h à 17h15, jusqu'à 18h d'avril à septembre. Entrée : 6 €. Fermé en janvier.

Institué sous la Terreur dans l'ancien couvent des Jacobins, le musée d'Auch est l'un des plus anciens de France. Réparti sur trois niveaux, il conserve plus de 20 000 objets. Le musée des Amériques est le second plus grand fonds d'art précolombien après celui musée du Quai Branly - Jacques Chirac à Paris. Cette collection démarre grâce à l'intérêt d'un certain Guillaume Pujols, un Auscitain exilé en Amérique du Sud passionné d'archéologie. Il ramène de ses voyages une centaine de pièces. Lorsqu'il devient conservateur du musée d'Auch en 1911, il décide de les exposer au public. Il lègue au musée ses magnifiques collections préhispaniques provenant du Pérou et du Mexique et d'art sacré latino-américain. Ne manquez pas la *Messe de Saint-Grégoire*, un tableau réalisé avec des plumes à Mexico en 1539. La deuxième collection du musée rassemble des œuvres qui couvrent une période qui s'étend de l'Antiquité au Moyen Âge. Les œuvres de l'Egypte antique proviennent d'un legs de Charles Palanque. À noter également une statue monumentale de l'empereur Trajan ou un superbe olifant en ivoire sculpté du XIe siècle. Le musée n'oublie pas l'histoire locale avec les arts et traditions populaires de Gascogne, ni les beaux-arts. Le fonds constitutif du musée provient de la collecte d'œuvres effectuée dans les édifices de l'État et les maisons des émigrés du Gers. Mais les toiles les plus séduisantes sont peut-être celles du peintre italien Mario Cavaglieri, qui a su saisir l'âme et la lumière de la région.

CUIVRO'FOLIZ

60 bis, rue Gambetta
FLEURANCE
✆ 06 73 92 99 02
www.cuivrofoliz.com

En juillet. Entrée gratuite.

Quand la belle bastide du XIIIe siècle accueille l'un des plus grands rassemblement de cuivres du Sud-Ouest, vous êtes certain de vivre un moment exceptionnel. Cuivro'Foliz, le festival de fanfares et de musiques de rue, ce sont deux jours de fête à Fleurance, avec une programmation musicale dédiée aux bandas et aux ensembles de cuivres. 5 000 personnes se donnent rendez-vous dans la ville pour vibrer au son des trombones le temps d'un week-end. Le port de bouchons d'oreilles est fortement recommandé, tant au pied de la scène que dans les rues de la ville !

LE VALLON DES REVES

Le Lion
LABÉJAN
✆ 05 62 06 01 79
www.levallondesreves.fr

Haute saison du mardi au dimanche de 10h à19h. Adulte : 6,50 €. Enfant de 2 à 17 ans : 5,50 €

Venez vous détendre le temps d'une journée en visitant cette exploitation agricole céréalière et fourragère où vous attendent lapins, cochons d'Inde, poules, canards, cochons, chèvres, ânes et vaches. La balade permet de les découvrir à votre rythme. Vous pourrez entrer dans certains enclos pour nourrir les animaux et les câliner. Profitez aussi des ateliers pédagogiques ainsi que des nombreux loisirs entre les châteaux gonflables, la balade en barque, le labyrinthe, et le parcours pieds nus. C'est le lieu parfait pour fêter un anniversaire. Aires de pique-nique.

CHATEAU DE LAVARDENS ★★

LAVARDENS
✆ 05 62 58 10 61
www.chateaulavardens.fr
Ouvert tous les jours de 10h30 à 12h30 et de 14h à 18h, en continu en été. Entrée : 5,50 € ; réduit : 3,50 €.

Sur son éperon rocheux, il a conservé la flamboyance qu'a voulu lui insuffler Antoine de Roquelaure lors de sa reconstruction au XVIIe siècle. Ce compagnon d'Henri IV décide de moderniser le château médiéval du XIIe siècle des comtes d'Armagnac. Il veut en faire une demeure confortable pour son grand amour Suzanne de Bassabat. Il ne demeure de l'ancien édifice qu'une salle de garde. Mais les deux architectes qui œuvrent à la nouvelle bâtisse ont su conserver sa posture féodale tout en y insufflant un élan de modernité. Le belvédère avec balcon à trois façades et les tours sur trompes sont exceptionnels. Une épidémie de peste ravage les environs en 1653 et les travaux sont interrompus. Ceci n'est que la première des vicissitudes que connaîtra le château durant les siècles qui vont suivre. Inachevée, la demeure ne comporte que peu d'éléments décoratifs. On peut tout de même admirer les pavements du XVIIIe siècle de styles différents dans chacune des 17 salles. Le château est scindé et vendu à 12 familles de marchands de biens après la Révolution. Ils laissent la bâtisse tomber en ruines à tel point que la nature s'empare des murs et des pièces. Dans les années 1960, elle manque d'être transformée en carrière. Une poignée de passionnés s'y opposent et font classer la demeure monument historique. Des travaux de restauration et d'embellissement interviennent et le château devient le cadre de multiples manifestations et expositions. La forteresse mérite une visite pour sa vue fabuleuse et son histoire est passionnante.

STREET ART À LOMBEZ

LOMBEZ
En libre accès et gratuit toute l'année.

En 2017, le collectif Bayah Dezign représenté par Maye, Reso et Monde s'est associé à la Maison des Ecritures Occitanie pour réaliser un parcours de Street Art inspiré de poésies d'auteurs contemporains. Désormais, c'est une dizaine d'œuvres sur les murs à découvrir à Lombez. Retrouvez ces fresques, clins d'œil d'artistes qui enchantent le patrimoine. Personnages aux membres filiformes et biscornus, de Maye, touche colorée réveillant la cité de Reso et calligraphies poétiques de Monde illustrent ce parcours. Dépliant à l'office de tourisme.

ROCK 'N' STOCK

Rue Emile Zola
PREIGNAN
www.rocknstock.org
Du 2 au 4 juillet 2022. Gratuit.

Toute l'équipe du festival Rock 'n' Stock est gonflée à bloc pour proposer sa 30e édition. Elle est prévue pour se dérouler comme tous les ans sur l'esplanade de la Maison du Temps Libre. On aime l'atmosphère bon enfant qui y règne, les multiples animations en marge de l'affiche, les food-trucks qui permettent de se restaurer. Le festival propose une programmation originale tournée vers tous les rocks des *fifties* aux *seventies* : rockabilly, rocksteady, ska, blues, soul... Les groupes viennent du monde entier, et les spectateurs d'un peu plus loin que le Gers.

PUMPTRACK

route de Lombez
SAMATAN
Accessible tous les jours gratuitement.

Un espace ludique et sportif très apprécié des habitants. A l'orée du lac de Samatan, ce nouveau spot de loisirs ouvert en 2020 a tout de suite séduit les amateurs de glisse et d'équilibre. Jeunes et moins jeunes viennent s'y défouler le long d'un ruban asphalté dessiné en boucle et doté de creux et de bosses, de dévers et de virages relevés façon *skate-park*. Objectif fun et sécurité ! Ce *pumptrack* vous accueille en vélo VTT ou BMX, en skate, en roller ou en trottinette. Des créneaux sont réservés aux scolaires, qui sont alors prioritaires.

FERIA DE PENTECÔTE

VIC-FEZENSAC
✆ 05 62 06 56 55
https://toros-en-vic.fr
En juin.

Dans la pure tradition des rencontre taurines, la feria de Vic-Fezensac est une véritable institution. Cartels d'exception, ambiance de folie, cette fête cumule le spectacle des arènes à celui de la rue. Les aficionados viennent de toute l'Europe pour assister à un programme de haute qualité. Des matadors d'envergure internationale se donnent rendez-vous à Vic pour des novilladas non piquées, tiendas de l'avenir, encierros matinal et corridas. Expositions, fanfares, concerts, corridas pédestres et bodégas complètent cette grande fête.

MUSÉE DE L'AURIGNACIEN

Avenue de Bénabarre - **AURIGNAC**
© 05 61 90 90 72
www.musee-aurignacien.com
Fermé en janvier. Mercredi-dimanche 14h-18h. Vacances : mar-dim, 10h-18h. 6 €, gratuit jusqu'à 18 ans.

En 1852, un ouvrier carrier d'Aurignac découvre par hasard l'entrée d'un abri préhistorique contenant des ossements de grands mammifères aujourd'hui éteints. Le musée de l'Aurignacien expose donc les trésors ainsi retrouvés, témoins de la vie des *Homo sapiens* qui vécurent en Europe voilà 35 000 ans ! Préparez-vous à une émouvante rencontre avec une histoire longtemps oubliée. Durant les vacances scolaires, des ateliers sont organisés pour vous plonger dans la vie de nos lointains ancêtres. Une visite instructive à faire en famille.

FESTIVAL DES LANTERNES

4, avenue du Parc - **BLAGNAC**
© 05 61 71 72 00
www.festivaldeslanternes-blagnac.com
De début décembre à fin janvier, de 18h à 23h. 19 €, 15 € pour les 11-17 ans.

Après avoir illuminé les longues soirées d'hiver à Gaillac, le Festival des Lanternes prend ses quartiers aux portes de Toulouse pour sa prochaine session. Lorsque le jour s'efface, vous démarrez une promenade d'environ deux heures dans un incroyable paysage enchanteur façonné par de féériques lanternes chinoises. Huit cents lanternes géantes sont attendues, illuminant votre déambulation d'animaux, de bouddhas, de personnages historiques, de temples et de palais... Des animations et un marché artisanal chinois sont également prévus, ainsi que des stands gourmands.

ARAN PARK

Route du Col-du-Portilhon
BAGNÈRES-DE-LUCHON © 34 973 929 006
www.aran-park.com
Haute saison ouvert tous les jours de 9h30 à 19h. Adulte : 15 €. Enfant de 3 à 12 ans : 11 €.

Ce parc espagnol permet d'observer des animaux originaires des Pyrénées en semi-liberté, dans un cadre naturel boisé. Au fil du sentier entièrement bétonné donc accessible aux poussettes, vous verrez les vautours, les herbivores et un sentier de découverte des champignons, puis la meute de loups blancs, la mini-ferme, l'ours brun, les loups du Canada et lynx, les grands tétras et gelinottes, les marmottes et loutres. Finissez la balade par le musée et la boutique. Pour une visite attendrissante privilégiez le printemps pour voir les bébés. Aire de pique-nique.

LA SOURCE WAKE PARK

Route de Peyssies
CARBONNE
© 07 82 78 48 58
www.lasourcewakepark.fr
Du mercredi au dimanche et tous les jours en été. Téléski : 22 €/h. Aquapark : 9 €/h. Paddle : 10 €/h.

Les alentours de Carbonne sont riches en plans d'eau aménagés dans d'anciennes gravières. C'est sur l'un d'entre eux qu'est installé La Source Wake Park, un complexe qui offre un petit parcours de téléski nautique, un *aqua park* avec des structures gonflables, la location de *paddles*, des terrains de jeux et enfin un restaurant. Attention, la baignade est interdite hors des zones qui ont été sécurisées pour les activités immergées, et il n'est pas non plus possible d'y pique-niquer. À réserver pour une session rafraîchissante sur les installations proposées.

AEROSCOPIA ★★

Allée André-Turcat - **BLAGNAC**
© 05 34 39 42 00
www.musee-aeroscopia.fr
Ouvert tous les jours fériés de 9h30 à 18h. Adulte 12,50 €. Visite guidée (+ 3,50 €), audioguide 3€.

Après avoir célébré en 2019 les cinquante ans du premier vol du Concorde, en 2020 Aéroscopia s'est agrandi pour proposer un nouvel espace d'exposition : le Tarmac Nord. Aux vingt-cinq avions civils et militaires déjà exposés s'ajoutent ainsi cinq appareils emblématiques de l'aventure aéronautique et de l'histoire airbusienne. Embarquez à bord du géant A380 et découvrez-y des cabines de luxe futuristes ! Ludique et interactive, l'exposition offre de nombreux espaces explicatifs, une superbe fresque chronologique, des maquettes et même des simulateurs de vol.

ANIMAPARC

Pouchot
LE BURGAUD
© 05 62 79 37 01
www.animaparc.com
Haute saison ouvert tous les jours de 10h30 à 19h. Adulte : 19,50 €. Enfant de 2 à 13 ans : 16 €.

Dans la forêt du Burgaud, Animapark est un havre de nature de 14 ha abritant 2 parcs : un parc animalier et un parc d'attractions. Le parc animalier présente 200 animaux domestiques d'ici et d'ailleurs à nourrir et câliner : zébus, lamas, aurochs, moutons à quatre cornes, alpagas, lapins géants... Quant au parc d'attractions au cœur de la forêt, il propose grande chenille, trampolines, jeux d'eau, tyroliennes... On peut aussi naviger en pirogue, embarquer dans le petit train Safari.. Des granulés et carottes sont offerts aux enfants pour nourrir les animaux.

GOÛTER À LA FERME D'EN BARRUS

En Barrus - **THIL** ✆ 05 61 85 51 29
http://enbarrus.free.fr
Bienvenue à la Ferme. Du lundi au samedi, sur réservation. Visite et goûter à la ferme : 7 € (enfants : 6 €).

De passage en Pays toulousain, ne manquez pas de contacter la ferme d'En Barrus pour réserver votre visite. Vous y ferez la pause gourmande de votre journée ! On y produit du formage de chèvre. Les propriétaires des lieux vous reçoivent pour vous faire découvrir l'exploitation et sa fromagerie, puis ils vous invitent à partager un goûter composé de produits de la ferme : fromage, faisselle au miel, fromage blanc et gâteau à la crème de lait ! Une visite bucolique et savoureuse.

DEFI KART

6, rue Federico-Garcia-Lorca - **TOULOUSE**
✆ 05 61 47 14 14
www.defikart.fr
Du lundi au vendredi à partir de 15h ; le week-end à partir de 14h. Tarifs complets en ligne. Restauration.

Défi Kart présente une piste *indoor* de 400 mètres de long, soit le plus long circuit de la région ! Les trajectoires, dessinées par un pilote de compétition, ont été spécialement étudiées pour accroître les sensations de pilotage. Large de six mètres, la piste permet les dépassements et les trajectoires ouvertes. Entre deux *runs*, vous pouvez vous rafraîchir et reprendre des forces au restaurant qui donne sur la piste, ou encore affronter vos amis dans une partie de paintball *indoor*. Ambiance garantie ! Formules « spécial anniversaire » pour les enfants.

GRAFF TOUR

Square Charles de Gaulle
TOULOUSE
www.toulouse-tourisme.com
Tarif unique : 15 €. Réservation conseillée auprès de l'office de tourisme de Toulouse.

Une visite insolite et passionnante. Partez à la découverte du Street-Art grâce au Graff Tour de l'office de tourisme de Toulouse. Rendez-vous est donné dans le quartier Arnaud-Bernard considéré comme le berceau du graffiti toulousain. C'est là qu'œuvrait, dans les années 1990, la Truskool, team de jeunes audacieux parmi les fondateurs du graff en France. La visite est guidée à deux voix : celle d'un guide-conférencier et celle d'un graffeur. L'itinéraire suppose 2h30 de découverte, à pied et en bus pour relier les quartiers.

MUSÉUM DE TOULOUSE

35, allée Jules-Guesde - **TOULOUSE**
✆ 05 67 73 84 84
www.museum.toulouse.fr
Du mardi au dimanche : 10h-18h. Entrée : 9 €. Jardins du Muséum de mai à octobre. Entrée : 3 €.

Situé près du Jardin des Plantes, le Muséum comprend également les jardins de la Maourine (quartier de Borderouge). Ses collections réunissent 2,5 millions d'objets illustrant les interactions entre l'homme et son environnement. Au programme, des expositions permanentes : la Terre, l'histoire de la vie, l'exploration de la biodiversité... et temporaires l'expo Grimoire, mon beau grimoire autour de la magie et la sorcellerie ! Prolongez votre visite en déambulant dans le jardin botanique et ses serres. Téléchargez les conférences des Jeudis du Muséum sur Internet.

PRINTEMPS DE SEPTEMBRE

2, quai de la Daurade
TOULOUSE
✆ 05 61 14 23 51
www.printempsdeseptembre.com/fr
De mi-septembre à mi-octobre. Gratuit.

Printemps de Septembre est le festival des arts contemporains et de la création sous toutes ses formes. Durant un mois, des artistes venus de tous les horizons géographiques et plastiques investissent divers lieux de la ville, proposant une découverte émotionnelle de leur travail. Une itinérance qui conduit de la rive gauche à la rive droite. À l'occasion de nocturnes, performances, projections, concerts, danse… offrent un autre regard sur la ville et l'art. Des rencontres et des événements ponctuels sont aussi organisés entre deux éditions du festival.

TRAMPOLINE PARK LET'S JUMP TOULOUSE

2, rue de l'Égalité - **TOULOUSE**
✆ 05 62 57 89 98
www.trampolinepark.fr/toulon
Ouvert le mercredi et le week-end, tous les jours pendant les vacances. 12 € de l'heure (8 € pour les moins de 6 ans).

Envie de vous dépenser à l'abri des intempéries d'une façon originale ? Cette aire gigantesque, située dans le complexe de loisirs *indoor* des Sept Deniers, est faite pour vous. Diverses activités plus ludiques les unes que les autres sont organisées. Le « Basket court » pour faire les plus beaux paniers. Le « Dodgeball » revisite le ballon prisonnier sur trampoline. Avec le « Foam Pit », testez vos plus belles figures aériennes ! Rigolades et créativité au rendez-vous.

OCCITANIE

CHLORO'FIL PARC ACROBATIQUE FORESTIER

chemin Pouey Castet - **ARGELÈS-GAZOST**
✆ 05 62 90 37 65
www.chlorofil-parc.com
Ouvert de 10h à 19h en haute saison.
Fermé du 5 novembre au 26 mars.
Entrée : de 13 € à 23 € selon l'âge.

Ce parc multi-activités vous plonge au cœur de la nature. Au choix, accrobranche, escalade et parcours ludique haut perché, rafting, canoë et canyoning dans les gaves. Chloro'fil propose des parcours progressifs, adaptés au niveau de chacun et en toute sécurité. Certains sont pensés pour les enfants dès 4 ans. Des panneaux interactifs audio permettent de découvrir en parallèle la faune et la flore environnantes. Une escapade à penser en famille pour apprendre et se dépenser.

LES AIGLES D'AURE ★

Chemin du Calvaire - **ARREAU**
✆ 05 62 40 10 35
www.aigles-daure.com
Ouvert du dimanche au vendredi à partir de 14h30, spectacle à 15h30. Adulte : 10,50 €.
Enfant de 5 à 12 ans : 6,50 €.

Dans cette superbe volerie, une trentaine d'espèces diurnes et nocturnes sont présentées dans un cadre authentique et sauvage. Aigles, vautours, hiboux, rapaces rarissimes, corbeaux. Pour les admirer en plein vol et surtout en action, ne manquez pas le spectacle. Durant une heure, les animateurs orchestrent une symphonie rare où faucons, milans, buses, pies bleues à bec rouge et même percnoptère d'Egypte ont la vedette. Dans ce ballet final, le sublime aigle bleu du Chili les rejoint et si vous voulez essayer, participez aux stages de fauconnerie.

FESTIVAL DE GAVARNIE

GAVARNIE-GÈDRE
✆ 05 62 92 49 10
www.festival-gavarnie.com
De fin juillet à début août. Entrée : 25 €.
Prévente sur Internet.

Des scènes ouvertes, celle du cirque de Gavarnie est certainement la plus spectaculaire, et rare moment plus beau vous sera offert de vivre : ce festival, à 1 400 m d'altitude, n'a nul égal. Chaque année, le thème est attendu avec impatience car avec près de 35 éditions, on se dit que de la Reine Margot à Dracula, tous ont été abordés. Magie du rendez-vous, il arrive encore à surprendre ! Cette année 2021 sera sur le thème d'« Alice de l'autre côté des merveilles ». Couvrez-vous chaudement et préparez-vous à vivre un des plus beaux rêves éveillés.

PARC ANIMALIER DES PYRENÉES

60 bis, avenue des Pyrénées
AYZAC-OST
✆ 05 62 97 91 07
www.parc-animalier-pyrenees.com
Haute saison ouvert tous les jours et jours fériés de 9h30 à 19h. Adulte : 20 €.
Enfant de 3 à 11 ans : 15 €.

Fondé en 1999 par Serge Mounard, parrainé par Nicolas Vanier, ce vaste parc de 14 ha à flanc de colline abrite 100 espèces d'animaux sauvages, dont des ours, des loups et des lynx. Dédié à la faune locale des Pyrénées, il est exceptionnel et se classe parmi les plus beaux zoos de France. Ce parc abrite aussi des loutres géantes, des isards, les mascottes du site, les fameuses marmottes qui n'hésitent jamais à solliciter caresses et friandises, ou encore bouquetins, chevreuils, markhors, renards, martres, écureuils, ratons laveurs et vautours, évoluant en semi-liberté dans un milieu naturel ou réaménagé selon leur environnement habituel. L'espace des Forêts Humides vous plonge au cœur des forêts tropicales humides. Vous pouvez admirer les pirouettes des loutres géantes et les facéties des saïmiris, et vous immerger dans de luxuriantes volières. L'occasion pour le parc de sensibiliser les visiteurs à la protection d'espèces comptant parmi les plus menacées au monde, comme l'étourneau de Bali. Et ce n'est pas fini : rendez-vous avec les pandas roux, les loutres naines d'Asie et les pélicans frisés. Votre itinéraire est bien balisé, du cœur de la meute à la terre des ours ou en suivant le fil de l'eau, vous êtes au plus près de la nature. Vous allez d'un espace à l'autre : une galerie sauvage qui présente des scènes de la vie de la faune d'Afrique, d'Amérique ou d'Europe dans des reconstitutions hyperréalistes, amplifiées par des ambiances sonores réelles. Vous découvrez dans un immense bassin, en vision sous-marine, les oiseaux pêcheurs les plus doués de notre continent : grèbes, harles, garrots et eiders vous entraînent dans une partie de pêche effrénée, survolée par le ballet magique des sternes. Chassés, protégés, sujets à polémiques, ils vous dévoilent leur vie dans des moments forts... L'expérience est fabuleuse. Militant, le parc est engagé dans une lutte pour la sauvegarde des ours bruns, des gypaètes barbus, du bouquetin ibérique et du percnoptère. Vous pouvez vous aussi aider le fonds de dotation Pyrénées Conservation afin de participer aux différents projets de sauvegarde, réintroduction et sensibilisation. Dormez aussi dans un écologde baptisé Le Refuge des Loups Noirs, comprenant deux chambres, un coin salon et une cuisine équipée, une salle de bains et bien sûr la terrasse donnant sur la colonie de marmottes avec vue panoramique sur les Pyrénées. Le dîner et le petit déjeuner sont servis dans la cabane.

STATION DE PEYRAGUDES

GERM

✆ 05 62 99 62 34

https://www.n-py.com/fr/peyragudes

La station de Peyragudes a célébré ses 30 ans en 2018. La jeune demoiselle est vite devenue l'une des stations phares des Hautes-Pyrénées, grâce à des équipements modernes et un site naturel de toute beauté. Les 51 pistes de ski alpin déroulent leurs pentes entre 1 600 m et 2 400 m d'altitude. L'enneigement est garanti par 260 canons à neige. Même les mauvaises années, vous êtes sûr de pouvoir chausser les skis. De nombreuses activités et animations sont prévues dans les deux villages au pied des pistes, permettant de profiter de la montagne sous tous ses aspects.

ESPACE PRÉHISTOIRE DE LABASTIDE ★

LABASTIDE

✆ 05 62 49 14 03

www.espace-prehistoire-labastide.fr

Ouvert d'avril à septembre, de 10h à 18h en juillet et août. Horaires variables hors saison.
Entrée : 7 €.

L'Espace Préhistoire de Labastide a inventé un concept : le parc « préhistoludique ». Animations et ateliers permettent aux petits et aux grands de remonter 15 000 ans en arrière et de partir sur les traces des chasseurs-cueilleurs de l'âge de pierre. Vous apprenez à allumer un feu primitif ou à vous éclairer à la lampe à graisse. A l'intérieur de la grotte, les grands s'initient à la chasse à la sagaie, tandis que les plus jeunes laissent leurs traces sur les parois rocheuses.

GROTTES DE BETHARRAM ★★

Chemin Léon Ross - **SAINT-PÉ-DE-BIGORRE**

✆ 05 62 41 80 04

www.betharram.com

Ouvert de 10h à 18h en été ; de 9h à 12h et de 13h30 à 17h en basse saison. Fermé de novembre à avril. Entrée : 16,50 €.

Ces grottes sont parmi les plus belles d'Europe. Pour leur visite vous devez marcher, prendre le train et même la barque. Découvertes en 1810, ouvertes au public dès 1903 elles furent très vite électrifiées. Sur 2,8 km, c'est un monde magique de cloîtres, de colonnes, de lac souterrain, de rivière...et une impressionnante dénivellation de 80 m. Et une succession de salles riches en stalagmites et immenses sculptures minérales. La visite se fait sur deux département puisque vous entrez par les Pyrénées-Atlantiques et sortez par les Hautes-Pyrénées.

LE PIC DU MIDI DE BIGORRE ★★★★

Rue Pierre-Lamy-de-la-Chapelle - **LA MONGIE**

✆ 08 25 00 28 77

picdumidi.com

Accessible toute l'année.
Téléphérique : 45 €. Nuit à l'observatoire à partir de 439 € pour 2 personnes.

C'est le phare et le symbole des Pyrénées. Classé grand site naturel national, le Pic du Midi culmine à 2 887 m et marque le paysage de toute la région. Votre aventure au Pic du Midi commence par un accès en téléphérique, au départ de la station de La Mongie (toutes les 15 min). La montée dure quinze minutes d'un trajet aérien. Petit à petit, la coupole de l'observatoire astronomique se rapproche. Car ce site naturel enchanteur est aussi un lieu de recherches et d'études scientifiques. Depuis 1873, il offre aux scientifiques des équipements pour valoriser un point de vue incomparable sur l'activité solaire ou atmosphérique. Le centre est doté d'un téléscopte, le télescope Lyot, qui permet l'observation et l'étude des astres et des galaxies. Le site ouvre au public un centre d'interprétation moderne, didactique et très original qui bouscule vos sens et vos perceptions de l'espace. Celui-ci présente l'histoire de l'observatoire, sa construction, son épopée humaine. Vous faites connaissance avec les pionniers qui ont bravé l'impossible pour bâtir sa légende. Les paysages nocturnes célestes sont fabuleux, des orages aux événements climatiques, les cieux sont un spectacle infini. De la célèbre esplanade où la lumière et l'air sont d'une rare pureté, l'horizon n'a pas de limite. De la Catalogne au Pays basque, la chaîne de montagne s'étend à perte de vue. Et dans le ciel c'est la même infinité ! Des ateliers thématiques sont proposés et vous avez accès à du matériel d'observation. Sur place, un bar-restaurant panoramique et le plus haut planétarium d'Europe. En immersion complète au sein de la coupole Baillaud, un écran de 8 m incurvé dans l'hémisphère diffuse 2 films qui vous font voyager dans l'univers.

- **Nuitée au Pic :** Le forfait comprend l'ascension, le cocktail de bienvenue, l'observation du coucher du soleil, le dîner, l'observation des étoiles, la nuitée. Lever du soleil et visite des quartiers scientifiques. 12 chambres doubles et 3 individuelles, nombre limité à 27 personnes/nuit.
- **Descente à ski** : dévaler le Pic du Midi est réservé aux sportifs aguerris, tant sur le plan technique que physique. C'est le seul espace 100 % freeride des Pyrénées et il n'est ni surveillé ni balisé, des accompagnateurs qualifiés avec une excellente connaissance de la haute montagne peuvent vous encadrer.
- **Le clou de la visite** reste le ponton transparent au-dessus du vide, passerelle métallique de 12 m offrant un point de vue vertigineux et l'impression de voler.

SANCTUAIRE NOTRE-DAME-DE-LOURDES ★★★

1, avenue Monseigneur-Théas
LOURDES
✆ 05 62 42 78 78
www.lourdes-france.org
Accès libre. Tenue décente demandée.

C'est un site vraiment unique. Pas un lieu de retraite à proprement parler, mais un lieu de pèlerinage. Espace de foi, de mission et de rassemblement international, Lourdes parle à tous. Ici, on dit les Sanctuaires pour désigner l'espace spirituel et cultuel de Lourdes. Précisément : les Sanctuaires Notre-Dame de Lourdes. Ce territoire privé de 52 ha environne la grotte de Massabielle où la Vierge serait apparue, en 1858 et par 18 fois, à Bernadette Soubirous. Enserrés dans une boucle du tumultueux Gave, au pied de la ville haute et de son château, les Sanctuaires sont ouverts tous les jours de l'année, 24h/24, même si la saison des pèlerinages de groupe se concentre d'avril à octobre. Lourdes c'est une ambiance. Les boutiques alignées à l'orée des Sanctuaires débordent jusque sur les trottoirs de médailles à quelques centimes d'euros, de statuettes de la Vierge, de chapelets de pacotille, de jolies petites bouteilles à remplir d'eau de Lourdes... Convergeant vers les portes des Sanctuaires, c'est le défilé des groupes, derrière leur bannière de pèlerinage et le défilé des hospitaliers (bénévoles) avec leur uniforme à coiffe et couleur, du moins pour les femmes, poussant les malades dans ces voiturettes bleues typiques de Lourdes. Mais on retient le côté bon enfant et cosmopolite, comme une parenthèse atypique à l'heure de l'uniformisation... On sait que Lourdes, avec près de 200 hôtels et 33 000 lits, est la seconde ville hôtelière de France, derrière Paris et devant Nice.

BALADES EN CALÈCHE

Départ au jardin Massey - **TARBES**
✆ 06 83 09 11 03
www.attelage.canalblog.com
Départ du 1er juillet au 31 août place de la mairie ; le dimanche au jardin Massey. Tarif : à partir de 2,50 €.

Philippe Daunis fait partie des personnalités incontournables de Tarbes. Avec ses chevaux Quadrille et Gallion, il vous embarque à bord de sa calèche pour un tour de ville d'une heure qui s'effectue au départ de la mairie ou du jardin Massey du 1er juillet au 31 août. On retrouve la fine équipe tous les dimanches dans le jardin Massey pour de courtes promenades qui ravissent les plus jeunes. D'avril à octobre, Philippe Gaunis vous propose de pique-niquer dans sa calèche. La balade dure une heure et demie et le déjeuner est préparé par un restaurateur tarbais.

MUSÉE MASSEY - MUSÉE INTERNATIONAL DES HUSSARDS ★★

Rue Achille-Jubinal - **TARBES** ✆ 05 62 44 36 95
www.musee-massey.com
Horaires sur Internet. Gratuit jusqu'à 18 ans. Adulte : 5 €. Pass famille (2 adultes + enfants) : 5 €.

Objet de tous les fantasmes, la troupe d'élite des Hussards demeure encore aujourd'hui fascinante. Si l'art a librement puisé dans les mythes de ce corps d'armée de cavalerie légère, il fallait un musée pour en saisir toute la complexité. Nés en Hongrie au XVIe siècle, le destin des Hussards n'en est pas moins étroitement lié à la ville de Tarbes et ses garnisons qui lui rendent hommage à travers une collection exceptionnelle de plus de 15 000 objets puisés à travers le monde. Au cœur du Jardin Massey, sur deux étages, le musée vous entraîne dans cet univers militaire où l'apparat flamboyant et rigoureux n'avait d'égal que la vertu combattante. La légende veut que ces guerriers ne descendaient pas de leurs chevaux pour dormir... Ils vous tiendront en tous cas les yeux bien ouverts tant leur épopée est palpitante. Elle s'étend par ordre chronologique et on les suit de l'Ancien régime à la Seconde Guerre mondiale à travers les 34 pays qu'ils ont foulés. La réputation internationale du musée réside dans la richesse de son exposition, agrémentée de 130 mannequins et bustes, d'une collection iconographique de dessins et de peintures et de nombreux équipements spécifiques qui relatent cette aventure en la restituant dans son contexte historique. En parallèle, une collection Beaux-arts avec une sélection d'œuvres européennes issues des écoles italiennes, espagnoles et flamandes : mythologie, religion, paysage et natures morte du XVe au XXe siècle vous attendent.

MUSÉE DE LA MINE

Route du Pla d'Adet - **VIELLE-AURE**
✆ 05 62 39 46 19
www.saintlary.com
Ouvert de 10h à 12h et de 14h à 19h en été, jusqu'à 17h en hiver. Sur réservation hors saison. Entrée : 7,50 €.

Le site d'extraction de manganèse voit son dernier mineur pénétrer dans ses boyaux sombres en 1923. Il est désormais ouvert au public et après de nombreuses réhabilitations, ses galeries vous accueillent pour une expérience hors du commun. Vous y découvrirez une authentique mine de montagne avec des extérieurs préservés et aménagés et un parcours mis en scène par un superbe jeu de sons et lumières. La visite se poursuit dans la partie musée où sont exposées des collections d'objets et de documents d'époque, des gravures, des témoignages...

CACTUS PARK

Chemin de la Turque - **BESSAN** ✆ 04 67 77 16 16
www.cactuspark.fr
Haute saison ouvert tous les jours et jours fériés de 10h à 18h. Adulte : 6 €. Enfant de 3 à 16 ans : 5 €.

C'est à la fois un parc de plantes exotiques, de milliers de cactus, de plantes succulentes, de bambous et de bananiers, mais aussi un parc animalier de 8 hectares où vivent yacks, taureaux, vaches du Cameroun, lamas, ânes du Poitou, chèvres de Syrie, poneys, cygnes, oiseaux exotiques, et toute la basse-cour. On y trouve aussi des étangs et des canaux dans lesquels s'épanouissent des plantes aquatiques apportant un peu de fraîcheur aux chaudes journées d'été. Espaces pique-nique ombragés et aires de jeux. Vous pouvez amener du pain sec pour les canards.

NEUF ÉCLUSES DE FONSERANES

Rue du Canal Royal - **BÉZIERS**
✆ 04 99 41 36 36
Basse saison : du mercredi au dimanche de 10h à 12h30 et de 13h30 à 17h. Haute saison : tous les jours de 10h à 19h

Les 9 écluses de Fonséranes, véritables merveilles de génie civil uniques au monde, sont un site exceptionnel classé au patrimoine mondial de l'Humanité par l'UNESCO ainsi qu'aux Monuments historiques. Ouvrage majeur du canal du Midi créé par Pierre-Paul Riquet, il comporte huit bassins de forme ovoïde et neuf portes qui permettent de franchir une dénivellation de 21,6 mètres sur une longueur de plus de 300 mètres. Aujourd'hui, seules sept de ces écluses sont encore en service.

AGD'AVENTURE

Domaine Saint-Martin - **LE CAP-D'AGDE**
✆ 06 23 30 12 22
www.agdaventure.com
Ouvert de Pâques à la Toussaint.
Basse saison : mercredi et week-end de 13h à 18h30. Haute saison : 7j/7 de 10h à 19h.

Niché dans le domaine Saint-Martin, ce parcours accrobranche permet de jouer les aventuriers en toute sécurité. Dans un cadre 100% nature, Agd'Aventure invite les petits et grands sportifs à s'élancer sur neuf parcours et plus de 120 ateliers. Parmi eux : tyrolienne, saut de Tarzan, pont de singe, poutre de l'ours… Certains circuits sont adaptés aux enfants et adolescents, dont le Ninja Juniors. De quoi s'occuper une bonne partie de la journée ! Sur place, vous trouverez aussi de la petite restauration, une aire de pique-nique et un parking gratuit.

LAC DU SALAGOU ★★

CLERMONT-L'HÉRAULT
Ouvert toute l'année. Gratuit. Activités nautiques payantes si location de matériel.

C'est le plus grand lac du département de l'Hérault et l'un des plus célèbres du Sud de la France. Et s'il semble avoir toujours été là ce n'est pas du tout le cas. Le lac du Salagou est un lac artificiel. A l'origine le Salagou n'était qu'une petite rivière. A la fin des années 1960, celle-ci fut entravée par un barrage afin de permettre l'irrigation des terres agricoles de la plaine alentour et afin de réguler les crues de la Lergue et du fleuve Hérault. Ainsi naquit l'immense lac du Salagou, avec un barrage qui mesure 63 m de hauteur pour 357 m de longueur et une étendue d'eau de 750 ha, 7 km de long, un périmètre de 28 km, 45 m de profondeur au plus profond et jusqu'à 125 millions de m^3 d'eau limpide. Ajoutons à ces dimensions impressionnantes, des silures de plus d'un mètre de long entre autres ressources halieutiques. C'est donc un joyau et un site que l'on imagine naturel même si ce n'est pas le cas, qui est très apprécié des habitants et des visiteurs amateurs d'une nature préservée et paisible. Au cœur de l'Hérault et du Languedoc, ce lac est effectivement à nul autre pareil et s'affiche exceptionnel quant au contraste de l'eau et d'un paysage particulièrement aride, mais aussi en raison d'une richesse géologique et d'une biodiversité quasiment uniques au monde. Cette combinaison a donné naissance à un merveilleux écrin pour de nombreuses activités de loisirs en plein air, glisse sur le lac, plongeon dans l'eau et randonnées autour du lac.

Quand on découvre le lac du Salagou, c'est tout d'abord la magie des couleurs qui opère. On admire les collines de terre rouge que sont les « ruffes » composées de sédiments argileux chargés en oxyde de fer et cette eau où se reflète le bleu du ciel. Puis, on repère les nuances des roches déclinées du jaune ou noir en une palette chromatique spectaculaire ! Le lac et ses alentours constituent l'un des principaux lieux de détente du département de l'Hérault. Le plan d'eau se révèle parfait pour la baignade et les loisirs nautiques, avec des eaux atteignant les 28°C en été. On y trouve une station de loisirs, côté Clermont-l'Hérault, et deux plages aménagées, l'une côté Clermont-l'Hérault et l'autre côté Lodève. Les 28 km de berges aménagées sont parfaites pour la randonnée pédestre et le VTT. A proximité, on trouve de nombreux campings et restaurants. Le lac a fêté dignement son demi-siècle en 2019.

- Pour l'anecdote, il n'a fallu que 3 jours et un violent orage pour remplir le Lac du Salagou à moitié, lors de sa création en 1969.
- Le lac a fêté les 50 ans de sa mise en eau en 2019.

PARC ANIMALIER LE THEIL

Rue de la Lavogne - **LE CAYLAR**
✆ 06 25 10 91 94
parcletheil.com
Haute saison ouvert tous les jours de 10h à 18h30. Adulte : 7,50 €. Enfant de 2 à 12 ans : 6 €.

C'est un espace de 11 hectares dédié aux animaux domestiques du monde entier et deux volières. En suivant des sentiers ombragés, observez le mouton peint du Texas, le mouton nez noir du Valais, la vache Highland, le taureau des steppes de Hongrie ou encore le lama d'Amérique du Sud. Outre les animaux, vous pourrez découvrir une partie de la flore du Larzac méridional grâce à des fiches placées à proximité des plantes. Côté loisirs, vous attendent un labyrinthe, la maison de la sorcière, la forêt magique, un parcours aventurier. Aires de jeux et de pique-nique.

CŒUR DE VILLE EN LUMIÈRES

MONTPELLIER
✆ 04 67 60 60 60
En novembre. Accès libre.

Chaque hiver, durant trois jours, le centre historique devient le cadre d'un spectacle lumineux et poétique impressionnant. A cette occasion, l'arc de triomphe, la préfecture, l'église Saint-Roch, le Musée Fabre et bien d'autres trésors architecturaux de la cité font l'objet de scénographies spectaculaires, articulées autour d'effets lumineux et sonores. Illuminations, projections 3D et vidéos donnent ainsi vie à ces façades normalement endormies.

LA FERME DU DOLMEN

Route de Plaissan - **LE POUGET** ✆ 07 69 75 95 13
www.lafermedudolmen.fr
Haute saison ouvert du mardi au dimanche de 10h à 19h30. Adulte : 7,50 €. Enfant de 3 à 18 ans : 6,50 €

Sur un domaine de 3,5 hectares vous attend une belle variété d'animaux de la ferme. Anes, chèvres, lamas, dindons, oies, chevaux camarguais et leurs cousins landais, pyrénéens et américains, moutons d'Ouessant, cochons du Cap, poneys shetland, paons, faisans, dindons noirs, canards et poules... Tous évoluent en liberté, au milieu de la garrigue et des plantes méditerranéennes. Les enfants peuvent à loisir approcher les animaux et se balader à dos de poneys. Ateliers pédagogiques. Aire de pique-nique agrémentée d'un barbecue mis à disposition. Aire de jeux.

JARDIN DES PLANTES DE MONTPELLIER

1, boulevard Henri-IV - **MONTPELLIER**
✆ 04 34 43 36 20
Basse saison : du mardi au dimanche de 12h à 18h. Haute saison : du mardi au dimanche de 12h à 20h. Gratuit.

Le Jardin des Plantes repose à deux pas de l'université de Médecine avec lequel il noue un partenariat. L'espace vert est né en 1593 à la demande d'Henri IV qui commanda à Pierre Richer de Belleval, enseignant en botanique et anatomie, la création d'un Jardin royal. Au fil des siècles, il s'est développé et diversifié, accueillant serres tropicales, orangerie, jardin à l'anglaise et bien d'autres variétés. De nos jours, le jardin est composé d'une mosaïque de plantes de toutes origines

ATLANTIDE : EXPLORATION GAME

www.atlantide.io
Application mobile. Accessible 7j/7 et 24h/24, en complète autonomie.

L'entreprise montpelliéraine Atlantide propose depuis quelques années de transformer la ville en escape game géant. A l'aide de votre téléphone portable, vous participerez à une mission dans les rues de l'Ecusson. La plateforme vous transmettra des consignes et des indices pour les mener à bien. Toutes les informations s'appuient sur des faits historiques, ce qui garantit un moment divertissant rythmé par des découvertes. Accessible dès 8 ans, avec des durées estimées entre 1h et 3h.

EASY BOAT PALAVAS

1, quai Paul-Cunq
PALAVAS-LES-FLOTS
✆ 06 84 48 66 69
www.easyboatpalavas.com
A partir de 50 € pour une heure de location.

A Palavas vous pouvez louer des bateaux sans permis pour découvrir la richesse du littoral de la région à votre rythme. Le long du canal vous croisez des hérons et des chevaux. Les étangs de leur côté offrent de sublimes panoramas sur les monts environnants. De temps en temps quelques cigognes et flamants viennent chatouiller les cours d'eau. Faites escale où vous voulez. Allez pique-niquer côté mer. Une activité et une sortie insolites à faire en famille ou en amoureux. On vous indique les itinéraires possibles avant votre départ.

RANCH LE PETIT SAM

Parking de la Plage
SÉRIGNAN
✆ 04 67 32 57 08
www.ranchlepetitsam.com
Juillet-août tous les jours, septembre à juin sur rendez-vous. Activité à partir de 5 €.

L'équipe du « Petit Sam » vous accueille dans un ranch traditionnel, en bois. Ils proposent plusieurs formules : promenade, randonnée, balade, cour d'équitation, compétition, loisir à poney ou à cheval. Les débutants peuvent s'essayer à une balade d'une ou deux heures, encadrés par un moniteur diplômé le long d'un parcours qui traverse les salins ou la plaine ou encore découvrir la nature environnante, la Maïre et les Orpellières. Des spectacles équestres agrémentent les soirées en période estivale, au ranch ou à l'occasion des fêtes taurines de Béziers.

PLAGE DES ORPELLIÈRES

Les Orpellières
VALRAS-PLAGE

Située sur la rive gauche de l'Orb, elle borde les espaces sauvages des Orpellières, propriété du Conservatoire du Littoral. Elle est plutôt fréquentée par les amoureux des plages tranquilles. Facilement accessible depuis le centre de Valras-Plage en traversant avec un bateau-passeur, l'office de tourisme y organise des visites guidées sur le thème de la formation des dunes et de la flore en été. Cette grande plage naturelle et sauvage est la première plage de Valras-plage en partant de l'est. A noter : elle n'est donc pas surveillée et la pêche y est interdite.

FESTIVAL FIEST'A SÈTE

SÈTE
✆ 04 67 74 48 44
https://www.fiestasete.com
Juillet août.

Organisé au sein de la salle Georges Brassens et de l'église Saint-Pierre, le festival Fiest'A Sète est une joie pour les grands passionnés de musique d'hier et d'aujourd'hui. A cette occasion, musiciens, chanteurs lyriques et choristes s'unissent pour faire vivre la musique. Sur scène, ils apportent la richesse de leurs cultures respectives et livrent des interprétations de qualité. L'événement n'hésite pas à créer des liens avec d'autres formes artistiques comme la peinture, la littérature ou encore le cinéma. Un festival riche à de nombreux niveaux.

LE PETIT PARADIS

Route de Sommières
VENDARGUES
✆ 04 67 91 99 33
www.petitparadis.com
Haute saison ouvert tous les jours et jours fériés de 10h à 18h. Adulte : 6,90 €. Enfant : 5,90 €.

Discrète oasis de verdure, Le Petit Paradis se situe à mi-chemin entre Castries et Montpellier. Depuis 1998, cette mini-ferme dynamique fait le bonheur des petits comme des grands grâce à son grand parc botanique et sa flopée d'animaux miniatures en semi-liberté. Chevaux, vaches, poneys, chèvres, lapins.... se dévoilent à hauteur des bambins. Les petits adorent tout particulièrement le village des cochons ou l'île aux chèvres ! Aire de jeux et de pique-nique, mini-golf et tours en barque complètent la journée de la meilleure des façons.

PALAIS DE LA MAQUETTE ET MUSÉE DU JOUET

11, rue du Lieutenant-Panis - **VALRAS-PLAGE**
✆ 04 67 39 13 53
www.palaisdelamaquette.com
Fermé en janvier. Se renseigner sur les horaires avant la visite. Adulte 6 €, enfant 5 €.

Unique en France, ce lieu magique de 200 m² consacré essentiellement aux jeux de construction, permet d'admirer des maquettes géantes et animées, réalisées à partir d'une incroyable collection privée de K'nex et de Lego. Plusieurs thèmes y sont proposés : la ville en construction, la station balnéaire, le port de commerce, la cité médiévale, le parc d'attractions... En fin de visite, des briques de Légo et K'nex sont à votre disposition pendant une heure pour jouer aux constructeurs !

ABBAYE DE VALMAGNE ★★

RD5 - **VILLEVEYRAC** ✆ 04 67 78 06 09
www.valmagne.com
Gratuit jusqu'à 4 ans. Adulte : 8,50 €. Enfant (de 5 à 18 ans) : 6 €. Visite guidée. Restauration. Boutique.

L'abbaye de Valmagne constitue l'un des témoignages les mieux conservés de l'art cistercien ainsi que l'un des plus anciens vignobles du Languedoc. La visite se poursuit par un jardin de plantes médicinales et par un conservatoire des cépages utilisés par le domaine viticole. Pour une visite ludique en famille, découvrez l'abbaye et son histoire au travers d'un jeu de piste *Les trésors perdus des couleurs de Valmagne*. En été, les vénérables murs de l'abbaye vibrent depuis vingt ans au son d'un festival tourné vers la musique du Moyen Age jusqu'à notre époque.

KALAPCA LOISIRS

Lieu-dit Conduché - **BOUZIÈS** ✆ 05 65 24 21 01
kalapca.com
Ouvert d'avril à octobre de 9 à 18 h.
Canoë 1/2 j. 20 €, escalade 1/2 j. 30 €, initiation spéléo 1/2 j. 28 €.

Activités de plein air : canoë-kayak, escalade, spéléo, canyoning, parcours aventure en falaises, via-corda souterraine, via ferrata, mini accrobranche, kayak polo, tir à l'arc... Kalapca est une base de loisirs au cœur du Parc Naturel Régional des Causses du Quercy à la confluence du Lot et du Célé, cadre idéal pour naviguer en canoë-kayak ou pour s'initier à la spéléologie. Kalapca s'adresse à tous les publics. Accueil également de stages, de séminaires. Tous les accompagnateurs sont diplômés d'Etat et le matériel fourni est récent, de qualité et performant.

CAHORS BLUES FESTIVAL

Rue Wilson - **CAHORS** ✆ 05 65 35 87 83
www.cahorsbluesfestival.com
Du 12 au 17 juillet 2022. Billetterie en ligne. Édition anniversaire pour les quarante ans du festival.

Depuis 1982, à la mi-juillet, Cahors se pare des couleurs du blues. Chaque année, ce sont plus de 20 000 personnes qui viennent, l'espace d'un soir ou d'une semaine, profiter de l'atmosphère chaude du festival. Artistes de légende ou découvertes de la nouvelle scène, ce festival est une pépite incontournable. En marge des programmations payantes du soir, des concerts gratuits animent les après-midi et une soirée du « blues dans la ville » permet à des groupes de se produire aux terrasses des cafés et des brasseries. Toute la programmation sur le site internet.

LET'S DOCKS

CAHORS
www.lesdocks-cahors.fr
10 et 11 juin 2022.

Festival de musiques actuelles qui se produisent sur scène sur les allées Fénelon en plein centre-ville. Chaque soirée deux ou trois concerts sont programmés. Les dernières éditions ont vu se produire des artistes émergents de la scène musicale comme Jeanne Added ou des noms bien confirmés comme Asaf Avidan, Tom Dub, Chinese Man, etc. Le festival est porté par les Docks du Grand Cahors labellisés Scène de Musiques Actuelles. Outre le festival, les Docks animent un agenda culturel annuel dans leurs locaux et s'inscrivent dans une démarche artistique plus globale.

AFRICAJARC

24, place du Foirail
CAJARC
✆ 05 65 40 29 86
www.africajarc.com
Du 21 au 24 juillet 2022.
Prévente sur la billetterie du site.

Trois jours de culture africaine en plein cœur du Lot, et cela fait vingt-trois ans que ça dure ! Le festival Africajarc est une référence en la matière, permettant depuis tant d'années rencontres et échanges entre les différents acteurs du festival. Les festivaliers sont des habitués mais pas seulement. Le cadre est enchanteur et crée un beau parallèle avec la richesse culturelle qui vous sera proposée par les concerts, danses, stages mais également par les stands d'artisanat ou encore les rencontres littéraires. Un rendez-vous incontournable !

FIGEAC PARC AVENTURES

Avenue de Nayrac
FIGEAC
✆ 06 34 35 09 09
www.accroliane.com
Ouverture le 2 avril 2022. À partir de 7 €.

L'un des deux parcours de Cap Nature. Au cœur d'une forêt de chênes, le Figeac Parc Aventures offre 9 parcours d'accrobranche évolutifs, certains dès l'âge de 3 ans. Toute la famille peut partir à l'aventure sur des circuits adaptés à chacun. La tyrolienne de 150 m de long est l'attraction phare du parc. Un terrain de paintball est également à disposition pour les groupes de 10 personnes minimum. L'entrée du parc est libre, vous avez la possibilité de pique-niquer sur place, et la possibilité d'organiser des anniversaires ou autres regroupements.

PRÉHISTO-DINO PARC

Sole des Boulangers - **LACAVE** ✆ 05 65 32 28 28
www.prehistodino.com
Ouvert d'avril à novembre et durant les vacances scolaires. 8, 90 €, étudiant 7,90 €, enfant de 5 à 13 ans 4,90 €.

Au Préhisto-Dino-Parc remontez le temps jusqu'à l'époque lointaine des dinosaures ! Qu'ils suscitent la peur ou la curiosité, les dinosaures sont l'objet de nombreuses reconstitutions et mises en scène. Le parcours ludique et sonorisé proposé par le parc vous permettra de voir ces créatures sous un nouveau jour, en en apprenant encore davantage sur leur origine et leur mode de vie. Parcours chronologique dans la forêt à la rencontre de 150 représentations grandeur nature retraçant l'évolution des espèces depuis la naissance de la Terre jusqu'au Néolithique.

MUSÉE CHAMPOLLION - LES ÉCRITURES DU MONDE ★★★

Place Champollion - **FIGEAC** ✆ 05 65 50 31 08
www.musee-champollion.fr
Ouvert toute l'année. Consulter le site pour le détail des jours et horaires. Adulte 5 €. Gratuit jusqu'à 18 ans.

Penchons-nous sur cette histoire qui a commencé il y a plus de 5 000 ans... Il s'agit de celle des Écritures du Monde. Si les premières traces graphiques remontent à 50 000 ans, l'histoire de l'écriture à proprement dite nous ramène effectivement 5 300 ans en arrière. Pour comprendre cette fabuleuse épopée humaine, vous êtes au bon endroit ! Bienvenue dans la maison natale de Jean-François Champollion, le père de l'égyptologie. Le Figeacois est mondialement connu pour avoir réussi à déchiffrer pour la première fois les hiéroglyphes : c'est la fameuse Pierre de Rosette dont vous pourrez admirer la reconstitution géante place des Écritures, à quelques pas du musée. Derrière sa magnifique façade aux mille lettres du monde entier, faite de cuivre et de verre, découvrez à partir des travaux du célèbre déchiffreur des hiéroglyphes, des collections qui racontent la fabuleuse aventure de l'écriture et invitent à un voyage passionnant à travers les cultures et les époques. Pour découvrir ce musée, vous pourrez opter pour la visite libre ou la visite guidée. La visite guidée s'adapte en fonction de votre temps. Vous pouvez opter pour la visite-conférence en 1h30 et explorer le thème de votre choix : Champollion et l'Égypte ; La naissance des écritures ; Le musée et ses chefs-d'œuvre ; De la lettre au mot : la révolution des alphabets. L'autre option, pour les plus pressés, est la visite presto en 55 minutes qui vous invite à une introduction du musée et de ses collections. Véritablement passionnant !

- **Expositions temporaires**. Le Musée Champollion - Les Écritures du Monde propose tout au long de l'année des expositions temporaires. Elles font parfois partie d'un événement national, ou sont une initiative de l'équipe du musée. Les sujets sont vastes et précis, et permettent de découvrir certaines facettes inhabituelles d'un domaine. Il peut s'agir d'art antique, préhistorique, ou contemporain, d'ici ou d'ailleurs : c'est la richesse de l'écriture sous toutes ses formes. Les amoureux du musée auront toujours une bonne raison d'y revenir.
- **Animations**.

De nombreuses animations pour les plus grands comme pour les petits sont organisées tout au long de l'année. À chaque vacance scolaire, le musée Champollion met en place notamment des visites thématiques pour les enfants, des visites-jeux, des visites-ateliers, des visites en famille... Ou simplement des visites guidées et des conférences pour les adultes. Le programme est riche !

BASE NAUTIQUE DE CAIX

Les berges de Caïx
LUZECH
✆ 05 65 21 07 86
Ouvert d'avril à septembre.
Location à partir de 6 €.

La base nautique de Caïx accueille les plaisanciers, mais propose également des services de location de gabarres dans permis (7 places), de bateau sans permis (12 personnes) de canoë-kayak et de stand up paddle. Vous trouverez sur cette base de nombreux services comme une aire de camping (très prisée par les camping-cars), un restaurant estival, une aide de pique-nique, trampoline, boulodrome, ping-pong... En fin de journée, des croisières apéritives sont organisées pour des soirées originales, mais également des barbecues géants, des soirées moules/frites, etc.

CHEMIN DE FER TOURISTIQUE DU HAUT-QUERCY ★★

Près de la gare - **MARTEL**
✆ 05 65 37 35 81
www.trainduhautquercy.info
Ouvert de Pâques à Toussaint. Train vapeur 7-12 €. Train diesel 5,50-9 €. Musée 1 €.

Nous vous invitons à embarquer à bord d'un véritable train à vapeur ou diesel pour un voyage de 13 km aller-retour, à plus de 80 m de hauteur à la découverte de la vallée de la Dordogne. Les billets se prennent depuis le hall de gare refait à neuf mais... avec de l'ancien comme le magnifique bar en cuivre provenant d'une voiture du Trans-Europ-Express. À l'étage, le musée d'objets ferroviaires anciens vous attend. Un coup de sifflet, un panache de fumée... en voiture s'il vous plaît !

REPTILAND ★

Puy Lombry - **MARTEL** ✆ 05 65 37 41 00
www.reptiland-le-renouveau.fr
Haute saison ouvert tous les jours et jours fériés de 10h à 18h30. Adulte : 10,50 €. Enfant de 4 à 12 ans : 7 €.

Venez changer votre vision des reptiles ! Dans un espace couvert et climatisé, Reptiland présente la plus belle collection de reptiles en Europe exposée en lumière du jour, soit plus de 100 espèces et plus de 200 spécimens (serpents, crocodiles, lézards, varans, iguanes, tortues, et également mygales, scorpions...), mais aussi la plus grande de France en espèces venimeuses. Chaque année, de nouvelles espèces sont ainsi présentées. Vous pouvez tout savoir sur ces reptiles grâce à des fiches disposées à chaque sas d'entrée. Un monde fascinant à découvrir.

GOUFFRE DE PADIRAC ★★★★

Le Gouffre - **PADIRAC** ✆ 05 65 33 64 56
www.gouffre-de-padirac.com
Ouvert 7/7 de Pâques à Toussaint. Réservation conseillée. Gratuit -4 ans /- de 12 ans 14,50 € / adulte 19,50 €.

Cavité naturelle de 33 mètres de diamètre et profonde de 75 mètres, le Gouffre de Padirac est le premier site du patrimoine naturel souterrain en France, il est considéré comme une curiosité géologique majeure. L'exploration débute par la descente d'un escalier d'inspiration Eiffel totalisant 207 marches sur les 543 que vous allez parcourir. Après la découverte de galeries accessibles uniquement à pied, un embarcadère permet de prendre place dans une barque, menée par un guide-batelier, pour une promenade pédagogique au fil de l'eau. Le spectacle est grandiose !

LA FORÊT DES SINGES ★★★

L'Hospitalet - **ROCAMADOUR** ✆ 05 65 33 62 72
www.la-foret-des-singes.com
Haute saison ouvert tous les jours de 9h30 à 18h30. Adulte : 9,50 €. Enfant de 5 à 14 ans : 5,50 €. Jeu de piste.

La forêt présente dans un cadre naturel de 20 hectares, plus de 150 macaques de Barbarie (ou magots), une espère protégée, originaire des montagnes marocaines et algériennes. La visite s'effectue au milieu des singes en liberté sur un itinéraire de 1,3 km. La proximité avec les animaux promet bien des émotions. Vous découvrez leur façon de vivre en groupes, leurs jeux, leur mode de vie, leurs habitudes, etc. Une animation « nourrissage des animaux » est assurée toutes les 45 minutes par des soigneurs. Un vrai moment de découverte pour les visiteurs.

PARC ZOOLOGIQUE PADIPARC

Pech du Puits - **PADIRAC**
✆ 05 65 34 68 49
www.padiparc.com
Haute saison ouvert tous les jours de 10h à 19h. Gratuit jusqu'à 4 ans. Adulte : 8 €. Enfant de 4 à 11 ans : 6 €.

Bienvenue au paradis des reptiles et autres petites bêtes sympathiques ! Ne cherchez pas du sensationnel, Padiparc c'est surtout du bon sens et le respect du bien être animal. Pour Raphaël, le créateur du site, rien n'est plus important que ses animaux : serpents, tortues, caméléons, etc. Vous pourrez les observer en toute quiétude, et poser toutes vos questions aux soigneurs présents sur le site. Bel espace de contact avec les tortues géantes africaines que l'on découvre bien plus véloces que dans nos idées reçues ! Un site familial et très instructif.

LA MAISON DES ABEILLES

Route de Gramat
ROCAMADOUR
✆ 05 65 33 66 98
le-pain-d-epice-du-quercy.com
Fermé d'octobre à mars. Ouvert tous les jours de 10h à 12h30 et de 14h à 19h. Boutique. Gratuit.

Entrez dans un rucher vivant ! 300 m² climatisés en accès libre vous permettent d'observer au travers d'une baie vitrée la vie intense des abeilles domestiques, vaquant à leurs occupations. Un véritable document vivant sur cet univers fascinant de l'apiculture qui permet d'appréhender la vie des abeilles et la fabrication du miel. Après la visite du musée, profitez d'une dégustation gratuite des fameux produits de la ruche et de la noix. A côté du musée, une boutique propose du pain d'épices du Quercy et des produits dérivés issus de l'apiculture.

ASCENSEUR DE ROCAMADOUR

Cité Médiévale - **ROCAMADOUR**
✆ 05 65 33 62 44
www.ascenseur-rocamadour.com
Ouvert toute l'année. Gratuit jusqu'à 8 ans. Adulte : 4,30 € aller-retour. Billet jumelé de 4,20 à 6,20 €.

Sur ce site, trois niveaux : le château en hauteur, les Sanctuaires en-dessous et en bas, la Cité. Pour passer d'un niveau à l'autre, deux ascenseurs sont mis à disposition : l'Ascenseur incliné et l'Ascenseur vertical. L'Incliné, qui part toutes les trois minutes, vous amène du château aux Sanctuaires. Vous voilà arrivés au cœur historique de Rocamadour. Le Vertical, lui, vous permet de relier les Sanctuaires à la Cité médiévale. Une bonne alternative pour ceux qui ont des difficultés à monter les marches ! Bon à savoir : des billets jumelés sont proposés.

LES MONTGOLFIADES DE ROCAMADOUR

ROCAMADOUR
www.rocamadouraerostat.fr
En septembre.

C'est le rendez-vous incontestable de septembre à Rocamadour ! Tous les passionnés, les enfants, les grands enfants, les amoureux de poésie... tous se donnent rendez-vous pour deux jours magiques. Deux jours de festival en Vallée de la Dordogne qui sont rythmés par l'envol d'une trentaine de montgolfières depuis le canyon de l'Alzou. Dans un véritable ballet aérien, elles s'élancent et jouent leur plus belle parade dans le ciel. Départ tous les matins et soirs.

PARC NATIONAL DES CEVENNES ★★★★

6 bis, place du Palais
FLORAC TROIS RIVIÈRES
✆ 04 66 49 53 00
www.cevennes-parcnational.fr
Accès libre. Sentiers balisés.

Cette oasis naturelle du Sud de la France constitue l'un des onze parcs nationaux du pays. C'est en septembre 1970 que l'espace fut officiellement désigné comme tel afin de garantir sa préservation et de protéger sa richesse. Aujourd'hui ce vaste territoire de moyenne montagne s'étend sur la Lozère, le Gard et l'Ardèche (938 km² de superficie), il comprend une population permanente de 67 000 habitants (il est d'ailleurs le seul parc national en France métropolitaine dont la population permanente est vraiment significative) et est composé de 118 communes. Comme tous les parcs nationaux, ce joyau de nature se compose d'un cœur, espace remarquable, protégé et réglementé, et d'une aire d'adhésion, constituée des communes qui ont adhéré à la charte du Parc national et à ses valeurs. Le parc a été distingué par l'Unesco à deux titres : en tant que « Réserve de biosphère » pour l'équilibre particulier entre l'homme et la nature et en tant que « Bien inscrit sur la liste du patrimoine mondial de l'humanité » pour les paysages culturels de l'agro-pastoralisme des Causses et des Cévennes. De nombreux professionnels du tourisme (hébergement, restaurants, sites de visites...) ou de l'agriculture (viandes, miels, vins produits de la ruche) adhèrent par ailleurs à la marque Esprit Parc Naturel, qui promeut des valeurs essentielles comme l'engagement, l'authenticité, le partage, la vitalité et bien sûr, le respect de l'environnement et des patrimoines locaux.

UTOPIX - LES IGLOOS DU SAUVETERRE

La Sirvente - **GORGES DU TARN CAUSSES**
✆ 04 66 48 59 07
www.utopix-lozere.fr
Ouvert d'avril à octobre. Adulte : 8 €. Enfant (de 3 à 15 ans) : 6 €. Groupe (10 personnes) : 5 €. Scolaires : 4 €.

Ces cabanes de pierre, construites en cercle, sont comme le prolongement des capitelles languedociennes. Leur créateur en a fait un espace ludique (jeux artisanaux, minigolf) et un lieu d'exposition de sculptures, peintures et autres créations artistiques. On y admirera différentes de ses compositions en pierre : le dinosaure, l'automobile, la moto, l'œuf... Bref, un immense terrain de jeu de 11 ha, insolite, au service des énergies propres. Possibilité de pique-niquer sur place.

DU HAUT DES ARBRES

54, avenue des Gorges-du-Tarn
LA CANOURGUE
✆ 04 66 49 37 92
www.accrobranches.com
Haute saison, ouvert tous les jours de 10h à 19h. Parcours à partir de 11 €.

A la sortie de La Canourgue, ce parc de 10 hectares offre sept parcours et des jeux haut perchés. Parmi les points forts de la structure, signalons les tyroliennes, ponts de singe, cage malaisienne, poutres mobiles, passage en filets, passages en croix, pendules, tunnel infernal, pont suspendu et passerelle vertigineuse ! Certains circuits sont très impressionnants et le « frisson + » porte bien son nom ! Tandis qu'un itinéraire est spécialement dédié aux tout-petits de 2 à 6 ans, qui seront accompagnés par des équipes compétentes et diplômées.

LES BATELIERS DES GORGES DU TARN ★

LA MALÈNE
✆ 04 66 48 51 10
www.gorgesdutarn.com
Ouvert tous les jours de Pâques à Toussaint. Réservation recommandée. Tarif forfaitaire de 92 € pour 4 personnes

A l'endroit le plus spectaculaire des gorges du Tarn, les falaises se resserrent et montent jusqu'à 500 m de haut. Durant des siècles, les barques furent seules à desservir la vallée. Puis la création du chemin de fer Paris-Béziers et de la route, les barques furent délaissées. En 1940, les bateliers de la Malène se regroupent en coopérative pour se lancer dans le tourisme. Ces enfants du pays connaissent chaque méandre du Tarn et toute la biodiversité des berges.

BIKING FARM

Le Cros
LES BONDONS
✆ 04 66 45 44 60
www.bikingfarm.com
Randonnée à la demi-journée : 50 €/journée.

Elle, titulaire d'un Master en Finance, lui moniteur guide VTT, ils ont monté en 2018 une ferme en agriculture raisonnée aux Bondons, au cœur des Cévennes. Un gîte, aménagé dans l'ancienne grange à foin, accueille les vacanciers. La table d'hôtes s'alimente directement au potager, et chez les producteurs voisins. Côté loisirs, Jean-Philippe accompagne ses invités sur les routes et sentiers cévenols en deux-roues : VTT, gravel et vélo à assistance électrique. Sur l'exploitation, Élise propose des ateliers de transformation fruitière (confitures, sorbets, coulis).

AQUA LOISIRS

Village - **LES VIGNES**
✆ 04 66 48 82 49
www.aqua-loisirs.com
Fermé du 15 octobre au 15 avril.
Kayak 1 personne : de 24 à 40 €/journée.
Canoë 2 personnes : de 48 à 80 €/journée.

Les gorges du Tarn sont sans conteste le spot idéal pour pratiquer kayak, canoë, paddle et autres embarcations aquatiques en Lozère. Aqua Loisirs a ainsi mis sur pied six circuits, au départ des Vignes, où est sa base, pour profiter des eaux tantôt agitées tantôt plus calmes de la rivière. Leur nom (L'inoubliable ; Le magnifique ; Le sensationnel...) annoncent la couleur de façon très claire : des paysages exceptionnels, des émotions, des surprises et du plaisir avant tout, accessible à tous les niveaux grâce aux longueurs et aux niveaux variés des circuits.

CATHÉDRALE NOTRE-DAME-ET-SAINT-PRIVAT ★★

Place Urbain-V
MENDE

A la voir encore dominer la ville de sa hauteur et de son volume, on ne peut douter de l'ancienne puissance des évêques. En 1368, la construction de la cathédrale Notre-Dame-et-Saint-Privat fut la décision du pape Urbain V, pape d'Avignon, mais surtout enfant du Gévaudan (il est né à Grizac en 1310). Il la voulut grande et imposante, et elle s'enrichit encore, en 1508 de son grand clocher (84 mètres), d'un style flamboyant et à la flèche très ornée, et en 1509 du clocher du Chapitre (65 mètres), très sobre. Son aspect sera modifié par l'adjonction, au début du XXe siècle, d'un porche néogothique. A l'intérieur, la nef dont les voûtes croisées d'ogives culminent à près de 25 mètres surprend par sa simplicité. Les chapelles latérales conservent un beau mobilier : autels à retable, stalles en bois sculpté, Vierge noire de style auvergnat. Dans le chœur, on peut voir des tapisseries d'Aubusson du début XVIIIe siècle. La visite ne peut omettre les orgues datées de 1654 et la descente dans la crypte où le saint avait été enseveli. Près de la porte du grand clocher, est placé le battant de la cloche Marie-Thérèse, aussi appelée la Non-Pareille en raison de ses dimensions exceptionnelles et détruite lors des guerres de religion. Pour découvrir pleinement cet édifice et son histoire, on vous recommande de suivre la visite commentée proposée par l'office de tourisme ! En été, il est possible de se hisser jusqu'au clocher pour admirer les toits de la ville.

LES FÊTES DE LA TRANSHUMANCE

MENDE
En mai.

La transhumance rassemblait les moutons, qui, dès les premières chaleurs et la raréfaction de l'herbe, devaient gagner les hauteurs des causses et les premiers contreforts de la Margeride et de l'Aubrac. Après un parcours de plusieurs jours, ils atteignaient les estives pour y rester tout l'été. Quelques passionnés renouvellent chaque année cette tradition, prétexte à une fête. Elle a lieu en général vers le milieu du mois de juin, sur le massif de l'Aigoual ainsi qu'au Mont Lozère.

GROTTE DE DARGILAN

D139
MEYRUEIS
✆ 04 66 45 60 20
www.grotte-dargilan.com
Tous les jours, de Pâques à la Toussaint.
Adulte 12,50 €, enfant 8 €. Visites à heure fixe.

C'est « la grotte rose », rose à cause de l'oxyde de fer qui a créé des roses et une belle palette de jaunes et d'ocres. Découverte par un jeune berger cévenol, elle ne fut explorée qu'à partir de 1888. Ses spécificités lui valent rapidement une belle notoriété et le site est aménagé dès 1890 pour les visiteurs. Concrétions et cristallisations y rivalisent de beauté. Il y a les draperies, le grand clocher, la cascade, la mosquée, etc. La grotte abrite surtout l'une des plus grandes salles souterraines de France et un parcours de près de 1,5 km.

LA MAISON DE L'AVENTURE

La Garde-Guérin - **PRÉVENCHÈRES**
✆ 06 71 08 29 17
www.lamaisondelaventure.com
Via ferrata à partir de 38 €/personne.
Escalade à partir de 30 €/personne.
Grimpe d'arbres à partir de 30 €/personne.

L'équipe de La Maison de l'Aventure a développé une offre d'activités sportives et ludiques, destinées à prendre la mesure des paysages incroyables des Hautes Cévennes : canyoning, spéléologie, randonnée, via ferrata, escalade et grimpe d'arbres, autrement appelée accrobranche. La Maison de l'Aventure offre ainsi la possibilité de se mouvoir en toute sécurité dans les eaux vives de la rivière, de s'attaquer aux falaises calcaires des gorges de Chassezac, d'explorer les tréfonds des grands causses de Lozère, ou encore de grimper à la cîme d'un chêne centenaire.

LE VILLAGE FORTIFIÉ DE LA GARDE-GUÉRIN ★★

PRÉVENCHÈRES
✆ 06 74 97 22 32
www.lagardeguerin.fr

Ce village fortifié est bâti à près de 900 mètres d'altitude, sur un plateau que traversait le Chemin de Régordane, voie de communication qui reliait la Méditerranée à l'Auvergne. A l'intérieur des remparts s'élèvent la haute tour de guet et la Chapelle Saint-Michel. Aujourd'hui encore l'histoire du village et sa position dans un paysage naturel confèrent à La Garde-Guérin une beauté sauvage et mystérieuse. C'est un des Plus Beaux Villages de France qui en période estivale s'anime.

LE CHÂTEAU DE LA BAUME ★

PRINSUEJOLS-MALBOUZON
✆ 04 66 32 51 59
www.chateaudelabaume.org

Fermé de novembre à mars. Haute saison, tous les jours. Visites guidées. Adulte 8 €. Gîte. Boutique.

Voici peut-être le plus haut château de France, à 1 200 mètres d'altitude. Commencé en 1630, ses épais murs de granit lui donnent une allure massive. Des artistes locaux sont d'abord requis pour sa décoration, puis l'on en fait venir de Montpellier et de Paris, qui amènent une certaine inspiration italienne. Ses embellissements conservés en très grande partie lui valurent le titre de « Versailles du Gévaudan ». Le château propose aussi un gîte installé dans une partie de la « Ferme Haute » attenante, jouissant d'une belle vue sur le château et le parc.

TRAMONTÂNE

la Rouvière - **SAINT-MARTIN-DE-LANSUSCLE**
✆ 04 66 45 92 44
www.bourricot.com/tramontane

Location d'un âne, une journée 45 €, deux jours 90 €.

Sur le passage du chemin de Stevenson, Chantal Guillaume s'est installée il y a une vingtaine d'années et élève moutons, abeilles et une dizaine d'ânes qu'elle loue pour des randonnées à la journée ou plus. Un petit gîte près de sa maison permet d'accueillir randonneurs ou vacanciers, jusqu'à 5 personnes avant de prodiguer des conseils pour le choix des itinéraires. Les randonnées peuvent être accompagnées. Mais vous pouvez aussi partir sans accompagnateur, les ânes sont adorables et les renseignements fournis suffisants pour une rando sans problème.

LES LOUPS DU GÉVAUDAN ★

Sainte-Lucie
SAINT-LÉGER-DE-PEYRE
✆ 04 66 32 09 22
www.loupsdugevaudan.com

Haute saison ouvert tous les jours de 9h à 19h. Adulte : 15 €. Enfant de 3 à 11 ans : 12 €.

Cet espace est entièrement consacré au loup depuis 1985, à l'initiative du journaliste animalier Gérard Ménatory, passionné par cette espèce animale. Aujourd'hui, sur 25 ha, il est devenu l'un des lieux les plus touristiques de la Lozère et abrite plus d'une centaine de loups, représentant les cinq sous-espèces. Celle de Pologne : loups d'assez haute taille, aux soles plantaires larges, d'un gris fauve. Celle de Sibérie : haute taille, couleur beige clair, soles plantaires larges. Celle de Mongolie : pelage fauve parfois presque roux, taille moyenne avec environ 70 cm au garrot. Celle du Canada : noir, blanc ou gris selon leur lieu de vie, taïga, toundra ou forêt classique, de grande taille, avec de larges soles plantaires pour courir sur la neige, oreilles courtes. Et celle de l'Arctique tout blanc. En 1991, le parc a accueilli 80 loups sauvés par la Fondation Brigitte Bardot. La population actuelle se régule naturellement. Les loups vivent en meute autour d'un couple dominant. Durant les visites guidées, vous découvrez l'éthologie du loup en détail. Pour la beauté de leur fourrure splendide sur la neige, venez en hiver. Le moment du nourrissage, en fin d'après-midi, trois fois par semaine, est impressionnant. La visite passe par un espace muséographie autour des mythes et légendes liés au loup, dont celle de la Bête du Gévaudan, et des particularités de l'espèce et de l'actualité. Le parc propose un espace réservé aux enfants avec atelier dessin. Possibilité de visite nocturne et même de passer la nuit sur place.

RÉSERVE DES BISONS D'EUROPE ★

Sainte-Eulalie-en-Margeride - **SAINTE-EULALIE**
✆ 04 66 31 40 40
www.bisoneurope.com

Haute saison tous les jours de 10h à 18h. Visite guidée en calèche + musée : 16 €. Enfant de 3 à 11 ans : 9 €.

Rescapé des temps préhistoriques, le bison n'a survécu que dans une forêt de Pologne, avant de retrouver en Lozère des conditions de vie idéales. C'est ainsi qu'un troupeau de 35 bisons a pu être placé en semi-liberté sur plus de 200 ha. On approche ces animaux lors de promenades en calèche ou en traîneau. En été vous pouvez emprunter un parcours pédestre. Enfin, rendez-vous à la Maison du Bison où ont été aménagés un espace muséographique et une reconstitution de grotte préhistorique.

CENTRAL WINDSURF ARGELÈS

Plage des Pins - **ARGELÈS-SUR-MER**
✆ 07 50 60 57 61
www.centralwindsurf.com
Ouvert de juin à septembre.
Location de matériel : stand-up, paddle, Kayak, etc. Cours individuels catamaran, balades.

Le Central Windsurf est un club multi-activités. Balade, cours, découverte de la côte Rocheuse, pause baignade et apprentissage ludique du pilotage et ce, dès l'âge de 5 ans. Pour 2 heures, à la journée ou en bivouac sur plusieurs jours. Apprenez à faire vos premiers bords ou progressez sur un 2 mats de 9 m. Des stages de planche à voile en groupe, des cours particuliers de funboard et des randonnées sont aussi proposées. Location également de kayaks pour se rendre vers les criques de Porteils. Bien évidemment, vous trouverez à la location des stand-up paddles.

DROP IN WATER JUMP

Impasse Copernic
ARGELÈS-SUR-MER
✆ 04 68 95 41 66
www.dropinwaterjump.fr
Ouvert tous les jours entre juin et septembre. Horaires variables hors saison. A partir de 5 ans.

Après Paradise Aventure, Canyoning Park et la tour de l'extrême, petits et grands vont se régaler avec ces jeux de glisse en eau douce du Drop'in. 18 pistes pour rigoler avec vos enfants ou vos amis, Drop'in Donuts, Crazy Jump, Crazy Slide ou encore Drop'in tracks. Pour les plus âgés je vous dois une explication : il s'agit de jeux de glisse sur bouée, surf, planche ou ski avec des tremplins pour tous les niveaux. Les ados en raffolent. Bien sûr, tout est sécurisé et surveillé, aussi, les petits peuvent s'amuser dès 5 ans. Succès garanti.

WATERSPORT AVENTURE

Plage sud (poste n°5) - **ARGELÈS-SUR-MER**
✆ 06 81 29 58 14
www.watersportaventure.com
Ouvert tous les jours de 9h à 20h.
Planche à voile, kayak de mer, paddle...
Tous les tarifs et formules sur le site.

Au pied de la côte rocheuse, là où commencent (ou se terminent) les Pyrénées, l'équipe de Water Sport Aventure vous met l'eau à la bouche sans boire la tasse avec ses trois activités phare : kayak de mer, paddle et planche à voile. Ces deux dernières activités sont sympas mais le Futé a carrément adoré les balades en kayak de mer pour découvrir les criques cachées de la Côte Vermeille et évoluer au ras de l'eau pour mieux observer sans déranger. Toutes les balades sont encadrées et ne nécessitent pas de condition physique exceptionnelle.

BIODIVERSARIUM

1, avenue Pierre-Fabre
BANYULS-SUR-MER
✆ 04 68 88 73 39
www.biodiversarium.fr
Haute saison ouvert tous les jours de 10h à 19h.
Adulte : 12 €. Enfants de 3 à 12 ans : 6,50 €.

Le Biodiversarium présente la biodiversité marine et terrestre des Pyrénées-Orientales, notamment celle de la Côte Vermeille. Par Biodiversarium s'entend l'association de l'Aquarium de Banyuls-sur-Mer et du Jardin méditerranéen du Mas de la Serre. L'aquarium, créé en 1885 par le biologiste Henri de Lacaze Duthiers fut le premier aquarium méditerranéen ouvert au public. Il a la particularité de présenter des espèces uniquement locales. Daurades et mérous évoluent dans des décors naturels identiques à ceux que l'on peut trouver sur la côte rocheuse. Mais l'aquarium est aussi - et surtout - une vitrine du laboratoire Arago. Ce site est devenu l'un des plus grands centres européens de biologie marine. Près de 180 chercheurs et de techniciens y travaillent en permanence, vous aurez d'ailleurs l'occasion de les apercevoir grâce à des laboratoires visibles du public. Vous aurez également peut-être l'opportunité de voir évoluer un des navires du laboratoire Arago dans une des nombreuses criques de la réserve marine. Des ateliers et animations spécifiques sont organisés pour les scolaires de la maternelle au lycée. En prolongement de la visite de l'aquarium, le Jardin Méditerranéen du Mas de la Serre, situé sur les hauteurs de Banyuls, concilie balade-détente et découverte-observation de la flore variée du littoral sur un espace de 3 hectares. Les espaces d'expositions avec ateliers ludiques et animations pédagogiques. Les sentiers de découverte, les terrasses surplombant la vallée de la Baillaury et leurs thématiques ornementales.

PLONGÉE BLEUE

Port de Plaisance - **BANYULS-SUR-MER**
✆ 07 85 75 67 45
www.plongeebleue.com
Initiation, plongée explo.
Randonnée palmée. Séances adaptées aux malentendants et malvoyants.

Plongée Bleue est un centre de plongée orienté vers la protection de l'environnement marin par des actions et des démarches quotidiennes concrètes visant à minimiser son impact sur le milieu pour être en accord avec ses valeurs et son éthique. Toute l'équipe se met en quatre pour que vous vous sentiez comme un poisson dans l'eau. Le petit plus qui nous a touchés chez eux, c'est l'accueil d'un public « extra ordinaire » : jeunes autistes, jeunes en activité de réinsertion, public sourd et malentendant, handicap moteur et cognitif... Une belle philosophie !

AQUARIUM ONIRIA - CANET-EN-ROUSSILLON ★★

2, boulevard de la Jetée
CANET-EN-ROUSSILLON
✆ 04 68 86 72 92
www.oniria.fr
Haute saison ouvert tous les jours de 10h à 21h. Adulte : 14,50 €. Enfant de 3 à 10 ans : 11 €.

L'Aquarium de Canet-en-Roussillon est devenu Oniria dont le fil conducteur de la visite est l'eau dans ses différents états physiques. Cette eau, au départ symbolisée par une simple goutte, sera suivie sur différents biotopes de la planète, une aventure partant d'environ 3 000 mètres d'altitude, du sommet du Canigou jusqu'au fond des abysses océaniques. Le parcours d'Oniria s'articule autour de dix univers. Montagne, plage, jungle font partie des quelques univers oniriques. Aventurez-vous à travers la forêt tropicale, puis osez l'aventure du tour du monde sous-marin. Observez, sentez et touchez ce que même votre imaginaire n'aurait pu penser. Approchez de la vitre panoramique accessible depuis le parcours, pour entrer dans l'univers des requins gris, des requins pointes noires et de l'impressionnant requin taureau. Les plus téméraires pourront envisager de dormir auprès d'eux. L'espace Voyagez dans le temps permet de rencontrer les amphibiens, les poissons et les mollusques, tandis que les bacs de la zone Descente dans les grands fonds, vous transporte depuis la plage de Canet jusqu'au détroit de Gibraltar. Puis, entrez dans la salle de projection pour approfondir vos connaissances sur le vaste monde aquatique, grâce aux magnifiques reportages et documentaires signés Cyril Tricot. Visitez aussi les coulisses, accompagnés de spécialistes : c'est l'occasion de voir la zone technique, la cuisine et la nurserie des poissons clowns. À faire en famille !

PARC ANIMALIER LES ANGLES ★

Pla del Mir
LES ANGLES
✆ 04 68 04 17 20
www.faune-pyreneenne.fr
Haute saison ouvert tous les jours de 9h à 18h. Adulte : 15 €. Enfant de 4 à 14 ans : 13 €.

Il est situé à 1 800 mètres d'altitude, sur l'un des versants du massif du Carlit. Les marcheurs emprunteront le grand circuit pour faire le tour du parc, et observer les cervidés, les marmottes, les loups, les bisons et les ours. La balade est ponctuée d'aires de pique-nique et d'affûts photographiques. Les familles préféreront probablement le circuit court pour voir quelques cervidés et les ours, ou bien suivre le sentier des traces, le sentier préhistorique ou le sentier botanique.

ALTIPYR

Moli d'Oli - **MOSSET**
✆ 06 83 47 52 04
www.altipyr.com
Randonnées à dos d'âne et à pied avec un guide diplômé. Yourte à la location et camping à la ferme au bord du ruisseau.

Envie de découvrir la montagne et le Parc naturel régional des Pyrénées catalanes autrement ? Bienvenue chez Altipyr qui propose tout un éventail d'activités pour une belle communion entre l'homme et l'animal dans un cadre époustouflant. Pierre, votre hôte ou votre guide est un fou amoureux de sa région et saura vous faire partager sa passion à dos d'âne ou à pied. A noter que sur ses terres, au bord du ruisseau, il a aménagé un charmant camping à la ferme, un tipi et une yourte. Tous les détails sur le site Internet, les formules classiques ou à la carte.

LA TOUR DES PARFUMS ★

Balco de la Solana - **MOSSET**
✆ 04 68 05 38 32
http://latourdesparfums.fr
Fermé en mars. Ouvert tous les jours en haute saison et vacances scolaires. Visite guidée. Ateliers enfants.

Un petit musée interactif où l'on teste ses capacités olfactives à travers un parcours thématique. Donnez l'opportunité à vos narines de se réveiller, vous vivrez des émotions simples et étonnantes. Educatif et ludique, ce musée propose à travers ses expositions, ses ateliers et visites guidées de découvrir notre environnement par les cinq sens. Il est plaisant de continuer cet éveil sensoriel en empruntant le sentier forestier des cinq sens qui est destiné à faire découvrir la forêt communale de Mosset à travers les 5 sens. Ludique et éducatif.

LES TRAINEAUX DE LA VALLÉE DES OURS

Camping de Porté-Puymorens
PORTÉ-PUYMORENS ✆ 06 29 42 13 15
www.apachiens.wixsite.com
Ouvert toute l'année. Baptêmes chiens de traineaux 40€/adulte ; 20€/ enfant.

Vous rêvez d'une balade en traîneau avec 4 ou 6 huskys sibériens dans un décor de Noël ? Sylvain exhausse votre vœu. Au programme, un baptême de 5 kilomètres au milieu des forêts de Cerdagne pendant 30 minutes. Et puis, si vous le souhaitez, une initiation « musher » pour mener vous-même votre équipage. Pendant la période sans neige, la solution est la Cani-Trottinette, avec un ou deux chiens, assez sportif car il faut un bon mollet pour aider le chien mais tellement agréable !

SALLE D'ESCALADE 100% GRIMPE

19, Boulevard de l'Atelier
SAINT-ESTÈVE
✆ 06 86 92 59 62
www.centpourcentgrimpe.fr
Adulte 8 €, réduit 7 €, enfant 5 €.

Du débutant au grimpeur, chacun pourra profiter des 140 blocs tracés jusqu'à 5m de hauteur et sur une surface de 600 m². Adeptes du bloc ou de la grimpe en falaise, 100 % Grimpe est un bel outil de progression et d'entraînement. Ultra sécurisé avec ses énormes tapis de mousse qui recouvrent tout le sol, le lieu permet de s'éclater, jouer aux singes pour évoluer sur le bloc. Il y en a pour tous les âges et Arnaud accueille les enfants et les ados pour des cours en fin de journée.

LA FORTERESSE DE SALSES ★★★★

SALSES-LE-CHÂTEAU ✆ 04 68 38 60 13
www.forteresse-salses.fr
Ouvert toute l'année du mardi au dimanche. Toutes les infos (horaires, tarifs...) sur le site internet.

▶ **Un chef-d'œuvre de l'architecture militaire.** L'édifice est un véritable spécimen de transition entre le château médiéval et la forteresse moderne géométrique et enfoncée dans le sol. Elle commandait la frontière entre le Roussillon, alors appartenant à l'Espagne, et le royaume de France. Au cœur de la plaine viticole, les énormes murs de brique et de pierre s'enfoncent dans le sol. Le fort rectangulaire couvre près d'un ha. Il est cerné de fossés larges de 12 à 15 m et profonds de 7 m. Le rempart atteint 12 m d'épaisseur, dont seule la partie haute dépasse du sol, afin de résister plus fortement encore à l'artillerie. On y retrouve les éléments classiques de l'architecture défensive médiévale : douves, donjon, meurtrières, courtines et pont levis. Les logements, sous le chemin de ronde, étaient conçus pour 1 500 hommes (les étables pour 300 chevaux !). Le donjon, haut de sept étages, était destiné au logement du gouverneur.

▶ **Salses, porte du Roussillon.** Depuis l'antiquité, ce lieu hautement stratégique en bordure de la via Domitia qui menait jusqu'à Cadix, a été place forte. Mais c'est à partir de 1497, que le roi d'Espagne Ferdinand initie le projet d'une forteresse imprenable capable de résister aux boulets de canon et à toutes les dernières innovations dans le domaine de l'art de la guerre. Au cours des nombreux conflits entre la France et l'Espagne, Salses changera souvent de mains jusqu'en 1659, date de la signature du traité des Pyrénées. Le Roussillon appartient désormais à la France de Louis XIV.

MUSÉE DE TAUTAVEL - CENTRE EUROPÉEN DE PRÉHISTOIRE ★★★

Avenue Léon-Jean-Grégory - **TAUTAVEL**
✆ 04 68 29 07 76
www.450000ans.com
Ouvert toute l'année, non stop en juillet-août de 10h à 19h et le reste de l'année de 10h à 12h30 et de 14h à 18h.

Le musée de la Préhistoire de Tautavel est un complexe construit autour de... l'Homme de Tautavel. Il présente toute l'histoire de l'humanité en Europe depuis les premiers Européens jusqu'aux portes de l'Histoire. Tautavel est le site où ont été découverts les plus vieux restes humains de France 560 000 ans. Les animations et les activités pour la famille sont incontestablement un plus à la visite du musée. Ce site archéologique est un des plus riches du monde et, la collection présentée au musée reflète cette richesse, mise en valeur par de nombreuses reconstitutions spectaculaires. Pendant les vacances scolaires de la zone académique, les après-midi, des ateliers et des activités ludiques et culturelles permettent de donner vie à la préhistoire, et de créer une expérience propice à l'immersion de tous à la rencontre de nos ancêtres préhistoriques. Le musée propose tout au long de l'année un programme culturel (animations, rencontres, expositions...) qui place l'expérience du visiteur au cœur de l'action. Programme détaillé sur le site web du musée. Des panneaux et de fiches en plusieurs langues (anglais, allemand, néerlandais, espagnol et catalan) permettent l'accessibilité au public venu du monde entier. La grotte se visite toute l'année uniquement sur réservation pour les groupes, et l'été des visites accompagnées au départ du musée pour les individuels. Accès par un sentier très escarpé impossible pour les personnes à mobilité réduite et enfants de moins de 7 ans.

NATURAVÉLO

Office de tourisme
TORREILLES
✆ 04 68 28 41 10
Ouvert toute l'année. Dépliant à télécharger et QR- codes à scanner sur les panneaux de balisage des 3 circuits à vélo.

L'Office de Tourisme et l'association Torreilles Vivre le sport ont créé des parcours destinés à la découverte du village et de ses alentours. Littoral sauvage, ruelles typiques du Vieux-Torreilles et hauts lieux de son patrimoine culturel : Naturavélo vous propose trois circuits de 9 km, 14 km ou 20 km, considérés comme faciles et idéals pour des balades en famille. On peut rejoindre le Barcarès, Sainte-Marie, Rivesaltes et même Perpignan. Vous découvrirez des paysages bruts avec en point de mire la chaîne des Pyrénées catalanes et le mythique Canigó.

LES BERGES DU TARN ★★

Berges du Tarn, en contrebas du Palais de la Berbie - **ALBI**

Accès libre toute l'année.

La ville a aménagé les abords de la rivière Tarn pour permettre aux promeneurs, joggers, patineurs et cyclistes de bénéficier de la fraîcheur et de la tranquillité des lieux. C'est aujourd'hui une merveilleuse parenthèse pour échapper à la pression des temps modernes ! Au cours de votre sortie, vous pourrez découvrir de merveilleux points de vue sur la cité en parcourant l'Echappée verte, en contrebas du palais de la Berbie. C'est aussi un spot formidable pour se poser le temps d'un pique-nique bucolique, les yeux rivés vers le Pont Vieux et les gabarres.

LE MUSÉE DE LA MODE ★★

17, rue de la Souque - **ALBI**

✆ 05 63 43 15 90

www.musee-mode.com

Ouvert du mardi au dimanche de 14h30 à 18h (le matin sur rendez-vous). Gratuit jusqu'à 8 ans. Adulte : 6€, enfant 4 €.

C'est à proximité de la cathédrale d'Albi que Dominique Miraille vous accueille dans cet espace hors du temps. Au sein de l'ancien couvent des Annonciades, ce passionné a accumulé une incroyable collection privée de pièces de mode allant de la fin du XVIIe siècle aux années 2000. Tout a commencé en 1985 avec l'acquisition d'une robe de soie vert et or datant du XIXe siècle ; aujourd'hui les pièces se comptent par milliers. Costumes pour hommes, robes élégantes, accessoires de toutes formes, le musée est riche d'articles divers et de pièces rares.

PROMENADE EN GABARRE - ALBI CROISIÈRES

ALBI ✆ 05 63 43 59 63

Ouvert du 15 mai au 15 octobre
Gratuit jusqu'à 3 ans. Adulte, à partir de 7,50 €. Enfant de 3 à 12 ans, à partir de 5 €.

Voilà une bien belle façon de découvrir le paysage albigeois ! Ces gabarres en bois, bateau traditionnel destiné au transport du vin, de produits agricoles et du fameux pastel, prénommées *L'Hirondelle* et *Les Copains d'abord*, vous conduisent désormais au fil du Tarn, à la découverte d'Albi et sa région. A travers différentes formules adaptées à vos envies vous pourrez découvrir le patrimoine de la ville, la rivière sauvage, sa faune et sa flore...Un commentaire complète la croisière.

LES FOLIES FERMIÈRES

GARRIGUES

✆ 05 63 40 41 60

www.lesfoliesfermieres.com

Programmation, tarifs et horaires en ligne.

Ce lieu très original regroupe trois activités : agriculture, boucherie et cabaret. David gère une ferme d'une centaine d'hectares qu'il fait visiter monté sur un tracto-train. La ferme travaille en autoconsommation intégrale, c'est-à-dire que les animaux sont transformés à la boucherie sur place et proposés à la vente. Et ensuite, une ferme auberge cabaret où Lætitia, l'épouse de David, prépare un repas avec plus de 51 % des produits servis dans l'assiette. Sur scène un spectacle de cabaret (chanteuse, danseuse, magicien...) vient compléter l'ensemble.

SENTIER « SUR LES TRACES DE L'ENFANT SAUVAGE »

Mairie - **LACAUNE**

✆ 05 32 11 09 45

Ouvert de Pâques à la Toussaint. Accès libre. Juillet-août : visites guidées les mardi et jeudi sur inscription.

Ce sentier ludique a été créé au col de la Bassine, sur la route de Brassac, à 6 kilomètres de Lacaune. A près de 1 000 mètres d'altitude, l'itinéraire de 3,5 km dure 1 heure 30 maximum. Son circuit conduit à la découverte d'une nature bien préservée et des traditions et légendes qui ont rythmé son histoire. Pour mieux appréhender les différents éléments de ce sentier d'interprétation, des livrets adulte et enfant sont en vente au bureau d'information touristique de Lacaune.

CAP' DÉCOUVERTE ★★

Le Garric

LE GARRIC

✆ 05 63 80 29 00

www.capdecouverte.com

Ouvert de mars à la Toussaint.
Activités à partir de 2 €.

Implanté autour de l'ancienne mine de charbon, sur un amphithéâtre impressionnant, ce site de 250 ha propose une vingtaine d'activités sportives et culturelles (paintball, skatepark, luge sur rail, VTT, minikart, parcours aventure, plage, aquagliss, etc.). En toute saison, au gré de ses envies, chacun organise ses journées et crée son propre programme. Cet étonnant parcours chronologique et ludique vous permettra d'en apprendre davantage sur la formation du charbon, le Jardin du début du monde, l'abreuvoir des dinosaures, la forêt de ginkgos...

MAISON DU BOIS ET DU JOUET ★

Moulin de l'Oule
MAZAMET
✆ 05 63 61 42 70
www.maisonboisjouet.fr
Adulte 6 €, enfant 4 €.

Située au pied du village d'Hautpoul, la Maison du Bois et du Jouet expose plus de deux mille jeux et jouets en bois. Sa visite ludique séduit petits et grands chaque année, c'est une vraie balade initiatique ! A l'extérieur de la maison, un magnifique arboretum composé de 54 essences permet également de découvrir les arbres de la montagne Noire. Tous les ans, de nouvelles expositions sont organisées à l'intérieur comme à l'extérieur. Un tour dans la boutique est indispensable !

PASSERELLE DE MAZAMET ★

D54
MAZAMET
✆ 05 63 61 27 07
www.tourisme-castresmazamet.com
Accès libre. Ouvert tous les jours. Gratuit. Parking.

Inaugurée en 2018, la passerelle suspendue de Mazamet est un lieu unique en Occitanie. Elle est le fruit de longs mois d'effort et de la volonté de l'ex-cité industrielle de miser sur le « tourisme vert ». Ce nouveau point de vue promet sensations de haut vol, il faut dire qu'un tel panorama ne se voit pas tous les jours. Installée à 70 mètres de haut, au-dessus des gorges de l'Arnette, la passerelle mesure 140 mètres de long : impressionnant ! Deux chemins permettent d'y parvenir : les jardins de Cormouls-Houlès (30 min à pied) et le chemin de Jamarié (15 min).

AVENTURE PARC ★

Le Bourg - **SAINT-PIERRE-DE-TRIVISY**
✆ 05 63 73 09 03
www.aventure-parc.fr
Ouvert tous les jours de 10h à 18h.
Basse saison : le week-end de 13h à 18h30.
Eté : 7j/7 de 10h à 19h. Dès 12 €.

Le créateur de ce concept innovant et ludique est un ancien capitaine de l'armée française. Lorsqu'il a conçu ce parc d'activités, Denis Payan a fait le pari de rendre accessible, physiquement et financièrement, une prestation ludo-sportive demandant de l'audace, de l'adresse et de l'équilibre et ce, en toute sécurité. Sur place, 14 parcours, signalés par des couleurs différentes représentant les niveaux de difficulté, sont mis en place pour le bonheur des aventuriers et grimpeurs. Petits et grands pourront ainsi s'essayer sur plus de 135 jeux.

ZOO-PARC DES FELINS LES 3 VALLEES ★

Chemin du Val-d'Agout
MONTREDON-LABESSONNIÉ
✆ 05 63 75 11 11
www.zoodes3vallees.fr
Fermé de novembre à avril.
Ouvert tous les jours de 11h à 19h.
Adulte : 16,50 €. Enfant de 3 à 11 ans : 11,50 €.

Au cœur des montagnes du Tarn et au confluent de plusieurs vallées, le zoo-parc des félins Les 3 Vallées est l'un des plus vastes du Sud-Ouest. Il s'étend sur 58 hectares abritant 600 animaux de 70 espèces différentes répartis en zones thématiques. De plus, 150 hectares de plantations sont destinés à pourvoir à leur alimentation. Ainsi, pour certaines espèces, dangereuses ou susceptibles de s'envoler (rapaces), des enclos très vastes ont été créés et évitent d'avoir à procéder à des éjointages mutilants, laissant à ces animaux toute leur capacité naturelle. Par exemple, les ibis rouges peuvent prendre leur envol car les volumes offerts à ces animaux leur permettent des évolutions spectaculaires dans les airs. Par ailleurs, de vastes vallées ou des plaines de 2,5 à 20 hectares en sept sites permettent aux groupes d'animaux de s'organiser, pour certains de manière quasi autonome, comme la plaine africaine de 10 hectares où les groupe de zèbres galopent librement avec leurs petits, aux côtés des gnous et des antilopes. L'insertion des animaux dans le cadre singulier qu'offre la vallée de l'Agoût propose d'emblée un rapport inédit au vivant et à la biodiversité. Le circuit du plateau des hardes sauvages s'effectue en voiture. Au fil de la balade, faites une pause à la ferme animalière. Devenez soigneur animalier d'un jour. Assistez au nourrissage des girafes, loups, ratons laveurs, renards polaires, loutres, cervidés, primates. Aires de pique-nique.

EXOTICAMIS

6227 route d'Albi - **TERRE-CLAPIER**
✆ 06 74 46 77 36
www.exoticamis.com
Haute saison ouvert tous les jours de 9h à 18h.
Adulte : 12 €. Enfant de 3 à 12 ans : 6,50 €.

Ce parc exotique d'un hectare comprend un vivarium abritant toutes sortes de caïmans, caméléons, iguanes, dragons, pythons, vipères, boas. Et des espaces extérieurs où vivent wallabies, ouistitis, de nombreuses espèces de tortues et d'oiseaux exotiques. La petite ferme attend les enfants pour câliner les ânes et les chèvres, et nourrir les cochons, canards et poules. Devenez soigneur le temps d'une matinée pour en apprendre plus et prendre soin de tout ce beau monde. Idéal aussi pour fêter son anniversaire avec des activités manuelles libres. Aire de pique-nique.

CENTRE DE VOL À VOILE DU TARN-ET-GARONNE

Aérodrome de Gandalou - **CASTELSARRASIN**
✆ 05 63 32 16 18
www.planeur-tarn-et-garonne.com
Permanences assurées les week-ends, jours fériés et les mercredis.

Le CVVTG vous offre la possibilité de tenter une expérience inoubliable : voler en planeur. Les vols sont possibles tous les jours selon la météo, les disponibilités, et sur réservation. Si l'expérience est concluante, on peut ensuite réellement débuter l'apprentissage du vol en planeur, encadré par les instructeurs du club, des plus chevronnés. Diverses manifestations sont proposées tout au long de l'année : stages, journées portes ouvertes, organisation de concours de voltige…

ADODANE

LAUZERTE
✆ 06 74 36 99 40
www.adodane.jimdo.com
De 25 à 70 € selon les demandes. Sur réservation.

Cheminer avec votre âne en liberté, prendre le temps de découvrir la nature, approcher la faune sauvage, faire apprécier la marche de façon ludique aux enfants, c'est ce que propose Adodane à Lauzerte, étape sur le chemin de Compostelle. Ânes bâtés ou attelés avec une petite carriole pour marcher sur le chemin de la région Occitanie, des randonnées à thème accompagnées permettent de profiter de sympathiques moments en famille, ou sur plusieurs jours lors de randonnées bien-être. Balade en totale autonomie ou avec un accompagnant.

RAND'EAU LOISIRS

220, Chemin de la Rhode
MOISSAC
✆ 06 85 47 72 47
www.randeau.net
Horaires variables. Activités à partir de 6 €.

La base Rand'Eau Loisirs vous propose de découvrir les vallées du Tarn et de la Garonne en vélo, en canoë-kayak, en bateau sans permis ou encore en stand-up paddle. Chaque activité est disponible en location simple, ou encadrée par un moniteur. Ceux qui opteront pour le canoë-kayak pourront s'essayer à ce sport sur le plan d'eau de Moissac, ou partir en randonnée. Une navette peut vous avancer, selon votre choix d'itinéraire. Deux heures vous suffiront, par exemple, pour parcourir les cinq kilomètres qui séparent Moissac de Saint-Nicolas-de-la-Grave.

ABBAYE SAINT-PIERRE ★★★★

Place Durand de Bredon
MOISSAC
✆ 05 63 04 01 85
www.abbayemoissac.com
De novembre à mars de 13h30 à 17h ; d'avril à juin et en octobre de 10h à 12h et de 14h à 18h ; été de 10h à 19h.

Bien que ne proposant pas de retraites ni d'accueil, Moissac vaut bien une visite. Le lieu doit sa notoriété internationale au patrimoine artistique légué par l'ancienne abbaye bénédictine Saint-Pierre. Si la légende attribue sa fondation à Clovis, il semble plus probable qu'elle soit à l'initiative de saint Didier, évêque de Cahors au VIIe siècle. Son premier âge d'or se situe aux XIe et XIIe siècles, suite à son affiliation, en 1047, à l'abbaye de Cluny. L'époque connut de grands abbés, notamment dom Ansquitil qui érigea le cloître, un exemple presque unique au monde par sa conservation dans son intégralité. Ses quatre galeries se déploient avec 116 colonnes où s'épanouissent 76 chapiteaux historiés, illustrant une cinquantaine de scènes tirées de la Bible et de l'histoire de l'Église. Sur les piliers des angles, les effigies des apôtres complètent la remarquable iconographie du cloître. On doit au bienheureux Roger la tour-porche et le fameux tympan. Raymond de Montpezat et Bertrand de Montaigu dirigèrent l'abbaye et furent aussi les grands abbés bâtisseurs du XIIIe siècle. La partie gothique de l'abbatiale fut réalisée au XVe siècle. La sécularisation de l'abbaye en 1626 sonne le départ des moines bénédictins qui seront restés près de mille ans à Moissac. Sous le régime de la commende, ils furent remplacés par des chanoines augustins. Sous la Révolution, la vie monastique prend fin. Au XIXe siècle, le cloître est classé aux monuments historiques. Aujourd'hui, ce patrimoine fait l'objet de soins attentifs.

DOMAINE D'OPALE

1983, chemin de Villemade
MONTAUBAN
✆ 06 50 22 52 47
Haute saison ouvert tous les jours de 9h30 à 19h. Visite libre sans réservation : 4 €. Visite guidée : 4,50 €.

Installé dans un cadre idyllique et arboré. Venez découvrir les animaux de la ferme : cochons, chèvres, moutons, ânes, chevaux, lapins..., et la basse-cour. Vous pourrez nourrir certains d'entre eux. Câlinez les lapins. Flânez dans l'arboretum, près de la mare aux canards et faites le tour du potager. Activités équestres. L'animatrice vous accompagne lors de petites balades en main dans ou aux abords du centre équestre, pour initier les plus jeunes aux joies de la monte à poney : préparez votre poney et pratiquez la voltige. Aire de pique-nique.

MUSÉE DE LA RÉSISTANCE ET DU COMBATTANT ★

2, boulevard Edouard-Herriot
MONTAUBAN
✆ 05 63 66 03 11
www.museeresistance.montauban.com
Du mardi au vendredi 9h-12h et 14h-17h.

Au cœur de la Roseraie, au sein du Pôle Mémoire, le musée de la Résistance et du Combattant présente une exposition permanente sur la Seconde Guerre mondiale. Créé par la ville de Montauban suite au don d'objets et de documents d'un ancien résistant déporté, les collections ont ensuite été enrichies par des dons et des achats. Le musée est un lieu d'exposition sur les conflits et les questions qu'ils suscitent. Le visiteur découvre les grands aspects de la Seconde Guerre mondiale.

MUSÉE DES JOUETS

770, boulevard Blaise Doumec
MONTAUBAN
✆ 05 63 20 27 06
www.lemuseedesjouets.fr
Ouvert toute l'année. Adulte 5 €, enfant 3 €, famille 15 €. Boutique. Animations. Atelier mécano.

Un nouveau joyau de la capitale du Tarn-et-Garonne. Récemment créé par l'association de La Cité des Enfants, ce musée déployé sur plus de 700 m² est exceptionnel. Ne pas se laisser tromper par la petite porte d'entrée c'est un immense musée que l'on découvre fort de nombreux espaces ! Le musée des jouets fait la joie des enfants, mais sans aucun doute, des plus grands également. Son plus bel attrait consiste en un réseau de voies ferrées, de trains et de gares à faire rêver tous les amoureux de la vie du rail. Autre ambiance réjouissante dans l'espace qui est dédié au Tour de France dans ses différentes expressions depuis 1950. Il y a également un bassin avec de la vraie eau pour faire naviguer les bateaux « pop-pop ». Autre clou du musée le fabuleux Mécano dont une immense grue dont l'assemblage a nécessité pas moins de 1 100 boulons. Voici le cirque Pinder avec son grand chapiteau rouge et jaune de 8 m², ses véhicules et ses animaux du temps où les cirques avaient encore leur ménagerie. Les amoureux de reconstitutions des batailles admireront les 250 kg de figurines en plomb qui retracent les grandes batailles de l'histoire. Plus loin une magnifique collection de machines à coudre côtoie des jouets en bois de différents âges, des jeux de société vintage, des voitures anciennes... bien d'autres merveilles. Il y a même un espace de jeu aménagé pour les petits, mais que les grands apprécient aussi parce qu'il s'y trouve un théâtre de Guignol équipé de marionnettes qui fait rire et rêver toutes les générations.

MUSEUM D'HISTOIRE NATURELLE VICTOR BRUN ★

2, place Antoine-Bourdelle - **MONTAUBAN**
✆ 05 63 22 13 85
www.museum.montauban.com
Ouvert toute l'année. Fermé le lundi, le dimanche matin et les jours fériés. Gratuit jusqu'à 18 ans. Adulte : 4 €.

Créé au XIXe siècle par des naturalistes locaux, ce musée présente l'une des plus belles collections d'oiseaux en France. On y trouve également des mammifères, poissons, reptiles, ainsi qu'une abondante collection de paléontologie générale et régionale, dont une série de fossiles de l'ère tertiaire, découverts vers 1860 dans les Phosphorites du Quercy. La collection de minéralogie se distingue notamment par un fragment de la météorite tombée sur le village d'Orgueil en 1864.

LA CUISINE, CENTRE D'ART ET DE DESIGN

Esplanade du Château
NÈGREPELISSE
✆ 05 63 67 39 74
www.la-cuisine.fr
Ouvert toute l'année. Horaires sur le site Internet.

La Cuisine est un centre d'art et de design. Située dans l'enceinte du château médiéval en surplomb d'un coude de l'Aveyron, elle propose des expositions temporaires, composées de créations inédites réalisées par des artistes et designers. La Cuisine propose des événements : conférences, films, concerts, performances. Elle accueille également les programmations culturelles des associations de la commune : festival de musique l'été, concerts, danse, fêtes folkloriques.

PAYS DE LA LOIRE

Ce territoire de l'Ouest de la France, largement ouvert sur la mer et son littoral, couvre six départements : Mayenne, Sarthe, Loire-Atlantique, Maine-et-Loire et Vendée. Comprenant une trentaine de réserves naturelles régionales et nationales, traversée par la Loire, fleuve royal par excellence, profitant de la douceur angevine et de ses trésors patrimoniaux, la région des Pays de la Loire est une destination idéale pour les familles qui peuvent orienter leur séjour et leurs activités en fonction de leurs envies. Des fleurons touristiques que sont l'abbaye de Fontevraud, le Puy du Fou ou encore les Sables-d'Olonne, en passant par les aquariums qui lèvent les secrets des richesses des fonds marins, le fabuleux Zoo de la Flèche qui, entre brousse et plaine asiatique, héberge de nombreuses espèces, ou encore des escales citadines à Nantes et Angers à la découverte du patrimoine et au Mans avec son célèbre circuit, vous avez le choix !

PARCOURS « IMAGINAIRE ET NOMS INSOLITES »

Parking des Tanneries
AIGREFEUILLE-SUR-MAINE
✆ 02 40 36 35 58

Le parcours « Imaginaire et noms insolites » est une invitation à découvrir la nature autrement, entre burlesque et imaginaire donc. Vous y croiserez certainement une libellule déprimée ou encore une fritillaire pintade, ainsi que de nombreuses autres espèces animales ou végétales aux consonances étranges. Comptez 2 heures aller-retour. Un circuit idéal à réaliser en famille. Une balade magnifique, parfois en hauteur, qui vous permet d'apprécier la Maine d'un point de vue différent !

VISITES GUIDÉES ET VISITES THÉÂTRALES DE CLISSON

CLISSON ✆ 02 40 54 02 95
levignobledenantes-tourisme.com
Adulte : 5 €. 10-16 ans : 2,50 €.
Visite théâtrale La BIP : 8,50 €, tarif réduit : 4 €.
Réservation obligatoire.

La ville se découvre lors de visites guidées en saison. Départ devant l'office de tourisme pour partir à la découverte de la plus italienne des villes de l'agglomération nantaise. Possibilité aussi de découvrir Clisson sous un autre jour, en compagnie de deux comédiens aussi talentueux que doucement loufoques et « poly-talents », le lieutenant Z et l'agent Patu. Une jolie occasion de découvrir la cité médiévale sous fond de théâtre, chansons, musique et tableaux historiques décalés.

MARAIS SALANTS DU MÈS

ASSÉRAC

Les marais salants d'Assérac font partie du « Bassin du Mès » regroupant une vingtaine de paludiers sur 400 ha sur les communes de Mesquer-Quimiac, Saint-Molf et Assérac. Les marais du Mès font partie de l'ensemble des marais salants de la presqu'île guérandaise. Les marais d'Assérac sont les plus septentrionaux d'Europe. Ils sont exploités traditionnellement depuis le Moyen Âge pour récolter le sel et la fleur de sel. Cette zone est alimentée en eau par le Traict de Mesquer. L'appellation du sel qui y est récolté est le fameux « sel de Guérande ».

LEGENDIA PARC

4, La Poitevinière - **FROSSAY** ✆ 02 40 39 75 06
www.legendiaparc.com
Janvier : fermé. Été 7j/7 10h-19h,
autres périodes, voir site. Adulte 14,50 €/25 €.
Enfant 3-12 ans : 9,50 €/14,50 €.

Après une balade en petit train au cœur de cet écrin de verdure, empruntez les différents circuits à la découverte de 400 animaux de nos forêts ou domestiques. Différents circuits : hameau des nains, repaire des trolls, village des lutins, villa du chasseur de dragons. Joué par des comédiens avec la présence de chiens loups de Saarloos sur scène. Autre espèce au sein du parc, le serval : félin méconnu pouvant bondir jusqu'à 3 m en hauteur et 6 m en longueur, et atteindre 80 km/h ! Un lieu incontournable de la côte de Jade à ne pas manquer pour toute la famille.

LE GRAND BLOCKHAUS ★★

Route de la Côte-Sauvage - **BATZ-SUR-MER**
✆ 02 40 23 88 29
www.grand-blockhaus.com
De février au 11/11.
Tous les jours de 10h à 19h (18h basse saison).
Adulte : 8 €. De 5 à 12 ans : 6 € avec jeu de piste

Authentique poste de commandement du Mur de l'Atlantique sur 5 niveaux et 300 m². Voici l'histoire de la Poche de Saint-Nazaire, dernière zone de France libérée le 11 mai 1945. Au rez-de-chaussée, l'histoire locale : le naufrage du *Lancastria*, le raid anglais sur Saint-Nazaire en 1942, la signature de la capitulation de la Poche le 8 mai 1945 à Cordemais... un bloc sanitaire, 2 créneaux de défense, des postes d'observation. Au sous-sol : la chambre de troupe, pièce de vie du commandant, PC radio, salle de ventilation, salle des machines, chaufferie, armurerie,...

LA MAISON DES PALUDIERS

16, rue des Prés-Garnier - **GUÉRANDE**
✆ 02 40 62 21 96
Basse saison : 7j/7, 14h30-17h30.
Mi-saison : 10h-12h/14h30-17h30.
Saison : 10h-12h30 & 14h-18h. Tarifs : 6 €/9 €.

Au cœur du village paludier de Saillé, la Maison des Paludiers fait découvrir les secrets millénaires du sel de Guérande : fonctionnement des marais salants, formation du sel, travail du paludier. Grâce à différents outils : salle audiovisuelle, maquette commentée par un guide et projection. A l'aide d'une maquette des salines, un paludier vous explique le cheminement de l'eau dans celles-ci et le rôle du soleil et de l'évaporation ; complétée par une projection audiovisuelle et une animation météo. Ensuite, réservez une visite en live dans le marais commentée.

ZOO LA BOISSIERE DU DORE ★★

La Châtaigneraie - **LA BOISSIÈRE-DU-DORE**
✆ 02 40 33 70 32 - www.zoo-boissiere.com
Haute saison ouvert tous les jours de 10h à 19h. Adulte : 24,50 €. Enfant de 3 à 12 ans : 18 €.

L'un des plus beaux parcs animaliers ! Sur 24 ha, plus de 1 000 animaux dont girafes, rhinocéros blanc, gorilles, tigres, lions, guépard, panthère noire, serval et l'orang-outan, emblème du parc. Profitez de la proximité des animaux, du spectacle d'oiseaux en vol libre, assistez au nourrissage des lions, ours, girafes, lémuriens... Créé en 2020, sur 2 ha, le Royaume des Lions. Nouveauté 2022 : la Vallée des ours, nouvel espace de 2,4 ha. Prolongez l'immersion avec une nuit insolite en hauteur entouré de girafes et rhinocéros dans l'un des Africa Lodges : magique !

CROISIERES SAINT FELIX

84, Quai de la Fosse
NANTES
✆ 06 62 05 64 86
www.croisieressaintfelix.fr
De mai à octobre (voir site web pour nouvelle saison).

De nouvelles croisières voient le jour à Nantes ! (Re) découvrez l'Erdre et la Loire grâce à 3 parcours différents et atypiques : une boucle sur la Loire : 50 minutes pour découvrir comment Nantes s'est développée autour de la Loire. Le tour de l'île : 1 heure 45 avec possibilité de prendre son pique-nique (midi ou soir), ou bien une balade de Loire en Erdre : 1 heure de navigation avec un passage de l'écluse et du tunnel Saint-Félix. Le petit plus : une dégustation de produits locaux offerte. Une superbe expérience. Larguez les amarres !

LE GRAND ÉLÉPHANT DES MACHINES DE L'ÎLE ★★

Boulevard Léon-Bureau - **NANTES**
✆ 0810 12 12 25
www.lesmachines-nantes.fr
Les jours et horaires varient selon les saisons. Se renseigner par téléphone ou sur le site Internet.

Le célèbre pachyderme vit sur l'île de Nantes, sous les nefs de la Galerie des Machines. Cet éléphant de bois, cuir et métal affiche 12 m de haut et 48 tonnes et se déplace dans le quartier des chantiers navals en arrosant les passants. Vous montez sur son dos depuis sa cathédrale d'acier, jusqu'au Carroussel des Mondes Marins où il vous dépose pour un tour de manège. Une promenade insolite d'environ 30 min pour découvrir l'ancien site des chantiers navals et les quais de la Loire.

CHÂTEAU DES DUCS DE BRETAGNE ★★★★

4, place Marc-Elder
NANTES
✆ 08 11 46 46 44
chateaunantes.fr
Cour et remparts en accès libre tous les jours de 8h30 à 19h (20h en juillet et août). Du mardi au dimanche de 10h à 18h

À Nantes, il est un château connu de toutes et tous, celui des Ducs de Bretagne. Il résiste au temps, traverse les époques, et ce depuis la fin du XVe siècle. Commandé par François II, dernier duc de Bretagne, il fut surtout celui de sa fille, la célèbre Anne de Bretagne, sacrée 2 fois reine de France, et qui a marqué le pays par sa force et sa bravoure. Rénové, le monument a retrouvé sa place en plein cœur de la cité. 5 siècles d'histoire coulent entre ses remparts où l'architecture traverse les époques. Château fort de l'extérieur, résidence royale aux airs de Blois à l'intérieur, on pénètre dans sa cour comme dans un jardin public. On peut arpenter les remparts et ainsi observer les différentes facettes de la ville, imaginer la vue de nos ancêtres nantais. On peut scruter les façades à la recherches d'étranges créatures, gardiennes de l'édifice – saurez-vous les retrouver et les nommer ? Pour une immersion encore plus totale, entrez dans le musée. Ce dernier retrace l'histoire de Nantes, de sa création à nos jours, à travers de nombreux dispositifs de muséographie, qui rendent votre expérience plus inoubliable encore. C'est aussi un lieu qui accueille de nombreuses expositions temporaires et éclectiques, vous invitant ainsi au voyage et à la découverte. Nombreuses sont celles qui ont un intérêt national, et contribuent donc au rayonnement de Nantes. Si toute cette culture creuse votre appétit, sachez qu'il y a aussi de quoi vous restaurer. La célèbre Fraiseraie, entreprise locale favorisant le circuit court, vous propose, en plus de ses fameuses glaces, crêpes et galettes, parfaites pour vous rebooster – car il en faut de l'énergie pour parcourir cet incroyable château ! Pour conclure votre visite, pourquoi ne pas faire un tour à la librairie-boutique ? Soit pour ramener un souvenir, soit juste pour contempler l'édifice, d'une blancheur immaculée. C'est aussi dans la cour du château que se tiennent de nombreux événements, n'hésitez pas, lors de votre passage à Nantes, à scruter leur programmation. Concerts, fest noz (bals bretons), visites nocturnes, sensorielles et autres chasses aux fantômes vous attendent, pour rendre votre séjour mémorable ! Oh ! et avant de partir, n'oubliez pas de saluer la statue d'Anne, créée par Jean Fréour en 2002. Elle ne cesse de veiller sur le château depuis, et ce pour les siècles à venir. Car tant que le château tiendra, Anne de Bretagne vivra dans le cœur des Nantaises et des Nantais.

PORNIC AVENTURE

Chemin des Trois-Croix - **PORNIC**
✆ 06 16 05 55 36
www.pornic-aventure.com
Basse saison : mercredi, week-end, vacances 13h-19h. Été : 7j/7 9h-19h30. Enfant dès 15 €, +16 ans 23 €

Ce parc de 7 ha dispose de 9 parcours (95 ateliers) et 900 mètres de descente vertigineuse au-dessus de l'étang du Val Saint-Martin. Certaines installations sont réservées aux adultes, d'autres adaptées aux enfants (accompagnés) : vélos suspendus, balançoires funiculaires, filet à traverser, tonneaux suspendus, pont de singe, saut de Tarzan, cordes et rondins, tyroliennes montantes et descendantes, mur d'escalade... Le personnel fournit les consignes et intervient si besoin. Possibilité d'effectuer les parcours en nocturne sur réservation pour les groupes.

LE SERPENT D'OCÉAN

Pointe du Mindin
SAINT-BRÉVIN-LES-PINS

Installée dans le cadre de l'exposition Estuaire 2012, cette œuvre de Huang Yong Ping, artiste chinois, ancrée à la pointe du Mindin à la limite transversale de la mer. Un squelette géant installé sur la plage, échoué là après une longue route à travers les océans... L'œuvre met en avant l'une des figures emblématiques de la mythologie chinoise jouant avec la courbe du pont de Saint-Nazaire, soulignant la beauté d'un paysage sauvage d'un côté (Saint-Brévin) et industriel de l'autre (Saint-Nazaire). Un serpent devenu élément incontournable du paysage brévinois.

RACING KART JADE

14, rue des Forgerons
SAINT-MICHEL-CHEF-CHEF
www.rkj.fr
Mercredi, jeudi, vendredi : 14h-19h ; samedi et dimanche dès 10h. Vacances scolaires : 7j/7 de 10h à 19h ; été 9h-22h

Il pleut, vous recherchez une activité à faire en famille ou entres amis ? Voici une activité sportive pour s'amuser et se défier entre copains. Agrandi en 2021, Racing Kart Jade propose 3 circuits : adulte, junior et baby. Une piste de 320 m avec une ligne droite de 50 m et des enchainements de courbes rapides, virages serrés. Casque sur la tête, après un petit briefing, vous pourrez performer grâce au système de chronométrage permettant de visualiser votre chrono en temps réel. Un club house avec bar et terrasse de 70 m² avec vue panoramique sur les 3 circuits.

BASE SOUS-MARINE ★★

SAINT-NAZAIRE
✆ 02 28 54 06 40
www.saint-nazaire-tourisme.com
Accès libre toute l'année au toit de 9h à 17h30-22h. Visite guidée (1h10). Adulte : 6 €.

Deux solutions étaient possibles : détruire ce massif bunker ou en faire un atout touristique. La municipalité a opté pour la seconde. On peut donc désormais flâner dans les alvéoles où se trouvent l'office de tourisme, la billetterie centrale, le VIP (scène des musiques actuelles), le « paquebot » Escal'Atlantic, le LIFE (espace d'exposition dédié aux nouvelles esthétiques...). Si vous montez sur le toit, coiffé d'un radôme, de cette bâtisse de béton, en empruntant la rampe, vous aurez une vue sur le port et l'estuaire qui vaut véritablement le détour.

SOUS-MARIN L'ESPADON

Rue de la Forme-Ecluse
SAINT-NAZAIRE
✆ 02 28 54 06 40
www.saint-nazaire-tourisme.com
Ouvert toute l'année sauf janvier.

C'est l'unique sous-marin à flot présenté en France. De la classe Narval, il a effectué plus de 25 ans de missions. Il fut le premier submersible français à avoir navigué sous la banquise où 65 hommes à bord expérimentent les conditions polaires dans un espace réduit. Descendez à l'intérieur du géant d'acier pour un voyage sonore au plus près des sous-mariniers, observez les machines, table des cartes, logements des officiers, salle des torpilles. Vous le découvrirez dans une nouvelle muséographie. Une formidable aventure pour petits et grands !

MUSÉE DU PAYS DE RETZ ★

6, rue des Moines - **VILLENEUVE-EN-RETZ**
✆ 02 40 21 40 83
www.museedupaysderetz.fr
Du mardi au dimanche de 14h30 à 18h30. Haute saison : 7j/7, 15h-19h. Adulte : 7 €. De 6 à 12 ans : 4 €.

L'ancien couvent des Cordeliers de Saint-François a été restauré pour pouvoir héberger ce musée qui raconte l'histoire du Pays de Retz, de la Préhistoire à nos jours. La visite permet de découvrir et de conserver la mémoire des métiers traditionnels aujourd'hui disparus, ainsi que des traditions populaires, restitués avec exactitude et laissant comme un sentiment de nostalgie. Des vidéos audiovisuelles et une bibliothèque (uniquement sur rendez-vous) contenant de nombreux ouvrages rares complètent la visite. Expositions temporaires et des animations.

LES ACCROCHE-CŒURS

Boulevard de la Résistance
ANGERS
✆ 02 41 05 40 00
www.angers.fr
2e week-end de septembre. Restauration.

Lancé il y a plus de vingt ans, le festival des Accroche-Cœurs convie les Angevins à venir découvrir gratuitement le talent de dizaines de compagnies des arts de la rue. Un gigantesque mélange des genres, entre déambulations, fanfares, théâtre de rue, installations plastiques... Le tout sur le mode interactif, puisque durant ces jours de fête les Angevins sont invités à participer à des défis délicieusement absurdes et à adopter un « dress code » collant au thème choisi : « Ambiance britannique » ou bien encore « Anges et démons ». Trois jours de folie !

ANGERS ICEPARC

ANGERS
✆ 02 41 88 28 45
www.angers-iceparc.com
Horaires et informations pratiques sur le site Internet de l'Iceparc.

Bienvenue au Angers IceParc ! C'est comme cela que se nomme la patinoire, inaugurée en septembre 2019 et construite sur d'anciennes friches industrielles. Un édifice à la hauteur de la renommée des célèbres hockeyeurs des Ducs d'Angers. Il est doté de deux pistes de glace, dont l'une équipée de gradins modulables (il est possible d'y organiser des concerts en recouvrant la glace !). Pourquoi ce nom d'IceParc ? Outre la référence à la glace, le nom du lieu évoque aussi ses aménagements périphériques comprenant un vaste parc paysager ainsi qu'un skate-park.

FESTIVAL ANGERS BD

ANGERS
http://angersbd.fr
Début décembre

Ce festival, très attendu réunit début décembre, au Centre de congrès, de nombreux auteurs et passionnés autour d'un thème bien spécifique : BD jeunesse et humour, BD et cinéma, BD et polar... Des rencontres avec le public y sont organisées ainsi que des séances de dédicace, des expositions, des concours de dessin et des remises de prix. L'affiche du Festival est réalisée chaque année par un dessinateur différent. Enfin, à quelques semaines de Noël, Angers BD vous donne l'occasion de faire vos emplettes autour de stands proposant albums neufs ou d'occasion.

GIFFARD

Chemin du Bocage - **AVRILLÉ**
✆ 02 41 18 85 14
www.giffard.com
Visite sur réservation du lundi au vendredi. Adulte : 5,50 € ; étudiant : 4 € ; groupe (20 personnes) : 4 €.

La maison familiale Giffard, installée à Avrillé depuis 1972, est un symbole de la région. Au sein de l'Espace Menthe-Pastille, du nom de la célèbre liqueur aux origines de la firme, affiches, bouteilles, documents originaux et anciennes publicités vous accueillent afin de vous faire découvrir la création et l'évolution de ses liqueurs et sirops emblématiques. Enivrez-vous de leurs arômes au Bar des senteurs et au Bar à cocktails, avant de pénétrer dans la salle des macérations pour une visite ou un escape game : saurez-vous percer le secret de maître Giffard ?

LE JARDIN DES KANGOUROUS ★

31, rue de la Mairie - **LA POSSONNIÈRE**
✆ 02 41 72 65 50 - www.lejardindeskangourous.com
Haute saison ouvert tous les jours de 14h à 19h. Adulte : 6,50 €. Enfant de 3 à 12 ans : 5,50 €. Boutique.

Ce parc animalier abrite un cheptel d'une centaine de wallabies de Bennett vivant en semi-liberté dans un parc de 8 hectares au cœur d'une jolie petite vallée, qui au fil des années sont devenus de moins en moins farouches. Ce voyage aux antipodes est agrémenté par des jeux, des bancs et des zones ombragées... Au printemps, saison des naissances, vous serez attendris par les bébés laissant dépasser leurs têtes de la poche ventrale maternelle. Au programme : découverte du mode de reproduction des marsupiaux, vidéos, coin lecture, panneaux et outils pédagogiques.

LE MUSÉE TROGLO

14, rue du musée - **LOURESSE-ROCHEMENIER**
✆ 02 41 59 18 15
www.troglodyte.fr
Ouvert toute l'année. Basse saison : du mardi au dimanche. Haute saison : tous les jours. Adulte : 7 €. Enfant : 5 €.

Le Musée-Troglo de Rochemenier déployé sur 1 ha vous invite à la découverte des souterrains visitables du village. Vous découvrez deux anciennes fermes troglodytiques de plaine avec leurs pièces d'habitation et leurs dépendances, une chapelle souterraine, creusée en XIIIe siècle, un poulailler... C'est tout un mode de vie spécifique dévoilé avec des meubles, des outils et des photos anciennes. En complément des objets patrimoniaux classiques, des installations faisant appel aux technologies numériques, sonores et visuelles donnent vie à ces fermes troglodytes.

ABBAYE ROYALE DE FONTEVRAUD ★★★★

Abbaye royale de Fontevraud
FONTEVRAUD-L'ABBAYE ✆ 02 41 51 73 52
www.fontevraud.fr
Ouvert de mars à octobre, horaires variables selon les saisons. Gratuit jusqu'à 8 ans. Adulte : 11 €, enfant 7,50 €.

Au cœur du parc régional Loire Anjou Touraine, l'abbaye royale de Fontevraud est inscrite au patrimoine mondial de l'Unesco depuis 2000. Aliénor d'Aquitaine y a vécu ses derniers jours et les gisants d'Henri II et de Richard Cœur de Lion à ses côtés rappellent qu'elle fut chérie des Plantagenêt. Sur la route des châteaux de la Loire, l'élégante et plus vaste cité monastique de France héritée du Moyen Âge mérite un séjour. En parcourant ses 13 ha, vous voyagerez à travers l'histoire et l'architecture des lieux. Ce fut d'abord un monastère – en avance sur son temps – à la tête duquel se succédèrent 36 abbesses pendant plus de six siècles. Les religieuses furent contraintes de quitter l'abbaye après la Révolution française, qui, comme bon nombre de monuments religieux, fut transformée en prison. Bien que l'abbaye fût inscrite sur la liste originelle des monuments historiques en 1840, et par Prosper Mérimée lui-même (!), elle reste une prison jusqu'en 1963. Plus de 2 000 personnes y furent emprisonnées. Elle était considérée comme l'une des prisons les plus dures de France. Et assurément la plus poétique, surnommée « la prison aux 1 001 enêtres et portes » en raison de ses nombreux arcs et vitraux. Venez découvrir 1 000 ans d'histoire riche et complexe à travers les 18 animations, véritables tapisseries numériques, qui jalonnent les parcours de visite. Vous pouvez également opter pour un tour des incontournables avec la visite guidée ou l'audio-guide. Plongez dans un dédale architectural : de l'église abbatiale, dont le chœur épuré aux impressionnantes dimensions marque l'apogée de l'art roman, arrêtez-vous à proximité des gisants des rois d'Angleterre et parcourez la crypte archéologique qui nous plonge et explique les origines du lieu. Le cloître du Grand-Moûtier quant à lui, a conservé ses dimensions originales et est, tout simplement, l'un des plus grands édifices européens de ce type. On aura également beaucoup de plaisir à découvrir cet étrange bâtiment, « les cuisines romanes », dont la toiture comme couverte d'écailles et les cheminées interrogent encore historiens et architectes. Au fil des maquettes qui retracent l'évolution du lien ainsi que la salle Lego, vous vous improvisez bâtisseurs et rêvez vous aussi de grandeur. Cité tournée vers la création, lieu de vie et de rencontre, Fontevraud accueille aussi en ses murs des installations artistiques et un nouveau musée d'art moderne. Une visite des plus magnifiques et enrichissantes !

LE VILLAGE TROGLODYTE

14, rue du Musée - **LOURESSE-ROCHEMENIER**
✆ 02 41 59 18 15
http://troglodyte.fr
Fév-nov. Haute saison 7j/7 9h30-18h, basse saison 10h-17h, fermé le lundi. 8 €, réduit 6,80 €, 6-17 ans 4,70 €.

Depuis cinquante ans, ce musée vous présente un habitat troglodytique occupé jusqu'au début du XXe siècle. Vous accédez aux espaces de vie et aux outils utilisés sous terre, et vous pouvez découvrir du contenu inédit grâce à une tablette louée sur place et participer, grâce à des jeux d'ombres et de lumières, à la vie des anciens habitants des lieux. En été, ne manquez pas les différentes animations proposées, notamment les conférences instructives et ludiques qui revisitent le village (ou plutôt le hameau) ainsi que des concerts et du théâtre. Pensez au gilet !

PARC DE LOISIRS SAINT-BLAISE

Parc de Saint-Blaise
NOYANT-LA-GRAVOYÈRE
✆ 02 41 26 43 48
Toute l'année. Gratuit.

Le parc de loisirs Saint-Blaise est idéal pour vos sorties familiales. Gratuit, il propose pléthore d'animations pour satisfaire l'énergie de vos chers bambins : des toboggans aux poneys en passant par les bateaux à pédales et le boulodrome, ils devraient trouver de quoi faire. L'été, accédez à la plage et sa baignade surveillée. Pour se désaltérer, une buvette vous accueille. Pour les pêcheurs, il sera même possible d'aller taquiner la truite, le parc fournissant équipement et appâts.

ARENA LOIRE

131, rue Ferdinand-Vest
TRÉLAZÉ
✆ 02 72 79 80 00
www.arenaloiretrelaze.fr
Une programmation de spectacles éclectiques toute l'année et un festival plein air l'été.

L'Arena brille par sa grande capacité d'accueil, la modernité de ses installations et sa polyvalence, adaptée aux compétitions de basket, de handball, de volley, de tennis, d'escrime, de badminton... Inaugurée en 2013, cette salle a déjà accueilli de nombreux rendez-vous, comme le championnat d'Europe de basket-ball féminin ou la demi-finale de la Fed Cup, mais aussi des spectacles d'artistes phares de la scène one-man show, du rock et de la variété française. Le lieu accueille aussi une partie des concerts du Festival Estival de Trélazé.

PAT A FOIN

CHAMPÉON

✆ 06 52 64 33 66

Haute saison ouvert tous les jours de 10h à 18h. Basse saison mercredi et week-end de 10h à 18h. Entrée : 5 €.

Dans un cadre verdoyant et vallonné de 7 hectares, cette ferme est un refuge offrant une agréable retraite à des animaux rescapés, issus d'abandon, sauvetage, sortis d'abattoir, retraités ou handicapés. Chèvres, poules, chevaux, vaches, et ânesses. Trois jeunes femmes passionnées par les animaux vous les feront découvrir et vous proposeront des activités variées autour des animaux domestiques, de la faune locale, et vous sensibiliseront à la cause animale. Elles prévoient également l'installation d'enclos permettant d'accueillir des animaux sauvages et des félins.

LE REFUGE DE L'ARCHE ★

Route de Ménil - **CHÂTEAU-GONTIER**

✆ 02 43 07 24 38

www.refuge-arche.org

Haute saison ouvert tous les jours de 10h à 19h. Adulte : 12 €. Enfant de 4 à 11 ans : 8 €. Boutique.

L'association le CEPAN reconnue d'utilité publique, gère deux établissements. Le Refuge de l'Arche : un sanctuaire animalier recueillant sur 3 hectares, plus de 1 300 animaux sauvages exotiques au parcours de vie parfois chaotique. De provenances différentes (laboratoires, cirques, zoos, trafics), chaque animal a son histoire.

Le Centre de Sauvegarde de Faune Sauvage Locale « Valentine et Jacques Perrin » : espace de soin accueillant les animaux sauvages de la faune locale blessés et qui, après soins vétérinaires, sont relâchés dans leur milieu naturel.

LE MUSÉE DÉPARTEMENTAL ROBERT-TATIN ★

1030, route de Cosmes

COSSÉ-LE-VIVIEN

✆ 02 43 98 80 89

www.musee-robert-tatin.fr

Fermé en janvier. Adulte 6 €, enfant 3,20 €.

De retour au pays en 1962, le peintre Robert Tatin avait 70 ans lorsqu'il s'installa dans cette ferme pour y créer en 20 ans, un univers architectural original à la croisée des mythologies et des références artistiques. Il travailla dessus sans cesse jusqu'à sa mort, en 1983. Les sculptures s'alignent le long des 80 m de l'allée des Géants et 5 ha de jardins. Découvrez dragon, porte du soleil et jardin des Méditations... Un foisonnement qui étonne et séduit le plus grand nombre.

MUSÉE ARCHÉOLOGIQUE DEPARTEMENTAL ★★

13, rue de la Libération - **JUBLAINS**

✆ 02 43 58 13 20

www.museedejublains.fr

Gratuit jusqu'à 18 ans (gratuit le 1er dimanche de chaque mois). Adulte : 4 €. Horaires sur le site Internet.

De l'âge de bronze au haut Moyen Âge, ce musée unique vous emmène à la découverte des collections archéologiques de la Mayenne et de la ville de Noviodunum, en particulier lors des époques gauloise et gallo-romaine. Le plus : le musée donne accès la forteresse, qui daterait de l'an 200 et de l'an 295 pour sa muraille, installé à proximité immédiate ! Le musée et la forteresse sont labellisés pour les 4 types de handicap : visuel, auditif, mental et moteur.

LE MUSÉE DU CIDRE

Route de Chantrigné

LASSAY-LES-CHÂTEAUX

✆ 02 43 04 71 48

www.museeducidre53.fr

Du 1er avril au 30 septembre du lundi au samedi : 14h-18h30. Juillet-août : 10h-18h30. Adulte 5 €.

Au magnifique domaine de la Duretière, Aurore et Josselin Le Royer, jeunes producteur-transformateurs de pommes et de poires, vous accompagnent à la découverte de l'univers des fruits et des produits cidricoles en vous dévoilant toutes les étapes de la fabrication. Vous évoluez au milieu des vergers, découvrez les vieux pressoirs, le processus d'embouteillage, la distillerie. De petits documentaires projetés le long du musée, illustre fort bien le sujet. En boutique, vous trouvez des produits du terroir et toute la déclinaison des nectars de la maison...

ASINERIE DU BOIS GAMATS

Chemin du Château-du-Bois-Gamats

LAVAL

✆ 06 88 77 25 45

www.asinerieduboisgamats.fr

Visite mardi et jeudi à 15h30.

Cette ferme céréalière produit également du lait d'ânesse et de la laine mohair. Ils accueillent vos équidés en pension et disposent même d'un camping. Les enfants profiteront de ce petit paradis en visitant l'âsinerie. Vous pouvez partir en balade accompagné d'un âne adapté à chaque âge pour un circuit d'une demi-heure, ou participer aux soins et nourrissage des animaux et aux ateliers thématiques. De la traite au savon, fabrication de votre propre savon, créer une fleur magique avec la laine des chèvres angora. Activités avec les chevaux, voltige et bouchonnage.

PAYS DE LA LOIRE

LAVAL LOISIRS KARTING

Circuit Beausoleil
LAVAL
✆ 02 43 49 15 95
Session de 10 min, 13 € et 20 €.

D'envergure internationale, la piste mesure 1 234 m et offre une ligne droite de 120 m ! Peu de gens le savent mais elle a accueilli quelques futures stars de la F1, du temps où elles « kartaient » : Prost, Seyna, Schumacher, Raikkonen... Et si ce sport a tant de succès, ce n'est pas seulement parce qu'il permet à ses jeunes pousses (dès 7 ans) de rêver à un brillant destin de coureur automobile, c'est aussi car il favorise les bons réflexes ainsi qu'une excellente évaluation des distances. Régulièrement, des courses d'endurance, ouvertes à tous, sont proposées.

MUSÉE D'ART NAÏF ET DES ARTS SINGULIERS

Place de la Trémoille
LAVAL
✆ 02 53 74 12 30
www.musees.laval.fr
Visite libre gratuite, visite guidée 3 €.
Accueil enfants. Boutique. Animations.

Un lieu valorisant la création plastique et sa diffusion auprès de tous. Le MANAS est un lieu unique consacré aux arts naïfs et singuliers, qui présente ses collections et expositions temporaires sur 1 100 m². Assurant une veille sur la création hors-les-normes, il est identifié au niveau national comme découvreur et soutien aux plasticiens éloignés des circuits de diffusion. Vraiment très original quant à sa muséographie et ses choix artistiques.

ECHOLOGIA

Hameau Chaufournier - **LOUVERNÉ**
✆ 09 80 80 53 53
www.echologia.fr
Ouvert de mai à fin septembre. Adulte 15 €, enfant 5 €. Chambres dès 99 €, logements insolites à partir de 129 €.

Echologia est un parc de loisirs nature, écolo et insolite, de 70 ha, composé d'une friche industrielle (fours à chaux, maisons d'ouvriers) et d'anciennes carrières où la végétation a repris ses droits. Un espace naturel remarquable et protégé ! S'ajoutent une piscine naturelle et 2 kilomètres de sentiers pédestres. On peut pratiquer le tir à l'arc, la pêche à la ligne ou aux écrevisses, l'apiculture, le canoë ou loger dans une cabane perchée dans la forêt, sur l'eau, sur une digue, ou dans une tente trappeur. Des hébergements de grand charme !

LA FERME DE LA PAPINIERE

La Chapelle au Grain
SAINT-GEORGES-BUTTAVENT
✆ 02 43 00 27 59
Haute saison ouvert tous les jours de 10h à 19h. Entrée : 5,50 €. Sur réservation.

Dans cette ferme de 15 hectares vous attendent les chèvres laitières, chevaux, ânes et ânesses, cochons et la basse-cour. Des paons et faisans, canards, cygnes et oies d'ornement. Sans oublier les nombreux arbres typiques du bocage mayennais, une flore riche et variée, ainsi que la culture de plantes aromatiques. Ateliers ludiques de fabrication de beurre et de confitures. Balade à poney et petit tour en carriole. Ils organisent également des camps d'été avec de nombreuses activités dont la découverte de vieux métiers comme la bourrellerie. Aire de pique-nique.

VÉLORAIL DE SAINT-LOUP-DU-GAST

SAINT-LOUP-DU-GAST
✆ 02 43 00 80 61
www.st-loup-du-gast.mairie53.fr
Ouvert d'avril à octobre. 18 € le vélorail.

Le Vélorail se présente indéniablement comme un moyen original et convivial pour parcourir les kilomètres de rails aujourd'hui désaffectés. Le village fleuri de Saint-Loup-du-Gast vous invite pour une balade insolite, au cœur d'un chemin bocager sur l'ancienne ligne de chemin de fer reliant Laval à Caen, à bord d'une draisine. Lors de cette escapade de 6 km (aller-retour), vous découvrirez le paysage typique du bocage mayennais en surplombant la Mayenne sur le viaduc de la Rosserie.

CANYON DE SAULGES ★

SAULGES
www.grottes-de-saulges.com
Accès libre et gratuit.

Le site d'escalade de Saulges est un site majeur dans le Grand Ouest de la France, réputé par sa variété et son nombre de voies, sa configuration originale et son cadre verdoyant. Mis en place depuis 1988, tous les équipements permettent une pratique sur plus de 160 voies de 10 m à 25 m de hauteur. Le site étant classé Natura 2000 de la Vallée de l'Erve, veuillez utiliser les sentiers, les parkings et les toilettes mis à votre disposition, afin de respecter la biodiversité des lieux. En accès libre, il est conseillé d'apporter le matériel approprié.

MUSÉE DE LA DEUXIÈME GUERRE MONDIALE ROGER BELLON ★

Le Camp - **CONLIE** ✆ 02 43 20 90 35
http://museerogerbellon.free.fr
Ouvert du 1er avril au 30 septembre (jours fériés compris), du mercredi au dimanche de 14h à 17h30. Adulte : 6 €.

Alors qu'il avait 16 ans, Roger Bellon fut témoin à Fyé des combats des Alliés contre les Allemands. Depuis, la Seconde Guerre mondiale, c'est sa vie : son musée présente plus de 2 000 pièces authentiques dont une centaines de mannequins en tenues ou uniformes d'époque ! Il assure lui-même la visite guidée. Autre talent de M. Bellon : il est sculpteur sur bois. Il expose donc au musée les œuvres qu'il a réalisées et dont la quasi-totalité porte sur la Seconde Guerre mondiale.

LE MUSÉE DE LA MUSIQUE MÉCANIQUE

12, Grande-Rue - **DOLLON** ✆ 02 43 71 53 89
www.musiquesmagiques.fr
Ouvert de mars à novembre, dimanche et jours fériés, l'après-midi. Et sur rendez-vous. Adulte : 8 €. Enfant : 6 €.

Dans le Perche sarthois, c'est un musée très étonnant et plein de magie. L'œuvre de Philippe Corbin qui a rassemblé avec passion des orgues de barbarie, orgues de danse, polyphonie et autres pianos mécaniques, mais aussi des curiosités comme une chaise musicale. Ces pièces couvrent la période de 1800 à 1960. La visite passe par la salle de spectacle avec projection d'un film des années vingt sur grand écran, le cinéma muet s'anime, et nous revoilà dans la musique mécanique. On adore !

ZOO DE LA FLÈCHE ★

Le Tertre Rouge - **LA FLÈCHE**
✆ 02 43 48 19 19
www.zoo-la-fleche.com
Haute saison : 7j/7 de 9h30 à 19h30. Adulte : 25 €. Enfant de 3 à 11 ans : 19,50 €.

Sur 18 hectares vivent 1 500 animaux de 160 espèces différentes. Au fil de la balade découvrez les lagunes des flamants du Chili, mammifères, herbivores, primates, carnivores. Les volières sud-américaine et asiatique, et celle des loris arc-en-ciel. La plaine asiatique, la pampa argentine, le bush australien... Présentation des oiseaux en vol libre, des otaries de Californie et d'un serpent. Animations girafes, hippopotames, tigres de Sumatra, manchots de Humboldt, ours polaires. Aires de jeux et de pique-nique. 9 points de restauration. Hébergements en lodges.

24 HEURES DU MANS KARTING

Route du Chemin-aux-Bœufs
LE MANS
✆ 02 43 40 21 40
www.lemansdriver.fr
Ouvert toute l'année. Horaires selon saison. Tarifs par téléphone. Bistrot. Bar & snack.

Les 24 Heures du Mans Karting présentent de nombreuses similitudes avec les 24 Heures Auto dans la mesure où elles en reprennent les grands principes. Il s'agit d'une course de sport mécanique qui offre un avantage non négligeable vis à vis de son aînée. Activité de loisir à l'origine (ce sont des licenciés qui participent à cette version officielle de la course), elle est accessible à un public bien plus large. Organisée dans le cadre du championnat Euro Endurance, cette épreuve pour amateurs de sensations fortes se dispute sur le prestigieux circuit Alain-Prost. Cette piste mesure 1 174 m et appartient à un complexe international légendaire ayant vu évoluer des champions tels que Senna, Schumacher, Fisichella, Verstappen et Trulli. Cette compétition engage une quarantaine de participants. Les relais s'enchaînent entre trois ou quatre pilotes composant chaque équipe. Tout comme les 24 Auto, plusieurs prototypes de karts affoleront encore les chronos cette année. Pour la 27e édition, le challenge sera relevé par des KF (châssis puissants, 34 Ch, mécanique fragile), par des Rotax Max (30 Ch, plus robustes mais moins nerveux) et aussi par des X30 et Super Rok. Ceux-ci feront l'objet de deux groupes distinctifs. Le Team Sarthe RTKF dominera-t-il à nouveau le haut du classement ? Parviendra-t-il à gravir la plus haute marche du podium, pour la 4e année consécutive ? Pour le savoir, rendez-vous aux abords de la piste Alain-Prost en septembre prochain !

CARRÉ PLANTAGENÊT (MUSÉE) ★

2, rue Claude-Blondeau - **LE MANS**
✆ 02 43 47 46 45
www.lemans.fr/musees
Ouvert du mardi au dimanche 10h-12h30/14h-18h. Accès gratuit au musée et expositions temporaires. Fermé jours fériés.

Sur un espace de 3 300 m², 1 200 sont dédiés à la présentation de collections permanentes et 300 aux expositions temporaires. Les collections présentées dans ce musée d'Archéologie content l'histoire de la ville à travers cinq époques : la préhistoire, la protohistoire, l'époque gallo-romaine, le haut Moyen Age et le Maine médiéval. L'architecture épurée de l'édifice est résolument contemporaine. Chacune des parties présente par ailleurs des objets emblématiques locaux.

MUSÉE DE LA REINE BERENGÈRE

7-13, rue de la Reine-Bérengère - **LE MANS**
✆ 02 43 47 38 51
www.lemans.fr
Gratuit. Du mardi au vendredi 10h-12h30 (été et vacances scolaires) et 14h-18h, week-end 10h-12h30 et 14h-18h.

La Maison de la Reine Bérengère doit son nom à une ancienne croyance populaire erronée : elle n'a pu habiter cette demeure bourgeoise construite à la fin du XVe siècle, étant morte en 1230. Elle fait partie des trois belles maisons à pans de bois (XVe-XVIe) qui abritent un musée d'art et d'histoire régionaux. En plein cœur de la Cité Plantagenêt, c'est une halte essentielle lors du parcours historique et artistique de la ville. La Maison du Drapier doit ce nom à sa grande sablière sculptée d'un mouton déroulant une toison ondulée et emplie de personnages divers. La Maison de l'Annonciation fut construite plus tardivement et reflète l'influence de l'art italien du début du XVe. Le rez-de-chaussée en pierre a été remanié au cours du XVIIe. Le premier étage offre, autour d'une fenêtre à meneaux, un décor sculpté orné de vases, de candélabres, de feuillages et d'arabesques. Quatre statuettes trônent : au centre, la Vierge à côté de celle de l'ange Gabriel, à gauche se tient celle de sainte Catherine et, à droite, celle de sainte Barbe. Ces maisons deviennent propriété d'Adolphe Singher en 1891, qui les restaure pour y faire installer ses collections personnelles. La ville rachète ces demeures après sa mort. Depuis 1924 y sont abritées des collections permanentes très riches consacrées à l'art régional : mobilier traditionnel, peintures, céramique, verrerie... Ce musée, véritable hommage à la vie rurale d'autrefois, accueille régulièrement des expositions temporaires.

ARBORETUM DU TUFFEAU

SAINT-GERVAIS-DE-VIC
✆ 02 43 35 39 95
arboretum-du-tuffeau.jimdo.com
Visite guidée, sur réservation. Adulte : 5 €, étudiant ou moins de 18 ans : 2,50 € ; moins de 12 ans gratuit.

Entre Saint-Calais et Bessé-sur-Braye, au Tuffeau, cet arboretum abrite 300 espèces d'arbres et arbustes de tous les continents. C'est l'occasion d'une promenade agréable en famille, fleurie, parfumée et aux ambiances contrastées. Au programme de l'arboretum : promenade botanique guidée, jeux de reconnaissance pour les enfants, expositions et thématiques variées selon les saisons. Sachez aussi que le site abrite des caves en tuffeau qui témoignent de l'histoire de la ferme et qui abritaient l'ancienne étable, la bergerie et le poulailler.

BASE DE LOISIRS DE SILLÉ PLAGE

Allé d'Erla - **SILLÉ-LE-GUILLAUME**
✆ 02 43 20 10 32
https://tourisme.sille-le-guillaume.fr
Ouvert tous les jours de mai à octobre (10h-12h30, 14h-18h), du mercredi au dimanche en avril.

Base de loisirs située aux abords d'un lac, le site de Sillé plage se trouve à proximité d'une forêt domaniale de 5 000 hectares (constituée en majorité de pins et de chênes). Plage aménagée, bateau promenade, pêche, voile, petit train, tyrolienne, mini-golf, manège, rosalies... De multiples activités vous sont proposées sur place pour passer un moment de détente en famille. Les après-midi de juillet et août, la baignade est surveillée par des maîtres-nageurs assermentés.

FERME DE LA HAIE

La Haie - **VILLAINES-LA-GONAIS**
✆ 02 43 93 42 84
www.cerfduperche.com
Ouvert en juin, juillet et août, mercredi, jeudi, samedi, visite à partir de 14h30. Adulte : 3,80 €. Enfant : 2,50 €.

Dépaysement garanti. Ambiance safari, grâce à une visite en camion camouflage dans un environnement champêtre et sauvage. Sophie et Dominique élèvent cerfs, poules et pintades sur un domaine de 40 hectares ponctué de haies bocagères, de taillis et de bois. Un biotope convenant bien aux cervidés. Au début de l'automne, offrez-vous une soirée, du crépuscule à minuit, pour écouter la parade nuptiale des cerfs. Dans la boutique, vous trouverez des plats cuisinés (conserves, charcuteries) à base de viande de cerf, mais aussi de la viande fraîche issue de l'élevage.

ARCHE DE LA NATURE

Route de Changé
YVRÉ-L'ÉVÊQUE
✆ 02 43 50 38 45
www.arche-nature.fr
Ouvert toute l'année, 7j/7. Basse saison de 9h à 18h. Haute saison de 9h à 22h. Gratuit.

Proche du centre-ville, le vaste domaine public de l'Arche de la Nature offre un espace naturel remarquable très apprécié des Sarthois. Chemins et sentiers s'entremêlent au cœur d'une forêt riche en découvertes. En chemin, point central du domaine, la Ferme de la Prairie est un attrait phare. Cochons, gallinacés, vaches, chevaux, chèvres et brebis sont impeccablement parqués, dans des pâtures modulables, des écuries, une étable ou une bergerie. Inutile de préciser que c'est l'endroit rêvé pour les petits citadins de découvrir les animaux de la ferme.

CHÂTEAU DES AVENTURIERS ★

Route des Sables - **AVRILLÉ** ✆ 02 51 22 33 06

D'avril à septembre, vacances Toussaint. Hors saison : 7j/7, 11h-20h. Été : 10h-20h. 1 parcours : 16 €, -12 ans 12 €.

Dans « Enquête au château » plongez en 1907 dans une enquête policière en réalité augmentée. Cinq autres univers et parcours d'énigmes : « La Maison hantée » pour lever la malédiction de la demeure abandonnée du jardinier ; « Le Trésor du Pirate », parcours de 20 jeux-énigmes. « Des dinos à la Préhistoire » emmène à la rencontre de dinosaures sonorisés et des alignements de menhirs avec réalité augmentée et mapping vidéo. « Il était une fois » fait voyager les 2-6 ans à travers des contes et légendes. Visitez le château Renaissance, classé Monument historique.

CENTRE MINIER DE FAYMOREAU ★★

La Cour - **FAYMOREAU** ✆ 02 51 00 48 48

www.centreminier-vendee.fr

Jusqu'au 06/11. Du mercredi au dimanche 14h-18h30. Été : 7j/7, 10h-19h. Musée 7,50 €, expo 4 €, gratuit -18 ans.

Soixante ans après la fermeture de la petite mine de charbon, partez sur les traces des mineurs venus travailler dans le bassin minier de Faymoreau dès 1827. Au musée, revivez l'aventure minière de Faymoreau à travers 7 haltes thématiques dont la saga de l'industrie houillère vendéenne, le parcours du mineur : de la salle des pendus au puits d'aération, en passant par la lampisterie et la mine, vous devenez mineur, explorez son parcours, son équipement, ses conditions de travail.

BALADES LUDIQUES EN SUD-VENDEE

FONTENAY-LE-COMTE

www.sudvendeetourisme.com

Offices tourisme : La Tranche/Mer, Sud Vendée Littoral, Vendée Marais Poitevin, Fontenay-Vendéé, La Châtaigneraie.

Grâce à cette application (gratuite) explorez le Sud Vendée de façon ludique à travers plus de 30 parcours Baludik aux thématiques différentes : sciences, nature, gastronomie, patrimoine, sports. Au fil de la balade, vous rencontrez des personnages qui vous confient une mission à résoudre au gré d'étapes. Suivez les indices, une fois l'étape terminée, un contenu interactif (vidéo, images, textes…) se débloque pour découvrir le lieu. À l'issue du parcours, un cadeau attend les enfants !

LES ANIMAUX DE LA PLACE ★★

Place Napoléon - **LA ROCHE-SUR-YON**

www.destination-larochesuryon.fr

Fermé en janvier. Toute l'année : du lundi au dimanche de 10h à 18h. L'été : tous les jours de 10h à 19h. Gratuit.

Nés de l'imagination de François Delarozière, directeur artistique de la compagnie « La Machine », de fabuleux animaux mécaniques ont élu domicile dans les bassins de la place Napoléon. Certains rappellent l'expédition scientifique de Bonaparte en Égypte, d'autres sont inspirés de la faune française : un crocodile du Nil de 9 m, un dromadaire, un hippopotame et un ibis sacré côtoient un hibou grand duc, des flamants roses, une loutre et des grenouilles. Ces animaux sont manipulables gratuitement par le public pendant les heures d'ouverture des postes de commande.

HARAS DE LA VENDÉE ★★

120, boulevard des Etats-Unis

LA ROCHE-SUR-YON ✆ 02 28 85 77 30

www.sitesculturels.vendee.fr

BS : semaine 10h-12h30/14h-18h ; WE 14h-19h. Été : 7j/7, 10h-19h. Adulte : 7 € ; 18-25 ans : 5 €. Pass Vendée : 21 €

Dans un parc de 4,5 hectares, le haras abrite un pôle culturel, patrimonial et touristique lié au cheval. Découvrez le savoir-faire des selliers et maréchaux-ferrants. Assistez à des séances de travail et découvrez les différentes étapes de création d'un numéro équestre. La visite guidée permet d'apercevoir des chevaux, des ânes ou encore des poneys ainsi que la jumenterie. Ateliers pédagogiques interactifs adultes et enfants, promenades en attelage, manège en bois, expositions temporaires, son et lumière. Les jardins sont accessibles en visite libre et gratuite.

MUSÉE DU CHOCOLAT ★

38, rue Paul-Emile-Victor - **LA ROCHE-SUR-YON**

✆ 02 51 24 22 40

www.chocolats-gelencser.com

Mardi, jeudi, vendredi : 14h-19h ; mercredi, samedi : 10h-19h. Été : 10h-19h (lundi 14h-19h). Adulte 6,50 €. Enfant 4 €.

Créé par le grand nom du chocolat vendéen, Patrick Gelencser, à côte de sa seconde boutique yonnaise, ce musée offre, sur plus de 300 m² au travers de six univers, un parcours sensoriel qui débute par l'histoire du cacao, ses origines, de la civilisation Maya aux temps Modernes. Le parcours est rythmé par des animations ludiques, on y découvre les techniques de travail d'un chocolat artisanal, sans oublier des dégustations qui titillent les papilles. La visite se termine par l'espace boutique où vous retrouverez une partie des spécialités de ce grand chocolatier.

O' FUN PARK

Le Bois Lambert
LE BERNARD
✆ 02 51 48 12 12
7j/7 en vacances. Activités immanquables : 8 €/activité. Accrobranche/Paintball : +11 ans 23 €, 5-10 ans 16 €. Réserver.

Des dizaines d'activités dans les arbres, les airs, sur l'eau, O' Fun est le plus grand parc d'attraction en Vendée. L'Accrobranche propose 17 parcours de difficultés variables, dont la Maxi Tyrolienne de 2 km. Parmi les activités immanquables : le Saut pendulaire, Maxi Bungy, Saut du Cascadeur (chute libre avec réception sur matelas gonflable), le Deval'Kart. Outre le paintball et le Water Jump pour s'éclater dans l'eau, découvrez un jeu de piste d'un genre nouveau : la Forêt Interdite. En équipe, entrez dans l'arène de Duel Arena : 10 épreuves contre la montre.

HISTORIAL DE LA VENDÉE ★★

Allée Paul-Bazin - **LES LUCS-SUR-BOULOGNE**
✆ 02 28 85 77 77
www.sitesculturels.vendee.fr
Haute saison : 7j/7, 10h-19h/18h mi-saison. Fermé lundi hors saison. Adulte 8 €. Gratuit -18 ans. Pass Vendée 21€.

L'Historial de la Vendée vous invite à parcourir 7 000 ans d'histoire dans un musée pas comme les autres : partez à la rencontre des chasseurs du Néolithique, déambulez dans une rue gallo-romaine, dialoguez avec les grands humanistes de la Renaissance, revivez l'épopée des soldats de 1793, visitez un village du siècle dernier... Muséographie ludique et immersive, et un concept unique : le Musée des enfants. Le 2e dimanche de chaque mois : animations, visites commentées... Aux vacances : animations, expositions temporaires, visites commentées les jeudis et dimanches.

LES SALINES - PARC D'AVENTURE DU SEL ★★

Route de l'Aubraie - **LES SABLES-D'OLONNE**
✆ 02 51 21 01 19
www.lessalines.fr
Été : 7j/7, 9h30-19h. Mi-saison : voir site. Balade bateau 22 €, enfants 12,50 €. Parc Aventure du Sel 13,50 €/10 €.

Si vous avez des enfants, une activité leur est spécialement consacrée comprenant une balade en bateau et la visite du Parc d'Aventure du Sel (visite indépendante du Parc possible). Autre option, la visite du Parc avec une balade en canoë ou encore la balade en bateau et un apéritif (réservé aux adultes seulement en juillet et août). Vous embarquerez à bord du *Mireille* et du *Jonathan*, pour une balade en bateau sur la rivière salée et une visite commentée au cœur du marais d'Olonne.

ZOO DES SABLES ★★★

Route du Tour-de-France
LES SABLES-D'OLONNE
✆ 02 51 95 14 10
www.zoodessables.fr
Ouvert du 06/02 au 14/11 + vac. Noël. Haute saison 7j/7, 9h30-19h30. 3-10 ans : 12,90 € ; + de 11 ans : 16,90 €.

L'oasis en bord de mer ! Le Zoo des Sables attend les amateurs à deux pas de l'océan dans un environnement préservé verdoyant. Faune et flore ont trouvé ici un véritable îlot de verdure dédié à l'étude et à la protection de la biodiversité. Côtoyant des arbres centenaires et une végétation luxuriante, 500 animaux rares peuplent cette oasis : lions de l'Atlas, girafes de Kordofan, panthères de l'Amour, singes, loups à crinière, pandas roux, fourmiliers géants, tatous et autres oiseaux vont feront découvrir un monde fascinant. D'une surface de 700 m², la volière d'Océanie abrite des animaux originaires d'Asie du Sud-Est et d'Australie : petits cervidés, ibis, loriquets. En pénétrant dans ce lieu insolite, retrouvez-vous en totale immersion dans un univers peuplé d'une multitude d'oiseaux et nourrissez vous-même les perroquets multicolores. Plongez dans un monde fascinant et ludique ! À l'occasion des repas des animaux, l'équipe pédagogique vous donne rendez-vous pour partager sa passion et vous faire découvrir tapirs, lémuriens, manchots et autres loups. Les enfants joueront en manipulant des jeux interactifs, en flairant des odeurs insolites, en palpant des empreintes au sol ou en chevauchant des sculptures en bois. Le long du parcours, panneaux et animations sensibilisent le visiteur à l'éco-conservation. Outre son engagement dans la protection de la biodiversité exotique et locale, c'est l'un des rares parcs zoologiques à aborder la notion de respect de l'environnement à son plus haut niveau.

NATUR'ZOO DE MERVENT ★★

Le Gros-Roc - **MERVENT** ✆ 02 51 00 07 59
www.naturzoomervent.com
Du 05/02 au 14/11/22. Haute saison 7j/7 de 10h à 19h. Gratuit -3 ans. Adulte : 16,50 €. Enfant 3-12 ans : 12 €.

Dans un domaine arboré de 7 hectares vivent 300 animaux d'une cinquantaine d'espèces différentes. Au fil de la balade vous verrez les grands carnivores, la forêt des lémuriens en liberté, wallabies, loutres du Canada... Puis vous vous approcherez de la volière des flamants roses. Plus loin, la plaine africaine avec les girafes, antilopes, autruches. Puis les loups et les ours. Sans oublier reptiles et tortues, et les primates. Nourrissages des lions et des girafes. Grande aire de jeux et mini-ferme avec alpagas, chèvres, cochons et dindons. Aire de pique-nique.

PAYS DE LA LOIRE

LE PUY DU FOU

LES ÉPESSES ✆ 08 20 09 10 10
www.puydufou.com
Jusqu'au 07/11. 9h30-22h30/21h/19h selon période. Grand Parc 1 jour : dès 39 € ; enfant dès 28 €. Cinéscénie : 29 €.

Des créations originales, des décors somptueux, du grand spectacle, des prouesses techniques et une plongée dans l'Histoire et ses légendes : le Puy du Fou est un in-contour-nable ! Quiconque vient en séjour en Vendée doit impérativement aller au Puy du Fou, situé entre les villes de La Roche-sur-Yon et de Cholet. Élu à deux reprises « Meilleur parc du monde » (Los Angeles 2012 ; Orlando 2014), le Puy du Fou ne cesse d'être récompensé à travers le monde, et va faire vivre à ses visiteurs une année 2022 extraordinaire pour célébrer son 45e anniversaire ! Mais revenons rapidement sur le parcours et la magnifique réussite du Puy du Fou... L'aventure démarre en 1977 avec la découverte du château en ruine du Puy du Fou. Un an plus tard, le spectacle de la *Cinéscénie* est créé. Ce spectacle nocturne, assuré entièrement par des bénévoles et retraçant l'histoire de la Vendée du Moyen Âge à nos jours, est un succès et fait toujours partie aujourd'hui des attractions phares. Quelques années plus tard, en 1989, le Grand Parc du Puy du Fou est créé et lance des spectacles à dimension historique, aussi ambitieux qu'impressionnants. Aujourd'hui, le parc ne cesse de se réinventer et en 2021 le Puy du Fou se développe aussi à l'international avec l'ouverture d'un parc à Tolède, en Espagne. Un nouveau voyage hors du temps !

Sans équivalent au monde, le Puy du Fou a inventé un modèle artistique unique. Car n'oublions pas que le Puy du Fou, c'est d'abord du grand spectacle avec des créations originales et une immersion dans les époques et les légendes les plus fabuleuses de notre histoire qui font sa renommée nationale et internationale. Des dizaines de divertissements conçus pour toute la famille parmi lesquels sept grands spectacles majeurs que l'on aime particulièrement. *Le Signe du Triomphe* nous emmène au IIIe siècle après J.-C. lorsque la Gaule est occupée par l'Empire romain et se déroule dans une arène grandiose, où combats, gladiateurs et course de chars rythment le spectacle. Au *Bal des Oiseaux fantômes*, des centaines de rapaces, frôlant les spectateurs, entament un ballet unique dans le ciel : un moment majestueux tout en poésie et en grâce. Dans le paisible village du *Fort de l'An Mil*, vous assisterez à l'assaut des Vikings avec une cascade d'effets spéciaux qui raviront petits et grands : les drakkars surgissant des flammes gigantesques sont un spectacle toujours aussi ahurissant ! Au pied du rempart, les chevaliers s'affrontent en pleine guerre de Cent Ans dans *Le Secret de la lance* : combats à l'épée, joutes équestres... Les affrontements sont de vraies prouesses physiques ! Élu « Meilleure Création du Monde » à sa création en 2017, *Le Dernier Panache* présente, grâce à une scène unique au monde, le destin glorieux d'un officier de la marine française, dont la vie va basculer en 1793. Toujours en intérieur, dans un théâtre surdimensionné, l'aventure *Mousquetaire de Richelieu* est un spectacle de cape et d'épée absolument remarquable où les combats laissent place aux ballets flamenco. Jeux d'eau et chevaux sur scène font de ce spectacle un des plus magiques. Enfin, à la tombée de la nuit, *Les Noces de Feu* embrasent l'étang pour un voyage poétique au cœur du XIXe siècle romantique. Un spectacle immanquable, élu « Meilleur Spectacle de l'Année » en 2020. Ce spectacle nocturne est inclus dans la visite du Puy du Fou pendant la période verte (voir calendrier d'ouverture 2022). Le Puy du Fou, ce sont aussi des dizaines d'activités et d'attractions en immersion pour toute la famille comme *Le Mystère de La Pérouse* : une embarcation sur le navire de l'explorateur *La Pérouse*, depuis le port de Brest jusqu'au Cap Horn. L'expérience est plus vraie que nature avec les mouvements du bateau et les effets climatiques recréés jusque dans les moindres détails. Les acteurs en costume déambulent parmi les visiteurs pour une immersion totale. Trois autres spectacles immersifs du même genre sont proposés : *Le Premier Royaume*, aux côtés de Clovis, le célèbre roi des Francs, *La Renaissance du Château*, à la découverte des splendeurs de la Renaissance, et *Les Amoureux de Verdun*, expérience intense avec les Poilus de la Première Guerre mondiale. Enfin, le Puy du Fou est un lieu où déambuler et se promener ! Premier parc français certifié Green Globe depuis 2012, le parc offre un site superbe de 150 hectares au cœur d'une forêt centenaire, peuplée d'animaux et de quatre villages d'époque : le Village XVIIIe siècle, la Cité Médiévale, le Bourg 1900 et le Fort de l'An Mil. Dans chacun d'entre eux, vous trouverez des restaurants, des snacks et de superbes échoppes d'artisans, perpétuant un savoir-faire ancestral. Afin de prolonger le voyage dans le temps, le Puy du Fou vous accueille dans les six hôtels de la Cité Nocturne. « La Villa Gallo-Romaine » invite à un séjour en pleine Rome antique tandis que « La Citadelle » propose de passer la nuit à l'époque du Moyen Âge. Au « Logis de Lescure », découvrez l'atmosphère d'une authentique bâtisse vendéenne du XVIIIe siècle et sur « Les Îles de Clovis », un hôtel entièrement construit sur pilotis, vous serez transportés à l'époque mérovingienne. « Le Camp du Drap d'Or » propose un retour à la Renaissance pour vivre un séjour royal, dans l'une des flamboyantes logeries de François Ier et de Henry VIII d'Angleterre ! Enfin, l'hôtel « Le Grand Siècle », entouré de jardins à la française : les visiteurs pourront séjourner sous les ors du Roi Soleil. De quoi rendre votre séjour en famille encore plus inoubliable !

LOGIS DE LA CHABOTTERIE ★★★

MONTRÉVERD ✆ 02 28 85 77 00
www.sitesculturels.vendee.fr
Basse saison : 10h-12h30/14h-18h. Fermé mardi. Été : 7j/7, 10h-19h. Adulte : 7 €. Gratuit -18 ans. Pass Vendée 21 €

La Guerre de Vendée connut son épisode final le 23 mars 1796 avec la capture du général Charette. Autour de la cour fermée, le logis du XVIe siècle et les communs, un parc de 40 ha et jardin. Les salles historiques rendent l'atmosphère de la vie au XVIIIe. Juillet et août : promenades en calèche, visites en famille. Spectacle quotidien. Espace scénographique : marchez sur les pas de Charette et des généraux vendéens (parcours multimédia). Parcours extérieurs : « Le trésor perdu de Charette », « Les derniers pas de Charette » et « Mission nature ».

AQUARIUM DE VENDÉE ★

Avenue de la Mine
TALMONT-SAINT-HILAIRE
✆ 02 51 32 30 00
Haute saison ouvert tous les jours de 9h30 à 19h. Adulte : 13,80 €. Enfant de 3 à 12 ans : 9,80 €.

Cet aquarium propose de découvrir la richesse des océans à travers plus de 500 espèces venues des quatre coins du globe. Des Sables-d'Olonne à la Grande barrière de corail, de la mer des Caraïbes à la mangrove, partez à la découverte de la biodiversité marine ; de l'hippocampe au requin, en passant par les poissons de nos côtes. Espace dédié à la luminescence et aux profondeurs océaniques : Les Abysses. Les enfants adoreront le bassin tactile où ils pourront caresser les poissons ; ils pourront aussi fêter leur anniversaire à l'aquarium. Animations et ateliers.

ATLANTIC TOBOGGAN

42, avenue des Becs - **SAINT-HILAIRE-DE-RIEZ**
✆ 02 51 58 05 37
www.atlantic-toboggan.com
Du 25/06 au 31/08, 7j/7 10h30-19h30. Entrée : 24 €. 3-12 ans : 19 €. À 16h30 : 17 € pour tous. Moins de 3 ans : gratuit.

Sortie incontournable pour les familles depuis 26 ans ! Amusez-vous dans la piscine à vagues de 1 500 m² ! Au programme de ce grand parc sur 6 ha : piscines chauffées, 8 pistes de toboggans (un haut de 15 m, toboggan Boa de 250 m, Kamikaze, Blackhole, piste large,...), rivière à bouée... Pour les enfants : « dédalo kid's » avec 400 m² de jeux pour les 2-8 ans et la « patau'kid's » jusqu'à 12 ans. Espace forme avec cascades, bain à remous, geysers ; plein de jeux dont un lac pour faire du bateau à pédales. Vastes espaces propices à la bronzette et au pique-nique.

CHÂTEAU DE TALMONT ★★

8, rue du Château - **TALMONT-SAINT-HILAIRE**
✆ 02 51 90 27 43
www.chateaudetalmont.com
D'avril à novembre. Été : 7j/7 10h30-19h (18h mi-saison). Adulte 5 € à 14 €, 5-12 ans 2,50 € à 9 € selon période.

Demeure de Richard Cœur de Lion, le château de Talmont est une forteresse médiévale classée, à deux pas du littoral ! De nombreux événements ont lieu toute l'année. Cet été, profitez d'un moment privilégié entre les remparts médiévaux : spectacle de chevalerie, fauconnerie, ateliers médiévaux et jeux en bois (du lundi au vendredi). Découvrez l'Épopée de Richard Cœur de Lion les mardis en nocturne (réservation obligatoire sur le site internet). Un site complet et ludique avec son escape game « Le trésor des Templiers » et une murder-party familiale à Halloween.

PRÉHISTO' SITE DU CAIRN ★★

17, Rue de la Courolle - **SAINT-HILAIRE-LA-FORÊT**
✆ 02 51 33 38 38
www.cairn-prehistoire.com
Été : 7j/7, 10h30-19h. Sinon du lundi au vendredi 14h-17h/18h. Adulte : 8 €/6,50 € (BS) ; 5-14 ans : 7 €/5,50 €.

Réveillez l'homme préhistorique qui sommeille en vous ! Au programme du Préhisto'site : exposition, animations, nocturne, jeux de piste numériques « enquêtes préhisto ». Parcours plein air de 2 ha avec signalétique sur les fouilles archéologiques, l'habitat néolithique, mégalithes, plantes aromatiques et médicinales. Participez en famille aux visites, démonstrations, ateliers créatifs : faire du feu, chasser, déplacer un menhir, faire un bijou ou une poterie ; et pour les enfants : dessiner au charbon, se maquiller à l'ocre... À faire ! Très enrichissant !

CHÂTEAU DE TIFFAUGES ★★

TIFFAUGES
✆ 02 51 67 60 00
www.sitesculturels.vendee.fr
Du 01/04 au 11/09/22 (autre, se renseigner). HS : 7j/7, 10h-19h. 8 €, 6-25 ans : 6 €, famille 24 €. Pass Vendée : 21 €

Découvrez la plus grande forteresse médiévale de la région, des spectacles et animations à vous couper le souffle et un conservatoire de machines de guerre médiévales unique en Europe ! Au cœur du bocage, à Tiffauges, cette ancienne demeure de Gilles de Rais, compagnon de Jeanne d'Arc et maréchal de France, occupe depuis le XIIe siècle une position stratégique aux confins des anciennes provinces d'Anjou, de Bretagne et du Poitou. Fascinant et intrigant, le château regorge de secrets et a notamment inspiré la légende d'un certain Barbe Bleue...

PROVENCE-ALPES-CÔTE D'AZUR

Direction le Sud, le soleil, les cigales, la mer et la garrigue ! En dehors des traditionnels clichés, la région Provence-Alpes-Côte-d'Azur est la plus vaste de France et offre de ce fait pléthore d'activités et de lieux à découvrir, tout particulièrement pour les familles férues de nature et de grands espaces. Les parcs naturels régionaux et les réserves naturelles de cette région, au climat méditerranéen chaud, possèdent des sites remarquables et très caractéristiques, parfaits pour la pratique de sports de plein air. Le littoral vous offrira toutes les palettes de la mer et des bords de plage pour les activités nautiques, tandis que l'arrière-pays se fera plus authentique et propice aux randonnées. Ne manquez pas la très cosmopolite Marseille, la très chic Nice ou encore l'antique Arles et ses monuments antiques. Histoire et patrimoine vont de pair, arts et traditions font le charme de cette région aimée des familles.

FERME BERIDON

L'Infernet - **AUZET**

✆ 04 92 35 05 57

Haute saison ouvert tous les jours de 10h à 18h. Boutique. Adulte à partir de 7 €. Enfant à partir de 4,20 €

Insolite pour une ferme de Provence. Dans cette exploitation d'élevage de bovins et ovins, on croise des rennes, des bisons d'Amérique, des lamas et même des cochons vietnamiens. Mais aussi plus classiquement des poneys, des cochons fermiers, des vaches charolaises et des moutons, une basse-cour, mais encore des daims, des cerfs, des mouflons. S'ajoute une cabane pour les lutins... Domestique, sauvage ou exotique, voici un espace pour découvrir une faune très variée au sein d'un magnifique domaine de montagne. La cabane des lutins. Aires de jeux et de pique-nique.

FÊTE DU FROMAGE

BANON

✆ 07 80 56 20 89

www.fetedufromage-banon.fr

En mai.

Tous les ans, au mois de mai, Banon entre en fête pour célébrer ce délicieux fromage rond, au lait cru de chèvre, classé AOC depuis 2003, qui fait le délice des gourmets et des gourmands. C'est l'occasion pour les milliers de visiteurs de découvrir les nombreux stands de fromages, mais également de produits du terroir présentés durant la journée. À chaque nouvelle édition, une autre région gastronomique est l'invitée d'honneur, et la journée est marquée par de diverses animations. Une fête gourmande à ne manquer sous aucun prétexte !

FESTIVAL DES ENFANTS DU JAZZ

Place Frédéric-Mistral

BARCELONNETTE

✆ 04 92 81 04 71

www.barcelonnette.com

En juillet 2022.

Le Festival des Enfants du Jazz reviendra à l'été 2022 avec une programmation toujours très attendue. Après Keziah Jones, Electro Deluxe, Selah Sue qui sera le prochain coup de cœur du public ubayen ? The Dire Straits Experience ? Profitez également de l'occasion pour découvrir aussi le festival Off où des anciens stagiaires et des jeunes musiciens jouent dans des cafés, des restaurants ou des terrasses renforçant ainsi les animations du festival.

LE TRAIN DES PIGNES - CHEMIN DE FER DE PROVENCE

Gare de Digne-les-Bains - **DIGNE-LES-BAINS**

✆ 04 92 31 01 58

www.trainprovence.com

Ouvert toute l'année. Direction Nice, départ à 7h15, 10h45, 14h25, 17h35. Tarifs en fonction des trajets.

Voilà une manière très originale de relier les 151 km de Nice à Digne-les-Bains (ou l'inverse) que d'emprunter le fameux Train des Pignes ! Cette ligne mythique conduit les usagers entre Digne et Nice, quatre fois par jour. Avec un point culminant à 1022 m sur les bords du Verdon, la ligne de chemin de fer passe de la montagne à la mer en 3h30. 17 arrêts sont possibles en gare, d'autres haltes sont signalées en bord de voie, au départ de randonnée ou à la découverte de villages.

ANCIEN CANAL DU VERDON

ESPARRON-DE-VERDON

✆ 04 92 78 01 08

Renseignements et dépliant auprès de l'Office du Tourisme intercommunal de Gréoux.

De l'autre côté du lac d'Esparron, on peut découvrir l'ancien canal du Verdon. Construit sous Napoléon III par des bagnards (de 1866 à 1875), il longeait le Verdon et alimentait à l'époque Aix-en-Provence en eau. Exploit technique de 82 km, reconnu à l'Exposition Universelle de 1878, il a progressivement été abandonné dans les années 1970, au profit du canal de Provence. Maintenant à sec, il peut se parcourir en passant sous de nombreux tunnels depuis le village de Quinson, en amont des basses gorges, jusque vers la prise d'eau où il disparaît sous la colline.

GRÉOUX JAZZ FESTIVAL

Place de l'hôtel de ville

GRÉOUX-LES-BAINS

✆ 06 84 12 82 40

https://greouxjazzfestival.com

Du 14 au 18 septembre 2022. Programmation et billetterie en ligne.

La petite ville thermale de Gréoux-les-Bains s'enflamme de sonorités jazzy depuis 2015. Un festival pointu à taille humaine, dans lequel vous pourrez profiter de concerts au plus proche des artistes. Depuis quelques années, d'intéressantes collaborations avec des groupes et des clubs parisiens ont été menées. Si sur le papier, les noms des artistes qui se produisent ici ne parlent pas forcément, la programmation mêle intelligemment formations locales et artistes confirmés venus d'ailleurs. En parallèle aux concerts, rencontres et discussions.

ARTEMISIA MUSEUM

Couvent des Cordeliers
FORCALQUIER
✆ 04 92 72 50 68
www.artemisia-museum.fr
Fermé en janvier. Haute saison : tous les jours de 9h30 à 12h30 et de 13h30 à 19h. Adulte : 6 €. Boutique. Animations.

Installé au cœur du Couvent des Cordelier, le nouveau musée consacré aux plantes à parfum, aromatiques et médicinales qui font la réputation de la Provence depuis des siècles est une véritable invitation à un voyage sensoriel et sensible. Les sept espaces de visites interactifs vous mèneront de la montagne de Lure, jardin extraordinaire entre climat méditerranéen et climat alpin, aux champs de lavande, symbole fort de la Provence. Vous découvrirez ainsi le monde étonnant et parfois méconnu des cueilleurs et colporteurs, ou encore des marchands droguistes. Vous saurez tout sur la distillation et les produits précieux, parfums, baumes ou élixirs, qu'elle permet d'obtenir. Le parcours enfant vous permettra de vivre un moment ludique en famille que vous pourrez prolonger via les différentes propositions d'ateliers vous invitant à créer votre parfum ou un herbier odorant. Les plantes de Provence n'auront ainsi plus de secret pour vous ! Si vous souhaitez continuer l'expérience, trois sentiers d'interprétation ont été créés sur le territoire Pays de Forcalquier/Montagne de Lure. Ces sentiers ont été inaugurés en septembre 2019 et on vous conseille vivement d'aller vous y balader. Ils portent sur les plantes aromatiques et médicinales et sur leurs usages ancestraux et contemporains. Ils abordent la thématique des plantes sous trois dimensions : passé, présent et exceptionnel. Plus de renseignements auprès de l'office de tourisme intercommunal Pays de Forcalquier/Montagne de Lure - Tél : 04 92 75 10 02.

MUSÉE DES POUPÉES, MINIATURES ET JOUETS DU MONDE

16, avenue des Alpes - **GRÉOUX-LES-BAINS**
✆ 06 84 62 71 23 - www.museedespoupees.com
Ouvert de mi-avril à fin octobre. Les lundi, mercredi et vendredi de 16h à 19h. Adulte : 7,50 €, enfant 6 €.

Petits et grands, collectionneurs, créateurs ou curieux, sont unanimes : ce très beau musée est un ravissement pour les yeux. Il vous propose un voyage dans l'imaginaire qui enchantera petits et grands : dans cette magnifique maison ancienne, vous découvrirez quelque 140 mises en scène mêlant passé, présent et futur. Hors des visites, diverses animations sont proposées aux enfants comme aux adultes avec notamment la création de poupées en chiffon et de maisons de poupées pour l'UNICEF.

PARC ANIMALIER LES AIGLES DU VERDON ★

La Colline de Lineau
GRÉOUX-LES-BAINS
✆ 06 75 47 17 06
Ouvert tous les jours et les jours fériés de 11h à 18h. Adulte : 12 €. Enfant de 3 à 11 ans : 8 €.

Ce parc de 12 hectares associe spectacle équestre et fauconnerie. Vous vous laisserez surprendre par le ballet aérien des rapaces et apprécierez la beauté des chevaux pure race espagnol. Évolution en commun et en toute élégance. Des chorégraphies et des spectacles de connivence entre équidés et oiseaux de proie sont proposés avec la fauconnière Bélinda en chef d'orchestre. Buses de Harris, Faucon crécerelle, faucon américain, hibou grand-duc d'Europe, hibou grand-duc du Bengale, hibou grand-duc de Sibérie, caracara de Foster, chouette effraie, chouette Boobook, chouette le programme, milan noir, aigle pygargue à tête blanche et de magnifiques chevaux animent le site, dans le plus grand respect des caractères propres à chacune des espèces. Une alchimie s'est installée permettant de proposer ces magnifiques spectacles. En marge, un petit parc animalier est ouvert dans ce site magnifique de la colline de Linoux, près de Manosque, où se côtoient animaux de la ferme et de la basse-cour, cochons, oies, poules, canards, chèvres que vous pourrez approcher et câliner. Puis empruntez le parcours ombragé pour voir des animaux plus rares perruches, coatis, paons, tortues d'eau, chiens-loups de Saarloos et le buffle. Stages et ateliers découverte des rapaces et de la fauconnerie. Possibilité de fêter votre anniversaire, mariage, baptême, repas d'affaires, vos soirées diverses. Aires de jeux et de pique-nique ou vous restaurer au snack. Terrasse est ombragée l'été, et chauffée en hiver.

SÉOL'ÂNES

Parking de la Chapelle - **LA FOUX-D'ALLOS**
✆ 06 82 26 10 58
Fermé du 1er octobre au 31 mai. Tous les jours sur la période d'activité, sur réservation. 35 € pour un âne.

Avec Seol'âne vous découvrez le plaisir de randonner avec nos amis les ânes. Le temps d'une demi-journée, ou plus selon l'activité choisie, ils seront vos fidèles compagnons de marche, de sieste et de rêverie. Emilie propose différentes formules originales entre lesquelles vous pourrez choisir : nuit en tente, en cabane, « ane-imations » personnalisés, médiation asine, rencontre avec public porteur de handicap... Les ânes sont de tous les voyages et portent les bagages ! En projet pour les prochaines balades : découverte du hameau de Chasse à Villars-Colmar.

EAU VIVE PASSION

Pont du Martinet - **MÉOLANS-REVEL**
✆ 04 92 85 53 99
www.allo-rafting-ubaye.com
Tous les jours d'avril à octobre, de 8h à 20h.
Tarifs complets en ligne.

Amateurs de sensations fortes ? Voici une sorte de petit paradis pour les amoureux de la nature et plus particulièrement pour les inconditionnels des sports d'eaux vives. La base située directement au bord de l'Ubaye (départ direct pour 30 rapides) vous garantit des sensations fraîches. Son équipe de professionnels de la montagne vous invite à pratiquer l'aquarando, le canyoning, la via ferrata et un nombre incroyable d'autres sports de pleine nature particulièrement ludiques tels l'hydrospeed ou encore le hot-dog. De quoi passer un moment inoubliable !

BASE DE LOISIRS LA CADENO - PLAGE

route du lac
MOUSTIERS-SAINTE-MARIE
✆ 07 82 10 67 03
Ouvert du 1er juin au 30 septembre.
Location à partir de 10 €/heure.

Cette base nautique a été développée et aménagée récemment à l'initiative de la municipalité. Au cœur d'une région préservée, sauvage et ventée, découvrez les plaisir de la navigation sur l'eau douce et pure du magnifique lac de Sainte-Croix du Verdon. À la Cadeno Plage, vous pourrez pratiquer en toute liberté de nombreuses activités nautiques : canoë, kayak, bateau à pédales et standup paddle ! Sur place vous trouverez également un parking et une buvette - snack.

PONT DU CHATELET ★★★

SAINT-PAUL-SUR-UBAYE
Accès libre toute l'année.

Un ouvrage d'art un peu vertigineux, seul accès au hameau de Fouillouse. Construit entre 1880 et 1882, cet ouvrage d'art d'une longueur de 27 m, surplombe l'Ubaye d'une centaine de mètres (108), se poursuivant par un tunnel creusé dans la roche de 28 m de long. Un ensemble impressionnant. Avec son arche unique de pierre de 18 m d'ouverture, il semble maintenir écartées les parois rocheuses. Minée en 1944, l'arche a résisté et le pont fut restauré dès 1945. Le panorama est splendide, même s'il vaut mieux avoir le cœur bien accroché. Un ouvrage qui vaut le détour !

BIKE PARK LE GAND-PUY

station du grand-puy
SEYNE
✆ 04 92 35 11 00
Haute saison, du samedi au mardi.
Demi-journée (10h15 à 13h30 et 13h à 17h) : 11 €, journée : 15 €. Piéton : 7.00 €.

Cette station du Grand-Puy se trouve à environ 45 minutes des villes de Digne-les-Bains, Gap et Barcelonnette. Elle vous permet de découvrir, en dehors de la saison de ski, grâce aux itinéraires de son Bike Park, de vastes paysages plaisants et une vue époustouflante sur la Chaîne de la Blanche. Le parc propose 1 piste verte, 1 piste bleue, 2 pistes rouges dont une classée enduro et 1 piste noire classée DH avec dévers, souches en sous-bois, épingles… Le télésiège des Crêtes permet d'accéder depuis son sommet à tout le domaine.

LA CITADELLE VAUBAN

Montée du Fort
SEYNE
✆ 04 92 35 31 66
http://fortetpatrimoine.free.fr
Ouvert toute l'année. Visite libre 5 € : tous les jours de 10h à 18h. Visite guidée en été : 6 €.

La visite de cet impressionnant ouvrage militaire dû à Vauban et dominant la cité est parfaitement organisée par une association locale *Fort et Patrimoine du Pays de Seyne*. Fort, remparts et bastions ceinturant une tour de guet antérieure au XIIe siècle, la visite est aujourd'hui un « must » pour les enfants comme pour les adultes. Du haut des remparts, éventuellement à travers les meurtrières, vous aurez une vue imprenable sur la vallée… et même la possibilité de faire un petit pique-nique sur une des belles tables de bois disposées à cet effet !

CITADELLE DE SISTERON

Montée de la Citadelle - **SISTERON**
✆ 04 92 61 27 57
www.citadelledesisteron.fr
Fermé de mi-novembre à fin mars. Le reste de l'année, ouvert 7j/7. Adulte : 6,70 €, enfant 3 €.

Classée aux Monuments historiques, la citadelle de Sisteron se dresse comme emblème de la ville du haut de son éperon rocheux. Cette impressionnante forteresse témoigne d'un emplacement militaire stratégique, sur la route des Alpes, surplombant la Durance. La place forte a subi de nombreuses influences, et vous y observerez une superposition originale d'ouvrages de différentes époques ! Après une montée difficile, une vision extraordinaire sur la région vous attend. On apprécie les bornes audio qui permettent à tous de prendre connaissance de l'histoire du site.

ADVENTURE GOLF

306, avenue Mozart
ANTIBES
✆ 08 92 42 62 26

Fermeture annuelle de novembre à février. Juillet et août, de 15h à minuit. Entrée : 11,50 €, enfant 10 €

Adventure Golf, c'est un mini-golf qui propose des prestations géantes ! Vous trouverez pas moins de 3 parcours de mini-golf de 18 trous à choisir selon le niveau de difficulté voulu, pour satisfaire les petits et les plus grands. Dans un cadre apaisant et à travers un joli décor inspiré des aventures imaginées par Jules Verne, la journée promet de beaux moments en famille. Rassurez-vous, il ne faut pas 90 jours pour en faire le tour, les parcours sont assez rapides à finir. Vous pourrez célébrer votre victoire à la terrasse du Club House.

MARINELAND

306, avenue Mozart - **ANTIBES**
✆ 08 92 42 62 26
www.marineland.fr

Haute saison ouvert tous les jours de 10h à 19h. Adulte : 39,5 € (ou 27,9 € sur Internet). Enfant : 32,5 € (ou 21,9 €).

Marineland est le plus grand parc marin d'Europe, avec des milliers de spécimens recensés. Sa vocation est de sauvegarder la faune marine en faisant découvrir au public les richesses et la diversité du monde marin dans ses dimensions pédagogiques, ludiques et spectaculaires. En témoigne la place accordée à l'information avec un cinéma 5D nous plongeant dans l'univers des animaux marins. Les orques évoluent ici dans un bassin de 11 mètres de profondeur avec une vitre de 64 mètres de long permettant une vision sous-marine. L'espace de 2 200 m² qui accueille les ours polaires est unique en Europe : il est constitué de bassins d'eau de mer et d'eau douce, de plantes de prairie, de rochers, de lacs et de cascades créant des abris ombragés. Le tunnel des requins traverse sur 30 mètres de long un aquarium géant qui offre un face-à-face avec les squales. Des spectacles avec dauphins, orques et otaries rythment les journées et de nombreuses autres espèces sont visibles dans les différents aquariums et bassins : phoques, manchots, raies, méduses, poissons… Néanmoins, la problématique revient souvent sur le tapis concernant ces magnifiques animaux sauvages maintenus de force en captivité. Alors, on aime ou l'on n'aime pas le concept Marineland, mais il demeure une enceinte unique en son genre.

Quatre autres parcs y sont rattachés : Kid's Island, le parc pour enfant, Adventure Golf, des mini parcours pour toute la famille, Aquasplah, le parc aquatique, et Marineland Lagoon avec sa plage privée permettant de nager avec les dauphins.

MUSÉE PICASSO, ANTIBES ★★

Promenade Amiral de Grasse - **ANTIBES**
✆ 04 92 90 54 28

En haute saison ouvert du mardi au dimanche de 10h à 18h (fermé entre 13h et 14h en basse saison). Adulte : 8 €.

Ce musée accueille les visiteurs au sein du superbe château Grimaldi, qui fut la résidence d'une branche de la famille au Moyen Âge. Le château est acquis par la ville d'Antibes en 1925 pour abriter un musée historique et archéologique régional. Vingt ans plus tard, Romuald Dor de La Souchère, son conservateur, invite Pablo Picasso à y installer son atelier : l'artiste accepte cette offre. À son départ, Picasso laisse en dépôt certaines de ses œuvres créées sur place. Dans les années qui suivent, les collections du musée s'enrichissent d'autres créations de l'artiste, notamment de céramiques conçues dans l'atelier Madoura de Vallauris.

En 1966, le site prend le nom de musée Picasso, la première institution de France à s'intituler ainsi. Une autre collection du musée est également consacrée à Nicolas de Staël. À mi-chemin entre la figuration et l'abstraction, ce grand maître de la couleur a créé des tableaux à l'intensité singulière.

L'art moderne tient une place importante dans ce musée, notamment représenté par des pièces issues d'une donation effectuée par la Fondation Hans Hartung et Anna-Eva Bergman ainsi que par des tableaux ou des sculptures d'autres artistes. La plupart des tendances de ces cent dernières années sont présentes (créations d'Arman, Jean-Michel Atlan, Balthus, Ben, Vincent Bioulès, Pol Bury, Alexander Calder, Louis Cane, Denis Castellas, César, et bien d'autres artistes). Vous apprécierez d'aller prendre un verre dans le café du musée, arboré et ombragé, qui offre une superbe vue sur le cap d'Antibes.

LA GALINIÈRE

4172, RD12 - **CAUSSOLS**
✆ 06 13 69 09 99

Fermé de novembre à mars. Ouvert du lundi au vendredi de 10h à 19h, week-end de 11h à 19h. Accueil groupes seulement.

Dans la nature préservée du plateau de Caussols, au cœur du parc naturel régional des Préalpes d'Azur, la ferme de la Galinière est spécialisée dans l'élevage d'animaux d'ornement. Poneys miniatures, chèvres naines, moutons Ouessant, oies frisées, poules colorées, et même des lapins géants ! De quoi faire le bonheur des enfants lors d'une visite guidée avec Muriel. La Galinière ouvre ses portes pour faire découvrir la diversité des animaux de ferme à des groupes scolaires ou des centres de vacances, de mars à novembre, selon les conditions climatiques.

CHÂTEAU DE LA NAPOULE

453, avenue Henri-Clews
MANDELIEU-LA-NAPOULE
✆ 04 93 49 95 05
www.chateau-lanapoule.com
Ouvert toute l'année. Gratuit jusqu'à 7 ans. Label Jardin remarquable. Accueil enfants. Restauration.

Haut lieu touristique de la Côte d'Azur, ce château, offrant une vue sans pareille sur la mer, fut la demeure des comtes de Villeneuve. Racheté à l'état de ruine en 1918 par Henry et Marie Clews, un couple d'artistes américains grands amateurs d'art, la bâtisse fut reconstruite dans un style néo-médiéval. Après 17 années de restauration, le château de la Napoule avec ses tours est redevenu un véritable lieu d'exception, un joyau du patrimoine dédié à la promotion de l'art et des échanges culturels internationaux. Baptisé le Clews Center for the Arts, le lieu s'emploie aujourd'hui à soutenir et inspirer les talents et la création artistique. Les jardins à la française y sont magnifiques et couvrent pas moins de 3 ha de terrain, alors aménagés autour d'une grande allée centrale qui donne accès à des petits espaces de styles italien, vénitien ou anglais. Entre un petit pont, des bassins et des parterres fleuris, on déambule dans ce labyrinthe de verdure, hors du tumulte de la ville. Le parc accueille des expositions temporaires et a d'ailleurs obtenu le label national « Jardin Remarquable ». Enfin, le restaurant situé sur les remparts surplombant la mer est ouvert d'avril à mi-septembre tous les jours pour le déjeuner : les formules offrant un excellent rapport qualité prix, il est recommandé de réserver. L'après-midi, le site devient salon de thé. Reste qu'une balade digestive en bord de mer face à la baie de Cannes viendra clore une journée placée sous le signe de la culture et de la gourmandise de manière exceptionnelle.

JARDIN BOTANIQUE EXOTIQUE DU VAL RAHMEH ★★

Avenue de Saint-Jacques - **MENTON**
✆ 04 93 35 86 72
Ouvert toute l'année, horaires variables. Fermé le mardi, le 1er mai et le 25 décembre. Visite guidée les jeudis matin.

Le jardin du Val Rahmeh, labellisé Jardin remarquable depuis 2014 est la propriété du Muséum national d'Histoire naturelle depuis 1966, le jardin botanique exotique du Val Rahmeh est un domaine de 1,5 hectare où se côtoient près de 1500 plantes, des espèces venues des quatre coins de la planète.

On y découvre des plantes des régions tropicales humides, une zone méditerranéenne où s'épanouissent des oliviers quadricentenaires ou encore le bassin aux nénuphars géants.

Le site est « ethnobotanique » et montre combien l'homme et la nature sont liés, notamment grâce aux plantes alimentaires et médicinales tout au long du parcours.

Demeure créée en 1875 par une vieille famille mentonnaise, les de Monléon, elle est achetée par Sir Percy Radcliffe qui s'y installe à partir de 1904 avec son épouse, Rahmeh, dont le nom (qui se traduit par « tranquillité ») sera donné au domaine. Il ajoute des bâtiments à la maison initiale, rachète des terrains agricoles attenants et dote l'entrée d'une superbe allée de palmiers. En 1957, Miss May Bud Campbell, une riche anglaise passionnée de botanique, acquiert la propriété qu'elle agrandit et décore de sublimes plantes ornementales comme les daturas.

Dans les sixties, le Muséum national d'Histoire naturelle le transforme en véritable jardin botanique et centre de recherches.

Aujourd'hui, le Val Rahmeh joue un rôle majeur dans l'acclimatation des plantes exotiques, la conservation d'espèces menacées et la transmission des savoirs.

FÊTE DU CITRON À MENTON

8, avenue Boyer - **MENTON**
✆ 04 92 41 76 76
www.fete-du-citron.com/
Chaque année, en février. Lors des corsos des dimanches, il est vivement recommandé d'arriver à Menton avant 11h.

Après le carnaval de Nice, c'est le deuxième grand rendez-vous de l'hiver sur la Côte d'Azur. Pendant deux semaines des sculptures gigantesques et des chars en agrumes défilent sur la promenade du Soleil. Des décors incroyables aux couleurs du soleil et des corsi de chars décorés grâce aux tonnes d'agrumes, piqués et disposés un par un sur des sculptures éphémères impressionnantes ! La manifestation accueille également le Festival International des Orchidées et le Salon de l'Artisanat en plus des animations dans les rues de la ville.

MUSÉE MATISSE ★★

164, avenue des Arènes-de-Cimiez - **NICE**
✆ 04 93 81 08 08
www.musee-matisse-nice.org
Ouvert tous les jours sauf le mardi. Haute saison de 10h à 18h. Basse saison jusqu'à 17h. Tarif normal : 10 €.

La collection de ce musée se déploie dans une villa datant du XVIIe siècle. Elle se présente autour d'un parcours initiatique pictural et couvre la période de 1869 à 1954. Elle réunit un ensemble d'œuvres et d'objets provenant de l'atelier d'Henri Matisse et constitue un témoignage exceptionnel de son séjour sur la Riviera. La collection comprend des dizaines de peintures chères à l'artiste, gouaches découpées et sculptures, des centaines de dessins, gravures et des éléments en papiers gouachés donnés par la famille de l'artiste. Un héritage exceptionnel.

ALPHA - LE PARC DES LOUPS DU MERCANTOUR

548, promenade du Lac - **SAINT-MARTIN-VÉSUBIE**
✆ 04 93 02 33 69

Basse saison week-end de 10h à 17h.
Haute saison ouvert tous les jours de 10h à 18h.
Entrée pour tous : 5 €.

Savez-vous que le couple dominant d'une meute de loups s'appelle le couple alpha ? Savez-vous qu'un loup peut pister et identifier une proie sur 16 km ? Autant d'informations que vous allez pouvoir découvrir sur cet animal mythique. Le Parc Alpha, en plein cœur du Parc national du Mercantour, vous promet une visite aussi instructive que magique. Néanmoins, la tempête Alex a fait d'énormes dégâts sur le Boréon où est situé le Parc Alpha, que ce soit pour la route permettant d'y accéder, ainsi que dans le parc en lui-même. La furie des éléments n'avait pas épargné les meutes, tuant deux des trois loups arctiques. Partiellement détruit, laissant s'échapper 8 des 11 autres spécimens, le centre animalier est encore à reconstruire. Néanmoins, les travaux ont permis une réouverture partielle et temporaire pour le 14 juillet 2021, permettant au centre de rouvrir autour d'une nouvelle meute de 5 loups gris traditionnels du Mercantour qui sera désormais la seule présente au Parc Alpha. Les anciens loups qui s'étaient échappés ont trouvé refuge pour une retraite bien méritée dans les Deux-Sèvres. N'hésitez pas à vérifier les avancées des travaux sur le site de puremontagne.fr avant de vous y rendre. D'autant qu'avec son mini-parcours aventure, sa boutique snack et ses aires de pique-nique, tout est normalement prévu pour que vous passiez une journée complète et divertissante. On espère que ce sera toujours le cas. Prévoir une tenue adaptée, car vous êtes à 1 500 m d'altitude.

PARCOURS ACROBRANCHE PITCHOUN FOREST

2559, RD 2085
VILLENEUVE-LOUBET
✆ 06 71 93 23 50
www.pitchounforest.com

Ouvert du 5 février au 13 novembre 2022.
Prix d'entrée : 16,50 €.

L'espace Pitchoun Forest propose des parcours adaptés aux enfants de 3 à 10 ans pour les initier aux activités sportives dans les arbres et leur faire découvrir la vie de la forêt de manière ludique. Ces tracés parfaitement sécurisés à l'aide de harnais et d'une ligne de vie automatique se composent d'un quiz éducatif illustré de 30 panneaux sur le thème de la vie de la forêt et d'un soixantaine d'ateliers d'équilibre et de tyroliennes disposés dans les arbres.

ADVENTURE CITY

20, rue Victor-Leydet
AIX-EN-PROVENCE
✆ 07 71 03 41 16
www.adventurecity.fr
Tarif en fonction du nombre de joueurs. A partir de 8 ans.

Avec Adventure City, Aix devient un terrain de jeux grandeur nature pour mettre en pratique votre esprit d'équipe pour résoudre des énigmes. Deux thématiques sont proposées, l'une familiale avec un petit lutin espiègle (dès 8 ans), l'autre dans l'univers de l'espionnage, (Dès 14 ans). Equipés d'un iPad donnant les instructions, un GPS pour vous diriger et un sac « Action Pack » très utile durant le parcours. Dérivé de l'escape game, ce concept permet de découvrir la ville tout en s'amusant. Un sympathique moment à vivre entre amis ou en famille.

WINWIN PADEL

Route de Calas
CABRIÈS
✆ 04 69 96 80 60
www.winwin-padel.com
Ouvert toute l'année. Tous les jours de 7h à 23h. 9 € la partie de 1h30.

Situé dans les pins à proximité immédiate de Plan de Campagne, ce complexe de loisirs est entièrement dédié au padel, sport agréé depuis 2015 par la fédération française de tennis. Sur 16 courts, venez découvrir le padel : on joue sur un terrain plus petit (20 m x 10 m) entouré de baies vitrées et de petites parties de grillage. Avec des raquettes et des balles spécifiques, l'échange consiste à renvoyer la balle, mais en utilisant aussi les grillages, après un service à la cuillère. Une belle alternative pour renouveler votre passion tennistique !

GULLI PARC

Rue des Frères-Perret
AIX-EN-PROVENCE
✆ 09 72 30 73 73
Ouvert 10h-19h mercredi, week-end, fériés et tous les jours de vacances. Tarifs complets en ligne

Ce parc couvert est avant tout fait pour les plus petits avec pas moins de 2 400 m² d'amusement. Il y a l'espace Baboun Park pour les 1 à 5 ans avec des bulles, des cabanes, des structures pour courir et rebondir, le Volcanik Park pour les 6 à 12 ans avec mini-karting, toboggan, mur d'escalade, etc. Mais aussi un salon zen pour les parents, un café-snack pour les soifs et les petits creux, un corner-shop pour les souvenirs. De quoi passer une journée en chaussettes sans la voir défiler ! Cumulez des points sur la KidsCarte pour repartir avec des surprises !

ANIM'O PARC

20, chemin de Pellegrin - **FUVEAU**
✆ 06 01 32 16 45
Haute saison ouvert du mardi au dimanche de 10h à 19h. Basse saison tous les jours de 10h à 17h. Entrée : 9 €.

Sur 2,5 hectares sont installés une petite ferme pédagogique permettant de rencontrer lapins, poneys, chevaux, moutons, chèvres, cochons, poules, oiseaux, poissons rouges, et tout un tas de jeux : minigolf, structures gonflables, jeux de société géants (dames, dominos, morpion…), bac à sable, ping-pong et babyfoot. Les plus sportifs apprécieront football, volley-ball, karting à pédales et la chasse au trésor. Ils organisent aussi des animations pédagogiques. 2 000 m² d'expositions sont consacrés aux métiers et matériels anciens. Aire de pique-nique. Snack.

LE VILLAGE DE SALIN-DE-GIRAUD ★

À environ 40 km d'Arles.

Petit village agréable à visiter, avec, à proximité, de magnifiques plages sauvages à perte de vue, Salin-de-Giraud fut, autrefois, une cité ouvrière. En effet, c'est en 1856 que la société Péchiney fit sortir de terre les maisons destinées à loger les ouvriers, mais aussi la direction et les cadres de la société Henry Merle qui débutait l'exploitation d'une richesse locale : le sel. Un hôpital et une église furent également construits, dans la foulée.

PARC ANIMALIER DE LA BARBEN ★★

Route du Château - **LA BARBEN**
✆ 04 90 55 19 12
www.parcanimalierlabarben.com
Ouvert tous les jours. Haute saison 9h30-19h. Basse saison 10h-18h. Adulte 18 €. Enfant de 3 à 12 ans 12 €.

Au coeur d'un site classé natura 2000, le parc animalier de la Barben s'étend sur un plateau de 33 ha. Au fil des 9 km de sentiers, on découvre 700 animaux répartis en 120 espèces : lions, girafes, rhinocéros, tigres, loups à crinière… sans oublier la bergerie du 11ème siècle qui abrite le vivarium. On ponctue la balade d'un pique nique, d'une pause au restaurant ou au snack. Petit train, boutique, animations et spectacles d'oiseaux en vol.

ROCHER MISTRAL

2376, Route du Château - **LA BARBEN**
✆ 04 88 60 22 56
Du vendredi au dimanche, fériés et vacances scolaires à partir de 10h. En ligne 25 et 19 €, en caisse 28 et 22 €.

Avec ses spectacles historiques, son grand marché provençal et son restaurant dédié à Alphonse Daudet, Rocher Mistral vous invite à découvrir la Provence de façon inédite. Situé dans le plus vieux château de la région, le parc Rocher Mistral vous fera découvrir le rocambolesque Claude de Forbin, officier dans la marine royale de Louis XIV, revivre la violente révolte des « Cascaveu » en 1630, voyager en l'an mille avec les moines de l'Abbaye Saint Victor de Marseille. Vous découvrirez aussi les jardins, réalisés par Le Nôtre, lors d'un étonnant spectacle nocturne.

GRIMMLAND - LABYRINTHE GÉANT

LA ROQUE-D'ANTHÉRON ✆ 04 42 22 19 15
grimmland.fr
Tarif adulte 12,50 €. Enfant 14,50 €.
Ouvert du 5 février au 6 novembre 2022 de 10h à 18h, jusqu'à 20h en été.

Redécouvrez en famille les personnages des contes de Grimm sur 4 ha d'attractions à quelques encablures d'Aix ! Plus d'une trentaine d'activités, le grand labyrinthe reste bien sûr l'attrait principal du parc. Du jardin des lutins pour les plus petits à la rivière à souhait ou les serpents blancs, en bateau, en kart à pédale ou pieds nus, tout est fait pour le plaisir. Possibilité d'organiser un goûter d'anniversaire. Et 2 cabanes insolites pour passer la nuit la tête dans les étoiles.

LE DÉFI DE MONTE-CRISTO

Plage du Petit Roucas-Blanc
MARSEILLE (8e)
www.defimonte-cristo.com
Du 23 au 26 juin 2022.

Défi sportif depuis 24 ans, il s'inspire évidemment de l'évasion légendaire du célèbre Edmond Dantès dans *Le Comte de Monte-Cristo*. C'est aujourd'hui l'événement de natation en mer le plus important ouvert au public. Le défi a lieu chaque année en juin et voit près de 2 000 participants s'élancer depuis l'île d'If pour rallier la côte, aux plages du Prado, soit 5 km au total. Des défis junior de 1 km sont également organisés chaque année. Une course nocturne a également été ajoutée au programme voilà trois ans. Avis aux amateurs !

CARRIÈRES DE LUMIÈRES ★★★

Route de Maillane - **LES BAUX-DE-PROVENCE**
✆ 04 90 49 20 03
carrieres-lumieres.com/fr
Fermé en février. Entrée tarif normal : 14 €

Des spectacles multimédias uniques au monde dans un cadre féerique ! Bienvenue aux Carrières de Lumières des Baux-de-Provence, au cœur des Alpilles. Pensé et géré par la Fondation Culturespaces, premier acteur culturel privé à la tête de nombreux monuments et musées en France, les Carrières des Lumières proposent une expérience immersive et sensorielle pour découvrir autrement les œuvres d'artistes célèbres.

Mais qu'est-ce donc qu'une expérience immersive ? C'est une véritable petite révolution dans le monde de l'art ! Grâce à la technologie AMIEX®, des milliers d'images d'œuvres d'art numérisées sont projetées en très haute résolution sur d'immenses surfaces et mises en mouvement au rythme de la musique pour dérouler un scénario plein de poésie. Il s'agit en fait de dématérialiser l'œuvre pour mieux se l'approprier. Chaque exposition est pensée en complète et parfaite harmonie avec le lieu où elle prend place. Ainsi, les 6 000 m des carrières se mettent à vibrer au rythme des images et surtout du son, qui, spatialisé, peut être déclenché à distance et ainsi suivre les visiteurs dans leurs déambulations. Le site dispose aussi d'une librairie-boutique, ouverte tous les jours, dotée d'une grande sélection. On y trouve un large choix de cartes postales, d'objets décoratifs, textiles, ainsi qu'une gamme d'objets personnalisés liés au spectacle en cours (mug, papeterie, accessoires...). Pour initier les enfants à l'art, une gamme loisirs créatifs a été déclinée. Un lieu incontournable à découvrir !

MARSEILLE JAZZ DES CINQ CONTINENTS

Boulevard Jardin Zoologique
MARSEILLE (4e)
✆ 04 91 48 05 63
www.marseillejazz.com
Du 19 au 21 juillet 2022.

C'est désormais une référence dans le milieu du jazz et ce depuis plus de 20 ans ! Sur la scène du plateau du parc Longchamp, des artistes internationaux reconnus, des pointures jazz et même quelques stars de styles musicaux plus éloignés se réunissent pour le plus grand bonheur d'un public enthousiaste ! Attendues cette année, entre autres artistes, Diana Krall et Anne Paceo. Festival écoresponsable signataire de la Charte d'Engagement de la REGION SUD « Sud Zéro déchet plastique ».

MUCEM ★★★★

7, promenade Robert-Laffont - **MARSEILLE** (2e)
✆ 04 84 35 13 13
www.mucem.org
Ouvert tous les jours sauf mardi.
De 10h à 20h en juillet-août. Gratuit le premier dimanche du mois. Tarif plein 11 €.

Ouvert en juin 2013 à l'occasion de Marseille Provence 2013, capitale européenne de la culture, le MuCEM, dont le nom complet est Musée des Civilisations d'Europe et de Méditerranée, est devenu un des monuments les plus visités de Marseille et un emblème de la cité phocéenne et de son renouveau. Son élégante modernité fascine les amateurs d'architecture et sa réputation est désormais internationale. Constitué de deux ensembles, le bâtiment cubique, signé par l'architecte marseillais Rudy Ricciotti, et le fort militaire Saint-Jean, interdit au public jusqu'à cette rénovation et véritable bijou accessible gratuitement aujourd'hui, offrant des points de vue magnifiques sur le Vieux-Port et le large. Le MuCEM est une véritable réussite architecturale et esthétique, magistralement intégré dans le paysage urbain de la ville. Il est à la fois un lieu de promenade gratuit (l'accès à son toit par la passerelle) offrant une vue spectaculaire sur la cité phocéenne et la mer, et un lieu d'exposition renommé. Quelques expositions événement y ont été organisées ces dernières années (dont celle consacrée à Jeff Koons en 2021), d'autres sont plus confidentielles mais souvent en lien avec le monde méditerranéen, ses cultures et populations. Ce bâtiment, son ensemble est à voir absolument lors de votre séjour marseillais ! L'accessibilité physique, sensorielle et cognitive du musée ont été réfléchies en collaboration entre le MUCEM et des associations marseillaises représentatives du handicap. Outre la collection permanente, des expositions temporaires d'exception sont organisées toute l'année, le programme est à retrouver sur le site du musée et celui de la ville. Notons que des expositions sont également proposées dans le fort Saint-Jean. L'accès au musée et à la billetterie se fait côté esplanade devant la cathédrale de la Major et la Villa Méditerranée. Par le toit panoramique, vous pourrez également y accéder en descendant tout autour du bâtiment et sa dentelle de béton. Un restaurant gastronomique se trouve au sommet du MUCEM. Vous pourrez également y faire une halte pour un café dans la journée. Un autre restaurant se trouve dans le fort, ainsi qu'un pop-up store proposant des articles de créateurs méditerranéens. Petit conseil futé : accordez-vous une balade en contrebas du fort Saint-Jean, le long du bassin sous la passerelle, des murailles historiques et longez l'entrée du Vieux-Port, en admirant le va-et-vient des navires. Sans doute la plus belle manière de pénétrer le Vieux-Port. C'est aussi un lieu où les marseillais aiment lézarder.

REAL ESCAPE GAME

129, Cours Lieutaud - **MARSEILLE** (6e)
✆ 09 86 35 28 34
https://real-escape-room.com/
Lundi, mardi et jeudi de 12h à 22h30. Le mercredi, vendredi et le week-end de 10h à 0h30.
Dès 21 € par joueur.

Plongez dans l'intrigue du manoir des grands corbeaux ! Un escape game qui vous plonge dans trois ambiances historiques d'époque passionnantes. Une mission qui vous plonge en URSS en 1962, une autre qui vous transporte dans les méandres et les secrets du palais d'un sultan perse, et la dernière, une plongée très réussie dans le Far-west sur les traces d'un bandit sans scrupules. Trois missions à mener en équipe (de 2 à 6 joueurs), en une heure de temps. Bon plan, la semaine entre 10h et 16h, les tarifs en heure creuse sont plus économiques, pensez à réserver !

SITE ARCHÉOLOGIQUE DE GLANUM ★★

Route des Baux-de-Provence - D 5
SAINT-RÉMY-DE-PROVENCE
✆ 04 90 92 23 79
www.site-glanum.fr
Ouvert toute l'année. Fermé le lundi en basse saison. Adulte 8 €.

Le site de Glanum vous propose un voyage temporel. À quelques minutes du centre du village, sur la route des Baux, vous ne pouvez pas le manquer. Face à l'entrée, sur la droite, l'Arc de Triomphe et le mausolée que l'on nomme les Antiques vous servent de repères. Glanum, ancien village romain, a subi l'influence grecque puis romaine. On peut y voir de nombreux et magnifiques vestiges, si bien restaurés qu'on imagine parfaitement la topographie de la vieille cité.

PARC ORNITHOLOGIQUE DU PONT DE GAU ★

Route d'Arles - **SAINTES-MARIES-DE-LA-MER**
✆ 04 90 97 82 62
www.parcornithologique.com
Haute saison ouvert tous les jours et jours fériés de 9h à 19h. Adulte : 7,50 €.
Enfant de 4 à 12 ans : 5 €.

Situé à 4 km au nord des Saintes-Maries-de-la-Mer, sur la route d'Arles, les 60 hectares du parc accueillent deux promenades à travers étangs et marais. Le sentier du nord offre un aperçu de la diversité de la Camargue : un observatoire permet d'admirer sarcelles, colverts, tadornes et oies. Le second sentier est occupé par une colonie de flamants roses. Un grand espace à caractère pédagogique, illustré de grandes planches descriptives complète les lieux. Une sortie à ne pas manquer.

PROVENCE-ALPES-CÔTE D'AZUR

QUEY'RAFT

Château Queyras
CHÂTEAU-VILLE-VIEILLE
✆ 06 10 15 13 28
www.queyraft.com
Ouvert tous les jours d'avril à octobre.
Horaires variables : se renseigner par téléphone.

C'est une équipe de passionnés qui vous proposent de découvrir sportivement le Guil, l'une des dernières rivières de France sans aucun aménagement artificiel. Sur une rivière sauvage, l'essentiel du parcours est de classe IV et V – la fédération mentionne 6 classes, la classe VI correspondant à des zones infranchissables. Le baptême en raft se fait dans les parties les plus calmes. Le bivouac avec nuit dans les gorges est possible. L'encadrement est assuré par des guides diplômés d'Etat, tous très sympathiques. Possibilité d'enchaîner avec de une via ferrata.

CATHÉDRALE NOTRE-DAME-DU-RÉAL ✝ ★

Place Auguste-Thouard
EMBRUN
Visites en accès libre toute l'année.
Dépliant disponible à l'entrée du monument pour vous aider dans votre visite.

Imposante et majestueuse, symbole de la ville, cette cathédrale dédiée à la Vierge Marie est une construction des XIIe et XIIIe siècles. A l'intérieur, le décor doit autant à l'architecture qu'au mobilier – autels, sculptures, grandes orgues. On peut aussi admirer le quatrième trésor religieux de France (visible seulement en visite guidée) avec près de 500 objets composés d'orfrois et de vêtements sacerdotaux des XVe et XVIe siècles, des reliquaires, statuettes, tissus précieux…

CLUB NAUTIQUE ALPIN SERRE-PONÇON

Chemin de Chadenas
EMBRUN
✆ 04 92 43 00 02
www.cna-embrun.com

Voguer sur les eaux du lac de Serre-Ponçon. Toutes les activités nautiques en toute sécurité dans un club labellisé Ecole française de Voile. Que vous choisissiez de devenir membre ou que vous restiez simple usager, on vous réservera le même accueil pour monter à bord d'un voilier – du dériveur à la goélette –, sur un catamaran ou sur une planche à voile. Durant l'été, de nombreux stages pour apprendre ou se perfectionner. Un camping permet de prolonger son séjour au bord du lac.

FERME DES MILLE PATTES

Route de la Garde
GAP
✆ 06 68 53 03 69
Ouvert tous les jours. Sur réservation uniquement.

Située au pied de la montagne de Charance, ils proposent des sorties à cheval ou à poney d'une heure à plusieurs jours, des cours et des stages ouverts à tous suivant l'activité. Les chevaux sont pieds nus, vivent en paddock paradise ou pâtures en saison. Ils élèvent aussi des animaux domestiques, en majorité des races menacées, notamment françaises. Vous verrez donc un âne grand noir du Berry, un âne de Provence, porc blanc de l'Ouest, mouton de Belle-Ile, ainsi que plusieurs variétés de poules, oies, canards, lapins dont le sablé des Vosges, et des chèvres.

LA FERME DU COL

Le Col - **JARJAYES**
✆ 04 92 54 30 70
www.fermeducol.fr
Ouvert du lundi au samedi de 10h à 18h.
Sans réservation. Adulte : 10 €. Enfant : 7 €.

En pleine montagne sauvage, Cindy et Raphaël vous ouvrent les portes de leur ferme pédagogique et de découverte. Ici, vous découvrirez un élevage de chèvres angora et d'alpagas, ainsi que plus d'une centaine d'animaux. Yacks, vaches, cochons vietnamiens, lapins angora, ânes, sans oublier les paons et les faisans. En dehors des visites guidées, vous pouvez faire une visite libre enrichie par des panneaux pédagogiques. Diverses activités sont proposées. Atelier autour de la laine, salle aux trésors de la nature et la surprenante boutique mohair. Balade à dos d'âne.

PARC ANIMALIER DE SERRE-PONÇON

LE SAUZE-DU-LAC ✆ 07 61 26 32 00
www.parcanimalierdeserreponcon.com
Ouvert tous les jours de 10h 18h.
Adulte : 14,90 €. Enfant de 4 à 12 ans : 10,50 €.
Restauration. Piscine. Boutique.

Venez passez une journée agréable auprès des animaux de la ferme, lapins, poules, cochons d'Inde, petites chèvres et l'ânon, tout en profitant du parcours quiz enfant. Vous verrez aussi le parc des renards. Assistez au nourrissage commenté des marmottes des Alpes, renards roux, chiens loups de Saarloos. Visite des coulisses de la fauconnerie. Deux spectacles de rapaces. Découverte du métier de soigneur. Garderie pour chiens. Dîner à thème en août. Aires de jeux et de pique-nique.

LES TÉLÉPHÉRIQUES DES GLACIERS DE LA MEIJE

Le Village - **LA GRAVE**
✆ 04 76 79 91 09
www.la-grave.com
Ouvert de décembre à fin avril et de mi-juin à début septembre. Téléphériques + Téléski 52 €. Piétons AR à 3 200m 30 €.

Des « télé-féériques » qui nous font littéralement décoller, puisque c'est une montée de 2 150 m réalisée en 45 minutes qui nous est proposée pour atteindre les sommets ! Depuis la Grave, cet équipement exceptionnel, et vertigineux, mène tout le monde en haute montagne, avec ses deux tronçons de 1 400 m à 2 400 m et de 2 400 m à 3 200 m. Et deux téléskis sommitaux conduisent ensuite à 3 550 m. Si les conditions météo ne s'y opposent pas, une liaison est alors possible dans les deux sens avec la grande station des Deux-Alpes. Et si votre niveau technique le permet aussi, vous jouissez bientôt de l'un des plus grands domaines de ski hors-pistes d'Europe. Le paradis des freeriders. A 3 550 m, la vue est exceptionnelle : on domine en direction du sud-sud-ouest le Parc National des Ecrins, on découvre l'Italie à l'est et enfin au nord le Mont-Blanc ! Un 360° époustouflant. L'itinéraire direct de la grande descente de 9 km est accessible aux skieurs techniquement moyens, mais attention, il s'agit d'un hors-piste, ce qui implique un accompagnement professionnel et un bon équipement. Les bons surfeurs et les meilleurs skieurs hors-pistes ont cependant leurs coins privilégiés, à partir du haut du téléphérique : les Vallons, Peyrou-d'Amont, brèche Pacave, col du Lac et refuge Chancel. En été, à 3 200 m d'altitude, possibilité de marcher sur le glacier de la Girose, une espèce en voie d'extinction ! Une randonnée magique à faire avec un guide en toute sécurité.

STATION HIVER ET ÉTÉ

LES ORRES

Un site magique en surplomb du lac de Serre-Ponçon au cœur d'une immense forêt de mélèzes. Un domaine skiable avec de belles pentes pour les skieurs confirmés et des zones aménagées pour les débutants à travers les bois. Au total, 100 km avec 35 pistes, 17 remontées mécaniques (dont 8 télésièges) et 1 snowpark tout neuf. Bien d'autres animations blanches – raquettes, piste de luge, parapente, scooter des neiges – et de nombreuses possibilités estivales - rando, VTT, SpeedLine... - quand la chaleur écrase les rivages du lac de Serre-Ponçon en contrebas.

LA FERME DES CABRIOLES

ORCIÈRES
✆ 06 45 37 10 23
Haute saison ouvert tous les jours de 9h à 12h et de 15h à 19h. Entrée : 8,50 € par famille

Venez découvrir les animaux, la fabrication du fromage, l'agriculture de montagne, et prévoyez des chaussures de marche. Les enfants pourront entrer dans les enclos des chèvres. Ils pourront également participer à un atelier de moulage de faisselles, à déguster ensuite. Sur réservation la veille, il est possible de déguster crêpes et fromage blanc. La ferme s'est diversifiée avec la création d'une mini-brasserie artisanale. Blonde et ambrée, la bière la sOrcière est brassée sur place avec l'eau de source des montagnes d'Orcières. Vente de fromages de chèvre.

PARC ANIMALIER DU CREUSET ★

Les Sources - **ORCIÈRES**
✆ 04 92 55 78 16
www.parcducreuset.fr
Haute saison ouvert tous les jours de 10h à 19h. Adulte : 8 €. Enfant de 3 à 12 ans : 6,50 €.

Il est parfois frustrant quand on randonne en montagne, notamment en dessous de 2 500 m, de ne jamais croiser les grands animaux dont on parle tant : chamois, bouquetins, marmottes. C'est pourquoi, à travers un parcours dans la montagne, ce parc de 12 hectares nous présente ces animaux et quelques autres comme les chèvres, les truites, les ânes ou bien les rennes. Vous êtes certain de ravir les enfants qui voudront une marmotte en peluche à leur retour !

SENTIER PÉDAGOGIQUE AUX PAPILLONS DE BEYNAVES ★

ORPIERRE
Ouvert toute l'année. Label Tourisme & Handicap.

La préservation de la biodiversité, c'est aussi observer les papillons dans leur milieu naturel. Dès les beaux jours venus à Orpierre, une belle promenade avec cette boucle de 300 mètres qui vous permettra de découvrir plus d'une centaine d'espèces de papillons dont le célèbre Apollon Parnassius, une espèce rare et protégée. Parkings aménagés, sanitaires accessibles et aire de pique-nique adaptée. De quoi passer un très bon moment entre amis ou en famille.

MUSÉOSCOPE DU LAC

Belvédère de Serre-Ponçon - **ROUSSET**
✆ 04 92 54 50 00
www.museoscope-du-lac.com
Ouvert selon les saisons. Juillet/août, ouvert tous les jours. Visites guidées. Restauration. Boutique. Animations.

Surplombant le lac et le barrage de Serre-Ponçon, ce musée privé propose une visite sur la construction du barrage. Une heure de visite à la découverte de maquettes des anciens villages disparus. Un premier film sur l'eau fait le lien entre le passé et le présent. Il est suivi d'un deuxième sur la période de l'avant-barrage, avec des témoignages d'anciens habitants qui agrémentent cette immersion dans le passé. Un troisième film fait revivre la colossale construction du barrage. Le Muséoscope du lac est une curiosité culturelle entre eau et montagne à découvrir !

RIVIÈRES ÉVASION

Chantemerle
SAINT-CHAFFREY
✆ 04 92 24 14 86
www.rivieres-evasion.com
Ouvert du 1er mai au 30 septembre.

Vive les eaux vives de la vallée de Serre-Chevalier ! Sur la Guisane, on part en famille pour un parcours de nage en eau vive, en canoraft ou avec l'air boat, exclusivité de Rivières Évasion. Des moniteurs passionnés des belles rivières et des torrents alpins vous embarquent en toute sécurité pour découvrir toutes les facettes des activités d'eau vive, du canyon au paddle. Longueur et technicité adaptées des parcours, disponibilité et sympathie des moniteurs, on s'évade sur les rivières. Possibilité d'accueillir des personnes en situation de handicap.

PLAN D'EAU DU CHAMPSAUR

SAINT-JULIEN-EN-CHAMPSAUR
✆ 04 92 50 00 20
En juillet et en août, la baignade est surveillée de 10h à 18h.

Le plan d'eau du Champsaur vous accueille au milieu d'un écrin de calme et de verdure. En bordure de la rivière du Drac, détente, baignade et nature sont au rendez-vous. La base de Loisirs vous permettra de découvrir de nombreuses activités ludiques pour les petits comme pour les grands : city stade, parcours sportif, volley, wake park, plages aménagées avec un ensemble aquagliss. Des maîtres-nageurs diplômés assurent la surveillance de la baignarde pour votre sécurité ainsi que pour celle de vos enfants durant la période estivale.

ECOMUSEE DE LA FAUNE ★

Le Village - **SAINT-LÉGER-LES-MÉLÈZES**
✆ 04 92 21 47 78
Haute saison ouvert du mardi au samedi de 14h30 à 18h. Adulte : 3,50 €. Enfant de 6 à 16 ans : 2 €.

Ce sont deux superbes collections pour mieux connaître la faune des Alpes. La collection d'un taxidermiste et naturaliste et celle d'un passionné des papillons du Champsaur exposent près de 300 spécimens d'oiseaux, de mammifères et de reptiles, dont certains appartiennent à des espèces protégées, chouettes hulotte, marmotte, renard, écureuil, sarcelle, chat sauvage ou chamois, tous sont mis en scène dans leur milieu naturel. Expositions artistiques tout au long de l'année, ainsi que de nombreux ateliers et animations de découverte. Sorties de terrain naturalistes.

CITÉ MÉDIÉVALE DE TALLARD

TALLARD

Promenade d'une durée de deux heures environ à travers les vieilles ruelles chargées d'histoire : inscriptions, portes, sculptures, lavoirs, fontaines, église et autres constructions anciennes témoignent encore des périodes Médiévale et Renaissance. Une promenade que l'on complète par une visite du château et de son parc classé depuis 1958. Jeux pour les enfants. Lieu de promenade dans un cadre de verdure, doté d'arbres centenaires. Circuit balisé de petite randonnée.

OUTDOORMIX WINTER FESTIVAL

VARS
En février.

C'est quoi ce mix ? Le jour, tu suis un rythme endiablé sur les pistes. Le soir, tu suis d'autres rythmes sur d'autres pistes. L'Outdoormix Winter Festival, c'est un mélange entre sports de glisse – partagés entre compétition sur les snowparks ou sur les pentes de la station pour le snowboard freestyle ou le freeride, le VTT de descente sur neige ou... le snow kayak ? – et d'autres activités fun comme les concerts ou le ciné. Festif et sportif, un festival de plaisir.

AQUASCOPE - PROMENADES SOUS-MARINE

Quai de Gaulle - **BANDOL**
✆ 04 94 32 51 41
www.atlantide1.com
Ouvert d'avril à septembre et pendant les vacances de la Toussaint.
16 €/adulte, 11 €/enfant (gratuit moins de 3 ans).

Drôle d'engin que l'*Aquascope* ! Grâce à une coque immergée et transparente, partez à la découverte de la faune et de la flore sous-marines autour de l'île de Bendor. Une visite commentée de 35 minutes, qui vous permettra notamment de découvrir la richesse des herbiers de posidonie, véritable oasis de vie pour la vie aquatique. Pour les petits comme les grands, voici une excursion ludique et instructive ; bref, une belle sortie à faire en famille !

LA VILLE MÉDIÉVALE ★★

HYÈRES
Accès libre toute l'année.

La ville d'Hyères se développe autour du château construit par Pons de Fos au XIe siècle. On peut y découvrir les traces des trois enceintes successives et de nombreuses ruelles pittoresques dévoilant un patrimoine d'une richesse et d'une diversité exceptionnelles. Depuis 2017, la ville de Hyères et l'office de tourisme ont mis en place un parcours des arts dans le cadre de la revalorisation du centre ancien : de nombreux artisans d'art et artistes accueillent le visiteur dans leur atelier pour faire découvrir leur métier et leurs créations.

PARC ZOOLOGIQUE DE FRÉJUS ★

240, rue Hubert-Masquéfa - **FRÉJUS**
✆ 04 98 11 37 37
www.zoo-frejus.com
Haute saison ouvert tous les jours de 10h à 18h. Adulte : 17 €. Enfant de 3 à 9 ans : 12 €.

Créé en 1971 dans un cadre typiquement méditerranéen, ce parc zoologique de 20 ha a été aménagé de manière à respecter l'acclimatation des différentes espèces animales présentées et à favoriser leur reproduction. Vous pourrez y observer, à pied ou en voiture, plus de 130 espèces animales originaires des cinq continents, du plus petit (le tamarin pinché) au plus gros (l'éléphant d'Asie). Des mammifères aux oiseaux en passant par les reptiles, de quoi captiver toute la famille.

JARDIN ZOOLOGIQUE TROPICAL ★

583, route de Saint-Honoré
LA LONDE-LES-MAURES ✆ 04 94 35 02 15
www.zootropical.com
Ouvert toute l'année. Haute saison ouvert tous les jours de 10h à 19h. Adulte : 12 €. Enfant de 2 à 12 ans : 7 €.

Depuis 1989, une collection exceptionnelle d'animaux est présentée dans un parc paysager de 6 hectares classé « Jardin remarquable » par le ministère de la Culture. On y rencontre 300 oiseaux et mammifères de 60 espèces différentes originaires de tous les continents, au sein d'un jardin botanique luxuriant. Le Jardin zoologique tropical contribue à la conservation et à la reproduction d'espèces en voie d'extinction au travers de programmes internationaux d'élevage.

SITE ARCHÉOLOGIQUE OLBIA ★★

Quartier de l'Almanarre - **HYÈRES**
✆ 04 94 65 51 49
Ouvert de 9h30 à 12h et de 14h à 17h30 ou 18h selon la saison. Fermé les samedis et dimanches matin, et 1er mai. 3,50 €.

Une visite sur les pas des Grecs de Marseille, qui fondèrent au milieu du IVe siècle avant J.C., une forteresse en bordure du golfe de Giens. Appelée Olbia, cette petite agglomération dotée d'un port fait alors partie d'un réseau de colonies fortifiées et devait protéger de la piraterie les navires en route vers l'Italie. Au Ier siècle avant J.-C., Olbia passe sous domination romaine, mais son activité économique continue à perdurer. Aujourd'hui, Olbia demeure l'unique ville d'origine grecque conservée en France dans son intégralité et ouverte au public.

VIRTUAL ROOM TOULON

Avenue Georges Pompidou
LA VALETTE-DU-VAR
✆ 04 94 33 97 94
https://toulon.virtual-room.com
Ouvert toute l'année. Tous les jours et les jours fériés de 9h à 22h. Entrée : 30 €.

À deux pas de l'Avenue83, le premier Escape Game virtuel du Var accueille les joueurs à partir de 10 ans pour des expériences uniques de réalité virtuelle. Enfilez casque et contrôleurs VR avant de plonger en immersion totale dans l'un des trois scénarios proposés par Fabien et Denis. Pour remporter votre mission, prenez le temps de réfléchir, de vous coordonner, et surtout de penser en équipe (de 2 à 4 joueurs). En famille, entre amis ou à l'occasion d'une soirée team building, vous ne repartirez pas déçu de Virtual Room Toulon. Testé et approuvé !

LAVANDOU PLONGÉE

Quai du Labbé
LE LAVANDOU
✆ 04 94 71 83 65
www.lavandou-plongee.com
Fermé vacances scolaires de Noël.
Baptême de plongée, dès 8 ans, à partir de 57 €.

La promesse de Lavandou Plongée : vous accompagner pour de superbes plongées, à portée de palmes et pour tous niveaux, avec une équipe partenaire du parc national de Port-Cros depuis 1994. Une immersion en toute sécurité dans des sites préservés de la Méditerranée. Les plus chevronnés pourront découvrir quelques-unes des épaves mythiques du littoral varois : le Donator, le Grec, la Barge aux Congres, le Togo, le Rubis, les avions Wildcat et Hellcat, Spahi, parmi tant d'autres... Sur demande, l'équipe propose des stages spéciaux pour les recycleurs !

ESCAPA'DEUCHE

Chemin de la Rivière - **LES ISSAMBRES**
✆ 06 84 96 58 26
www.escapadeuche.com
Ouvert du lundi au vendredi.
Location de 2CV Citroën. De 9 à 48h et plus de location. Devis en ligne.

Partez au volant de la voiture du siècle, la 2cv Citroën, qui a su traverser les générations grâce à son charme désuet et à son adaptation tout terrain. Vivez en toute liberté et évadez-vous sur les petites routes de la Côte d'Azur, décapotés, les cheveux au vent et le coude à la portière. Hormis la location de 2CV pour les individuels, Escapa'deuche, organise également pour les groupes des circuits sur mesure en fonction de votre cahier des charges (livraison de 4 voitures minimum de Monaco à Avignon). Une sympathique façon de s'approprier le territoire !

MUSÉE DE LA GENDARMERIE ET DU CINÉMA ★

2, place Blanqui - **SAINT-TROPEZ** ✆ 04 94 55 90 20
www.saint-tropez.fr
Ouvert toute l'année tous les jours à 10h, fermeture selon la saison. Adulte : 5 €.
Parking du port à proximité.

Un hommage à la série de films cultes des *Gendarmes de Saint-Tropez* avec Louis de Funès. Ce musée de la Gendarmerie et du Cinéma occupe le bâtiment qui abrita la brigade de gendarmerie de 1879 à 2003 et servit de décor aux films. Au premier étage, l'histoire du bâtiment et de la gendarmerie à Saint-Tropez, la reconstitution d'un bureau de gendarme des années 60 et l'histoire des films tournés dans la presqu'île varoise. Au second étage : Saint-Tropez à travers le cinéma.

BASILIQUE SAINTE-MARIE-MADELEINE ★★★

6, place Jean Salusse
SAINT-MAXIMIN-LA-SAINTE-BAUME
✆ 04 94 78 00 19
www.paroissesaintmaximin.fr
Ouvert toute l'année. Tous les jours de 7h30 à 19h15. Gratuit.

Avec ses 73 m de longueur, 43 m de largeur et 29 m de hauteur, l'imposante silhouette du plus grand édifice gothique de Provence s'aperçoit à des kilomètres à la ronde. La construction d'une basilique et d'un couvent de dominicains, au cœur de Saint-Maximin, a été décidée en 1295 par le comte de Provence et roi de Naples et de Sicile, Charles II d'Anjou, après les fouilles qui ont permis la découverte des reliques de sainte Marie-Madeleine en 1279. Les travaux vont se dérouler en plusieurs étapes, s'étaler sur plusieurs siècles, s'interrompre plusieurs fois pour différents problèmes, peste, pillages ou manque d'argent, et vont s'étaler jusqu'en 1532. La basilique prend forme et se compose d'une abside centrale polygonale flanquée de deux tourelles, de deux absidioles latérales, d'une grande nef de neuf travées, contrebutée par des arcs-boutants, et de seize chapelles. Les rois de France qui vont se succéder embelliront l'édifice avec les boiseries des stalles, la chaire, les orgues, le maître-autel et les retables des chapelles. Mais cette énorme construction ne sera jamais réellement terminée suivant les plans prévus. La nef principale a tout simplement été murée – il n'y a pas de rosace, de portail ni de clocher. Au Moyen Âge, l'endroit où se trouvent les reliques de sainte Marie-Madeleine devint un lieu de pèlerinage intensif. Saint-Maximin fut alors une étape incontournable sur la route de Saint-Jacques-de-Compostelle. Plus tard, à la Révolution française, la basilique subit d'innombrables dégradations, avant d'être classée sur la liste des monuments historiques en 1840, tout comme de nombreux éléments de son mobilier intérieur, les sarcophages de la crypte et le grand orgue et ses 2 960 tuyaux. En 2017, l'église a rejoint de célèbres « consœurs », comme la Sagrada Familia, en obtenant le titre de basilique mineure, qui désigne notamment des églises dont l'architecture est particulière.

À découvrir, au cœur de la basilique, la crypte, petite salle rectangulaire qui renferme quatre sarcophages de marbre datés de la fin du IVe siècle, de Marie-Madeleine, de sainte Marcelle, des saints Innocents et de saint Sidoine.

Le couvent royal, initialement dénommé couvent des Dominicains, jouxte la basilique. Composé de quatre bâtiments qui entourent un cloître de forme carrée, il est fermé en 1966, avant d'être vendu au département, puis occupé par un établissement hôtelier en 2017, et de nouveau fermé à l'expiration du bail en 2020.

PORT DE SAINT-TROPEZ ★★★

1, quai de l'Épi - **SAINT-TROPEZ** ✆ 04 94 56 68 70
www.portsainttropez.com/

Capacité de 734 mouillages. Ouvert tous les jours, en hiver de 8h à 12h et de 14h à 18h, en été 24h sur 24.

En plein cœur de la ville, ce port de pêche et de plaisance, constitué de deux bassins, est une escale très prisée hors saison. Une promenade s'impose sur les quais du vieux port ceints de maisons aux façades colorées dans les tons ocre et vert olive pour les volets, pour visiter le musée de l'Annonciade installé dans une chapelle du XVIe siècle, pour admirer, quai Suffren, la statue du bailli de Suffren, célèbre vice-amiral français, pour siroter une boisson fraîche installé confortablement sur une terrasse de l'un des grands cafés, admirant les yachts luxueux qui se balancent à quai, pour apprécier l'exposition-vente permanente des peintres amateurs qui ont installé leurs chevalets, pour flâner de boutique en boutique, souvent aménagée dans d'anciens garages à bateaux, pour découvrir la halle aux poissons, récemment rénovée, en empruntant le passage derrière l'office de tourisme, où les pêcheurs locaux vendent leur pêche du jour. À l'extrémité du port, au bout du môle Jean-Réveille, se dresse la tour du Portalet, puis la crique de la Glaye et la plage de la Ponche, l'ancien petit port réservé aux pêcheurs protégé par la tour Vieille.

Le port a vu le jour à la fin du XVe siècle, vers 1470, à l'initiative d'habitants qui avaient décidé de refondre la commune, aidés de marins génois présents sur les lieux. Les siècles suivants seront consacrés à diverses activités, la navigation au long cours, la construction navale, le cabotage et bien entendu la pêche. Au milieu du XVIIe siècle, deux quais sont construits sur la mer, l'un au départ de la tour du Portalet, l'autre, du sud du village jusqu'à la tour Saint-Elme. Du XVIIe au XIXe siècle, l'actuel quai de l'Épi va accueillir les chantiers navals. Incroyable mais vrai, au XVIIIe siècle, le port de Saint-Tropez devient le troisième port français de Méditerranée, grâce à une activité débordante liée aux commerces de vin, de liège et de bois. Le port subit alors de nombreux travaux d'agrandissement avant d'être considérablement endommagé par les mines laissées par les Allemands lors du débarquement des troupes alliées le 15 août 1944. Les travaux de reconstruction dureront jusqu'en 1948. En 1965, le bassin de plaisance Jean Lescudier est construit à l'entrée ouest de la ville et jusqu'à ce jour, le port va bénéficier de nombreuses améliorations dont l'édification, à l'identique au bout de la grande jetée, du premier phare rouge de Saint-Tropez, qui signale l'entrée du port et la réhabilitation de la capitainerie, inaugurée en 2017, qui dispose de superbes terrasses surplombant le vieux port.

ECO PARK DE LA CASTILLE

RD554 route de la Farlède - **SOLLIÈS-VILLE**
✆ 07 60 29 67 89
www.ecopark-adventures.com/fr

Ouvert de mi-février à mi-novembre. Ouverture dès 10h pendant les vacances d'été. À partir de 6 €.

Au cœur du Domaine de La Castille, entre vignoble et rivière, l'EcoPark abrite 10 parcours d'accrobranche, classés selon le niveau de difficulté, avec un accès à partir de 2 ans. Idéal pour une sortie en famille ou entre amis, à l'ombre de majestueux platanes. Le domaine est aussi un terrain de jeu propice pour les joggers et autres adeptes du VTT. Possibilité vous est offert de déjeuner au restaurant du Château de La Castille (sur réservation). Et pour d'autres sensations, tentez l'Explor Games, une aventure entre le jeu de piste numérique et l'Escape Game.

MUSÉE NATIONAL DE LA MARINE ★★

Place Monsenergue - **TOULON** ✆ 04 22 42 02 01
www.musee-marine.fr

Ouvert de 10h à 18h. Fermeture le mardi sauf de juillet à août, ouvert tous les jours. 6.50€. Gratuit jusqu'à 25 ans.

Créé à la fin du Premier Empire, il est installé à l'entrée de la base navale ; l'ancienne porte royale de l'arsenal lui sert d'accès. Il propose de façon pédagogique une histoire humaine et technique accessible à tous. Parmi les incontournables présentées depuis 2010, un espace dédié à Vauban et au tout premier arsenal, le bagne à Toulon, l'alliance franco-russe et les cadeaux diplomatiques, un focus sur la Marine dans la Seconde Guerre mondiale, et enfin la Marine d'aujourd'hui.

ZOO FAUVERIE DU MONT FARON

Route du Faron - **TOULON**
✆ 04 94 88 07 89
www.zoo-toulon.fr

Haute saison ouvert les jours de 10h à 18h30. Adulte : 10 €. Enfant de 4 à 10 ans : 6 €.

Vous verrez une vingtaine d'espèces d'Afrique, d'Asie, d'Amérique et d'Europe, panthères d'Afrique et de Chine, lynx d'Europe et de Sibérie, pumas, servals, tigres, jaguars, loups, caracals, chats des marais et de Sibérie. Le nouvel espace des babouins hamadryas de la corne de l'Afrique, ratons laveurs, lémurs de Madagascar, une petite basse-cour, poules, chèvres naines et un âne. Maryse propose aux enfants des animations ludiques et pédagogiques, par le biais de dessins et coloriages.

MARCHÉ AUX TRUFFES

Place de la bouquerie - **APT**

Marchés de novembre à mars, tous les samedis matin.

Les plus fins palais ne sont pas sans ignorer que la Provence est une terre de truffe. Dès le mois de novembre, plusieurs villes de la région déploient des marchés consacrés et parmi elles, la petite et charmante ville d'Apt, dans le Vaucluse. Selon le moment de la saison et la profusion ou non de truffes, le nombre d'exposants varie. Il peut être limité mais les truffes que l'on déniche ici sont d'une grande qualité. Les prix varient selon les variétés et la rareté. Tout autour du marché aux truffes se déploie le très beau marché traditionnel.

PALAIS CONSULAIRE COLIN D'ALBERTAS

153, rue de la République
APT
✆ 04 90 74 02 40

Visites sur rendez-vous.

L'Hôtel Colin d'Albertas, parfaitement conservé, est situé sur cette petite place ombragée, à proximité de la cathédrale Sainte Anne. Construit à la demande du Consul d'Albertas au milieu du XVIIe, ce palais, joyau de l'art baroque provençal, est contemporain de la venue d'Anne d'Autriche en pèlerinage à Apt. Cette demeure privée est un monument historique d'exception : des décors baroques intérieurs avec l'opulence des gypseries, une somptuosité des fresques et plafonds peints.

CENTRE ÉQUESTRE D'AVIGNON ET PONEY CLUB

1083, chemin du Mont-Blanc
AVIGNON
✆ 04 90 85 83 48
http://cheval-avignon.ffe.com

Ouvert toute l'année.
Accueil samedi de 14h à 17h.

Ce club créé en 1984, ouvert à toutes les catégories d'âge, s'étend sur 4 ha et bénéficie de l'environnement exceptionnel de l'île de La Barthelasse. De la première étape, essentielle et pas si facile, du monter à cheval à l'ultime – comme les compétitions de sauts d'obstacles, en passant par le galop, le cross ou le dressage – vous êtes assuré de gravir les échelons bien encadré. Pendant les vacances scolaires, les stages sont organisés à la journée ou sur plusieurs jours.

LES GRANDS BATEAUX DE PROVENCE

Allée de l'Oulle - **AVIGNON**
✆ 04 90 85 62 25
www.bateauxdeprovence.fr

Parking en face de l'embarcadère.
Horaires et tarifs sur le site.

Bateau-restaurant *Le Mireio* ou bateau-promenade *Le Saône*. Vous choisissez celui que vous voulez dans la flotte des Grands Bateaux de Provence pour découvrir Avignon et ses alentours au fil du Rhône. Plusieurs formules au départ d'Avignon dont la promenade de 2 heures à bord du *Saône* (de mars à septembre) qui vous mène en journée jusqu'à Villeneuve-Lez-Avignon, sans accoster. Les formules Croisière d'une journée avec déjeuner à bord du *Mireio* sont à destination d'Arles ou Tarascon.

PATINOIRE D'AVIGNON

2483, chemin de l'Amandier - **AVIGNON**
✆ 04 90 88 54 32
www.patinoire-avignon.com

Ouvert septembre à mi-mai.
Ouvert 7/7, tarif location patins inclus 10 €.
Enfant 6,50 € Étudiants 8 €.

Les amateurs de vitesse et d'acrobaties sur patins pour les plus téméraires ont de quoi s'amuser sur cet anneau convivial. Des tarifs spécifiques sont pratiqués pour les scolaires, les associations et les comités d'entreprises. Possibilité de pratiquer le hockey et d'assister aux matchs de l'équipe locale, les Castors d'Avignon. Le club de patinage artistique CAPA 84 propose des cours débutants et confirmés à partir de 3 ans. Chaque mois, la patinoire organise des soirées à thème comme par exemple celle très courue d'Halloween.

PONT D'AVIGNON (PONT SAINT-BÉNEZET) ★★

Boulevard de la Ligne - **AVIGNON** ✆ 04 32 74 32 74
www.avignon-pont.com

Du 1er septembre au 1er novembre de 9h à 19h ; du 2 novembre à fin février de 9h30 à 17h45 ; en mars de 9h à 18h30.

C'est un pont que l'on chante dans toutes les langues. Tendez l'oreille et vous serez surpris ! L'autre surprise, c'est de découvrir que ce n'est qu'un morceau de pont. Il faut dire qu'il a été maintes fois cassé et reconstruit, ravagé à nouveau tant par la furie destructrice des soudards que par la colère du fleuve, puis définitivement abandonné au XVIIe siècle. N'empêche, il est classé patrimoine mondial par l'Unesco et pas moins de 400 000 visiteurs viennent le voir tous les ans.

CATHÉDRALE SAINT-VERAN ET SON CLOÎTRE ✞ ★

Place Voltaire
CAVAILLON
www.cavaillon.fr
Fermé du 1er octobre au 1er mai. Ouvert du lundi au samedi 9h-12h et 14h-18h, 17h le samedi. Gratuit.

L'édifice primitif de la fin du XIe siècle fut agrandi au siècle suivant pour atteindre les dimensions actuelles. Difficile d'apprécier le bâtiment de l'extérieur, tant la cathédrale est engoncée dans la ville. La meilleure vue reste sur la colline Saint-Jacques. L'intérieur est haut en couleur avec une décoration toute en dorures et polychromies. Tout brille, les couleurs éclatent au moindre petit rayon de soleil ! Faites un petit tour par le petit cloître.

MINES DE BRUOUX

Route de Croagnes - **GARGAS**
✆ 04 90 06 22 59
www.minesdebruoux.fr
Ouvert de mi-mars à début novembre de 10h à 18h. Adulte 9,50 €. Enfant (de 6 à 17 ans) 7,50 €.

Alors que les carrières de Rustrel et de Roussillon sont à ciel ouvert, celles de Bruoux sont souterraines avec plus de 40 km de galeries creusées le plus souvent à la main. La visite est une boucle de 650 mètres, certaines galeries peuvent atteindre 15 mètres de haut : de véritables cathédrales pour un festival de couleurs et de sensations. La température avoisinant les 10 °C et le taux d'humidité étant important, il vaut mieux prévoir des vêtements adaptés. Il est aussi plus que recommandé de mettre de bonnes chaussures de marche car le sol est inégal.

LA FERME DE BILLY BILLY

1768, chemin des Dames-Roses
L'ISLE-SUR-LA-SORGUE
✆ 06 73 36 36 50
Fermé de janvier à mars. Ouvert sur réservation. Visite libre : 5 €. Visite guidée : 7 €. Fêtes ponctuelles : 4 €.

Idéale pour passer une journée en famille et partager de bons moments avec les animaux. L'animatrice, très à l'aise avec les bambins, leur apprendra tout ce qu'il faut savoir sur les animaux de façon ludique et pédagogique et répondra à toutes les questions. Au fil de la balade, ils découvriront les poules, canards, oies, dindons, pigeons, moutons, chèvres, cochons, chevaux, ânes, vaches, lapins. Durant deux heures, ils pourront brosser l'âne, traire une chèvre, donner le biberon aux brebis et aux agneaux, ramasser les œufs, porter petits poussins et lapereaux.

OH MY DEUCHE

6, route de Manosque
LA BASTIDE-DES-JOURDANS
✆ 04 90 77 60 71
www.ohmydeuche.fr
Location 2cv. Location dès 119 € (jusqu'à 4 personnes, assurance incluse). Pique-nique du terroir à partir de 19 €. ANCV accepté.

Quittez la routine pour une bonne dose d'aventures en 2cv et faites sourire d'envie tous ceux que vous croisez ! On vous promet de bons moments de rigolade ! Balade avec ou sans chauffeur, sortie de groupe, circuits à thème, jeux de piste à faire en famille ou entre amis pour le plus grand plaisir des petits et des grands. Partez sillonner les plus belles routes de la Provence sauvage, authentique et insoucieuse en voiture vintage décapotable. Carnets de route et cartes disponibles après réservation, boules de pétanque incluses dans le coffre.

© OH MY DEUCHE

© STEPHANIEAVON

PROVENCE-ALPES-CÔTE D'AZUR

ABBAYE NOTRE-DAME DE SÉNANQUE ✞ ★★★★

Route de Sénanque - **GORDES**
✆ 04 90 72 17 92
www.senanque.fr
Participation aux frais selon vos possibilités.

L'abbaye de Sénanque a été fondée en 1148 par des moines cisterciens originaires de l'abbaye de Mazan en Ardèche. L'église est consacrée trente ans plus tard par l'évêque de Cavaillon. Aux XIIIe et XIVe siècles, l'abbaye connait une période de prospérité économique et de rayonnement spirituel. Cependant, elle est dévastée au moment des guerres de religion. A la Révolution française, l'abbaye est vendue comme bien national. Elle est rachetée en 1854 par Dom Barnouin qui y réinstalle une communauté de moines cisterciens de l'Immaculée Conception. Au début du XXe siècle, les moines sont expulsés par les lois anticléricales. La vie communautaire ne reprend qu'en 1926. En 1969, les moines rejoignent leur maison mère sur l'île Saint-Honorat de Lérins puis reviennent de nouveau à Sénanque en 1988. Ils y partagent leur temps entre la prière, le travail (culture du lavandin) et l'accueil traditionnel bénédictin. L'abbaye se trouve dans un écrin de nature qui rend sa découverte particulièrement agréable. Elle domine plusieurs champs de lavandin dont les couleurs chatoyantes, pendant la floraison, viennent sublimer les bâtiments monastiques dont la sobriété est le premier attribut. Il n'est pas rare que des peintres installent leur chevalet pour immortaliser la scène. Bien qu'il soit encore en activité, le monastère est ouvert aux visiteurs plusieurs fois par jour, à heure fixe. Afin de ne pas perturber les moines dans leur recueillement, un guide conférencier se chargera de vous raconter l'histoire de l'abbaye et de vous faire découvrir ses parties accessibles, à savoir :

- **Le cloître**. Selon la coutume cistercienne, le cloître de l'abbaye est très dépouillé. Vous remarquerez que les statues sont peu nombreuses, à l'exception d'une Vierge à l'Enfant. Les chapiteaux des colonnes ne sont pas richement sculptés, mais sont simplement ornés de feuilles d'eau. Les galeries donnent sur une cour intérieure, très sobre elle aussi, et communiquent avec les différentes pièces de l'abbaye.

- **L'église abbatiale**. Edifiée en calcaire, elle est dotée d'une nef en forme de croix latine. Pour répondre aux contraintes de la vallée, l'abbatiale est orientée vers le nord, ce qui est très rare, les abbayes cisterciennes ayant traditionnellement une orientation est-ouest. Encore une fois, on est frappé par la sobriété et l'extrême dépouillement des lieux : aucun décor ne devait venir perturber les moines dans leur recueillement. La lumière pénètre essentiellement par les fenêtres du chœur et du clocher du transept, qui ne sont pas dotées de vitraux. C'est par les portes du fond que pénétraient les frères convers, qui n'étaient pas autorisés à utiliser les même passages que les moines.

- **Le dortoir des moines**. A l'origine, jusqu'à 30 moines couchaient sur de simples paillasses, dans cette vaste pièce dépourvue du moindre confort. D'environ 30 m de long, il est couvert d'une voûte en berceau brisé. Sur le mur occidental, une rosace laisse entrer la lumière. Le dortoir a été édifié dans le prolongement de l'église, pour permettre aux moines d'y accéder rapidement, la vie monastique étant essentiellement organisée autour de la prière. Le premier office avait lieu à 2 heures chaque matin. De nos jours, les moines bénéficient de cellules individuelles.

- **La salle capitulaire**. Important lieu de vie, c'est dans cette salle que les moines, installés sur les gradins, se réunissaient chaque jour autour de l'abbé. D'importantes décisions concernant la communauté y étaient prises. Cette pièce est la seule de l'abbaye dans laquelle les moines étaient autorisés à rompre leur vœu de silence.

- **Le chauffoir**. En dehors de la cuisine, le chauffoir (ou salle des moines) était la seule pièce chauffée, comme en atteste l'imposante cheminée romane. Dans cette petite pièce voûtée portée par une colonne massive, les moines effectuaient certaines tâches de la vie quotidienne, comme le raccommodage, la lecture spirituelle mais surtout l'écriture, puisque c'est ici que les moines copiaient les manuscrits.

Aujourd'hui, les moines de l'abbaye de Sénanque vivent grâce à la vente des produits issus de diverses activités agricoles, à savoir la culture du lavandin, l'oliveraie ou encore l'apiculture. Ils confectionnent leur propre miel, des biscuits, de l'huile d'olive, de l'huile essentielle de lavandin... Tous ces produits artisanaux sont en vente sur place mais aussi en ligne, aux côtés de produits fabriqués dans d'autres abbayes de la région. En dehors du recueillement, le travail, par la production agricole ou l'entretien du monastère, est l'activité à laquelle les moines consacrent la plus grande partie de leur temps.

En plus de la vente des produits fabriqués sur place et des visites, une partie des ressources de l'abbaye provient de son activité hôtelière. L'hôtellerie de l'abbaye Notre-Dame de Sénanque peut accueillir pour un séjour individuel (limité à 8 jours maximum) des personnes désirant partager la vie de prière de la communauté dans le silence et le recueillement. L'environnement sauvage de l'abbaye et son architecture dépouillée se prêtent parfaitement à la méditation et la prière. Les repas sont pris en silence. Le frère hôtelier est à votre disposition pour un entretien spirituel si vous le souhaitez. La communauté cistercienne organise aussi des retraites, en groupe, animées par un des moines de l'abbaye.

LES LAMAS DU BARROUX

685, chemin de Choudeirolles
LE BARROUX
✆ 04 90 65 25 46
Sur réservation uniquement.
Adulte : 6 €. Enfant de 7 à 14 ans : 3 €.

C'est en 1984 que Pierre Scherrer décide d'élever des lamas dans sa propriété du Barroux. Le troupeau entretient 33 hectares de forêts et de prés. La Ferme des Lamas vous propose de découvrir cet animal mythique d'Amérique du Sud, d'apprendre tant de choses passionnantes sur son comportement si particulier et sur le travail de sa laine. Vous y découvrirez aussi un atelier de tissage. Son idée est de les utiliser pour le débroussaillement de la forêt et l'entretien des terres en friche, ce qu'ils font à merveille. Les groupes et les scolaires sont les bienvenus.

CHÂTEAU DE LOURMARIN ★★

24, avenue Laurent-Vibert - **LOURMARIN**
✆ 04 90 68 15 23
www.chateau-de-lourmarin.com/accueil
Adulte 7,50 €, réduit 6 €, de 6 à 16 ans 3 €.
Fermeture annuelle en janvier. Consultez les horaires sur le site.

Le château de Lourmarin fait partie des trois résidences majeures du Luberon, avec celles d'Ansouis et de la Tour d'Aigues. Des châteaux édifiés par les familles puissantes des Comtes de Forcalquier, aux allures éprouvées par les siècles. C'est une magnifique bâtisse dont une partie date du XVe siècle et l'autre de la moitié du XVIe et du tout début de la Renaissance. La visite se fait librement et pour les familles, un jeu de piste est proposé aux enfants pour découvrir les lieux de façon ludique. De nombreux panneaux explicatifs jalonnent le parcours de visite.

LA FERME DE GERBAUD

Campagne Gerbaud
LOURMARIN
✆ 04 90 68 11 83
www.plantes-aromatiques-provence.com
Renseignements sur le site Internet.
Sur réservation.

Qui rêve de distinguer le thym de la sarriette, la sauge du romarin ou l'aneth du fenouil et d'en connaître les vertus principales ainsi que leurs utilisations au quotidien, se doit un jour de rencontrer Paula Marty, c'est la gardienne des secrets des plantes du vallon de Gerbaud. Passionnée par les plantes aromatiques, elle fait redécouvrir à ses visiteurs les fameuses herbes de Provence. Et pas n'importe lesquelles : celles qui poussent à l'état sauvage sur son domaine et dont elle nous garantit tout le parfum et la saveur.

WAVE ISLAND

800, allée de Beaulieu - **MONTEUX**
✆ 04 88 84 72 17
www.waveisland.fr
Ouvert tous les jours de juin à septembre.
Gratuit moins de 4 ans. 29,90 €. 21,90 € pour les moins de 1,20 mètre.

On se croirait presque aux Caraïbes à Wave Island ! 1er parc à thème aquatique de France, Wave Island est un petit paradis de la glisse, une île des loisirs à vivre en famille dès les beaux jours. Près d'une vingtaine d'attractions sont proposées au cœur d'une végétation luxuriante. Pour les amateurs de sensations fortes, direction le simulateur de surf sur la plus haute vague artificielle du monde (DA WAVE culminant à plus de 3,50 m et homologuée au Guinness World Records) et les toboggans géants. Ceux qui ont envie de se détendre ou de nager, c 'est possible.

FORTERESSE DE MORNAS ★

Avenue Jean-Moulin - **MORNAS**
✆ 04 90 37 01 26
www.forteresse-de-mornas.com
Fermé décembre et janvier. Ouvert tous les jours de 10h30 à 17h. Haute saison : de 11h à 17h15. Animations.

La forteresse de Mornas domine la région depuis son piton de 137 m de haut. Vue incomparable sur les Dentelles de Montmirail et sur le mont Ventoux. Elle protège le village médiéval dont on vous contera l'histoire au cours de la visite. L'association « Les Amis de Mornas » anime la forteresse, et elle le fait avec brio et passion. Tout est fait pour vous faire changer d'époque. Alors retour au Moyen Age avec la découverte du château ou du village grâce aux visites animées. Les enfants adorent, et les adultes n'ont aucun mal à se prendre au jeu – c'est inoubliable.

L'ARC DE TRIOMPHE ★★

ORANGE
Accès libre. Visite guidée sur rendez-vous auprès de l'office de tourisme du 6 juillet au 25 août.

Classé au Patrimoine mondial de l'Unesco. Datant du Ier siècle, il était, à l'époque, la porte principale de la cité. Situé sur la voie d'Agrippa et dédié à la gloire des vétérans fondateurs de la colonie romaine d'Orange, ce monument est essentiel dans l'art romano-provençal. Aujourd'hui, il est décalé du centre-ville. On le voit très bien du haut de la colline. La représentation de Gaulois captifs, sur les colonnes corinthiennes, symbolisait la domination de Rome. Sur l'attique, une scène de combat est retracée entre la cavalerie romaine et les Barbares.

COLORADO PROVENÇAL ★★

D22
RUSTREL
✆ 04 90 04 96 07
www.coloradoprovencal.fr
Ouvert toute l'année, tous les jours. Pour les horaires, consultez le site. Parking payant.

Roussillon n'est pas le seul village à posséder son Colorado provençal. Le Colorado de Rustrel est sans conteste un site majeur. Classée au titre des monuments historiques, cette ancienne carrière d'ocres, qui a fermé en 1993, est un témoin privilégié de l'histoire géologique de la région, mais aussi de son histoire industrielle. Ouverte en 1871, cette carrière a fait vivre de nombreuses familles, jusqu'à ce que, au début du XXe siècle, l'apparition des colorants industriels et la crise de 1929 provoquent son déclin et mettent un point final à l'aventure.

CIRCUIT DES CHAPELLES ROMANES EN VAISON VENTOUX

VAISON-LA-ROMAINE

Ce circuit permet de découvrir les sentiers des chapelles romanes d'Entrechaux à partir de la place de l'Eglise. Prendre direction Mollans puis la Braysse, à droite la chapelle Notre-Dame-de-Nazareth édifiée au Xe siècle sur un temple païen. Un peu plus bas, la chapelle Saint-André (X^{e}). Il faut ensuite traverser la vallée et monter sur la colline de Talès et redescendre au hameau du Plan pour découvrir la chapelle Saint-Laurent (milieu XIIe) avec son abside semi-circulaire.

JARDITRAIN

186, chemin Neuf - **SAINT-DIDIER**
✆ 04 90 40 45 18
www.lejarditrain.com
Ouvert toute l'année mercredi/ samedi/ dimanche/ jours fériés de 14h à 18h. Juillet août ouvert 7j/7j. Adulte 8 €

Tous les enfants du Vaucluse ont déjà au moins une fois poussé les portes du jarditrain ! C'est un parc parcouru par un réseau ferré miniature. On découvre la vie à hauteur des yeux des enfants et tout y est : les gares, villages, routes, lacs, ponts, montagnes, le tout avec des centaines de figurines. Les petits trains circulent sur quelques 650 m de rail. Le concepteur de cet établissement est un ancien musicien, prof de flûte traversière et d'éveil musical. Il a non seulement réalisé son rêve de gamin mais il a reçu en 2007 le label « Jardin remarquable ».

SITES ARCHÉOLOGIQUES GALLO-ROMAINS

VAISON-LA-ROMAINE ✆ 04 90 36 50 48
www.vaison-la-romaine.com
Horaires variables. Billet Pass adulte 9 €, jeune 4 €. Gratuit jusqu'à 9 ans.

- **Le site de la Villasse :** quartier des commerçants et ensemble thermal. La rue des Boutiques constitue l'un des exemples les plus marquants de l'urbanisme d'alors. De grandes demeures luxueuses tournées sur leurs cours intérieures dont La « maison du Buste en Argent ».
- **Le site de Puymin** : La maison à l'Apollon lauré (2 000 m^{2}). Le théâtre date du Ier siècle de notre ère. Aujourd'hui de nombreux spectacles s'y déroulent.
- **Le pont romain** jonction entre la ville basse et la ville haute.

FERME PÉDAGOGIQUE DE L'OISELET

Garrigues de l'Etang - **SARRIANS**
✆ 04 90 65 57 57
www.oiselet.com
Ouvert toute l'année. Réservation conseillée. Le mercredi et le samedi de 9h à 17h, 18h30 en été.

C'est une ferme qui bouillonne de bonnes idées. On y cultive des légumes d'hier et d'aujourd'hui et on produit aussi du vin. Mais on vient surtout ici pour ses journées à thème et ses ateliers. Le programme change en fonction des saisons : L'été on pique-nique, l'hiver on fait un stage cuisine et on mange dans la grande salle. Il y a aussi des journées découverte faune et flore, des journées « saveurs oubliées ». Toute l'année, on se balade dans le conservatoire des légumes oubliés.

LE CARBET AMAZONIEN

2033, route de Pernes
VELLERON
✆ 09 71 57 79 87
www.lecarbetamazonien.fr
Haute saison ouvert tous les jours de 10h à 18h. Adulte : 8 €. Enfant de 4 à 14 ans : 6 €.

Ce cadre enchanteur de plus de 500 m^{2} est le royaume des plantes tropicales et des papillons sud-américains. C'est une passionnée d'horticulture exotique et d'entomologie qui orchestre les lieux. Vous évoluez au sein d'une immense serre tropicale, où sont élevés des papillons paléarctiques et tropicaux. La visite est pédagogique, mais surtout très poétique. On devient attentif à la fragilité et à la beauté des papillons en liberté et viennent se poser là, juste à côté de vous sur de magnifiques plantes tout aussi colorées qu'eux. Aires de pique-nique.

INDEX

© PHILIPPE DEVANNE - STOCK.ADOBE.COM

Enfants sautant sur la Dune du Pilat.

EDITION

Directeurs de collection et auteurs : Dominique AUZIAS et Jean-Paul LABOURDETTE
Avec la collaboration de Yannick LE MARRE ,Jonathan TOUTOUX
Auteurs : Delphine TABARY, Jean-Paul LABOURDETTE, Dominique AUZIAS et alter
Directeur Editorial : Stéphan SZEREMETA
Rédaction France : Briséis CREAC'H-MENUT, Mélanie COTTARD, Audrey VEDOVOTTO, Nicolas WODARCZAK
Rédaction Monde : Laure CHATAIGNON, Morgane VESLIN, Pierre-Yves SOUCHET, Natalia COLLIER

FABRICATION

Maquette et Montage : Romain AUDREN, Julie BORDES, Delphine PAGANO
Iconographie et Cartographie : Anne DIOT, Julien DOUCET

WEB ET NUMERIQUE

Directeur Web : Louis GENEAU DE LAMARLIERE
Développeurs : Guillaume BARBET, Adeline CAUX et Roland SPOUTIL
Intégrateur Web : Mickael LATTES, Antoine DION
Webdesigner : Caroline LAFFAITEUR
Community Traffic Manager : Alice BARBIER, Mariana BURLAMAQUI et Noémie LE SAUX

DIRECTION COMMERCIALE

Directeur commercial : Guillaume VORBURGER
Coordinatrice des Régies commerciales : Manon GUERIN assistée de Jonas HESOL
Account Manager Marketplace : Leila ROUGEOT assistée de Lola FAVRE-MOT
Responsable Régies locales : Michel GRANSEIGNE
Responsables Développement régie inter : Jean-Marc FARAGUET et Guillaume LABOUREUR et Camille ESMIEU
Chefs de Publicité Régie nationale : Caroline AUBRY, François BRIANCON-MARJOLLET, Perrine DE CARNE MARCEIN, Jonathan TOUTOUX et Amélie NOEL

DIFFUSION ET PROMOTION

Directrice des Ventes : Bénédicte MOULET assistée d'Aissatou DIOP
Responsable des ventes : Jean-Pierre GHEZ assisté de Nelly BRION
Relations Presse-Partenariats : Jean-Mary MARCHAL

ADMINISTRATION

Président : Jean-Paul LABOURDETTE
Directrice des Ressources Humaines : Dina BOURDEAU assistée de Sandra DOS REIS et Eva BAELEN
Directrice Administrative et Financière : Valérie DECOTTIGNIES
Comptabilité : Guillaume PETIT, Aminata BAGAYOKO, Jeannine DEMIRDJIAN
Recouvrement : Fabien BONNAN assisté de Sandra BRIJLAL
Responsable informatique : Elie NZUZI-LEBA

PETIT FUTE VACANCES AVEC LES ENFANTS

LES NOUVELLES EDITIONS DE L'UNIVERSITE
18, rue des Volontaires - 75015 Paris.
✆ 01 53 69 70 00 - Fax 01 42 73 15 24
Internet : www.petitfute.com
SAS au capital de 1 000 000 € - RC PARIS B 309 769 966
Couverture : © wundervisuals - iStockPhoto.com
Impression : CORLET IMPRIMEUR 14110 Condé-en-Normandie
Achevé d'imprimer : Mars 2022
Dépôt légal : 10/05/2022
ISBN : 9782305071398

Pour nous contacter par email, indiquez le nom de famille en minuscule suivi de @petitfute.com
Pour le courrier des lecteurs : info@petitfute.com

IMPRIMÉ EN FRANCE

M

N

O

P

R

S

T

V

Y

Z

COLLABOREZ
À LA PROCHAINE ÉDITION